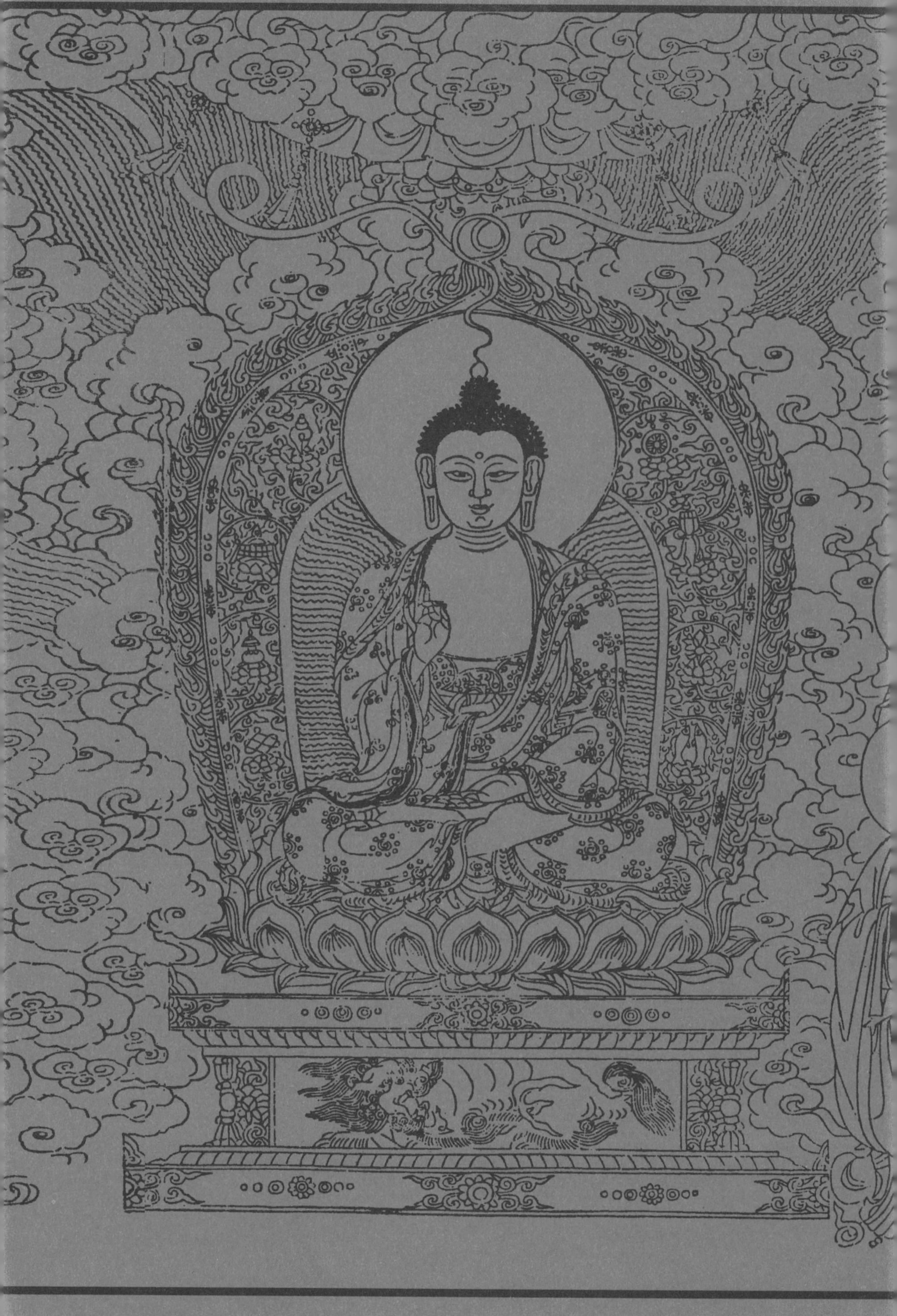

御製

佛光恩照　三千大千　隨緣徧滿

恒沙法界　普度衆生　悉證菩提

身心安泰　年時豐稔　風雨調順

日月升恒　乾坤清寧　百昌蕃熾

上下樂利　中外協和　庶物咸亨

萬善圓成　情與無情　同登正覺

大清雍正十三年四月初八日

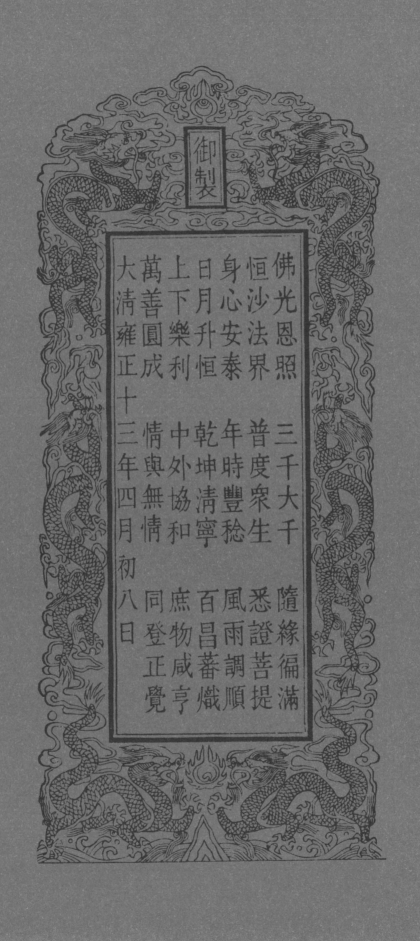

第三一册　大乘經　涅槃部（三）

南本大般涅槃經

北涼天竺三藏曇無讖譯梵

宋沙門慧嚴慧觀同謝靈運再治

清刻龍藏佛說法變相圖

大般涅槃經卷第三十一

北涼天竺三藏曇無讖譯梵

宋沙門慧嚴慧觀同謝靈運再治

迦葉菩薩品第二十四之一

迦葉菩薩白佛言世尊如來憐愍一切衆生不調能調不淨能淨無歸依者能作歸依未解脫者能令解脫得八自在爲大醫師作大藥王善星比丘是佛菩薩時子出家之後受持讀誦分別解說十二部經壞欲界結獲得四禪云何如來記說善星是一闡提廝下之人地獄劫住不可治人如來何故不先爲其演說正法後爲菩薩如來世尊若不能救善星比丘云何得名有大慈愍有大方便佛言善男子譬如父母唯有三子其一子者有信順心恭敬父母利根智慧於世間事能悉了

知其第二子不敬父母無信順心利根智慧於世間事能速了知其第三子不敬父母無有信心鈍根無智父母若欲教告應先教誰先親愛誰當先教誰知世間事迦葉菩薩白佛言世尊應先教授有信順心恭敬父母利根智慧知世事者其次第二乃及第三而彼二子雖無信順恭敬之心爲慈念故次復教之善男子如來亦爾其三子者初喻菩薩中喻聲聞後喻一闡提如十二部經修多羅中微細之義我先已爲諸菩薩說淺近之義爲聲聞說世間之義爲一闡提五逆罪說現在世中雖無利益以憐愍故爲生後世諸善種子善男子如三種田一者渠流便易無諸沙鹵瓦石棘刺種一得百二者雖無沙鹵瓦石棘刺渠流險難收實減半三者渠流險難多諸沙鹵瓦石棘刺種一得一爲稾草故善男子農夫春月先種何田世尊先種初田次第二田後及第三初喻菩薩次喻聲聞後喻一闡提善男子譬如三器一者完二者漏三者破若欲盛置乳酪酥水先用何者世尊應用完者次用漏者後及破者其完淨者喻菩薩僧漏喻聲聞破喻一闡提善男子如三病人俱至醫所一易治二難治三不可治善男子醫若治者當先治誰世尊應先治易次及第二後及第三何以故爲親屬故其易治者喻菩薩僧其難治者喻聲聞僧不可治者喻一闡提現在世中雖無善果以憐愍故爲種後世諸善子故善男子譬如大王有三種馬一者調壯大力二者不調齒壯大力三者不調羸老無力王若乘御當先何者世尊應當先

乘調壯大力次乘第二後及第三善男子調壯大力喻菩薩僧其第二者喻聲聞僧其第三者喻一闡提現在世中雖無利益以憐愍故爲種後世諸善種子善男子如大施時有三人來一貴族聰明持戒二中姓鈍根持戒三下姓鈍根毀戒善男子是大施主應先施誰世尊應先貴姓利根持戒次及第二後及第三第一喻菩薩僧第二喻聲聞僧第三喻一闡提善男子如大師子殺香象時皆盡其力殺兔亦爾不生輕想諸佛如來亦復如是爲諸菩薩及一闡提演說法時功用無二善男子我於一時住王舍城善星比丘爲我給使我於初夜爲天帝釋演說法要弟子之法應後師眠爾時善星以我久坐心生惡念時王舍城小男小女若啼不止父母則語汝若不止當將汝付薄拘羅鬼爾時善星反被拘執而語我言速入禪室薄拘羅來我言癡人汝常不聞如來世尊無所畏耶爾時帝釋即語我言世尊如是人等亦復得入佛法中耶我即語言憍尸迦如是人者得入佛法亦有佛性當得阿耨多羅三藐三菩提我雖爲是善星說法而彼都無信受之心善男子我於一時在迦尸國尸婆富羅城善星比丘爲我給使我時欲入彼城乞食無量衆生虛心渴仰欲見我迹善星比丘尋隨我後而毀滅之既不能滅而令衆生生不善心我入城已於酒家舍見一尼乾蹲踡地餐食酒糟善星比丘見已而言世尊世間若有阿羅漢者是人最勝何以故是人所說無因無果我言癡人汝常不聞阿羅漢者不飲酒不害人不欺

誑不盜不淫如是之人殺害父母食噉酒糟云何而言是阿羅漢是人捨身必定當墮阿鼻地獄阿羅漢者永斷三惡云何而言是阿羅漢善星即言四大之性猶可轉易欲令是人必墮阿鼻無有是處我言癡人汝常不聞諸佛如來誠言無二我雖爲是善星說法而彼絶無信受之心善男子我於一時與善星比丘住王舍城爾時城中有一尼乾名曰苦得常作是言衆生煩惱無因無緣衆生解脱亦無因緣善星比丘復作是言世尊世間若有阿羅漢者苦得爲上我言癡人苦得尼乾實非羅漢不能解了阿羅漢道善星復言何故羅漢於阿羅漢而生妬嫉我言癡人我於羅漢不生妬嫉而汝自生惡邪見耳若言苦得是羅漢者却後七日當患宿食腹痛而死

死巳生於食吐鬼中其同學輩當輿其尸置寒林中爾時善星即往苦得尼乾子所語言長老汝今知不沙門瞿曇記汝七日當患宿食腹痛而死死巳生於食吐鬼中同學同師當輿汝尸置寒林中長老好善思惟作諸方便當令瞿曇墮妄語中爾時苦得聞是語巳即便斷食從初一日乃至六日滿七日巳便食黑蜜食黑蜜巳復飲冷水飲冷水巳腹痛而死死巳同學輿其尸喪置寒林中即受食吐餓鬼之形在其尸邊善星比丘聞是事巳至寒林中見苦得身受食吐形在其尸邊躍脊蹲地善星語言大德死耶苦得答言我巳死矣云何死耶答言因腹痛死誰出汝尸答言同學出置何處答言癡人汝今不識是寒林耶得何等身答言我得食吐鬼身善星諦

聽如來善語眞語時語義語法語善星如來口出如是實語汝於爾時云何不信若有衆生不信如來眞實言者彼亦當受如我此身爾時善星即還我所作如是言世尊苦得尼乾命終之後生三十三天我言癡人阿羅漢者無有生處云何而言苦得生於三十三天世尊實如所言苦得尼乾實不生於三十三天今受食吐餓鬼之身我言癡人諸佛如來誠言無二若言如來有二言者無有是處善星即言如來爾時雖作是說我於是事都不生信善男子我亦常爲善星比丘說眞實法而彼絶無信受之心善男子善星比丘雖復讀誦十二部經獲得四禪乃至不解一偈一句一字之義親近惡友退失四禪退禪定已生惡邪見作如是說無佛無法無有涅槃沙門瞿曇善知相法是故能得知他人心我於爾時告善星言我所說法初中後善其言巧妙字義眞正所說無雜具足成就清淨梵行善星比丘復作是言如來雖復爲我說法而我眞實謂無因果善男子汝若不信如是事者善星比丘今者近在尼連禪河可共往問爾時如來即與迦葉往善星所善星比丘遙見佛來見已即生惡邪之心以惡心故生身陷入墮阿鼻獄善男子善星比丘雖入佛法無量寶聚空無所獲乃至不得一法之利以放逸故惡知識故譬如有人雖入大海多見衆寶而無所得以放逸故又如入海雖見寶聚自戮而死或爲羅刹惡鬼所殺善星比丘亦復如是入佛法已爲惡知識羅刹大鬼之所殺害善男子是故如來以憐愍故常說善

星多諸放逸善男子若本貧窮於是人所雖生憐憫其心則薄若本巨富後失財物於是人所生於憐憫其心則厚善星比丘亦復如是受持讀誦十二部經獲得四禪然後退失甚可憐憫是故我説善星比丘多諸放逸多放逸故斷諸善根我諸弟子有見聞者於是人所無不生於重憐憫心如初巨富後失財者我於多年常與善星共相隨逐而彼自生惡邪之心以惡邪故不捨惡見善男子我從昔來見是善星少有善根如毛髮許終不記彼斷絶善根是一闡提廝下之人地獄劫住以其宣説無因無果無有作業爾乃記彼永斷善根是一闡提廝下之人地獄劫住善男子譬如有人没圊厠中有善知識以手挠之若得頭髮便欲拔出久求不得爾乃息意我亦如是求覔善星微少善根便欲拔濟終日求之乃至不得如毛髮許是故不得拔其地獄迦葉菩薩言世尊如來何故記彼當墮阿鼻地獄善男子善星比丘多有眷屬皆謂善星是阿羅漢是得道果我欲壞彼惡邪心故記彼善星以放逸故墮於地獄善男子汝今當知如來所説眞實無二何以故若佛所記當墮地獄若不墮者無有是處聲聞緣覺所記莂者則有二種或虛或實如目揵連在摩伽陀國遍告諸人却後七日天當降雨時竟不雨後記牸牛當生白犢及其産時乃産駮犢記生男者後乃生女善男子善星比丘常爲無量諸衆生等宣説一切無善惡果爾時永斷一切善根乃至無有如毛髮許善男子我久知是善星比丘當斷善根猶故共住滿

二十年畜養共行我若遠弃不近左右是人當教無量衆生造作惡業是名如來第五解力世尊一闡提輩以何因緣無有善法善男子一闡提輩斷善根故衆生悉有信等五根而一闡提輩永斷滅故以是義故殺害蟻子猶得殺罪殺一闡提無有殺罪世尊一闡提者終無善法是故名爲一闡提耶佛言如是如是世尊一切衆生有三種善過去未來現在一闡提輩亦不能斷未來善法云何說言斷諸善法名一闡提耶善男子斷有二種一現在滅二現在障於未來一闡提輩具是二斷是故我言斷諸善根善男子譬如有人没圊厠中唯有一髮毛頭未没雖復一髮毛頭未没而一毛頭不能勝身一闡提輩亦復如是雖未來世當有善根而不能救地獄之苦未來之世雖可救拔現在之世無如之何是故名爲不可救濟以佛性因緣則可得救佛性者非過去非未來非現在是故佛性不可得斷如朽敗子不能生芽一闡提輩亦復如是世尊一闡提輩不斷佛性佛性亦善云何說言斷一切善善男子若諸衆生現在世中有佛性者則不得名一闡提也如世間中衆生我性佛性是常三世不攝三世若攝名爲無常佛性未來以當見故故言衆生悉有佛性以是義故十住菩薩具足莊嚴乃得少見迦葉菩薩言世尊佛性者常猶如虛空何故如來說言未來如來若言一闡提輩無善法者一闡提輩於其同學同師父母親族妻子豈當不生愛念心耶如其生者非是善乎佛言善哉善哉善男子快發斯問佛性者猶如

虚空非過去非未來非現在一切衆生有三種身所謂過去未來現在衆生未來具足莊嚴清淨之身而得佛性是故我言佛性未來善男子我爲衆生或時説因爲果或時説果爲因是故經中説命爲食見色名觸未來身淨故説佛性世尊如佛所説義如是者何故説言一切衆生悉有佛性善男子衆生佛性雖現在無不可言無如虚空性雖無現在不得言無一切衆生雖復無常而是佛性常住無變是故我於此經中説衆生佛性非内非外猶如虚空非内非外如其虚空有内外者虚空不名爲一爲常亦不得言一切處有虚空雖復非内非外而諸衆生悉皆有之衆生佛性亦復如是如汝所言一闡提輩有善法者是義不然何以故一闡提輩若有身業口業意業取業求業施業解業如是等業悉是邪業何以故不求因果故善男子如訶梨勒果根莖枝葉華實悉苦一闡提業亦復如是善男子如來具足知諸根力是故善能分别衆生上中下根能知是人轉下作中能知是人轉中作上能知是人轉上作中能知是人轉中作下是故當知衆生根性無有決定以無定故或斷善根斷已還生若諸衆生根性定者終不先斷斷已復生亦不應説一闡提輩墮於地獄壽命一劫善男子是故如來説一切法無有定相迦葉菩薩白佛言世尊如來具足知諸根力定知善星當斷善根以何因緣聽其出家佛言善男子我於往昔初出家時吾弟難陀從弟阿難提婆達多子羅睺羅如是等輩皆悉隨我出家修道我若不聽善

星出家其人次當得紹王位其力自在當壞佛法以是因緣我便聽其出家修道善男子善星比丘若不出家亦斷善根於無量世都無利益今出家已雖斷善根能受持戒供養恭敬耆舊長宿有德之人修習初禪乃至四禪是名善因如是善因能生善法善法既生能修習道既修習道當得阿耨多羅三藐三菩提是故我聽善星出家善男子若我不聽善星比丘出家受戒則不得稱我爲如來具足十力善男子佛觀衆生具足善法及不善法是人雖具如是二法不久能斷一切善根具不善根何以故如是衆生不親善友不聽正法不善思惟不如法行以是因緣能斷善根具不善根善男子如來復知是人現世若未來世少壯老時當近善友聽受正法苦集滅道爾時則能還生善根善男子譬如有泉去村不遠其水甘美具八功德有人熱渴欲往泉所邊有智者觀是渴人必定無疑當至水所何以故無異路故如來世尊觀諸衆生亦復如是是故如來名爲具足知諸根力爾時世尊取地少土置之爪上告迦葉言是土多耶十方世界地土多乎迦葉菩薩白佛言世尊爪上土者不比十方所有土也善男子有人捨身還得人身捨三惡身得受人身諸根完具生於中國具足正信能修習道修習道已能修正道修正道已能得解脫得解脫已能入涅槃如爪上土捨人身已得三惡身捨三惡身得三惡身身根不具生於邊地信邪倒見修習邪道不得解脫常樂涅槃如十方界所有地土善男子護持禁戒精勤不懈

不犯四重不作五逆不用僧祇物不作一闡提不斷善根信如是等涅槃經典如爪上土毀戒懈怠犯四重禁作五逆罪用僧祇物作一闡提斷諸善根不信是經如十方界所有地土善男子如來善知衆生如是上中下根是故稱佛具知根力迦葉菩薩白佛言世尊如來具足是知根力是故能知一切衆生上中下根利鈍差別知現在世衆生諸根亦知未來衆生諸根如是衆生於佛滅後作如是說如來畢竟入於涅槃或不畢竟入於涅槃或說有我或說無我或有中陰或無中陰或說有退或說無退或言如來身是有爲或言如來身是無爲或有說言十二因緣是有爲法或說因緣是無爲法或說心是有常或說心是無常或有說言受五欲樂能障聖道或說不遮或說世第一法唯是欲界或說三界或說布施唯是意業或有說言即是五陰或有說言有三無爲或有說言無三無爲復有說言或有造色復有說言或無造色或有說言有無作色或有說言無無作色或有說言有心數法或有說言無心數法或有說言有五種有或有說言有六種有或有說言八戒齋法優婆塞戒具足受得或有說言不具受得或說比丘犯四重已比丘戒在或說不在或有說言須陀洹人斯陀含人阿那含人阿羅漢人皆得佛道或言不得或說佛性即衆生有或說佛性離衆生有或有說言犯四重禁作五逆罪一闡提等皆有佛性或說言無或有說言有十方佛或有說言無十方佛如其如來具足成就知根力者何故今日不決

定說佛告迦葉善男子如是之義非眼識知乃至非意識知乃是智慧之所能知若有智者我於是人終不作二是亦謂我不作二說於無智者作不定說而是無智亦復謂我作不定說善男子如來所有一切善行悉爲調伏諸衆生故譬如醫王所有醫方悉爲療治一切病苦善男子如來世尊爲國土故爲時節故爲他語故爲人故爲衆根故於一法中作二種說於一名法說無量名於一義中說無量名於無量義說無量名云何一名說無量名猶如涅槃亦名涅槃亦名無生亦名無出亦名無作亦名無爲亦名歸依亦名窟宅亦名解脫亦名光明亦名燈明亦名彼岸亦名無畏亦名無退亦名安處亦名寂靜亦名無相亦名無二亦名一行亦名清涼亦名無闇亦名無閡亦名無諍亦名無濁亦名廣大亦名甘露亦名吉祥是名一名作無量名云何一義說無量名猶如帝釋亦名帝釋亦名憍尸迦亦名婆蹉婆亦名富蘭陀羅亦名摩佉婆亦名因陀羅亦名千眼亦名舍脂夫亦名金剛亦名寶頂亦名寶幢是名一義說無量名云何於無量義說無量名如佛如來名爲如來義異名異亦名阿羅訶義異名異亦名三藐三佛陀義異名異亦名船師亦名導師亦名正覺亦名明行足亦名大師子王亦名沙門亦名婆羅門亦名寂靜亦名施主亦名到彼岸亦名大醫王亦名大象王亦名大龍王亦名施眼亦名大力士亦名大無畏亦名寶聚亦名商主亦名得脫亦名大丈夫亦名天人師亦名芬陀利亦名獨無等侶亦名

大福田亦名大智慧海亦名無相亦名具足八智如是一切義異名異是名無量義中說無量名復有一義說無量名所謂如陰亦名爲陰亦名顛倒亦名爲諦亦名爲四念處亦名四食亦名四識住處亦名爲有亦名爲道亦名爲時亦名衆生亦名爲世亦名第一義亦名三修謂身戒心亦名因果亦名煩惱亦名解脫亦名十二因緣亦名聲聞辟支佛佛亦名地獄餓鬼畜生人天亦名過去現在未來是名一義說無量名善男子如來世尊爲衆生故廣中說略略中說廣第一義諦說爲世諦說世諦法爲第一義諦云何名爲廣中說略如告比丘我今宣說十二因緣云何名爲十二因緣所謂因果云何名爲略中說廣如告比丘我今宣說苦集滅道苦者所謂無量諸苦集者所謂無量煩惱滅者所謂無量解脫道者所謂無量方便云何名爲第一義諦說爲世諦如告比丘吾今此身有老病死云何名爲說世諦爲第一義諦如告憍陳如汝得法故名阿若憍陳如是故隨人隨意隨時故名如來知諸根力善男子我若當於如是等義作定說者則不得稱我爲如來具知根力善男子有智之人當知香象所負非驢所勝一切衆生所行無量是故如來種種爲說無量之法何以故衆生多有諸煩惱故若使如來說於一行不名如來具足成就知諸根力是故我於餘經中說五種衆生不應還爲說五種法爲不信者不讚正信爲毀禁者不讚持戒爲慳貪者不讚布施爲懈怠者不讚多聞爲愚癡者不讚智慧何以故智者若

爲是五種人說是五事當知說者不得具足知諸根力亦不得名憐愍衆生何以故是五種人聞是事已生不信心惡心瞋心以是因緣於無量世受苦果報是故不名憐愍衆生具知根力是故我先於餘經中告舍利弗汝愼勿爲利根之人廣說法語鈍根之人略說法也舍利弗言世尊我但爲憐愍故說非是具足根力故說善男子廣略說法是佛境界非諸聲聞緣覺所知善男子如汝所言佛涅槃後諸弟子等各異說者是人皆以顚倒因緣不得正見是故不能自利利他善男子是諸衆生非唯一性一行一根一種國土一善知識是故如來爲彼種種宣說法要以是因緣十方三世諸佛如來爲衆生故開示演說十二部經善男子如來說是十二部經非爲自利但爲利他是故如來第五力者名爲解力是二力故如來深知是人現在能斷善根是人後世能斷善根是人現在能得解脫是人後世能得解脫是故如來名無上力士善男子若言如來畢竟涅槃不畢竟涅槃是人不解如來意故作如是說善男子是香山中有諸仙人五萬三千皆於過去迦葉佛所修諸功德未得正道親近諸佛聽受正法如來欲爲是等人故告阿難言過三月已吾當涅槃諸天聞已其聲展轉乃至香山諸仙聞已即生悔心作如是言云何我等得生人中不親近佛諸佛如來出世甚難如優曇華我今當往至世尊所聽受正法善男子爾時五萬三千諸仙即來我所我時即爲如應說法諸大士色是無常何以故色之因緣是無常故

無常因生色云何常乃至識亦如是爾時諸仙聞是法已即時獲得阿羅漢果善男子拘尸那竭有諸力士三十萬人無所繫屬自恃憍恣色力命財狂醉亂心善男子我爲調伏諸力士故告目連言汝當調伏如是力士時目揵連敬順我教於五年中種種教化乃至不能令一力士受法調伏是故我復爲彼力士告阿難言過三月已吾當涅槃善男子時諸力士聞是語已相與集聚平治道路過三月已我時便從毗舍離國至拘尸城中路遥見諸力士輩即自化身爲沙門像往力士所作如是言諸童子作何事耶力士聞已皆生瞋恨作如是言沙門汝今云何謂我等輩爲童子耶我時語言汝等大衆三十萬人盡其身力不能移此微小之石云何不名爲童子乎諸力士言汝若謂我爲童子者當知汝即是大人也善男子我於爾時以足二指掘出此石是諸力士見是事已即於已身生輕劣想復作是言沙門汝今復能移徙此石令出道不我言童子何因緣故嚴治此道諸力士言沙門汝不知耶釋迦如來當由此路至娑羅林入於涅槃以是因緣我等平治我時讚言善哉童子汝等已發如是善心吾當爲汝除去此石我時以手舉擲高至阿迦尼吒時諸力士見石在空皆生驚怖尋欲四散我復告言諸力士等汝今不應生恐怖心各欲散去諸力士言沙門若能救護我者我當安住爾時我復以手接石置之右掌力士見已心生歡喜復作是言沙門是石常耶是無常乎我於爾時以口吹之石即散壞猶如微塵力

士見已唱言沙門是石無常即生愧心而自考責云何我等恃怙自在色力命財而生憍慢我知其心即捨化身還復本形而爲說法力士見已一切皆發菩提之心善男子拘尸那竭有一工巧名曰純陀是人先於迦葉佛所發大誓願釋迦如來入涅槃時我當最後奉施飲食是故我於毗舍離國顧命比丘優婆摩那善男子過三月已吾當於彼拘尸那竭娑羅雙樹入般涅槃汝可往告純陀令知善男子王舍城中有五通仙名須跋陀年百二十常自稱是一切智人生大憍慢已於過去無量佛所種諸善根我亦爲欲調伏彼故告阿難言過三月已吾當涅槃須跋聞已當來我所生信敬心我當爲彼說種種法其人聞已當得盡漏善男子羅閱祇王頻婆娑羅其王太子名曰善見業因緣故生惡逆心欲害其父而不得便爾時惡人提婆達多亦因過去業因緣故復於我所生不善心欲害於我即修五通不久獲得與善見太子共爲親厚爲太子故現作種種神通之事從非門出從門而入從門而出非門而入或時示現象馬牛羊男女之身善見太子見已即生愛心喜心敬信之心爲是事故嚴設種種供養之具而供養之又復白言大師聖人我今欲見曼陀羅華時提婆達多即便往至三十三天從彼天人而求索之其福盡故都無與者既不得華作是思惟曼陀羅樹無我我所我若自取當有何罪即前欲取便失神通還見已身在王舍城心生慚愧不能復見善見太子復作是念我今當往至如來所求索大衆佛

若聽者我當隨意教詔勑使舍利弗等爾時提婆達多便來我所作如是言惟願如來以此大衆付囑於我我當種種說法教化令其調伏我言癡人舍利弗等聰明大智世所信伏我猶不以大衆付囑況汝癡人食唾者乎時提婆達多復於我所倍生惡心作如是言瞿曇汝今雖復調伏大衆勢亦不久當見磨滅作是語已大地即時六反震動提婆達多尋時躃地於其身邊出大暴風吹諸塵土而汙坌之提婆達多見惡相已復作是言若我此身現世必入阿鼻地獄我要當報如是大怨時提婆達尋起往至善見太子所善見見已即問聖人何故顏容憔悴有憂色耶提婆達言我當如是汝不知乎善見答言願說其意何因緣爾提婆達言我今與汝極成親愛外人罵汝以爲非理我聞是事豈得不憂善見太子復作是言國人云何罵辱於我提婆達言國人罵汝爲未生怨善見復言何故名我爲未生怨誰作此名提婆達言汝未生時一切相師皆作是言是兒生已當殺其父是故外人皆悉號汝爲未生怨一切内人護汝心故謂爲善見毗提夫人聞是語已既生汝身於高樓上棄之於地壞汝一指以是因緣人復號汝爲婆羅留枝我聞是已心生愁憒而復不能向汝說之提婆達多以如是等種種惡事教令殺父若汝父死我亦能殺瞿曇沙門善見太子問一大臣名曰雨行大王何故爲我立字作未生怨大臣即爲說其本末如提婆達所說無異善見聞已即與大臣收其父王閉之城外以四種兵而守衛之毗提

夫人聞是事已即至王所所守王人遮不聽入爾時夫人生瞋恚心便訶罵之時諸守人即告太子大王夫人欲見父王不審聽不善見聞已復生瞋嫌即往母所前牽母髮拔刀欲斫爾時耆婆白言大王有國已來罪雖極重不及女人況所生母善見太子聞是語已爲耆婆故即便放捨遮斷父王衣服卧具飲食湯藥過七日已王命便終善見太子見父喪已方生悔心雨行大臣復以種種惡邪之法而爲說之大王一切業行都無有罪何故今者而生悔心耆婆復言大王當知如是業者罪兼二重一者殺害父王二者殺須陀洹如是罪者除佛更無能除滅者善見王言如來清淨無有穢濁我等罪人云何得見善男子我知是事故告阿難過三月已吾當涅槃善見聞已即來我所我爲說法重罪得薄獲無根信善男子我諸弟子聞是說已不解我意故作是言如來定說畢竟涅槃善男子菩薩二種一者實義二者假名假名菩薩聞我三月當入涅槃皆生退心而作是言如其如來無常不住我等何爲爲是事故無量世中受大苦惱如來世尊成就具足無量功德尚不能壞如是死魔況我等輩當能壞耶善男子是故我爲如是菩薩而作是言如來常住無有變易善男子我諸弟子聞是說已不解我意定言如來終不畢竟入於涅槃善男子有諸衆生生於斷見作如是言一切衆生身滅之後善惡之業無有受者我爲是人作如是言善惡果報實有受者云何知有善男子過去之世拘尸那竭有王名曰善見作童子

時經八萬四千歲作太子時八萬四千歲及登王位亦八萬四千歲於獨處坐作是思惟衆生薄福壽命短促常有四怨而隨逐之不自覺知猶故放逸是故我當出家修道斷絶四怨生老病死即勅有司於其城外作七寶堂作已便告羣臣百官宫内妃后諸子眷屬汝等當知我欲出家能見聽不爾時大臣及其眷屬各作是言善哉大王今正是時時善見王將一使人獨往堂上復經八萬四千年修習慈心是慈因緣於後八萬四千世次第得作轉輪聖王三十世中作釋提桓因無量世中作諸小王善男子爾時善見豈異人乎莫作斯觀即我身是善男子我諸弟子聞是説已不解我意唱言如來定説有我及有我所又我一時爲諸衆生説言我者即是性也所謂内外因緣十二因緣衆生五陰心界世間功德業行自在天世即名爲我我諸弟子聞是説已不解我意唱言如來定説有我善男子復於異時有一比丘來至我所作如是言世尊云何名我誰是我耶何緣故我我時即爲比丘説言比丘無我我所眼者即是本無今有已有還無其生之時無所從來及其滅時亦無所至雖有業果無有作者無有捨陰及受陰者如汝所問云何我者我即期也誰是我者即是業也何緣我者即是愛也比丘譬如二手相拍聲出其中我亦如是衆生業愛三因緣故名之爲我比丘一切衆生色不是我我中無色色中無我乃至識亦如是比丘諸外道輩雖説有我終不離陰若説離陰別有我者無有是處一切衆生行如幻化

熱時之餤比丘五陰皆是無常無樂無我無淨善男子爾時多有無量比丘觀此五陰無我我所得阿羅漢果善男子我諸弟子聞是說已不解我意唱言如來定說無我善男子我於經中復作是言三事和合得受是身一父二母三者中陰是三和合得受是身我時復說阿那含人現般涅槃或於中陰入般涅槃或復說言中陰身根具足明了皆因往業如淨醍醐善男子我或時說弊惡衆生所受中陰如世間中麤澀氎毼純善衆生所受中陰如波羅柰所出白氎我諸弟子聞是說已不解我意唱言如來說有中陰善男子我復為彼逆罪衆生而作是言造五逆者捨身直入阿鼻地獄我復說言曇摩留枝比丘捨身直入阿鼻地獄於其中間無止宿處我復為彼犢子梵志說言梵志若有中陰則有六有我復說言無色衆生無有中陰善男子我諸弟子聞是說已不解我意唱言佛說定無中陰善男子我於經中復說有退何以故因於無量懈怠懶惰諸比丘等不修道故說退五種一者樂於多事二者樂說世事三者樂於睡眠四者樂近在家五者樂多游行以是因緣令比丘退說退因緣復有二種一内二外阿羅漢人雖離内因不離外因以外因緣故生煩惱生煩惱故則便退失復有比丘名曰瞿坻六反退失退以慚愧復更進修第七即得得已恐失以刀自害我復或說有時解脫或說六種阿羅漢等我諸弟子聞是說已不解我意唱言如來定說有退善男子經中復說譬如焦炭不還為木亦如瓶壞更無瓶用

煩惱亦爾阿羅漢斷終不還生亦說衆生生
煩惱因凡有三種一者未斷煩惱二者不斷
因緣三者不善思惟而阿羅漢無二因緣謂
斷煩惱無不善思惟善男子我諸弟子聞是
說已不解我意唱言如來定說無退善男子
我於經中說如來身凡有二種一者生身二
者法身言生身者即是方便應化之身如是
身者可得言是生老病死長短黑白是此是
彼是學無學我諸弟子聞是說已不解我意
唱言如來定說佛身是有爲法法身即是常
樂我淨永離一切生老病死非白非黑非長
非短非此非彼非學非無學若佛出世及不
出世常住不動無有變易善男子我諸弟子
聞是說已不解我意唱言如來定說佛身是
無爲法善男子我經中說云何名爲十二因
緣從無明生行從行生識從識生名色從名
色生六入從六入生觸從觸生受從受生愛
從愛生取從取生有從有生生從生則有老
死憂苦善男子我諸弟子聞是說已不解我
意唱言如來說十二緣定是有爲我又一時
告諭比丘而作是言十二因緣有佛無佛性
相常住善男子有十二緣不從緣生有從緣
生非十二緣有從緣生亦十二緣有非緣生
亦非十二緣有十二緣非緣生者謂未來世
十二支也有從緣生非十二緣者謂阿羅漢
所有五陰有從緣生亦十二緣者謂凡夫人
所有五陰十二因緣有非緣生非十二緣者
謂虚空涅槃善男子我諸弟子聞是說已不
解我意唱言如來說十二緣定是無爲善男
子我經中說一切衆生作善惡業捨身之時

四大於此即時散壞純善業者心即上行純惡業者心即下行善男子我諸弟子聞是說已不解我意唱言如來說心定常善男子我於一時爲頻婆娑羅王而作是言大王當知色是無常何以故從無常因而得生故是色若從無常因生智者云何說言是常若色是常不應壞滅生諸苦惱今見是色散滅破壞是故當知色是無常乃至識亦如是善男子我諸弟子聞是說已不解我意唱言如來說心定斷善男子我經中說我諸弟子受諸香華金銀寶物妻子奴婢八不淨物獲得正道得正道已亦不捨離我諸弟子聞是說已不解我意定言如來說受五欲不妨聖道又我一時復作是說在家之人得正道者無有是處善男子我諸弟子聞是說已不解我意唱言如來說受五欲定遮正道善男子我經中說遠離煩惱未得解脫猶如欲界修習世間第一法也善男子我諸弟子聞作是說不解我意唱言如來說第一法唯是欲界又復我說暖法頂法忍法世第一法在於初禪至第四禪我諸弟子聞是說已不解我意唱言如來說第一法在於色界又復我說諸外道等先已得斷四禪煩惱修習暖法頂法忍法世第一法觀四眞諦得阿那含果我諸弟子聞是說已不解我意唱言如來說第一法在無色界善男子我經中說四種施中有三種淨一者施主信因信果信施受者不信二者受者信因果施施主不信三者施主受者二俱有信四者施主受者二俱不信是四種施初三種淨我諸弟子聞是說已不解我意唱言

如來說施唯意善男子我於一時復作是說施者施時以五事施何等爲五一者施色二者施力三者施安四者施命五者施辯如是因緣施主還得五事果報我諸弟子聞是說已不解我意唱言佛說施即五陰善男子我於一時宣說涅槃即是遠離煩惱永盡滅無遺餘猶如燈滅更無法生涅槃亦爾言虛空者即無所有譬如世間無所有故名爲虛空非智緣滅即無所有如其有者應有因緣有因緣故應有盡滅以其無故無有盡滅我諸弟子聞是說已不解我意唱言佛說無三無爲善男子我於一時爲目揵連而作是言目連大涅槃者即是章句即是足跡是畢竟處是無所畏即是大師即是大果是畢竟智即是大忍無閡三昧是大法界是甘露味即是難見目連若說無涅槃者云何有人生誹謗者墮於地獄善男子我諸弟子聞是說已不解我意唱言如來說有涅槃復於一時我爲目連而作是說目連眼不牢固至身亦爾皆不牢固不牢固故名爲虛空食下迴轉消化之處一切音聲皆名虛空我諸弟子聞是說已不解我意唱言如來決定說有虛空無爲復於一時爲目連說目連有人未得須陀洹果住忍法時斷於無量三惡道報當知不從智緣而滅我諸弟子聞是說已不解我意唱言如來決定說有非智緣滅善男子我又一時爲跋波比丘說若比丘觀色已若過去若未來若現在若近若遠若麤若細如是等色非我我所若比丘如是觀已能斷色愛跋波又言云何名色我言四大名色四陰名名我

諸弟子聞是說已不解我意唱言如來決定說言色是四大善男子我復說言譬如因鏡則有像現色亦如是因四大造所謂麤細澀滑青黄赤白長短方圓邪角輕重寒熱飢渴煙雲塵霧是名造色猶如響像我諸弟子聞是說已不解我意唱言如來說有四大則有造色或有四大無有造色善男子往昔一時善提王子作如是言若有比丘護持禁戒若發惡心當知是時失比丘戒我時語言王子戒有七種從於身口有無作色以是無作色因緣故其心雖在惡無記中不名失戒猶名持戒以何因緣名無作色非異色因不作異色因果善男子我諸弟子聞是說已不解我意唱言佛說有無作色善男子我於餘經作如是言戒者即是遮制惡法若不作惡是名持戒我諸弟子聞是說已不解我意唱言如來決定宣說無無作色善男子我於經中作如是說聖人色陰乃至識陰皆是無明因緣所出一切凡夫亦復如是從無明生愛當知是愛即是無明從愛生取當知是取即是無明愛從取生有當知是有即是無明愛取從有生受當知是受即是行有從受因緣生於名色無明愛取有行受觸識六入等是故受者即十二支善男子我諸弟子聞是說已不解我意唱言如來說無心數善男子我於經中作如是說從眼色明惡欲四法則生眼識惡欲者即是無明欲性求時即名爲愛愛因緣取取名爲業業因緣識識緣名色名色緣六入六入緣觸觸緣想受愛信精進定慧如是等法因觸而生然非是觸善男子我諸弟

子聞是說已不解我意唱言如來說有心數善男子我或時說唯有一有或說二三四五六七八九至二十五我諸弟子聞是說已不解我意唱言如來說有五有或言六有善男子我往一時住迦毗羅衛尼拘陁林時釋摩男來至我所作如是言云何名爲優婆塞耶我即爲說若有善男子善女人諸根完具受三歸依是則名爲優婆塞也釋摩男言世尊云何名爲一分優婆塞我言若受三歸及受一戒是名一分優婆塞也我諸弟子聞是說已不解我意唱言如來說優婆塞戒不具受得善男子我於一時住恒河邊爾時迦旃延來至我所作如是言世尊我教衆生令受齋法或一日或一夜或一時或一念如是之人成齋不耶我言比丘是人得善不名得齋我諸弟子聞是說已不解我意唱言如來說八戒齋具受乃得善男子我於經中作如是說若有比丘犯四重已不名比丘名破比丘亡失比丘不復能生善芽種子譬如焦種不生果實如多羅樹頭若壞則不生果犯重比丘亦復如是我諸弟子聞是說已不解我意唱言如來說諸比丘犯重禁已失比丘戒善男子我於經中爲純陁說四種比丘一者畢竟到道二者示道三者受道四者汙道犯四重者即是汙道我諸弟子聞是說已不解我意唱言如來說諸比丘犯四重已不失禁戒善男子我於經中告諸比丘一乘一道一行一緣如是一乘乃至一緣能爲衆生作大寂靜永斷一切繫縛愁苦苦及苦因令一切衆到於一有我諸弟子聞是說已不解我意唱言

如來說須陀洹乃至阿羅漢皆得佛道善男子我於經中說須陀洹人間天上七反往來便般涅槃斯陀含人一受人天便般涅槃阿那含人凡有五種或有中間般涅槃者乃至上流般涅槃者阿羅漢人凡有二種一者現在二者未來現在亦斷煩惱五陰未來亦斷煩惱五陰我諸弟子聞是說已不解我意唱言如來說須陀洹至阿羅漢不得佛道善男子我於此經說言佛性具有六事一常二實三真四善五淨六可見我諸弟子聞是說已不解我意唱言佛說衆生佛性離衆生有善男子我又說言衆生佛性猶如虛空虛空者非過去非未來非現在非內非外非色聲香味觸攝佛性亦爾我諸弟子聞是說已不解我意唱言佛說衆生佛性離衆生有善男子我又復說衆生佛性猶如貧女宅中寶藏力士額上金剛寶珠轉輪聖王甘露之泉我諸弟子聞是說已不解我意唱言佛說衆生佛性離衆生有善男子我又復說犯四重禁一闡提人謗方等經作五逆罪皆有佛性如是衆生都無善法佛性是善我諸弟子聞是說已不解我意唱言佛說衆生佛性離衆生有善男子我又復說衆生即是佛性何以故若離衆生不得阿耨多羅三藐三菩提是故我與波斯匿王說於象喩如盲說象雖不得象然不離象衆生說色乃至說識是佛性者亦復如是雖非佛性非不佛性如我爲王說箜篌喩佛性亦爾善男子我諸弟子聞是說已不解我意作種種說如盲問乳佛性亦爾以是因緣或有說言犯四重禁謗方等經作五

逆罪一闡提等悉有佛性或說言無善男子我於處處經中說言一人出世多人利益一國土中二轉輪王一世界中二佛出世無有是處一四天下八四天王乃至二他化自在天亦無是處然我乃說從閻浮提阿鼻地獄上至阿迦膩吒天我諸弟子聞是說已不解我意唱言佛說無十方佛我亦於諸大乘經中說有十方佛

大般涅槃經卷第三十一

音釋

一闡提梵語也此云信不具闡昌演切　厮息移切賤也　鹵郎古切鹹地也　刺七自切芒也　躍脊躍逵負切脊資昔切躍脊曲背也　蹲徂尊切踞也　啖徒感切食也　戮力竹切殺也　圊七情切溷廁也　駮比角切色不純也　蹉倉何切　恃怙恃常利切怙侯古切恃怙依倚也　躃房益切倒也　憒古對切心亂也　氀毼氀力朱切毼胡葛切氀毼毛布也

大般涅槃經卷第三十二

北涼天竺三藏曇無讖譯梵
宋沙門慧嚴慧觀同謝靈運再治

迦葉菩薩品第二十四之二

善男子如是諍訟是佛境界非諸聲聞緣覺所知若人於是生疑心者猶能摧壞無量煩惱如須彌山若於是中生決定者是名執著迦葉菩薩白佛言世尊云何執著佛言善男子如是之人若從他聞若自尋經若他故教於所著事不能放捨是名執著迦葉復言世尊如是執著爲是善耶是不善乎善男子如是執著不名爲善何以故不能摧壞諸疑網故迦葉復言世尊如是人者本自不疑云何說言不壞疑網善男子夫不疑者即是疑也世尊若有人謂須陀洹人不墮三惡是人亦當名著名疑善男子是可名定不得名疑何以故善男子譬如有人先見人樹後時夜行遥見杌根便生疑想人耶樹耶善男子如人先見比丘梵志後時於路遥見比丘即生疑想是沙門耶是梵志乎善男子如人先見牛與水牛後遥見牛便生疑想彼是牛耶是水牛乎善男子一切衆生先見二物後便生疑何以故心不了故我亦不說須陀洹人有墮三惡不墮三惡是人何故生於疑心迦葉言世尊如佛所說要先見已然後疑者有人未見二種物時亦復生疑何等是耶所謂涅槃世尊譬如有人路遇濁水然未曾見而亦生疑如是水者深耶淺耶是人未見云何生疑善男子夫涅槃者即是斷苦非涅槃者即是苦也一切衆生見有二種見苦非苦苦非苦

者即是飢渴寒熱瞋喜病瘦安隱老壯生死繫縛解脫恩愛別離怨憎聚會衆生見已即便生疑當有畢竟遠離如是苦惱事不是故衆生於涅槃中而生疑也汝意若謂是人先來未見濁水云何疑者是義不然何以故是人先於餘處見已是故於此未曾到處而復生疑世尊是人先見深淺處時已不生疑於今何故而復生疑佛言善男子本未行故所以生疑是故我言不了故疑迦葉菩薩白佛言世尊如佛所說疑即是著著即是疑爲是誰耶善男子斷善根者迦葉言世尊何等人輩能斷善根善男子若有聰明黠慧利根能善分別遠離善友不聽正法不善思惟不如法住如是之人能斷善根離是四事心自思惟無有施物何以故施者即是捨於財物若施有報當知施主常應貧窮何以故子果相似故是故說言無因無果若如是說無因無果是則名爲斷善根也復作是念施主受者及以財物三事無常無有停住若無停住云何說言此是施主受者財物若無受者云何得果以是義故無因無果若如是說無因無果當知是人能斷善根復作是念施者施時有五事施受者受已或時作善或作不善而是施主亦復不得善不善果如世間法從子生果果還作子因即施主果即受者而是受者不能以此善不善法令施主得以是義故無因無果若如是說無因無果當知是人能斷善根復作是念無有施物何以故施物無記若是無記云何而得善果報耶無善惡果即是無記財若無記當知則無善惡果報是

故無施無因無果若如是說無因無果當知是人能斷善根復作是念施者即意若是意者無見無對非是色法若非是色云何可施是故無施無因無果若如是說無因無果當知是人能斷善根復作是念施主若爲佛像天像命過父母而行施者則無受者若無受者應無果報若無果報是爲無因若無因者是爲無果若如是說無因無果當知是人能斷善根復作是念無父無母若言父母是衆生因生衆生者理應常生無有斷絕何以故因常有故然不常生是故當知無有父母復作是念無父無母何以故若衆生身因父母有一人應具男女二根然無具者當知衆生非因父母復作是念非因父母而生衆生何以故眼見衆生不似父母謂身色心威儀進止是故父母非衆生因復作是念一切世間有四種無一者未生名無如泥團時未有瓶用二者滅已名無如瓶壞已是名爲無三者各異互無如牛中無馬馬中無牛四者畢竟名無如兔角龜毛衆生父母亦復如是同此四無若言父母衆生因者父母死時子不必死是故父母非衆生因復作是念若言父母衆生因者應因父母常生衆生然而復有化生濕生是故當知非因父母生衆生也復作是念自有衆生非因父母而得生長譬如孔雀聞雷震聲而便得身又如青雀飲雄雀淚而便得身如命命鳥見雄者舞即便得身作是念時如其不遇善知識者當知是人能斷善根復作是念一切世間無善惡果何以故有諸衆生具十善法樂行惠施勤修功德是

人亦復疾病集身中年夭喪財物損失多諸憂苦有行十惡慳貪嫉妬懶惰懈怠不修諸善身安無病終保年壽多饒財寶無諸愁苦是故當知無善惡果復作是念我亦曾聞諸聖人說有人修善命終墮三惡道有人行惡命終生人天中是故當知無善惡果復作是念一切聖人有二種說或說殺生得善果報或說殺生得惡果報是故當知聖說不定聖若不定我云何定是故當知無善惡果復作是念一切世間無有聖人何以故若言聖人應得正道一切衆生具煩惱時修正道者當知是人正道煩惱一時俱有若一時有當知正道不能破結若無煩惱而修道者如是正道爲何所作是故具煩惱者道不能壞不具煩惱道則無用是故當知一切世間無有聖人復作是念無明緣行乃至生緣老死是十二因緣一切衆生等共有之八聖道者其性平等亦應如是一人得時一切應得一人修時應一切苦滅何以故煩惱等故而今不得是故當知無有正道復作是念聖人皆有同凡夫法所謂飲食行住坐卧睡眠喜笑飢渴寒熱憂愁恐怖若同凡夫如是事者當知聖人不得聖道若得聖道應當永斷如是等事如是等事如其不斷當知無道復作是念聖人有身受五欲樂亦復罵辱撾打於人嫉妬憍慢受於苦樂作善惡業是因緣故知無聖人若有道者應斷是事是事不斷當知無道復作是念多憐愍者名爲聖人何因緣故名爲聖人道因緣故名爲聖人若道性憐愍便應憫念一切衆生不待修已然後方得如其

無憫何故聖人因行聖道能憐憫耶是故當知世無聖道復作是念一切四大不從因生衆生等有是四大性不觀衆生是邊應到彼不應到若有聖道性應如是然今不爾是故當知世無聖人復作是念若諸聖人有一涅槃當知是則無有聖人何以故不可得故常住之法理不可得不可取捨若諸聖人涅槃多者是則無常何以故可數法故涅槃若一二人得時一切應得涅槃若多是則有邊云何名常若有說言涅槃體一解脫是多如蓋是一牙舌是多是義不然何以故一一所得非一切得亦有邊故是應無常若無常者云何得名爲涅槃耶涅槃若無誰爲聖人是故當知無有聖人復作是念聖人之道非因緣得若聖人道非因緣得何故一切不作聖人若一切人非聖人者當知是則無有聖人及以聖道復作是念聖說正見有二因緣一者從他聞法二者内自思惟是二因緣若從緣生所從生者復從緣生如是展轉有無窮過若是二事不從緣生一切衆生何故不得作是觀時能斷善根善男子若有衆生深見如是無因無果是人能斷信等五根善男子斷善根者非是下劣愚鈍之人亦非天中及三惡道破僧亦爾

迦葉菩薩白佛言世尊如是之人何時當能還生善根佛言善男子是人二時還生善根初入地獄出地獄時善男子善有三種過去現在未來若過去者其性自滅因雖滅盡果報未熟是故不名斷過去果斷三世因故名爲斷迦葉菩薩白佛言世尊若斷三世因名

斷善根斷善根人即有佛性如是佛性爲是過去爲是現在爲是未來爲偏三世若過去者云何名常佛性亦常是故當知非過去也若未來者云何名常何故佛說一切衆生必定當得若必定得云何言斷若現在者復云何常何故復言必定可見如來亦說佛性有六一常二眞三實四善五淨六可見若斷善根有佛性者則不得名斷善根也若無佛性云何復言一切衆生悉有佛性若言佛性亦有亦斷云何如來復說是常佛言善男子如來世尊爲衆生故有四種答一者定答二者分別答三者隨問答四者置答善男子云何定答若問惡業得善果耶不善果乎是應定答得不善果善亦如是若問如來一切智不是應定答是一切智若問佛法是清淨不是應定答必定清淨若問如來弟子如法住不是應定答有如法住是名定答云何分別答如我所說四眞諦法云何爲四苦集滅道何謂苦諦有八苦故名曰苦諦云何集諦五陰因故名爲集諦云何滅諦貪欲瞋癡畢竟盡故名爲滅諦云何道諦三十七助道法名爲道諦是名分別答云何隨問答如我所說一切法無常復有問言如來世尊爲何法故說於無常答言如來爲有爲法故說無常無我亦爾如我所說一切法燒他又問言如來世尊爲何法故說一切燒答言如來爲貪瞋癡說一切燒善男子如來十力四無所畏大慈大悲三念處首楞嚴等八萬億諸三昧門三十二相八十種好五智印等三萬五千諸三昧門金剛定等四千二百諸三昧門方便三

眛無量無邊如是等法是佛佛性如是佛性則有七事一常二我三樂四淨五眞六實七善是名分别答善男子後身菩薩佛性有六一常二淨三眞四實五善六少見是名分别答如汝先問斷善根人有佛性者亦有如來佛性亦有後身佛性是二佛性障未來故得名爲無畢定得故得名爲有是名分别答如來佛性非過去非現在非未來後身佛性現在未來少可見故得名現在未具見故名爲未來如來未得阿耨多羅三藐三菩提時佛性因故亦是過去現在未來果則不爾有是三世有非三世後身菩薩佛性因故亦是過去現在未來果亦如是是名分别答九住菩薩佛性六種一常二善三眞四實五淨六可見佛性因故亦是過去現在未來果亦如是是名分别答八住菩薩下至六住佛性五事一眞二實三淨四善五可見佛性因故亦是過去現在未來果亦如是是名分别答五住菩薩下至初住佛性五事一眞二實三淨四可見五善不善善男子是五種佛性六種佛性七種佛性斷善根人必當得故故得言有是名分别答若有説言斷善根者定有佛性定無佛性是名置答迦葉菩薩言世尊我聞不答乃名置答如來今者何因緣答而名置答善男子我亦不説置而不答乃説置答善男子如是置答復有二種一者遮止二者莫著以是義故得名置答迦葉菩薩白佛言世尊如佛所説云何名因亦是過去現在未來果亦過去現在未來非是過去現在未來佛言善男子五陰二種一者因二者果是因五

陰是過去現在未來是果五陰亦是過去現在未來亦非過去現在未來善男子一切無明煩惱等結悉是佛性何以故佛性因故從無明行及諸煩惱得善五陰是名佛性從善五陰乃至獲得阿耨多羅三藐三菩提是故我於經中先說衆生佛性如雜血乳血者即是無明行等一切煩惱乳者即是善五陰也是故我說從諸煩惱及善五陰得阿耨多羅三藐三菩提如衆生身皆從精血而得成就佛性亦爾須陀洹人斯陀含人斷少煩惱佛性如乳阿那含人佛性如酪阿羅漢人猶如生酥從辟支佛至十住菩薩猶如熟酥如來佛性猶如醍醐善男子現在煩惱爲作障故令諸衆生不得覩見如香山中有忍辱草非一切牛皆能得食佛性亦爾是名分別答迦葉菩薩白佛言世尊五種六種七種佛性若未來有者云何說言斷善根人有佛性耶佛言善男子如諸衆生有過去業因是業故衆生現在得受果報有未來業以未生故終不生果有現在煩惱若無煩惱一切衆生應當了了現見佛性是故斷善根人以現在世煩惱因緣能斷善根未來佛性力因緣故還生善根迦葉言世尊未來云何能生善根善男子猶如燈日雖復未生亦能破闇未老之生能生衆生未來佛性亦復如是是名分別答迦葉菩薩白佛言世尊若言五陰是佛性者云何說言衆生佛性非內非外佛言善男子何因緣故如是失意我先不說衆生佛性是中道耶迦葉言世尊我實不失意直以衆生於此中道不能解故故發斯問善男子衆生

不解即是中道或時有解或有不解善男子我爲衆生得開解故説言佛性非内非外何以故凡夫衆生或言佛性住五陰中如器中有果或言離陰而有猶如虚空是故如來説於中道衆生佛性非内六入非外六入内外合故名爲中道是故如來宣説佛性即是中道非内非外故名中道是名分別答復次善男子云何名爲非内非外善男子或言佛性即是外道何以故菩薩摩訶薩於無量劫在外道中斷諸煩惱調伏其心教化衆生然後乃得阿耨多羅三藐三菩提是以佛性即是外道或言佛性即是内道何以故菩薩雖於無量劫中修習外道若離内道則不能得阿耨多羅三藐三菩提是以佛性即是内道是故如來遮此二邊説言佛性非内非外亦名内外是名中道名分別答復次善男子或言佛性即是如來金剛之身三十二相八十種好何以故不虚誑故或言佛性即是十力四無所畏大慈大悲及三念處首棱嚴等一切三昧何以故因是三昧生金剛身三十二相八十種好故是故如來遮此二邊説言佛性非内非外亦名内外是名中道復次善男子或有説言佛性即是内善思惟何以故離善思惟則不能得阿耨多羅三藐三菩提故是故佛性即是内善思惟或有説言佛性即是從他聞法何以故從他聞法則能内善思惟若不聞法則無思惟是以佛性即是從他聞法是故如來遮此二邊説言佛性非内非外亦名内外是名中道復次善男子復有説言佛性是外謂檀波羅蜜從檀波羅蜜得阿耨

多羅三藐三菩提是以說言檀波羅蜜即是佛性或有說言佛性是內謂五波羅蜜何以故離是五事當知則無佛性因果是以說言五波羅蜜即是佛性是故如來遮此二邊說言佛性非內非外亦內亦外是名中道復次善男子或有說言佛性在內譬如力士額上寶珠何以故常樂我淨如寶珠故是以說言佛性在內或有說言佛性在外如貧寶藏何以故方便見故佛性亦爾在衆生外以方便故而得見之是故如來遮此二邊說言佛性非內非外亦內亦外是名中道

善男子衆生佛性非有非無所以者何佛性雖有非如虛空何以故世間虛空雖以無量善巧方便不可得見佛性可見是故雖有非如虛空佛性雖無不同兔角何以故龜毛兔角雖以無量善巧方便不可得生佛性可生是故雖無不同兔角是故佛性非有非無亦有亦無云何名有一切悉有是諸衆生不斷不滅猶如燈燄乃至得阿耨多羅三藐三菩提是故名有云何名無一切衆生現在未有一切佛法常樂我淨是故名無有無合故即是中道是故佛說衆生佛性非有非無善男子若有人問是種子中有果無果耶應定答言亦有亦無何以故離子之外不能生果是故名有子未出芽是故名無以是義故亦有亦無所以者何時節有異其體是一衆生佛性亦復如是若言衆生中別有佛性是義不然何以故衆生即佛性佛性即衆生直以時異有淨不淨善男子若有問言是子能生果不是果能生子不應定答言亦生不生世尊

如世人說乳中有酪是義云何善男子若有說言乳中有酪是名執著若言無酪是名虛妄離是二事應定說言亦有亦無何故名有從乳生酪因即是乳果即是酪是名爲有云何名無色味各異服用不同熱病服乳下病服酪乳生冷病酪生熱病善男子若言乳中有酪性者乳即是酪酪即是乳其性是一何因緣故乳在先出酪不先生若有因緣一切世人何故不說若無因緣何故酪不先出若酪不先出誰作次第乳酪生酥熟酥醍醐是故知酪先無今有若先無今有是無常法善男子若有說言乳有酪性能生於酪水無酪性故不生酪是義不然何以故水草亦有乳酪之性所以者何因於水草則出乳酪若言乳中定有酪性水草無者是名虛妄何以故心不等故故名虛妄善男子若言乳中定有酪者酪中亦應定有乳性何因緣故乳中出酪酪不出乳若無因緣當知是酪本無今有是故智者應言乳中非有酪性非無酪性善男子是故如來於是經中說如是言一切衆生定有佛性是名爲著若無佛性是名虛妄智者應說衆生佛性亦有亦無善男子四事和合生於眼識何等爲四眼色明欲是眼識性非眼非色非明非欲從和合故便得出生如是眼識本無今有已有還無是故當知無有本性乳中酪性亦復如是若有說言水無酪性故不出酪是故乳中定有酪性是義不然何以故一切諸法異因異果亦非一因生一切果非一切果從一因生善男子如是四事生於眼識不可復說從此四事應生耳識

善男子離於方便乳中得酪酪出生酥不得如是要須方便善男子智者不可見離方便從乳得酪謂得生酥亦應如是離方便得善男子是故我於是經中說因生故法有因滅故法無善男子如鹽性鹹能令非鹹使鹹若非鹹物先有鹹性世人何故更求鹽耶若先無者當知先無今有以餘緣故而得鹹也若言一切不鹹之物皆有鹹性微故不知由此微性鹽能令鹹若本無性雖復有鹽不能令鹹譬如種子自有四大緣外四大而得增長芽莖枝葉鹽性亦爾者是義不然何以故不鹹之物先有鹹性者鹽亦應有微不鹹性是鹽若有如是二性何因緣故離不鹹物不可獨用是故知鹽本無二性如鹽一切不鹹之物亦復如是若言外四大種力能增長內四大者是義不然何以故次第說故不從方便乳中得酪生酥乃至一切諸法皆不如是非方便得四大亦復如是若說從外四大增內四大不見從內四大增外四大如尸利沙果先無形質見昴星時果則出生足長五寸如是果實不因於外四大而增

善男子如我所說十二部經或隨自意說或隨他意說或隨自他意說云何名爲隨自意說如五百比丘問舍利弗大德佛說身因何者是耶舍利弗言諸大德汝等亦各得正解脫自應識之何緣方作如是問耶有比丘言大德我未獲得正解脫時意謂無明即是身因作是觀時得阿羅漢果復有說言大德我未獲得正解脫時謂愛無明即是身因作是觀時得阿羅漢果或復說言行識名色六入

觸受愛取有生飲食五欲即是身因爾時五百比丘各各自說已所解已共往佛所稽首佛足右繞三帀禮拜畢已却坐一面各以如上已所解義向佛說之舍利弗白佛言世尊如是諸人誰是正說誰不正說佛告舍利弗善哉善哉一一比丘無非正說舍利弗言世尊佛意云何佛言舍利弗我為欲界衆生說言父毋即是身因如是等經名隨自意說云何名為隨他意說如把吒羅長者來至我所作如是言瞿曇汝知幻不若知幻者即大幻人若不知者非一切智我言長者知幻之人名幻人耶長者言善哉善哉知幻之人即是幻人佛言長者舍衛國內波斯匿王有旃陀羅名曰氣嘘汝知不耶長者答言瞿曇我久知之佛言汝久知者可得即是旃陀羅不長者言瞿曇我雖知是旃陀羅然我此身非旃陀羅佛言長者汝得是義知旃陀羅非旃陀羅我今何故不得知幻而非幻耶長者我實知幻知幻人知幻果報知幻技術我知殺知殺人知殺果報知殺解脫乃至知邪見知邪見人知邪見果報知邪見解脫長者若說非幻之人名為幻人非邪見人說邪見人得無量罪長者言瞿曇如汝所說我得大罪我今所有悉以相上幸莫令彼波斯匿王知我此事佛言長者是罪因緣不必失財乃當因是墮三惡道是時長者聞惡道名心生恐怖白佛言聖人我今失意獲得大罪聖人今者是一切智應當了知獲得解脫我當云何得脫地獄餓鬼畜生爾時我為說四真諦長者聞已得須陀洹果心生慙愧向佛懺悔我本愚

癡佛非幻人而言是幻我從今日歸依三寶佛言善哉善哉長者是名隨他意說云何名爲隨自他說如我所說如一切世間智者說有我亦說有智者說無我亦說無世間智人說五欲樂有無常苦無我可斷我亦說有世間智人說五欲樂有常我淨無有是處我亦如是說無是處是名隨自他意說善男子如我所說十住菩薩少見佛性是名隨他意說何故名少見十住菩薩得首楞嚴等三昧三千法門是故了了自知當得阿耨多羅三藐三菩提不見一切衆生定得阿耨多羅三藐三菩提是故我說十住菩薩少分見佛性善男子我常宣說一切衆生悉有佛性是名隨自意說一切衆生不斷不滅乃至得阿耨多羅三藐三菩提是名隨自意說一切衆生悉有佛性煩惱覆故不能得見我說如是汝說亦爾是名隨自他意說善男子如來或時爲一法故說無量法如經中說一切梵行因善知識一切梵行因雖無量說善知識則已攝盡如我所說一切惡行邪見爲因一切惡行因雖無量若說邪見則已攝盡或說阿耨多羅三藐三菩提信心爲因是菩提因雖復無量若說信心則已攝盡善男子如來雖說無量諸法以爲佛性然不離於陰入界也善男子如來說法爲衆生故有七種語一者因語二者果語三者因果語四者喻語五者不應說語六者世流布語七者如意語云何名因語現在因中說未來果如我所說善男子汝見衆生樂殺乃至樂行邪見當知是人即地獄人善男子若有衆生不樂殺生乃至邪見

當觀是人即是天人是名因語云何果語現在果中說過去因如經中說善男子如汝所見貧窮衆生顔貌醜陋不得自在當知是人定有破戒妬心瞋心無慚愧心若見衆生多財巨富諸根完具威德自在當知是人定有戒施精勤慚愧無有妬瞋是名果語云何因果語如經中說善男子衆生現在六入觸因是名過去業果如來亦說名之爲業是業因緣得未來果是名因果語云何喻語如說師子王者即喻我身大象王大龍王波利質多羅樹七寶聚大海須彌山大地大雨船師導師調御丈夫力士牛王婆羅門沙門大城多羅樹如是喻經名爲喻語云何不應語我經中說天地可合河不入海如爲波斯匿王說四方山來如爲鹿子母優婆夷說若娑羅樹能受八戒則得受於人天之樂寧說十住菩薩有退轉心不說如來有二種語寧說須陀洹人墮三惡道不說十住有退轉心是名不應語云何世流布語如佛所說男女大小去來坐卧車乘房舍缾衣衆生常樂我淨軍林城邑幻化合散是名世流布語云何如意語如我訶責毀禁之人令彼自責護持禁戒如我讚歎須陀洹人令諸凡夫生於善心讚歎菩薩爲令衆生發菩提心說三惡道所有苦惱爲令修習諸善法故說一切燒唯爲一切有爲法故無我亦爾說諸衆生悉有佛性爲令一切不放逸故是名如意語善男子如來復有隨自意語如佛性則有二種一者有二者無有者所謂三十二相八十種好十力四無所畏三念處大慈大悲首楞嚴等無量

三昧金剛等無量三昧方便等無量三昧五智等無量三昧是名爲有無者所謂如來過去諸善不善無記業因果報煩惱五陰十二因緣是名爲無善男子如有無善不善有漏無漏世間非世間聖非聖有爲無爲實不實寂靜非寂靜諍非諍界非界煩惱非煩惱取非取受記非受記有非有三世非三世時非時常無常我無我樂無樂淨無淨色受想行識非色受想行識内入非内入外入非外入十二因緣非十二因緣是名如來佛性有無乃至一闡提佛性有無亦復如是善男子我雖說言一切衆生悉有佛性衆生不解佛如是等隨自意語善男子如是語者後身菩薩尚不能解況於二乘其餘菩薩善男子我往一時在耆闍崛山與彌勒菩薩共論世諦舍利弗等五百聲聞於是事中都不識知何況出世第一義諦善男子或有佛性一闡提有善根人無或有佛性善根人有一闡提無或有佛性二人俱有或有佛性二人俱無善男子我諸弟子若解如是四句義者不應難言一闡提人定有佛性定無佛性若言衆生悉有佛性是名如來隨自意語如來如是隨自意語衆生云何一向作解善男子如恒河中有七衆生一者常沒二者暫出還沒三者出已則住四者出已徧觀四方五者徧觀已行六者行已復住七者水陸俱行常沒者所謂大魚受大惡業身重處深是故常沒暫出還沒者如是大魚受惡業故身重處淺暫見光明因光故暫出重故還沒出已則住者謂坻彌魚身處淺水樂見光明故出已住徧觀四

方者所謂鮨魚爲求食故徧觀四方是故觀方觀已行者謂是鮨魚遥見餘物謂是可食疾行趣之故觀已行行已復住者是魚趣已旣得可食即便停住故行已復住水陸俱行者即是龜也善男子如是微妙大涅槃河其中亦有七種衆生從初常没乃至第七或入或出常没者有人聞是大涅槃經如來常住無有變易常樂我淨終不畢竟入於涅槃一切衆生悉有佛性一闡提人謗方等經作五逆罪犯四重禁必當得成菩提之道須陀洹斯陀含阿那含阿羅漢辟支佛等必當得成阿耨多羅三藐三菩提聞是語已生不信心即作是念作是念已便作是言是涅槃典即外道書非是佛經是人爾時遠離善友不聞正法雖時得聞不能思惟雖復思惟不思惟善不思惟善故如惡法住惡法住者則有六種一者惡二者無善三者汙法四者增有五者惱熱六受惡果是名爲没何故名没無善心故常行惡故不修對治故是名爲没惡者聖人訶責故心生怖畏故善人遠離故不益衆生故是名爲惡無善者能生無量惡果報故常爲無明所纏繞故樂與惡人爲等侶故無有修善諸方便故其心顛倒常錯謬故是名無善汙法者常汙身口故汙淨衆生故增不善業故遠離善法故是名汙法增有者如上三人所行之法能增地獄畜生餓鬼不能修習解脱之法身口意業不厭諸有是名增有惱熱者是人具行如上四事能令身心二事煩惱遠離寂靜則名爲熱受地獄報故名爲熱燒諸衆生故名爲熱燒諸善法故名爲

熱善男子信心清涼是人不具是故名熱受惡果者是人具足行上五事死墮地獄餓鬼畜生善男子有三惡事復名惡果一者煩惱惡二者業惡三者報惡是名受惡果報善男子是人具足如上六事能斷善根作五逆罪能犯四重能謗三寶用衆僧物能作種種非法之事是因緣故沈沒在於阿鼻地獄所受身形縱廣八萬四千由延是人身口心業重故不能得出何以故其心不能生善法故雖有無量諸佛出世不聞不見故名常沒如恒河中大魚善男子我雖復說一闡提等名爲常沒復有常沒非一闡提何者是耶如人爲有修施戒善是名常沒善男子有四善事獲得惡果何等爲四一者爲勝他故讀誦經典二者爲利養故受持禁戒三者爲他屬故而行布施四者爲於非想非非想處故繫念思惟是四善事得惡果報若人修集如是四事是名沒已還出出已還沒何故名沒樂三有故何故名出以見明故明者即是聞戒施定何故還沒增長邪見生憍慢故是故我於經中說偈

若有衆生樂諸有　爲有造作善惡業
是人迷失涅槃道　是名暫出還復沒
行於黑闇生死海　雖得解脫離煩惱
是人還受惡果報　是名暫出還復沒

善男子如彼大魚因見光故暫得出水其身重故還復沈沒如上二人亦復如是善男子或復有人樂著三有是名爲沒得聞如是大涅槃經生於信心是名爲出何因緣故名之爲出聞是經已遠離惡法修習善法是名爲

出是人雖信亦不具足何因緣故信不具足是人雖信大般涅槃常樂我淨言如來身無常無我無樂無淨如來則有二種涅槃一者有爲二者無爲有爲涅槃無常樂我淨無爲涅槃有常樂我淨雖信佛性是衆生有不必一切皆悉有之是故名爲信不具足善男子信有二種一者信二者求如是之人雖復有信不能推求是故名爲信不具足信復有二一從聞生二從思生是人信心從聞而生不從思生是故名爲信不具足復有二種一信有道二信得者是人信心唯信有道都不信有得道之人是故名爲信不具足復有二種一者信正二者信邪言有因果有佛法僧是名信正言無因果三寶性異信諸邪語富蘭那等是名信邪是人雖信佛法僧寶不信三寶同一性相雖信因果不信得者是故名爲信不具足是人成就不具足信所受禁戒亦不具足何因緣故名不具足因不具故所得禁戒亦不具足復何因緣名不具足戒有二種一威儀戒二從戒戒是人雖具威儀等戒不具從戒戒是故名爲戒不具足復有二種一者作戒二者無作戒是人雖具作戒不具無作戒是故名爲戒不具足復有二種一從身口得於正命二從身口不得正命是人雖從身口不得正命是故名爲戒不具足復有二種一者求戒二者捨戒是人雖具求有之戒不得捨戒是故名爲戒不具足復有二種一者隨有二者隨道是人雖具隨有之戒不具隨道是故名爲戒不具足復有二種一者善戒二者惡戒身口意善是名善戒牛戒狗

戒是名惡戒是人深信是二種戒俱有善果是故名爲戒不具足是人不具信戒二事所修多聞亦不具足云何名爲聞不具足如來所說十二部經唯信六部不信六部是故名爲聞不具足雖復受持是六部經不能讀誦爲他解說無所利益是故名爲聞不具足又復受是六部經已爲論議故爲勝他故爲利養故爲諸有故持讀誦說是故名爲聞不具足善男子我於經中說聞具足云何具足若有比丘身口意善先能供養和尚諸師有德之人是諸師等於是人所生愛念心以是因緣教授經法是人至心受持誦習持誦習已獲得智慧得智慧已能善思惟如法而住善思惟已則得正義得正義已身心寂靜身心寂已則生喜心喜心因緣心則得定因得定故得正知見正知見已於諸有中心生厭悔諸有故能得解脱是人無有如是等事是故名爲聞不具足是人不具如是三事施亦不具施有二種一者財施二者法施是人雖復行於財施爲求有故雖行法施亦不具足何以故祕不盡說畏他勝故是故名爲施不具足財法二施各有二種一者聖二者非聖聖者施已不求果報非聖施已求於果報聖者法施爲增長法非聖法施爲增諸有如是之人爲增財故而行財施爲增有故而行法施是故名爲施不具足復次是人受六部經見受法者而供給之不受法者則不供給是故名爲施不具足是人不具如上四事所修智慧亦不具足智慧之性性能分別是人不能分別如來是常無常如來於此涅槃經中

說言如來即是解脫解脫即是如來如來即是涅槃涅槃即是解脫於是義中不能分別梵行即是如來如來即是慈悲喜捨慈悲喜捨即是解脫解脫即是涅槃涅槃即是慈悲喜捨於是義中不能分別是故名爲智不具足復次不能分別佛性即是如來如來即是一切不共之法不共之法即是解脫解脫即是涅槃涅槃即是不共之法於是義中不能分別是故名爲智不具足復次不能分別四諦苦集滅道不能分別四眞諦故不知聖行不知聖行故不知如來不知如來故不知解脫不知解脫故不知涅槃是故名爲智不具足是人不具如是五事有二種一增善法二增惡法云何名爲增長惡法是人不見已不具足自言具足而生著心於同行中自謂爲勝是故親近同已惡友既親近已復得更聞不具足法聞已心喜其心染著起於憍慢多行放逸因放逸故親近在家亦樂聞說在家之事遠離清淨出家之法以是因緣增長惡法增惡法故身口意等起不淨業三業不淨故增長地獄畜生餓鬼是名暫出還沒暫出還沒者我佛法中其誰是耶謂提婆達多瞿伽離比丘踠手比丘善星比丘坻舍比丘滿宿比丘慈地比丘尼曠野比丘尼方比丘尼慢比丘尼淨潔長者求有優婆塞舍勒釋種象長者名稱優婆夷光明優婆夷難陀優婆夷軍優婆夷鈐優婆夷如是等人名爲暫出還沒譬如大魚見明故出身重故沒第二之人深自知見行不具足不具足故求近善友近善友故樂諮未聞聞已樂受受已樂善思

惟善思惟已能如法住如法住故增長善法增善法故終不復没是名爲住我佛法中其誰是耶謂舍利弗大目揵連阿若憍陳如等五比丘耶舍等五比丘阿㝹樓陀童子迦葉摩訶迦葉十力迦葉瘦瞿曇彌比丘尼波羅華比丘尼勝比丘尼實義比丘尼意比丘尼跋陀比丘尼淨比丘尼不退轉比丘尼頻婆娑羅王郁伽長者須達多長者釋摩男貧須達多鼠狼長者子名稱長者具足長者師子將軍優婆離長者刀長者無畏優婆夷善住優婆夷愛法優婆夷勇健優婆夷天得優婆夷善生優婆夷具身優婆夷牛得優婆夷曠野優婆夷摩訶斯那優婆夷如是等比丘比丘尼優婆塞優婆夷得名爲住云何爲住常樂覩見善光明故以是因緣若佛出世若不出世如是等人終不造惡是名爲住如坻彌魚樂見光明不沈不没如是等衆亦復如是是故我於經中説偈

若人善能分别義　至心求於沙門果
若能訶責一切有　是人名爲如法住
若能供養無量佛　則能無量世修道
若受世樂不放逸　是人名爲如法住
親近善友聽正法　内善思惟如法住
樂見光明修習道　獲得解脱安隱住

大般涅槃經卷第三十二

音釋

杌五骨切木無枝也　黠胡八切慧也　撾陟瓜切擊也　首楞嚴梵語也此云健相分别棱盧登切　嘘朽居切　䱜倉各切魚名也　坻彌梵語具云坻彌祇羅此云大身魚坻直尼切

大般涅槃經卷第三十三

北涼天竺三藏曇無讖譯梵
宋沙門慧嚴慧觀同謝靈運再治

迦葉菩薩品第二十四之三

善男子智不具足凡有五事是人知已求近善友如是善友當觀是人貪欲瞋恚愚癡思覺何者偏多若知是人貪欲多者即應爲說不淨觀法瞋恚多者爲說慈悲思覺多者教令數息著我多者當爲分析十八界等是人聞已至心受持心受持已如法修行如法行已次第獲得四念處觀身受心法得是觀已次第復觀十二因緣如是觀已次得煖法迦葉菩薩白佛言世尊一切衆生悉有煖法何以故如佛所說三法和合名爲衆生一壽二煖三識若從是義一切衆生應先有煖云何如來說言煖法因善友生佛言善男子如汝所問有煖法者一切衆生至一闡提皆悉有之如我今者所說煖法要因方便然後乃得本無今有以是義故非諸衆生一切先有是故汝今不應難言一切衆生皆有煖法善男子如是煖法是色界法非欲界有若言一切衆生有者欲界衆生亦皆應有欲界無故當知一切不必悉有善男子色界雖有非一切有何以故我弟子有外道則無以是義故一切衆生不必悉有善男子一切外道唯觀六行我諸弟子具足十六是十六行一切衆生不必悉有迦葉菩薩白佛言世尊所言煖法云何名煖爲自性煖爲他故煖佛言善男子如是煖法自性是煖非他故煖迦葉菩薩言世尊如來先說馬師滿宿無有煖法何以故

於三寶所無信心故是故無煖當知信心即是煖法善男子信非煖法何以故因於信心後得煖故善男子夫煖法者即是智慧何以故觀四諦故是故名之爲十六行行即是智善男子如汝所問何因緣故名爲煖者善男子夫煖法者即是八聖道之火相故名爲煖善男子譬如鑽火先有煖氣次有火生後則煙出是無漏道亦復如是煖者即是十六行也火者即是須陀洹果煙者即是修道斷結迦葉菩薩復白佛言世尊如是煖法亦是有法亦是有爲是法報得色界五陰是故名有是因緣故復名有爲若是有爲云何能爲無漏道相佛言善男子如是如是如汝所説善男子如是煖法雖是有爲有法還能破壞有爲有法是故能爲無漏道相善男子如人乘馬亦愛亦策煖心亦爾愛故受生厭故觀行是故雖復有法有爲而能與彼正道作相得煖法人七十三種欲界十種是人具足一切煩惱從斷一分至于九分如欲界初禪乃至無所有處亦復如是是名七十三種如是等人得煖法已則不復能斷於善根作五逆罪犯四重禁是人一種一遇善友二遇惡友遇惡友者暫出還没遇善友者徧觀四方觀四方者即是頂法是法雖復性是五陰亦緣四諦是故得名徧觀四方得頂法已次得忍法是忍亦爾性亦五陰亦緣四諦是人次得世第一法是法雖復性是五陰亦緣四諦是人次第得苦法忍忍性是慧緣於一諦如是忍法緣一諦已乃至見斷煩惱得須陀洹果是名第四徧觀四方四方者即是四諦迦葉菩

薩白佛言世尊如佛先說須陀洹人所斷煩惱猶如縱廣四十里水其餘在者如一毛渧此中云何說斷三結名須陀洹一者我見二者非因見因三者疑網世尊何因緣故名須陀洹徧觀四方復何因緣名須陀洹復何因緣說須陀洹喻以鮨魚佛言善男子須陀洹人雖復能斷無量煩惱此三重故亦攝一切須陀洹人所斷結故善男子譬如大王出遊巡時雖有四兵世人但言王來王去何以故世間重故是三煩惱亦復如是何因緣故名之爲重一切衆生常所起故微難識故故名爲重如是三結難可斷故能爲一切煩惱因故是三對治之怨敵故謂戒定慧善男子有諸衆生聞須陀洹能斷如是無量煩惱則生退心便作是言衆生云何能斷如是無量煩惱是故如來方便說三如汝所問何因緣故須陀洹人喻觀四方者善男子須陀洹人觀於四諦獲得四事一者住堅固道二者能徧觀察三者能如實見四者能壞大怨堅固道者是須陀洹所有五根無能動者是故名爲住堅固道能徧觀者悉能訶責內外煩惱如實見者即是忍智壞大怨者謂四顛倒如汝所問何因緣故名須陀洹者善男子須名無漏陀洹名修習修習無漏故名須陀洹善男子復有須者名流流有二種一者順流二者逆流以逆流故名須陀洹迦葉菩薩言世尊若從是義何因緣故斯陀含人阿那含人阿羅漢人不得名爲須陀洹耶善男子從須陀洹乃至諸佛亦得名爲須陀洹若斯陀含乃至諸佛無須陀洹云何得名斯陀含乃至佛

一切衆生名有二種一者舊二者客凡夫之時有世名字既得道已更爲立名名須陀洹以先得故名須陀洹以後得故名斯陀含是人亦名須陀洹亦名斯陀含乃至佛亦復如是善男子流有二種一者解脱二者涅槃一切聖人皆有是二亦可得名須陀洹亦名斯陀含乃至佛亦復如是善男子須陀洹者亦名菩薩何以故菩薩者即是盡智無生智須陀洹人亦復求索如是二智是故當知須陀洹人得名菩薩須陀洹人亦得名覺何以故正覺見道斷煩惱故正覺因果故正覺共道及不共道故斯陀含乃至阿羅漢亦復如是善男子是須陀洹凡有二種一者利根二者鈍根鈍根之人人天七反是鈍根人復有五種或有六反五四三二利根之人現在獲得須陀洹果至阿羅漢果善男子如汝所問何因緣故須陀洹人喻以鮨魚者善男子鮨魚有四事一者骨細故輕二者有翅故輕三者樂見光明四者銜物堅持須陀洹人亦有四事骨細者喻煩惱微有翅者喻奢摩他毗婆舍那樂見光明喻於見道銜物堅持喻聞如來説無常苦無我不淨堅持不捨猶如魔王化作佛像首羅長者見已心驚魔見長者其心動已即語長者我先所説四眞諦者是説不眞今當爲汝更説五諦六陰十三入十九界長者聞已尋觀法相都無此理是故堅持其心不動迦葉菩薩白佛言世尊是須陀洹先得道故名須陀洹以初果故名須陀洹若先得道名須陀洹者得苦法忍時何故不得名須陀洹乃名爲向若以初果名須陀洹外

道之人先斷煩惱至無所有處修無漏道得阿那含果何故不名爲須陀洹善男子以初果故名須陀洹如汝所問外道之人先斷煩惱至無所有處修無漏道得阿那含何故不名須陀洹者善男子以初果故名須陀洹是人爾時具足八智及十六行迦葉言世尊得阿那含亦復如是亦得八智具十六行何故不得名須陀洹善男子有漏十六行有二種一者共二者不共無漏十六行亦有二種一者向果二者得果八智亦二一者向果二者得果須陀洹人捨共十六行得不共十六行捨向果八智得得果八智阿那含人則不如是是故初果名須陀洹善男子須陀洹人緣於四諦阿那含人唯緣一諦是故初果名須陀洹以是因緣喻以鯖魚徧觀已行者即是

斯陀含繫心修道爲斷貪欲瞋癡憍慢如彼鯖魚徧觀方已爲食故行行已復住喻阿那含得食已住是阿那含凡有二種一者現在得阿那含進修即得阿羅漢果二貪著色界無色界中寂靜三昧是人不受欲界身故名阿那含是阿那含復有五種一者中般涅槃二者受身般涅槃三者行般涅槃四者無行般涅槃五者上流般涅槃復有六種五如上六現在般涅槃復有七種六如上七無色界般涅槃行般涅槃復有二種或受二身或受四身若受二身是名利根若受四身是名鈍根復有二種一者精進無自在定二者懈怠有自在定復有二種一者具精進定二者不具善男子欲色衆生有二種業一者作業二者受生業中涅槃者唯有作業無受生業是

故於中而般涅槃捨欲界身未至色界以利根故於中涅槃是中涅槃阿那含人有四種心一者非學非無學二者學三者無學四者非學非無學入於涅槃云何得名中般涅槃善男子是阿那含四種心中二是涅槃二非涅槃是故名爲中般涅槃受身涅槃復有二種一者作業二者生業是人捨欲界身受色界身精勤修道盡其壽命入於涅槃迦葉言世尊若言盡命入涅槃者云何而言受身涅槃佛言善男子是人受身然後乃斷三界煩惱是故名爲受身涅槃行般涅槃者常修行道有爲三昧力故能斷煩惱入於涅槃是名行般涅槃無行涅槃者是人定知當得涅槃是故懈怠亦以有爲三昧力故壽盡則得入於涅槃是名無行般涅槃上流般涅槃者若

有人得第四禪已是人生於初禪愛心以是因緣退生初禪是有二流一煩惱流二者道流以道流故是人壽盡生二禪愛以愛因緣生於二禪至第四禪亦復如是是四禪中復有二種一入無色界二入五淨居如是二人一樂三昧二樂智慧樂智慧者入五淨居樂三昧者入無色界如是二人一修第四禪有五階差二者不修云何爲五下中上上中上上修上上者處無小天修上中者處善見天修上品者處善可見天修中品者處無熱天修下品者處小廣天如是二人一樂論議一樂寂靜樂寂靜者入無色界樂論議者處五淨居復有二種一者修熏禪二者不修熏禪修熏禪者入五淨居不修熏禪者生無色界盡其壽命而般涅槃是名上流般涅槃若欲

入於無色界者則不能修四禪五差若修五差則能訶責無色界定迦葉菩薩白佛言世尊中涅槃者則是利根若利根者何不現在入涅槃耶何故欲界有中涅槃色界則無佛言善男子是人現在四大羸劣不能修道雖有比丘四大康健無有房舍飲食衣服卧具醫藥衆緣不具是故不得現在涅槃善男子我昔一時在舍衞國阿那邠坻精舍有一比丘來至我所作如是言世尊我常修道而不能得須陀洹果至阿羅漢果我時即告阿難言汝今當爲是比丘具諸所須爾時阿難將是比丘至祇陀林與好房舍是時比丘語阿難言大德惟願爲我莊嚴房舍淨潔修治七寶嚴麗懸繒旛蓋阿難言世間貧者乃名沙門我當云何能辦是事是比丘言大德若能爲我作者善若不能者我當還往至世尊所爾時阿難即往佛所作如是言世尊向者比丘從我求索種種莊嚴七寶旛蓋不審是事當云何耶我於爾時復告阿難汝今還去隨比丘意所須之物爲辦具之爾時阿難即還房中爲是比丘事事具辦比丘得已繫念修道不久即得須陀洹果至阿羅漢果善男子無量衆生應入涅槃以所乏故妨亂其心是故不得善男子復有衆生多喜教化其心忽務不能得定是故不得現在涅槃善男子如汝所問何因緣故捨欲界身有中涅槃色界無者善男子是人觀於欲界煩惱因緣有二一者内二者外色界中無外因緣欲界復有二種愛心一者欲愛二者食愛觀是二愛至心訶責既訶責已得入涅槃是欲界中能得

訶責諸麤煩惱所謂慳貪瞋妬無慚無愧以是因緣能得涅槃又欲界道其性勇健何以故得向果故是故欲界有中涅槃色界中無善男子中涅槃者凡有三種謂上中下上者捨身未離欲界便得涅槃中者始離欲界未至色界便得涅槃下者離欲界已至色界邊乃得涅槃喻以䱜魚得食已住是人亦爾云何名住處在色界及無色界得受身故是故名住不受欲界人天地獄畜生餓鬼是故名住已斷無量諸煩惱結餘少在故是故名住復何因緣名之爲住終不造作共凡夫事是故名住自無所畏不令他畏是故名住遠離二愛慳貪瞋恚是故名住善男子到彼岸者喻阿羅漢辟支佛菩薩佛猶如神龜水陸俱行何因緣故喻之以龜善藏五故是阿羅漢

乃至諸佛亦復如是善覆五根是故喻龜水陸者水喻世間陸喻出世是諸聖等亦復如是能觀一切惡煩惱故到於彼岸是故喻以水陸俱行善男子如恒河中七種衆生雖有魚龜之名不離於水如是微妙大涅槃中從一闡提上至諸佛雖有異名然亦不離於佛性水善男子是七衆生若善法若不善法若方便道若解脫道若次第道若因若果悉是佛性是名如來隨自意語迦葉菩薩言世尊若有因則有果若無因則無果涅槃名果常故無因若無因者云何名果而是涅槃亦名沙門名沙門果云何沙門云何沙門果善男子一切世間有七種果一者方便果二者報恩果三者親近果四者餘殘果五者平等果六者果報果七者遠離果方便果者如世間

人秋多收穀咸相謂言得方便果方便果者名業行果如是果者有二種因一者近因二者遠因近因者所謂種子遠因者謂水糞人功是名方便果報恩果者如世間人供養父母咸言我得恩養之果子能報恩名之爲果如是果者因亦二種一者近因二者遠因近者即是父母過去純善之業遠者即是所生孝子是名報恩果親近果者譬如有人親近善友或得須陀洹果至阿羅漢果是人唱言我今已得親近果報如是果者因有二種一者近因二者遠因近者信心遠者善友是名親近果餘殘果者如因不殺得第三身延年益壽是名殘果如是果者有二種因一者近因二者遠因近者即是身口意淨遠者即是延年益壽是名殘果平等果者謂世界器如是果者亦二種因一者近因二者遠因近因者所謂衆生修十善業遠因者所謂三災是名平等果果報果者如人獲得清淨身已修身口意清淨之業是人便說我得報果如是果者因有二種一者近因二者遠因近因者所謂現在身口意淨遠因者所謂過去身口意淨是名果報果遠離果者即是涅槃離諸煩惱一切善業是涅槃因復有二種一者近因二者遠因近因者即是三解脫門遠因者即無量世所修善法善男子如世間法或說生因或說了因出世之法亦復如是亦說生因亦說了因善男子三解脫門三十七品能爲一切煩惱作不生生因亦爲涅槃而作了因善男子遠離煩惱則得了了見於涅槃是故涅槃唯有了因無有生因善男子如汝所

問云何沙門云何沙門果者善男子沙門那者即八正道沙門果者從道畢竟永斷一切貪瞋癡等是名沙門沙門果迦葉菩薩言世尊何因緣故八正道者名沙門那善男子世言沙門名之那者名道如是道者斷一切乏斷一切道以是義故名八正道爲沙門那從是道中獲得果故名沙門果善男子又沙門那者如世間人有樂靜者亦名沙門如是道者亦復如是能令行者離身口意惡邪命等得樂寂靜是故名之爲沙門那善男子如世下人能作上人是名沙門如是道者亦復如是能令下人作上人故是故得名爲沙門那善男子阿羅漢人修是道者得沙門果是故得名到於彼岸阿羅漢果者即是無學五分法身戒定慧解脱解脱知見因是五分得到彼岸是故名爲到於彼岸到彼岸故而自說言我生已盡梵行已立所作已辦更不受有善男子是阿羅漢永斷三世生因緣故是故自說我生已盡亦斷三界五陰身故是故復言我生已盡所修梵行已畢竟故是故唱言梵行已立又捨學道亦名已立如本所求今日已得是故唱言所作已辦修道得果亦言已辦獲得盡智無生智故唱言我已盡諸有結以是義故名阿羅漢得到彼岸如阿羅漢辟支佛亦復如是菩薩及佛具足成就六波羅蜜名到彼岸是佛菩薩得阿耨多羅三藐三菩提已名爲具足六波羅蜜何以故得六波羅蜜果故以得果故名爲具足善男子是七衆生不修身不修戒不修心不修慧不能修習如是四事則能造作五逆重罪能斷善

根犯四重禁謗佛法僧是故得名常沈没善男子是七人中有能親近善知識者至心聽受如來正法内善思惟如法而住精勤修習身戒心慧是故得名度生死河到於彼岸若有說言一闡提人得阿耨多羅三藐三菩提者是名染著若言不得是名虚妄善男子是七種人或有一人具七或有七人各一善男子若人心口異想異說言一闡提得阿耨多羅三藐三菩提者當知是人謗佛法僧若人心口異想異說言一闡提不得阿耨多羅三藐三菩提是人亦名謗佛法僧善男子若有說言八聖道分凡夫所得是人亦名謗佛法僧若有說言八聖道分非凡夫得是人亦名謗佛法僧善男子若有說言一切衆生定有佛性定無佛性是人亦名謗佛法僧善男子是故我於契經中說有二種人謗佛法僧一者不信瞋恚心故二者雖信不解義故善男子若人信心無有智慧是人則能增長無明若有智慧無有信心是人則能增長邪見善男子不信之人瞋恚心故說言無有佛法僧寶信者無慧顛倒解義令聞法者謗佛法僧善男子是故我說不信之人瞋恚心故有信之人無智慧故是人能謗佛法僧寶善男子若有說言一闡提等未生善法便得阿耨多羅三藐三菩提是人亦名謗佛法僧若復有言一闡提人捨一闡提於異身中得阿耨多羅三藐三菩提是人亦名謗佛法僧若復說言一闡提人能生善根生善根已相續不斷得阿耨多羅三藐三菩提故言一闡提得阿耨多羅三藐三菩提當知是人不謗三寶善

男子若有人言一切衆生定有佛性常樂我淨不作不生煩惱因緣故不可見當知是人謗佛法僧若有說言一切衆生都無佛性猶如兔角從方便生本無今有已有還無當知是人謗佛法僧若有說言衆生佛性非有如虛空非無如兔角何以故虛空常故兔角無故是故得言亦有亦無有故破兔角無故破虛空如是說者不謗三寶善男子夫佛性者不名一法不名十法不名百法不名千法不名萬法未得阿耨多羅三藐三菩提時一切善不善無記盡名佛性如來或時因中說果果中說因是名如來隨自意語隨意語故名爲如來隨意語故名阿羅訶隨意語故名三藐三佛陀迦葉菩薩言世尊如佛所說衆生佛性猶如虛空云何名爲如虛空耶善男子虛空之性非過去非未來非現在佛性亦爾善男子虛空非過去何以故無現在故法若現在可說過去以無現在故無過去亦無現在何以故無未來故法若未來可說現在以無未來故無現在亦無未來何以故無現在過去故若有現在過去則有未來以無過去現在故則無未來以是義故虛空之性非三世攝善男子以虛空無故無有三世不以有故無三世也如虛空華非是有故無有三世虛空亦爾非是有故無有三世善男子無物者即是虛空佛性亦爾善男子虛空無故非三世攝佛性常故非三世攝善男子如來已得阿耨多羅三藐三菩提所有佛性一切佛法常無變易以是義故無有三世猶如虛空善男子虛空無故非內非外佛性常故非內

非外故說佛性猶如虛空善男子如世間中無罣閡處名爲虛空如來得阿耨多羅三藐三菩提已於一切佛法無有罣閡故言佛性猶如虛空以是因緣我說佛性猶如虛空迦葉菩薩白佛言世尊如來佛性涅槃非三世攝而名爲有虛空亦非三世所攝何故不得名爲有耶佛言善男子爲非涅槃名爲涅槃爲非如來名爲如來爲非佛性名爲佛性云何名爲非涅槃耶所謂一切煩惱有爲之法爲破如是有爲煩惱是名涅槃非如來者謂一闡提至辟支佛爲破如是一闡提等至辟支佛是名如來非佛性者所謂一切牆壁瓦石無情之物離如是等無情之物是名佛性善男子一切世間無非虛空對於虛空迦葉菩薩白佛言世尊世間亦無非四大對而猶得名四大是有虛空無對何故不得名之爲有佛言善男子若言涅槃非三世攝虛空亦爾者是義不然何以故涅槃是有可見可證是色足迹章句是有是相是緣是歸依處寂靜光明安隱彼岸是故得名非三世攝虛空之性無如是法是故名無若有離於如是等法更有法者應三世攝虛空若同是有法者不得非是三世所攝善男子如世人說虛空名爲無色無對不可覩見若無色無對不可見者即心數法虛空若同心數法者不得不是三世所攝若三世攝即是四陰是故離四陰已無有虛空復次善男子諸外道言夫虛空者即是光明若是光明即是色法虛空若爾是色法者即是無常是無常故三世所攝云何外道說非三世若三世攝則非虛空亦

可說言虛空是常善男子復有人言虛空者即是住處若有住處即是色法而一切處皆是無常三世所攝虛空亦常非三世攝若說處者知無虛空復有說言虛空者即是次第若是次第即是數法若是可數即三世攝若三世攝云何言常善男子若復說言夫虛空者不離三法一者空二者實三者空實若言空是當知虛空是無常法何以故實處無故若言實是當知虛空亦是無常何以故空處無故若空實是當知虛空亦是無常何以故二處無故是故虛空名之爲無善男子如說虛空是可作法如說去樹去舍而作虛空平作虛空覆於虛空上於虛空畫虛空色如大海水是故虛空是可作法一切作法皆是無常猶如瓦瓶虛空若爾應是無常善男子世間人說一切法中無罣閡處名虛空者是無閡處於一切所爲具足有爲分有耶若具足有當知餘處則無虛空若分有者則是彼此可數之法若是可數當知無常善男子若有人說虛空無閡與有並合又復說言虛空在物如器中果二俱不然何以故若言並合則有三種一異業合如飛鳥集樹二共業合如兩羊相觸三已合共合如二雙指合在一處若言異業共合異則有二一是物業二虛空業若空業合物空則無常若物業合空物則不徧如其不徧是亦無常若言虛空是常其性不動與動物合者是義不然何以故虛空若常物亦應常物若無常空亦無常若言虛空亦常無常無有是處若共業合是義不然何以故虛空名徧若與業合業亦應徧若是

徧者應一切徧若一切徧應一切合不應説有合與不合若言巳合共合如二雙指合是義不然何以故先無有合後方合故先無後有是無常法是故不得説言虚空巳合共合如世間法先無後有是物無常虚空若爾亦應無常若言虚空在物如器中果是義不然何以故如是虚空先無器時在何處住若有住處虚空則多如其多者云何言常言一言徧若使虚空離空有住有物亦應離虚空住是故當知無有虚空善男子若有説言指住之處名爲虚空當知虚空是無常法何以故指有四方若有四方當知虚空亦有四方一切常法都無方所以有方故虚空無常若是無常不離五陰要離五陰是無所有善男子有法若從因縁住者當知是法名爲無常善男子譬如一切衆生樹木因地而住地無常故因地之物次第無常善男子如地因水水無常故地亦無常如水因風風無常故水亦無常風依虚空虚空無常故風亦無常若無常者云何説言虚空是常徧一切處虚空無故非是過去未來現在亦如兔角是無物故非是過去未來現在是故我説佛性常故非三世攝虚空無故非三世攝善男子我終不與世間共諍何以故世智説有我亦説有世智説無我亦説無迦葉菩薩言世尊菩薩摩訶薩具足幾法不與世諍不爲世法之所霑汙佛言善男子菩薩摩訶薩具足十法不與世諍不爲世法之所霑汙何等爲十一者信心二者有戒三者親近善友四者内善思惟五者具足精進六者具足正念七者具足智

慧八者具足正語九者樂於正法十者憐憫衆生善男子菩薩具足如是十法不與世諍不爲世法之所霑汙如優鉢羅華迦葉菩薩白佛言世尊如佛所說世智說有我亦說有世智說無我亦說無何等名爲世智有無佛言善男子世智若說色是無常苦空無我乃至識亦如是善男子是名世智說有我亦說有善男子世智說色無有常樂我淨受想行識亦復如是善男子是名世智說無我亦說無迦葉菩薩復白佛言世尊世間智者即是菩薩一切聖人若諸聖人色是無常苦空無我云何如來說佛色身常恒無變世間智者所說無法云何如來說言是有如來世尊作如是說云何復言不與世諍不爲世法之所霑汙如來已離三種顛倒所謂想倒心倒見倒應說佛色實是無常今乃說常云何得名遠離顛倒不與世諍佛言善男子凡夫之色從煩惱生是故智說色是無常苦空無我如來色者遠離煩惱是故說是常恒無變迦葉菩薩言世尊云何爲色從煩惱生善男子煩惱三種所謂欲漏有漏無明漏智者應當觀是三漏所有罪過所以者何知罪過已則能遠離譬如醫師先診病脉知病所在然後授藥善男子如人將盲至棘林中捨之而還盲人於後甚難得出設得出者身體壞盡世間凡夫亦復如是不能知見三漏過患則隨逐行如其見者則能遠離知罪過已雖受果報果報輕微善男子有四種人一作業時重受報時輕二作業時輕受報時重三作業時重受報亦重四作業時輕受報亦輕善男子若

人能觀煩惱罪過是人作業受報俱輕善男子有智之人作如是念我應遠離如是等漏又復不應作如是等鄙惡之事何以故我今未得脫於地獄餓鬼畜生人天報故我若修道當因是力破壞諸苦是人觀已貪欲瞋恚愚癡微弱既見貪欲瞋癡輕已其心歡喜復作是念我今如是皆由修道因緣力故令我得離不善之法親近善法是故現在得見正道應當勤加而修習之是人因是勤修道力遠離無量諸惡煩惱及離地獄餓鬼畜生人天果報是故我於契經中說當觀一切有漏煩惱及有漏因何以故有智之人若但觀漏不觀漏因則不能斷諸煩惱也何以故智者觀漏從是因生我今斷因漏則不生善男子如彼醫師先斷病因病則不生智者先斷煩惱因者亦復如是有智之人先當觀因次觀果報知從善因生於善果知從惡因生於惡果觀果報已遠離惡因觀果報已復當次觀煩惱輕重觀輕重已先離重者既離重已輕者自去善男子智者若知煩惱煩惱因煩惱果報煩惱輕重是人爾時精勤修道不息不悔親近善友志心聽法爲滅如是諸煩惱故善男子譬如病者自知病輕必可除差雖得苦藥服之不悔有智之人亦復如是勤修聖道歡喜不愁不息不悔善男子若人能知煩惱煩惱因煩惱果報煩惱輕重爲除煩惱故勤修道是人不從煩惱生色受想行識亦復如是若不能知煩惱煩惱因煩惱果報煩惱輕重不勤修習是人則從煩惱生色受想行識亦復如是善男子知煩惱煩惱因煩惱果

報煩惱輕重爲斷煩惱修行道者即是如來以是因緣如來色常乃至識常善男子不知煩惱煩惱因煩惱果報煩惱輕重不能修道即是凡夫是故凡夫色是無常受想行識悉是無常善男子世間智者一切聖人菩薩諸佛說是二義我亦如是說是二義是故我說不與世間智者共諍不爲世法之所霑汙迦葉菩薩復白佛言世尊如佛所說三有漏者云何名爲欲漏有漏無明漏耶佛言善男子欲漏者內惡覺觀因於外緣生於欲漏是故我昔在王舍城告阿難言阿難汝今受此女人所說偈頌是偈乃是過去諸佛之所宣說是故一切內惡覺觀外諸因緣名之爲欲是名欲漏有漏者色無色界內諸惡法外諸因緣除欲界中外諸因緣內諸覺觀是名有漏無明漏者不能了知我及我所不別內外名無明漏善男子無明即一切諸漏根本何以故一切衆生無明因緣於陰入界憶想作相名爲衆生是名想倒心倒見倒以是因緣生一切漏是故我於十二部經說無明者即是貪因瞋因癡因迦葉菩薩言世尊如來昔於十二部經說言不善思惟因緣生於貪欲瞋癡今何因緣乃說無明善男子如是二法互爲因果互相增長不善思惟生於無明無明因緣生不善思惟善男子其能生長諸煩惱者皆悉名爲煩惱因緣親近如是煩惱因緣名爲無明不善思惟如子生芽子是近因四大遠因煩惱亦爾迦葉菩薩白佛言世尊如佛所說無明即漏云何復言因無明故生於諸漏佛言善男子如我所說無明漏者是內

無明因於無明生諸漏者是內外因若說無明漏是名內倒不識無常苦空無我若說一切煩惱因緣是名不知外我我所若說無明漏是名無始無終從無明生陰界入等迦葉菩薩白佛言世尊如佛所說有智之人知於漏因云何名爲知於漏因善男子智者當觀何因緣故生是煩惱造作何行生此煩惱於何時中生此煩惱共誰住時生此煩惱何處止住生此煩惱觀何事已生於煩惱受誰房舍臥具飲食衣服湯藥而生煩惱何因緣故轉下作中轉中作上下業作中中業作上菩薩摩訶薩作是觀時則得遠離生漏因緣如是觀時未生煩惱遮令不生已生煩惱便得除滅是故我於契經中說智者當觀生煩惱因迦葉菩薩白佛言世尊衆生一身云何能起種種煩惱佛言善男子如一器中有種種子得水雨已各各自生衆生亦爾器雖是一愛因緣故而能生長種種煩惱迦葉菩薩言世尊智者云何觀於果報善男子智者當觀諸漏因緣能生地獄餓鬼畜生是漏因緣得人天身即是無常苦空無我是身器中得三種苦三種無常是漏因緣能令衆生作五逆罪受諸惡報能斷善根犯四重禁誹謗三寶智者當觀我既受得如是之身不應生起如是煩惱受諸惡果迦葉菩薩言世尊有無漏果復言智者斷諸果報無漏果報在斷中不諸得道人有無漏果如其智者求無漏果云何佛說一切智者應斷果報如其斷者今諸聖人云何得有善男子如來或時因中說果果中說因如世間人說泥即瓶縷即衣是

名因中說果果中說因者牛即是水草人即是食我亦如是因中說果先於經中作是說言我從心身因身運心故言身心至梵天邊是名因中說果果中說因此六入者名過去業是名果中說因善男子一切聖人眞實無有無漏果報一切聖人修道果報更不生漏是故名無漏果報善男子有智之人如是觀時則得永滅煩惱果報善男子智者觀已爲斷如是煩惱果報修習聖道聖道者即空無相願修是道已能滅一切煩惱果報

大般涅槃經卷第三十三

音釋

鈍徒困切不利也　奢摩他梵語也此云止奢詩遮切　憍慢憍舉喬切恣也慢莫晏切倨也　羸劣羸力追切瘦也劣龍輟切弱也　邠坻梵語具云阿那邠坻此云好施邠彼貧切坻直尼切　繒疾陵切帛也　慳苦閑切悋也　妬當故切害也　觸昌欲切觝也　除差差楚懈切病瘳也　縷力主切綫也

大般涅槃經卷第三十四

北涼天竺三藏曇無讖譯梵
宋沙門慧嚴慧觀同謝靈運再治

迦葉菩薩品第二十四之四

迦葉菩薩白佛言世尊一切衆生皆從煩惱而得果報言煩惱者所謂惡也從惡煩惱所生煩惱亦名爲惡如是煩惱則有二種一因二果因惡故果惡果惡故子惡如紝婆果其子苦故華果莖葉一切皆苦猶如毒樹其子毒故果亦是毒因亦衆生果亦衆生因亦煩惱果亦煩惱煩惱因果即是衆生衆生即是煩惱因果若從是義云何如來先喻雪山亦有毒草微妙藥王若言煩惱即是衆生衆生即是煩惱云何而言衆生身中有妙藥王佛言善哉善哉善男子無量衆生咸同此疑汝今能爲啓請求解我亦能斷諦聽諦聽善思念之吾當爲汝分別解說善男子雪山喻者即是衆生言毒草者即是煩惱妙藥王者即淨梵行善男子若有衆生能修如是清淨梵行是名身中有妙藥王迦葉菩薩白佛言世尊云何衆生有清淨梵行善男子猶如世間從子生果是果有能與子作因有不能者有能作者是名果子若不能作唯得名果不得名子一切衆生亦復如是皆有二種一者有煩惱果是煩惱因二者有煩惱果非煩惱因是煩惱果非煩惱因是則名爲清淨梵行善男子衆生觀受知是一切漏之近因所謂內外漏受因緣故不能斷絕一切諸漏亦不能出三界牢獄衆生因受著我我所生於心倒想倒見倒是故衆生先當觀受如是受者爲

一切愛而作近因是故智者欲斷愛者當先觀受善男子一切衆生十二因緣所作善惡皆因受時是故我爲阿難說言阿難一切衆生所作善惡皆是受時是故智者先當觀受旣觀受已復當更觀如是受者何因緣生若因緣生如是因緣復從何生若無因生無因何故不生無受復觀是受不因自在天生不因士夫生不因微塵生非時節生不因想生不因性生不從自生不從他生非自他生非無因生是受皆從緣合而生因緣者即是愛也是和合中非有受非無受是故我當斷是和合斷和合故則不生受善男子智者觀因已次觀果報衆生因受受於地獄餓鬼畜生乃至三界無量苦惱受因緣故受無常樂受因緣故斷於善根受因緣故獲得解脫作是觀時不作受因云何名爲不作受因謂分別受何等受能作愛因何等愛能作受因善男子衆生若能如是深觀愛因受因則便能斷我及我所善男子若人能作如是等觀則應分別愛之與受在何處滅即見愛受有少滅處當知亦應有畢竟滅爾時即於解脫生信心生信心已是解脫處何由而得知從八正即便修習云何名爲八正道耶是道觀受有三種相一者苦二者樂三者不苦不樂如是三種俱能增長身之與心何因緣故能增長耶觸因緣也是觸三種一者無明觸二者明觸三者非明無明觸言明觸者即八正道其餘二觸增長身心及三種受是故我應斷二種觸因緣觸斷不生三受善男子如是受者亦名爲因亦名爲果智者當觀亦因亦果云

何爲因因受生愛名之爲因云何名果因觸生故名之爲果是故此受亦因亦果智者如是觀是受已次復觀愛受果報故名之爲愛智者觀愛復有二種一者雜食二者無食雜食愛者因生老病死一切諸有無食愛者斷生老病死一切諸有貪無漏道智者復當作如是念我若生是雜食之愛則不能斷生老病死我今雖貪無漏之道不斷受因則不能得無漏道果是故應當先斷是觸觸既斷已受則自滅受既滅已愛亦隨滅是名八正道善男子若有衆生能如是觀雖有毒身其中亦有微妙藥王如雪山中雖有毒草亦有妙藥善男子如是衆生雖從煩惱而得果報而是果報更不復爲煩惱作因是則名爲清淨梵行復次善男子智者當觀受愛二事何因緣生知因想生何以故衆生見色亦不生貪及觀受時亦不生貪若於色中生顛倒想謂色即是常樂我淨受是常恒無有變易因是倒想生貪恚癡是故智者應當觀想云何觀想當作是念一切衆生未得正道皆有倒想云何倒想於非常中生於常想於非樂中生於樂想於非淨中生於淨想於空法中生於我想於非男女大小晝夜歲月衣服房舍卧具生於男女至卧具想是想三種一者小二者大三者無量小因緣故生於小想大因緣故生於大想無量緣故生無量想復有小想謂未入定復有大想謂已入定復有無量想謂十一切入復有小想所謂欲界一切想等復有大想所謂色界一切想等復有無量想謂無色界一切想等三想滅故受則自滅想

受滅故名爲解脱迦葉菩薩言世尊滅一切法名爲解脱如來云何説想受滅名解脱耶佛言善男子如來或時因衆生説聞者解法或時因法説於衆生聞者亦解説於衆生云何名爲因衆生説聞者解法如我先爲大迦葉説迦葉衆生滅時善法則滅是名因衆生説聞者解法云何因法説於衆生聞者亦解説於衆生如我先爲阿難説言我亦不説親近一切法亦復不説不親近一切法若法近已善法衰羸不善熾盛如是法者不應親近若法近已不善衰滅善法增長如是法者是應親近是名因法説於衆生聞者亦解説於衆生善男子如來雖説想受二滅則已總説一切可斷智者既觀如是想已次觀想因是無量想因何而生知因觸生是觸二種一者因煩惱觸二者因解脱觸因無明生名煩惱觸因明生者名解脱觸因煩惱觸生於倒想因解脱觸生不倒想觀想因已次觀果報迦葉菩薩白佛言世尊若以因此煩惱之想生於倒想一切聖人實有倒想而無煩惱是義云何佛言善男子云何聖人而有倒想迦葉菩薩言世尊一切聖人牛作牛想亦説是牛馬作馬想亦説是馬男女大小舍宅車乘去來亦爾是名倒想善男子一切凡夫有二種想一者世流布想二者著想一切聖人唯有世流布想無有著想一切凡夫惡覺觀故於世流布生於著想一切聖人善覺觀故於世流布不生著想是故凡夫名爲倒想聖人雖知不名倒想智者如是觀想因已次觀果報是惡想果在於地獄餓鬼畜生人天中受如

我因斷惡覺觀故無明觸斷是故想斷因想斷故果報亦斷智者爲斷如是想因修八正道善男子若有能作如是等觀則得名爲清淨梵行善男子是名衆生毒身之中有妙藥王如雪山中雖有毒草亦有妙藥復次善男子智者觀欲欲者即是色聲香味觸善男子即是如來因中說果從此五事生於欲耳實非欲也善男子愚癡之人貪求受之於是色中生顛倒想乃至觸中亦生倒想倒想因緣便生於受是故世間說因倒想生十種想欲因緣故在於世間受惡果報以惡加於父母沙門婆羅門等所不應作而故作之不惜身命是故智者觀是惡想因緣故生欲心智者如是觀欲因已次觀果報是欲多有諸惡果報所謂地獄餓鬼畜生人中天上是名觀果

報若是惡想得除滅者終不生於此欲心也無欲心故不受惡受無惡受故則無惡果是故我應先斷惡想斷惡想已如是等法自然而滅是故智者爲滅惡想修八正道是則名爲清淨梵行是名衆生毒身之中有妙藥王如雪山中雖有毒草亦有妙藥復次善男子智者如是觀是欲已次當觀業何以故有智之人當作是念受想觸欲即是煩惱煩惱者能作生業不作受業如是煩惱與業共行則有二種一作生業二作受業是故智者當觀於業是業三種謂身口意善男子身口二業亦名爲業亦名業果意唯名業不名爲果以業因故則名爲業善男子身口二業名爲外業意業名內是三種業共煩惱行故作二種業一者生業二者受業善男子正業者即意

業也期業者謂身口業先發故名意業從意業生名身口業是故意業是名爲正智者觀業已次觀業因業因者即無明觸因無明觸衆生求有求有因緣即是愛也愛因緣故造作三種身口意業善男子智者如是觀業因已次觀果報果報有四一者黑黑果報二者白白果報三者雜雜果報四者不黑不白不黑不白果報黑黑果報者作業時垢果報亦垢白白果報者作業時淨果報亦淨雜雜果報者作業時雜果報亦雜不白不黑不白不黑果報者名無漏業迦葉菩薩白佛言世尊先說無漏無有果報今云何言不白不黑果報耶佛言善男子是義有二一者亦果亦報二者唯果非報黑黑果報亦名爲果亦名爲報黑因生故得名爲果能作因故復名爲報淨雜亦爾無漏果者因有漏生故名爲果不作他因不名爲報是故名果不名爲報迦葉菩薩白佛言世尊是無漏業非是黑法何因緣故不名爲白善男子無有報故不名爲白對治黑故故名爲白我今乃說受果報者名爲黑白是無漏業不受報故不名爲白名爲寂靜如是業者有定受報處如十惡法定在地獄餓鬼畜生十善之業定在人天十不善法有上中下上因緣故受地獄身中因緣故受畜生身下因緣故受餓鬼身人業十善復有四種一者下二者中三者上四者上上下因緣故生欝單越中因緣故生弗婆提上因緣故生瞿陀尼上上因緣生閻浮提有智之人作是觀已即作是念我當云何斷是果報復作是念是業因緣無明觸生我若斷除無

明與觸如是業果則滅不生是故智者爲斷無明觸因緣故修八正道是則名爲清淨梵行善男子是名衆生毒身之中有妙藥王如雪山中雖有毒草亦有妙藥

復次善男子智者觀業觀煩惱已次觀是二所得果報是二果報即是苦也既知是苦則能捨離一切受生智者復觀煩惱因緣生於煩惱業因緣故亦生煩惱煩惱因緣復生於業業因緣生苦苦因緣故生於煩惱煩惱因緣生有有因緣生苦有因緣生有有因緣生業業因緣生煩惱煩惱因緣生苦苦因緣生苦善男子智者若能作如是觀當知是人能觀業苦何以故如上所觀即是生死十二因緣若人能觀如是生死十二因緣當知是人不造新業能壞故業善男子有智之人觀地獄苦觀一地獄乃至一百三十六所一一地獄有種種苦皆是煩惱業因緣生觀地獄已次觀餓鬼畜生等苦作是觀已復觀人天所有諸苦如是衆苦皆從煩惱業因緣生善男子天上雖無大苦惱事然其身體柔輭細滑見五相時極受大苦如地獄苦等無差別善男子智者深觀三界諸苦皆從煩惱業因緣生善男子譬如坏器則易破壞衆生受身亦復如是既受身已是衆苦器譬如大樹華果繁茂衆鳥能壞如多乾草小火能焚衆生受身爲苦所壞亦復如是善男子智者若能觀苦八種如聖行中當知是人能斷衆苦善男子智者深觀是八苦已次觀苦因苦因者即愛無明是愛無明則有二種一者求身二者求財求身求財二俱是苦是故當知愛無明

者即是苦因善男子是愛無明則有二種一者内二者外内能作業外能增長又復内能作業外作業果斷内愛巳業則能斷斷外愛巳果則得斷内愛能生未來世苦外愛能生現在世苦智者觀愛即是苦因既觀因巳次觀果報苦果報者即是取也愛果名取是取因緣即内外愛則有愛苦善男子智者當觀愛因緣取取因緣愛若我能斷愛取二事則不造業受於衆苦是故智者為斷愛苦修八正道善男子若有人能如是觀者是則名為清淨梵行是名衆生毒身之中有妙藥王如雪山中雖有毒草亦有妙藥

迦葉菩薩白佛言世尊云何名為清淨梵行

佛言善男子一切法是迦葉菩薩言世尊一切法者義不決定何以故如來或說是善不善或時說為四念處觀或說是十二入或說是善知識或說是十二因緣或說是衆生或說是正見邪見或說十二部經或說即是二諦如來今乃說一切法為淨梵行悉是何等一切法耶佛言善哉善哉善男子如是微妙大涅槃經乃是一切法之寶藏譬如大海是衆寶藏是涅槃經亦復如是即是一切字義祕藏善男子如須彌山衆藥根本是經亦爾即是菩薩戒之根本善男子譬如虛空是一切物之所住處是經亦爾即是一切善法住處善男子譬如猛風無能繫縛一切菩薩行是經者亦復如是不為一切煩惱惡法之所繫縛善男子譬如金剛無能壞者是經亦爾雖有外道惡邪之人不能破壞善男子如恒河沙無能數者如是經義亦復如是無能數

者善男子是經典者爲諸菩薩而作法幢如帝釋幢善男子是經即是趣涅槃城之商主也如大導師引諸商人趣向大海善男子是經能爲諸菩薩等作法光明如世日月能破諸闇善男子是經能爲病苦衆生作大良藥如香山中微妙藥王能治衆病善男子是經能爲一闡提杖猶如羸人因之得起善男子是經能爲一切惡人而作橋梁猶如世橋能度一切善男子是經能爲行二十五有者遇煩惱熱而作陰涼如世間蓋遮覆暑熱善男子是經即是大無畏王能壞一切煩惱惡魔如師子王降伏衆獸善男子是經即是大神呪師能壞一切煩惱惡鬼如世呪師能去魍魎善男子是經即是無上霜雹能壞一切生死果報如世雹雨壞諸果實善男子是經能爲壞戒目者作大良藥猶如世間安闍陀藥善療眼痛善男子是經能住一切善法如世間地能住衆物善男子是經即是毀戒衆生之明鏡也如世間鏡見諸色像善男子是經能爲無慙愧者而作衣服如世衣裳障蔽形體善男子是經能爲貧善法者作大財寶如功德天利益貧者善男子是經能爲渴法衆生作甘露漿如八味水充足渴者善男子是經能爲煩惱之人而作法牀如世之人遇安隱牀善男子是經能爲初地菩薩至十住菩薩而作瓔珞香華塗香末香燒香清淨種性具足之乘過於一切六波羅蜜受妙樂處如忉利天波利質多羅樹善男子是經即是金剛利斧能伐一切煩惱大樹即是利刀能割習氣即是勇健能摧魔怨即是智火焚煩惱

薪即因緣藏出辟支佛即是聞藏生聲聞人即是一切諸天之眼即是一切人之正道即是一切畜生依處即是餓鬼解脱之處即是地獄無上之尊即是一切十方衆生無上之器即是十方過去未來現在諸佛之父母也善男子是故此經攝一切法如我先說此經雖攝一切諸法我說梵行即是三十七助道之法善男子若離如是三十七品終不能得聲聞正果乃至阿耨多羅三藐三菩提果不見佛性及佛性果以是因緣梵行即是三十七品何以故三十七品性非顛倒能壞顛倒性非惡見能壞惡見性非怖畏能壞怖畏性是淨行能令衆生畢竟造作清淨梵行迦葉菩薩白佛言世尊有漏之法亦復能作無漏法因如來何故不說有漏爲淨梵行善男子一切有漏即是顛倒是故有漏不得名爲清淨梵行迦葉菩薩白佛言世尊世第一法爲是有漏爲是無漏耶佛言善男子是有漏也世尊雖是有漏性非顛倒何故不名清淨梵行善男子世第一法無漏因故似於無漏向無漏故不名顛倒善男子清淨梵行發心相續乃至畢竟世第一法唯是一心是故不得名淨梵行迦葉菩薩白佛言世尊衆生五識亦是有漏非是顛倒復非一心何故不名清淨梵行善男子衆生五識雖非一念然是有漏復是顛倒增諸漏故名爲有漏體非眞實著想故倒云何名爲體非眞實著想故倒非男女中生男女想乃至舍宅車乘瓶衣亦復如是是名顛倒善男子三十七品性無顛倒是故得名清淨梵行善男子若有菩薩於三

十七品知根知因知攝知增知主知導知勝知實知畢竟者如是菩薩則得名爲清淨梵行迦葉菩薩白佛言世尊云何名爲知根乃至知畢竟耶佛言善男子善哉善哉菩薩發問爲於二事一者爲自知故二者爲他知故汝今已知但爲無量衆生未解啓請是事是故我今重讚歎汝善哉善哉善男子三十七品根本是欲因名明觸攝取名受增名善思主名爲念導名爲定勝名智慧實名解脫畢竟名爲大般涅槃善男子善欲即是初發道心乃至阿耨多羅三藐三菩提之根本也是故我說欲爲根本善男子如世間說一切苦惱愛爲根本一切疾病宿食爲本一切斷事鬬諍爲本一切惡事虛妄爲本迦葉菩薩白佛言世尊如來先於此經中說一切善法不放逸爲本今乃說欲是義云何佛言善男子若言生因善欲是也若言了因不放逸是如世間說一切果者子爲其因或復有說子爲生因地爲了因是義亦爾迦葉菩薩言世尊如來先於餘經中說三十七品佛是根本是義云何善男子如來先說衆生初知三十七品佛是根本若自證得欲爲根本世尊云何明觸名之爲因善男子如來或時說明爲慧或說爲信善男子信因緣故親近善友是名爲觸親近因緣得聞正法是名爲觸因聞正法身口意淨是名爲觸因三業淨獲得正命是名爲觸因正命故得淨根戒因淨根戒樂寂靜處因樂寂靜能善思惟因善思惟得如法住因如法住得三十七品能壞無量諸惡煩惱是名爲觸善男子受名攝取衆生受時

能作善惡是故名受爲攝取也善男子受因縁故生諸煩惱三十七品能破壞之是故以受爲攝取也因善思惟能破煩惱是故名增何以故勤修習故得如是等三十七品若觀能破諸惡煩惱要賴專念是故以念爲主如世間中一切四兵隨主將意三十七品亦復如是皆隨念主既入定已三十七品能善分別一切法相是故以定爲導是三十七品分別法相智爲最勝是故以慧爲勝如是智慧知煩惱已智慧力故煩惱消滅如世間中四兵壞怨或一或二勇健者能三十七品亦復如是智慧力故能壞煩惱是故以慧爲勝善男子雖因修習三十七品獲得四禪神通安樂亦不名實若壞煩惱證解脱時乃名爲實是三十七品發心修道雖得世樂及出世樂四沙門果及以解脱亦不得名爲畢竟也若能斷除三十七品所行之事是名涅槃是故我說畢竟者即大涅槃復次善男子善愛念心即是欲也因善愛念親近善友故名爲觸是名爲因因近善友故名爲受是名攝取因近善友能善思惟故名爲增因是四法能生長道所謂欲念定智是則名爲主導勝也因是三法得二解脱除斷愛故得心解脱斷無明故慧得解脱是名爲實如是八法畢竟得果名爲涅槃故名畢竟復次善男子欲者即是發心出家觸者即是白四羯磨是名爲因攝者即是受二種戒一者波羅提木叉戒二者淨根戒是名爲受是名攝取增者即是修習四禪主者即是須陀洹果斯陀含果導者即是阿那含果勝者即是阿羅漢果實者即是

辟支佛果畢竟者即是阿耨多羅三藐三菩提果復次善男子欲名爲識觸名六入攝名爲受增名無明主名名色導名爲愛勝名爲取實名爲有畢竟名生老病死迦葉菩薩言世尊根本因增如是三法云何有異善男子所言根者即是初發因者即是相似不斷增者即是滅相似巳能生相似復次善男子根即是作因即是果增即可用善男子未來之世雖有果報以未受故名之爲因及其受時是名爲增復次善男子根即是求得即是因用即是增善男子是經中根即是見道因即是修道增即是無學道也復次善男子根即正因因即方便因從是正因獲得果報名爲增長

迦葉菩薩言世尊如佛所說畢竟者即是涅槃如是涅槃云何可得善男子若菩薩摩訶薩若比丘比丘尼優婆塞優婆夷能修十想當知是人能得涅槃云何爲十一者無常想二者苦想三者無我想四者厭離食想五者一切世間不可樂想六者死想七者多過罪想八者離解脫想九者滅想十者無愛想善男子菩薩摩訶薩比丘比丘尼優婆塞優婆夷修習如是十種想者是人畢竟定得涅槃不隨他心自能分別善不善等是名眞實稱比丘義乃至得稱優婆夷義迦葉菩薩言世尊云何名爲菩薩乃至優婆夷等修無常想善男子菩薩二種一初發心二巳行道無常想者亦復二種一麤二細初心菩薩觀無常想時作是思惟世間之物凡有二種一内二外如是内物無常變異我見生時小時大時

壯時老時死時是諸時節各各不同是故當知內物無常復作是念我見衆生或有肥鮮具足色力去來進止自在無閡或見病苦色力毀顇顏貌羸損不得自在或見財富庫藏盈溢或見貧窮觸事斯乏或見成就無量功德或見具足無量惡法是故定知內法無常復觀外法子時芽時莖時葉時華時果時如是諸時各各不同如是外法或有具足或不具足是故當知一切外物定是無常既觀見法是無常已復觀聞法我聞諸天具足成就極妙快樂神通自在亦有五相是故當知即是無常復聞劫初有諸衆生各各具足上妙功德身光自照不假日月無常力故光滅德損復聞昔有轉輪聖王統四天下成就七寶得大自在而不能壞無常之相復觀大地往昔之時安處布置無量衆生間無空處如車輪許具足生長一切妙藥叢林樹木果實滋茂衆生薄福今此大地無復勢力所生之物遂成虛耗是故當知內外之法一切無常是則名爲麤無常也既觀麤已次觀細者云何名細菩薩摩訶薩觀於一切內外之物乃至微塵在未來時已是無常何以故具足成就破壞相故若未來色非無常者不得言色有十時差別云何爲十一者膜時二者泡時三者疱時四者肉團時五者肢時六者嬰孩時七者童子時八者少年時九者盛壯時十者衰老時菩薩觀膜若非無常不應至泡乃至盛壯非無常者終不至老若是諸時非念念滅終不漸長應當一時成長具足以是事故是故當知定有念念微細無常復見有人諸

根具足顔色暐曄復見枯顇復作是念是人定有念念無常復觀四大及四威儀復觀内外各二苦因飢渴寒熱復觀是四若無念念微細無常亦不得說如是四苦若有菩薩能作是念是名菩薩觀細無常如内外色心法亦爾何以故行六處故行六處時或生喜心或生瞋心或生愛心或生貪心展轉異生不得一種是故當知一切色法及非色法悉是無常善男子菩薩若能於一念中見一切法生滅無常是名菩薩具無常想善男子智者修習無常想已遠離常慢常倒想倒次修苦想何因緣故有如是苦深知是苦因於無常因無常故受生老病死生老病死因緣故名爲無常無常因緣故受内外苦飢渴寒熱鞭打罵辱如是等苦皆因無常復次智者深觀此身即無常器是器即苦以器苦故所受盛法亦復是苦善男子智者復觀生即是苦滅即是苦苦生滅故即是無常非我我所修無我想智者復觀苦即無常無常即苦若苦無常智者云何說言有我苦非是我無常亦爾如是五陰亦苦無常衆生云何說言有我復次觀一切法有異和合不從一和合生一切法亦非一法是一切和合果一切和合皆無自性亦無一性亦無異性亦無物性亦無自在諸法若有如是等相智者云何說言有我復作是念一切法中無有一法能爲作者若使一法不能作者衆法和合亦不能作一切諸法性終不能獨生獨滅和合故滅和合故生是法生已衆生倒想言是和合從和合生衆生想倒無有眞實云何而有眞實我耶是

故智者觀於無我又復諦觀何因緣故衆生說我是我若有應一應多我若一者云何而有刹利婆羅門毗舍首陀人天地獄餓鬼畜生大小老壯是故知我非是一也我若多者云何說言衆生我者是一是徧無有邊際若一若多二俱無我智者如是觀無我已次復觀於厭離食想作是念言若一切法無常苦無我云何爲食起身口意三種惡業若有衆生爲貪食故起身口意三種惡業所得財物衆皆共之後受苦果無共分者善男子智者復觀一切衆生爲飲食故身心受苦若從衆苦而得食者我當云何於是食中而生貪著是故於食不生貪心復次智者當觀因於飲食身得增長我今出家受戒修道爲欲捨身今貪此食云何當得捨此身耶如是觀已雖復受食猶如曠野食其子肉其心厭惡都不甘樂深觀揣食有如是過次觀觸食如被剥牛爲無量蟲之所唼食次觀思食如大火聚識食猶如三百穳矛智者如是觀四食已於食終不生貪樂想若猶生貪當觀不淨何以故爲離貪愛故於一切食善能分別不淨之想隨諸不淨令與相似如是觀已若得好食及以惡食受時猶如塗癰創藥終不生於貪愛之心善男子智者若能如是觀者是名成就厭離食想迦葉菩薩言世尊智者觀食作不淨想爲是實觀虛解觀耶若是實觀所觀之食實非不淨若是虛解是法云何名爲善想佛言善男子如是想者亦是實觀亦是虛解能壞貪食故名爲實非蟲見蟲故名虛解善男子一切有漏皆名爲虛亦能得實善男

子若有比丘發心乞食預作是念我當乞食願得好者莫得麤惡願必多得莫令鮮少亦願速得莫令遲晚如是比丘不名於食得厭離想所修善法日夜衰耗不善之法漸當增長善男子若有比丘欲乞食時先當願言令諸乞者悉得飽滿其施食者得無量福我若得食爲療毒身修習善法利益施主作是願時所修善法日夜增長不善之法漸當消滅善男子若有比丘能如是修當知是人不空食於國中信施善男子智者具足如是四想能修世間不可樂想作是念言一切世間無處不有生老病死而我此身無處不生若世間中無有一處當得離於生老病死我當云何樂於世間一切世間無有進得而不退失是故世間定是無常若是無常云何智人而樂於世一一衆生周徧經歷一切世間具受苦樂雖復得受梵天之身乃至非想非非想天命終還墮三惡道中雖爲四王乃至他化自在天身命終生於畜生道中或爲師子虎兕豺狼象馬牛驢次觀轉輪聖王統四天下豪貴自在福盡貧困衣食不供智者深觀如是事已生於世間不可樂想智者復觀世間有法所謂舍宅衣服飲食卧具醫藥香華瓔珞種種妓樂財物寶貨如是等事皆爲離苦如是等物體即是苦云何以苦欲離於苦善男子智者如是觀已於世間物不生愛樂而作樂想善男子譬如有人身嬰重病雖有種種音樂倡妓華香瓔珞終不於中生貪愛樂智者觀已亦復如是善男子智者深觀一切世間非歸依處非解脫處非寂靜處非可愛

處非彼岸處非是常樂我淨之法若我貪樂如是世間我當云何得離是法如人不樂處闇而求光明還復歸闇闇即世間明即出世若我樂世增長黑闇遠離光明闇即無明光即智明是智明因即是世間不可樂想一切貪結雖是繫縛然我今者貪於智明不貪世間智者深觀如是法已具足世間不可樂想善男子有智之人已修世間不可樂想次修死想觀是壽命常爲無量怨讎所繞念念損減無有增長猶山暴水不得停住亦如朝露勢不久停如囚趣市步步近死如牽牛羊詣於屠所迦葉菩薩言世尊云何智者觀念念滅善男子譬如四人皆善射術聚在一處各射一方俱作是念我等四箭俱發俱墮復有一人作是念言如是四箭及其未墮我能一時以手接取善男子如是之人可說疾不迦葉菩薩言如是世尊佛言善男子地行鬼疾復速是人有飛行鬼復速地行四天王疾復速飛行日月神天復速四王行堅疾天復速日月衆生壽命復速堅疾善男子一息一眴衆生壽命四百生滅智者若能觀命如是是名能觀念念滅也善男子智者觀命繫屬死王我若能離如是死王則得永斷無常壽命復次智者觀是壽命猶如河岸臨峻大樹亦如有人作大逆罪及其受戮無憐愍者如師子王大飢困時亦如毒蛇吸火風時猶如渴馬護惜水時如大惡鬼瞋恚發時衆生死王亦復如是善男子智者若能作如是觀是則名爲修習死想善男子智者復觀我今出家設得壽命七日七夜我當於中精勤修道護

持禁戒說法教化利益衆生是名智者修於死想復以七日七夜為多若得六日五日四日三日二日一日一時乃至出息入息之頃我當於中精勤修道護持禁戒說法教化利益衆生是名智者善修死想智者具足如上六想即七想因何等名七一者常修想二者樂修想三者無瞋想四者無妬想五者善願想六者無慢想七者三昧自在想善男子若有比丘具是七想是名沙門名婆羅門是名寂靜是名淨潔是名解脫是名智者是名正見名到彼岸名大醫王是大商主是名善解如來祕密亦知諸佛七種之語名正見知斷七種語中所生疑網善男子若人具足如上六想當知是人能訶三界遠離三界滅除三界於三界中不生愛著是名智者具足十想若有比丘具足十想則得稱可沙門之相爾時迦葉菩薩即於佛前以偈讚佛

憐愍世間大醫王　身及智慧俱寂靜
無我法中有眞我　是故敬禮無上尊
發心畢竟二不別　如是二心先心難
自未得度先度他　是故我禮初發心
初發心為人天師　勝出聲聞及緣覺
如是發心過三界　是故得名最無上
世救要求然後得　如來無請而為歸
佛隨世間如犢子　是故得名大悲牛
如來功德滿十方　凡下無智不能讚
我今讚歎慈悲心　為報身口二種業
世間常樂自利益　如來終不為是事
能斷衆生世果報　是故我禮自他利
世間逐親作益厚　如來利益無怨親

佛無是想如世人　是故其心等無二
世間說異作業異　如來如說業無差
凡所修行斷諸行　是故得名爲如來
先已了知煩惱過　示現處之爲衆生
久於世間得解脫　樂處生死慈悲故
雖現天身及人身　慈悲隨逐如犢子
如來即是衆生母　慈心即是小犢子
自身受苦念衆生　憫悲念時心不悔
憐憫心盛不覺苦　故我稽首拔苦者
如來雖作無量福　身口意業恒清淨
常爲衆生不爲已　是故我禮清淨業
如來受苦不覺苦　見衆受苦如已苦
雖爲衆生處地獄　不生苦想及悔心
一切衆生受異苦　悉是如來一人苦
覺已其心轉堅固　故能勤修無上道
佛具一味大慈心　憫念衆生如子想
衆生不知佛能救　故謗如來及法僧
世間雖具衆煩惱　亦有無量諸過惡
如是衆結及罪過　佛初發心已能壞
唯有諸佛能讚佛　除佛無能讚歎者
我今唯以一法讚　所謂慈心遊世間
如來慈是大法聚　是慈亦能度衆生
即是無上眞解脫　解脫即是大涅槃

大般涅槃經卷第三十四

音釋

紝汝鴆切　輭而兗切弱也　坏鋪杯切未燒陶器也　療力嶠切治也　顇秦醉切顦顇也　膜慕各切胲膜也　疱匹教切瘡疱也　揣食官切揣度以手捉聚也　啑作答切齧也　穳祖管切短矛也　癰於容切癕也　創初莊切痍也

大般涅槃經卷第三十五

北涼天竺三藏曇無讖譯梵
宋沙門慧嚴慧觀同謝靈運再治

憍陳如品第二十五之一

爾時世尊告憍陳如色是無常因滅是色獲得解脫常住之色受想行識亦是無常因滅是識獲得解脫常住之識憍陳如色即是苦因滅是色獲得解脫安樂之色受想行識亦復如是憍陳如色即是空因滅空色獲得解脫非空之色受想行識亦復如是憍陳如色是無我因滅是色獲得解脫眞我之色受想行識亦復如是憍陳如色是不淨因滅是色獲得解脫清淨之色受想行識亦復如是憍陳如色是生老病死之相因滅是色獲得解脫非生老病死相之色受想行識亦復如是憍陳如色是無明因因滅是色獲得解脫非無明因色受想行識亦復如是憍陳如乃至色是生因因滅是色獲得解脫非生因色受想行識亦復如是憍陳如色者即是四顚倒因因滅顚倒色獲得解脫非四倒因色受想行識亦復如是憍陳如色是無量惡法之因所謂男子等身食愛欲愛貪瞋嫉妬惡心慳心摶食識食思食觸食卵生胎生濕生化生五欲五蓋如是等法皆因於色因滅色故獲得解脫無如是等無量惡色受想行識亦復如是憍陳如色即是縛因滅縛色獲得解脫無縛之色受想行識亦復如是憍陳如色即是流因滅流色獲得解脫非流之色受想行識亦復如是憍陳如色非歸依因滅是色獲得解脫歸依之色受想行識亦復如是憍陳

如色是瘡疣因滅是色獲得解脫無瘡疣色受想行識亦復如是憍陳如色非寂靜因滅是色獲得涅槃寂靜之色受想行識亦復如是憍陳如若有人能如是知者是名沙門名婆羅門具足沙門婆羅門法憍陳如若離佛法無有沙門及婆羅門亦無沙門婆羅門法一切外道虛假詐稱都無實行雖復作相言有是二實無是處何以故若無沙門婆羅門法云何而言有沙門婆羅門我常於此大衆之中作師子吼汝等亦當在大衆中作師子吼爾時外道有無量人聞是語已心生瞋惡瞿曇今說我等衆中無有沙門及婆羅門亦無沙門婆羅門法我當云何廣設方便語瞿曇言我等衆中亦有沙門有沙門法有婆羅門有婆羅門法時彼衆中有一梵志唱如是言諸仁者瞿曇之言如狂無異何可撿校世間狂人或歌或舞或哭或笑或罵或讚於怨親所不能分別沙門瞿曇亦復如是或說我生淨飯王家或言不生或說生已行至七步或說不行或說從小習學世事或說我是一切智人或時處宫受樂生子或時厭患訶責惡賤或時親修苦行六年或時訶責外道苦行或言從彼鬱頭藍弗阿羅羅等禀承未聞或時說其無所知曉或時說言菩提樹下得阿耨多羅三藐三菩提或時說言我不至樹無所尅獲或時說言我今此身即是涅槃或言身滅乃是涅槃瞿曇所說如狂無異何故以此而愁憒耶諸婆羅門即便答言大士我等今者何得不愁沙門瞿曇先出家已說無常苦空無我不淨我諸弟子聞生恐怖云何

衆生無常苦空無我不淨不受其語今者瞿曇復來至此娑羅林中爲諸大衆說有常樂我淨之法我諸弟子聞是語已悉捨我去受瞿曇語以是因緣生大愁苦爾時復有一婆羅門作如是言諸仁者諦聽諦聽瞿曇沙門名修慈悲是言虛妄非眞實也若有慈悲云何教我諸弟子等自受其法慈悲果者隨順他意今違我願云何言有若有說言沙門瞿曇不爲世間八法所染是亦虛妄若言瞿曇少欲知足今者云何奪我等利若言種姓是上族者是亦虛妄何以故從昔已來不見不聞大師子王殘害小鼠若使瞿曇是上種姓如何今者惱亂我等若言瞿曇具大勢力是亦虛妄何以故從昔已來亦不見聞金翅鳥王與烏共諍若言力大復以何事與我共鬪若言瞿曇具他心智是亦虛妄何以故若具此智以何因緣不知我心諸仁者我昔曾從先舊智人聞說是事過百年已世間當有一妖幻出即是瞿曇如是妖惑今於此處娑羅林中將滅不久汝等今者不應愁惱爾時復有一尼揵子言仁者我今愁苦不爲自身弟子供養但爲世間癡闇無眼不識福田及非福田棄捨先舊智婆羅門供養年少以爲愁耳瞿曇沙門大知呪術因呪術力能令一身作無量身令無量身還作一身或以自身作男女像牛羊象馬我力能滅如是呪術瞿曇沙門呪術既滅汝等當還多得供養受於安樂爾時復有一婆羅門作如是言諸仁者瞿曇沙門成就具足無量功德是故汝等不應與諍大衆答言癡人云何說言沙門瞿曇具

大功德其生七日毋便命終是可得名福德相耶婆羅門言罵時不瞋打時不報當知即是大福德相其身具足三十二相八十種好無量神通是故當知是福德相心無憍慢先意問訊言語柔輭初無麤獷年志俱盛心不卒暴王國多財無所愛戀捨之出家如棄涕唾是故我說沙門瞿曇成就具足無量功德大衆答言善哉仁者瞿曇沙門實如所說成就無量神通變化我不與彼角試是事瞿曇沙門受性柔輭不堪苦行生長深宮不綜外事唯可輭語不知技藝書籍論議請共詳辯正法之要彼若勝我我當給事我若勝彼彼當事我爾時多有無量外道和合共往摩伽陀王阿闍世所王見便問諸仁者汝等各各修習聖道是出家人捨離財貨及在家事我國人民皆共供養敬心瞻視無相犯觸何故和合而來至此諸仁者汝等各受異法異戒出家不同亦復各各自隨戒法出家修道何因緣故今者一心而共和合猶如葉落旋風所吹聚在一處說何因緣而來至此我常擁護出家之人乃至不惜身之與命爾時一切諸外道衆咸作是言大王諦聽大王今者是大法橋是大法礪是大法稱即是一切功德之器一切功德眞實之性正法道路即是種子之良田也一切國土之根本也一切國土之明鏡也一切諸天之形像也一切國人之父母也大王一切世間功德寶藏即是王身何以故名功德藏王斷國事不擇親怨其心平等如地水火風是故名王爲功德藏大王現在衆生雖復壽短王之功德如昔長壽安

樂時王亦如頂生善見忍辱那睺沙王耶邪諦王尸毗王一叉鳩王如是等王具足善法大王今者亦復如是大王以王因緣國土安樂人民熾盛是故一切出家之人慕樂此國持戒精勤修習正道大王我經中說若出家人隨所住國持戒精勤修習正道其王亦有修善之分大王一切盜賊王已整理出家之人都無畏懼今者唯有一大惡人瞿曇沙門王未撿校我等甚畏其人自恃豪族種姓身色具足又因過去布施之報多得供養恃此衆事生大憍慢或因呪術而生憍慢以是因緣不能苦行受畜細輭衣服卧具是故一切世間惡人爲利養故往集其所而爲眷屬不能苦行呪術力故調伏迦葉及舍利弗目揵連等今復來至我所住處娑羅林中宣說是身常樂我淨誘我弟子大王瞿曇先說無常無樂無我無淨我能忍之今乃宣說常樂我淨我實不忍惟願大王聽我與彼瞿曇論議王即答言諸大士汝等今者爲誰教導而令其心狂亂不定如水濤波旋火之輪獼猴擲樹是事可耻智人若聞則生憐愍愚人聞之則生嗤笑汝等所說非出家相汝若病風黃水患者吾悉有藥能療治之如其鬼病家兄耆婆善能去之汝等今者欲以手爪掊須彌山欲以口齒齧金剛諸大士譬如愚人見師子王飢時睡眠而欲寤之如人以指置毒蛇口如欲以手觸灰覆火汝等今者亦復如是善男子譬如野狐作師子吼猶如蚊子共金翅鳥角行遲疾如兔度海欲盡其底汝等今者亦復如是汝若夢見勝瞿曇者是夢狂

惑未足可信諸大士汝等今者與建是意猶如飛蛾投大火聚汝隨我語不須更說汝雖讃我平等如稱勿令外人復聞此語爾時外道復作是言大王瞿曇沙門所作幻術到汝邊耶乃令大王心疑不信是等聖人大王不應輕懱如是大士大王是月增減大海鹹味摩羅延山如是等事誰之所作豈非我等婆羅門耶大王不聞阿竭多仙十二年中恒河之水停耳中耶大王不聞瞿曇仙人大現神通十二年中變作釋身并令釋身作羝羊形作千女根在釋身耶大王不聞耆兔仙人一日之中飲四海水令大地乾耶大王不聞婆藪仙人爲自在天作三眼耶大王不聞羅羅仙人變迦羅富城作鹵土耶大王婆羅門中有如是等大力諸仙現可檢校大王云何見輕懱耶王言諸仁者若不見信故欲爲者如來正覺今者近在娑羅林中汝等可往隨意問難如來亦當爲汝分别稱汝意答爾時阿闍世王與諸外道徒衆眷屬往至佛所頭面作禮右繞三帀修敬已畢却住一面白佛言世尊是諸外道欲隨意問難惟願如來隨意答之佛言大王且止我自知時

爾時衆中有婆羅門名闍提首那作如是言瞿曇汝說涅槃是常法耶如是如是大婆羅門婆羅門言瞿曇若說涅槃常者是義不然何以故世間之法從子生果相續不斷如從泥出瓶從縷得衣瞿曇常說修無常想獲得涅槃因是無常果云何常瞿曇又說解脫欲貪即是涅槃解脫色貪及無色貪即是涅槃滅無明等一切煩惱即是涅槃從欲乃至無

明煩惱皆是無常因是無常所得涅槃亦應無常瞿曇又說從因故生天從因故地獄從因得解脫是故諸法皆從因生若從因故得解脫者云何言常瞿曇亦說色從緣生故名無常受想行識亦復如是解脫若是色者當知無常受想行識亦復如是若離五陰有解脫者當知解脫即是虛空若是虛空不得說言從因緣生何以故是常是一徧一切處瞿曇亦說從因生者即是苦也若是苦者云何復說解脫是樂瞿曇又說無常即苦苦即無我若是無常苦無我者即是不淨一切從因所生諸法皆無常苦無我不淨云何復說涅槃即是常樂我淨若瞿曇說亦常無常亦苦亦樂亦我無我亦淨不淨如是豈非是二語耶我亦曾從先舊智人聞說是語佛若出世言則無二瞿曇今者說於二語復言佛即我身是也是義云何佛言婆羅門如汝所說我今問汝隨汝意答婆羅門言善哉瞿曇佛言婆羅門汝性常耶是無常乎婆羅門言我性是常婆羅門是性能作一切內外法之因耶如是瞿曇佛言婆羅門云何作因瞿曇從性生大從大生慢從慢生十六法所謂地水火風空五知根眼耳鼻舌觸五業根手脚口聲男女二根心平等根是十六法從五法生色聲香味觸是二十一法根本有三一者染二者麤三者黑染者名愛麤者名瞋黑者名無明瞿曇是二十五法皆因性生婆羅門是大等法常無常耶瞿曇我法性常大等諸法悉是無常婆羅門如汝法中因常果無常若我法中因雖無常果是常者有何等過婆

羅門汝等法中有二因不答言有佛言云何爲二婆羅門言一者生因二者了因佛言云何生因云何了因婆羅門言生因者如泥出瓶了因者如燈照物佛言是二種因因性是一若是一者可令生因作於了因可令了因作生因不不也瞿曇佛言若使生因不作了因了因不作生因可得說言是因相不婆羅門言雖不因作故有因相婆羅門了因所了即同了不不也瞿曇佛言我法雖從無常獲得涅槃而非無常婆羅門從了因得故常樂我淨從生因得故無常無樂無我無淨是故如來所說有二如是二語無有二也是故如來名無二語如汝所說曾從先舊智人邊聞佛出於世無有二語是言善哉一切十方三世諸佛所說無差是故說言佛無二語云何無差有同說有無同說無故名一義婆羅門如來世尊雖名二語爲了一語故云何二語了於一語如眼色二語生識一語乃至意法亦復如是婆羅門言瞿曇善能分別如是語義我今未解所出二語了於一語爾時世尊即爲宣說四眞諦法婆羅門苦諦者亦二亦一乃至道諦亦二亦一婆羅門言世尊我已知已佛言善男子云何知已婆羅門言世尊苦諦一切凡夫二是聖人一乃至道諦亦復如是佛言善哉已解婆羅門言世尊我今聞法已得正見今當歸依佛法僧寶唯願大慈聽我出家爾時世尊告憍陳如汝當爲是闍提首那剃除鬚髮聽其出家時憍陳如即受佛勑爲其剃髮即下手時有二種落一者鬚髮二者煩惱即於坐處得阿羅漢果復有梵

志姓婆私吒復作是言瞿曇所說涅槃常耶如是梵志婆私吒言瞿曇將不說無煩惱爲涅槃耶如是梵志婆私吒言瞿曇世間四種名之爲無一者未出之法名之爲無如瓶未出泥時名爲無瓶二者已滅之法名之爲無如瓶壞已名爲無瓶三者異相互無名之爲無如牛中無馬馬中無牛四者畢竟無故名之爲無如龜毛兔角瞿曇若以除煩惱已名涅槃者涅槃即無若是無者云何言有常樂我淨佛言善男子如是涅槃非是先無同泥時瓶亦非滅無同瓶壞無亦非畢竟無如龜毛兔角同於異無善男子如汝所言雖牛中無馬不可說言牛亦是無雖馬中無牛亦不可說馬亦是無涅槃亦爾煩惱中無涅槃涅槃中無煩惱是故名爲異相互無婆私吒言瞿曇若以異無爲涅槃者夫異無者無常樂我淨瞿曇云何說言涅槃常樂我淨佛言善男子如汝所說是異無者有三種無牛馬悉是先無後有是名先無已有還無是名壞無異相無者如汝所說善男子是三種無涅槃中無是故涅槃常樂我淨如世病人一者熱病二者風病三者冷病是三種病三藥能治有熱病者酥能治之有風病者油能治之有冷病者蜜能治之是三種藥能治如是三種惡病善男子風中無油油中無風乃至蜜中無冷冷中無蜜是故能治一切衆生亦復如是有三種病一者貪二者瞋三者癡如是三病有三種藥不淨觀者能爲貪藥慈心觀者能爲瞋藥觀因緣智能爲癡藥善男子爲除貪故作非貪觀爲除瞋故作非瞋觀爲除癡

故作非癡觀三種病中無三種藥三種藥中無三種病善男子三種病中無三藥故無常無我無樂無淨三種藥中無三種病是故得稱常樂我淨婆私吒言世尊如來爲我說常無常云何爲常云何無常佛言善男子色是無常解脫色常乃至識是無常解脫識常善男子若有善男子善女人能觀色乃至識是無常者當知是人獲得常法婆私吒言世尊我今已知常無常法佛言善男子汝云何知常無常法婆私吒言世尊我今知我色是無常得解脫常乃至識亦如是佛言善男子汝今善哉已報是身告憍陳如是婆私吒已證阿羅漢果汝可施其三衣鉢器時憍陳如如佛所勑施其衣鉢時婆私吒受衣鉢已作如是言大德憍陳如我今因是弊惡之身得善果報惟願大德爲我屈意至世尊所具宣我心我既惡人觸犯如來稱瞿曇姓惟願爲我懺悔此罪我亦不能久住毒身今入涅槃時憍陳如即往佛所作如是言世尊婆私吒比丘生慙愧心自言頑嚚觸犯如來稱瞿曇姓不能久住是毒蛇身今欲滅身寄我懺悔佛言憍陳如婆私吒比丘已於過去無量佛所成就善根今受我語如法而住如法住故獲得正果汝等應當供養其身爾時憍陳如從佛聞已還其身所而設供養時婆私吒於焚身時作種種神足諸外道輩見是事已高聲唱言是婆私吒已得瞿曇沙門呪術是人不久復當勝彼瞿曇沙門爾時衆中復有梵志名曰先尼復作是言瞿曇有我耶如來默然瞿曇無我耶如來默然第二第三亦如是問

佛皆黙然先尼言瞿曇若一切衆生有我徧一切處是一作者瞿曇何故黙然不答佛言先尼汝説是我徧一切處耶先尼答言瞿曇不但我説一切智人亦如是説佛言善男子若我周徧一切處者應當五道一時受報若有五道一時受報汝等梵志何因緣故不造衆惡爲遮地獄修諸善法爲受天身先尼言瞿曇我法中我則有二種一作身我二常身我爲作身我修離惡法不入地獄修諸善法生於天上佛言善男子如汝説我徧一切處如是我者若作身中當知無常若作身無云何言徧瞿曇我所立我亦在作中亦是常法瞿曇如人失火燒舍宅時其主出去不可説言舍宅被燒主亦被燒我法亦爾而此作身雖是無常當無常時我則出去是故我我亦徧亦常佛言善男子如汝説我亦徧亦常是義不然何以故徧有二種一者常二者無常復有二種一色二無色是故若言一切有者亦常亦無常亦色亦無色若言舍主得出不名無常是義不然何以故舍不名主主不名舍異燒異出故得如是我則不爾何以故我即是色色即是我無色即我我即無色云何而言色無常時我則得出善男子汝意若謂一切衆生同一我者如是則違世出世法何以故世間法名父母子女若我是一父即是子子即是父母即是女女即是母怨即是親親即是怨此即是彼彼即是此是故若説一切衆生同一我者是則違背世出世法先尼言我亦不説一切衆生同於一我乃説一人各有一我佛言善男子若言一人各有一我

是爲多我是義不然何以故如汝先言我徧一切若徧一切一切衆生業根應同天得見時佛得亦見天得作時佛得亦作天得聞時佛得亦聞一切諸法皆亦如是若天得見非佛得見者不應説我徧一切處若不徧者是則無常先尼言瞿曇一切衆生我徧一切法與非法不徧一切以是義故佛得作異天得作異是故瞿曇不應説言佛得見時天得應見佛得聞時天得應聞佛言善男子法與非法非業作耶先尼言瞿曇是業所作佛言善男子若法非法是業作者即是同法云何言異何以故佛得業處有天得我天得業處有佛得我是故佛得作時天得亦作法與非法亦應如是善男子是故一切衆生法與非法若如是者所得果報亦應不異善男子從子出果是子終不思惟分別我唯當作婆羅門果不與刹利毗舍首陀而作果也何以故從子出果終不障閡如是四姓法與非法亦復如是不能分別我唯當與佛得作果不與天得作果作天得果不作佛得果何以故業平等故先尼言瞿曇譬如一室有百千燈炷雖有異明則無差燈炷別異喻法非法其明無差喻衆生我佛言善男子汝説燈明以喻我者是義不然何以故室異燈異是燈光明亦在炷邊亦徧室中汝所言我若如是者法非法邊俱應有我我中亦應有法非法若法非法無有我者不得説言徧一切處若俱有者何得復以炷明爲喻善男子汝意若謂炷之與明眞實別異何因緣故炷增明盛炷枯明滅是故不應以法非法喻於燈炷光明無差

喻於我也何以故法非法我三事即一先尼言瞿曇汝引燈喻是事不吉何以故燈喻若吉我已先引如其不吉何故復說善男子我所引喻都亦不作吉以不吉隨汝意說是喻亦說離炷有明即炷有明汝心不等故說燈炷喻法非法明則喻我是故責汝炷即是明離炷有明法即有我我即有法非法即我我即非法汝今何故但受一邊不受一邊如是喻者於汝不吉是故我今還以破汝善男子如是喻者即是非喻是非喻故於我則吉於汝不吉善男子汝意若謂若我不吉汝亦不吉是義不然何以故見世間人自刀自害自作他用汝所引喻亦復如是於我則吉於汝不吉先尼言瞿曇汝先責我心不平等今汝所說亦不平等何以故瞿曇今者以吉向已不吉向我以是推之是不平佛言善男子如我不平能破汝不平是故汝平我之不平即是吉也我之不平破汝不平令汝得平即是我平何以故同諸聖人得平等故先尼言瞿曇我常是平汝云何言壞我不平一切衆生平等有我云何言我是不平耶善男子汝亦說言當受地獄當受餓鬼當受畜生當受人天我若先徧五道中者云何方言當受諸趣汝亦說言父母和合然後生子若子先有云何復言和合已有是故一人有五趣身若是五處先有身者何因緣故爲身造業是故不平善男子汝意若謂我是作者是義不然何以故若我作者何因緣故自作苦事然今衆生實有受苦是故當知我非作者若言是苦非我所作不從因生一切諸法亦當如是

不從因生何因緣故說我作耶善男子衆生苦樂實從因緣如是苦樂能作憂喜憂時無喜喜時無憂或喜或憂智人云何說是常耶善男子汝說我常若是常者云何說有十時別異常法不應有歌羅羅乃至老時虛空常法尚無一時況有十時善男子我者非是歌羅羅時乃至老時云何說有十時別異善男子若我作者是我亦有盛時衰時衆生亦有盛時衰時若我爾者云何是常善男子我若作者云何一人有利有鈍善男子我若作者是我能作身業口業意業若是我所作者云何口說無有我耶云何自疑有耶無耶善男子汝意若謂離眼有見是義不然何以故若離眼已別有見者何須此眼乃至身根亦復如是汝意若謂我雖能見要因眼見是亦不然何以故如有人言須曼那華能燒大村云何能燒因火能燒汝立我見亦復如是先尼言瞿曇如人執鎌則能刈草我因五根見聞至觸亦復如是善男子鎌人各異是故執鎌能有所作離根之外更無別我云何說言我因諸根能有所作善男子汝意若謂執鎌能刈我亦如是是我有手耶爲無手乎若有手者何不自執若無手者云何說言我是作者善男子能刈草者則是鎌也非我非人若我人能何故因鎌善男子人有二業一則執草二則執鎌是鎌唯有能斷之功衆生見法亦復如是眼能見色從和合生若從因緣和合見者智人云何說言有我善男子汝意若謂身作我受是義不然何以故世間不見天得作業佛得受果若言非是身作我非因受汝

等何故從於因緣求解脫耶汝先是身非因緣生得解脫已亦應非因而更生身如身一切煩惱亦應如是先尼言瞿曇我有二種一者有知二者無知無知之我能得於身有知之我能捨離身猶如坏瓶既被燒已失於本色更不復生智者煩惱亦復如是既滅壞已終不更生佛言善男子所言知者智能知耶我能知乎若智能知何故說言我是知耶若我知者何故方便更求於知汝意若謂我因智知同華喻壞善男子譬如刺樹性自能刺不得說言樹執刺刺智亦如是智自能知云何說言我執智知善男子如汝法中我得解脫無知我得知我得耶若無知得當知猶故具足煩惱若知得者當知已有五情諸根何以故離根之外別更無知若具諸根云何復名得解脫耶若言是我其性清淨離於五根云何說言徧五道有以何因緣爲解脫故修諸善法善男子譬如有人拔虛空刺汝亦如是我若清淨云何復言斷諸煩惱汝意若謂不從因緣獲得解脫一切畜生何故不得先尼言瞿曇若無我者誰能憶念佛告先尼若有我者何緣復忘善男子若念是我者何因緣故念於惡念念所不念不念所念先尼復言瞿曇若無我者誰見誰聞佛言善男子內有六入外有六塵內外和合生六種識是六種識因緣得名善男子譬如一火因木得故名爲木火因草得故名爲草火因糠得故名爲糠火因牛糞得名牛糞火衆生意識亦復如是因眼因色因明因欲名爲眼識善男子如是眼識不在眼中乃至欲中四事和合故

生是識乃至意識亦復如是若是因緣和合故生智不應說見即是我乃至觸即是我善男子是故我說眼識乃至意識一切諸法即是幻也云何如幻本無今有已有還無善男子譬如酥麵蜜薑胡椒蓽茇蒲萄胡桃石榴桵子如是和合名歡喜丸離是和合無歡喜丸內外六入是名衆生我人士夫離內外入無別衆生我人士夫先尼言瞿曇若無我者云何說言我見我聞我苦我樂我憂我喜佛言善男子若言我見我聞名有我者何因緣故世間復言汝所作罪非我見聞善男子譬如四兵和合名軍如是四兵不名爲一而亦說言我軍勇健我軍勝彼是內外入和合所作亦復如是雖不是一亦得說言我作我受我見我聞我苦我樂先尼言瞿曇如汝所言

內外和合誰出聲言我作我受佛言先尼從愛無明因緣生業從業生有從有出生無量心數心生覺觀覺觀動風風隨心觸喉舌齒脣衆生想倒聲出說言我作我受我見我聞善男子如幢頭鈴風因緣故便出音聲風大聲大風小聲小無有作者善男子譬如熱鐵投之水中出種種聲是中眞實無有作者善男子凡夫不能思惟分別如是事故說言有我及有我所我作我受先尼言如瞿曇說無我我所何緣復說常樂我淨佛言善男子我亦不說內外六入及六意識常樂我淨我乃宣說滅內外入所生六識名之爲常以是常故名之爲我有常我故名之爲樂常我樂故名之爲淨善男子衆生厭苦斷是苦因自在遠離是名爲我以是因緣我今宣說常樂我

淨先尼言世尊惟願大慈爲我宣說我當云何獲得如是常樂我淨佛言善男子一切世間從本已來具足大慢能增長慢亦復造作慢因慢業是故今者受慢果報不能遠離一切煩惱得常樂我淨若諸衆生欲得遠離一切煩惱先當離慢先尼言世尊如是如是誠如聖教我先有慢因慢因緣故稱如來瞿曇姓我今已離如是大慢是故誠心啓請求法云何當得常樂我淨佛言善男子諦聽諦聽今當爲汝分別解說善男子若能非自非他非衆生者遠離是法先尼言世尊我已知解得正法眼佛言善男子汝云何言知已解已得正法眼世尊所言色者非自非他非諸衆生乃至識亦復如是我如是觀得正法眼世尊我今甚樂出家修道願見聽許佛言善

來比丘即時具足清淨梵行證阿羅漢果外道衆中復有梵志姓迦葉氏復作是言瞿曇身即是命身異命異如來黙然第二第三亦復如是梵志復言瞿曇若人捨身未得後身於其中間豈可不名身異命異若是異者瞿曇何故黙然不答善男子我說身命皆從因緣非不因緣如身命一切法亦如是梵志復言瞿曇我見世間有法不從因緣佛言梵志汝云何見世間有法不從因緣梵志言我見大火焚燒榛木風吹絕燄墮在餘處是豈不名無因緣耶佛言善男子我說是火亦從因生非不從因梵志言瞿曇絕燄去時不因薪炭云何而言因於因緣佛言善男子雖無薪炭因風而去風因緣故其燄不滅瞿曇若人捨身未得後身中間壽命誰爲因緣佛言梵

志無明與愛而爲因緣是無明愛二因緣故壽命得住善男子有因緣故身即是命命即是身有因緣故身異命異智者不應一向而說身異命異梵志言世尊惟願爲我分別解說令我了了得知因果佛言梵志因即五陰果亦五陰善男子若有衆生不然火者是則無煙梵志言世尊我已知已我已解已佛言善男子汝云何知云何解世尊火即煩惱能於地獄餓鬼畜生人天燒然煙者即是煩惱果報無常不淨臭穢可惡是故名煙若有衆生不作煩惱是人則無煩惱果報是故如來說不然火則無有煙世尊我已正見惟願慈矜聽我出家爾時世尊告憍陳如聽是梵志出家受戒時憍陳如受佛勑已和合衆僧聽其出家受具足戒經五日已得阿羅漢果外道衆中復有梵志名曰富那復作是言瞿曇汝見世間是常法已說言常耶如是義者實耶虛耶常無常亦常亦無常非常非無常有邊無邊亦有邊無邊非有邊無邊是身是命身異命異如來滅後如去不如去亦如去不如去非如去非不如去佛言富那我不說世間常虛實無常亦常無常非常非無常有邊無邊亦有邊無邊非有邊非無邊是身是命身異命異如來滅後如去不如去亦如去不如去非如去非不如去富那復言瞿曇今者見何罪過不作是說佛言富那若有人說世間是常唯此爲實餘妄語者是名爲見見所見處是名見行是名見業是名見著是名見縛是名見苦是名見取是名見怖是名見熱是名見纏富那凡夫之人爲見所纏不能遠

離生老病死迴流六趣受無量苦乃至非如去非不如去亦復如是富那我見是見有如是過是故不著不爲人説瞿曇若見如是罪過不著不説瞿曇今者何見何著何所宣説佛言善男子夫見著者名生死法如來已離生死法故是故不著善男子如來名爲能見能説不名爲著瞿曇云何能見云何能説佛言善男子我能明見苦集滅道分別宣説如是四諦我見如是故能遠離一切見一切愛一切流一切慢是故我具清淨梵行無上寂靜獲得常身是身亦非東西南北富那言瞿曇何因緣故常身非是東西南北佛言善男子我今問汝隨汝意答於意云何如於汝前然大火聚當其然時汝知然不如是瞿曇是火滅時汝知滅不如是瞿曇富那若有人問汝前火聚然從何來滅何所至當云何答瞿曇若有問者我當答言是火生時賴於衆緣本緣已盡新緣未至是火則滅若復有問是火滅已至何方面復云何答瞿曇我當答言緣盡故滅不至方所善男子如來亦爾若有無常色乃至無常識因愛故然然者即受二十五有是故然時可説是火東西南北現在愛滅二十五有果報不然以不然故不可説有東西南北善男子如來已滅無常之色至無常識是故身常身若是常不得説有東西南北富那言欲説一喻惟願聽采佛言善哉善哉隨意説之世尊如大村外有娑羅林中有一樹先林而生足一百年是時林主灌之以水隨時修治其樹陳朽皮膚枝葉悉皆脫落唯貞實在如來亦爾所有陳故悉已除盡

唯有一切眞實法在世尊我今甚樂出家修道佛言善來比丘說是語已即時出家漏盡證得阿羅漢果

大般涅槃經卷第三十五

音釋

瘡疣（瘡初良切瘍也疣羽求切瘤也）獷（古猛切惡也）洟唾（洟他計切唾湯卧切）綜（子宋切理也）技（渠綺切方術也）嗤（赤脂切亦笑也）掊（蒲溝切爬也）齚（鋤麥切齒齧也）齧（魚結切噬也）蟁（無分切與蚊同）懱（莫結切輕傷也）羝（都黎切牡羊也）誾（語巾切口不道忠信之言也）鎌（力鹽切鍥也）刈（牛制切割也）穅（苦岡切穀皮也）麪（莫甸切）蓽茇（蓽音畢茇北末切）桵子（桵儒佳切果木名）幢（宅江切幡幢也）榛（側詵切木名）

大般涅槃經卷第三十六

北涼天竺三藏曇無讖譯梵

宋沙門慧嚴慧觀同謝靈運再治

憍陳如品第二十五之二

復有梵志名淨作如是言瞿曇一切衆生不知何法見世間常無常亦常無常非有常非無常乃至非如去非不如去佛言善男子不知色故乃至不知識故見世間常乃至非如去非不如去梵志言瞿曇衆生知何法故不見世間常乃至非如去非不如去佛言善男子知色故乃至知識故不見世間常乃至非如去非不如去梵志言世尊惟願爲我分別解說世間常無常佛言善男子若人捨故不造新業是人能知常與無常梵志言世尊我已知解佛言善男子汝云何見汝云何知世尊故名無明與愛新名取有若人遠離是無明愛不作取有是人眞實知常無常我今已得正法淨眼歸依三寶惟願如來聽我出家佛告憍陳如聽是梵志出家受戒時憍陳如受佛勑已將至僧中爲作羯磨令得出家十五日後諸漏永盡得阿羅漢果犢子梵志復作是言瞿曇我今欲問能見聽不如來默然第二第三亦復如是犢子復言瞿曇我久與汝共爲親友汝之與我義無有二我欲諮問何故默然爾時世尊作是思惟如是梵志其性儒雅純善質直常爲知故而來諮啓不爲惱亂彼若問者當隨意答佛言犢子善哉善哉隨所疑問吾當答之犢子言瞿曇世有善耶如是梵志有不善耶如是梵志瞿曇願爲我說令我得知善不善法佛言善男子我能

分别廣説其義今當爲汝簡略説之善男子欲名不善解脱欲者名之爲善瞋恚愚癡亦復如是殺名不善不殺名善乃至邪見亦復如是善男子我今爲汝已説三種善不善法及説十種善不善法若我弟子能作如是分别三種善不善法乃至十種善不善法當知是人能盡貪欲瞋恚愚癡一切諸漏斷一切有梵志言瞿曇是佛法中頗有一比丘能盡如是貪欲恚癡一切諸漏一切有不佛言善男子是佛法中非一二三乃至五百乃有無量諸比丘等能盡如是貪欲瞋癡一切諸漏一切諸有瞿曇置一比丘是佛法中頗有一比丘尼能盡如是貪欲瞋癡一切諸漏一切有不佛言善男子是佛法中非一二三乃至五百乃有無量諸比丘尼能斷如是貪欲瞋癡一切諸漏一切諸有犢子言瞿曇置一比丘一比丘尼是佛法中頗有一優婆塞持戒精勤梵行清淨度疑彼岸斷於疑網佛言善男子我佛法中非一二三乃至五百乃有無量諸優婆塞持戒精勤梵行清淨斷五下結得阿那含度疑彼岸斷於疑網犢子言瞿曇置一比丘一比丘尼一優婆塞是佛法中頗有一優婆夷持戒精勤梵行清淨度疑彼岸斷疑網不佛言善男子我佛法中非一二三乃至五百乃有無量諸優婆夷持戒精勤梵行清淨斷五下結得阿那含度疑彼岸斷於疑網犢子言瞿曇置一比丘一比丘尼盡一切漏一優婆塞一優婆夷持戒精勤梵行清淨斷於疑網是佛法中頗有優婆塞受五欲樂心無疑網不佛言善男子是佛法中非一

二三乃至五百乃有無量諸優婆塞斷於三結得須陀洹薄貪恚癡得斯陀含如優婆塞優婆夷亦如是世尊我於今者樂說譬喻佛言善哉善哉樂說便說世尊譬如難陀波難陀龍王等降大雨如來法雨亦復如是平等雨於優婆塞優婆夷世尊若諸外道欲來出家不審如來幾月試之佛言善男子皆四月試不必一種世尊若不一種惟願大慈聽我出家爾時世尊告憍陳如聽是犢子出家受戒時憍陳如受佛勑已立衆僧中爲作羯磨於出家後滿十五日得須陀洹果既得果已復作是念若有智慧從學得者我今已得堪任見佛即往佛所頭面作禮修敬已畢却住一面白佛言世尊諸有智慧從學得者我今已得惟願爲我重分別說令我獲得無學智慧佛言善男子汝勤精進修習二法一奢摩他二毗婆舍那善男子若有比丘欲得須陀洹果亦當勤修如是二法若復欲得斯陀含果阿那含果阿羅漢果亦當修習如是二法善男子若有比丘欲得四禪四無量心六神通八背捨八勝處無諍智頂智畢竟智四無閡智金剛三昧盡智無生智亦當修習如是二法善男子若欲得十住地無生法忍無相法忍不可思議法忍聖行梵行天行菩薩行虛空三昧智印三昧空無相無作三昧地三昧不退三昧首棱嚴三昧金剛三昧阿耨多羅三藐三菩提佛行亦當修習如是二法犢子聞已禮拜而出在娑羅林中修是二法不久即得阿羅漢果是時復有無量比丘欲往佛所犢子見已問言大德欲何所至諸比丘

言欲往佛所犢子復言諸大德若至佛所願爲宣啓犢子梵志修二法已得無學智今報佛恩入般涅槃時諸比丘至佛所已白佛言世尊犢子比丘寄我等語世尊犢子梵志修習二法得無學智今報佛恩入於涅槃佛言善男子犢子梵志得阿羅漢果汝等可往供養其身時諸比丘受佛勑已還其尸所大設供養納衣梵志復作是言瞿曇如瞿曇所說無量世中作善不善未來還得善不善身是義不然何以故如瞿曇說因煩惱故獲得是身若因煩惱獲得身者身爲在先煩惱在先若煩惱在先誰之所作住在何處若身在先云何說言因煩惱得是故若言煩惱在先是則不可若身在先是亦不可若言一時又亦不可先後一時義皆不可是故我說一切諸

法皆有自性不從因緣復次瞿曇堅是地性濕是水性熱是火性動是風性無所罣閡是虛空性是五大性非因緣有若使世間有一法性非因緣有一切法性亦應如是非因緣有若有一法從因緣有何因緣故五大之性不從因緣瞿曇衆生善身及不善身獲得解脫皆是自性不從因緣是故我說一切諸法自性故有非因緣生復次瞿曇世間之法有定用處譬如工匠云如是木任作車輿如是任作門戶牀几亦如金師所可造作在額上者名之爲鬘在頸下者名之爲瓔在臂上者名之爲釧在指上者名之爲環用處定故名爲定性一切衆生亦復如是有五道性故有地獄餓鬼畜生人天若如是者云何說言從於因緣復次瞿曇一切衆生其性各異是故

名爲一切自性如龜陸生自能入水犢子生巳自能飲乳魚見鉤餌自然吞食毒蛇生巳自然食土如是等事誰有教者如刺生巳自然頭尖飛鳥毛羽自然色別世間衆生亦復如是有利有鈍有富有貧有好有醜有得解脫有得不有是故當知一切法中各自有性復次瞿曇說貪欲瞋癡從因緣生如是三毒因緣五塵是義不然何以故衆生睡時遠離五塵亦復生於貪欲瞋癡在胎亦爾初出胎時未能分別五塵好醜亦復生於貪欲瞋癡諸仙賢聖處閑寂處無有五塵亦能生於貪欲瞋癡亦復有人因於五塵生於不貪不瞋不癡是故不必從於因緣生一切法以自性故復次瞿曇我見世人五根不具多饒財寶得大自在有根具足貧窮下賤不得自在爲人僕使若有因緣何故如是是故諸法各有自性不由因緣復次瞿曇世間小兒亦復未能分別五塵或笑或啼笑時知喜啼時知愁是故當知一切諸法各有自性復次瞿曇世法有二一者有二者無有即虛空無即兔角如是二法一是有故不從因緣二是無故亦非因緣是故諸法有自性故不從因緣佛言善男子如汝所言如五大性一切諸法亦應如是是義不然何以故善男子汝法中以五大是常何因緣故一切諸法悉不是常若世間物是無常者是五大性何因緣故不是無常若五大常世間之物亦應是常是故汝說五大之性有自性故不從因緣令一切法同五大者無有是處善男子汝言用處定故有自性者是義不然何以故皆從因緣得名字

故若從因得名亦從因得義云何名爲從因得名如在額上名之爲鬘在頸名瓔在臂名釧在車名輪火在草木名草木火善男子木初生時無箭稍性從因緣故工造爲箭從因緣故工造爲稍是故不應說一切法有自性也善男子汝言如龜陸生性自入水犢生子已性能飲乳是義不然何以故若言入水非因緣者俱非因緣何不入火犢子生已性能嗽乳不從因緣俱非因緣何不嗽角善男子若言諸法悉有自性不須教習無有增長是義不然何以故今見有教緣教增長是故當知無有自性善男子若一切法有自性者諸婆羅門一切不應爲清淨身殺羊祀祠若爲身祠是故當知無有自性善男子世間語法凡有三種一者欲作二者作時三者作已若一切法有自性者何故世中有是三語有三語故故知一切無有自性善男子若言諸法有自性者當知諸法各有定性若有定性甘蔗一物何緣作漿作蜜石蜜酒苦酒等若有一性何緣乃出如是等物若一物中出如是等當知諸法不得一定各有一性善男子若一切法有定性者聖人何故飲甘蔗漿石蜜黑蜜酒時不飲後爲苦酒復還得飲是故當知無有定性若無定性云何不因因緣而有善男子汝說一切法有自性者云何說喻若有喻者當知諸法無有自性若有自性當知無喻世間智者皆說譬喻當知諸法無有自性無有一性善男子汝言身爲在先煩惱在先者是義不然何以故若我當說身在先者汝可難言汝亦同我身不在先何因緣故而

作是難善男子一切衆生身及煩惱俱無先後一時而有雖一時有要因煩惱而得有身終不因身有煩惱也汝意若謂如人二眼一時而得不相因待左不因右右不因左煩惱及身亦如是者是義不然何以故世間眼見炷之與明雖復一時明要因炷終不因明而有炷也善男子汝意若謂身不在先故知無因是義不然何以故若以身先無因緣故名爲無者汝不應說一切法有因緣若言不見故不說者今見瓶等從因緣出何故不說如瓶身先因緣亦復如是善男子若見不見一切諸法皆從因緣無有自性善男子若言一切法悉有自性無因緣者汝何因緣說於五大是五大性即是因緣善男子五大因緣雖復如是亦不應說諸法皆同五大因緣如世人說一切出家精勤持戒旃陀羅等亦應如是精勤持戒善男子汝言五大有定堅性我觀是性轉故不定善男子酥蠟胡膠於汝法中名之爲地是地不定或同於水或同於地故不得說自性故堅善男子白鑞鉛錫銅鐵金銀於汝法中名之爲火是火四性流時水性動時風性熱時火性堅時地性云何說言定名火性善男子水性名流若水凍時不名爲地故名水者何因緣故波動之時不名爲風若動不名風凍時亦應不名爲水若是二義從因緣者何故說言一切諸法不從因緣善男子若言五根性能見聞覺知觸皆是自性不從因緣是義不然何以故善男子自性之性性不可轉若言眼性見者常應能見不應有見有不見時是故當知從因緣見非無

因緣善男子汝言非因五塵生貪解脱是義不然何以故善男子生貪解脱雖復不因五塵因緣惡覺觀故則生貪欲善覺觀故則得解脱善男子内因緣故生貪解脱外因緣故則能增長是故汝言一切諸法各有自性不因五塵生貪解脱無有是處善男子汝言具足諸根乏於財物不得自在諸根殘缺多饒財寶得大自在因此以明有自性故不從因緣者是義不然何以故善男子衆生從業而有果報如是果報則有三種一者現報二者生報三者後報貧窮巨富根具不具是業各異若有自性具諸根者應饒財寶饒財寶者應具諸根今則不爾是故定知無有自性皆從因緣善男子如汝所言世間小兒未能分別有從因緣亦啼亦笑是故一切有自性者是義不然何以故若自性者笑應常笑啼應常啼不應一笑一啼若一笑一啼當知一切悉從因緣是故不應說一切法有自性故不從因緣梵志言世尊若一切法從因緣有如是身者從何因緣佛言善男子是身因緣煩惱與業梵志言世尊如其是身從煩惱業是煩惱業可斷不耶佛言如是如是梵志復言世尊惟願爲我分別解說令我聞已不移是處悉得斷之佛言善男子若知二邊中間無閡是人則能斷煩惱業世尊我已知解得正法眼佛言汝云何知世尊二邊即色及色解脱中間即是八正道也受想行識亦復如是佛言善哉善哉善男子善知二邊斷煩惱業世尊惟願聽我出家受戒佛言善來比丘即時斷除三界煩惱得阿羅漢果爾時復有婆

羅門名曰弘廣復作是言瞿曇知我今所念不佛言善男子涅槃是常有爲無常曲即邪見直即聖道婆羅門言瞿曇何因緣故作如是說善男子汝意每謂乞食是常别請無常曲是戸鑰直是帝幢是故我說涅槃是常有爲無常曲謂邪見直謂八正非如汝先所思惟也婆羅門言瞿曇實知我心是八正道悉令衆生得盡滅不爾時世尊默然不答婆羅門言瞿曇已知我心我今所問何故默然而不見答時憍陳如即作是言大婆羅門若有問世有邊無邊如來常爾默然不答八聖是直涅槃是常若修八聖即得滅盡若不修習即不能得大婆羅門譬如大城其城四壁都無孔竅唯有一門其守門者聰明有智能善分别可放則放可遮則遮雖不能知出入多少定知一切有入出者皆由此門善男子如來亦爾城喻涅槃門喻八正守門之人喻於如來善男子如來今者雖不答汝盡與不盡其有盡者要當修習是八正道婆羅門言善哉善哉大德憍陳如如來善能說微妙法我今實欲知城知道自作守門憍陳如言善哉善哉汝婆羅門能發無上廣大之心佛言止止憍陳如是婆羅門非適今日發是心也乃往過去過無量佛有佛世尊名普光明如來應正徧知明行足善逝世間解無上士調御丈夫天人師佛世尊是人先已於彼佛所發阿耨多羅三藐三菩提心此賢劫中當得作佛久已通達了知法相爲衆生故現處外道示無所知以是因緣汝憍陳如不應讚言善哉善哉汝今能發如是大心爾時世尊知已

即告憍陳如言阿難比丘今爲所在憍陳如言世尊阿難比丘在娑羅林外去此大會十二由旬而爲六萬四千億魔之所嬈亂是諸魔衆悉自變身爲如來像或有宣説一切諸法從因緣生或有説言一切諸法不從因生或有説言一切因緣皆是常法因緣生者悉是無常或有説言五陰是實或説虚假入界亦爾或有説言有十二緣或有説言正有四緣或説諸法如幻如化如熱時燄或有説言因聞得法或有説言因思得法或有説言因修得法或復有説不淨觀法或復有説出息入息或復有説四念處觀或復有説三種觀義七種方便或復有説煖法頂法忍法世間第一法學無學地菩薩初住乃至十住或有説空無相無作或復有説修多羅祇夜毗伽羅那伽陀憂陀那尼陀那阿波陀那伊帝目多伽闍陀伽毗佛略阿浮陀達摩憂波提舍或説四念處四正勤四如意足五根五力七覺八聖道或説内空外空内外空有爲空無爲空無始空性空遠離空散空自相空無相空陰空入空界空善空不善空無記空菩提空道空涅槃空行空得空第一義空空空大空或有示現神通變化身出水火或身上出水身下出火身下出水身上出火左脅在下右脅出水右脅在下左脅出水一脅震雷一脅降雨或有示現諸佛世界或復示現菩薩初生行至七步處在深宫受五欲時初始出家修苦行時往菩提樹坐三昧時壞魔軍衆轉法輪時示大神通入涅槃時世尊阿難比丘見是事已作是念言如是神變昔來未見

誰之所作將非世尊釋迦作耶欲起欲語都不從意阿難比丘入魔罥故復作是念諸佛所說各各不同我於今者當受誰語世尊阿難今者極受大苦雖念如來無能救者以是因緣不來至此大衆之中

爾時文殊師利菩薩摩訶薩白佛言世尊此大衆中有諸菩薩已於一生發阿耨多羅三藐三菩提心至無量生發菩提心已能供養無量諸佛其心堅固具足修行檀波羅蜜乃至般若波羅蜜成就功德久已親近無量諸佛淨修梵行得不退轉菩提之心得不退忍不退轉持得如法忍首楞嚴等無量三昧如是等輩聞大乘經終不生疑善能分別宣說三寶同一性相常住不變聞不思議不生驚怪聞種種空心不怖懅了了通達一切法性能持一切十二部經廣解其義亦能受持無量諸佛十二部經何憂不能受持如是大涅槃典何因緣故問憍陳如阿難所在爾時世尊告文殊師利諦聽諦聽善男子我成佛已過三十年住王舍城爾時我告諸比丘言今此衆中誰能爲我受持如來十二部經供給左右所須之事亦使不失自身善利時憍陳如在彼衆中來白我言我能受持十二部經供給左右不失所作自利益事我言憍陳如汝已朽邁當須使人云何方欲爲我給使時舍利弗復作是言我能受持佛一切語供給所須不失所作自利益事我言舍利弗汝已朽邁當須使人云何方欲爲我給使乃至五百諸阿羅漢皆亦如是我悉不受爾時目連在大衆中作是思惟如來今者不受五百比

丘給使佛意爲欲令誰作耶思惟是已即便入定觀見如來心在阿難如日初出光照西壁見是事已即從定起語憍陳如大德我見如來欲令阿難給事左右時憍陳如與五百阿羅漢往阿難所作如是言阿難汝今當爲如來給使請受是事阿難言諸大德我實不堪給事如來何以故如來尊重如師子王如龍如火我今穢弱云何能辦諸比丘言汝受我語給事如來得大利益第二第三亦復如是阿難言諸大德我亦不求大利益事實不堪任奉給左右時目揵連復作是言阿難汝今未知阿難言大德惟願說之目揵連言如來先日僧中求使五百羅漢皆求爲之如來不聽我即入定見如來意欲令汝作汝今云何反更不受阿難聞已合掌長跪作如是言諸大德若有是事如來世尊與我三願當順僧命給事左右目揵連言何等三願阿難言一者如來設以故衣賜我聽我不受二者如來設受檀越別請聽我不從三者聽我出入無有時節如是三事佛若聽者當順僧命時憍陳如五百比丘還來我所作如是言我等已勸阿難比丘唯求三願若佛聽者當順僧命文殊師利我於爾時讚阿難言善哉善哉阿難比丘具足智慧豫見譏嫌何以故當有人言汝爲衣食奉給如來是故先求不受故衣不隨別請憍陳如阿難比丘具足智慧入出有時則不能得廣作利益四部之衆是故求欲出入無時憍陳如我爲阿難開是三事隨其意願時目揵連還阿難所語阿難言吾已爲汝啓請三事如來大慈皆已聽許阿難

言大德若佛聽者請往給侍文殊師利阿難事我二十餘年具足八種不可思議何等為八一者事我已來二十餘年初不隨我受別請食二者事我已來初不受我陳故衣服三者自事我來至我所時終不非時四者自事我來具足煩惱隨有入出諸王剎利豪貴大姓見諸女人及天龍女不生欲心五者自事我來持我所說十二部經一經於耳曾不再問如瀉瓶水置之一瓶唯除一問善男子瑠璃太子殺諸釋氏壞迦毗羅城阿難爾時心懷愁惱發聲大哭來至我所作如是言我與如來俱生此城同一釋種云何如來光顏如常我則憔悴我時答言阿難我修空定故不同汝過三年已還來問我世尊我往於彼迦毗羅城曾聞如來修空三昧是事虛實我言阿難如是如是如汝所說六者自事我來雖未獲得知他心智常知如來所入諸定七者自事我來未得願智而能了知如是衆生到如來所現在能得四沙門果有後得者有得人身有得天身八者自事我來如來所有祕密之言悉能了知善男子阿難比丘具足如是八不思議是故我稱阿難比丘爲多聞藏善男子阿難比丘具足八法能具足持十二部經何等爲八一者信根堅固二者其心質直三者身無病苦四者常勤精進五者具足念心六者心無憍慢七者成就定意八者具足從聞生智文殊師利毗婆尸佛侍者弟子名阿叔迦亦復具足如是八法尸棄如來侍者弟子名差摩迦羅毗舍浮佛侍者弟子名憂波扇陀迦羅鳩村大佛侍者弟子名曰拔

提迦那牟尼佛侍者弟子名曰蘇坻迦葉佛侍者弟子名葉婆蜜多皆亦具足如是八法我今阿難亦復如是具足八法是故我稱阿難比丘爲多聞藏善男子如汝所說此大衆中雖有無量無邊菩薩是諸菩薩皆有重任所謂大慈大悲如是慈悲之因緣故各各忽務調伏眷屬莊嚴自身以是因緣我涅槃後不能宣通十二部經若有菩薩或時能說人不信受文殊師利阿難比丘是吾之弟給事我來二十餘年所可聞法具足受持喻如瀉水置之一器是故我今顧問阿難爲何所在欲令受持是涅槃經善男子我涅槃後阿難比丘所未聞者弘廣菩薩當能流布阿難所聞自能宣通文殊師利阿難比丘今在他處去此會外十二由旬而爲六萬四千億魔之

所惱亂汝可往彼發大聲言一切諸魔諦聽諦聽如來今說大陀羅尼一切天龍乾闥婆阿脩羅迦樓羅緊那羅摩睺羅伽人與非人山神樹神河神海神舍宅等神聞是持名無不恭敬受持之者是陀羅尼十恒河沙諸佛世尊所共宣說能轉女身自識宿命若受五事一者梵行二者斷肉三者斷酒四者斷辛五者樂在寂靜受五事已至心信受讀誦書寫是陀羅尼當知是人則得超越七十七億弊惡之身爾時世尊即便說之

阿磨隸　毗磨隸　涅磨隸　瞢伽隸　醯磨羅　若竭裸　三曼那跋提　娑婆他娑檀尼　婆羅磨他娑檀尼　摩那斯　阿拙啼　比羅祇　菴羅賴坻　婆嵐彌　婆嵐摩莎隸　富泥　富那摩奴賴綈

爾時文殊師利從佛受是陀羅尼已至阿難所在魔衆中作如是言諸魔眷屬諦聽我說所從佛受陀羅尼呪魔王聞是陀羅尼已悉發阿耨多羅三藐三菩提心捨於魔業即放阿難文殊師利與阿難俱來至佛所阿難見佛至心禮敬却住一面佛告阿難是娑羅林外有一梵志名須跋陀年百二十雖得五通未捨憍慢獲得非想非非想定生一切智起涅槃想汝可往彼語須跋言如來出世如優曇華於今中夜當般涅槃若有所作可及時作莫於後日而生悔心阿難汝之所說彼定信受何以故汝曾往昔五百世中作須跋陀子其人愛心習猶未盡以是因緣信受汝語爾時阿難受佛勑已往須跋所作如是言仁者當知如來出世如優曇華於今中夜當般涅槃欲有所作可及時作莫於後日生悔心也須跋言善哉阿難我今當往至如來所爾時阿難與須跋陀還至佛所時須跋陀到已問訊作如是言瞿曇我今欲問隨我意答佛言須跋今正是時隨汝所問我當方便隨汝意答瞿曇有諸沙門婆羅門等作如是言一切衆生受苦樂報皆隨往日本業因緣是故若有持戒精進受身心苦能壞本業本業既盡衆苦盡滅衆苦盡滅即得涅槃是義云何佛言善男子若有沙門婆羅門等作是說者我爲憐憫常當往至如是人所既至彼已我當問之仁者實作如是說不彼若見答我如是說何以故瞿曇我見衆生習行諸惡多饒財寶身得自在又見修善貧窮多乏不得自在又見有人多役力用求財不得又見不求

自然得者又見有人慈心不殺反更中夭又見喜殺終保年壽又見有人淨修梵行精勤持戒有得解脫有不得者是故我說一切衆生受苦樂報皆由往日本業因緣須跋我復當問仁者實見過去業不若有是業爲多少耶現在苦行能破多少耶能知是業已盡不盡耶是業既盡一切盡耶彼若見答我實不知我便當爲彼人引喻譬如有人身被毒箭其家眷屬爲請醫師令拔是箭既拔箭已身得安隱其後十年是人猶憶了了分明是醫爲我拔出毒箭以藥塗傅令我得差安隱受樂仁既不知過去本業云何能知現在苦行定能破壞過去業耶彼若復言瞿曇汝今亦有過去本業何故獨責我過去業瞿曇經中亦作是說若見有人豪貴自在當知是人先世好施如是不名過去業耶我復答言仁者如是知者名爲比知不名眞知我佛法中或有由因知果或有從果知因我佛法中有過去業有現在業汝則不爾唯有過去業無現在業汝法不從方便斷業我法不爾從方便斷汝業盡已則得苦盡我則不爾煩惱盡已業苦則盡是故我今責汝過去業彼人若言瞿曇我實不知從師受之師作是說我實無咎我言仁者汝師是誰彼若見答是富蘭那我復語言汝昔何不一一諮問大師實知過去業不汝師若言我不知者汝復云何受是師語若言我知復應問言下苦因緣受中上苦不中苦因緣受下上苦不上苦因緣受中下苦不若言不者復應問言師云何說苦樂之報唯過去業非現在耶復應問言是現在

苦過去有不若過去有過去之業悉已都盡若都盡者云何復受今日之身若過去無唯現在有云何復言衆生苦樂皆過去業仁者若知現在苦行能壞過去業現在苦行復以何破如其不破苦即是常苦若是常云何說言得苦解脫若更有行壞苦行者過去已盡云何有苦仁者如是苦行能令樂業受苦果不復令苦業受樂果不能令無苦無樂業作不受果不能令現報作生報不能令生報作現報不令是二報作無報不能令定報作無報不能令無報作定報不彼若復言瞿曇不能我復當言仁者如其不能何因緣故受是苦行仁者當知定有過去業現在因緣是故我言因煩惱生業因業受報仁者當知一切衆生有過去業有現在因衆生雖有過去壽業要賴現在飲食因緣仁者若說衆生受苦受樂定由過去本業因緣是事不然何以故仁者譬如有人爲王除怨以是因緣多得財寶因是財寶受現在樂如是之人現作樂因現受樂報譬如有人殺王愛子以是因緣喪失身命如是之人現作苦因現受苦報仁者一切衆生現在因於四大時節土地人民受苦受樂是故我說一切衆生不必盡因過去本業受苦樂也仁者若以斷業因緣力故得解脫者一切聖人不得解脫何以故一切衆生過去本業無始終故是故我說修聖道時是道能遮無始終業仁者若受苦行便得道者一切畜生悉應得道是故先當調伏其心不調伏身以是因緣我經中說斫伐此林莫斫伐樹何以故從林生怖不從樹生欲調伏

身先當調心心喻於林身喻於樹須跋陀言世尊我已先調伏心佛言善男子汝今云何能先調心須跋陀言世尊我先思惟欲是無常無樂無淨觀色即是常樂清淨作是觀已欲界結斷獲得色處是故名爲先調伏心次復觀色色是無常如癰如瘡如毒如箭見無色常清淨寂靜如是觀已色界結盡得無色處是故名爲先調伏心次復觀想即是無常癰瘡毒箭如是觀已獲得非想非非想處是非想非非想即一切智寂靜清淨無有墮墜常恒不變是故我能調伏其心佛言善男子汝云何能調伏心耶汝今所得非想非非想定猶名爲想涅槃無想汝云何言獲得涅槃善男子汝已先能訶責麤想今者云何愛著細想不知訶責如是非想非非想處故名爲想如癰如瘡如毒如箭善男子汝師鬱頭藍弗利根聰明尚不能斷如是非想非非想處受於惡身況其餘者世尊云何能斷一切諸有佛言善男子若觀實想是人能斷一切諸有須跋陀言世尊云何名爲實想善男子無想之想名爲實想世尊云何名爲無想之想善男子一切法無自相他相及自他相無無因相無作相無受相無作者相無受者相無法非法相無男女相無士夫相無微塵相無時節相無爲自相無爲他相無爲自他相無有相無無相無生相無生者相無因相無因因相無果相無果果相無晝夜相無明闇相無見相無見者相無聞相無聞者相無覺知相無覺知者相無菩提相無得菩提者相無業相無業主相無煩惱相無煩惱主相善男

子如是等相隨所滅處名眞實想善男子一切諸法皆是虛假隨其滅處是名爲實是名實想是名法界名畢竟智名第一義諦名第一義空善男子是想法界畢竟智第一義諦第一義空下智觀故得聲聞菩提中智觀故得緣覺菩提上智觀故得無上菩提說是法時十千菩薩得一生實相萬五千菩薩得二生法界二萬五千菩薩得畢竟智三萬五千菩薩悟第一義諦是第一義諦亦名第一義空亦名首楞嚴三昧四萬五千菩薩得虛空三昧是虛空三昧亦名廣大三昧亦名智印三昧五萬五千菩薩得不退忍是不退忍亦名如法忍亦名如法界六萬五千菩薩得陀羅尼是陀羅尼亦名大念心亦名無閡智七萬五千菩薩得師子吼三昧是師子吼亦名金剛三昧亦名五智印三昧八萬五千菩薩得平等三昧是平等三昧亦名大慈大悲無量恒河沙等衆生發阿耨多羅三藐三菩提心無量恒河沙等衆生發緣覺心無量恒河沙等衆生發聲聞心人女天女二萬億人現轉女身得男子身須跋陀羅得阿羅漢果

大般涅槃經卷第三十六

音釋

羯磨（梵語也此云作法羯居謁切）諮（即移切諮訪問也）釧（尺絹切指鐶也）稍（色角切兵器也）嗽（色角切吸也）酥蠟（酥素姑切蠟力盍切）鑞鉛（鑞盧合切錫也鉛與專切黑錫也）鑰（以灼切關牡也）竅（苦弔切穴也）罥（扃縣切罟也）怖懅（怖普故切惶懼也懅其據切慙也）瞢（莫中切）裨（音卑）綈（杜奚切）

大般涅槃經後分

唐沙門若那跋陀羅與會寧等譯

清刻龍藏佛說法變相圖

大般涅槃經後分卷上

唐沙門若那跋陀羅與會寧等譯

憍陳如品之末

爾時須跋陀羅從佛聞說大般涅槃甚深妙法而得法眼見法清淨愛護正法已捨邪見於佛法中深信堅固即從如來欲求出家佛言善哉善哉須跋陀羅善來比丘悅可聖心善入佛道於是須跋陀羅歡喜踊躍欣慶無量即時鬚髮自落而作沙門法性智水灌注心源無復縛著漏盡意解得羅漢果須跋陀羅既證果已即前佛所瞻仰尊顏頭面禮足偏袒右肩右膝著地長跪合掌悲喜交流深自悔責在昔罪咎而白佛言世尊恨我毒身久劫已來常相欺惑令我長沒無明邪見淪溺三界外道法中痛哉苦哉爲害滋甚今大

喜慶蒙如來恩得入正法世尊智慧大海慈愍無量竊自惟忖累劫碎軀未能報此須臾之恩須跋陀羅說是語已悲泣流淚不能自裁復白佛言世尊我年老邁餘命無幾未脫衆苦行苦遷逼唯願世尊少住教誡哀愍救護莫般涅槃爾時世尊默然不許須跋陀羅不果所請愁憂熱惱高聲唱曰苦哉苦哉世間空虛世間空虛如何於今大怖即至熱惱流行哀哉哀哉衆生福盡正慧眼滅復更流淚悲號哽咽徧體血現發聲大哭於如來前舉身投地忙亂濁心昏迷悶絕久乃甦醒涕淚哽咽而白佛言世尊我今不忍見於如來入般涅槃中心痛切難任裁抑我自何能與此坏器毒身共住今前寧可先自速滅唯願世尊後當涅槃爾時須跋陀羅說是語已悲戀哽咽於是時頃即入涅槃爾時不可說不可說無數億恒河沙諸大菩薩比丘比丘尼一切世間天人阿脩羅等同聲唱言苦哉苦哉如何正覺一旦捨離無主無歸無依無趣追思戀慕悲感號泣互相執手槌胷悶絕迷失諸方哀慟三千大千世界爾時世尊出八種聲普告大衆莫大號哭猶如嬰兒各相裁抑勿自亂心汝等於此行苦生死大海勤修淨心莫失念慧疾求正智速出諸有三界受身苦輪無際無明郎主恩愛魔王役使身心策爲童僕徧緣境界造生死業貪恚狂癡念念傷害無量劫來常受苦惱何有智者不反斯源汝等當知我曠劫來已入大寂無陰界入永斷諸有金剛寶藏常樂我淨我今於此顯難思議現方便力入大涅槃示同世法欲

令衆生知身如電生戀慕心生死暴河漂流速疾諸行輪轉法應如是如來涅槃甚深甚深不可思議乃是諸佛菩薩境界非諸聲聞緣覺所知佛復告諸大衆是須跋陀羅已曾供養恒河沙佛於諸佛所深種善根以大願力常在尼乾外道法中出家修行以方便慧誘進邪見失道衆生令入正智須跋陀羅乘本願力今得遇我最後涅槃得聞正法既聞正法得羅漢果既得果已復入涅槃自我得道度阿若憍陳如最後涅槃度須跋陀羅吾事究竟無復施爲設我久住無異今也爾時世尊說是語已即歔長歎唱言善哉善哉須跋陀羅爲報佛恩汝等大衆應當供養其屍安立塔廟爾時大衆惆悵慘結掩淚裁抑即依佛教以香木酥油荼毗其屍須跋陀羅當焚屍時即於火中放大光明現十八變身上出水身下出火右脅出火左脅出水小復現大大復現小滿虛空中爾時無量大衆及諸外道邪見衆生發菩提心得入正見須跋陀羅現神變已還復火中荼毗已訖是時大衆悲感傷悼收取舍利起塔供養

遺教品第一

爾時佛告阿難普及大衆吾滅度後汝等四衆當勤護持我大涅槃我於無量萬億阿僧祇劫修此難得大涅槃法今已顯說汝等當知此大涅槃乃是十方三世一切諸佛金剛寶藏常樂我淨周圓無缺一切諸佛於此涅槃而般涅槃最後究竟理極無遺諸佛於此放捨身命故名涅槃汝等欲得決定真報佛恩疾得菩提諸佛摩頂世世所生不失正念

十方諸佛常現其前晝夜守護令一切衆得出世法當勤修習此涅槃典佛復告阿難吾未成佛示入鬱頭藍弗外道法中修學四禪入定受行其教吾成佛來毀呰其法漸漸誘進最後須跋陀羅皆入佛道如來以大智炬燒邪見幢如乾草葉投大火燄阿難今我親戚諸釋種子吾甚憂念我涅槃後汝當精勤以善教誡我諸眷屬授與妙法深心誨誘勿得調戲放逸散心入諸境界受行邪法未脫三界世間痛苦早求出離於此五濁愛欲之中應生憂畏無救護想一失人身難可追復畢此一形常須警察無常大鬼情求難脫憐愍衆生莫相殺害乃至蠢動應施無畏身業清淨常生妙土口業清淨離諸過惡莫食肉莫飲酒調伏心虵令入道果深思行業善惡之報如影隨形三世因果循環不失此生空過後悔無追涅槃時至示教如是爾時阿難聞佛語巳身心顫動情識忙然悲哽嗚咽深没憂海舉體迷悶昏亂濁心投如來前猶如死人爾時阿泥樓豆安慰阿難輕其愁心而語之言咄哉何爲愁苦如來涅槃時至今日雖有明旦則無汝依我語諮啓如來如是四問佛涅槃後六羣比丘行汙他家惡性車匿云何共住而得示教如來在世以佛爲師世尊滅後以何爲師若佛在世依佛而住如來既滅依何而住如來滅後結集法藏一切經初安何等語爾時阿難如從夢中聞阿泥樓豆安慰其心令致四問漸得醒悟哀不自勝具陳上問而以白佛佛告阿難何爲憂苦悲哀乃爾諸佛化周施爲巳訖法歸是處善哉

善哉阿難汝致四問爲最後問大能利益一切世間汝等諦聽善思念之唯然世尊願樂欲聞佛告阿難如汝所問佛涅槃後六羣比丘惡性車匿行汙他家云何共住而得示教阿難車匿比丘其性鄙惡我涅槃後漸當調伏其心柔和捨本惡性阿難我弟難陀具極重欲其性鄙惡如來以善方便示教利喜知其根性以般若慧爲說十二因緣所謂無明緣行行緣識乃至老死憂悲苦惱皆是無明憎愛叢林一切行苦彌滿三界徧流六道大苦根本無明所起以般若慧示以性淨諦觀根本即斷諸有過患無明根本滅故無明滅無明滅則行滅乃至老死憂悲苦惱皆滅得此觀時攝心定住即入三昧以三昧力得入初禪漸漸次第入第四禪繼心正念如是修習然後自當得證上果離三界苦阿難爾時難陀比丘深生信心依我教法勤心修習不久即得阿羅漢果阿難我涅槃後汝當依我教法正觀教示六羣車匿比丘深心依此清淨正法不久自當得證上果阿難當知皆因無明增長三界生死大樹漂沒愛河衆苦長夜黑暗崖下遶生死柱六識爲枝妄念爲本無明波浪心識策使遊戲六塵種苦惱芽無能制者自在如王是故我言無明即主念念傷害衆生不覺輪轉生死阿難一切衆生爲此無明起諸愛結我見覆蔽八萬四千煩惱即主役使其身身心破裂不得自在阿難無明若滅三界都盡以是因緣名出世人阿難若能諦觀十二因緣究竟無我深入本淨即能遠離三界大火阿難如來是眞語者誠

實言最後付囑汝當修行阿難如汝所問佛去世後以何爲師者阿難尸波羅戒是汝大師依之修行能得出世甚深定慧阿難如汝所問佛涅槃後依何住者阿難依四念處嚴心而住觀身性相同於虛空名身念處觀受不在内外不住中間名受念處觀心但有名字名字性離名心念處觀法不得善法不得不善法名法念處阿難一切行者應當依此四念處住阿難如汝所問如來滅後結集法藏一切經初安何等語者阿難如來滅後結集法藏一切經初當安如是我聞一時佛住某方某處與諸四衆而說是經爾時阿難復白佛言若佛在世若涅槃後有信心檀越以金銀七寶一切樂具奉施如來云何舉置佛告阿難若佛現在所施佛物僧衆應知若佛滅後一切信心所施佛物應用造佛形像及造佛衣七寶旛蓋買諸香油寶華以供養佛除供養佛餘不得用用者則犯盜佛物罪阿難復白佛言若佛現在若復有人以金銀七寶房舍殿堂妻子奴婢衣服飲食一切樂具深心恭敬禮拜供養如來佛涅槃後若復有人以金銀七寶妻妾奴婢衣服飲食一切樂具供養如來形像深心恭敬禮拜供養世尊如是二人深心供養所得福德何者爲多佛告阿難如是二人皆以深心供養所得福德其福無異何以故雖佛滅後法身常存是以深心供養其福正等阿難復白佛言若佛現在若復有人還以深心如上供養恭敬如來佛涅槃後若復有人還以深心如上供養恭敬全身舍利世尊如是二人所得福德何者

爲多佛告阿難如是二人得福正等功德廣大無量無邊乃至畢苦其福不盡阿難復白佛言若佛現在若復有人如上深心一切供養恭敬如來佛涅槃後若復有人如上深心供養恭敬半身舍利世尊如是二人所得福德何者爲多佛告阿難如是二人深心供養得福無異所得福德無量無邊阿難若佛滅後若復有人深心供養如來舍利四分之一八分之一十六分之一百分之一千分之一萬分之一恒河沙分之一乃至如芥子許皆以深心供養恭敬尊重讚歎若佛現在若復有人深心供養恭敬如來如是二人所得福德皆悉無異其福無量不可稱計阿難當知若佛現在若涅槃後若復有人深心恭敬供養禮拜尊重讚歎如是二人所得福德無二無別佛告阿難及諸大衆我涅槃後天上人間一切衆生得我舍利悲喜交流哀感欣慶恭敬禮拜深心供養得無量無邊功德阿難若見如來舍利即是見佛見佛即是見法見法即是見僧見僧即是見涅槃阿難當知以是因緣三寶常住無有變易能爲衆生作歸依處阿難復白佛言佛涅槃後一切大衆依何法則荼毗如來而得舍利深心供養佛告阿難我般涅槃汝等大衆當依轉輪聖王荼毗方法阿難復白轉輪聖王荼毗法則其事云何佛告阿難轉輪聖王命終之後經停七日乃入金棺既入棺已即以微妙香油注滿棺中閉棺令密復經七日從棺中出以諸香水灌洗沐浴既灌洗已燒衆名香而以供養以兜羅綿徧體儭身然後即以無價上妙白

氎千張次第相重徧纏王身既已纏訖以衆香油滿金棺中聖王之身爾乃入棺密閉棺已載以香木七寶車上其車四面垂諸瓔珞一切寶鉸莊嚴其車無數華旛七寶幢蓋一切妙香一切天樂圍遶供養爾乃純以衆妙香木表裏文飾微妙香油荼毗轉輪聖王之身荼毗已訖收取舍利於都城內四衢道中起七寶塔塔開四門安置舍利一切世間所共瞻仰阿難其轉輪王以少福德紹此王位未脫諸有具足五欲妻妾婇女惡見三毒一切煩惱諸結使等未斷一毫命終之後世間猶乃如是法則起塔供養一切瞻仰阿難何況如來已於無量無邊無數阿僧祇劫永捨五欲妻妾婇女於世間法已作霜雹難勤能勤難行能行一切菩薩出世苦行勤苦修習十方三世一切諸佛所行之道甚深微妙清淨戒定慧解脫解脫知見六波羅蜜無不具足修習如來十力大悲四無所畏三解脫門十八大空六通五眼三十七品十八不共法三十二相八十種好一切諸佛壽命一切淨佛國土一切成就衆生一切難行苦行一切攝善法戒一切攝衆生戒一切攝律儀戒一切功德一切智慧一切莊嚴一切大願一切方便如是等不可思議福德智慧皆已成就無不具足斷除一切不善斷除一切煩惱斷除一切煩惱餘習通達四諦十二因緣於菩提樹降伏四魔成就種智如是妙法悉修習已爾乃一切諸佛唱言善哉善哉同以法性智水灌法身頂乃成阿耨多羅三藐三菩提以是因緣我今號天人師十力種覺至極世

尊天上人間無與等者等視衆生如羅睺羅故名如來應供正徧知明行足善逝世間解無上士調御丈夫天人師佛世尊憐愍世間化緣周畢爲衆生故今入涅槃隨世間法如轉輪王爲令衆生普得供養阿難我入涅槃如轉輪王經停七日乃入金棺以妙香油注滿棺中密蓋棺門其棺四面應以七寶間雜莊嚴一切寶幢香華供養經七日已復出金棺既出棺已應以一切衆妙香水灌洗沐浴如來之身既灌洗已以上妙兜羅綿徧體纏身次以微妙無價白氎千張復於綿上纏如來身乃入金棺復以微妙香油盛滿棺中閉棺令密爾乃純以微妙牛頭栴檀沉水一切香木成七寶車一切衆寶以爲莊嚴載以寶棺至荼毗所無數寶幢無數寶蓋無數寶衣

無數天樂無數香華周徧虛空悲哀供養一切天人無數大衆應各以栴檀沉水微妙香油荼毗如來哀號戀慕荼毗已訖天人四衆收取舍利盛七寶瓶於其城內四衢道中起七寶塔供養舍利能令衆生得大功德離三有苦至涅槃樂阿難當知一切四衆起佛舍利七寶塔已應當更起三塔供養所謂辟支佛塔阿羅漢塔轉輪王塔爲令世間知歸依故阿難白佛言如來出世悲愍衆生顯示十力大悲四無所畏十二因緣四諦之法三解脫門八種梵音雷震三界五色慈光徧照六道隨順衆生心業所轉或得四果二乘所行或證無漏無爲緣覺之道或入無滅無生菩薩之地或得無量諸陀羅尼或得五眼或得六通或脫三惡或出八難或離人天三界之

苦如來慈力清淨如來解脱法門不可思議
乃至涅槃一切世間人天四衆起七寶塔供
養舍利得大功德能令衆生脱三界苦入正
解脱以是因緣佛般涅槃一切世間人天四
衆報佛甚深無量慈恩起七寶塔供養舍利
理應如是世尊其餘三塔於諸衆生得何等
利而令起立恭敬供養佛告阿難其辟支佛
悟法因緣入深法性已脱諸有一切過患能
爲人天而作福田以是因緣起塔供養所得
福德次於如來能令衆生皆得妙果阿難其
阿羅漢於三界中生分已盡不受後有梵行
已立能爲世間而作福田是故應當起塔供
養所得福德次辟支佛亦令衆生皆得解脱
阿難其轉輪王雖未解脱三界煩惱福德力
故治四天下而以十善化育羣生是諸衆生
之所尊敬以是四衆起塔供養所得福德亦
復無量阿難白佛言佛般涅槃一切四衆當
於何所荼毗如來得收舍利唯願示教佛告
阿難佛般涅槃一切四衆若於拘尸城内荼
毗如來其城中人皆紹王位則相討伐諍訟
無量亦令一切得福階差阿難一切四衆可
於城外荼毗如來爲令世間得福等故阿難
白佛言佛入涅槃荼毗已訖一切四衆收取
舍利安置寶瓶當於何所起七寶塔一切皆
得深心供養唯願示教佛告阿難佛般涅槃
荼毗既訖一切四衆收取舍利置七寶瓶當
於拘尸那伽城内四衢道中起七寶塔高十
三層上有相輪一切妙寶間雜莊嚴一切世
間衆妙華旛而嚴飾之四邊欄楯七寶合成
一切裝鉸靡不周徧其塔四面面開一門層

層間次牕牖相當安置寶瓶如來舍利天人四衆瞻仰供養阿難其辟支佛塔應十一層亦以衆寶而嚴飾之阿難阿羅漢塔成以四層亦以衆寶而嚴飾之阿難其轉輪王塔亦七寶成無復層級何以故未脫三界諸有苦故爾時阿泥樓豆白佛言佛涅槃後荼毗已訖一切天人四部大衆如何分布如來舍利而得供養爾時佛告阿泥樓豆我般涅槃汝等天人取佛舍利以平等心分布三界一切六道世間供養爾時釋提桓因白佛我今從佛敬請如來半身舍利而我深心願供養故佛告天帝如來等視衆生如羅睺羅汝不應請半身舍利何以故平等利祐諸衆生故佛告天帝我今與汝右邊上頷一牙舍利可於天上起塔供養能令汝得福德無盡爾時天人一切大衆悲哀流淚不能自裁爾時世尊普告四衆佛般涅槃汝等天人莫大愁惱何以故佛雖涅槃而有舍利常存供養復有無上法寶修多羅藏毗那耶藏摩達磨藏以是因緣三寶四諦常住於世能令衆生深心歸依何以故供養舍利即是佛寶見佛即見法身見法身即見賢聖見賢聖故即見四諦見四諦故即見涅槃是故當知三寶常住無有變易能爲世間作歸依故佛復告諸大衆汝等莫大愁苦我今於此垂欲涅槃若戒若歸若常無常三寶四諦六波羅蜜十二因緣有所疑者當速發問爲究竟問佛涅槃後無復疑悔三迴告衆爾時四衆憂悲苦惱哽咽流淚痛切中心追思戀慕愁毒悶絕佛神力故掩淚寂然無發問者何以故一切四衆已於

戒歸三寶四諦通達曉了無有疑故爾時世尊知諸四衆無復餘疑歎言善哉善哉汝等四衆已能通達三寶四諦無有疑也猶如淨水洗蕩身垢汝等當勤精進早得出離莫生愁惱迷悶亂心爾時世尊於師子座以眞金手却身所著僧伽梨衣顯出紫磨黄金師子胷臆普示大衆告言汝等一切天人大衆應當深心看我紫磨黄金色身爾時四衆一切瞻仰大覺世尊眞金色身目不暫捨悉皆快樂譬如比丘入第三禪難生是中爾時世尊以黄金身示大衆已即放無量無邊百千萬億大涅槃光普照十方一切世界日月所照無復光明放是光已復告大衆當知如來爲汝等故累劫勤苦截身手足盡修一切難行苦行大悲本願於此五濁成阿耨多羅三藐三菩提得此金剛不壞紫磨色身具足三十二相八十種好無量光明普照一切見形遇光無不解脱佛復告諸大衆佛出世難如優曇華希有難見汝等大衆最後遇我爲於此身不生空過我以本誓願力生此穢土化緣周畢今欲涅槃汝等以至誠心看我紫磨黄金色身汝當修習如是清淨之業於未來世得此果報爾時世尊如是三反慇懃三告以眞金身示諸大衆即從七寶師子大牀上昇虚空高一多羅樹一反告言我欲涅槃汝等大衆看我紫磨黄金色身如是展轉高七多羅樹七反告言我欲涅槃汝等大衆應當深心看我紫磨黄金色身從空中下坐師子牀復告大衆我欲涅槃汝等深心看我紫磨黄金色身爾時世尊從師子牀復昇虚空高一

多羅樹復告大衆我欲涅槃汝等深心看我紫磨黃金色身如是展轉高七多羅樹七反告言我欲涅槃汝等大衆看我紫磨黃金色身從空中下坐師子牀復告大衆我欲涅槃汝等深心看我紫磨黃金色身爾時世尊從師子牀復昇虛空高一多羅樹復告大衆我欲涅槃汝等深心看我紫磨黃金色身如是展轉高七多羅樹七反告言我欲涅槃汝等深心看我紫磨黃金色身從空中下坐師子牀復告大衆我欲涅槃汝等深心看我紫磨黃金色身爾時世尊顯出如來紫磨黃金色身普示大衆如是三反上昇虛空高七多羅樹三反從空中下坐師子牀如是慇懃二十四反告諸大衆我欲涅槃汝等深心看我金剛堅固不壞紫磨黃金無畏色身如優曇華

難可值遇汝等當知我欲涅槃汝等應當以至誠心看我紫磨黃金色身如熱渴人遇清冷水飲之令飽無復餘念汝等大衆亦復如是我欲涅槃汝等大衆應當深心瞻仰爲是最後見於如來自此見已無復再覩汝等大衆瞻仰令足無復後悔佛復告諸大衆我涅槃後汝諸大衆應廣修行早出三有勿復懈怠散心放逸爾時一切世界天人四衆遇涅槃光瞻仰佛者一切三塗八難世間人天所有煩惱四重五逆極惡罪咎永滅無餘皆得解脫爾時世尊顯出紫磨黃金色身慇懃相告示大衆已還舉僧伽棃衣如常所披

應盡還源品第二

佛復告諸大衆我今時至舉身疼痛說是語已即入初禪以涅槃光徧觀世界入寂滅定

爾時世尊所言未訖即入初禪從初禪出入第二禪從二禪出入第三禪從三禪出入第四禪從四禪出入虛空處從空處出入無邊識處從識處出入不用處從不用出入非想非非想處從非非想出入滅盡定從滅盡定出還入非想非非想處從非非想出入不用處從不用出入無邊識處從識處出入虛空處從空處出入第四禪從四禪出入第三禪從三禪出入第二禪從二禪出入第一禪爾時世尊如是逆順入諸禪已普告大衆我以甚深般若徧觀三界一切六道諸山大海大地含生如是三界根本性離畢竟寂滅同虛空相無名無識永斷諸有本來平等無高下想無見無聞無覺無知不可繫縛不可解脫無衆生無壽命不生不起不盡不滅非世間非非世間涅槃生死皆不可得二際平等等諸法故閑居靜住無所施爲究竟安置必不可得從無住法法性施爲斷一切相一無所有法相如是其知是者名出世人是事不知名生死始汝等大衆應斷無明滅生死始爾時世尊說是語已復入超禪從初禪出入第三禪從三禪出入虛空處從虛空出入無所有處從無所有出入滅盡想定從滅盡定出次第還入至非想非非想處從非非想出入無邊識處從識處出入第四禪從四禪出入第二禪從二禪出入於初禪如是逆順入超禪已復告大衆我以摩訶般若徧觀三界有情無情一切人法悉皆究竟無繫縛者無解脫者無主無依不可攝持不出三界不入諸有本來清淨無垢無煩惱與虛空等不平等

非不平等盡諸動念思想心息如是法相名大涅槃眞見此法名爲解脱凡夫不知名曰無明作是語已復入超禪從初禪出乃至入滅盡定從滅盡出乃至入初禪如是逆順入超禪已復告大衆我以佛眼徧觀三界一切諸法無明本際性本解脱於十方求了不能得根本無故所因枝葉皆悉解脱無明解脱故乃至老死皆得解脱以是因縁我今安住常寂滅光名大涅槃爾時阿難無極悲哀憂愁痛苦心狂忙亂情識昏迷如重醉人都無知覺不見四衆不知如來已入涅槃爲未涅槃爾時世尊如是三反從超入諸禪定徧觀法界普爲大衆三反説法如來如是展轉二十七反入諸禪定阿難以不知故佛入一禪即致一問如是二十七反問阿泥樓豆佛已

涅槃爲未涅槃阿泥樓豆深知如來入諸禪定二十七反皆答阿難佛未涅槃爾時一切大衆皆悉忙亂都不覺知如來涅槃爲未涅槃爾時世尊三反入諸禪定三反示誨衆已於七寶牀右脅而卧頭枕北方足指南方面向西方後背東方其七寶牀微妙瓔珞以爲莊嚴娑羅樹林四雙八隻西方一雙在如來前東方一雙在如來後北方一雙在佛之首南方一雙在佛之足爾時世尊娑羅林下寢卧寶牀於其中夜入第四禪寂然無聲於是時頃便般涅槃大覺世尊入涅槃已其娑羅林東西二雙合爲一樹南北二雙合爲一樹垂覆寶牀蓋於如來其樹即時慘然變白猶如白鶴枝葉華果皮榦悉皆爆裂墮落漸漸枯悴摧折無餘爾時十方無量萬億恒河沙

普佛世界一切大地皆大震動出種種音唱言苦哉苦哉世界空虛演出無常苦空哀歎之聲爾時十方世界一切諸山目眞隣陀山摩訶目眞隣陀山鐵圍山大鐵圍山諸須彌山寶山香山金山黑山一切大地所有諸山一時振裂悉皆崩倒出大音聲振吼世界唱言苦哉苦哉如何一旦世間孤露慧日滅沒大涅槃山一切衆生喪眞慈父失所敬天無瞻仰者爾時十方世界一切大海皆悉混濁沸涌濤波出種種音唱言苦哉苦哉正覺已滅衆生罪苦長夜久流生死大海迷失正路何由解脫爾時一切江河溪澗溝壑川流泉源渠井浴池悉皆傾覆水盡枯涸爾時十方世界大地虛空寂然大暗日月精光悉無復照黑暗愁惱彌布世界於是時間忽然黑風鼓怒驚振吹扇塵沙彌暗世界爾時大地一切卉木藥草諸樹華果枝葉悉皆摧折碎落無遺於是時頃十方世界一切諸天徧滿虛空哀號悲歎震動三千大千世界雨無數百千種種上妙天香天華徧滿三千大千世界積高須彌供養如來於上空中復雨無數天幢天旛天瓔珞天軒蓋天寶珠徧滿虛空變成寶臺四面珠瓔七寶鉸絡光明華彩供養如來於上空中復奏無數微妙天樂鼓吹絃歌出種種音唱言苦哉苦哉佛已涅槃世界空虛羣生眼滅煩惱羅刹大欲流行行苦相續痛輪不息爾時阿難心苦迷悶都不覺知不識如來已入涅槃未入涅槃唯見非恒境界復問樓豆佛涅槃耶樓豆答言大覺世尊已入涅槃爾時阿難聞是語已悶絶躃地猶

如死人寂無氣息寘寘不曉爾時樓豆以清冷水灑阿難面扶之令起以善方便而慰喻之語阿難言哀哉哀哉痛苦奈何奈何莫大愁毒熱惱亂心如來化緣周畢一切人天無能留者苦哉苦哉奈何奈何何期今日人天之師爲事究竟無能留者奈何我與汝等且共裁抑復慰喻言阿難佛雖涅槃而有舍利無上法寶常住於世能爲衆生而作歸依我與汝等當勤精進以佛法寶授與衆生令脫衆苦報如來恩爾時阿難聞慰喻已漸得醒悟哽咽流淚悲不自勝其拘尸那城娑羅林間縱廣十二由旬天人大衆皆悉徧滿尖頭針鋒受無量衆間無空缺不相障蔽爾時無數億菩薩一切大衆悉皆迷悶昏亂濁心都不覺知如來涅槃及未涅槃唯見非恒變動一時同問樓豆佛涅槃耶爾時樓豆告諸大衆一切天人大覺世尊已入涅槃爾時無數一切大衆聞是語已一時昏迷悶絕躃地苦毒入心隘聲不出其中或有隨佛滅者或失心者或身心戰掉者或互相執手哽咽流淚者或常椎胷大叫者或舉手拍頭自拔髮者或有唱言痛哉痛哉荼毒苦哉或有唱言如來涅槃一何疾者或有唱言失我所敬天者或有歎言世界空虛衆生眼滅者或有歎言煩惱大鬼已流行者或有歎言衆生善芽種子滅者或有歎言魔王欣慶解甲冑者或自訶責身心無常觀者或有正觀得解脫者或有傷歎無歸依者中有徧體血現流灑地者如是異類殊音一切大衆哀聲普震一切世界爾時娑婆世界主尸棄大梵天王知佛已

入涅槃與諸天衆即從初禪飛空而下舉聲大哭流淚悲咽投如來前悶絶躃地久乃甦醒哀不自勝即於佛前以偈悲歎

世尊往昔本誓願　爲我等故居忍土
乃隱無量自在力　貧所樂法度衆生
方便逐冝隨應説　衆生無不受安樂
誘進令出三有苦　究竟皆至涅槃道
如來慈母育衆生　普飲衆生大悲乳
何期一旦忽捨離　人天孤露無所依
痛哉衆生善種芽　無天甘露令增長
善芽漸漸衰滅已　罪業相牽墮惡道
奈何世界悉空虛　衆生正慧眼已滅
既行無明黑暗中　墮落三有淪溺苦
奈何衆生罪無救　願依舍利得解脱
勸請如來大悲力　救護令我脱苦地
何期痛哉此惡世　如來棄我入涅槃

爾時釋提桓因與諸大衆從空而下唱言苦哉苦哉發聲大哭悲泣流淚投如來前悶絶躃地久乃甦醒悲哀哽咽胡跪佛前説偈哀歎

如來歷劫行苦行　普爲我等羣生故
得成無上正覺道　等育衆生如一子
施法藥中爲上藥　療病醫中爲勝醫
大慈悲雲蔭衆生　甘露慧雨雨一切
慧日光照無明暗　無明衆生見聖道
聖月慈光照六趣　三有蒙光脱衆苦
何期於今捨大悲　已入涅槃衆不見
本誓大悲今何在　棄捨衆生如涕唾
我等一切諸衆生　如犢失母必當死
四衆互相執手哭　椎胷大哀動三界

苦哉苦哉諸有人　如何一旦盡孤露
我等福盡苦何甚　善芽燋然無復潤
唯願法寶舍利光　照我令脫三有苦
哀哉痛哉我等衆　幾何重得見如來

爾時樓豆悲哀號泣傷悼無量胡跪佛前以偈悲歎

正覺法王育我等　飲我法乳長法身
衆生法身未成立　又復慧命少資糧
應以八音常演暢　令衆聞已悉悟道
常放大慈五色光　令衆蒙光皆解脫
如何今已永涅槃　行苦衆生何依趣
苦哉世尊捨大悲　我等孤窮必當死
雖知世尊現方便　我等無能不悲哀
四衆迷悶昏失心　哀動天地震三界
世尊獨處大安樂　衆生大苦欲何之
世尊往昔爲我等　衆劫捨頭截手足
得成無上正覺道　不久住世即涅槃
我及四衆處無明　魔王欣慶捨甲冑
哀哉世尊願大悲　舍利慈光攝我等
伏請世尊愍四衆　法寶流潤願不窮
我等不能即殞滅　苟存餘命能幾何
苦哉痛切難堪忍　重見世尊無復期

爾時阿難悶絕漸醒舉手拍頭椎胷哽咽悲泣流淚哀不自勝長跪佛前以偈悲歎

我昔與佛誓願力　幸共同生釋種中
如來得成正覺道　我爲侍者二十載
深心敬養情不足　一旦見棄入涅槃
痛哉哀哉荼毒苦　無極長夜痛切心
我身未脫諸有網　無明之㲉未出離
世尊慧觜未啄破　如何見捨疾涅槃

我如初生之嬰兒　失母不久必當死
世尊如何見放捨　獨出三界受安樂
我今懺悔於世尊　侍佛已來二十年
四威儀中多懈惰　不能悅可大聖心
願正覺尊大慈悲　施我甘露令安樂
我願窮盡未來際　常覲世尊爲侍者
唯願世尊大慈光　一切世界攝受我
痛哉痛哉不可說　嗚咽何能陳聖恩

爾時無數億恒河沙菩薩一切世間天人大衆互相執手悲泣流淚哀不自勝各相裁抑即皆自辦無數微妙香華曼陀羅華摩訶曼陀羅華曼殊沙華摩訶曼殊沙華無數天上人間海岸栴檀沉水百千萬種和香無數香泥香水寶蓋寶幢寶旛眞珠瓔珞徧滿虛空投如來前悲哀供養爾時拘尸城内男女大小一切大衆悲哀流淚各辦無數微妙香華旛蓋等倍勝於前投如來所悲哀供養爾時四天王與諸天衆悲哀流淚各辦無數香華一切供養等三倍於前悲泣流淚來詣佛所投如來前悲哀供養五天如是倍勝於前色界無色界諸天亦復如是倍勝供養

大般涅槃經後分卷上

音釋

碎蘇内切　邁莫拜切老也　哽咽哽古杏切咽烏結切哽咽悲塞也　搥直追切擊也　誘與久切引也　歔朽居切歔欷也　悼徒到切哀也　呰將此切毀也　蠢尺尹切蟲動貌　顫之膳切戰掉也　兜羅緜梵語也此云細香兜當侯切　儭初覲切近也　鉸古孝切釘鉸也　慘七感切戚

也

爆布校切剥裂也荼毒荼同都切毒徒沃切荼毒苦痛也觳苦角切

觜即委切啄竹角切觜啄也

大般涅槃經後分卷下

唐沙門若那跋陀羅與會寧等譯

機感荼毗品第三

爾時拘尸城內一切男女悲泣流淚不知荼毗法則云何問阿難言如來涅槃如何法則可以荼毗爾時帝釋具陳上事而以答言如佛所說依輪王法爾時拘尸城內一切人民悲泣流淚總入城中即作金棺七寶莊嚴即辦微妙無價白氎千張無數細輭妙兜羅綿辦無數微妙栴檀沉水百千萬種和香香泥香水一切繒蓋旛華香等如雲徧滿在於空中積高須彌既辦已訖悲哀流淚將至佛所投如來前悲咽不勝而伸供養爾時拘尸城內一切人民及諸大衆重復悲哀哽咽流淚復持無量香華旛蓋一切供具如雲徧滿空中互相執手搥胷哽咽涕泣盈目哀震大千投如來前悲哀供養爾時大衆悲哽嗚咽深重敬心各以細妙白氎障手扶於如來入金棺中注滿香油棺門即閉爾時拘尸城內一切士女貪福善心總欲攝取如來功德不令天人一切大衆同舉佛棺即共詳議遣四力士壯大無雙脫其所著瓔珞衣服期心請舉如來聖棺欲入城內自伸供養盡其神力都不能勝爾時城內復遣八大力士至聖棺所脫所著衣共擎佛棺皆盡神力都亦不得拘尸城內復遣十六極大力士來至棺所脫所著衣共舉佛棺亦不能勝爾時樓豆語力士言縱使盡城內人男女大小舉如來棺欲入城內亦不能得何況汝等而能勝耶汝等當語大衆及諸天力助汝舉棺乃得入城樓豆

語言未訖爾時帝釋即持微妙大七寶蓋無數香華旛蓋音樂與諸天衆悲泣流淚垂在空中供養聖棺至第六天及色界天皆如帝釋供養聖棺爾時世尊大悲普覆令諸世間得平等心得福無異於娑羅林即自舉棺昇虛空中高一多羅樹拘尸城内一切人民及諸世間人天大衆等共不得舉佛聖棺爾時帝釋及諸天衆即持七寶大蓋四柱寶臺四面莊嚴七寶瓔珞垂虛空中覆佛聖棺無數香華幢旛瓔珞音樂微妙雜綵空中供養至第六天色界諸天倍前帝釋覆佛聖棺及所供養爾時拘尸城内一切人民見佛聖棺昇在空中搥胷大哭悲咽懊惱爾時一切天人於大聖尊寶棺前路徧散七寶真珠香華瓔珞微妙雜綵繽紛如雲地及虛空悉皆徧滿哀泣流淚供養如來七寶靈棺同聲唱言苦哉苦哉我等無福舉佛聖棺遂不能得我等孤露何有善根爾時世尊大聖金棺於娑羅林虛空之中徐徐乘空從拘尸城西門而入爾時拘尸城内一切士女無數菩薩聲聞天人大衆地及虛空悉皆徧滿隨從如來大聖靈棺互相執手號聲大哭搥胷叫喚嘻咽流淚各持無數香華寶幢旛蓋地及虛空悉皆徧滿悲號哀歎供養靈棺其拘尸那城一面縱廣四十八由旬爾時如來七寶金棺徐徐乘空從拘尸城東門而出乘空右遶入城南門漸漸空行從北門出乘空左遶還從拘尸西門而入如是展轉遶三帀已乘空徐徐還入西門乘空而行從東門出空行左遶入城北門漸漸空行從南門出乘空右遶還入西

門如是展轉遶經四帀如是左右遶拘尸城經于七帀爾時七寶聖棺當入城時一切大衆悲號哽咽各持無數微妙香木栴檀沉水一切寶香文理香潔普薰世界復持無數寶幢旛蓋香華瓔珞至荼毗所悲哀供養爾時四天王及諸天衆悲泣流淚各持天上上妙栴檀沉水表裏香潔芬馥周徧各五百根大如車輪復持一切寶香寶幢寶蓋妙華瓔珞至荼毗所悲哀供養第二天各一千根第三天各二千第四天各三千第五天各四千第六天各五千及旛華至荼毗所悲哀供養爾時色界無色諸天唯有香華至荼毗所悲哀供養爾時一切世間大衆各持微妙栴檀沉水香華幢蓋至荼毗所悲哀供養爾時樓豆涕泣盈目哀悼無極從諸天人乞妙香木栴檀沉水足六千根文理香潔芬馥周徧至荼毗所悲哀供養阿耨達池四面縱廣二百由旬出四大河佛初成道恒河北岸一樹栴檀隨佛而生大如車輪高七多羅樹香氣普薰供養如來其香樹神與樹俱生常取此香供養於佛佛入涅槃此一檀樹即隨佛滅枝葉俱落神亦隨死有諸異神取此香樹送荼毗所悲哀供養其地乃是三世諸佛荼毗之處大覺世尊乘本願力亦於是處荼毗是處有諸往古諸佛無量寶塔金剛不壞堅固之處爾時如來大聖寶棺漸漸空行至荼毗所徐徐乘空下安七寶牀其牀一切衆妙瓔珞無價雜綵以爲莊嚴於是時頃復經七日爾時拘尸城内一切士女無數菩薩聲聞三十三天一切大衆悲哀哽咽持諸旛蓋寶幢香華

隨從佛棺經於七日以佛神力一切天人無飢渴想一無思食唯見哀泣戀慕如來既滿七日大聖如來將欲出棺爾時拘尸城内一切士女無數大衆復大哀泣震動世界復持香華無數幢旛微妙天樂投佛棺前哀咽供養是時大衆悲哽流淚各以細微白氎自障其手深重敬心從寶棺中扶於如來紫磨黄金三十二相八十種好堅固不壞金剛之身安詳而出置七寶牀爾時大衆重大悲哀聲震十方普佛世界復持一切香華繒蓋音樂深心供養悶絶哽咽投如來前是時大衆復更悲咽盈目流淚各持無數香水香泥深重敬心從頭至足灌洗如來三十二相八十種好無量福德智慧莊嚴金剛堅固紫磨黄金不壞色身復洗寶棺微妙清淨既灌洗已是時大衆復大號哭悲哀哽咽燒微妙寶香散七寶華無數寶旛幢蓋地及虚空悉皆徧滿悲哀號泣供養如來是時大衆銜哀暗咽即持無數妙兜羅綿從頭至足纏裹如來金剛色身既纏身已復以上妙無價白氎千張於兜羅上次第相重纏如來身纏身已訖是時大衆重大悲哀號哭悶絶復持香華旛蓋寶幢音樂哽咽供養是時大衆哀泣流淚深重敬心各以白氎障手喑咽悲哽共扶如來入寶棺中注滿香油棺門尋閉爾時大衆重大悲哀聲震世界復持香華旛蓋音樂號悼悲泣供養寶棺爾時一切大衆所集微妙香木積高須彌芬馥香氣普薰世界相重密次成大香樓四面七寶莊嚴幢蓋旛華瓔珞雜綵徧空如雲以爲莊嚴人天音樂悲哀供養是

時天人大衆將欲舉棺置香樓上復大悲哀搥胷大叫聲震大千復持幢蓋香華音樂悲哀供養是時大衆哀悼悲結深重敬心各以白氎障手共舉如來大聖寶棺置於莊嚴妙香樓上復大號泣絶而復甦唱言苦哉苦哉何期孤露無有依恃悲咽流淚復散香華寶幢幡蓋音樂雜綵一切盡心悲哀供養爾時如來大聖寶棺既上微妙寶香樓已將欲舉火荼毗如來是時大衆復大號哭驚震大千復更深重悲哀供養大聖寶棺及妙香樓爾時一切大衆哀泣盈目各持七寶香炬大如車輪艶彩光明徧照世界一時大哭荼毗香樓哀震大千一切世界復以香華徧滿供養是時寶炬至香樓所自然殄滅是時一切大衆復持無上七寶大炬爛光普照悲哀流淚投香樓所皆悉殄滅爾時一切海神持海中火七寶大炬無數光爛投香樓所亦皆殄滅是時大衆長時號哭一切供養不知如來何緣未畢投火香樓荼毗不然爾時世尊大悲普潤待迦葉衆來至乃然時大迦葉與五百弟子在耆闍崛山去拘尸城五十由旬身心寂然入于三昧於正受中倐爾心驚舉身顫慄從定中出見諸山地皆大震動即知如來已入涅槃告諸弟子我佛大師入般涅槃時經七日已入棺中苦哉苦哉應當疾往至如來所恐已荼毗不得見佛三十二相八十種好眞淨色身迦葉以敬佛故不敢飛空往如來所即將弟子尋路疾行悲哀速往正滿七日至拘尸城城東路首迦葉遇見一婆羅門執一天華隨路而來迦葉問言仁者何來答

曰佛般涅槃我於荼毗所來復問此是何華答言於荼毗所得此天華迦葉就乞答言不得我期將歸擬示六親家中供養迦葉就借著其頂上便即悶絶昏迷躃地暗咽悲哽良久乃甦即自惟忖於此號泣不見如來八十種好紫磨色身無所追憶即與弟子疾共前進至拘尸城北門而入於其城中入一僧坊見諸比丘叢聚一處語迦葉言汝等遠來深勞苦耶安坐待食迦葉答言我之大師已入涅槃我有何情安此待食諸比丘言汝師是誰答言汝不知耶哀哉痛苦大覺世尊今已涅槃比丘聞已各大歡喜而作是言快哉快哉如來在世禁制我等戒律嚴峻我等甚不堪忍不能依行今已涅槃嚴峻禁戒已應放捨汝且待食有何急耶佛神力故掩諸天耳及大迦葉諸弟子等皆悉不聞惡比丘語唯有迦葉獨自聞之於是迦葉即將弟子悲泣流淚疾往佛所是時迦葉與諸弟子竊共思念我等如何得諸供物將至佛所供養如來迦葉復言我自生長在此城中乞供養物亦應可得將諸弟子即就城内次第告乞得妙白氎足滿千張復得無數妙兜羅綿復得無量寶華香泥香水香油寶幢旛蓋音樂絃歌瓔珞雜綵悉皆具足迦葉與諸弟子悲哀流淚即持疾往出城西門爾時迦葉即聞荼毗之所一切大衆悲咽號哭共問帝釋已供養訖如何得火然此香樓荼毗如來帝釋答言人衆且待摩訶迦葉即時而至釋言未訖一切大衆正於哀中即見迦葉與諸弟子尋路悲來衆即停哀便爲開路迦葉前進遥見佛

棺將諸弟子一時禮拜號哭哽咽悶絶躃地
昏濁亂心良久乃醒流淚不勝漸漸前行問
大衆言如何得開大聖金棺大衆答言佛入
涅槃已經二七恐有損壞如何得開迦葉答
言如來之身金剛堅固常樂我淨不可沮壞
德香芬馥若旃檀山作是語已涕泗交流至
佛棺所爾時如來大悲平等爲迦葉故棺自
然開白氎千張及兜羅綿皆即解散顯出三
十二相八十種好眞金紫磨堅固色身迦葉
與諸弟子見已悶絶躃地暗咽哀哽良久乃
甦涕泣盈目與諸弟子徐上香樓近佛棺邊
復更暗咽號哭悲哽即以所得香華旛蓋寶
幢瓔珞音樂弦歌哀號供養即以香泥香水
灌洗如來金色之身燒香散華哀泣供養灌
洗已訖迦葉與諸弟子持其所得妙兜羅綿
纏於如來紫磨色身次以舊綿纏新綿上兜
羅纏已復以所得白氎千張次第相重於兜
羅上纏如來身纏白氎已復持舊氎著新氎
上次第相纏總纏已訖棺門即閉復以七寶
瓔珞一切莊嚴爾時迦葉復重悲哀與諸弟
子右遶七帀盈目流淚長跪合掌說偈哀歎

苦哉苦哉大聖尊　我今荼毒苦切心
世尊滅度一何速　大悲不能留待我
我於崛山禪定中　徧觀如來悉不見
又觀見佛已涅槃　倏爾心顫大震驚
忽見暗雲徧世間　復覩山地大震動
即知如來已涅槃　故我疾來已不見
世尊大悲不普我　令我不見佛涅槃
不蒙一言相教告　我今孤露何所依
世尊我今大痛苦　情亂迷悶昏濁心

我今爲禮世尊頂　爲復哀禮如來胷
爲復敬禮大聖手　爲復悲禮如來腰
爲復敬禮如來臍　爲復深心禮佛足
何苦不見佛涅槃　唯願示我敬禮處
如來在世衆安樂　今入涅槃皆大苦
哀哉哀哉深大苦　大悲示教所禮處

爾時迦葉哽咽悲哀說是偈已世尊大悲即現二足千輻輪相出於棺外迴示迦葉從千輻輪放千光明徧照十方一切世界爾時迦葉與諸弟子見佛足已一時禮拜千輻輪相即便悶絶昏迷躃地良久乃醒與諸弟子哀號哽咽右遶七帀遶七帀已復禮佛足悲哀哭泣聲震世界復更說偈哀歎佛足

如來究竟大悲心　平等慈光無二照
衆生有感無不應　示我二足千輻輪
我今深心歸命禮　千輻輪相二足尊
千輻輪中放千光　徧照十方普佛刹
我今歸依頭面禮　千輻輪相長光照
衆生遇光皆解脫　三塗八難皆離苦
我復歸依頭面禮　輪光普救諸惡趣
世尊往昔無數劫　爲我等故修苦行
今證得此金剛體　足下由放千光明
悲哀稽首歸命禮　安於衆生千輻輪
佛修衆德爲一切　修道樹日降四魔
四魔降已伏外道　衆生因此得正見
稽首歸依頭面禮　衆生正見光明足
佛爲一切眞慈父　足光平等度衆生
我復歸依頭面禮　平等離苦輪足光
我遇千輻光明足　悲喜交流哀切心
我復悲哀頭面禮　有感千輻輪光明

稽首歸依輪足光　乘究竟乘出三界
敬禮天人歸依足　輪光普照三有苦
衆生未得脫苦門　皆悉歸命輪光足
我等輪迴未出離　如何輪足見放捨
哀哉哀哉諸衆生　長夜莫覩輪足光
悔過世尊大慈悲　示敬千輻輪光足
哀哉今遇輪光相　自此當何復再覩

爾時迦葉與諸弟子說是偈已復重悶絶昏迷躃地良久漸醒悲哀哽咽不能自裁大覺世尊千輻輪相金剛雙足還自入棺封閉如故爾時城內一切士女天人大衆見大迦葉復重號哭槌胷大叫哀震大千無量世界各將所持悲哽供養爾時拘尸城內有四力士瓔珞嚴身持七寶炬大如車輪爓光普照以焚香樓荼毗如來炬投香樓自然殄滅迦葉告言大聖寶棺三界之火所不能燒何況汝力而能焚耶城內復有八大力士更持七寶大炬光爓一切將投棺所亦皆殄滅城內復有十六極大力士各持七寶大炬來投香樓亦悉殄滅城內復有三十六極大力士各持七寶大炬來投亦皆殄滅爾時迦葉告諸力士一切大衆汝等當知縱使一切天人所有炬火不能荼毗如來寶棺汝等不煩勞苦強欲爲作爾時城內士女天人大衆復重悲哀各以所持號泣供養一時禮拜右遶七帀悲號大哭聲震三千爾時如來以大悲力從心胷中火踊棺外漸漸荼毗經于七日焚妙香樓爾乃方盡爾時城內士女天人大衆於七日間悲號哭泣哀聲不斷各以所持供養不歇爾時四天王各作是念我以香水注火令

滅急收舍利天上供養作是念已即持七寶金瓶盛滿香水復將須彌四埵四大香潔出甘乳樹樹各千圍髙百由旬隨四天王同時而下至茶毗所樹流甘乳王寫香瓶一時注火注已火勢轉髙都無滅也爾時海神娑伽羅龍王及江神河神見火不滅各作是念我取香水注火令滅急收舍利住處供養作是念已各持寶瓶盛取無量香水至茶毗所一時注火注已火勢如故都亦不滅爾時樓豆語四天王及海神等汝注香水令火滅者可不欲取舍利還本所居而供養耶答言實爾樓豆語四天王言汝大貪心汝居天上舍利隨汝若在天宮地居之人如何得往而供養耶復語海神汝等住在大海江河如來舍利汝收取者地居之人如何得往而供養耶爾時四天王即皆懺悔悔已各還天宫爾時大海江河神等皆亦懺悔誠如聖言悔已各還

聖軀廓潤品第四

爾時帝釋持七寶瓶及供養具至茶毗所其火一時自然滅盡帝釋即開如來寶棺欲請佛牙樓豆即問汝何為耶答言欲請佛牙還天供養樓豆言莫輙自取可待大衆爾乃共分釋言佛先與我一牙舍利是以我來火即自滅帝釋說是語已即開寶棺於佛口中右畔上頷取牙舍利即還天上起塔供養爾時有二捷疾羅刹隱身隨帝釋後衆皆不見盜取一雙佛牙舍利爾時城内一切士女一切大衆即一時來欲諍舍利樓豆告言大衆當知且待安詳如佛所說應當如法共分供養爾時城内士女一切大衆不聞樓豆所言乃

各執持矛矟弓箭刀劍罥索一切戰具各自莊嚴欲取舍利爾時城内人衆即開佛棺兜羅白氎宛然不燒大衆見已復大號哭流淚盈目各將所持悲哀供養深心禮拜流淚長跪同說偈讚

如來以大自在力　於一切世得自在
大悲本願處斯土　周旋苦海度衆生
無量智慧神通力　出沒生死無罣礙
能以一身爲多身　多身一身爲無量
神變普應咸皆見　無緣即現入涅槃
我等福盡無應緣　故乃如來見放捨
佛於娑羅寶棺中　大力士舉皆不起
大悲之力自輕舉　昇空高一多羅樹
乘虛徐遶拘尸城　七日大聖遶七帀
遶已自臨荼毗所　不共神力所施爲
一切天人莫能測　佛於大般涅槃中
金剛不壞力自在　一切荼毗火不然
自於心中出慈火　焚燒七日示現盡
天人不能滅此火　如來大悲示應力
帝釋來至火便滅　妙兜羅綿纏佛身
大火焚燒都不然　白氎隨佛寶棺内
火中儼然而不燒　方知如來自在力
於法自在爲法王　敬禮大悲三界尊
敬禮聖中無畏者　敬禮普覆大慈力
敬禮神變自在者　我等從今離世尊
沒苦無能見救護　哀哉哀哉大聖尊
方今長別何由見

爾時大衆說是偈已重復悲泣各以所持盡哀供養爾時樓豆普爲天人一切大衆與城内人共於棺所徐舉白氎及兜羅綿其迦葉

等白氎千張火全不燒其城内人白氎千張除外一雙餘者灰燼其兜羅綿宛然如故爾時樓豆取此白氎及兜羅綿細破分之與諸大衆令起寶塔而供養之樓豆復取氎灰亦細分衆令起寶塔而供養之其餘燼灰無復得分衆各自取起塔供養其城内人先已遣匠造八金壜八師子座各以七寶而爲莊嚴其七寶壜各受一斛各置七寶師子座上其八師子七寶之座座別各有三十二力士各嚴七寶瓔珞雜綵纏身共舉七寶八師子座座上復各有八婇女身嚴七寶瓔珞雜綵持七寶壜座上復各有八婇女嚴身瓔珞執七寶蓋覆金壜上座上復各有八婇女身嚴瓔珞持七寶劒衛七寶壜座上復各有八婇女身嚴瓔珞執雉毛纛竪壜四面座別各有無量人衆持妙音樂幢旛寶蓋華香瓔珞圍遶供養座各復有無量人衆各持弓箭矛矟罥索長鉤一切戰具而圍遶之從拘尸城前後圍遶向荼毗所其八師子七寶之座出城去後城内人衆即持無數香泥香水尋力士後平治塗地作香泥路廣博嚴事向荼毗所其路兩邊無數寶幢旛蓋香華眞珠瓔珞衆妙雜綵音樂弦歌嚴飾路邊儼然奉待大聖世尊舍利而還其諸力士持八師子七寶之座圍遶至荼毗所即大哀泣號哭哽咽聲震大千各以所持深心供養爾時世尊大悲力故碎金剛體成末舍利唯留四牙不可沮壞爾時大衆既見舍利復重悲哀以其所持流淚供養爾時樓豆與城内人涕泣盈目收取舍利著師子座七寶壜中滿八金壜舍利便盡

爾時一切天人大衆見佛舍利入金壜中重更悲哭涕泣流淚各將所持深心供養爾時城内諸大力士及諸士女將欲持佛舍利金壜向拘尸城爾時大衆復重悲哀各將所持流淚供養爾時城内諸大力士及圍遶衆拜城内人悲咽流淚舉八師子七寶之座隨香泥路迴向拘尸爾時一切人天大衆復大悲哀聲震世界各將所持隨從舍利哀號供養如來舍利至城内已置四衢道中爾時拘尸城人即嚴四兵無數軍衆身著甲鎧各執戰具遶拘尸城四面周帀無數重兵儼然而住擬防外人來抄掠故雖爲儀式無戰諍心復有五百大呪術師守城四門爲遮難故復有無數寶幢旛蓋微妙莊嚴大雉毛纛於城四維儼然供養爲標式故爾時城内一切士女天人大衆復大悲哀各將所持深心供養其舍利壜置師子座經于七日於七日中一切大衆日夜悲號哀聲不斷盡以所持深心供養其八師子七寶之座各有五百大呪術師各共持之遮有天龍夜叉神鬼來欺奪故經七日間爾時如來本生眷屬迦毗羅國王諸釋種等佛神力故都不覺知佛入涅槃佛涅槃後經三七日爾乃方知時彼國王諸釋種等悲哭號泣即共疾來至拘尸城見諸兵衆無數千人圍遶城外復見寶幢旛蓋列城四維映發國界復見大呪術師守城四門王及釋等問呪師言佛涅槃耶答云佛涅槃來過四七日荼毗已竟將分舍利王言我等是佛所生眷屬佛神力故令我不知如來涅槃我今欲見如來舍利卿可開路令我得入呪師

兵衆聞是語已即聽入城王及釋種得入城已見佛舍利在師子座悲號哽咽涕淚交流右遶七帀遶七帀已抆淚而言我今欲請如來舍利一分將還供養大衆答言雖知汝是釋種眷屬然佛世尊先已有言分布舍利未見及汝各有請主汝如何得汝可還邪爾時王及釋種不果所請號哭悲哀悶絕躃地良久乃醒悲不自勝語衆人言如來世尊是我釋種愍汝等故於此涅槃汝等如何見有欺忽不分我一分舍利作是語訖各禮舍利右遶七帀悲泣流淚心生忿恨慨悼還家爾時摩迦陀主阿闍世王害父王已深生悔恨身生惡瘡旣遇世尊月愛光觸身瘡漸愈來詣佛所求哀懺悔世尊大悲即以甘露微妙法藥洗蕩身瘡極重罪滅即還本宮都不覺知如來涅槃於涅槃夜夢見月落日從地出星宿雲雨繽紛而隕復有煙氣從地而出見七彗星現於天上復夢天上有大火聚徧空熾然一時墮地夢已尋覺心大驚顫即召諸臣具陳斯夢此何祥耶臣答王言是佛涅槃不祥之相佛滅度後三界衆生六道有識煩惱橫起故現大火從天落地佛入滅度月愛慈光慧雲普潤悉皆滅沒即夢月落星落地者佛涅槃後八萬律儀一切戒法衆生違反不依佛教乃行邪法墮於地獄日出地者佛涅槃後三塗惡道苦聚日光出現世間故感斯夢王聞是語將諸臣從夜半即來至拘尸城見諸無數四兵之衆防衛拘尸無量重數復見城門有呪術師防止外難王見是已即問呪師佛涅槃耶呪師答言佛涅槃來已經四

七當今大衆將分舍利王言佛入涅槃我都不知我於夜夢見不祥事以問諸臣方知如來入大涅槃我欲入城禮拜如來金剛舍利汝爲通路呪師聞已即聽前入王至城内四衢道中見師子座舍利金罎復覩大衆悲哀供養王與從衆一時禮拜悲泣流淚右遶七帀哀慘供養爾時王就大衆請求如來一分舍利還國供養大衆答言何晚至耶佛已先說分布方法舍利皆已各有所請無有仁分仁可還宮阿闍世王不果所請愁憂不樂即禮舍利惆悵而還爾時毗離外道名王佛涅槃後經三七已爾乃方知即將臣從疾往拘尸既至拘尸即見無數四兵之衆防衛拘尸遶無量重爾時阿勒伽羅王佛涅槃後經三七已爾乃方知即將臣從疾往拘尸既至拘尸即見無數四兵之衆防衛拘尸遶無量重爾時毗耨國不畏王佛入涅槃經三七已爾乃方知爾時遮羅迦羅國王佛入涅槃經三七已爾乃方知爾時師伽那王佛入涅槃經三七已爾乃方知爾時波肩羅外道名王佛入涅槃經三七已爾乃方知即將臣從疾往拘尸既至拘尸即見無數四兵之衆防衛拘尸遶無量重復見城門有大呪師防止外難王問呪師佛涅槃耶答言佛涅槃來已經四七當今大衆將分舍利王語呪師佛入涅槃我都不知故今晚至我欲入城禮拜供養如來舍利汝可開路呪師聞王即聽前入至四衢道見師子座七寶莊嚴安置舍利七寶金罎復見大衆悲哀供養王將徒衆一時禮拜悲哀流淚右遶七帀各齎所持悽慘供養王

語衆言佛入涅槃我都不知一何苦哉不得見佛請衆與我一分舍利還國供養衆言汝何來晚佛已先説分布法軌舍利皆已各有所請無有仁分仁可還宫王及臣衆不果所請愁憂不樂即禮舍利悲戀而還爾時迦毗羅等七國王臣不果所願心懷悲憤慨戀而還各至本邑咸遣使臣同詣拘尸再求舍利城人報曰世尊慈父旣於我界而般涅槃全身舍利應留永劫於此供養終不分與外邑諸人諸國答曰若分者善若不與者我等當以彊力奪取城人告曰徒事鬬諍終不可得闍王復使兩行大臣馳兵請分告城人曰若與者善若不見分我加兵力彊奪將去答言任意爾時拘尸城中所有壯士男女並閑弓射即便總出嚴整四兵欲與諸邑交兵合戰

爾時毗離國諸棃車種遂集四兵往拘尸城在一面住阿勒國諸刹帝利亦集四兵在一面住毗耨國諸婆羅門亦集四兵在一面住遮羅迦羅國諸釋子亦集四兵在一面住師伽國拘樓羅亦集四兵在一面住波肩羅國力士亦集四兵往拘尸城在一面住爾時拘尸那城七軍圍遶爲舍利故各欲奪取爾時大衆中有一婆羅門姓煙在八軍中高聲大唱拘尸城諸力士主聽佛無量劫積善修忍諸君亦常聞讃忍法今日何可於佛滅後爲舍利故起兵相奪諸君當知此非敬事舍利現在但當分作八分諸力士言敬如來議爾時姓煙婆羅門即分舍利以爲八分作八分竟高聲大唱汝諸力士主聽盛舍利瓶請以見與欲還頭那羅聚落起瓶塔華香旛蓋妓

樂供養諸力士答言敬從來請爾時必波延那婆羅門居士復以高聲大唱拘尸城中諸力士主聽焼佛處炭與我欲還本國起炭塔華香妓樂供養諸力士答婆羅門言敬從來請爾時拘尸城諸力士得第一分舍利即於國中起塔華香妓樂種種供養波肩羅婆國力士得第二分舍利還歸起塔種種供養師伽那婆國拘樓羅衆得第三分舍利還歸起塔種種供養阿勒遮國諸刹帝利得第四分舍利還國起塔供養毗耨國諸婆羅門得第五分舍利還國起塔種種供養毗離國諸梨車得第六分舍利還國起塔種種供養遮羅迦羅國諸釋子得第七分舍利還國起塔華香供養摩伽陀主阿闍世王得第八分舍利還王舍城起塔華香妓樂種種供養姓煙婆羅門得盛舍利瓶還頭那羅聚落起塔華香供養必波羅延那婆羅門居士得炭還國起塔供養爾時閻浮提中八舍利塔第九瓶塔第十炭塔如是分布舍利事巳時諸菩薩及聲聞衆天人龍鬼國王長者大臣人民一切大衆悲號涕泣椎胷大哭五體投地作禮而去

大般涅槃經後分卷下

音釋

氎徒協切細毛布也　懊惱懊烏皓切惱奴皓切懊惱痛恨也　喑於禽切極啼無聲也　芬馥芬撫文切馥房六切芬馥香氣也　甦素姑切死而更生也　殄徒典切絕也　憪余廉切火燄也　慄力質切懼也　涕泗涕他計切泗音四　臍徂奚切　輻方六切　燼徐刃切火餘也　壜徒含切甂

屬纛徒到切羽葆幢也豎臣庚切立也鎧苦亥切鉀也抄掠抄楚教切掠離灼切抄掠劫取也抆武粉切拭也慨苦蓋切感激也隕于敏切沒也彗祥遂切妖星也憤房吻切懣也

佛說方等般泥洹經

西晉三藏法師竺法護譯

清刻龍藏佛說法變相圖

佛說方等般泥洹經卷上

西晉三藏法師竺法護譯

哀泣品第一

聞如是一時佛遊鳩夷那竭國雙樹間力士所生處時佛欲般泥洹告賢者阿難言多陀竭出於世間般泥洹時本瑞云何如今日寧見聞叢樹間感應不乎答吾所問爾時阿難以偈答佛言

願聽我所夢　其色近可怪　憶夜之所見
心竊爲危懼　夢此閻浮提　有樹生甚奇
七寶雜校成　華實常豐茂　覆蓋佛世界
其陰清且涼　開發踊躍意　滅除衆憂病
上行高無極　姿好亦無數　見者眼清淨
聞者耳徹聽　樹出無量音　清淨之法音
具足空寂滅　則令一切安　其樹奮大光

徧照東方剎　其數如恒沙　諸佛之國土
亦照於十方　蠕動荷救護　一切蒙光者
安隱難思議　樹出衆名香　器有百種分
其有聞香者　終不歸惡道　地獄以畜生
及在餓鬼路　於彼聞是香　疾得生善處
大樹德如是　苞潤衆生類　忽然於樹間
没于力士地　於時無數千　羣萌不可計
悲泣悉哀慕　如盲失其目　不復聽其聲
亦不見樹形　又不聞其香　虛劣若飢人
恐懼衣毛豎　畏怖情使然　於夜夢如是
願尊爲解說

爾時淨居天子釋梵四天王魔子導師各與八十那術之衆俱到力士所生處叢樹間前詣佛所稽首作禮却住一面同時舉聲爲賢者阿難說偈言

尊天今滅度　阿難豈知耶　嗚呼感戀毒
佛將般泥洹　大燈翳無明　佛今欲滅度
世尊般泥洹　違遠於擁護

於是佛爲諸天子釋梵四天王魔子導師說偈言

汝等勿愁憂　所夢無有異　我於雙樹間
今當般泥曰　樹中之最樹　琦妙難可量
光香甚殷盛　没於叢樹下　世尊譬大樹
復在叢樹中　寢處無有識　如火得水消
萬物皆無常　法起當有滅　世雄之所了
是故爲人說　阿難知之乎　佛尊猶泥曰
造迦利比丘　智通度彼岸　阿難汝今往
告勑釋須檀　尊者阿那律　徹視度無極
阿難行告語　拘絺迦旃延　分耨文陀弗
菩提及摩夷　須菩提面王　善來覺薄拘

難陀羅雲停　度知際馬師　一切諸比丘
來度恐畏者　疾去悉告語　令知我泥曰

爾時阿難以偈答世尊言

我身已疲極　譬如飢羸人　聞佛泥曰故
愁慘不自勝　其身無有力　口亦不能言
志意加怯劣　世眼云何行　不任告尊者
今世不可念　適見便不現　求失於擁護
無護甚懃苦　何忍任往告　尊者聞此問
安能堪惶懼　世間大光明　滅盡爲甚疾
棄世亦何速　厄難遂盲冥　不任詣長老
陳此酸毒事　正覺願更遣　無有愁慼者

於是佛爲阿難說偈言

阿難巨憶大　啼泣感悲哀　宮殿難檀廬
空虛無人天　宣告諸比丘　侍者之常業
泥曰後來者　得無益哀酷

爾時賢者阿那律於須彌山頂爲忉利諸天廣講法語見諸大尊神妙天子各從宮殿遑遑不安阿那律心念言此諸天子何故棄捨天妓之娛擾擾上下或飛或走眷屬離散其虛空處忽不復現時阿那律從須彌頂遙見寶積山下之地於是阿那律立須彌頂舉聲以偈讚歎佛言

導利於羣黎　施世之安隱　正覺爲衆祐
云何便泥曰

嗚呼世尊喻父母　爲世之眼除諸冥
爲世良醫療衆病　今世尊雄便泥曰
見嬈怒人好放逸　覺悟愚癡斷生死
爲法尊上傷慳貪　令離瞋諍立大道
天中天尊右金臂　扶拭一切授正戒
佛動是國六震地　周徧世界聞大音

如大石山一旦崩　其音宣廣聞者悸
世雄如是今泥曰　音暢遐方聞摧悴
魔兵興惡若干變　金剛器械不可數
有戴大山或持火　世雄威光毛不動
降伏怒害魔官屬　得甘露跡無憂懼
便轉法輪解四諦　今日尊雄便泥曰
世尊見化無數種　三千世界如一毛
能令衆生無毀害　今日尊雄便泥曰
今天中天爲來入　至于力士所生地
五百眷屬圍遶佛　於雙樹間便泥曰
佛天中天百世來　奉行四禪開度人
所修行道闡甘露　我最後見佛泥曰
所遊徃來無生死　其惠布施無悔恨
其奉正戒無諛諂　我最後見佛泥曰
於億劫中那術數　所爲精進無過者
忍辱無量譬若地　我今後見佛泥曰
佛天中尊所生處　供養諸覺億那術
致甘露跡志惟壹　我今後見佛泥曰
佛天中尊所生處　智慧第一了三達
十方世雄無罣礙　今我後見佛泥曰
大力有十等一切　勇無與等立金剛
求比難比無殊者　我今後見佛泥曰
十力世雄相嚴身　所周旋處光巍巍
進止所歷如金模　我今後見佛泥曰
化億那術立道證　消盡諸欲無塵垢
濟人生死燒勤苦　我今後見佛泥曰
天億那術立虛空　雨種種色拘文華
雨雜名香天芬熏　我今後見佛泥曰
佛人中尊行住立　若入都邑蹈門閫
盲者得眼覩諸色　我今後見佛泥曰

佛人中尊蹈門時　病者得愈懷喜踊
一切安隱脫勤苦　我今後見佛泥曰
佛入城時拘閉解　長得安隱自歡娛
愁苦休除慧最上　我今後見佛泥曰
身不知老無死憂　已脫衆礙智無雙
爲人泰祖無過佛　我今後見佛泥曰
十力世尊上忣利　度毋摩耶立妙道
化那術天不可計　我今後見佛泥曰
第七梵天住衆疑　佛裂其網授道眞
彼王自投來稽首　我今後見佛泥曰
有兇暴賊罪力強　降立害者甘露道
納那術人無央數　我今後見佛泥曰
調達懷毒兇恚盛　驅作醉象力難當
佛於大城令調伏　我今後見佛泥曰
佛於衆會法導人　能動天地震山陵
大海波蕩水居擾　我今後見佛泥曰

是時阿那律說此偈已應時佛放威神令閻浮提所在比丘除大迦葉眷屬餘盡來會三千大千世界諸天龍神揵沓惒阿須倫迦留羅眞陀羅摩睺勒衆等共到力士生地詣佛所稽首作禮皆大啼哭舉聲呼佛恩慕崩絕如喪父母各各相牽共悲泣者還顧相視共淚出者或手相搏拍臏拍頭或開目閉目諸根變異面貌憔悴肌色面皺或有却行右膝著地呼嗟扠眼涕泣交横悲哀歎佛皆言毒痛嗚呼世雄嗚呼大醫嗚呼師子嗚呼法王嗚呼日月王嗚呼覺正覺嗚呼大光明施甘露無量跡如是號咷或有自撲而躃地者或有覆面拍地者爾時阿難從坐起下互跽累膝兩手據地仰向視佛而說偈言

見人衆號慕　皆與悲毒俱　各各號哭哀
益令我酸毒　譬如賈客行　中道逢劇賊
逢見大火光　若草懼焦然　因見熾火故
其心爲恐惶　意以懷悚慄　拜天從求哀
我情勤無極　憂鬱焉可勝　又見承度人
悲叫舉兩臂　惟慮去來事　願佛住一劫
今日何忍見　尊人般泥曰　我常行求佛
不見天中天　祇洹用丘空　但覩於餘人
若入維耶離　豪右問訊佛　無上尊所生
我當云何答　無央數千人　泣涕淚流面
無上釋師子　仁今使安在　諸人哀哭催
無不思見佛　云何入大城　違遠人中尊
當立於誰後　當與誰持鉢　爲誰掌衣被
誰當親勸我　誰當爲我說　聞持是何謂
誰解我疑言　阿難知如海　從誰聞正法
深奧難解句　我等從何受　無量與妙法

爾時佛告阿難汝爲如來於雙樹間敷師子牀所以者何多羅竭於夜半時乃般泥洹與本願合故也於是阿難啼從座起於力士地雙樹下敷師子牀令北首敷已說此偈言

令爲大神通　最後敷此牀　終始不能得
復安清淨坐　我當何忍人　於是嚴樹間
光明今滅度　遠離於至尊

於是阿那律爲阿難說偈言

佛從本已說　萬物盡無常　獨不得自在
於是何爲啼

爾時阿難以偈答阿那律言

云何說是談　仁便答我意　見尊般泥洹
仁豈無憂耶

於是阿那律以偈答阿難言

我見人哀危　動與憂惱俱　我淚流滿目
悲涕澪横流　我亦察天人　以天眼涕泣
我亦用是故　悲呌增悒毒　不用啼哭故
便可有所得　是故勉喻人　莫啼亦勿愁

四童子現生品第二

爾時世尊從座起入雙樹間於師子牀上右脅倚卧卧已應時東方去此百億萬佛國有佛號師子響作如來今現在説法其世界名解脱華佛告阿難彼之世界何故名曰解脱華乎常以七寶華遍布滿地無有空缺其華柔輭色甚鮮好出一切香有七寶樹以寶合成有栴檀樹以諸栴檀共相裝校其色妙絶種種無數有樹常出妓樂之音音節和雅無量調合有樹常出七寶之器種種具足有樹常出衆寶瓔珞無量之飾其國土有無數寶園以衆七寶轉雜相成如天所有所止宮殿以諸如意摩尼天珠紫磨黄金校鏤相成譬如第六天上所居宮殿其菩薩大士生彼佛國者皆離世會專尚法講神通大聖度於無極得諸佛法高明之慧所問能答及離世間所語所念常志法事以善方便現於内明遠諸諛諂得法會離諸想得智慧度無極度彼岸已具足學善權方便常供事諸佛離於世語但説不退轉菩薩法事是諸菩薩不樂餘話但議菩薩陀隣尼金剛行法三品清淨諸佛功德力無所畏是故彼界名解脱華彼有菩薩名善思義忽遷神命生閻浮提羅閱祇國為王阿闍世作子適生即便結跏趺坐而説偈言

吾今所以從　師子響剎來　欲見釋師子

正覺爲在不
於是有他天爲童子説此偈言
今日人中尊　釋師子垂衣　當於雙樹間
寂然定泥曰
爾時童子以偈答天言
吾從東方來　經百億萬刹　至於釋師子
欲聽聞上法　今日人中尊　當寂取泥曰
至此吾有緣　不以無緣到　今日吾來至
佛當般泥曰　天上及世間　尚憂何況我
發意頃不住　即欲往見佛　吾來至於此
有益不唐舉　佛興難可值　故啓大王言
莫得爲放逸　當詣多陀竭　億百千劫中
時有一佛起　於德化當知　無枉衆庶民
今日於大王　諫寤國之尊　放意從欲故
云何絶父命　習近惡知識　調達則大賊
王從彼受教　斷絶父之命　起於吾我想
癡欲造逆害　王父爲法行　則佛之子孫
王已得其罪　爲犯於逆事　以故墮沉冥
阿鼻摩地獄　喜意淨信佛　便當得解脱
然後爲人尊　即可得正覺　佛般泥曰已
正覺難復見　但能得供養　於無我舍利
吾不以欲故　來到於此國　大王見忍從
我欲往見佛　今日夜半時　世尊當泥曰
吾從師子響　聞佛説如是　我欲見佛故
故至此忍界　敬謝中外親　諸家且自安
我當往覲佛　神通生死盡　欲見佛者俱
前侍尊泥曰
於是王阿闍世以偈告子言
子汝且忍於是夜　我當求勇并力往
力士之土去此遠　不可便以車乘至

爾時童子以偈答父王阿闍世言

我精進力甚衆多　發意之頃便能來
是夜能越無數劫　我不懈怠如大王
我今日夜所從來　亦不可計甚長遠
超越中間無數國　力士之處何足言

爾時童子從座下步行出羅閱祇大城便說偈言

其欲生天離地獄　欲得名聞爲尊雄
可疾隨我後從來　當前詣佛最泥曰

童子適出羅閱祇大城說此偈已應時城中二萬人無數億天龍鬼神揵沓惒阿須倫迦留羅眞陀羅摩睺勒來會於是與若干之衆圍遶共到力士生地雙樹閒至佛所爾時佛於師子牀上右脅倚卧時南方去此五十萬佛國有佛號寶積示現如來今現在說法其世界名寶種彼有菩薩名曰喜信淨忽還神命生閻浮提舍衛大城爲師子長者作子適生即便結跏趺坐說此偈言

所以手足施　及用耳與鼻　至于億世中
忍以頭爲惠　勇惠施無懼　妻婦及男女
欲度一切故　釋尊豈在不　所以億劫中
肌肉施於人　欲度衆生故　世眼爲在不

於是師子長者即恐懼衣毛爲竪以偈問子言

爲天揵沓惒　鬼神眞陀羅　嬰孩能讚歎
辯才說妙言　中外皆怪怖　小大馳四散
吾用聞佛聲　是故獨不去

爾時童子以偈答父言

我爲天亦龍　亦鬼眞陀羅　我爲天中天
亦爲人長者

於是師子長者以偈問子言

用聞是語故　子益令我疑　所歎乃如是
使我增恐懼　云何為天龍　何鬼揵沓惒
何謂天中天　何謂子為人

爾時童子以偈答父言

南方有佛名　寶積如來尊　我從彼剎來
今至此佛國　怒害我為釋　為六天亦然
若苦則為梵　亦作轉輪王　於彼咸龍像
為神至於此　鬼色揵沓惒　長者當了是
我當為一切　哀傷設擁護　致得天人尊
覺則為上度　我所化亦久　從劫至億劫
終無有盡時　長者我欲去

童子白父言寶積示現如來所說當學不當習諸入之事所修當念行廣大之業菩薩有二法行疾得阿惟越致無上正真道何等為三一者種種深覺二者入無數意三者念要句三昧是為三法行菩薩疾得阿惟越致無上正真道於時師子長者告子言我未知是處童子以偈現說其處

深慧難曉亦難了　世間皆疑於是句
一切了知是義者　惟獨有佛多陀竭
佛所解句無瑕穢　已有無想為上智
其無思念清淨道　不行想行是謂智
無央數意無有意　心之所入志寂定
無所入者是謂意　此意則為見一切
金剛三昧得上覺　於是之句無入句
我立於信妙金剛　此之句跡謂上要
彼斷要者不為信　佛讚信法為持最
是一切法為如空　習行三昧得為佛
一切所知無有智　一切所行無有行

一切所學無有學　一切所說無有說
深入慧者無法想　入於寂定無寂想
雖成覺道無覺想　度脫人民無人想
是之勇猛離見網　皆覺了究深道事
入於一切生死海　度脫群萌諸起滅
於是童子說此偈已師子長者及二百人具足發無上正真道意應時得不起法忍八億天發無上正真道意即立不退轉地成無上正真道四那術人遠塵離垢得諸法眼淨爾時童子便說偈言
吾不徒爾來　有勸釋尊教　度脫無億數
令發佛道意　於釋師子法　懷來宣善義
立人於忍地　無得不退轉　我立父兄弟
諸家於佛道　八億諸天人　皆命志大乘
我爲一切人　除其貧窶行　我爲得法利
難計難思議
爾時童子說此偈已與父母及百千億人無數億天龍鬼神揵沓和阿須倫迦留羅真陀羅摩睺勒眷屬圍遶徃到力士生地詣於佛所是時佛於師子牀上右脅倚卧時西方去此八十億萬佛國有佛號妙樂如來今現在說法其世界名樂園彼有菩薩名曰空無忽還神命生閻浮提於波羅柰城爲須福長者作子適生便結跏趺坐說此偈言
法本爲空無　欲有則爲著　不得脫勤苦
常立於憒惱　法爲不可得　是謂爲定止
亦盡亦無盡　彼爲悉無有　空者不知習
亦不無有習　彼若無因緣　何從有所緣
彼所可說法　深寂亦難解　釋師子人尊
正覺爲在不　大師子震吼　梵音無起滅

今日於樹間　光日没不現　佛於衆僧中
譬如月盛滿　諸人不復見　世雄説法時
佛於衆僧中　如踞須彌頂　世尊不復樂
出入於城中　爲天世吼導　説空無我法
一切不復得　聞服大音聲　離吾無有我
讚唱於空法　今世尊泥曰　寢疾於樹間
爾時童子説此偈已應時波羅柰大城中十
萬人同時舉聲俱讚歎言未曾有也此幼童
子乃能有是深智慧意智慧入智慧光明智
慧清淨智慧高明説上妙偈生而逮忍響慧
權慧其處難及所未嘗有其身未長乃有大
力譬如目見如來正覺願令我等智慧如是
童子曰仁等眞願是智慧當願如佛之智慧
微妙無合會寂無與等者離諸所有高明無
損致諸行法一切善本一切諸佛力無所畏
立於大慈大哀仁等當願得此智慧我令與
仁當共發無上正眞道意應時大衆俱發無
上正眞道意尋爲説法皆立不退轉成無上
正眞道仁等已發大道意便可共往見如來
無所著等正覺於是童子與父母及十萬人
無數億天龍鬼神揵沓惒阿須倫迦留羅眞
陀羅摩睺勒眷屬圍遶到力士生地詣佛所
是時佛於師子牀上右脅倚卧時北方去此
六十四萬億佛國有佛號覺跡如來今現在
説法其世界名華跡彼界及樹華實晝夜常
出覺華行之音諸天龍鬼神揵沓惒阿須倫
迦留羅眞陀羅摩睺勒其聞音者皆立覺跡
之道行彼如來有是德其有人見覺跡行光
明者皆得不退轉無上正眞道彼如來本願
之所致佛語阿難覺跡如來華跡世界無求

二道者亦不教人求亦不爲弟子緣覺之乘也但學大乘亦教勸人佛言覺跡如來作佛以來六十萬四千劫無弟子緣覺衆惟有菩薩衆譬如轉輪聖王其子衆多以子爲臣子爲門監子爲侍者覺跡如來國亦如是惟以諸菩薩爲輔弼以諸菩薩爲元首以諸菩薩爲珍寶以是故其佛國諸菩薩充滿具足爲佛境界阿難覺跡如來世界所有豐植熾盛安隱快樂菩薩輻湊周徧清淨無不神通者也以諸金剛爲財物合會所聞闓無疑結其會所聞皆精進行以法意會皆勤力行勉修定意一切導習諸總持門積於智慧平等之要彼有菩薩名神通華忽遷神命生閻浮提維耶離大城中爲師子王兵臣作子適生便結跏趺坐說此偈言

於釋釋中尊　善說上妙法　度脫億億人
正覺爲在不　法意所隨起　其意不可得
三界無與等　正覺爲在不　無世尊無色
於人無所比　無有與等者　明眼爲在不
精進度無極　一心禪三昧　智慧譬如海
正覺爲在不

於是覺跡如來化作天像童子說偈言

正覺住一劫　當復過是數　正覺後故在
可住自娛樂　童子且習欲　是爲大王家
鼓樂弦清曲　簫成以自娛

爾時童子以天意根說偈報覺跡如來言

其有隨欲者　此人則爲癡　不了解正覺
及佛之教戒　豬馬及駱駝　狐狼之與驢
是輩爲習欲　非佛子所行　盲聾無所知
瘖瘂不能言　是輩爲習欲　非佛子所行

飛蛾蜜蜂蠅　馬畜不自知　是輩爲習欲
非佛子所行　假使閻浮利　合滿其中火
寧墮於其中　不習於欲事　樂欲以爲上
於欲何足習　其有稱譽欲　是爲不知法
不以貪欲故　被蒙見識別　佛化來問我
我謂爲是天　我從佛所聞　法王說如見
今日夜半時　世尊當泥曰　我當往見佛
神通無起滅　欲往可共俱　詣於尊泥曰
覺跡天中天　人中尊說爾　得善度無極
以光導御人　於百千劫中　所建功德事
不如泥洹曰　世尊之所度　矜覆一切者
是世爲擁護　今佛當泥洹　衆生復勤苦
佛爲一切眼　今日當泥洹　是世當更遇
值於大闇冥　醫王滅衆病　今日當泥洹
以無人中尊　世間甚勤苦　能斷一切疑
今日當泥洹　是世狐疑者　當復轉盛火
佛除婬怒癡　今日當泥洹　是世當復值
三火之興熾　爲一切所敬　天人所欽奉
今沒是樹間　衆庶永無見

四童子品第三

是時佛於師子牀上右脅倚卧應時四方有四童子以大功德而自莊嚴動爲感應往詣佛所此四童子所至郡國城郭縣邑一切人民無遠無近皆傾側瞻仰無不欣戴此四童子經行之時上諸天衆從四方來雨於天華徧滿其地於虛空中鼓億那術百千妓樂佛爾時於四面現四師子座於時阿難見大變化在所色像以偈問佛言

世間之光明　誰於是四方　右敷師子座
願尊爲我說　世間之光明　誰於是四面

震動一切地　名山及大海　世間之光明
誰於是四方　四童子之來　爲僧那大鎧
世間之光明　誰於是四面　譬如夜半時
月出奮其耀　世間之光明　誰於是四方
人物一切動　江河水波蕩　世間之光明
誰於是四面　一切之音聲　皆隨四童後
世間之光明　誰與天神俱　譬如日月住
在於虛空中

佛告阿難汝寧見四方四童來不其威德光顏面貌殊妙神明照燿端正無量其行具足有四種梵音入深施義有愧吉祥常自羞慚以自勉成其所至到輙度人民有智黠眼有威神德有布施戒忍精進一心智慧神通諸度無極皆起一切戒善法義譬如優曇鉢華億那術百千劫難值難見奉行無數諸佛之行於無量億那術百千佛所植諸德本各從四方諸異佛刹天中所來生此閻浮提聞我身當般泥洹欲見我般泥洹今日夜半如來當於力士所生地般泥洹定般泥洹佛告阿難見此童子從東方來者不乎姿顏温雅光色開妙與無數億那術百千之衆眷屬圍遶爲億天所供養天華妓樂來詣如來者阿難此童子於師子響作如來國來常於彼國作轉輪王典主千世界爲一切天人講說法事以神通慧聖賢之智徃來周旋曾無斷絶治國積十八億歲於十八億歲中教授十八億那術菩薩令始發意立無所從生法忍應時捨家行學八十一億歲常修梵淸淨之行八十一億歲未曾知坐八十一億歲未曾睡卧未曾念欲未曾念爭說未曾念毀害亦無欲

想亦無事想無毀害想亦無地水火風想亦無說想亦無虛空想亦無男子想亦無女人想亦無飢想亦無渴想亦無樹想亦無我想亦無人想亦無城郭想亦無起滅想所以者何是菩薩大士得滅諸想三昧空無想無願得無起行三昧無滅三昧得一切菩薩三昧得越一切陀隣尼門三昧皆得一切善權方便得神通智慧度無極得一切菩薩大慈哀行於一切世界轉法輪立一切人於無上正眞道所願轉於不退轉法輪如是於一切有大哀令一切安隱童子之德無數具足如是爲復精進更行上二法何等爲二離於肉眼行彼亦無離行說於法會行亦無說之想如是之比曾無雜言但詠菩薩法品於八十億歲教授八十億那術菩薩立於無上正眞道

皆始發意悉立於不起法忍應時八十一億那術菩薩各各去至他方佛國天中天所是諸佛一等以今日夜半同時於師子牀上右脅倚卧是諸世尊皆名釋迦文皆於五濁惡世作佛是諸佛天中天今日中夜皆於力士生地雙樹間當般泥洹阿難如來皆知皆見不以肉眼見也復過見無央數不啻一切弟子緣覺所不及也阿難若比丘比丘尼清信士清信女天龍鬼神揵沓惒阿須倫迦留羅眞陀羅摩睺勤人非人其有聞是經法歡喜信一發意頃勝於供養那術佛終竟那術劫也阿難此童子其智慧意如是今日於我法中一夜所開度蠕動之類勝舍利弗及一切弟子從本已來所教授若一劫壽說法所不能及也此童子所度人民功德無量乃如是

佛告阿難寧見此童子從南方來者不乎譬如夏日之光照於水中如月盛滿有盛明也如持寶杖捶地已出大音譬如良工作金銀鉢其形圓好無有瑕穢已離於垢出五品具足音十品因緣音離六十二塵音百一品具足音五十種具足音十品手具足音十品眼清淨音奉行十六善音八部具足音十二事具足音千品金銀清淨音所信所生輭勝音寂生金色音離一切諸瑕音以香作成音所作廣生音六品男子清淨微妙音其種具足音五億柔輭音有安隱想除勤苦音念如來有歡喜想音降伏魔力音壞見網音滅諸塵勞音有踊躍於佛想音安隱無生想音不退轉法輪音安隱寂音覺音一心法門三昧三摩越音十力無畏音大慈大哀音出十響音

寶杖捶地出是輩聲阿難南方去是五十萬佛國有佛名寶積示現如來無所著等正覺今現在說法其世界名寶種彼世界所以名寶種其國無衆邪異道皆當發無上正眞道眞人國也其國不聞穢濁塵勞之名也亦不聞三念名謂婬怒癡念也亦無男女想所以者何皆修清淨梵行彼國不以摶食養身其人惟有二食何等爲二樂歡喜說一切智以爲食彼亦無說二事弟子緣覺乘也但說一切智事如是專行一行菩薩法品天人亦諷誦此事阿難彼世界以是名寶種若他方世界菩薩生彼佛國者適生即立不退轉地無上正眞道見無央數那術菩薩說如來一切事廣議菩薩法句適生一切佛國皆聞今日其菩薩生此佛國阿難我若一劫億那術劫

説寶種世界一一人所行功德尚未竟亦不可以喻説盡也我但粗略爲汝説寶種世界之德耳喜信淨菩薩於彼神變生閻浮提土欲見我般泥洹時亦欲歎其本國功德宣彼佛之名字爲諸求菩薩道者故來自觀意無想也阿難是喜信淨菩薩本行菩薩道時於提桓竭如來世時轉輪聖王名衹世多從日出至早食時授教開度三十六億菩薩皆令發意立不起法忍提桓竭般泥洹已後出下鬚髮具足千歲中轉法輪度無數人然後日欲入時開導具足六十億菩薩令初發意立不起法忍應時令七十那術人漏盡意解阿難般泥洹經所益義如是我若爲汝説喜信淨菩薩之功德那術劫尚未竟也汝爲喜信淨菩薩於我前敷座所以者何此童子行道已久心不疲猒其有聞喜信淨菩薩名歡喜者如值佛世何況面自見踊躍者阿難其有比丘比丘尼清信士清信女天龍鬼神揵沓惒阿須倫迦留羅真陀羅摩睺勒人非人聞是經能一發意項戴歡喜如來皆見是輩吾豫記是等皆當見寶積示現如來及寶種世界諸菩薩阿難黙持是經勿妄輕傳所以者何閻浮提人未曾聞是經未暢菩薩無限之法故佛告阿難寧見此童子從西方來者不乎舞其兩足駊騀其身地爲二返大震動見者肅然衣毛爲竪降伏一切衆邪外道盡却一切諸魔官屬壞諸住見令一切安隱除諸勤苦令一切歡喜消諸地獄餓鬼畜生度脱一切令歸善道以大音救濟衆生又見西方大香交露帳來不唯然天中天已見阿難從

西方來香交露者是謂導御一切菩薩之香也汝豈復聞西方有大音聲出不空聲光明聲寂定聲佛聲惟天中天巳聞阿難此之所出四大音者是空無菩薩緣身毛孔之所出也四大音聲柔輭可意微妙無瑕出是聲時令六十八億那術百千人漏盡意解六十八億那術百千人立不起法忍九億人立不退轉地爲無上正眞道使諸佛國各二那術天遠塵離垢諸法法眼淨阿難西方去此八十億萬佛刹有佛名妙樂如來無所著等正覺今現在說法其世界名樂園阿難彼世界所以名樂園一切皆以佛法爲樂珍寶爲人光明清淨不退轉菩薩大士所居清淨諸菩薩無數無有弟子緣覺二乘也惟學一切智乘但行佛道諸天皆立一切智其德音安諦解

知一切法界往來供養諸佛天中天以萬種物降伏衆魔力化墮見人滅盡一切塵勞裂壞一切魔羅網志於法品令一切立不退轉地不說餘乘但講一切智事轉菩薩法品超諸勞塵之界無復魔行意無恚怒行慈悲喜護一切一一諸毛孔出此六百不退轉法聲菩薩法品之義得三脫門過於弟子緣覺之事度於三界行一切法界於彼世界住皆見諸佛越一切總持法門得諸佛之覺智得諸菩薩之三昧離諸惡智斷諸疑結得諸佛身智之智得神通度無極離於諛諂所願轉得供養諸佛立一切人於無上正眞道令多願人得無起度無極智當來劫菩薩之行所立無瑕穢發意頃現生一切諸佛前無復生老病死啼哭愁憂巳得寂善權現三十二相裝

校其色已得法身現於凡身供養奉事一切諸佛心意踊躍好樂智慧度於無極樂此之樂令餘人亦然其世界諸菩薩所行所樂如是以故名曰樂園復次其樂園世界有八種交道七寶浴池中有八味水滿其池其水底有七寶沙中有四種蓮華青曰優鉢紅曰波曇黄曰拘文白曰分陀利其光色具好有無數耀其國有八重寶樹金樹銀樹瑠璃樹水精樹硨磲樹碼碯樹象腦寶樹吉祥寶樹覺轉寶樹舍羅塞寶樹碧英寶樹月光寶樹踰日月寶樹雜玉寶樹阿年勒寶樹鳩彌勒味寶樹赤青白色眞珠樹赤栴檀染栴檀黄栴檀蒲萄酒栴檀樂會天栴檀作味栴檀汙勒栴檀樹蜜香黒妙香樹根香莖節枝葉華實各各熾盛有果樹器樹衣樹瓔珞裝飾樹妓樂樹其枝葉華實各亦熾盛樹香之氣芬馥甚美如天上所有阿難其世界如是以金爲交露出柔輭音聲其餘不可計功德亦出柔輭音世界是故名樂園空無菩薩於彼神變來生於此閻浮提欲見我般泥洹適生度無央數人以爲佛事轉於法輪空無菩薩從無數劫來身體諸毛出是四大音柔輭可意微妙無瑕佛言阿難乃往去世有佛名無垢眼爾時有比丘名慧樂其比丘從佛聞四大音義無數慧句勤力句處處句眼句天句音句信句佛句法句僧句師子句金剛句樂慧句因縁句導御句遠現句苦諦句苦習句苦盡句向道句彼於七夜常念不離是句遠於異講心念四義無所捨無所起清淨志觀壞諸見從億數佛受是四大無數義句住於法説

至諸郡國縣邑在人家六年於衆中講法度無數人阿難爾時有魔名曰耆陀化作龍象其衆無數雨澆金剛墮此比丘身上令其命過阿難其慧樂比丘者空無菩薩是也用彼精進多智六年於衆會中説法故從無數劫巳來毛孔出此柔輭可意微妙無瑕四大音聲其一一毛度無數人閻浮提人其聞空無菩薩名者爲得大利善慶何況面見歡喜者空無菩薩得無數諸度無極故來欲見如來般泥洹阿難汝爲空無菩薩於我前敷座從是當得大智慧尊於是阿難即受教於佛前爲空無菩薩敷座佛言汝用敷是座故我般泥洹後汝於座上當一心得六通福若不忘爲現清淨行者敷座之福可得恒沙之數轉輪聖王一作聖王當一見佛得爲無上正眞道最正覺其有比丘比丘尼優婆塞優婆夷天龍鬼神揵沓恕阿須倫迦留羅眞陀羅摩睺勒及餘含氣蠕動之類聞是大清淨法若今日見現在如來若如來般泥洹後爲法師比丘敷座適敷當得十座功德何等十一者尊者座二者轉輪聖王座三者釋座四者梵座五者第六天座六者法師比丘座七者在所坐處當得法座八者菩薩大士詣佛樹下時當得佛座九者得轉法輪度脱無數億天人一切世界普聞音座十者作如是般泥洹時天龍鬼神揵沓恕等眷屬圍遶然後得如來師子座是爲十阿難汝爲空無菩薩又十指説是偈言

其雄根爲寂定　　空無出大光明
我爲勇猛叉手　　爲師子大吼禮

志一心及精進　積智慧以具足
我爲眞善叉手　禮無有與等者
於是佛爲賢者阿難説偈言
爲空無菩薩　汝一心叉手　所當得福者
且聽我所説
佛告阿難汝用是叉手福德我般泥洹已後
六月中當獨作佛天上天下人皆當稽首向
汝作禮若行道入郡國若住精舍男子女人
小男小女諸邪異道沙門梵志諸王大臣講
堂交露及鼓山谷師子虎野牛象駱駝牛馬
驢獼猴揵沓惒阿須倫迦留羅眞陀羅摩睺
勒天龍鬼神女鬼樹木枝葉華實諸藥草有
想者無想者皆當揖讓恭敬禮汝佛告阿難
譬如如來無所著等正覺得佛道之門時諸
樹藥樹有想無想者皆揖讓低仰向佛樹阿
難其有比丘比丘尼優婆塞優婆夷天龍鬼
神揵沓惒等及餘含氣有命之類有説是大
清淨法語者如來今現在若泥洹後以直心
無諛諂之意一心叉手向説法者諸佛天中
天皆當授其決及少功德者皆當具足得是
法何況樂喜無瑕穢者佛所語無異聞是大
清淨法語少有歡喜信者多不樂聞其有聞
説信歡喜如來已豫見知其人不於一佛所
植諸德本爲悉於億那術佛所積累功德皆
見我説是大般泥洹會當復供養彌勒如來
見彌勒佛來下作佛時當復聞説大般泥洹
經當復見空無菩薩身毛孔出大音聲當復
得方等經當復聞見四童子爾時説是經天
人阿須倫諸世間人當復恭敬揖讓叉手作
禮亦當得師子座於是佛告賢者阿那律汝

寧見四十億天於虛空中聞是經法叉手向我者不對曰唯然天中天已見佛告阿那律是四十億天用是叉手福億阿僧祇劫不歸三惡道各各當一恒沙數更作轉輪聖王一一作聖王常值見佛更是數已然後得作佛號願寂如來無所著等正覺皆同一字爾時於衆會中有力士一名那尼二名羅提三名首羅颰四名叉摩迦樓五名覆呿遨六名波因遮七名阿比他八名維那提九名優多羅十名浮浮樓遮十一名和利前十二名醯犂闍十三名醯梨陀樓十四名叉摩遮一一力士與五百之衆俱悲啼哭往詣佛所稽首作禮泣下交橫白佛言惟世尊我等爲空無菩薩善思議菩薩喜信淨菩薩神通華菩薩及大會諸菩薩及此大經諸大弟子衆叉手揖讓恭敬作禮持是功德求無上正眞道時佛便笑賢者阿難以偈問佛言

佛爲世光明　今何因緣笑　善爲我等解
無數億人疑

於是佛爲阿難說偈言

阿難汝爲見　諸力士之衆　各五百眷屬
發大道意不　爲我叉手恭　及空無童子
一切諸菩薩　於是經尊法　勸助大道意
哀念於一切　各與五百衆　皆當得佛道
無央數億劫　終不歸惡道　觀於叉手者
其福乃如是　我忍住一劫　及數億百劫
諸佛得道時　其國甚快樂　所行至輒尊
其國則豐盛　我忍住一劫　說得未能竟
阿難我今日　於夜中半時　汝爲最後說
見佛人中尊

佛告阿難汝寧見此童子從北方來有大金光曜來者不其威神照於北方草木藥樹樹木莖節枝葉華實宮殿交露山陵谿谷及人非人皆同現爲金色對曰唯然天中天已見阿難汝見北方七寶交露精舍來不對曰唯然天中天已見阿難汝見金交露中結跏趺坐者不對曰唯然天中天已見佛告阿難北方去此六十四億萬佛國有佛名覺跡如來無所著等正覺今現在説法神通華菩薩於彼神變來生此閻浮提欲見我般泥洹時光明所照謂是如來光明威神其七寶交露謂華跡世界其七寶金交露帳中坐童子謂如來也自然作是世界坐此七寶金交露帳中令無央數人具足於德本阿難此佛國有無央數億百千人與此童子植衆德本是童子適生於是佛國悉當令其同輩之衆漏盡意解得住學地於無上正真道得不退轉於是四菩薩往詣佛所同一時前稽首佛足佛告阿難如來所當作者及如來弟子已令一切具足得其所是神通華菩薩以此金交露之變化令七十億人得阿羅漢七十億那術人住學地七十億百人立無上正真道七十億那術人得不起法忍立無數人當值彌勒時

佛説方等般泥洹經卷上

音釋

蠕（而兗切蟲動也）苞（布交切裹也）絺（尹離切）拭（賞職切揩也）悸（其季切心動也）揵沓惒（梵語也亦名乾闥婆此云香陰揵巨言切沓達合切惒音和）搏（補各切手擊也）臏（毘忍切膝端也）號咷（號胡刀切咷徒刀切號咷大哭聲也）跽（巨几切跪同）劇（奇逆切甚也）悚（息拱切懼也）溽

士山切流水貌悒於及切憂悒也鏤盧候切雕刻也窶其矩切貧窶也啻
矢利切止也粗坐五切畧也駊騀駊布可切騀五可切駊騀搖動貌
颰蒲撥切呿遬呿丘伽切遬思鹿切

佛說方等般泥洹經卷下

西晉三藏法師竺法護譯

囑累品第四

爾時賢者阿難白佛言惟世尊住一劫復過一劫所以者何惟天中天如來無所著等正覺在於世者是諸正士來至此我等得見跪拜承事如來般泥洹已後我曹永絕於三處何等爲三佛法僧是等正士爲離三處於是阿難說此語已啼泣躃地於時善思義菩薩爲阿難說此偈言

阿難仁莫啼　萬物皆無常　合會有別離
況人焉可常　於是空無法　阿難何爲啼
咸有聚會者　諸會難得久　佛道亦無得
阿難何爲悲　所合會爲空　慧慧亦復空
若念若不念　一切法無念　無獲虛無有
譬若如野馬　又如化象馬　園果樹木華
巧幻師所現　佛弟子如是

於是阿難以偈答善思義菩薩言

實然如仁言　諸法無所念　我今日當離
違遠於世尊　云何入舍衛　彼問以何答
正覺爲在不　法眼當來不　若入香積山
不見人中尊　但見其空座　何忍住於彼
若出香積山　入迦利精舍　人中尊在中
廣說於四諦　見迦利羅空　無世雄光神
若入音聲園　於中獨啼哭　用不見正覺
馳走趣四方　其淚充滿目　何忍住於彼

爾時喜信淨菩薩爲賢者阿難說偈言

若億歲愁憂　安可有所得　阿難且觀是
法界甚難得　譬如芭蕉樹　葉葉分解之
獲之無所得　萬物皆如是　譬如天雨時

水中之有泡　適起便復滅　萬物亦如是
譬如水之沫　但可以眼觀　獲之不可得
四種亦如是　譬如明鏡淨　影現不可得
三界亦如是　阿難何爲啼
於是阿難以偈答喜信淨菩薩言
非爲不知是　不爲不見是　三界無所有
經常載説此　見是億人衆　淚下皆交流
至我所愁泣　用是益慼慼　今世尊當去
人上忽不現　當於何求索　誰復爲我護
當從誰聞法　深奥難解句　當入何所難
嗚呼佛難值
爾時空無菩薩爲阿難説偈言
阿難起莫憂　觀於法非法　法爲不可得
何緣當有滅　如諸佛生時　得道亦如是
如佛轉法輪　泥洹亦如是　生不生於生
佛道亦無滅　於無生之法　阿難何爲啼
觀我身毛孔　諸所講説業　説佛空無有
法界亦如是
於是阿難以偈答空無菩薩言
仁等各當去　於諸界無憂　當見億諸佛
講説上妙法　我等及億天　周帀相圍遶
比丘比丘尼　共舉聲吁嗟　或從數千里
皆來至我所　號呼聲遠聞　釋師子所在
忉利及焰天　兜術泥摩羅　世尊爲至梵
何時當來下　在閑居三月　人中尊一心
世雄何時起　當復擊法鼓
爾時神通華菩薩爲阿難説偈言
我爲以知是　自期於三月　示現於仁前
阿難可勿啼　我當故爲汝　啓白于如來
令轉第一法　用離釋尊故　諸佛有大哀

當來至人所　阿難勿得悲　人中尊已起
諸天龍尚憂　何況於汝身　如是之光明
乃於世滅盡　佛爲已說是　面從世尊聞
雖住於億劫　諸會猶別離
於是阿難起住佛前三舉聲說此偈言
佛爲一切護　今日當泥洹　世間當復冥
爲以失眼明　國王及尊者　卑廝國勤苦
何忍聞是言　佛當般泥洹　力士力士妻
力士子俱來　悲哀皆啼泣　最後見世尊
諸天龍之淚　周帀五由旬　涕流至于膝
除餘諸人民　難頭和難龍　六十億龍俱
皆來共啼哭　最後見世尊　和陵摩奈龍
娑竭有大力　淚啼一由旬　往詣於佛所
阿耨達龍王　百億衆圍遶　淚涕如車輪
往至於佛所　伊隷鉢龍王　化作大身來
啼泣發洪音　往到於佛所　千億諸鬼神
及百那術衆　前稽首佛足　最後見世尊
諸釋有億千　其衆百那術　前行禮佛足
明眼莫泥洹　於是億梵天　明照是天地
前禮於佛足　願尊住一劫　魔子於彼來
導師自言在　哀念一切故　願尊住一劫
爾時空無菩薩爲釋梵天龍鬼神揵沓惒魔
子導師說偈言
汝等皆無智　但作強法語　已爲放逸行
於今甫啼泣　譬如諸嵩猑　所住於無黠
若人以刀擊　即便懼悲喚　卿等亦如是
一切皆啼泣　若正覺在者　故行放逸行
今日光當去　其智譬如海　卿等當何作
釋尊已泥洹
是時佛告賢者阿那律大迦旃延分耨文陀

尼弗鳩摩迦葉須菩提目呵羅耶大拘絺汝等皆伸臂授如來掌應時十萬比丘伸臂授世尊掌佛以左手受諸比丘掌右手持阿難羅云掌著諸比丘手中我所以親敬阿難羅云囑累汝等爾時即如其像有大自然音其音徧告一佛國其千比丘聞所囑累欲放身命言我等當先般泥洹不忍見世雄般泥洹時也於是佛伸臂向北方應時他方世界五百佛伸手授佛掌佛便持阿難羅云手著諸佛掌中我持所親阿難及子羅云累諸世雄

爾時佛便說偈言

我持子羅云　及侍者阿難　面以此囑累
諸佛之世尊　誰爲無護者　能爲作擁護
獨諸佛世尊　其智無罣礙　今日之夜半
天龍世人民　在閻浮提者　不復得見我
徧觀諸世界　無量難思議　都不見一人
當爲住度者　無央數億劫　譬如恒邊沙
能以一人故　忍住爾所劫　其奉敬佛法
我義度此人　以無恭恪者　億佛不能療

爾時五百佛各欲還其國土受阿難羅云掌已便說偈言

其奉敬諸佛　佛義度此人　所示現濟脫
輙廣弘法鼓　釋師子世尊　滌除諸憂患
飽滿億數人　如天雨潤地

於是阿難羅云爲諸佛跽啼泣悲訴說偈言

願諸大勇猛　勸尊住一劫　諸佛之威神
令明住一劫　令無數億人　得義住正諦
天龍諸鬼神　皆發大道意

爾時五百佛各各還其世界已告賢者阿難羅云言止阿難羅云無憂無悲諸佛天中天

法伸臂者爲已竟若放光明及來若住是爲諸佛之示現也

度地獄品第五

於是佛便三昧右足大指放億那術百千光明一一光明端化作億百千蓮華一一蓮華上化作億百千座一一座上有一化如來坐說法一一如來令億那術百千人立不起滅地時佛復以左足大指放億那術百千光明十足指放十億那術百千光明十手指放十億那術百千光明兩膝放二億那術百千光明兩髕放二億那術百千光明陰馬藏放億那術百千光明齋中放億那術百千光明兩肩肘放二億那術百千光明腦戸放億那術百千光明左右脅放二億那術百千光明四十齒放四十億那術百千光明面放億那術百千光明頂相放億那術百千光明三十二大人相放三十二億那術百千光明兩眉間相放億那術百千光明八十種好一一好各放億那術百千光明一一光明端有化億那術百千蓮華一一蓮華上有化億那術百千座一一座上各有坐如來說法是諸佛世尊不講異義但詠菩薩法品總持金剛行三品清淨力無所畏一一化如來令億那術百千人立不退轉法佛爾時便於雙樹間更化作佛徃至先儒大泥犁放光明其光徧照思想大獄中佛爾時便說偈言

是諸人已解脱　復數數有思想
用習起思想故　令其生於苦惱
於世間有得道　佛世尊放光明
其所說於正法　令滅盡諸苦惱

無所盡無所得　無有起亦無滅
其有知是法者　終不歸於惡道
佛適說是偈竟已應時具足億那術百千人於思想地獄得脫即生忉利天上時佛便復往忉利天上更重說此偈言
是諸人已解脫　復數數有思想
用習思想之故　令其生苦痛中
於世間有得道　佛世尊放光明
其所說於正法　令滅盡諸苦惱
無所盡無所得　無有滅亦無起
其有知是法者　終不歸於惡道
世尊說是偈適竟應時具足億那術百千人聞是法得須陀洹道得神通已便說此偈言
無有起亦無盡　無有生亦無滅
吾之等解於法　得忍道之滅度
其智慧如光明　照知人諸根本
現因緣爲解脫　輒於彼脫人民
滅愁苦得大智　療治於一切人
諸一切佛所療　終不歸於惡道
大光明爲甚疾　於世間而滅盡
億人民被燒炙　令度脫想地獄
於是佛復至燒炙焦煑㪷喚雨黑沙燒人四大地獄中放金色光明徧於一切光明於佛之光明柔輭可意以哀眼視一切施眼令安隱惠戒使清涼作寂定光明皆徧其中其威神尊清淨第一於垢無所染遠離於垢施與於智行大慈念大哀施無限安樂施惠無礙之眼施戒之香照於一切施於法味達於一切已示現於法身施法心之眼斷一切不善之本授與一切清白之法悉壞魔力悉令怖

懼使邪異道皆斷諸見令衆一切得安隱想開於天門閉於惡戸以無盡之德代諸勤苦一心精進行慈悲喜護常導衆人於大無爲施眼耳鼻口身意身一切諸毛孔於大光明說經法柔輭可意悲哀口說尊語

我爲施安於世　我爲脫諸苦痛
我爲衆勤勞者　除若干之苦塵
我之所可說法　照尊光清淨安
一切人聞是法　皆棄捐諸惡道
其有人歸命佛　彼則爲得大利
於億劫生死數　終不墮諸惡道

佛說是偈已應時大地獄一一地獄具足各各億那術百千人得脫生兜率天上用聞是法故悉得阿那含道得神通已便說此偈言

譬如在厄道　有智慧導師　令大衆賈人
度怨賊鬼神　佛所度如是　以光明爲道
免脫億人民　離厄婬怒癡　我等歸命佛
導師放光明　已發慈悲意　得濟諸勤苦
當歸命於法　撫養於我身　僧爲尊重寶
其德難思議

爾時佛往詣合會大合會不可意三地獄中放金色五百萬億那術種光明徧照其中以寂定無人無有萬物無起無滅以布施持戒忍辱精進一心智慧諸度無極用大慈大悲大喜大護以四恩行用如來十力四無所畏諸佛十八法不共如來尊行世慧神足變化說法變化教授變化以用大慧以根力覺意三昧三摩越用一切菩薩之行以無礙佛慧以無礙佛眼以無礙法眼以無礙慧眼以無礙天眼以無礙肉眼以大慈大哀於一切用

一切佛法無上之德用一切如來覺法於彼八億那術百千有命之類悉蒙五百萬億那術種光音除諸勤苦皆得安隱出彼合會大合會不可意地獄得生波羅尼蜜和耶越天聞是法已皆悉得阿那含道於是佛便住於梵天說偈言

諸人無勤苦　則爲第一安　爲說勤苦應
諸想無有念　一切無所想　如於此所說
在三界豈安　數數有生死　其有解空空
彼空乃爲空　其說深縛者　彼能解於空
空者無有起　思想無有界　已見非我法
則爲佛之子　是法爲非吾　亦不可得我
已無吾我者　於何復有喜

佛說是偈已應時彼億那術百千人聞法者心悉斷一切勞塵生死已盡得阿羅漢證便放身命般泥洹我等不忍見世尊般泥洹時

現諸佛品第六

爾時佛於梵天忽然不現即住雙樹間佛心念言今日夜半如來於是當般泥洹人民最後見佛終竟我恥復令衆庶歡悅得安隱想斷諸穢毒令念如來作大善本想離大衆惱得無極慶發大慈大悲棄諸魔事懐來諸佛法皆除裂諸見網悉滅諸塵勞悉捨諸諛諂悉捐諸大見來諸度無極歎詠菩薩之行現諸如來令一切目見作大變化說於佛法於是世尊於師子牀上右脅倚卧如師子無恐懼大尊雄周觀十方以足指按地六返震動十方境界佛即如其像三昧正受一一毛孔出恒邊沙等數之光明一一光明照恒沙等佛國一一光明終不相錯以是之數一切諸

毛孔各各放恒邊沙數之光明放已即如其像三昧正受令一切人眼還得佛眼皆見諸佛國土所有爾時佛告諸比丘言汝等寧見東方縱廣上下各十萬由旬滿其中塵東方諸佛其數如此塵一塵爲一佛皆右脅倚卧所見變化亦如是一切諸佛其所教度皆已周畢悉入力士生地雙樹間皆名爲釋迦文一切皆於師子牀上卧皆當於今日夜半般泥洹汝等寧見東方不可計不可數不可思議無有量諸菩薩行具足往詣佛樹下寧復見無央數得佛道者不寧復見餘無央數轉法輪者不復見餘無央數説法者不復見無有量放壽命者不復見無有限右脅倚卧於師子牀上如我卧者不衆會對曰已見不知其數佛言譬如是三千大千世界上至三十三天下盡地際滿其中塵於汝等意云何寧能有知是塵數者不惟天中天不可計不可量不可稱不可數佛言譬如是三千大千世界更有如是比億百千三千大千世界滿其中塵有如此塵數東方佛國菩薩名釋迦文來詣佛樹下得佛道者數亦如是轉法輪者數亦如是教授説法者數亦如是放身命者數亦如是如我右脅倚卧者數亦如是無起餘於泥洹界般泥洹者其數如是皆名爲釋迦文母名摩耶父名悅頭檀其國名迦維羅衛其世名忍界舍利弗摩訶目揵連尊弟子阿難爲侍者如東方之所有十方亦如是皆爲釋迦文如釋迦之數名提和竭者亦如是名曰提名多羅者亦如是名維衛者亦如是名式者亦如是名隨葉者亦如是名拘樓秦

者亦如是名拘那含者亦如是名迦葉者亦如是是諸佛天中天如是柔輭微妙爲名號出柔輭音聲皆同一號爲釋迦文如來皆以具足肉眼見是尚不足言其所見廣大過此無央數其有居家修道若出家學道令一佛國諸菩薩皆得作佛具足一劫供養此諸佛名復有聞是說現諸佛經品聞已須臾愛樂勸信勝於三千大千世界人民皆得佛共供養具足一切諸菩薩已慧解如是疾近無上正眞道說是經時六十二億菩薩得難具足法如是得護不可思議意不退轉立於無上正眞道十那術菩薩初發大道意立不退轉地無上正眞道三十二億菩薩得不起法忍恒沙數等人斷一切塵勞滅生死證說無央數人當與彌勒會於時弊魔懷毒恨心垂淚白佛惟世尊我本願欲使如來早般泥洹欲令人民不出我界如來無著等正覺所度遂益多若住其壽命令至一劫所度之數不能復過今日之所度也今天中天已空我界於是佛以手兩指取地土用著爪上告弊魔言於汝意云何如來爪上土多大地土多魔白佛言如來爪上土少大地土多不可計也佛言波旬我之所度立於無爲其數如爪上之土其從汝之教者復多於大地土汝當歡喜怡懌人之種如是不可盡無有數佛告波旬汝欲求人種如求空於是波旬卿所當作者便爲之今日夜半如來當般泥洹爾時佛告諸比丘置是諸佛世尊之數置是諸佛世尊國土所有快樂置是諸菩薩之興盛對曰唯然天中天悉在耳佛告阿難若我從一劫至

那術劫作譬合會校計說譬喻法講義說諸佛無有竟時不可竟也無央數諸佛天中天現在者如是如來皆已具足肉眼見復過是所見不可限於是佛告諸比丘如來爲一切所當爲者已度一切矣無有不度之想名如毛髮所以者何故告汝等爾時佛即如其像三昧現神足令是諸佛世尊所說經悉使此刹人聞聞是法者恒沙等人立於三乘十億百千人得無上正眞道十億千人立緣覺道其餘者皆放身命

佛國淨品第七

爾時佛以三十二大人相八十種好及八千種好十億聲六十億那術百千種語無限億那術百千種具足音受持諸佛法之相如來寂定如來十力如來四無所畏如來四神足如來四解智諸佛十八法不共如來世上行悉令面見諸法於是佛所說法即現是三千大千之世界平等如掌無沙礫石但有摩尼眞珠瑠璃琥珀硨磲金銀三千大千世界周帀有諸寶殿無央數宮珍寶交露摩尼宮殿交露徧有明月珠樹明月珠蓋明月珠幢旛明月珠舍明月珠座具足三千大千世界周徧八方有八交道以金銀瑠璃水精硨磲碼碯象腦琥珀寶赤車釭寶吉祥福寶月光明寶踰日寶阿牟勒寶鳩彌勒寶味寶碧英寶以比衆寶轉相裝校爲樹爲蓋幢旛其樹根莖節枝葉華實熾盛旛蓋麗妙有器樹衣樹瓔珞裝飾被服果樹滿無空缺有赤栴檀紅栴檀染栴檀月栴檀語栴檀天栴檀作味栴檀汗勒栴檀蜜香黑妙香有蔓陀勒華大蔓

陀勒華巾迦勒華大巾迦勒華麤華大麤華柔輭華大柔輭華度晝華大度晝華波羅棃華大波羅棃華善憂波羅棃華月華大月華周徧月華模華大模華周徧模華善敬模華蓋華大蓋華周徧蓋華懼生華大懼生華周徧懼生華周帀徧滿是三千大千世界無空缺皆有珍寶蓮華有九十九億那術百千殿舍青瑠璃黃金琥珀碼碯以爲殿舍吉祥福寶摩尼寶以爲車有輭妙衣垂掛車上周帀徧是三千大千世界三千大千世界有數自然師子之座一切樹下皆有自然師子座以好綩綖錦繡綾綺上妙衣服以爲坐具有雜色綢幔其文交錯狀如綬紛或以黃金焰光摩尼以爲裝校一切諸師子座有坐菩薩三十二相嚴飾其身是三千大千世界周帀徧布赤珠青珠白珠有赤栴檀之辦香蜜香黒妙香散以粟金於是三千大千世界上虛空中徧有摩尼珠綢幔出天之妓樂音聲以珠掛諸幔上以妙貫珠寶貫珠師子賴珠颰蹉賴買珠以金縷交錯爲係以金種種莊嚴爲寶帳幔以純金爲帳幔是三千大千世界周帀下盡地際上至三十三天以摩尼寶徧以紫磨金周帀爲莊嚴從黃金帳出無央數億那術百千之好音聲空無相無願聲非常苦空非身之聲寂定戒三昧智慧解脫度知見聲調損忍辱慚愧聲慈悲喜護安詳奉行聲布施聲度無極聲持戒聲持戒度無極聲忍辱聲忍辱度無極聲精進聲精進度無極聲一心聲一心度無極聲智慧聲智慧度無極聲神通聲神通度無極聲菩薩行聲懷來菩

薩使至不退轉地聲菩薩得不起法忍聲一切諸佛法聲如須摩提國阿彌陀佛光明如阿揷佛世尊及與香王國所有爲上妙如寶香天中天如法焰光佛國土之世雄如摩尼王世尊如日寶藏又若日寶藏如音響王佛如善覺佛如須彌劫正覺佛國興盛安樂釋師子國土興樂亦如是用哀一切故示現般泥洹人得知無疑世尊剎貧窮用哀是等故示現國快樂如一切諸佛尊行佛道事釋師子剎如是毛髮無異無增無減又若一切佛國土之快樂嚴淨好釋師子剎如是毛髮而不差異

天菩薩品第八

爾時賢者阿那律啼泣悲哀便說是偈言

好如月盛住虛空　若日柔輭千光明
譬火摩尼照一切　世尊不復入教授
誰當復護諸世間　無央數人流生死
一切世間復盲冥　用世尊入樹間故
一切三界群生類　諸所得安及快樂
悉蒙佛法及尊僧　用荷哀傷得撫養
善釋師子巧醫王　療治憂苦度彼岸
免濟一切諸勤苦　法王入於雙樹間
一切世間當狂亂　用不見佛釋師子
除無央數婬怒癡　人民瞑眩頓躃地
天中之天滅生死　金翅龍鳥皆歸命
鬼阿須倫摩睺勒　世尊去後皆墮冥
無有婬欲離慢塵　照四方明爲已滅
一切世間當大冥　佛般泥洹當奈何

阿那律說此偈已應時有諸異天乘車來者獨乘者乘象者乘馬車者在交露車者在座

上者在殿上者在㯝牖者在交露帳者在户上者在半月上者在梯陛上者各從所乘各從在所下下已啼泣呼嗟往詣力士所生地到佛所稽首佛足或有天散優鉢青蓮黄白諸華或有散雜栴檀或有天自取寶冠寶珥手著之寶及以天衣持散佛上供養於佛於是賢者羅云啼泣悲哀說偈言

功德特異慧無量　爲衆所奉開迷亂
除一切惡勤勞憂　入於力士所生地
佛爲福地衆所仰　尊爲醫王滅諸病
尊相好好如蓮華　尊今寢卧於樹間
佛喻日月諸世間　無量之曜消天光
佛爲法主過須彌　度脱億人勤苦惱
佛入空法寂無有　第一無想度彼岸
尊棄一切世間願　法王已入諸樹間
世尊之眼滅世冥　三達無礙去來今
佛爲導師度生死　佛用哀故寢樹間
尊師子吼出妙聲　佛所語明如月照
佛輭音響衆喜樂　佛用哀故寢樹間
賢者羅云讃十力　即便瞑眩尋躃地
於地宛轉自擗撲　法王加哀莫泥洹

尊者羅云說此偈已應時東方不可議無央數不可稱無涯底世界諸佛天中天國不可計無央數不可思議無有限諸菩薩啓辭諸佛來至此剎欲見如來般泥洹及諸大會菩薩欲見如來稽首跽拜承事供養諸菩薩來所經世界無數無量一切天宫天妓樂不鼓自鳴雨於天香天華彼諸世界諸天子有大德學大乘者及諸天王龍王鬼神阿須倫王迦留羅王真陀羅王摩睺勒王皆侍從諸菩

薩來供養者菩薩以諸寶自裝校來者或以天子被服來者或以第六天子被服來者或以梵天被服來者或以自在天子被服來者或以善化天子被服來者或以兜術天子被服來者或以天帝釋被服來者或以日天子被服來者或以月王被服來者菩薩入摩尼寶殿舍中結跏趺坐來者或入摩尼寶宮中坐來者或入摩尼寶交露帳中坐來者復有菩薩入香殿香宮香交露帳中結跏趺坐來者或入紫磨金殿或入一切寶殿或入一切寶交露帳中結跏趺坐來者復有菩薩入赤栴檀殿入一切栴檀殿舍中結跏趺坐來者復有菩薩入七寶華殿或入月光照明踰日月摩尼寶殿或入如意寶珠殿或入如意寶珠宮或入如意摩尼寶交露帳中結跏趺坐來者諸菩薩以三十二相裝飾其身有無數光明不可思議之光曜無數廣大光明其光明除一切人勤苦令一切得善想光明除一切地獄餓鬼畜生光明將一切詣善道光明令身有福功德相端正姝好見者歡喜愛其色則無與等者其色爲一切所觀視有梵聲柔輭音響令諸道歡喜音恐諸魔音益一切人音出諸法諸福德音滅除一切惡出無量法明音彼有菩薩大士雨諸寶天華徧三千大千世界往詣如來或雨衣者或雨瓔珞莊飾者或雨蓋者或雨旛綵者或雨雜栴檀者或雨紫磨金者或雨蓮華者或雨如意珠者或雨踰天所有諸寶者徧三千大千世界下詣如來或有菩薩化作諸寶裝飾蓋如三千大千世界踰諸天寶用供養如來有菩薩以

諸瓔珞莊嚴如三千大千世界作蓮華細根青瑠璃硨磲琥珀吉祥藏寶以爲車如意珠車皆悉周徧焰光珠摩尼黄金以一切爲莊飾或有化作一宫殿如三千大千世界或有化作踰天諸寶交露帳如三千大千世界以焰光珠黄金一切爲裝校或有化作清淨處如三千大千世界甚大不可計無央數不可思議無有量無涯底所化乃如是以供養如來無所著等正覺八方上下來如是不可計不可數不可思議無有量諸菩薩來供養佛是諸菩薩皆同時前稽首佛足遶世尊三帀各從其所方來化作大蓮華師子座諸寶焰光珠黄金爲莊校一一菩薩各爲佛於雙樹間化作師子座以無量清淨踰天衣敷其上以無央數種種色無量色不可計色不可計億那術百千色踰天上諸所有以爲裝校焰光珠黄金諸寶紫磨金以爲帳而莊嚴踰天上香而爲芬熏令諸惡道爲善本想令一切歡喜怡懌如一菩薩所作莊飾諸菩薩皆亦如是一一菩薩各各所化不相雜錯所以者何寂定無諛諂於諸法無所著譬如如意珠於諸塵垢無所染汙學善權方便於諸法所念清淨得諸尊慧法如身所行口亦如是爲大布施主住於法無所著是諸菩薩皆歎如來本求道不可計無央數不可量不可稱勸苦行以義示現

如來化説法品第九

爾時賢者阿難以偈讚佛言

眼明淨好如月滿　十力神足慧無塵
爲天龍王所供事　今日世尊入樹間

若佛衆總入大城　世雄以足蹈門閫
則動天地至六返　放其光明徧佛國
琴瑟簫鼓諸樂器　不鼓自出柔輭音
師子虎鹿及野牛　諸龍大象止雪山
哮吼跑陸心歡喜　皆有慈音向如來
其聲可樂勝衆寶　諸牛那術及百千
見佛光明皆踊躍　得安無量樂無數
鵜鶘鸕鷀鴈拘逸　叉羅瞻無無數衆
於鐵圍山鳥鸚鵡　鳴喜欣欣至佛所
人本所失諸寶藏　皆還得之至世尊
諸瞋恚者悉慈心　以清淨意奉事佛
天於虛空雨天華　文羅蓮華有千葉
諸宮婇女及天子　各爲供養於世尊
色淨如是當不現　佛今泥洹當奈何
譬如犢子斷母乳　斷絶擁護爲甚劇

十力從本無塵垢　已離生死爲衆祐
諸世雄界爲自在　其壽得住不減劫
誰爲光王踰日月　誰當有力喻鐵圍
誰當忍辱等如地　世尊導人使離塵
當以精進及一心　智慧示現度一切
若子億世與母離　暫得一會便復別
子愁思親四方求　世尊泥洹我亦爾
愁憂勤苦無復樂　見佛經行及坐處
及見講堂以精舍　奈何斷無吉祥德
讚歎十方法施人　無量勤苦賢釋子
即便躃地逢宛轉　我最意見月善月

爾時世尊以一切持句三昧正受作安隱行現三昧善說三昧雷雨三昧師子響三昧光耀響三昧威神光明三昧放光明三昧微妙句三昧力三昧力句三昧無量力三昧意特

照明三昧起世有三昧鼓響三昧月三昧大月三昧周帀月三昧月響三昧上月三昧藏三昧諦藏三昧瑠璃藏三昧觀視三昧無量觀視三昧徧照一切十方三昧除一切疑光明三昧至誠三昧諦至誠三昧至語三昧說一切行三昧所說諦至誠三昧無量三昧寂定三昧寂定句三昧諦寂定語三昧布施三昧諦布施三昧大布施士三昧光明三昧善光明三昧大光明三昧無量光明三昧照明句三昧斷一切疑光明三昧說諸善本三昧除說諸疑結三昧諦說見三昧於是斷疑三昧善施廢解三昧作諸佛三昧現於一切行三昧善說一切行三昧善說轉法輪三昧善開度其處三昧以是善說現在諸佛慧三昧正受所住處一一毛出不可計不可說不可稱不可量無涯底億那術百千光明一一光端化無央數不可計議無量浴池一一浴池化作不可計議無數無限億那術百千蓮華一一蓮華上化作不可計議無數無限億那術百千座一切諸座上皆有如來坐說法一一化如來所開導人使立不退轉地住於佛法其數如蓮華上所坐化佛得須陀洹斯陀含阿那含阿羅漢一一各如是緣覺之數及不退轉立善本者其數亦爾生天上者數亦如是不復墮苦諸浴池際各有四寶樹無數莖節枝葉華實一一莖節枝葉華實上化作無數不可計議不可稱量如來化出坐師子座上說法度脫一切其數如化樹上如來之數開度一切已便說此偈言

衆祐人中尊　諦覺於一切　人見歡喜者

皆棄捐惡道　其久有神通　世雄難得值
如優曇鉢華　其色可意好　其欲供養佛
及奉事我身　彼聞是經法　其心當歡喜
其欲見現在　世尊人中上　世光明威神
當信樂吉祥　其當來諸佛　以光導御人
欲見是世尊　當信是吉祥　其有求大乘
彼則有大利　聞是經法已　則奉侍於佛
其目得清淨　及耳鼻之根　身口意諸根
爲斷無所受　三昧戒清淨　智慧解脱淨
解脱示現智　脱現爲至誠　解於一切法
於我無所起　所知無所滅　即不憂諸響
諸化如來説此偈已應時不可計人立於三
乘無數世界人民皆得一心無數佛國諸地
獄皆滅盡諸畜生皆脱勤苦餓鬼皆得安隱
爾時佛入量寶三昧正受如來住是三昧者

隨一切人所欲得寶則如其意見佛國寶皆
悉在前見諸佛樹以寶裝飾隨意所好所欲
見色則見諸郡國縣邑及國人民即如意見
滿諸佛國盡形壽見所欲裝飾則如意見男
子女人小男小女瓔珞裝飾亦復見諸天龍
鬼神揵沓惒阿須倫迦留羅眞陀羅摩睺勒
所欲服飾所欲食飲所欲舍宅如意所好皆
見皆得佛告阿難有三昧名慧行諸佛世尊
住是三昧隨人所欲得三昧如意即見一切
人願阿難諸佛世尊有三昧名無量過度三
昧吉祥威神隨人所欲得萬物即如意在前
得萬物已供養如來阿難諸佛世尊有三昧
名眼住是三昧時令一切人不復習欲樂道
德欲於婬欲不淨想不復習也於夢中亦不
樂阿難諸佛世尊有三昧名意慚愧住是三

昧時令諸佛國中人民皆有媿心無恚亂意阿難諸佛世尊有三昧名目主住是三昧盲者得目阿難諸佛世尊有三昧名無憂主住是三昧時若入城令一切人無復憂患阿難諸佛世尊有三昧名神通主住是三昧令無神通者飛行虛空神足能高七樹阿難諸佛世尊有三昧名世光耀住是三昧時盲者得見世尊阿難諸佛世尊有三昧名受清淨住是三昧時足蹈門閫令諸天龍鬼神揵沓惒王阿須倫王迦留羅王真陀羅王摩睺勒王釋梵於彼稽首禮佛阿難諸佛世尊有三昧名過師子英住是三昧時諸外異道適見如來威神皆降伏自歸阿難諸佛世尊有三昧名金剛光明住是三昧足蹈地時三千大千諸鐵圍大鐵圍山須彌山王及黑山諸溝坑谿谷山林及地皆正高者爲卑丘墟爲平其地柔輭譬如好衣阿難諸佛世尊有三昧名伏諸魔力住是三昧時令諸魔恐懼怖懅不安各各不樂其宮舍怖懼不止至于見佛歸命如來稽首佛足阿難諸佛世尊有三昧名無恐懼住是三昧時令一切人無傷害意相向無諸恐懼亦無憍慢阿難諸佛世尊有三昧名妙句住是三昧時令諸世界人無有食者得諸無數種種之味阿難諸佛世尊有三昧名顏色住是三昧時令一切人得好妙色不復多病阿難諸佛世尊有三昧名爲他故令無衣者得自然衣住是三昧時拘閉獄者皆得解脫諸在厄難者令免難苦得諸安樂慳貪者喜布施惡戒者住淨戒恚怒者立忍辱懈怠者使精進斷諸不善法習增善法亂

意者令得一心悉智者得淨智慧阿難諸佛世尊有三昧名説無意行善説句住是三昧時諸憂愁者悉令喜踊阿難諸佛世尊有三昧名二光住是三昧時於去來今諸法無所罣礙無有不等示現智慧阿難諸佛世尊有三昧名於諸法無諛諂便去住是三昧時令諸菩薩大士得不起法忍佛説如是賢者阿難諸尊弟子十方諸會菩薩諸天龍神世間人民爲佛作禮而去

佛説方等般泥洹經卷下

音釋

跪渠委切　芭蕉芭伯加切蕉即消切　猑頻脂切正作貔　恪苦各切謹也　齋徂奚切與躋同　焦俯九切蒸焦也　懌[illegible]益切悅懌也　釭古紅切壁帶也　綩綖綩於阮切綖音延綩綖坐褥也　幔莫半切幕也　綬時酉切組綬也　辦蒲莧切　瞑眩瞑彌箭切眩黃絹切瞑眩憒亂也　翅式利切金翅鳥名　擗毘亦切拊心也　姝昌朱切美也　哮吼哮許交切吼呼口切哮吼怒聲也　跑薄交切足跑地也　鴹鶡鴹與章切一足鳥也鶡胡葛切似雉鳥也　蓬蒲紅切草名

大悲經

高齊天竺三藏那連提黎耶舍共法智譯

清刻龍藏佛說法變相圖

大悲經卷第一

高齊天竺三藏那連提黎耶舍共法智譯

梵天品第一

如是我聞一時佛在拘尸那城力士生地娑羅雙樹間爾時世尊臨般涅槃告慧命阿難言汝可於娑羅雙樹間安置敷具如師子王右脅卧法吾今後夜當般涅槃阿難我已究竟涅槃斷除一切有爲言說我已作佛事已說甘露無有窟宅寂滅定甚深微妙難見難覺難可測量明智所知諸賢聖法我已三轉無上法輪若有沙門婆羅門若天若魔若梵若人以世共法無能轉者我已擊法鼓吹法螺建法幢置法船作法橋降法雨我已光照三千大千世界滅除大闇開示衆生解脫正道充益天人所應度者皆悉已度我已降伏

一切外道及諸異論動魔宮殿摧魔勢力大師子吼作諸佛事建丈夫業滿本誓願護持法眼教大聲聞授菩薩記為於未來佛眼不斷故阿難我今於後更無所作唯般涅槃爾時阿難聞是語已為憂箭所射極大愁惱悲泣流淚白佛言世尊婆伽婆涅槃太速修伽陀涅槃太速世間眼滅世間孤獨世間無救無有導師爾時佛告慧命阿難止莫憂悲阿難生法有法有為法壞法若不滅者無有是處我昔告汝一切所愛稱意等事必有離散阿難汝已慈心不二心無惡心及與身業孝養隨順而無限量侍養於我阿難若復天人阿脩羅等給侍供養聲聞緣覺若滅一劫若滿一劫若復給侍供養如來於一念頃其福多彼汝已供養大神通佛乃至般涅槃當得大福廣大功德猶如甘露第一甘露最後甘露究竟涅槃是故阿難汝莫憂悲爾時阿難憂悲抆淚即為如來於雙樹間猶如師子右脅卧法安置敷具即時三千大千世界所有樹木藥草叢林皆向如來涅槃方所有欲倒者有傴僂者有欲至地者有躃地者於此三千大千世界所有泉流大河小河泉池陂湖佛神力故止不流動三千大千世界所有禽獸佛神力故默然而住不鳴不食三千大千世界所有日月星宿火光明珠乃至螢火佛神力故皆不顯現無有光明不能照曜三千大千世界所有猛火佛神力故皆悉止息不然不熱不能燒炙三千大千世界所有一切地獄猛火佛神力故皆悉清涼彼諸地獄所有衆生於刹那頃佛神力故皆得安樂三千

大千世界所有畜生一切皆起慈心愍心不相瞋惱加害斷命一切餓鬼皆不饑渴一切衆生佛神力故身心踊悅離苦得猗具足稱意第一安樂當於世尊右脅卧時三千大千世界於中所有須彌山王鐵圍山大鐵圍山目眞隣陀山香山雪山及諸黑山大地大海一切皆悉六種震動所謂動涌起震吼覺三千大千世界一切風輪皆不鼓動一切衆生於刹那頃捨諸作業得猗而住離於睡眠心無散亂欲作皆息默然無聲三千大千世界所有天龍夜叉乾闥婆阿脩羅迦樓羅緊那羅摩睺羅伽梵天釋天護世王等佛神力故各見宮殿牀座園林皆悉闇昧無復威光不生愛樂彼等眷屬憂煩不樂千世界主梵天王三千大千世界主大梵天王高心自恃作如是念作如是解念此世界及諸衆生是我所作是我所化彼三千大千世界主大梵天王佛神力故見己宮殿及牀座等闇昧無光不生愛樂摩醯首羅淨居天等亦復如是爾時三千大千世界主大梵天王作如是念是誰力故而現此相令我不樂宮殿牀座是時大梵天王遍觀於此三千大千世界中造作富貴大自在主如來應供正遍知今日後夜當般涅槃是故現此神力變化不可思議未曾有事此之神力正是如來入涅槃相時大梵王作是念已憂愁不樂戰悚毛豎極疾忽忽梵衆圍繞共詣佛所其三千大千世界諸餘梵天皆悉已曾信受聖法安住聖法爾時三千大千世界主大梵天王到佛所已頭面作禮而白佛言唯願世尊教勑於我云何而

住云何修行作是語已如來即問大梵王言梵天汝今實作如是念言我是大梵天我能勝他他不如我我是智者我是三千大千世界中大自在主我造作衆生化作衆生我造作世界化作世界不大梵天言如是婆伽婆如是修伽陀佛言梵天汝復爲誰所作爲誰所化時彼梵天默然而住佛見梵天默然住故而復問言梵天有時三千大千世界爲劫火焚燒焰熾烔然於意云何是汝所作是汝所化耶時大梵天而白佛言不也世尊佛言梵天如此大地依水聚住水依風住風依虛空如是大地厚六百八十萬由旬不裂不散梵天於意云何是汝所作是汝所化耶梵天言不也世尊佛言梵天此三千大千世界百億日月流轉之時梵天於意云何是汝所化耶梵天言不也世尊佛言梵天有時日月天子不在宮殿宮殿空虛梵天於意云何是汝所作是汝所化是汝所加耶梵天言不也世尊佛言梵天如是春秋冬夏時節於意云何是汝所作是汝所化是汝所加耶梵天言不也世尊佛言梵天如是水鏡酥油摩尼玻瓈及餘淨器現諸色像所謂大地山河樹木園苑宮殿舍宅聚落城邑駝驢象馬麞鹿鳥獸日月星宿聲聞緣覺菩薩如來釋梵護世人非人等種種色像梵天於意云何是汝所作是汝所化是汝所加耶梵天言不也世尊佛言梵天如是山崖深谷大小諸鼓歌舞等戲麞鹿鳥獸人非人等所出音聲梵天於意云何是汝所作是汝所化是汝所加耶梵天言不也世尊佛言梵天如諸衆生於其夢中見

種種色聞種種聲齅種種香甞種種味覺種種觸知種種法作種種戲種種啼哭呻號怖畏苦樂等受梵天於意云何是汝所作是汝所化是汝所加耶梵天言不也世尊佛言梵天如四姓人端正醜陋貧窮巨富福德多少善戒惡戒善慧惡慧梵天於意云何是汝所作是汝所化是汝所加耶梵天言不也世尊佛言梵天一切衆生所有怖畏苦切惱害所謂水火刀風崖岸毒藥惡獸怨讎人非人畏及以種種加害於他常有怖畏梵天於意云何是汝所作是汝所化是汝所加耶梵天言不也世尊佛言梵天衆生所有種種疾病所謂風冷熱病及諸雜病時節代謝四大相違若他所作若先業報所謂眼耳鼻舌身病若復衆生種種心意熱惱等苦梵天於意云何是汝所作是汝所化是汝所加耶梵天言不也世尊佛言梵天衆生所有曠野險賊水火等難或復中劫刀兵疫病及以饑饉梵天於意云何是汝所作是汝所化是汝所加耶梵天言不也世尊佛言梵天衆生所有愛別離苦所謂父母兄弟姊妹宗親善友離別之苦梵天於意云何是汝所作是汝所化是汝所加耶梵天言不也世尊佛言梵天衆生所作種種惡業所謂販賣生口酒麪紫礦壓油之具若入大海曠野險處遊行諸方若諸仙方術及餘種種斷事之法梵天於意云何是汝所作是汝所化是汝所加耶梵天言不也世尊佛言梵天衆生所作種種業道以是業因受於地獄畜生餓鬼人天之報衆生所有若身口意善行惡行及世間所有十惡業道於

諸衆生都無慈愍作諸苦惱不利益事墮惡道因緣所謂殺生偷盜邪婬妄語兩舌惡口綺語貪瞋邪見梵天於意云何是汝所作是汝所化是汝所加耶梵天言不也世尊佛言梵天衆生所有種種苦事所謂斬首截其手足刵劓耳鼻節節支解熱油所灌火炙熬煑刀劍矛矟斫刺鞭打繫閉牢獄鬭諍言訟梵天於意云何是汝所作是汝所化是汝所加耶梵天言不也世尊佛言梵天衆生所作婬欲邪行或婬母女姊妹淨持戒者及餘惡業梵天於意云何是汝所作是汝所化是汝所加耶梵天言不也世尊佛言梵天衆生所有種種殺害厭蠱起屍呪術方藥鬼魅所著及餘種種惡業方便斷命因緣梵天於意云何是汝所作是汝所化是汝所加耶梵天言不也世尊佛言梵天世間所有生老病死憂悲苦惱無常法盡法變易法於四姓人無所忌難能令一切所愛無猒種種之物敗壞離散梵天於意云何是汝所作是汝所化是汝所加耶梵天言不也世尊佛言梵天衆生所有貪瞋癡障結使纒縛及餘種種苦惱所縛以是因緣令諸衆生堅著瞋怒迷惑心故造作無量種種業行梵天於意云何是汝所作是汝所化是汝所加耶梵天言不也世尊佛言梵天所有三惡趣地獄畜生餓鬼其處衆生爲種種事受諸苦惱梵天於意云何是汝所作是汝所化是汝所加耶梵天言不也世尊佛言梵天一切所有若種子生無種子生樹林藥草若水陸生華果香樹種種勝味甘苦鹹辛酸澀之味隨諸衆生所喜不喜作損益

者梵天於意云何是汝所作是汝所化是汝所加耶梵天言不也世尊佛言梵天五道流轉生死成壞所有衆生無明覆蓋與愛結相應馳走流轉始終難知及未來生死流轉不斷其處人天若魔若梵沙門婆羅門此等世間如亂絲纏縛常馳流轉彼此往來此諸衆生於流轉中不知求出梵天於意云何是汝所作是汝所化是汝所加耶梵天言不也婆伽婆不也世尊佛言梵天汝從何因作是念言此諸衆生是我所作是我所化是我所加所有世界是我所作是我所化是我所加耶梵天言世尊我以無智邪見未斷顛倒心故常於如來所說正法不聽受故我本曾作如是惡見如是惡說此諸衆生是我所作是我所化所有世界是我所作是我所化世尊我今還復問佛此義所有世界是誰所作是誰所化一切衆生是誰所作是誰所化是誰所加是誰力生佛言梵天所有世界是業所作是業所化一切衆生是業所作是業所化業力所生何以故梵天無明緣行行緣識識緣名色名色緣六入六入緣觸觸緣受受緣愛愛緣取取緣有有緣生生緣老死憂悲苦惱故有如是大苦聚集梵天無明滅乃至憂悲苦惱滅更無作者使作者安置者唯有業有法和合因緣故有衆生若能離此業法和合當知是人則能遠離生死流轉梵天如是世間業盡煩惱盡苦盡苦息如是出離是名得於寂定涅槃梵天於彼誰得涅槃若業是業盡若煩惱是煩惱離若苦是苦息如是等法以諸佛神力故諸佛所加故有何以故梵天

若非諸佛出世顯説則不聞有如是等法梵天若諸佛世尊出興世時得有顯説如是寂定甚深難覺光明法門若諸衆生得聞生法從生得解脫得聞老病死憂悲苦惱法從彼老病死憂悲苦惱法而得解脫梵天是故諸佛現作是加梵天諸佛作是開示顯説所謂諸行猶如光影無常動轉不定不究竟盡法變易法假使諸佛滅度之後正法隱没亦復如是示現所加所謂諸行猶如光影若佛不現一切諸行於刹那頃如光影者則不應説一切諸行猶如光影如夢如響梵天諸佛以知一切諸行猶如光影如夢如響無常動轉盡法變易法故説言諸行猶如光影如夢如響智者於彼觀其相已以其相以其攀緣因緣義故得知諸行無常動轉盡法變易法破壞離散時節代謝於刹那頃乃至日夜半月乃至一月一歲乃至百歲一劫乃至百劫一切盡壞有大火聚然已還滅有大水聚流已還止有大猛風吹已還息世界大地有已還無有諸大山所謂鐵圍山大鐵圍山須彌山及諸黑山等有已還無日月星宿及諸眷屬有已還無不明不照而復墮落諸天宫殿有已還滅諸有王都城邑聚落樹林園池可樂之事生已還滅諸天人等生已還滅滅已復生諸有智者見其相已心生猒離以此諸行無常離壞變易盡故以平等信心捨家出家得知諸行猶如光影如夢如響及見水中日月星宿等諸光已以彼相以彼攀緣因緣義故得到菩提有諸智士蒙佛教勑及善友教授或自思惟得知諸行猶如光影如夢如響

生於信心捨家出家或有得證須陀洹果斯陀含果阿那含果阿羅漢果若大乘人或得初忍或得第二第三忍及能得到無上菩提假使諸佛滅度之後於世間中亦復如是說法流行若諸衆生得聞法已於三乘得度所謂聲聞辟支佛乘一切種智無上大乘梵天汝應當知此法次第亦是諸佛之所加也是故智者見其相已心生猒離能知諸行是無常苦動轉不定盡法變易法猶如光影如夢如響梵天此等亦是諸佛境界諸佛所加有諸衆生已曾修行因成就者得聞如是正法聲已於如來所思念敬信一切諸行無無常滅猶如光影如夢如響有諸衆生於諸佛所曾修梵行者或有在家受禁戒者以是因緣解知如是一切諸行無常壞滅猶如光影如夢如響知已生信捨家出家諸佛世尊雖未出世以有如是諸佛加故以諸佛所種善根故得到菩提梵天應如是知此等皆是諸佛境界諸佛所加梵天此三千大千世界非梵剎土亦非外道六師剎土唯是我等諸佛剎土梵天我昔於此無量百千億那由他阿僧祇劫修菩薩行無量阿僧祇諸如來所種無量阿僧祇善根淨持禁戒若修梵行及修無量百千億那由他難行苦行攝此佛土修治令淨如諸衆生所修善根隨其所堪而清淨者隨其時器應得度者我於長夜以四攝事攝此衆生所謂布施愛語利行同事彼等以我誓願力故生此佛土聞我說法即能信解不復歸信梵釋護世諸天王等梵天應如是知此是佛土非是梵釋護世剎土亦非外道

六師剎土爾時娑婆世界主大梵天王及百千梵衆現憂愁相作如是言諸佛世尊通達希有勝妙之法是三千大千世界主大梵天王於如來所生希有心諸佛希有乃有無量不可思議無盡境界大梵天王即時歸依爲佛弟子於世尊所請求教勑作如是言娑伽婆是我大師修伽陀是我大師唯願世尊教勑於我云何而住云何修行佛告梵天此三千大千世界是我佛土我今以此付囑於汝汝當順我勿使眞道善眼令有斷絶無上佛眼法眼僧眼令有斷絶莫作末後滅法人也梵天當有長子童眞彌勒菩薩摩訶薩從佛口生從法化生大悲憐愍爲欲利益一切衆生欲令得樂欲令安隱彼亦於此三千大千世界如法補處如我居此等無有異汝旣現在隨順我教亦應順彼勿令如是眞道法母佛眼法眼僧眼而有斷絶何以故梵天乃至如是法母不斷者隨其時節佛眼法眼僧眼得不斷絶釋梵天眼人眼解脫眼乃至涅槃眼得不斷絶梵天是故我今付囑於汝我此佛土三千大千世界梵天我已教勑汝應隨順莫作末後滅法人也爾時三千大千世界所有梵天大梵天彼等一切先於聖法已得正信彼三千大千世界主大梵天王即時於聖法中深得正信

商主品第二

爾時有魔子名曰商主已於佛所深得敬信聞佛涅槃心懷憂惱顫悚毛豎速詣佛所到已頂禮退住一面而白佛言唯願世尊憐愍衆生安樂衆生救護世間憐愍利益諸天人

故住世一劫莫入涅槃我亦憐愍諸天人故如是勸請世尊勿使衆生盲冥太速無有說者無導無救無依無趣爾時商主作是輪已佛即告言商主汝父波旬先已請我令入涅槃作如是言婆伽婆入般涅槃修伽陀入般涅槃婆伽婆今者正是入涅槃時商主汝父波旬如是請我我隨彼意許入涅槃商主以是因緣我今時至稱其所許故入涅槃商主復言世尊是魔波旬非是我父非我善友常求殺害是我怨家大惡知識常欲令我不聞樂事和合安隱但作毀壞不欲利益世尊是魔於我極欲作惡毀謗天人作大怨讎常於如是慧炬慧光大智明燈求欲滅之世尊若有正實語人作如是言諸天人中有一極毒惡人出於世者當知即是魔波旬也世尊若有正實語人作如是言有人不爲益已身故不益他故不益多衆生故而發心者當知即是魔波旬也世尊若復有正實語人作如是言有人不爲憐愍利益天人魔梵阿脩羅沙門婆羅門一切世間故又不欲令和合安隱故欲令退落受苦惱故而發心者當知即是魔波旬也世尊我親從佛聞如是說有二種人一者如法二者非法當知世尊所許波旬入涅槃者是不如法唯願世尊於此所許莫生堅著但爲憐愍利益安樂諸天人等一切衆生捨此所許住世一劫若佛久住諸天人等利益安樂是故世尊莫速涅槃佛告商主善哉善哉若令衆生得利益者正應如是商主若人供給灌頂登位刹利大王或有供給王子大臣或有防護國土城邑聚落等者是

人從其剎利王所得大榮爵受於福禄其剎利王常於此人及其子孫親友眷屬亦寵福禄擁護蔭覆商主汝今若於如來應供正遍知無上法王所心生淨信以淨信故如來則當慰喻於汝與汝福報我今慰喻汝者以汝佛所心生淨信種善根故如是應知商主汝當以此淨信善根於我滅後未來世中作辟支佛名曰悲愍商主我涅槃後正法滅已是魔波旬得大喜悦以喜悦故墜落魔宮墮於阿鼻大地獄中具受無量種種苦惱何以故以魔波旬於是大勝慧燈慧光隱滅之時生大喜故商主若有正實語人作如是言有人爲自害故爲自壞故與已作惡故而發心者當知即是魔波旬也何以故商主我滅度後乃至有是正法住世隨其時節是魔波旬得住魔宮我法滅已是魔極大喜踊欣慶得大稱意於剎那頃墜落魔宮墮阿鼻地獄商主譬如有人上於大樹其樹華果悉以具足是人取其稱意華果旣受用已還復折其所住之枝商主於意云何是人爾時住彼折枝得住樹不又於其樹受安樂已還折其枝可名有智不商主言不也婆伽婆不也修伽陀佛言商主魔亦如是常希如來應供正遍知入涅槃故常樂隱滅如來所説正法毗尼故商主乃至正法住世是魔波旬於其時節得住魔宮我法滅時其魔波旬生大踊悦喜慶稱意故墜落魔宮墮阿鼻地獄商主喻如彼人於其樹上而自害故勤作是事魔亦如是爲自害故爲害他故爾勤發心商主魔於後時墮阿鼻地獄受大苦痛如奪命苦爲苦觸已

當念我言如來應供正遍知是眞語者實語者不異語者不虛語者如是善說善哉身律儀善哉口律儀善哉意律儀是身善行是口善行是意善行獲得可樂可欲可愛稱意果報是身惡行是口惡行是意惡行獲得不可樂不可欲不可愛不稱意果報我昔與彼身惡行相應口惡行相應意惡行相應以是業報今墮地獄受如是等極痛極切極苦極惱極不可忍如臨死之苦是魔波旬當於爾時憶我所說得淨信心得淨信已即時於彼地獄命終生三十三天何以故商主若其惡心於如來所作諸過失身壞命終墮大地獄若復慈心供養如來不求過者身壞命終得生善道天人之中彼以善根得值諸佛值諸佛已復種善根種善根已次第當得無漏涅槃

商主汝於如來應供正徧知心得淨信以此善根彌勒出世當得值遇彌勒已則能覺寤睡眠放逸諸衆生等作如是言諸衆生輩應當勇猛勤作善業如來應供正徧知出世甚難如優曇華時乃一現如來亦爾時乃一出無窟宅涅槃時有說者人身難得八難難離得值佛世生於中國亦復甚難是故汝等愼莫放逸當勤修行於後莫悔商主汝於彌勒佛所稟受法教攝彼彌勒無上法王國土人民常以慈心無惡心無怨讎心愍心樂心普覆心護持養育以此善根於魔宮殿次補魔處具大富貴而爲自在主商主若有衆生於如來所種諸善根乃至得發一念淨心彼等衆生以此善根得近甘露第一甘露最後甘露商主汝以善根於彼廣受人天報已經八

十刧於末後身作辟支佛名曰悲愍何以故商主以汝聞我涅槃聲已便於我所生淨信心於衆生所生悲愍心爲諸衆生得安樂故求請我住不般涅槃汝復於彼彌勒法中悲愍衆生覺寤睡眠放逸衆生令得憶念而不放逸教以善法以是因緣得辟支佛記商主我當與汝如是善報應當深心喜悦稱意商主此等是汝勸請如來善根因緣如來即以法施蔭覆報汝善根爾時商主復白佛言世尊若佛不受我所勸請入涅槃者願我從今乃至法住離於五欲專持孝道不樂遊戲不著異衣不用華鬘塗香末香及不受用諸天勝報何以故如是世尊衆生之寶明當與我別離異處更不合會更不復有畢竟不可見世尊我有何樂有何戲笑有何可樂有何稱意如是最大慈炬慧燈大智光明若隱滅者我當有何踊悦稱意喜慶等事是大智日有無量百千光焰眷屬滅除無明大黒闇者作大智明者如是滅没我當有何踊悦稱意有何可樂有何戲笑我於如是衆生之寶有別離故測量衆生不缺減衆生與明衆生無罪衆生無癡衆生無上衆生最上衆生無似衆生無等衆生無等等衆生能救一切衆生衆生妙衆生衆生所供衆生共乘衆生調伏衆生者憐愍衆生者實語者眞實語者時語者應時語者不異語者如說修行者住大慈悲者於諸衆生心無罣礙者於諸衆生平等心者無戲論者無我我所者無積聚者無窟宅者無依倚者無荒險者無垢者救濟者引導者化度者預備者解縛者養育者令衆生憶

念者令醒悟者教誨者於戰鬬勝者拔鏃者醫王治心者施大良藥者究竟度苦者說法者商主將去者示淺處者持梢尾者持炬者作明者作光者照曜者施目者示導者令到安隱國土者遠離一切荒險垢者無渴愛者離諸使者離諸結者離貪瞋癡者離諸煩惱者離憍慢怒者如是大丈夫妙丈夫極丈夫健丈夫猛丈夫蓮華丈夫分陀利丈夫龍丈夫師龍丈夫師子丈夫上首丈夫兇丈夫雄丈夫象丈夫無上丈夫無上調御丈夫共乘者具一切力者具十力者得四無所畏者具十八不共法者得大福智力者滿足無量法藏者無嫉妬者悅豫一切衆生者無上大施主最勝施主心無嫌恨者得大禪定者得諸禪三昧三摩跋提境界者無量慧者無障慧者得無等慧境界者摧魔幢者度淤泥者到彼岸者往彼岸者到無畏處者除一切衆生怖畏者安慰一切衆生者大衆生堅固者於今後夜當有別離更不可見世尊如來常於諸大衆中正師子吼更不得聞我當有何踊悅稱意世尊譬如有人於其灌頂刹利王所得福祿者王命終後生大憂苦知王恩養念王恩養償王恩養彼諸衆生為其王故專持孝道或一日二日乃至七日若半月乃至一月憶念流淚世尊我亦如是如來滅後乃至正法住世隨其時節捨離五欲專持孝道不樂戲笑不著異衣不用華鬘塗香末香及不受用諸天果報

帝釋品第三

爾時釋提桓因往詣佛所到已頂禮退住一

面而白佛言唯願世尊教勑於我云何修行世尊昔於一時四大阿脩羅王嚴駕著鎧將諸眷屬來詣三十三天所欲共鬬戰當於爾時聖者目連仍住在世如是諸天共阿脩羅對陣之時聖者目連到四阿脩羅所以如法伏之如是諸天及諸阿脩羅悉得安隱無復鬬戰之苦共相違反毀呰諍論世尊是大目連既已滅度如來今復欲般涅槃我等如是於後數數當復鬬戰共相違反願垂教勑若四阿脩羅王與我戰時我於彼等作何方計佛告釋提桓因言憍尸迦止莫憂悲莫愁莫慮若持戒者所願必成唯淨戒者成非不淨戒梵行者非不梵行離欲者非不離欲離瞋者非不離瞋離癡者非不離癡智慧者非不智慧而得成也憍尸迦我從今後當作加被憍尸迦乃至我之正法未滅若有諸天阿脩羅等共相鬬戰隨其時節稱我名故諸天得勝爾時四大阿脩羅王聞佛說是加護聲已其心忿恨毛竪怖畏來詣佛所到已頂禮却住一面白佛言世尊何故如來作是加護佛告四大阿脩羅言汝等莫憂莫慮有時汝等得大自在過彼三十三天無復鬬戰無諍無競無相違反是故汝等慎莫鬬戰莫相毀呰莫相諍論勿作違反心當作慈心愍心得衆欲具足諸仁者命不久停為自在主亦復無常諸仁者世間所有具足合會必歸離散諸仁者當觀如來窮無常際於諸衆生無所怨讎無違無競常為和合一切衆生平等發心何況汝等薄少善根彼此遞相樂鬬諍者諸仁者若有發心惱害他者是人長夜還得惱

害諸仁者若人喜殺是人還得短壽之報若喜鬬諍是人常有怖畏死報不具大眷屬無大勢力諸仁者善惡二業終不敗亡是故汝等從今以後各住慈心住身業慈口業慈意業慈莫鬬莫競莫相毀呰以是因緣汝等長夜得利益安樂後則不悔作是語已四阿脩羅王白佛言世尊如是婆伽婆如是修伽陀我等如是依如來教如是修如是住世尊我從今後一切當捨鬬戰之具各修慈心爾時釋提桓因聞佛涅槃爲憂箭所射極大愁惱悲泣流淚而白佛言世尊我從今日乃至法住不受五欲不入內宮不著異衣大德婆伽婆譬如家長喪亡是人知識得恩養者心生苦惱憶念舊恩念恩養故悲泣流淚專持孝道世尊我亦如是乃至法住隨其時節悲泣流淚專持孝道不行五欲不入內宮不著異衣何以故無上導師明當別離不可得見更不合會釋提桓因作是語已即便伏面啼哭而住

大悲經卷第一

音釋

傴僂 傴委羽切僂朧主切傴僂曲脊也
烔 徒紅切赫熱貌
齅 許救切以鼻攝氣也
販 方願切買賤賣貴也
紫礦 礦古猛切紫礦甄叔迦樹沙也其色赤可染皮氍
壓 烏甲切鎮也
刵 仍吏切截耳也
劓 魚器切刑鼻也
熬 牛刀切乾煎也
矟 所角切矛屬
顫悚 顫之膳切恐也悚息勇切懼也
鏃 作木切矢鏑也
憍慢 憍居夭切恣也慢莫晏切倨也
呰 將此切毀也

大悲經卷第二

高齊天竺三藏那連提黎耶舍共法智譯

羅睺羅品第四

爾時大德羅睺羅作如是念我今有何喜悅有何稱意有何欣慶而能堪忍面見世尊入般涅槃作是念已東北方去此十佛國土彼有世界名摩離支佛號難勝如來應正徧知

爾時慧命羅睺羅從拘尸城力士生地沒向東北方難勝如來應正徧知所到已稽首作禮却住一面憂愁不樂爾時難勝如來告羅睺羅言羅睺羅汝莫憂悲羅睺羅一切所愛稱意等事有爲和合必皆離散羅睺羅凡是事法爾諸佛世尊作佛事訖皆般涅槃羅睺羅汝可還彼今釋迦牟尼如來應正徧知力士生地娑羅雙樹間如師子王右脅而卧今日後夜於無餘涅槃界而般涅槃羅睺羅汝必須往若佛如來入涅槃後汝必憂悔作是語已時羅睺羅白難勝佛言世尊我不忍聞釋迦牟尼如來應正徧知入涅槃聲況能忍見彼佛世尊入般涅槃是故我不堪忍往彼

爾時羅睺羅荅彼難勝佛已即於彼沒往詣上方過九十九世界到第百世界彼有如來應正徧知號曰商主今現在世爾時羅睺羅到已頭面作禮悲泣流淚憂愁啼哭却住一面住一面已時商主佛告羅睺羅言止羅睺羅汝莫憂悲羅睺羅一切諸法生者不生老者不老病者不病死者不死盡者不盡無有是處羅睺羅過去諸佛聲聞緣覺寂滅離而般涅槃未來諸佛聲聞緣覺寂滅離而般涅槃現在諸佛聲聞緣覺寂滅離而般涅槃羅

睺羅假使如來住世一劫若百劫必當如是入般涅槃羅睺羅諸佛世尊更無餘法唯是究竟寂滅涅槃羅睺羅究竟寂滅者是究竟定究竟清涼究竟盡究竟樂究竟安隱所謂無窟宅涅槃界羅睺羅生苦老苦病苦死苦恩愛別離怨憎合會所求不得五陰重擔如是皆苦羅睺羅唯涅槃是樂羅睺羅汝亦不久當般涅槃羅睺羅汝及釋迦牟尼佛入涅槃處無生無老無病無死無愛別離無怨憎會無不適意羅睺羅汝莫悲戀莫憂莫愁羅睺羅汝當思惟誰是生者誰是老者誰是死者誰是流轉誰復還生羅睺羅皆是虛妄顛倒取著未聞聖法諸凡夫等未見諸聖未信聖法未學聖法未解聖法未知聖法未住聖法故心顛倒想顛倒見顛倒以顛倒故生生故老老故死死已還生馳走流轉枯焦敗壞愛戀憂愁搥胷號哭羅睺羅一切聖人唯以此法毗尼息一切行於上更無所作羅睺羅如是導師所作已訖聲聞弟子所作者已作於上更無所作羅睺羅汝莫悲戀莫憂莫愁羅睺羅彼釋迦牟尼佛無上法王於釋種中尊汝當往彼最後禮拜供養恭敬若涅槃後汝必憂悔羅睺羅彼釋迦牟尼佛今在力士生地娑羅林間如師子王右脅而臥思欲見汝羅睺羅汝必須往作是語已慧命羅睺羅白商主佛言世尊我不忍聞釋迦牟尼如來應正徧知入涅槃聲況能忍見彼佛世尊入般涅槃作是語已身心悶絕不自勝持復作是言而彼世尊釋迦牟尼於釋種中尊無上法王衆生中寶我今何能忍見彼佛入般涅

槃憐愍一切世間者一切世間形相無與等者與一切世間作燈者與一切世間作眼目者與一切世間作慧炬者照曜一切世間者明日離散當無所有作是語已時商主如來告羅睺羅言止羅睺羅汝莫憂悲羅睺羅汝可不聞彼佛世尊說如是法一切行無常一切行苦一切法無我寂滅涅槃羅睺羅彼佛世尊說如是偈

諸行無常　是生滅法　生已還滅　滅彼爲樂

羅睺羅言如是世尊佛告羅睺羅彼佛世尊昔可不作如是說也一切所愛稱意等事必歸磨滅不久離散假使久住會亦有離羅睺羅言如是婆伽婆如是修伽陀佛言羅睺羅有爲諸法生法有法覺知法分別起法從因緣生若不滅者無有是處爾時羅睺羅憶念已父釋迦牟尼如來應正徧知已流淚而言我於明日更不見佛諸比丘衆圍繞說法如大海中須彌山王衆相莊嚴起光明照猶如滿月衆星圍繞如日千光處空照曜如深大海無量衆寶所藏積處如轉輪王無量眷屬而共圍繞如雪山王根力覺華之所開敷如鐵圍山一切惡風所不能動如是世尊一切外道諸論義風不能傾動猶如蓮華處在池中不爲世法之所能染猶如大梵具梵眷屬猶如帝釋有千眼目如師子王坐師子座無所恐懼離諸怖畏能師子吼我於明日更不得見時羅睺羅作是語已默然悲泣思惟而住爾時商主如來告羅睺羅言汝今速可詣彼佛所彼佛如來思欲見汝羅睺羅汝當速去莫更重問致有稽留慎莫勞擾彼佛世尊

羅睺羅汝必須往何以故羅睺羅諸佛法爾佛以慈悲思欲見汝不入涅槃爾時羅睺羅頭面禮彼商主佛已譬如壯士屈伸臂頃復如伸臂屈頃時羅睺羅即於彼沒詣拘尸城力士生地娑羅雙樹間到如來所亦復如是到已頭面禮足右繞三帀却住一面憂愁悲泣合掌流淚爾時世尊告羅睺羅言羅睺羅汝莫悲戀憂愁啼哭心生熱惱羅睺羅汝於父所作父事訖我亦汝所作子事訖羅睺羅汝莫生戀憂愁悲悔羅睺羅我與汝等俱爲一切衆生得無畏故發勤精進不作怨讎不作惱害故發大精進羅睺羅我今般涅槃已更不與他作父羅睺羅汝亦當般涅槃更不與他作子羅睺羅我與汝等二俱不作惱亂不作怨讎爾時羅睺羅白佛言世尊婆伽婆莫般涅槃修伽陀莫般涅槃惟願世尊住世一劫爲於多衆安隱樂故憐愍世間故利益安樂諸天人故作是語已佛告羅睺羅言羅睺羅如來應正徧知盡知諸法於世間中得名爲佛羅睺羅然彼佛法不消不盡不生不滅不來不去不成不壞不坐不卧不合不散何以故羅睺羅如是法住畢竟不生畢竟不滅畢竟空畢竟無自性寂定涅槃不入衆數無窟宅不可說非語言道此是諸佛法所謂畢竟住故畢竟滅故畢竟寂滅故畢竟離故畢竟離欲故畢竟不和合故畢竟不作故畢竟盡故羅睺羅我隨宜說此法假使諸佛若出世若不出世如是諸法住諸法如法爾故法不變易故法離欲故法無自性故羅睺羅如是如來不將戒聚入般涅槃不將定聚慧

聚解脫聚解脫知見聚入般涅槃羅睺羅汝莫悲戀莫憂莫愁羅睺羅一切諸行無常無定無所希望無常盡變易法羅睺羅乃至息一切行猒捨不著唯求解脫羅睺羅此是我之教法佛爲羅睺羅說此見實諦品時大德比丘六十人皆盡諸漏心得解脫二十五比丘尼亦心解脫得盡諸漏無量天人遠塵離垢得法眼淨六萬八千諸菩薩得無生法忍一切皆悉歡喜踊躍歎言佛法不可思議彼等皆悉以憂波羅華波頭摩華拘牟頭華分陀利華而散佛上各作是言我於來世亦當如是作天人師出興於世說如是法世間無上無相涅槃如是以大涅槃而般涅槃彼諸菩薩作是語已默然而住

迦葉品第五

爾時阿難在佛牀邊悲啼流淚悶絕躃地猶如臨崖斫斷大樹作如是言婆伽婆涅槃太速修伽陀涅槃太速衆生中寳大慈悲者隱没太速世間大燈世間大炬天人中最隱没太速衆生分陀利於世間中隱没太速衆生龍象善自調者復調衆生未調者令調隱没太速無上導師能示世間安隱道者隱没太速世間慧眼大光普照能示世間隱没太速世間盲冥無引導者衆生父母於世間中隱没太速世間孤獨無所恃怙衆生中寳云何明日我更不見唯有名在爾時世尊告阿難言止阿難莫憂悲我曾告汝一切所愛稱意等事和合之法必有離散阿難有爲諸法生法有法覺知法因緣法滅壞法若不壞者無有是處彼若得住亦無是處阿難假使久住

法當如是必亦有離是故阿難汝莫憂悲爾時阿難瞻仰尊顏目不暫捨思惟是已亦復躃地猶如臨崖斫斷大樹佛復告言阿難止莫憂悲不以憂悲令我住世阿難我曾告汝一切所愛稱意等事有爲和合必當別離假使久住會亦當滅諸行法爾阿難汝以身口慈孝如來無量安樂心無有二無瞋無恨無有怨讎爾時阿難從地而起抆淚而言世尊我何得不愁何得不悲我與如是大慈悲者出一切世間者憐愍一切世間者一切世間所愛惜者一切世間所歸趣者導引一切世間者利益一切世間者安樂一切世間者如是大寶衆生明當別離爾時阿難大號哭已抆淚而言奇哉奇哉諸行是屎而作欺凌能令如是大燈大炬大日光明無量光焰百千億那由他焰幢眷屬普現世間見知念慧境界普照大寶衆生隱沒太速大智慧者大光明者今於世間隱沒太速世間孤獨作覆護者隱沒太速如來具足神通變化今於世間隱沒太速世尊我何得不愁何得不悲世尊我今自怪心不破裂以爲百分世尊我亦自怪不於佛前而取命終必是世尊神力加我以是義故不取命終何以故我於佛所親承面受八萬四千諸法寶藏受持不忘未廣流布在於十方諸天人故世尊我爲如來神力所加以是義故我不命終世尊我何得不愁何得不悲世尊我到迦毗羅城世尊生處釋種集時作何等語可言曰種釋迦牟尼佛釋種中尊無上法王般涅槃耶我到王舍城韋提希子阿闍世王所作何等語可言大師佛

日隱没能拔世間無間業箭醫王去耶我到舍婆提城作何等語可言大悲憐愍世間者隱没去耶我到祇陀林給孤獨長者而問我言如來何時來住祇陀林給孤獨園作何言答我到毗舍離城諸離車子前當作何言可言憐愍世間最大導師隱没去耶諸方所有善男子善女人來問義者作何言答可言是大智人世間智者斷一切疑者隱没去耶諸方所有諸比丘衆爲欲見佛供養禮拜問訊世尊爲布薩故來問法者來問義者我更不見不聞彼説得上人法世尊滅後有如是等神通變化修梵行者隱没於世我何得不愁何得不悲作是語已佛告阿難言阿難止汝莫憂愁我之梵行當廣流布久住世間利益天人阿難我滅度後過四百年迦葉共汝及諸弟子展轉相承作神通變化修行梵行利益天人阿難汝莫憂悲我之正法當廣流布久住世間利益天人阿難我涅槃後迦葉比丘共汝發心令我阿僧祇億那由他劫所集無上三藐三菩提法增益諸善使不退失何以故阿難是迦葉比丘少欲知足遠離精進樂不忘念樂不戲論定慧現前阿難迦葉比丘能於大衆示教利喜於諸梵行説法不倦猶如父母阿難迦葉比丘於諸四衆所見懸遠憐愍世間爲欲利益安樂衆生諸天人故發如是心爾時阿難白佛言世尊迦葉比丘如是發心利益安樂幾許諸天人衆佛言阿難迦葉比丘入涅槃時作是誓願願我滅後以我神力所加持故令我身衣不變不壞髮毛膚色諸根支節亦不變壞乃至彌勒如來

應正徧知出興世時令我此身見彼世尊共作初會如是第二第三大會以我願力所加持故當令多百衆生多千衆生多千萬衆生多百千億那由他衆生得聖道果若彌勒佛見我身衣不變不壞三會聲聞亦見我身不變不壞諸根支節及袈裟已然後我身住在空中以己身火闍維其身闍維身已灰炭不現阿難是爲迦葉發心利益安樂衆生阿難迦葉比丘如是願力所加持故成熟如是諸衆生已而般涅槃阿難迦葉比丘般涅槃已有四石山當來到迦葉所覆障其身合成爲一阿難是迦葉身在彼四石山中身不變壞至彌勒佛出興於世隨爾許時迦葉比丘身住不壞及袈裟衣亦住不壞何以故阿難持淨戒者修梵行者有智慧者所願能成非戒

不淨不修梵行無智有欲所能成也阿難迦葉比丘先以願力所加持故入般涅槃入涅槃已彼迦葉身常不變壞髮毛血肉諸根支節及以衣服亦不變壞身亦不臭乃至彌勒阿難彼彌勒佛出興世時共彼初會九十六億諸比丘衆到迦葉所阿難是彌勒佛以迦葉身示彼九十六億諸比丘衆作如是言諸比丘此迦葉比丘於釋迦牟尼如來法中作大聲聞住勝頭陀少欲知足遠離精進樂不忘念樂不戲論定慧現前能於多衆示教利喜於諸梵行說法不倦猶如父母諸比丘是迦葉比丘於諸四衆所見懸遠畢竟無疑隨順多衆諸比丘汝觀迦葉憐愍世間爲欲利益安樂一切諸天人故發如是心阿難彌勒如來應正徧知第二會時共九十四億諸聲

聞衆來到其所第三會時共九十二億諸聲聞衆亦來到迦葉所阿難彼彌勒佛示彼九十二億比丘衆言此迦葉比丘於釋迦牟尼如來法中最大聲聞住勝頭陀少欲知足乃至發心爲欲利益安樂一切諸天人故阿難彌勒如來當於彼時舒金色右手摩迦葉頂觀察諸比丘言諸比丘是迦葉比丘於釋迦牟尼佛滅度之後廣持正法而此衆中無有一人於我滅後廣能如是持我正法如迦葉者阿難是迦葉比丘於彼第三大會以本願力所加持故住虛空中現種種神通種種變化已以已身火闍維其身闍維身已灰炭不現時彌勒佛當於彼時發起迦葉已爲彼九十六億諸比丘衆數數說法多百多千多億那由他百千天人得聖道果阿難迦葉比丘發心利益多衆生故汝亦發心利益安樂多衆生故如是阿難迦葉比丘及汝發心故過四百年能持我之正法及作神通種種變化修行梵行各能增益諸天人衆

持正法品第六

爾時世尊復告阿難汝莫憂悲我之梵行當廣流布各能增益諸天人衆阿難我滅度後摩偷羅城優樓蔓荼山有僧伽藍名那馳迦於彼當有比丘名毗提奢有大神通具大威力正智得道多聞無畏持修多羅持毗尼持摩多羅迦於諸梵行示教利喜說法不倦彼亦當作神通變化修行梵行廣行流布我之正法增益天人阿難汝莫憂悲我滅度後還於優樓蔓荼山那馳迦僧伽藍當有比丘名提知迦有六神通具大威力於諸梵行說法

不倦能令我法廣行流布增益天人阿難汝莫憂悲我滅度後還於優樓蔓荼山傍有山名優尸羅彼有四萬比丘集會有大神通有大威力多所堪能正智得道多聞無畏持修多羅持毗尼持摩多羅迦各能於諸梵行示教利喜說法不倦彼等比丘神通變化修行梵行令我正法廣行流布各能增益諸天人衆阿難汝莫憂悲我滅度後還於優樓蔓荼山傍當有比丘名優波毱多有六神通具六威力乃至亦能神通變化修行梵行令我正法廣行流布增益天人於彼當有千阿羅漢集八萬八千諸比丘衆共一布薩作一羯磨心不欺詐共相授記彼等皆能神通變化修行梵行令我正法廣行流布各能增益諸天人衆阿難汝莫憂悲是優波毱多及諸弟子各各能令我之正法廣行流布於諸天人能正顯說阿難汝莫憂悲我滅度後於波離弗城有僧伽藍名跋多尼彼有比丘名阿輸婆毱多三明六通具八解脫禪智二分解脫自在有大神通具大威力乃至彼等亦能神通變化修行梵行令我正法廣行流布增益天人阿難汝莫憂悲我滅度後還於波離弗城有僧伽藍名鳩鳩吒當有比丘名鬱多羅有大神通具大威力乃至亦能神通變化修行梵行廣行流布我之正法增益天人阿難汝莫憂悲我之梵行當廣流布各倍增益諸天人衆阿難我滅度後於罽伽國當有我諸聲聞作般遮跋瑟迦會彼處當有過一萬三千阿羅漢集彼等一切有大神通具大威力有多堪能乃至於諸梵行說法不倦彼有上座

名設陀沙茶有大神通具大威力有多堪能於諸梵行説法不倦彼等亦能神通變化修行梵行令我正法廣行流布各能增益諸天人衆阿難汝莫憂悲我滅度後金鉢悉陀城當有二比丘於婆羅門種中出家一名毗頭羅二名刪闍耶各有神通具大威力有多堪能乃至亦能神通變化修行梵行令我正法廣行流布增益天人阿難汝莫憂悲我滅度後婆雞多城當有比丘名大精進有大神通具大威力乃至亦能神通變化修行梵行令我正法廣行流布於諸天人阿難汝莫憂悲我滅度後當有比丘名末田提三明六通具八解脱禪智二分解脱自在有大神通具大威力乃至於諸梵行説法不倦北天竺國罽賓川中當有無量諸龍夜叉乾闥婆等具大

身力依住彼川是末田提比丘到於彼處爲彼諸龍夜叉乾闥婆等來共鬭諍是末田提比丘神通變化以法降伏諸龍夜叉乾闥婆等令得敬信得敬信已令人住在彼罽賓川建立諸僧伽藍多有聲聞多百多千聲聞衆集阿難是末田提比丘於一切時令彼住處具諸善事阿難我若具足稱揚廣説彼末田提所有功德不能窮盡阿難是末田提比丘具諸功德能令我法毗尼神通梵行於諸天人廣行流布阿難汝莫憂悲我滅度後於北天竺乾陀羅國當有比丘名曰迦葉有大神通具大威力有多堪能正智得道多聞無畏持修多羅持毗尼持摩多羅迦乃至亦能令我正法廣行流布阿難汝莫憂悲我滅度後北天竺國有城名得叉尸羅彼有長者名闍

知迦名震諸方具大豪富多饒財寶具足功德智慧相稱端正可愛相好第一彼闍知迦長者深信於我及諸聲聞供養恭敬尊重讚歎次第積集菩提善根於未來世滿千劫已成阿耨多羅三藐三菩提佛號普光劫名造賢世界名具大莊嚴阿難彼闍知迦長者於諸天人廣行流布我之正法阿難汝莫憂悲我滅度後北天竺國當有王都名富迦羅跋帝人民熾盛豐樂安隱彼處多有諸婆羅門長者居士隨順修多羅深信於我及諸聲聞供養恭敬尊重讚歎彼有無量聲聞弟子有大神通具大威力有多堪能阿難於彼多有長者居士正智得道多聞無畏具大智慧阿難彼富迦羅跋帝王都所有在家諸白衣等彼命終已生兜率天諸出家者悉墮地獄何以故彼不住戒不住律儀故阿難彼富迦羅跋帝王都所有婆羅門長者居士等當作是念釋迦牟尼佛之正法必當隱沒何以故諸比丘等於諸利養增上貪求多毀禁戒其心散亂不樂閑林捨離禪樂與諸四衆數相往來破戒違道共諸婆羅門長者居士等親友交通不相敬重飲食華果遞相贈遺不依律儀無有慚愧婬彼女婦彼諸婆羅門長者居士等見聞彼諸比丘作非法已生大驚怖心甚憂惱作如是言佛之正法可隱沒耶當於彼時還於富迦羅跋帝王都當有優婆塞名曰法增有大神通具大威力有大福德正智得道多聞無畏持修多羅摩多羅迦善巧方便是優婆塞爲欲令彼婆羅門長者居士等生敬信故上升虛空示教利喜而作是言汝

等諸人愼莫怖畏莫疑莫慮彼釋迦牟尼佛之正法猶住在世汝可發勤精進作諸善業未得者令得未證者令證未達者令達聖法今在宜可速求時婆羅門長者居士等心皆喜悅而行布施作諸功德於我舍利莊飾嚴持及諸聲聞勤作供養聽受讀誦轉爲他説受持禁戒勤修禪定彼諸婆羅門長者居士等爲彼法增示教利喜皆趣善道及涅槃道阿難彼優婆塞亦能令我正法廣行流布增益天人如是阿難於我滅後亦當多有俗人於我法中深得敬信曾於過去供養多百多千無量諸佛植諸善根於我舍利勤修莊嚴及諸聲聞供養恭敬尊重讚歎阿難彼等亦令我之正法廣行流布增益天人阿難我滅度後於未來世北天竺國當有比丘名祁婆迦出興於世曾於過去無量百佛植諸善根供養恭敬深信具足安住大乘爲欲憐愍利益安樂諸衆生故發如是心多聞持菩薩藏稱揚大乘顯發大乘是比丘見我舍利形像塔廟有破壞者莊校修治以金莊嚴豎立幢旛寶蓋鈴網出微妙音興造如來無量形像及諸塔廟其諸塔廟皆以半月師子莊嚴能令諸天人衆心生信樂爲欲滿足菩提善根故憐愍衆生故護持養育故攝受我法故爲不敬信者令敬信故增修行故亦令多衆種善根故作般遮跋瑟迦會阿難當於爾時多有比丘不持禁戒多作非法不樂閑林捨離禪樂破戒違道共相言訟貪惜積聚獨占一房與諸俗人互相往來捨離佛法於諸梵行不生敬重形似沙門當於爾時有少比丘發

勤精進遠離憒閙繫念現前定慧一心安住善法少欲知足樂修乞食安住聖種多聞無畏持修多羅持毗尼持摩多羅迦當於爾時祁婆迦比丘令諸比丘著袈裟者其心柔輭諸根無缺具足深信第一敬重於彼所有著袈裟者起持戒想作福田想而行布施修諸善根彼祁婆迦比丘修習無量種種最勝菩提善根已而取命終生於西方過億百千諸佛世界無量壽國於彼佛所種諸善根復經八十億諸如來所修諸梵行以此善根於未來世過九十九億劫而成正覺佛號無垢光世界名一切功德莊嚴阿難彼祁婆迦比丘令我正法於諸天人廣行流布阿難汝莫憂悲我之梵行當廣流布天人信樂阿難我滅度後於未來世當有邊國名曰舍摩彼有國王名曰大施而於我法心生淨信於我舍利及諸聲聞勤修供養稱揚讚歎阿難彼大施王於舍摩國集我聲聞諸比丘衆尊重供養於彼當有過三千阿羅漢皆有神通功德威力乃至於諸梵行說法不倦阿難彼等亦能令我正法於諸天人廣行流布阿難汝莫憂悲我滅度後北天竺國有城名與渠末但那彼得我牙尊重供養當以華鬘塗香末香音聲妓樂幢旛寶蓋衣服卧具衆寶金銀以用莊嚴阿難時彼精舍當有多人以信出家受持禁戒修行善法諸俗人等修行善法亦復無量阿難彼有持戒多聞有智於我法中深得淨信於我聲聞及我舍利勤修莊飾嚴治供養於佛法僧供養加護以此善根於天人中受福報已有得阿耨多羅三藐三菩提者

有得緣覺乘者有得聲聞乘而涅槃者阿難彼以如是種種供養當得如是神通威力阿難是等諸人開示演說令我正法於諸人天廣行流布阿難汝莫憂悲我之正法當廣流布增益天人阿難我之舍利及我形像徧閻浮提何況人不見處所謂天龍夜叉羅剎乾闥婆阿脩羅迦樓羅緊那羅摩睺羅伽鳩槃茶等宮殿之中所造形像阿難汝莫憂悲我法毗尼於諸天人當廣流布

舍利品第七

爾時世尊復告阿難我滅度後若有善男子善女人若在家若出家乃至供養我之舍利如芥子等恭敬尊重謙下供養我說是人以此善根一切皆當得涅槃果盡涅槃際阿難若我滅後所有善男子善女人心生敬信爲我造立形像塔廟阿難應生深信愼莫疑惑我說是人以此善根一切皆當得涅槃果盡涅槃際阿難且置現在供養我者且置我滅度後供養如芥子等舍利者且置爲我造立形像及塔廟者阿難若有信心念佛功德乃至一華散於空中我說是人以此善根一切皆當得涅槃果盡涅槃際阿難若復有人見佛世尊神通威力爲供養故乃至一華散於空中猶能得涅槃果何況親承如來而供養者及我滅後供養舍利者阿難諸佛境界不可思議若復有人能供養者所得福德亦不可思議阿難若人念佛乃至一華散於空中我以佛智見知是人所得果報不可思議汝應當信何況未來所有佛子深得敬信思惟佛功德求佛智者爾時阿難聞佛語已心懷

踊躍生大歡喜而白佛言希有婆伽婆希有修伽陀今正是時惟願世尊說其念佛乃至一華散於空中而供養者所得果報諸比丘等從佛所聞讀誦受持以是當得憐愍世間利益安樂諸天人故於現在世及未來世所有衆生從彼聞者復得數數種諸善根心生敬信得大稱意彼作是念釋迦牟尼於釋種中無上法王大慈悲者憐愍世間者勸喻我等令我生念發大精進作是語已佛告阿難諦聽諦聽善思念之吾當爲汝分別解說所得果報阿難白言如是世尊願樂欲聞佛告阿難若有衆生以念佛故乃至一華散於空中如是福德所得果報不可窮盡阿難如是衆生從前際來劫數長遠生死流轉不可得知於未來際亦復如是若有衆生以至誠心念佛功德乃至一華散於空中於未來世當得釋天王梵天王轉輪聖王於其福報亦不能盡以其善根福報邊際不可盡故要當入般涅槃何以故阿難施佛福田不以有爲果報所能盡邊我說是人必得涅槃盡涅槃際阿難且置親承供養我者且置供養我如芥子等舍利者且置爲我造立形像及諸塔廟而供養者且置以念佛故乃至一華散於空中而供養者若復有人在於室內以念佛故乃至一華散於空中阿難我說是人當得涅槃得第一涅槃盡涅槃際最勝涅槃妙涅槃清淨涅槃安住涅槃阿難以是因緣諸福田中佛爲最佛爲王何以故施佛田者非謂世間果報所能盡也以是因緣於佛福田爲最第一阿難諸佛如來順正道者能作無上究

竟福田於佛福田所有施者必窮盡涅槃際得第一涅槃阿難且置如是以華散佛所得功德若復有人但心念佛一生敬信我說是人亦當得涅槃果盡涅槃際阿難且置人中念佛功德若有畜生於佛世尊能生念者我亦說其善根福報當得涅槃盡涅槃際阿難汝今當觀諸佛世尊與諸衆生作福田者能令衆生當得如是神通威力是故阿難汝莫憂悲若有善男子善女人乃至畜生諸衆生等於佛生信當得如是神通果報廣大功德譬如甘露第一甘露盡甘露際阿難汝以身口慈孝如來無量安樂心無有二無瞋無恨無有怨讎阿難若有三千大千世界滿中須陀洹斯陀含阿那含阿羅漢如甘蔗竹葦若麻若草若有善男子善女人若一劫若減一劫以諸稱意一切樂具恭敬尊重謙下供養阿難於意云何是善男子善女人所得福德寧爲多不阿難言甚多婆伽婆甚多修伽陀佛言阿難若復有人於諸佛所但一合掌一稱名如是福德比前福德百分不及一千分不及一百千億分不及一數分不及一迦羅分不及一何以故阿難以佛如來諸福田中爲最無上是故施佛成大功德神通威力阿難且置三千大千世界所有聲聞阿羅漢等若復三千大千世界滿中辟支佛如甘蔗竹葦若麻若草若有善男子善女人若一劫若減一劫以諸稱意一切樂具恭敬尊重謙下供養彼辟支佛若辟支佛滅度後起七寶塔若有善男子善女人乃至盡形以諸香華塗香末香衣服卧具寶幢旛蓋恭敬尊重謙下

供養阿難於意云何是人於彼所得福德寧為多不阿難言甚多婆伽婆甚多修伽陀佛言阿難若復有人於如來所起一淨信思惟信解作如是言諸佛智慧不可思議以此信解善根功德比前供養彼辟支佛所得功德加羅分不及一乃至優婆尼沙陀分不及一何以故阿難諸佛世尊無量大慈無量大悲無量戒無量定無量慧無量解脫無量解脫知見無量修習無量達證阿難諸佛世尊智慧不可思議諸佛境界亦不可思議若有供養不可思議者當得不可思議報阿難汝莫憂悲汝當得大神通功德利益何以故阿難汝以身口意慈供養我來過二十年受持如來八萬四千諸法寶聚於諸多聞最為第一巧言辯慧問答中最正智得道多聞無畏持修多羅持毗尼持摩多羅迦於諸四衆說法不倦阿難我滅度後汝共大德摩訶迦葉當作第一最大導師大作佛事阿難汝莫憂悲汝當得大神通功德利益

大悲經卷第二

大悲經卷第三

高齊天竺三藏那連提黎耶舍共法智譯

禮拜品第八

爾時世尊復告阿難若有衆生聞佛名者我說是人畢定當得入般涅槃阿難若有稱言南無佛者此有何義阿難白言佛是一切諸法之本佛是眼目能引導者佛是演說一切法者善哉世尊願爲比丘解釋此義我今親承得聞受持爾時世尊復告阿難諦聽諦聽善思念之吾當爲汝分別解說爾時阿難聞佛語已而白佛言願樂欲聞佛言阿難所言南無佛者此是決定諸佛世尊名號音聲阿難以是決定諸佛名號音聲義故稱言南無諸佛阿難我爲是義故說譬喻令諸衆生於此法中增益信心復令一切諸善男子善女人聞佛世尊名號音聲深得敬信阿難曾於過去有大商主將諸商人入於大海到彼海已其船卒爲摩竭大魚欲來吞噬阿難爾時商主及諸商人心驚毛豎憂悲不樂恐命不濟無救無護無歸無趣各皆悲泣呻號憂悔種種悲歎嗚呼痛哉彼閻浮提如是可樂如是希有世間人身如是難得我今當與父母離別兄弟姊妹婦兒親戚朋友別離我更不見亦不得見佛法衆僧極大悲哭憂悲不樂各皆祈請諸尊神天欲求自濟阿難爾時商主正見明達於佛法僧心得淨信更不信事諸餘天神爾時商主告諸商人諸人當知若欲存濟免此危難得解脫者汝等應當一時同聲隨我所說假令我等不得解脫後生善道時彼商人聞此語已各言商主我當從教

唯願速說阿難爾時商主偏袒右肩右膝著地住於船上一心念佛合掌禮拜高聲唱言南無諸佛得大無畏者大慈悲者憐愍一切衆生者如是三稱時諸商人亦復同時合掌禮拜異口同音唱言南無諸佛能施無畏者大慈悲者憐愍一切衆生者如是三稱爾時彼摩竭魚聞佛名號禮拜音聲生大愛敬得不殺心時摩竭魚聞即口閉阿難爾時商主及諸商人皆悉安隱得免魚難船及商人所願得稱安隱而還到閻浮提時摩竭魚聞佛音聲心生喜樂更不噉食諸餘衆生因是命終彼命終已得生人中生人中已於其佛所聞法毗尼深得淨信捨家出家得出家已近善知識謙下供養得阿羅漢道具足六通於無餘涅槃界而般涅槃阿難汝觀彼魚生畜生道得聞佛名聞佛名已得生人道因生人道便得出家得出家已即便得證阿羅漢果得阿羅漢已便般涅槃阿難汝觀諸佛神力如是彼魚聞已獲得神通名號稱譽畢定利益何況有人得聞佛名聽聞正法親於佛所種諸善根而不畢定利益阿難如我昔說作少善根得少分報滿分善根得滿分報阿難所言少分善根者是人爲欲速成熟故種聲聞種子作聲聞乘以是善根得滿聲聞地種緣覺種子作緣覺乘以是善根得滿緣覺地阿難以是因緣我說少分行阿難言滿分行者是人從無始來於諸佛所種佛種子一切善根久遠修行以是善根因緣力故得值諸佛值諸佛已爲欲積集滿足菩提諸善根故滿足菩提諸善根已得成佛道所謂如來應

供正徧知聲震於世是名滿分行阿難此滿分行如我諸經昔已廣說如是次第汝應當知若少分行得少分果若滿分行得滿分果阿難如我經中亦復說言乃至受持四句偈等如是說者我爲鈍根薄德少智諸衆生故隨宜而說阿難我爲一切無歸衆生爲作歸趣無舍衆生爲作舍宅無護衆生爲作救護無明衆生爲作燈明盲無目者爲作眼目阿難一切外道癡冥無智不能自救何能救他而作歸趣阿難我爲一切天人教師憐愍一切諸衆生者於當來世法欲滅時當有比丘比丘尼於我法中得出家已手牽兒臂而共遊行從酒家至酒家於我法中作非梵行彼等雖爲以酒因緣於此賢劫一切皆當得般涅槃阿難何故名爲賢劫阿難此三千大千世界劫欲成時盡爲一水時淨居天以天眼觀見此世界唯一大水見有千枚諸妙蓮華一一蓮華各有千葉金色金光大明普照香氣芬熏甚可愛樂彼淨居天因見此事心生歡喜踊躍無量而讚歎言奇哉奇哉希有希有如此劫中當有千佛出興於世以是因緣遂名此劫號之爲賢阿難我滅度後此賢劫中當有九百九十六佛出興於世拘留孫如來爲首我爲第四次後彌勒當補我處乃至最後盧遮如來如是次第汝應當知阿難於我法中但使性是沙門汙沙門行自稱沙門形似沙門當有被著袈裟衣者於此賢劫彌勒爲首乃至最後盧遮如來彼諸沙門如是佛所於無餘涅槃界次第當得入般涅槃無有遺餘何以故阿難如是一切諸沙門中乃

至一稱佛名一生信者所作功德終不虛設阿難我以佛智測知法界非不測知阿難所有白業得白報黑業得黑報若有淨心諸衆生等作是稱言南無佛者阿難彼人以是善根必定涅槃得近涅槃流注相續入涅槃際何況值佛在世親承恭敬謙下迎送尊重供養及佛滅後供養舍利者阿難彼沙門性汙辱沙門自謂沙門形似沙門者乃至應有一稱佛名何況餘心能生敬信種諸善根阿難我爲是義說如是偈

諸佛如是不思議　佛之正法亦復然
若能敬信不思議　必當獲得不思報
過去一切諸如來　能作光明悲愍者
亦曾供養大勢佛　悟勝菩提不可數
我昔與檀常相應　布施愍濟諸衆生
淨信根深勤精進　以勤精進化一切
愛重衆生如父母　兄弟親戚諸知識
於諸親戚無瞋恨　悟勝菩提不可數
我求安樂菩提時　於無量劫行布施
悲心憐愍衆生故　捨身頭目肌肉血
亦捨無量重王位　所愛妻妾及男女
無量寶乘象馬車　爲求最勝菩提故
無量千萬億劫時　數數精勤而馳走
淨心無量行布施　爲求此勝菩提故
忍受無量衆苦惱　冰寒毒熱及飢渴
發勤精進死不捨　爲求最勝菩提故
我若百年及一劫　說其行相不可盡
悲愍一切衆生故　爲求安樂勝菩提
輪迴生死常值遇　百千億數諸如來
彼諸如來大勢力　常以金華而奉獻

餚饍飲食及衣服　塗香末香衆華鬘
多億寶幢勝旛蓋　供養如是諸如來
無量多億諸衆生　輪迴生死無有邊
我常到彼而安慰　勝檀廣益一切衆
尸羅羼提勤精進　禪定三昧慧方便
身等念處四正勤　善修習行四神足
亦修五根及五力　七菩提分八聖道
一切助道我修習　希求此勝菩提故
我以正智修諸業　無有一切諸不善
常不放逸修諸行　曾無一毫之過惡

善根品第九

爾時世尊復告阿難若有衆生於諸佛所一發信心如是善根終不敗亡何況復作諸餘善根阿難我爲衆生知彼義故而作譬喻諸有智者以喻得解阿難譬如有人析破一毛以爲百分取一分毛霑一滴水持至我所而作是言瞿曇我以此水寄付瞿曇莫令此水而有增減亦復莫令風日飄暴乾竭此水不令鳥獸飲之令盡勿使異水而有和雜以器盛持莫置在地如來爾時即受彼寄受彼寄已置恒河中不令入洄亦復不令餘物指突如是水滴在大河中隨流而去使不令洄復無遮礙諸鳥獸等亦不飲盡如是水滴不增不減一等如故共大水聚漸入大海若是水滴毗嵐風起壞世界時假使是人住世一劫我亦如是得住一劫彼人爾時至劫盡時而來我所作如是言瞿曇我本寄水今有無耶阿難如來爾時知彼水滴在大海中見知住處不與餘水共相和雜不增不減平等如故持還彼人阿難如是如來應正徧知有大神

通有大威力有多堪能清淨大智不可量智無礙知見如是等事明了無障於受寄人中最尊最勝若於佛所寄付如是微細水滴經於久遠而不虧損此義應知阿難細毛端者喻心意識恒河者喻生死流一滴水者喻一發心微少善根大海者喻佛如來應正徧知所寄人者喻彼清信婆羅門長者居士等住一劫者喻佛如來受彼寄水終不虧損亦如彼人寄彼水滴經於久遠不虧一毫如是阿難若於佛所一發信心善根不失何況諸餘勝妙善根我說是人一切悉是趣涅槃果乃至盡涅槃際阿難設復有人於如來所得一發心一生敬信以餘不善惡業障故墮在地獄畜生餓鬼以本造業自作自受若大慈悲諸佛世尊出興於世以無障礙智知此衆生本作善根以餘不善惡業障故墮在地獄佛知是已從彼地獄拔之令出安置岸上無所畏處安置岸已復令衆生憶念往昔所作善事而教之言善男子汝等應當憶念往昔所種善根如是善根在於某時某世界中於其佛所修行種植彼諸人等承佛威力即得憶念得憶念已作如是言如是婆伽婆如是修伽陀佛復告言善男子汝等普於諸如來所種少善根不虧不損於彼得利所謂息一切苦得一切樂善男子汝得來此是佛境界汝於長夜行非境界從無始來生死流轉汝於佛所種少善根終不虧損譬如王子若王大臣設有餘過閉在牢獄說本事緣令其改悔放之令出如是阿難彼諸衆生本於如來所種善根設作餘惡不善業故若墮地獄畜生

餓鬼諸惡道中若大慈悲諸佛世尊出興於世本以發心善根因緣所加持者佛皆見知於地獄中拔之令出安置涅槃清涼岸上無所畏處置無畏處已令其憶念而教之言善男子汝當憶念以本造作善根因緣得如是報彼諸衆生作如是言如是婆伽婆如是修伽陀我等承佛威神加故如是憶知

布施福德品第十

爾時世尊復告阿難汝應當知如是等輩作少善根終不虛設乃至發心生一念信我說是人皆得涅槃盡涅槃際以是義故我作譬喻令諸清信男子女人深得淨信轉復敬重生大愛樂歡喜踊躍阿難如捕魚師爲得魚故在大池水安置鉤餌令魚吞食魚吞食已雖在池中不久當出何以故如是等魚爲彼堅牢鉤繩所中雖復在水當知是魚必在岸上何以故如是鉤繩繫岸樹故時捕魚師來到其所即知得魚便牽鉤繩安置岸上隨意所用如是阿難一切衆生於諸佛所得生敬信種諸善根修行布施乃至發心得一念信雖復爲餘惡不善業之所覆障墮在地獄畜生餓鬼及諸難處若佛世尊出興於世以佛眼觀見諸衆生行菩薩乘若緣覺乘若聲聞乘此諸衆生種諸善根此諸衆生斷諸善根此諸衆生墮在退分此諸衆生在勝進分此諸衆生種諸種子置賢聖地於佛福田乃至發心一生敬信修行布施以此善根諸佛世尊以佛眼觀見此衆生發心勝故從於地獄拔之令出旣拔出已置涅槃岸置涅槃已令其憶念本於其佛種諸善根彼憶念已作如

是言如是婆伽婆如是修伽陀佛言善男子汝等以此善根得大果報得大利益以於佛所修行布施種善根故善男子如是寄者終不虧損假使久遠乃至百千億那由他劫彼一善根必得涅槃盡涅槃際阿難所言魚者喻諸凡夫池者喻生死海鉤喻佛所植一善根繩喻四攝捕魚師者喻佛如來隨意用魚喻諸如來安置衆生於涅槃果阿難如是次第汝應當知若施佛田假使久遠終不敗亡終無窮盡無有邊際必當趣涅槃果阿難我今當復更作譬喻若施佛田得第一涅槃盡涅槃際阿難若有衆生貪世間報行世間行愛樂世間悕求世間於諸佛所修行布施以此善根回向悕求人天善道復有衆生於諸佛所種諸善根作如是言以此善根願我世世莫入涅槃阿難是等衆生以此善根不入涅槃無有是處何以故阿難如是諸佛無上福田無諸荒穢亦無棘刺離欲垢過極甚清淨如是田中種少善根福德種子於餘田中不生長者於三種菩提能作種子若無上菩提若緣覺菩提若聲聞菩提彼諸善根終不差失以是布施心生敬信增上因緣得趣善道及清淨法必入涅槃阿難譬如長者營田之時地不荒穢無諸荊棘及以瓦礫糞壤肥良墾治調柔以新種子盛以寶器不腐不敗依於時節下種田中隨時溉灌鋤治料理於一切時常善護持阿難若是長者營田之士於餘時中到彼田所住在田畔作如是言咄哉種子汝莫作種莫生莫長我不求利亦不求報阿難於意云何可以田夫語故種子不

生不作種也阿難言不也婆伽婆不也修伽陀彼必作果非無果實佛言如是如是阿難若有衆生樂著生死三有愛果於佛福田種善根者作如是言以此善根願我莫般涅槃阿難是人若不涅槃無有是處阿難是人雖不樂求涅槃然於佛所種諸善根我說是人必得涅槃盡涅槃際乃至佛所得一發心一生敬信種善根者一切皆當得般涅槃盡涅槃際阿難於當來世有邊地王彼雖不解佛法功德見佛精舍及見形像心生信者我昔曾於五道之中處處受生修行一切菩薩行時以四攝法布施愛語利行同事攝彼邊王阿難彼邊地王見我精舍及見形像心生敬信以此善根必得涅槃盡涅槃際阿難彼邊地王當有羣臣幷諸王子大臣輔佐親戚骨血及諸伴侶於我滅度後見我精舍及見形像雖不解知諸佛功德及佛正法少修善根心生信者我本修行菩薩行時亦曾以四攝法攝護彼等以是善根所加持故當得涅槃盡涅槃際阿難我於長夜憐愍衆生以四攝法長夜攝受以諸佛法利益養育阿難汝觀如來在路行時能令大地高處令下下者令高高下諸處悉得平正如來過後地輙還復一切樹林傾側向佛樹神現身低頭禮拜如來過後樹輙還復丘陵坑坎屛廁臭穢荊棘叢林一切瓦礫皆悉掃除嚴治平正清淨無穢馨香芬烈甚可愛樂衆華布地莊嚴光麗如來足履蹈上而過阿難汝觀如來本所修行諸善功德在路行時無有衆生而不傾側稽首禮者無情諸物大地山崖樹林藥草於

佛行處無不傾側何以故阿難我本修行菩薩行時於諸師所傾側禮拜亦於父母第一尊重傾側禮拜耆年長宿中年少年親友骨血無不傾側於佛菩薩善知識所聲聞緣覺及以外道五通諸仙沙門婆羅門如是一切應受供養人諸佛菩薩及善知識聲聞緣覺外道諸仙沙門婆羅門父母兄弟親友骨血及餘耆年中年少年同師等侶無不傾側謙下禮敬阿難我以如是善業報故於無上菩提得成佛已彼諸事物有情無情如來行時無不傾側低頭禮拜阿難我本曾以清淨微妙稱意資産至心自手施諸師長及餘衆生阿難以是業報如來行時大地平正掃灑嚴治清淨無泥又無瓦礫阿難我於無量諸如來所菩薩知識聲聞緣覺外道諸仙在路行時我昔曾與掃治道路泥治房舍若行若住於佛精舍我以慈心平等心無高下心無諂曲心清淨心掃治令淨於一切時常求阿耨多羅三藐三菩提爲一切衆生故安樂一切衆生故憐愍一切衆生故利益安樂諸天人故阿難以是善根若佛如來在在處處若行若住若坐若思惟念欲行來路首自然街巷清淨地平如掌阿難如來所有身業功德殊勝難知不可得邊阿難我今爲欲滿此義故當有清信善男子善女人於如來所深生敬信得未曾有阿難須彌山王高八萬四千由旬在大海中亦八萬四千由旬阿難假使我滅度時如此堅固高大山王無不傾側何況諸餘黑山藥草叢林若不傾者無有是處阿難且置堅固須彌山王所有鐵圍山高十六

萬八千由旬彼等亦是金剛堅固佛涅槃時無不傾側低頭禮敬若欲遠避不傾側者亦無是處何以故阿難我本修行菩薩行時一切衆生所作事業終不別離若有衆生瞋恚乖張我令和合昔不和者能令和合堅固安住具足不壞各生慈心愍心阿難以是善根因緣力故如來獲得不可壞身亦令眷屬堅固不壞阿難如來復獲眷屬堅固不可壞法所謂四念處四正勤四如意足五根五力七覺分八聖道分阿難此三十七助菩提法是佛如來大眷屬所有諸佛聲聞緣覺安住其中一切世間諸天人衆所不能壞何以故阿難佛以是法一切世間諸天魔梵沙門婆羅門及諸眷屬天人阿脩羅及須彌山大鐵圍山大地草木佛涅槃時無不低頭傾側而向

何能破壞若有壞者無有是處何以故阿難如來身者不可破壞佛之舍利亦不可壞阿難如來憐愍一切衆生以本願故碎此舍利令如芥子爲令佛法增廣流布阿難如來本修菩薩行時發如是願我於阿耨多羅三藐三菩提成正覺已般涅槃後令我舍利增廣流布阿難以本願故我滅度後令此舍利增廣流布彼諸衆生見佛如來般涅槃故得聖道果佛爲憐愍彼等衆生分此舍利令如芥子阿難如來應正徧知臨般涅槃時憐愍世間諸衆生故入如是三昧分此舍利令如芥子然如來身不受苦痛一切支節分散解時能令舍利猶如芥子時佛如來無有苦痛乃至如是憐愍攝受彼諸衆生及攝未來諸衆生故令得安隱諸善道故供養舍利尊重迎

送謙下供養種種莊嚴種種華香塗香末香衣服幢旛及衆寶蓋歌舞音樂我說彼等當得涅槃果乃至盡涅槃際阿難我滅度後一百年中於波離弗城當有國王名阿輸迦於孔雀戶種姓中生以法治世彼於我法當得敬信得敬信已令我舍利增廣流布一日一時起八萬四千塔安我舍利阿難汝莫憂愁我之舍利於天人中當廣流布阿難且置現在供養如來且置我滅度後供養舍利如芥子者阿難若有夢中見佛精舍心生敬信我說彼人以此善根當得涅槃得第一涅槃盡涅槃際阿難於未來世所有諸佛出興於世是諸如來無不稱我功德行者亦如我今稱讚過去諸佛功德未來諸佛稱我名字亦復如是阿難我說法時凡諸衆生遠塵離垢得

法眼者阿難彼諸衆生我本修行菩薩行時一切皆悉先已成熟阿難若施僧田功德有盡施四方僧功德亦盡施辟支佛所作功德於中不盡若於佛所作功德者不可窮盡復次阿難如我前說諸福田所作功德者悉皆當得涅槃果盡涅槃際阿難且置親承供養我者且置我滅度後供養我舍利者阿難若有念佛乃至一華散於空中我以佛智見彼善根不可量不可說阿難彼等衆生所作善根以念佛心乃至一華散空中者盡此刼來馳走流轉從初至末不可得知於流轉時於如來所奉散一華所得果報不可稱說或作梵天王釋天王轉輪聖王以其善根不可盡故必得涅槃盡涅槃際何以故阿難如是諸佛大神通所奉施一華得如是等無量福報

廣大利益大功德聚不可稱量無有邊際必當趣涅槃界阿難若於佛所所作功德者當得如是不可稱量無邊福報乃至佛所得一發心生一念信者我説是人梵行究竟安隱究竟盡究竟際是故阿難若有善男子善女人欲求梵天王轉輪聖王護世四天王三十三天夜摩天兜率陀天化樂天他化自在天及餘諸天諸龍夜叉乾闥婆阿脩羅迦樓羅緊那羅摩睺羅伽人非人等一切世間主得自在者應當如是尊重迎送恭敬供養諸佛世尊若欲悕求聲聞地者辟支佛地者及求無上三藐三菩提者如是善男子善女人亦應如是恭敬尊重謙下供養阿難我昔爲求阿耨多羅三藐三菩提時於無量佛無量百佛無量百千佛乃至無量億那由他百千佛所恭敬尊重謙下供養衣服飲食牀座卧具病瘦因緣所須湯藥若行若住若坐若卧以諸華鬘塗香末香栴檀沉水幢旛寶蓋供養彼佛彼佛滅後起立塔廟種種莊嚴以諸香華塗香末香歌舞嬉戲百千妓樂恭敬尊重謙下供養憐愍世間諸衆生故利益安樂諸天人故未得度者欲令得度未解脱者令得解脱未安隱者令得安隱未涅槃者令得涅槃故阿難我以五莖優波羅華散然燈佛於彼即悟無生法忍如是善根是少分報阿難我以然燈如來應正徧知所散五莖華及餘善根少分福報汝欲知不阿難白言如是世尊願樂欲聞如是婆伽婆如是修伽陀今正是時唯願世尊分别顯示於然燈佛種少善根所得果報爾時世尊舒金色右臂以一小指

放天優波羅華香徧滿三千大千諸佛世界百億日月所流行處無不周徧爾時世尊於諸天人阿脩羅中現此奇特未曾有法於諸佛所種少善根所得福報示現不虛不虧損故爾時世尊而說此偈

諸佛不思議　如來法亦然　能信不思議
必獲不思報　有想無想等　一切諸衆生
無量百億劫　一切悉供養　所有辟支佛
無漏阿羅漢　不可思議劫　供養彼一切
正覺若住世　若佛涅槃後　乃至一合掌
此福勝於前　佛戒無缺漏　三昧得自在
於法無疑惑　佛眼無不了

若於善逝修慈者　若晝若夜少時間
如是供養福無量　三界無等無有比
過去阿僧祇劫中　於諸世間導師所
諸天人中作光明　修諸善業不可數
阿僧祇劫流轉時　受彼福報不能盡
我以彼福爲因緣　能得如是勝菩提
我昔憐愍衆生故　無量百千億佛所
世世常修勝供養　佛不與我授記別
彼佛世尊人中上　知我善根未純熟
雖行諸善不得記　以我無是勝忍故
我又見彼然燈佛　奉散五莖優波羅
布髮掩泥令佛蹈　即悟無生勝法忍
時彼導師然燈佛　即授我記昇虛空
汝於來世阿僧祇　當得成佛號釋迦
從此生死流轉來　修行無量諸善業
愍衆生故受諸苦　爲求如是勝菩提
我見世間孤獨苦　悲心憐愍常布施
彼福無限無有量　導師廣說不能盡

我爲菩薩修行時　於諸善逝佛世雄
晝夜稱名而供養　無量億劫不可數
一二三四五至十　二十三十略稱名
愍諸衆生故修行　最勝佛所本供養
如我本修苦行時　無量衆苦我忍受
世世不捨菩提心　一切諸佛無能比
我於世世流轉時　棄捨百千萬億頭
捨寶國土及王位　爲求聞法多善說
我爲無上正法時　深心樂求不可量
布施持戒及忍辱　精進覺悟勝菩提
諸佛勢力不思議　以諸功德所建立
能演正法不思者　亦能顯示勝菩提

植善根品第十一

爾時世尊復告阿難言我從然燈佛來次復值佛名蓮華上我以金華奉散彼佛爲求阿耨多羅三藐三菩提故次復值佛名一切世間最勝自在我以銀華奉散彼佛爲求如是一切種智次復值佛名極高行我把寶錢奉獻彼佛爲求如是不可知智次復值佛名曰上譽我把衆寶奉獻彼佛爲求如是無障礙智次復值佛名釋迦牟尼我以雜華散彼佛上爲求如是無上菩提次復值佛名曰帝沙我以赤栴檀末塗散彼佛亦復爲求無障礙智次復值佛名曰弗沙我以深信七日七夜目不暫瞬以無量偈讚彼世尊次復值佛名毗婆尸我復以豆散彼世尊次復值佛名曰尸棄我以無價寶衣奉上彼佛次復值佛名毗舍浮我以餚饍飲食供養彼佛世尊阿難此賢劫初次有佛興名拘留孫我於彼所淨修梵行爲求如是自然智故次復值佛名拘

那舍牟尼我於彼佛修行梵行次復有佛名曰迦葉時我於彼亦修梵行我於是等一切佛所爲求阿耨多羅三藐三菩提爲自度亦爲度未度者自得解脫亦爲未解脫者令得解脫自得涅槃亦爲未涅槃者令得涅槃汝今觀我供養爾許無量阿僧祇諸佛世尊恭敬尊重謙下供養具足無量諸善功德爲求如是阿耨多羅三藐三菩提故阿難如是次第汝應當知雖於佛所種少善根當得如是大祚通大利益廣大功德阿難我於佛所種植如是不可思議菩提善根今得如是不思議報無等無敵無有邊際汝應當信爾時世尊重說偈言

我於然燈兩足尊　值遇修行菩薩行
五莖青蓮散彼佛　即時記我無上道
次有佛名蓮華上　我時亦復得值遇
以金寶華散彼佛　爲求最勝菩提故
次復有佛大導師　名諸世間最自在
極高上行及上譽　釋迦帝沙弗沙佛
毗婆尸棄毗舍浮　拘留孫佛拘那含
迦葉佛等皆供養　爲求最上勝菩提
此等及餘過去佛　我皆修行勝供養
悲愍一切衆生故　爲求無上勝菩提
彼佛千億皆供養　積集善根已滿足
降魔勢力及眷屬　獲得無憂安隱道
我轉無上大法輪　爲衆生故顯正法
天人龍等緊那羅　應菩提器我度竟
我已顯示安隱道　未來諸佛及聲聞
若欲救度諸苦者　應當修習我德行

大悲經卷第三

音釋

噬時制切齧也　析先的切分也　暴乾暴步木切日乾也　指口皆切拭也　宊陀没切觸也　鉤餌鉤居侯切餌忍止切

大悲經卷第四

高齊天竺三藏那連提黎耶舍共法智譯

以諸譬喻付囑正法品第十二之一

爾時世尊復告慧命阿難言且置我今得菩提時功德利益若我本行菩薩道時功德利益緣覺尚無何況聲聞及餘衆生阿難我菩薩時久修苦行棄捨王位婦兒妻子及諸婇女身命手足頭目耳鼻血肉骨髓及受種種無量苦痛彼等一切悉爲汝等悕求阿耨多羅三藐三菩提故阿難一切難捨我悉已捨所受衆苦悉爲衆生阿難此等功德若我廣說則不可盡而有聞者心則迷悶況有說者阿難若有衆生起一念心悲愍釋迦牟尼如來應供正徧知本昔修行菩薩苦行作如是言爲我等故具受無量種種苦痛難爲之事阿難我說彼等一發心者必定當得最後涅槃何況我所種善根者阿難或有愚人漫捍無信聞我本修菩薩苦行乃至不生一念悲心不言如來有大利益亦不敬信是故所有殊勝行者能得涅槃阿難如是功德利益勝法緣覺所無何況一切聲聞凡夫所能有也阿難諸有修行菩薩行者所得大悲亦非緣覺所能有也阿難若有如我修菩薩行者得於大悲得大悲已悉皆當得阿耨多羅三藐三菩提是故此法大慈大悲之所攝也以是因緣緣覺所無以是義故彼不得作如來應供正徧知不具十力四無所畏大慈大悲阿難我知本昔修菩薩行推求善法於彼生死心常驚怖於諸衆生修大悲心而於夢中見大鐵圍有崩倒處世界中間有諸衆生在大

地獄爲彼獄卒之所逼切身體碎壞周徧熾然猶如火聚受大苦切如奪命苦我詣其所彼諸衆生合掌禮拜而作是言仁者汝今受樂我等今受地獄之苦楚毒難忍如奪命苦無救無護無歸無趣大丈夫若欲救我如是苦者必定堪能阿難我時於彼地獄衆生起大悲心即於夢中悲泣流淚如恒河水我時安慰彼衆生言諸仁者莫生怖畏我令汝等脫是苦聚阿難我時令彼地獄衆生集在一處以其右手普摩其頂而告之曰諸仁者莫生怖畏我當必定救度汝等作是語已地獄火聚即時得滅其諸衆生於刹那頃得受安樂阿難我於爾時從夢寤已振衣取淚以器盛置阿難我本如是具大悲法修菩薩行何況今得阿耨多羅三藐三菩提阿難汝應當

知如是之法亦非縁覺所能有也何況聲聞凡夫人等阿難若有此法者是修菩薩行阿難當觀如來本昔所修菩薩行時於諸衆生具足如是憐愍利益大悲之心如是功德若我具以口業宣説不得邊際阿難過去之世有大商主爲採寶故將諸商人入於大海彼所乘船衆寶悉滿至海中閒其船卒壞時彼商人心懷怖畏極生憂惱其中或有得船板者或有浮者有命終者阿難我於爾時作彼商主在大海中用以浮囊安隱而度時有五人呼商主言大士商主唯願惠施我等無畏説是語已爾時商主即告之言諸丈夫勿生怖畏我令汝等從此大海安隱得度阿難彼時商主身帶利劒而作是念大海之法不居死屍如其我今自捨身命此諸商人必能得

度大海之難作是念已即喚商人置已身上令善提持彼諸商人有騎背者有抱肩者有捉胜者爾時商主爲欲施彼無怖畏故大悲修心起大勇猛厲身心力即以利劒斷已命根速取命終于時大海漂其死屍置之岸上時五商人便得度海安隱受樂平吉無難還閻浮提阿難彼時商主豈異人乎我身是也五商人者今五比丘是也是五比丘昔於大海而得度脱今復於此生死大海而得度脱安置無畏涅槃彼岸阿難汝今當觀修何苦行具足云何無量功德得爲菩薩摩訶薩也阿難如是功德次第應知亦非緣覺所能有也阿難如諸菩薩功德如是諸辟支佛無此法故不作如來應供正徧知不成阿耨多羅三藐三菩提阿難以能如是修諸苦行得爲菩薩大悲憐愍一切衆生阿難復有愚人於我佛所不生敬信以是因緣不得作阿耨多羅三藐三菩提根本種子亦不得證無上涅槃彼若於我心生敬信即便得作菩提種子能證涅槃阿難修少分行得少分功德修滿足行得滿分功德阿難我當更說餘行決定若有衆生乃至能發一念敬信以此善根得爲種子何況復種勝上善根阿難若於佛所種善根者乃至一念發心念佛我說彼等猶如甘露最後甘露阿難行者應當以一切種而念如來所謂念於如來所念念如來善根念如來姓曰姓不相似以甘蔗種上姓生故姓曰者爲離諸闇而作光明阿難我生釋種故種姓清淨阿難當念如來生念如來種族念如來姓念如來積財具足念如來端正念

如來所生國土念如來相念如來隨形好念如來十力念如來四無所畏念如來十八不共法念如來所生具足念如來可美念如來無愚癡念如來本行具足念如來願具足念如來戒定慧解脫解脫知見具足念如來慈悲喜捨具足念如來威儀具足阿難若有人隨所念佛彼彼功德得大神通大利益廣大功德猶如甘露第一甘露最後甘露阿難我於往昔爲菩薩時行檀波羅蜜我以佛智觀彼功德不得邊際何況所修尸波羅蜜羼提波羅蜜毗棃耶波羅蜜禪波羅蜜般若波羅蜜如是等諸餘功德若彼菩薩未得授記所有功德佛智觀察不得邊際何況授記所有功德乃至何況得成佛時一切功德於百千億那由他劫觀察宣說不得邊際何以故如來應供正徧知功德無量阿難我以實智觀此利益如是說也若有憶念我菩薩時功德利益心生敬信以此善根悉皆當得後際涅槃是故阿難汝莫憂悲我爲令汝與諸天人作大利益作大攝受已說道法令彼得向無上安隱後際涅槃汝等於此勤修方便愼莫放逸爾時世尊告諸比丘言吾今後夜當般涅槃汝等今者最後見我最後受化最後合會汝等從今更不見我我亦不復見於汝等汝諸比丘止莫憂悲一切所愛稱意之物皆當離散諸比丘生法有法有爲法差別法覺知法因緣所生敗壞之法若不滅者無有是處諸比丘假使久住會當去矣諸比丘凡有生者無不有死一切諸行無有常定究竟不變諸比丘生死是苦涅槃是樂汝若欲令未

得者得未達者達未證者證當勤求之諸比丘勤修方便慎莫放逸諸佛世尊以不放逸故得阿耨多羅三藐三菩提及餘一切助道善法是故汝等當受我化爾時大衆比丘比丘尼優婆塞優婆夷天龍夜叉乾闥婆阿修羅迦樓羅緊那羅摩睺羅伽釋天梵天四天王等得聞如是最後教已愁苦不樂爲憂箭所射啼哭流淚極大號叫作如是言婆伽婆入般涅槃一何駛哉修伽陀入般涅槃一何駛哉世間眼滅世間盲冥一何疾哉我今云何與衆生寶別離太速爾時阿難聞是語已瞻仰如來目不暫瞬即便思惟悲號啼哭放身投地猶如斫倒臨崖大樹爾時世尊告阿難言止莫憂悲我向豈不如是語汝一切稱意所愛之事皆當別離生法有法有爲法差別法覺知法因緣所生敗壞之法若不滅者無有是處慧命阿難聞是語已即白佛言婆伽婆我何得不愁修伽陀我何得不悲我與如是衆生之寶衆生共乘衆生導師世間所求世間歸趣天人大師當有別離是故婆伽婆我何得不愁修伽陀我何得不悲世尊我與如是大悲憐愍一切衆生世間親友一切世間眼目之寶作光明者當有別離而我自怪心不破裂以爲百分世尊我復自怪而得住此不取命終世尊又我自怪身不碎壞猶如麥麨世尊我復思惟今得如是不命終者皆由如來神力加故婆伽婆我那得不愁修伽陀我那得不悲今者如是衆生共乘世間導師憐愍世者明當不住更不可見爾時佛告慧命阿難言汝愛我耶阿難言甚愛婆伽

婆甚愛修伽陀佛言阿難云何愛我阿難言我愛世尊非以口業言說可盡亦不可以喻況能盡婆伽婆我愛如是修伽陀我愛如是世尊我爲如來棄捨身命亦無悋惜婆伽婆我愛如是修伽陀我愛如是世尊我愛如來唯佛證知婆伽婆我愛如是修伽陀我愛如是爾時世尊復告阿難汝若愛我伸汝右手來爾時阿難即舒右手于時世尊以金色右手其掌柔輭色如紫礦執阿難手而作是言阿難汝若愛我應當爲我而作愛事何者爲我所作愛事我於無量百千億那由他阿僧祇劫所習阿耨多羅三藐三菩提大法寶藏付囑於汝汝當隨順如我所轉常如是轉令得廣行而不斷絕莫作中間滅法人也阿難我今爲汝當作護持令佛所說正法毗尼而得增長不退滅故不失壞故我今說喻諸有智者從喻得解譬如貴族巨富長者豪富饒財多諸庫藏所須之物無不具足如是財寶不共他有種姓具足籍冑淵遠所生因緣悉亦具足如是長者生育一子子既長大勤教令學歷筭書印及餘種種深密工巧深密智慧子既學已後時長者語其子言我今於汝所作已竟汝既學得歷筭書印深密工巧深密智慧今日是我最後教勑一切財寶是我所有我今悉當付囑於汝汝從今日當學三事可得存我門族舊業何等爲三一者欲二者精進三不放逸如是豪貴巨富長者如是善巧教其一子而彼一子狂惑放逸父母財産費用皆盡阿難於意云何彼長者子受父教不阿難言不也婆伽婆不也修伽陀佛言

阿難如是長者爲與其子作父事不阿難言作也婆伽婆作也修伽陀佛言阿難如來則爲世間之父汝如一子今日是我最後教誡付囑於汝我此百千億那由他阿僧祇劫所習無上法寶庫藏汝等亦應學於三事何等爲三一者欲二者精進三不放逸如是汝等若住三事我此阿僧祇劫所習無上法寶庫藏則得久住未達善法者令得通達已通達者令不退失是故汝等應當堅持我此阿僧祇劫所習阿耨多羅三藐三菩提法寶庫藏未住三事者令住三事未達善法令得通達已通達者令不退失何以故我爲慈悲憐愍利益諸世間故爲令彼等得安樂故阿難我與世間已作父事親友事竟我於汝等應作已作復次阿難我於阿僧祇劫所習阿耨多羅三藐三菩提法三事因緣當有隱没何等爲三一者無信二者不住決定之行三者不懺悔是故阿難今當護持正法寶藏爲住深信決定懺悔應作欲進不放逸等三事方便如是汝等於我法尊世間之父如其子事應作已作阿難以是義故我復說喻令此無上正法寶藏而得成就增上付囑以此喻故諸有智者聞說得解復得增上深愛敬信便生念言彼釋迦牟尼如來應供正徧知爲我等故臨涅槃時以其右手執阿難手付囑於此阿僧祇劫所習阿耨多羅三藐三菩提法譬如商主遠遊道路所應作者皆已作訖阿難於意云何而彼商主爲當還家爲在道住阿難言世尊彼來還家不在道住阿難如是如來世間之父母世間親友世間導師是大商

主以阿耨多羅三藐三菩提智所應作者皆已作訖更無佛事而可作也一切衆生所應度者皆已度竟所應度者無不善調阿難有於三事不滿不得如來應供正徧知不般涅槃何等爲三所謂菩薩摩訶薩未得住於不退轉法若於如來無上正法隱没之時或經一劫百劫千劫或百千劫百千億那由他劫未能得成阿耨多羅三藐三菩提諸佛世尊雖涅槃時至見此菩薩善根未熟爲令成熟住不退故以神通力如其自身住世不滅待此菩薩得不退已退時授其次第補處阿耨多羅三藐三菩提記是佛如來然後入於無餘涅槃是故我今與彌勒等無量百千億那由他菩薩摩訶薩授阿耨多羅三藐三菩提記令其住於阿毗跋致此是諸佛憐愍衆生應作已作復次阿難若諸衆生應於如來當得解脱而未度者如來終不入於涅槃若佛世尊知彼無量百千億劫餘佛世尊未出於世若自世界若餘世界於五道中所有衆生或經一歲或百歲千歲或百千歲或百千億那由他歲乃至一劫若過一劫是等於我應得度脱不於一切聲聞縁覺而得度脱以佛智慧如是知已彼佛世尊雖涅槃時至憐愍彼故以神通力加其自身住世不滅乃至令彼得成熟已然後度脱阿難此是第二諸佛世尊應作已作然後入於無餘涅槃復次阿難如來所説若修多羅若毗尼若摩得勒伽所有深義非學無學聲聞大衆共議能知於其衆中設有比丘生疑欲問敬重佛故恐畏惱亂不敢輙問於是如來應供正徧知佛智

知已化作一比丘至如來所問言世尊此所作事云何而作佛即告彼化比丘言比丘此所作事應如是作阿難此是三事諸佛世尊必定須作其事不滿不入涅槃彼等一切我於今者已作已說更無所作更無所說阿難我今已為諸聲聞說修學毗尼波羅提木叉為盡苦故示於正道說行決定正作其事是故阿難汝等從今我不說者慎莫說之我所說者勿令斷絕阿難如我所說應如是學應如是作慎莫放逸樂不放逸故則得道果以是義故教勑汝等莫憂莫悲阿難吾今後夜當般涅槃我今當捨已之國土已之境界更不復來至此世界亦復不到他世界也（他世界者後世生處）汝等從今更不見我我亦不復見於汝等阿難我當入於無餘涅槃如是涅槃寂靜清涼無塵離垢一切苦息捨於窟宅無生無老無病無死無憂無悲無苦無惱無不稱意無諸悔恨無怨憎會無愛別離如恒河沙等諸佛世尊及與一切聲聞緣覺皆悉已去今去當去阿難汝今當觀我猶愛彼無餘涅槃有諸愚癡凡夫之人而不愛彼勝妙寂靜安樂涅槃亦復不能一念發心隨順解脱是人若能一念發心以是因緣即為種子當得涅槃阿難一切凡夫何有是力一切凡夫羸劣無力阿難我觀一切愚癡凡夫猶如麥䴬是故阿難愚癡凡夫何得有力何得有安所有不能一念發心順解脱者若能發心決定得為涅槃種子阿難一切愚癡凡夫之人無有戒力定力慧力阿難我已具足無量佛力具足阿僧祇不可思議無量無等戒定慧解脱

解脫知見力慚力愧力久積集力智力捨力福力慧力根力加力具足十力猶故愛彼無餘涅槃阿難有諸凡夫闇鈍無智少於知法樂著生死牢獄纏縛乃至不能一念發心隨順解脫當令彼等得爲涅槃根本種子阿難如是如來所讃所說諸修多羅留在未來若佛滅後未來世中有人得聞聞已發心即便得入正法寶藏無餘涅槃界阿難我當說喻令得增上深解其義阿難譬如商主將諸商人涉於廣大曠野險路免諸賊難到無畏城其中有人失伴在後極甚怖畏尋跡而去逐諸商人甚大苦惱得過險路見諸商伴阿難如是如來成阿耨多羅三藐三菩提已演說如是諸修多羅留在未來於佛滅後有諸善男子善女人等若得聽聞聞已發心到我所留正法寶城無餘涅槃界到正法城已思惟憶念護持顯說我法寶藏阿難我爲一人尚當付此無上正法令汝堅持何況無量百千衆生是故我今以此億那由他阿僧祇劫所習阿耨多羅三藐三菩提正法寶藏付囑於汝汝等應當善誦堅持爲諸淨信四部大衆開示分別莫作中間滅法人也阿難當來之世有諸衆生不聞如是修多羅義而生退沒是故阿難我當說喻譬如豪貴巨富長者多饒財寶庫藏盈滿資生所須皆悉具足然彼長者唯有一子遠行他方時彼長者身遇重病痛苦極甚臨命終時以多寶物摩尼眞珠瑠璃珂貝金銀錢財寄餘長者作如是言汝應當知我子既已遠行他方然我今者身遇重病不久命終爲我子故以是無量庫藏財

寶寄付於汝如其我子他方來還爲我教之莫令放逸當令堅住不放逸法然後付此庫藏寶物當付寶時應作是言童子汝父往日臨命終時爲於汝故以此寶物寄付於我令我還汝是汝已物應當領受慎莫放逸堅持守護勿令損失爾時豪貴巨富長者作是語已即以所有衆多寶物而寄付之彼餘長者即便領受受已不久其長者子他方而還彼餘長者所受寄物悉不還之阿難於意云何是誰過也慧命阿難白佛言世尊受寄者過非餘人也何以故其受寄者親自受彼豪貴長者衆多寶物不還彼子故佛言阿難豪貴長者喻如來也臨命終者喻於如來欲入涅槃言一子者喻未來世有諸淨信善男子善女人等遠行他方者喻流轉五道大寶藏者喻於如來億那由他阿僧祇劫所習無上大法寶藏受寄長者喻於汝等諸大聲聞菩薩摩訶薩護正法者阿難如是億那由他阿僧祇劫所習無上大法寶藏爲未來世諸善男子善女人等寄付於汝及大迦葉彌勒等諸大菩薩汝等若能順我付囑彼未來世所有受化淨信佛子應以法寶而授與之何以故阿難有諸衆生是我往昔爲菩薩時所成熟者以惡業故墮於地獄畜生餓鬼如是衆生如來滅後得出惡道生於人中所有諸根增長成熟故於我法中以少因緣能生敬信其中或有得出家者聞我所說諸修多羅當發勝行或於聲聞乘或於緣覺乘或於大乘而般涅槃阿難我爲未來諸善男子善女人等付囑於此百千億那由他阿僧祇劫所習無

上大法寶藏令彼得聞何以故彼等衆生若不聞此真道正法當有退没是故我今爲彼未來善男子等付囑於汝大法寶藏若彼得聞則無有退以是因緣我復說喻阿難譬如轉輪王廣開庫藏勑諸典臣諸丈夫汝當布施一切沙門婆羅門貧窮乞人及行路者隨其所須求食與食須飲與飲須乘與乘及以華鬘塗香末香衣服卧具清淨房舍活命之具諸庫藏臣得王勑已而不行施阿難於意云何是誰過也阿難言大德婆伽婆諸藏臣過非輪王也佛言阿難如是如是我爲法王於億那由他阿僧祇劫廣集如是大法庫藏自覺悟已欲令增廣於天人中開示顯說乃至爲汝所開示者爲諸敬信沙門婆羅門一切凡夫求法義者悉令得聞是故阿難我今以此大法寶藏已廣開顯付囑於汝汝若不爲淨信沙門婆羅門長者居士及諸凡夫樂法義者廣宣分別則於如來當有過失何以故阿難我爲無上法轉輪王多有法寶功德庫藏多諸助道七覺法財十力無畏皆悉具足於諸法中而得自在故名法王汝持我此八萬四千正法寶藏爲諸淨信沙門婆羅門長者居士淨信凡夫諸法師等求法義者具足演說勿生分別莫作中間滅法人也是故阿難汝若以我億那由他阿僧祇劫所習阿耨多羅三藐三菩提無上法寶能爲四衆而顯說者則於如來無諸過失若不說者有大過也復次阿難若漏盡阿羅漢比丘證無爲故不能爲他分別顯說是人不益如來導師亦不護持我之正法是故我今付囑汝法何

以故阿難譬如有人於大黑闇執持草炬還歸舍宅復有多人欲度黑闇其執炬者依此草炬得度黑闇到已舍宅到已除滅而不與他阿難於意云何是人旣知草炬未盡及知大衆皆欲度闇自用此炬而不與他可名正作爲好不也阿難言不也婆伽婆不也修伽陀佛言如是如是阿難若有比丘得阿羅漢果證無爲法已亦知大衆度生死闇而不爲他分別顯說我阿僧祇劫所習法寶令得增廣是人不名利益導師不名攝受我之正法是故阿難我今以此億那由他阿僧祇劫所習法寶付囑於汝乃至堅持爲他廣說勿令斷絕如是眞道莫作末後滅法人也阿難若有比丘比丘尼優婆塞優婆夷於此法寶自安住已必能爲他分別顯說我此億那由他阿僧祇劫所習法寶應付彼等當與其分是故阿難我此億那由他阿僧祇劫所習善法第二付囑爲於未來諸衆生故勿令如是諸衆生等不得聽聞而有退失復次阿難譬如豪貴巨富長者多諸庫藏摩尼眞珠珊瑚珂貝資生所須皆悉具足時有怨家燒其庫藏如是長者復有諸怨及怨親友於長者所心常樂作不利益者有不樂彼得喜樂者有不樂彼得安隱者如是諸怨見其大火燒庫藏時捨之嘿住不滅此火而彼長者復有親善常欲憐愍利益心者欲令安隱者見其火已捨而嘿住不欲滅之阿難於意云何如是親友可名正教發隨順理不阿難言不也婆伽婆不也修伽陀佛言阿難彼等親友見其大火焚燒庫藏捨而不救故復加增熾盡燒一

切庫藏不耶阿難言如是婆伽婆如是修伽陀佛言如是如是阿難我於億那由他阿僧祇劫所習無上善根法寶壞滅之時有諸比丘心無敬信毀破淨戒習行惡法於歌舞處能爲上首不樂離欲修行禪定心多散亂懈怠懶惰少於聞法不樂讀誦何能爲他分別顯說令人得聞住持法寶復次阿難譬如灌頂刹利大王唯有一子遠行不在其刹利王身遇重病既得病已以諸寶藏種種雜物持往寄付大臣長者作如是言若我子還汝當置立令紹王位以諸庫藏悉皆付之諸臣長者各各別受彼王所寄既受寄已王便命終王命終已其子行還即紹王位既登位已具得自在諸臣長者而不還彼寶藏財物作如是言善哉大王正法治化以此寶物賜與我等阿難於意云何其所受寄大臣長者於彼王所有過不耶阿難言如是婆伽婆如是修伽陀彼有過也佛言阿難其遠行者喻五道衆生病者喻佛欲入涅槃多寶藏者喻三十七助道善法大臣長者喻諸阿羅漢付寶物者喻我以此億那由他阿僧祇劫所習法寶付囑於汝乃至如是爲彼未來諸弟子故阿難當來之世有諸衆生我於往昔所成熟者以惡業故生於地獄畜生餓鬼我滅度後於彼命終得生人中所有諸根增長成熟於我法中心生敬信有得出家者有在家者有得須陀洹者乃至有得阿羅漢者有於學地而命終者有於佛地發深信者有種人天諸善根者如是當得具足利益有得如是敬信心者作如是言彼世間父善付我等復得生於

增上敬信阿難我爲彼故以此法寶付囑於汝乃至令彼得聞如是法寶藏故是故阿難汝當以我大法寶藏令彼淨信諸善男子善女人等而得聞也阿難若不令彼而得聞者汝於如來則爲有過何以故阿難彼善男子善女人等若聞如是大法寶藏或有得成殊勝之行或有得生大愛樂心或有聞時流淚毛竪阿難若復有人聞是法門念佛功德流淚毛竪者我記彼等以此善根皆得涅槃

大悲經卷第四

音釋

浮囊（囊奴當切浮囊渡海具也）胜（部禮切股骨也）駛（爽士切疾也）麨（羊即切麥麨也）

大悲經卷第五

高齊天竺三藏那連提黎耶舍共法智譯

以諸譬喻付囑正法品之二

復次阿難若有比丘受持如是諸法門已有諸清信善男子善女人等樂聞法故有來聽者不爲演説是人則爲如來怨讎何以故是諸人等應爲法器樂欲聞法不爲説故彼不得聞以不聞故即便退失已之善根亦復退失他人善根所以者何是人不知應可爲説不可爲説阿難我以是義欲令明了故説譬喻猶如商人多齎寶貨至大曠野險難路中開諸寶貨布之在地喚諸羣賊而告之言我此寶貨希有難得汝與我價我以此寶當賣與汝阿難時彼羣賊即於曠野執持刀杖打諸商人奪其衆寶阿難於意云何是諸商人可於曠野布衆寶物喚諸羣賊言買物不阿難白言是諸商人猶尚不應曠野險路開諸寶貨況喚羣賊世尊如是商人應自牢藏衆珍寶物著鎧持仗以自防衛於曠野處安隱而度此事應爾爾時世尊復告阿難復有商人亦持諸寶從遠方來到諸城邑王都聚落到已開諸寶物布之在地彼有好人來買寶物是諸商人方執刀仗共買寶者而共鬭戰阿難於意云何是諸商人得名黠不阿難白言不也婆伽婆不也修伽陀世尊是諸商人應作是言我此寶物希有難得汝與我價當賣與汝世尊是諸商人應當如是不應布諸寶已著鎧持仗共相禦逆佛言阿難有諸比丘受持流通諸法寶藏所謂修多羅祇夜伽陀毗耶迦羅那優陀那尼陀那阿波陀那伊

帝毗利多迦闍多迦毗佛略阿浮陀達摩優波提舍而於彼等應爲法器不爲説故彼不得聞以不聞故信等樂欲善心不生以不生故不得種諸善根修殊勝行而般涅槃彼諸不應爲法器者而爲演説彼得聞已信等樂欲善心不生以不生故不得解脱是人便生誹謗毁呰作諸罪業墮三惡道阿難猶如彼愚癡商人應開寶處而不爲開不應開處而便强開應可與處而不肯與不應與處而便强與阿難若有清信善男子善女人善心清淨樂欲聞法應爲法器來聽法者應可爲説而不爲説不應爲説而便强説是故阿難若有如是堪爲法器深信樂欲求涅槃者應當爲説若有不堪爲法器者無信樂欲求其過失破戒惡行伺求他過爲欲違反佛正法眼不隨順故不應爲説何以故勿令彼諸愚癡人等聞此法已生增上過是故阿難當如是學若有善男子善女人應爲法器樂聞法者勤心爲説諸有聽者亦復應當攝心專聽阿難彼若如是俱能廣生無量阿僧祇大功德聚阿難於意云何所有地界及衆生界何者爲多阿難白言如我解佛所説義衆生界多非地界也佛言阿難如是如是如汝所説衆生界多非彼地界亦非水火等界阿難及餘三千大千世界所有衆生有可知者有不可知者有可見聞有不可見聞是等一切於一刹那一羅婆一摩侯多頃假使俱時得作人身悉成男子於一刹那一羅婆一摩侯多頃皆悉得成緣覺菩提阿難乃至無量無邊諸世界中所有地土是諸地土邊際不可知如

是地土悉作微塵彼諸微塵假使皆悉得作人身悉成男子彼作人已於一刹那一羅婆一摩侯多頃皆悉得成緣覺菩提阿難若復無量無邊諸世界中有須彌山鐵圍山大鐵圍山雪山香山及餘黑山乃至三千大千世界所有藥草樹木叢林悉爲微塵有可知者不可知者有可見聞有不可見聞皆得人身悉成男子於一刹那一羅婆一摩侯多頃假使一時皆悉得成緣覺菩提阿難彼諸緣覺假使壽命從過去際盡未來際壽命住世不可得知彼衆生中唯有一人獨不得成緣覺菩提然彼一人爲大長者亦從過去盡未來際於中住壽不可得知時彼長者亦隨住壽供養爾數諸辟支佛飲食衣服牀座卧具病瘦湯藥一切供身稱意樂具恭敬尊重謙下供養彼辟支佛若辟支佛般涅槃後起七寶塔以諸天人寶幢旛蓋種種華鬘塗香末香及以燒香衣服歌舞音聲伎樂盡天人中最上供具恭敬尊重謙下供養阿難於意云何彼大長者得福多不阿難白言如我解佛所說義若能供養恭敬尊重一辟支佛所得福德尚多無量不可筭數無等無限不可思議何況供養爾許辟支佛隨其住壽若滅度後恭敬尊重謙下供養爾時世尊復告阿難我今以實告汝彼辟支佛具足戒定慧解脱解脱知見聚受彼長者種種供養有一如來應正徧知出興於世不受長者衣服飲食牀座卧具病瘦湯藥亦不説法然彼長者但見如來應正徧知凡常威儀示現於世所得福德多於供養彼辟支佛具足戒定慧解脱解脱

知見者百千億那由他倍不及長者見佛如來凡常威儀示現於世所得福德何以故以佛如來具足無量阿僧祇不可思議大功德故阿難諸佛如來但以威儀福德善根猶尚不能窮其邊際何況如來所有無量諸善功德阿難若於辟支佛所修行布施所得福德無量阿僧祇若於佛所修行布施所得福德亦復無量無有限者有何差別阿難彼所布施非無差別阿難譬如有人爲求利故詣於他方彼得利已即便回還阿難若施辟支佛所得福德比佛如來亦復如是阿難若復有人於諸佛所修行布施所得福德不可爲譬何以故阿難若於佛所修行布施所得福德無量阿僧祇不可思議無等無匹無有邊際不可窮盡阿難若於佛所修行布施所得福德我當爲汝而作譬喻諸有智者以喻得解阿難譬如畫師畫雖精好其中猶有少許鄙拙不端嚴處復有畫師所作端正轉更勝前如是阿難若於辟支佛所修行布施所得福德比於佛所修行布施所得福德亦復如是何以故阿難彼辟支佛以其智故得名辟支佛此辟支佛智皆從如來智慧而生諸佛如來一切種智轉更勝前是故阿難若於佛所乃至盡形衣服飲食牀座卧具病瘦湯藥恭敬尊重謙下供養所得福德寧爲多不阿難白言如是婆伽婆如是修伽陀若於佛所乃至盡形恭敬供養所得福德甚多無量世尊若於佛所乃至發心一生敬信所得福德尚多無量不可思議不可筭數何況有人於如來所乃至盡形恭敬尊重謙下供養作是語

已佛告阿難且置供養一佛如來以一切樂具乃至盡形而供養者且置供養二三四五乃至十佛若二十三十乃至百佛千佛百千佛億佛百億佛千億佛百千億佛億那由他百億那由他千億那由他百千億那由他乃至徧滿閻浮提如來應正徧知盡四天下千世界二千世界三千大千世界其中百億日月百億須彌山百億鐵圍山百億大海百億閻浮提百億鬱單越百億弗婆提百億瞿陀尼八萬洲渚幷諸眷屬百億四天下百億四天王天百億三十三天百億須夜摩天百億兜率陀天百億化樂天百億他化自在天百億梵天乃至阿迦膩吒天此名三千大千世界彼悉滿中諸佛如來應正徧知譬如甘蔗若竹若葦若佉陀利林若迦賖林彼諸如來

壽命長遠如恒河沙劫時有長者壽命住世亦復如是乃至盡形衣服飲食牀座卧具病瘦湯藥恭敬尊重謙下供養彼諸如來若佛滅後起七寶塔以天幢旛諸妙寶蓋種種香華塗香末香一切華鬘諸妙蓮華優波羅華拘牟頭華分陀利華一切歌舞種種音樂以如是等一切樂具恭敬尊重謙下供養阿難於意云何彼大長者所得福德寧爲多不阿難白言如是婆伽婆如是修伽陀彼大長者於一如來以諸餚饍飲食供養所得福德尚多無量不可筭數何況如是於諸佛所住恒河沙劫而設供具恭敬尊重謙下供養彼佛滅後起七寶塔種種供養所得福德不可爲譬作是語已佛告阿難我今以實告汝若彼長者於諸佛所隨其壽命恭敬尊重謙下供

養彼佛滅後起七寶塔以諸勝妙種種供養所得福德阿難若有善男子善女人於諸如來分別演說菩提道時信解樂欲具足深信法是善說僧是發心善修行者信解諸行一切無常一切苦一切空一切法無我寂滅涅槃阿難以此信解所得福德轉復勝前阿難若復有人信解如是諸法寶藏轉為他說所得福德如是廣大如是無量如是阿僧祇如是不可思議如是無等如是無限何以故阿難如是法寶無上法藏初中後善若有修行如是布施所得功德比此法藏猶如草芥應如是知何以故阿難如是布施世間有漏是生死法阿難我此無量阿僧祇億那由他劫所集法藏斷除生死離諸雜食流轉故有阿難若有衆生聞此法藏從此生法而得解脫乃至老死憂悲苦惱法而得解脫阿難我觀此義故作是說有二種人得大福德一者勤心為說二者至心專聽作是語已慧命阿難白佛言世尊若有善男子善女人深信具足如實修行分別諸法信解樂欲法是善說僧是發心善修行者信解一切諸行無常若苦若空一切法無我寂滅涅槃如是善思深正念者得幾許福佛言阿難若復有人但知法是善說僧是發心善修行者如是善男子善女人深正思惟攝心專聽得聞法已乃至一彈指頃深正思惟法是善說僧是發心善修行者是人於彼所得福德無量無邊何況善男子善女人深正思惟攝心專聽得聞法已乃至一彈指頃如實修行解知諸行一切無常一切苦一切空諸法無我寂滅涅槃阿難

若於無量無邊諸世界中所有一切諸衆生界於一刹那一羅婆一摩侯多頃假使一時俱得人身彼得人已於一刹那一羅婆一摩侯多頃假使一時於阿耨多羅三藐三菩提成等正覺彼諸如來假使壽命從過去際不可得知於未來際亦復如是阿難假使是等諸衆生中唯有一人於阿耨多羅三藐三菩提不成正覺然彼一人爲大長者亦隨壽命從過去際不可得知於未來際亦復如是爾時長者乃至盡形恭敬尊重謙下供養彼諸如來以諸樂具衣服飲食牀座卧具病瘦湯藥而以供養彼諸如來入涅槃後起七寶塔起寶塔已寶幢旛蓋一切華鬘塗香末香盡世所有恭敬尊重謙下供養阿難於意云何時彼長者所得福德寧爲多不阿難白言若彼長者恭敬尊重謙下供養一佛如來所得福德甚多無量不可筭數不可思議無等無限何況如是於諸佛所隨其壽命恭敬尊重謙下供養所得福德不可思量佛言阿難如是如是如汝所說如是長者所得福德不可思議是故阿難我今以實告汝若彼長者於諸佛所隨其壽命恭敬尊重謙下供養所得福德若復有人深正思惟攝心專聽得聞法已乃至一彈指頃信解樂欲法是善說僧是發心善修行者信解諸行一切無常一切苦一切空諸法無我寂滅涅槃所得福德不可譬類所能知也阿難如我先說有二種人得福甚多一者至心爲說二者專心勤聽爾時世尊說是偈言

爲於二種義　應聽佛所說　一切漏得盡

近聖成菩提　若有説法者　及聽佛正法
二俱得福多　能建諸仙幢
爾時世尊復告阿難有二種人共魔波旬極
大戰諍何者爲二一者至心爲説二者專心
勤聽何以故阿難如是梵行得滿足者謂善
知識及善等侶善心流注何以故阿難若有
衆生遇善知識遇知識已從生得解脱乃至
老病死憂悲苦惱法而得解脱阿難此事我
昔告諸聲聞有二因緣能生正見一者從他
聞法二者内正思惟從他聞者當知從佛所
聞内正思惟者亦從佛知何以故阿難如諸
凡夫佛未出時自無内正思惟佛出世已教
諸凡夫作如是事阿難我觀是義故作是説
内正思惟亦從佛生爾時世尊説是偈言
善哉妙丈夫　得見增諸智　若有斷疑者
令凡得明慧　見聖者得樂　共居亦得樂
不見諸凡愚　如常有樂者
是故阿難我爲是義隨宜演説梵行滿足者
謂善知識及善等侶能生善心相續流注何
以故阿難若有衆生遇善知識得生善心生
善心已心則得信心得信已所作皆善所作
善已則得善法得善法已安住善法住善法
已於佛世尊深得敬重於法僧所亦深敬重
當得聖所愛戒自在戒智所讚戒趣涅槃戒
阿難如雲降雨小坑滿小坑滿已大坑滿大
坑滿已小河滿小河滿已大河滿大河滿已
大海滿如是阿難若有善男子善女人於諸
佛所聞佛説已得善根力得善根已近善知
識近善知識已得善等侶得善等侶已得善
流注得善流注已得最勝善得最勝善已得

善心得善心已乃至如法順法發心修行究竟轉究竟無垢究竟梵行究竟最後阿難汝觀如是一切外物同時生長華果成時無有違失何況汝等所作善行豈有違失若有違失無有是處是故阿難汝等應當修行善行無有衆生修行善行而不得果有違失者阿難我亦曾修一切善行無有違失阿難我本修行菩薩行時所修一切諸善功德所得果報無有違失阿難汝觀如來所行道路於彼所有丘陵坑坎高下平正屛廁臭處清淨香潔株杌荆棘藪林叢草穢惡隱没善好低首樹神現身傾側禮拜城邑巷路所有衆生見佛如來隨佛而行如來過後各還如故阿難汝觀如來於過去世諸佛菩薩善知識所聲聞緣覺師僧父母耆年長宿沙門婆羅門傾

側稽首獲得如是最勝果報一切外物見諸佛已應低首者即便低首高者令下下者令高高下諸處皆悉平正阿難汝觀一切愚癡凡夫於諸尊長不修恭敬亦不禮拜憍慢自恃爲慢所害爲慢所纒阿難汝觀如來綢繆手足一切皆以善行所得阿難汝觀如來本修善行布施愛語利行同事以此善行攝護衆生不作分别此是我父此是我母兄弟姊妹親戚善友阿難我於衆生一味平等心無差别阿難我於久遠無有衆生而不攝受布施愛語利行同事如是攝護愚癡凡夫然彼不知以已善根福德因緣生死本際受諸果報阿難我於衆生與其善根所得福樂多於自身修諸善業所得果報阿難一切世間所有樂具皆悉無常是變易法如此樂具是無

常故我本修行菩薩行時爲諸凡愚成熟佛道令得無爲聖無漏樂是無漏樂常不變易更不敗壞是故阿難如是聖智當修諸業如是聖智修諸業者是名正業如是阿難我本亦曾以此聖智修諸善業阿難我亦更說諸餘善行若有衆生爲涅槃故乃至發心作少善根種諸種子聞佛如來說諸妙法深解義趣憶念如來心生愛敬有技淚者長歎者毛竪者若墮地獄畜生餓鬼無有是處若於菩提不得究竟亦無是處阿難復有衆生憶念如來於法覺悟有流淚者毛竪者歎息者阿難莫作異觀彼諸衆生墮於惡道地獄畜生餓鬼中者無有是處是故阿難汝莫放逸應勤方便修諸善業阿難諸佛世尊以不放逸得證菩提及助道法亦以不放逸故得阿難若有如是善受教者求利益者求安樂者求憐愍者起悲愍者應如是作所應作者我已作竟汝等今者亦應當作勿令如是眞道斷絶又復勿令佛正法眼而有隱没阿難汝應如是令佛法眼使得久住各於人天廣行流布阿難我今以是正法寶藏付囑於汝勿令毁滅應如是作是我教法

問教品第十三

爾時慧命阿難白佛言世尊我今云何修行法眼若我修行佛正法眼云何久住於諸天人廣行流布世尊我復云何結集法眼云何顯說作是語已佛告阿難我滅度後有諸大德諸比丘衆集法毗尼時彼大德摩訶迦葉最爲上首阿難時彼大德諸比丘衆當如是問世尊何處說大阿波陀那何處說摩訶尼

陀那何處說大集法何處說五三法何處諸天來問何處天帝釋問何處諸天來下何處說梵網經如是次第彼諸比丘復當問汝阿難佛在何處說修多羅何處說祇夜何處說毗耶迦羅那何處說伽陀何處說優陀那何處說尼陀那何處說伊帝毗利多迦何處說闍多迦何處說毗佛略何處說阿波陀那何處說阿浮陀達摩何處說優波提舍阿難佛在何處說聲聞藏佛在何處說緣覺藏佛在何處說菩薩藏阿難時彼比丘如是問已汝應如是答如是我聞一時佛在摩伽陀國菩提樹下初成正覺如是我聞一時佛在伽耶城如是我聞一時佛在摩伽陀國阿闍波羅尼拘陀樹下修苦行處如是我聞一時佛在波羅柰仙人住處鹿野苑中如是我聞一時佛在耆闍崛山如是我聞一時佛在毗富羅山如是我聞一時佛在摩伽陀國鞞提訶山如是我聞一時佛在王舍城仙人山中大黑方石如是我聞一時佛在舍衛國祇樹給孤獨園如是我聞一時佛在毗舍離城菴羅樹園如是我聞一時佛在毗舍離獼猴池邊大林精舍重閣講堂如是我聞一時佛在瞻波城竭伽池邊如是我聞一時佛在伽耶城伽耶山頂如是我聞一時佛在拘睒彌國瞿師羅園如是我聞一時佛在娑枳多城阿踰闍園迦羅迦林如是我聞一時佛在釋種住處迦毗羅城尼拘陀園如是我聞一時佛在波離弗城鳩鳩吒園如是我聞一時佛在摩偷羅城頻陀林中如是我聞一時佛在拘尸那城力士生地阿利羅跋提河邊娑羅雙樹間

阿難以如是次第在在處處佛所說法在在處處大衆所集隨其時節隨其句義隨其因緣隨其問答發起因緣隨所爲人隨所爲事爲欲分別顯其智故隨其名味句義次第種種演說隨彼由緒有因有緣善義善味廣爲人說佛說經已一切大衆皆大歡喜頂戴奉行阿難汝應如是結集法眼如是分別種種顯說如來應供正徧知說如是語如是我聞一時已大地極惡六種震動甚大可畏令人毛竪當於爾時此三千大千世界六種震動現十八相東涌西没西涌東没南涌北没北涌南没中涌邊没邊涌中没十八相者動徧動等徧動涌徧涌等徧涌震徧震等徧震吼徧吼等徧吼起徧起等徧起覺徧覺等徧覺當於爾時無量天龍夜叉乾闥婆阿脩羅迦樓羅緊那羅摩睺羅伽釋梵護世人非人等悲啼流淚作如是言婆伽婆涅槃太速修伽陀涅槃太速世間眼目隱没太速世間盲冥無目太速慧命阿難悲啼流淚亦作是言婆伽婆涅槃太速修伽陀涅槃太速世間眼目隱没太速世間盲冥無目太速世間導師隱没太速爾時世尊復告阿難汝莫憂悲一切有爲生法有法分別法覺知法因緣生法滅壞法若不壞者無有是處阿難汝於長夜以身口意慈孝如來無量安樂心無有二無瞋無恨無有怨嫌阿難汝以如是當得大神通大功德廣大無量猶如甘露第一甘露盡甘露際是故阿難汝於梵行亦復應當以身口意恭敬供養亦當如我應如是學何以故阿難我滅度後於未來世法欲盡時最後五百

年持戒朋黨正法朋黨將欲盡滅破戒非法朋黨熾盛誹謗正法壽命短促衆生壞時法滅壞時比丘僧壞時阿難當於爾時驚畏恐懼有諸比丘不修身不修心不修戒不修慧彼等不修身戒心慧者貪著六處何等爲六一者貪著鉢二者貪著衣三者貪著食四者貪著牀座五者貪著房舍六者病瘦因緣貪著湯藥彼等貪求勝妙衣鉢乃至上好衆味藥故更共鬭諍遞相言訟上至官司口如刀劒互相誹謗遞共憎嫉如是爲彼衣鉢飲食牀座房舍湯藥因緣共相憎嫉心不純熟濁心相向是故阿難汝於梵行身口意慈當好供給具足供養於諸梵行若見若聞若麤若細若當於彼所莫起惱亂應如是學何以故阿難當於爾時極大怖畏命濁劫濁衆生濁見濁煩惱濁俗人爾時極受諸苦爲苦所中爲苦所惱爲極饑饉爲極病疫爲賊所惱亢旱水災爲諸螽蟲種種惱觸阿難時彼婆羅門長者居士雖復如是爲苦所惱爲苦所切猶有淨信恭敬尊重於佛法僧數數得生具足深信彼以信佛法僧因緣一比丘亦生深信修行布施作諸功德受持禁戒讀誦受持爲人解說有聽受者得聞法已心生愛敬歡喜踊悅如法修行種諸善根以此善根身壞命終得生善道諸天人中阿難汝觀如是諸惡比丘當以信心捨家出家得出家已貪著衣鉢六種因緣墮三惡道在家俗人爲苦所惱尚生敬信以信善根得生善道是故阿難應正身律儀口律儀意律儀當作是念願我敬信速得具足願我深心正直具足願我身

心具善思惟何以故阿難身口意業不善思惟有五種過何者爲五一者妄語二者兩舌三者綺語四者貪欲五者身壞命終墮三惡道生地獄中阿難善思惟者當得五種功德利益何者爲五一者不妄語二者不兩舌三者不綺語四者不貪欲五者身壞命終得生善道諸天人中復次阿難若人鬬諍毀呰言訟違競相對心不調柔濁心變壞者有五過失一者妄語二者兩舌三者於諸持戒不生敬信四者晝夜憂苦惡意而住五者身壞命終墮三惡道生地獄中阿難若復有人心住慈善當得十一種功德利益何者十一一者睡眠得安隱寤則心歡喜二者不見惡夢三者人非人愛四者諸天擁護五者毒不能害六者刀箭不傷七者火所不燒八者水所不溺九者常得好衣餚饍飲食牀座卧具病瘦湯藥十者得上人法十一者身壞命終得生梵天阿難心住慈善得此十一功德利益是故阿難若我現在及滅度後自然法燈自作法歸莫求他燈莫求他歸阿難云何比丘自然法燈自作法歸不求他燈不求他歸阿難若有比丘觀内身循身觀勤精進繫念一心除世貪憂如是觀内身循身觀内受受内心内法勤精進繫念一心除世貪憂阿難是爲比丘自然法燈自作法歸不求他燈不求他歸是故阿難我爲導師於諸聲聞所應作者我已作竟汝等今者應如是作此是我之教法當於阿蘭若處塚間樹下空舍露地應當一心勤修止觀思滅苦本愼莫放逸汝若放逸後必憂悔爾時世尊説是偈言

我已説正道　拔諸無智箭　汝今應勤修
諸佛所説法　爲淨諸見故　除此更無道
修者得解脱　求斷諸魔縛　若能修此行
如佛之所説　能度一切苦　得滿諸佛願

爾時世尊説是經已慧命阿難及諸比丘諸來大衆及諸天人阿脩羅乾闥婆一切世間聞佛説已隨順悲喜擧手拍頭搥胷號叫悲啼流淚頂戴奉行

大悲經卷第五

音釋

黠（胡八切慧也）杌（五忽切樹無枝也）抆（武粉切拭也）拘睒彌國（梵語也正云憍賞彌中印度境也睒失冉切）螽（之戎切蝗類）溺（乃歷切沒也）

大般涅槃經

東晉沙門釋法顯譯

清刻龍藏佛說法變相圖

大般涅槃經卷上

東晉沙門釋法顯譯

如是我聞一時佛在毗耶離大林中重閣講堂與大比丘衆千二百五十人俱爾時世尊而與阿難於晨朝時著衣持鉢入城乞食還歸所止食竟洗漱收攝衣鉢告阿難言汝可取我尼師壇來吾今當往遮波羅支提入定思惟作此言已即與阿難俱往彼處既至彼處阿難即便敷尼師壇於是世尊結跏趺坐寂然思惟阿難爾時去佛不遠亦於別處端坐入定世尊須臾從定而覺告阿難言此毗耶離優陀延支提瞿曇支提菴羅支提多子支提娑羅支提遮波羅支提此等支提甚可愛樂阿難四神足人尚能住壽滿於一劫若減一劫如來今者有大神力豈當不能住壽

一劫若減一劫爾時世尊既開如是可請之門以語阿難阿難默然而不覺知世尊乃至慇勤三説阿難茫然猶不解悟不請如來住壽一劫若減一劫利益世間諸天人民所以者何其爲魔王所迷惑故爾時世尊三説此言猶見阿難心不開悟即便默然爾時魔王來至佛所而白佛言世尊今者宜般涅槃善逝今者宜般涅槃所以者何我於往昔在尼連禪河側勸請世尊入般涅槃世尊爾時而見答言我四部衆比丘比丘尼優婆塞優婆夷猶未具足又未降伏諸餘外道所以未應入般涅槃世尊今者四部之衆無不具足又已降伏諸餘外道所爲之事皆悉已畢今者宜應入般涅槃于時魔王如是三請如來即便答言善哉我於往昔在尼連禪河側已自許汝以四部衆未具足故所以至今今已具足却後三月當般涅槃是時魔王聞佛此語歡喜踊躍還歸天宮爾時世尊即便捨壽而以神力住命三月是時大地十八相動天鼓自鳴以佛力故空中唱言如來不久當般涅槃諸天人衆忽聞此聲心大悲惱徧體血現是時世尊即於彼處而説偈言

一切諸衆生　皆隨有生死　我今亦生死
而不隨於有　一切造作行　我今欲棄捨

爾時世尊説此偈已默然而住是時阿難見大地動心大驚怖而自念言今者何故忽有是相如此之事非爲小緣我今當往諮問世尊作此念已即從座起到於佛前頭面禮足白言世尊我向於彼別處思惟忽見大地十八相動又聞空中天鼓之聲心大怖懼不知

此相是何因緣佛言阿難大地震動有八因緣一者大地依於水住又此大水依風輪住又此風輪依虛空住空中有時猛風大起吹彼風輪風輪既動彼水亦動彼水既動大地乃動二者比丘比丘尼優婆塞優婆夷有修神通始成就者欲自試驗故大地動三者菩薩在兜率天將欲來下降神母胎故大地動四者菩薩初生從右脅出故大地動五者菩薩捨於王宮出家學道成一切種智故大地動六者如來成道始爲人天轉妙法輪故大地動七者如來捨壽以神通力住命而住故大地動八者如來般涅槃時故大地動阿難當知地動因緣有此八事阿難有八部衆一者刹利二者婆羅門三者長者居士四者沙門五者四天王六者忉利天七者魔王八者梵王此八部衆我觀其根應得度者隨所現形而爲說法彼亦不知是我所說阿難有八勝處一者內有色想外觀色少境界二者內有色想外觀色無量境界三者內無色想外觀色少境界四者內無色想外觀色無量境界五者觀一切色青六者觀一切色黃七者觀一切色赤八者觀一切色白此是行者上勝之法復次阿難有八解脫一者內有色想外觀色二者內無色想外觀色不淨思惟三者淨解脫四者空處解脫五者識處解脫六者無所有處解脫七者非想非非想處解脫八者滅盡定解脫此亦復是行者勝法若能究竟此等法者即於諸法自在無礙阿難知不我於往昔初成道時度優樓頻螺迦葉在尼連禪河側爾時魔王來至我所而請我言

世尊今者宜般涅槃善逝今者宜般涅槃何以故所應度者皆悉解脫今者正是般涅槃時如是三請我即答言今者未是般涅槃時所以者何我四部衆未具足故所應度者皆未究竟諸外道衆又未降伏如是三答魔王聞已心懷愁惱即還天宮向者又來而請我言世尊今者宜般涅槃善逝今者宜般涅槃所以者何我於往昔在尼連禪河側勸請世尊而般涅槃世尊爾時即答我言我四部衆比丘比丘尼優婆塞優婆夷猶未具足又未降伏諸餘外道是以未應入般涅槃世尊今者四部之衆無不具足又已降伏諸餘外道所爲之事皆悉已畢今者宜應入般涅槃魔王乃至如是三請我即答言我於往昔在尼連禪河側已自許汝以四部衆未具足故所以至今今已具足却後三月當般涅槃魔王聞我作此語已歡喜踊躍還歸天宮我既於此受魔請已即便捨壽住命三月以是因縁大地震動爾時阿難聞佛此語心大悲惱徧體血現涕泣流淚而白佛言唯願世尊哀愍我等住壽一劫若減一劫利益世間諸天人民如是三請爾時世尊告阿難言汝今非是請如來時所以者何我已許魔却後三月當般涅槃汝今云何而請住耶阿難汝侍我來頗曾聞我說二言不阿難白佛實不曾聞天人之師有二言也我於往昔曾聞世尊爲四部衆而說法言四神足人則能住壽滿足一劫若減一劫況復如來無量神力自在之王今更不能住壽一劫若減一劫而便捨壽住命三月唯願世尊哀愍我等住壽一劫若減

一劫爾時世尊答阿難言我今所以便捨壽者正由汝故所以者何我前於此向汝說言四神足人尚能住壽滿足一劫若減一劫如來今者有大神力豈當不能住壽一劫若減一劫乃至如是慇勤三說開勸請門而汝默然曾不請我住壽一劫若減一劫是故我今住命三月汝今云何方請我住爾時阿難聞佛此語決定知佛入般涅槃不可勸請心生苦痛悶絕懊惱泣涕流漣不能自勝爾時世尊既見阿難生大苦惱而以梵音安慰之言阿難汝今勿生憂悲有爲之法皆悉如是一切合會無不別離世尊即便而說偈言

一切有爲法　皆悉歸無常　恩愛和合者
必歸於別離　諸行法如是　不應生憂惱

於是阿難流淚而言天人之師無上大尊不久應當入般涅槃我今云何而不憂惱即便拍頭高聲唱言嗚呼苦哉世間眼滅衆生不久失於慈父爾時世尊又告阿難汝今不應生於憂惱設住一劫若減一劫會亦當滅有爲之法性相如是汝勿於我獨生苦也我今欲還重閣講堂汝可取我尼師壇來於是世尊即與阿難俱共還歸重閣講堂爾時世尊告阿難言汝今可語此大林中重閣講堂諸比丘衆皆悉令往大集講堂阿難奉勑即便普語諸比丘衆世尊皆令往大集堂比丘集已阿難白佛諸比丘衆悉皆已集唯願如來自知其時爾時如來從重閣講堂往大集堂敷座而坐告諸比丘我昔爲汝所說諸法當思惟之誦習勿廢淨修梵行護持禁戒福利世間諸天人民諸比丘我昔爲汝說何等法

汝思惟之勿生懈怠三十七道品法所謂四念處四正勤四如意足五根五力七覺支八聖道分汝應修習精勤思惟此法能令到解脫處復次比丘一切諸法皆悉無常身命危脆猶如驚電汝等不應生於放逸汝等當知如來不久却後三月當般涅槃爾時世尊即說偈言

我欲棄捐此　朽故之老身　今已捨於壽
住命留三月　所應化度者　皆悉已畢竟
是故我不久　當入般涅槃　我所說諸法
則是汝等師　頂戴加守護　修習勿廢忘
汝等勤精進　如我在無異　生死甚危脆
身命悉無常　常求於解脫　勿造放逸行
正念清淨觀　善護持禁戒　定意端思惟
攝情於外境　若能如此者　是則護正法
自到解脫處　利益諸天人

爾時諸比丘聞佛此語心大苦痛涕泣交流徧體血現迷悶懊惱而白佛言世尊唯願住壽勿般涅槃利益衆生增長人天唯願住壽勿般涅槃開諸衆生智慧之眼一切衆生墮於黑暗唯願如來爲作明照一切衆生皆悉漂沒生死大海唯願如來爲作舟航舉手拍頭搥胷大叫嗚呼苦哉如來不久當般涅槃一切衆生何所歸依爾時世尊告諸比丘一切諸法皆悉無常恩愛合會無不別離汝等不應請我住世何以故今者非是勸請我時向爲汝等略說法要當善奉持如我無異日既晚暮世尊即與阿難俱共還歸重閣講堂爾時世尊既至明旦著衣持鉢而與阿難入城乞食既得食已即便還歸重閣講堂食訖

濼漱與諸比丘往乾荼村路經毗耶離城世尊廻顧向城而笑阿難即便頭頂禮足而問佛言無上大尊非無因緣而妄笑也佛即答言阿難我今所以向城笑者正爲最後見此城故當於如來說此言時虛空之中無雲而雨於是阿難復白佛言世尊甚爲奇特虛空清淨無有氣翳忽然而降如此密雨佛告阿難汝知之不虛空諸天聞我說言最後見於毗耶離城心大懊惱悲感涕泣此是天淚非爲雨也爾時阿難及諸比丘聞佛此語心復悲惱悶絕躃地而白佛言今者天人極大苦痛世尊云何而欲委捨般涅槃耶爾時如來即以梵音而安慰之汝等不應生於憂苦諸比丘言世尊今者最後見於毗耶離城不久便當入般涅槃我等云何而不憂苦如是展轉人人相告乃至聲徹諸離車等時諸離車聞此語已心懷悲惱徧體血現舉手拍頭搥胷大叫嗚呼苦哉世間眼滅衆生於今無所歸依互相語言我等今者應往佛所勸請世尊住毗耶離住壽一劫若減一劫利益世間諸天人民即便嚴駕疾往佛所既出城門遥覩如來又見阿難及諸比丘涕泣流漣悶絕懊惱諸離車等倍增悲慟前詣佛所頭面禮足而白佛言世尊今者欲般涅槃一切衆生失智慧眼方當在於黑暗之中云何能見所應行處唯願世尊住壽一劫若減一劫如是三請佛即答言有爲之法皆悉無常設住一劫若減一劫亦歸無常爾時如來即說偈言

須彌雖高廣　終歸於消磨　大海雖淵曠
會亦還枯竭　日月雖明朗　不久則西沒

大地雖堅固　能負荷一切　刼盡業火然
亦復歸無常　恩愛合會者　必歸於別離
過去諸如來　金剛不壞身　亦爲無常遷
今我豈獨異　諸佛法如是　汝等不應請
勿偏於我上　而更生憂惱

爾時世尊説此偈已告諸離車汝等可止啼泣之情諦聽如來最後所説諸離車言善哉世尊願樂欲聞於是如來敷尼師壇結跏趺坐諸比丘衆及以離車强自抑忍各坐一面

爾時世尊告離車言汝等當知有七種法曰就增進而不滅損一者歡悦和同無相違逆二者共相曉悟講論善業三者護持禁戒及持禮儀四者恭敬父母及餘尊長五者親戚和睦各相承順六者國内支提修理供養七者奉持佛法親敬比丘及比丘尼愛護優婆塞及優婆夷如是七法若受行者令人威德日就增進國土熾盛人民豐樂汝等從今至盡形壽當奉持之無得懈怠時諸離車即白佛言我等若於此七法中修行一事尚能令我威德增進況復具足修行七法善哉世尊我等今者使得福利當盡形壽奉持不忘爾時世尊告諸比丘汝等從今亦當修習七法之行一者歡悦和諧猶如水乳二者常共集會講論經法三者護持禁戒不生犯想四者恭敬於師及以上座五者料理愛敬阿練比丘六者勸化檀越修營三寶所止住處七者勤加精進守護佛法汝等當知若有比丘行此七法功德智慧日就增進復次比丘更有七法汝等當修一者不如白衣營資生業二者不作戲論調譴之言三者不樂睡眠廢於

精勤四者不論世間無益之事五者遠惡知識近於善友六者常思正念不生邪想七者若於佛法有所得者更求勝進汝等若能行此七法功德智慧日就增長復次比丘更有七法汝等當行一者於佛法僧生堅固信二者有慚三者有愧四者心常樂於多聞五者心不輕躁六者樂聞經義七者樂修智慧汝等若能修此七法功德智慧日就增長復次比丘更有七覺意法汝等當行一者擇法二者精進三者喜四者念五者定六者猗七者捨汝等若能行此七法功德智慧日就增長復次比丘更有七法一者觀於無常二者觀於無我三者觀於不淨四者觀苦五者不樂世間六者不著五欲七者勤修寂滅汝等若能行此七法功德智慧日就增長復次比丘更有七法汝等當行一者身常行慈二者口常行慈三者意常行慈四者若有檀越種種布施平等分與無使有偏五者於深妙法樂說不厭六者不以世間典籍而教於人七者見非同學不生憎嫉汝等若能修此七法功德智慧日就增長復次比丘更有七法汝等當行一者於九部法善能分別二者善解其義三者行道誦習皆得其時四者行住坐卧善得儀中五者爲人說法無自量忖以其所長而以教人六者若婆羅門刹利長者居士來欲聽法當善籌量隨根爲說七者善別愚智汝等若能行此七法功德智慧日就增長則能守護我之正法爾時國中諸離車妻聞佛不久當般涅槃今者最後見毗耶離心大懊惱悲泣流漣各與五百眷屬各辦五百乘

車載供養具種種莊嚴車牛白者懸素旛蓋如是玄黄各隨牛色次第出城往至佛所爾時世尊遥見彼來告諸比丘汝等見此諸離車妻前後導從極嚴麗不比丘答言唯然見之佛告比丘此毗耶離離車長者及以其妻出入之儀甚爲光飾與忉利天等無異也時離車妻既到佛所頭面禮足悲泣流漣不能自勝以諸供具而供養佛白言世尊唯願住壽教化衆生世尊今若般涅槃者我等盲瞑求無開悟受生薄福爲此女身恒有限礙不得自在無緣而數親近世尊世尊便欲般涅槃者我等善根日就減損爾時如來而答之言汝等從今至盡形壽精勤持戒如人護眼意念端直勿生諂嫉此便即是常得見我諸離車妻聞佛此語倍增悲絶不能自勝却坐

一面爾時菴婆羅女顔容端正世界第一聞佛不久當般涅槃最後見於毗耶離城心懐悲懊涕泣交流即與五百眷屬嚴五百乗車次第出城往詣佛所爾時世尊遥見彼來告諸比丘菴婆羅女今來詣我形貌殊絶舉世無雙汝等皆當端心正念勿生著意比丘當觀此身有諸不淨肝膽腸胃心肺脾腎屎尿膿血充满其中八萬户蟲居在其内髮毛爪齒薄皮覆肉九孔常流無一可樂又復此身根本始生由於不淨此身所可往來之處皆悉能令不淨流溢雖復飾以雜綵熏以名香譬如寳瓶中藏臭穢又其死時膖脹腐爛節節支解身中有蟲而還食之又爲虎狼鵄梟鵰鷲之所呑噬世人愚癡不能正觀戀著恩愛保之至死横於其中而生貪欲何有智者

而樂此耶爾時世尊即說偈言

雖復佩瓔珞　香華自嚴飾　屎尿及唾洟
不淨藏其內　衆生保惜之　迷惑不覺悟
猶如灰覆火　愚人蹈其上　智者當遠離
勿生染著心

爾時菴婆羅女到於佛前頭面禮足以諸供具而供養佛銜淚嗚咽而白佛言唯願世尊住壽住世不般涅槃利益世間諸天人民世尊若定般涅槃者一切衆生無復獎導猶如嬰兒失於慈母爾時世尊而告之言一切諸行性相如是汝今不應生於悲惱世尊即便普爲來衆而說法言汝等從今護持禁戒勿得虧犯破戒之人天龍鬼神所共憎厭惡聲流布人不喜見若在衆中獨無威德諸善鬼神不復守護臨命終時心識怖懼設有微善悉不憶念死即隨業受地獄苦經歷劫數然後得出復受餓鬼畜生之身如是輪轉無解脫期比丘持戒之人天龍鬼神所共恭敬美聲流布聞徹世間處大衆中威德明盛諸善鬼神常隨守護臨命終時正念分明死即生於清淨之處當於如來說此法時六萬八千那由他天人八部遠塵離垢得法眼淨六十比丘漏盡意解成阿羅漢爾時世尊告諸離車及與其妻并菴婆羅女我今欲進乾荼村中汝等可各還歸所止當知諸行皆悉無常但當修行我所說法勿如嬰兒涕泣悲惱世尊即便從座而起時諸離車及與其妻菴婆羅女聞佛此言搥胷拍頭號咷大叫緣路隨佛不肯旋反世尊既見戀慕情深非是言辭所可安慰即以神力化作河水涯岸深絕波

流迅疾時諸離車及以眷屬菴婆羅女既見如來與比丘衆在彼河岸倍增悲慟悶絶躃地而以微聲共相謂言是處那忽有此大河而復乃爾波湍驚急當是如來見於我等隨從不捨而故作此絶行道耳時諸離車及以其妻菴婆羅女既不得渡心倍踊躍俛仰哽咽絶望乃還爾時如來至乾荼村北林中住告諸比丘汝等當知有四種法一戒二定三慧四解脫若不聞知此四法者斯人長夜在生死海我於往昔若不聞知此四法者不能疾得阿耨多羅三藐三菩提於是世尊即說偈曰

戒定慧解脫　我若不久聞　不能疾得證
無上正眞道　汝等宜精進　修習此四法
能斷生死苦　天人上福田

爾時世尊說此偈已爲諸比丘分別廣說此四法義當於如來說此法時千二百比丘即於諸法漏盡意解成阿羅漢爾時世尊與諸比丘即從座起趣於象村菴婆羅村閻浮村乃至到於善伽城到彼城已與諸比丘前後圍繞在一處坐於是世尊告諸比丘有四聖諦當勤觀察一者苦諦二者集諦三者滅諦四者道諦比丘苦諦者所謂八苦一生苦二老苦三病苦四死苦五所求不得苦六怨憎會苦七愛別離苦八五受陰苦汝等當知此八種苦及有漏法以逼迫故諦實是苦集諦者無明及愛能爲八苦而作因本當知此集諦是苦因滅諦者無明愛滅絶於苦因當知此滅諦實是滅道諦者八正道一正見二正念三正思惟四正業五正精進六正語七正

命八正定此八法者諦是聖道若人精勤觀此四法速離生死到解脫處汝等比丘若於此法已究竟者亦當精勤爲他解說我若滅後汝等亦應勤思修習當於如來說此法時五百比丘漏盡意解成阿羅漢虛空諸天其數四萬於諸法中遠塵離垢得法眼淨爾時世尊告諸比丘有四決定說一者若有比丘樂欲說法作如是言我親從佛聞如是法善解其義受持讀誦極自通利汝等宜應請之令說應隨所聞善自思惟爲修多羅爲是毗尼法相之中有此法耶若修多羅及以毗尼法相之中有此法者宜應受持稱讚善哉若修多羅及以毗尼法相之中無此法者不應受持亦勿稱讚當知此法非我所說二者若有比丘樂欲說法作如是言我於其處比丘僧衆聞如是法善解其義受持讀誦極自通利汝等宜應請之令說隨所聞法善自思惟爲修多羅爲是毗尼爲是法相有此法耶若修多羅及以毗尼法相之中有此法者宜應受持稱讚善哉若修多羅及以毗尼法相之中無此法者不應受持亦勿稱讚當知此法非我所說亦復非彼比丘衆說三者若有比丘樂欲說法作如是言我親從彼其僧伽藍某阿練若住處衆多上座比丘悉皆多聞聰明智慧聞如是法善解其義受持讀誦極自通利汝等宜應請之令說應隨所聞善思惟之爲修多羅爲是毗尼爲是法相中有此法耶若修多羅及以毗尼法相之中有此法者宜應受持稱讚善哉若修多羅及以毗尼法相之中無此法者不應受持亦勿稱讚當知

此法非我所說四者若有比丘樂欲說法作如是言我親從彼某僧伽藍某阿練若住處有一上座比丘智慧多聞聞如是法善解其義受持讀誦極自通利汝等宜應請之令說應隨所聞善思惟之爲修多羅爲是毗尼爲法相中有此法耶若修多羅及以毗尼法相之中有此法者宜應受持稱讚善哉若修多羅及以毗尼法相之中無此法者不應受持亦勿稱讚當知此法非我所說汝等宜應善分別此四決定說又亦以此分別說法傳授餘人設我在世及般涅槃虛僞眞實以此知之時諸比丘而白佛言善哉世尊我等從今當能分別佛說魔說爾時世尊與諸比丘從座而起趣鳩婆村到彼村已與比丘衆前後圍繞坐一樹下時彼村中諸婆羅門長者居士聞佛至已皆悉馳競來詣佛所頭面禮足却坐一面而白佛言世尊今者與諸比丘故來此村別有餘趣於是如來即答之言我却後三月當般涅槃從毗耶離城徧歷村邑次第到此爾時諸人聞佛此語悲泣懊惱悶絕躃地舉手拍頭搥胷大叫唱如是言嗚呼苦哉世間眼滅我等不久失所歸導垂涕白言唯願世尊住壽一劫若減一劫爾時世尊而答之言汝等不應生此悲惱所以者何有爲之法性相如是汝等可捨憂惱之情靜心聽我最後所說於是諸人强自抑忍低頭默聽時彼座中有一婆羅門名弗波育帝聰明智慧博聞强記爾時如來即告之言汝等當知在家之人有四種法宜應修習一者恭敬父母盡心孝養二者恒以善法訓導妻子三者

愍念僮僕知其有無四者近善知識遠離惡人汝等若恒行此四法現世爲人之所愛敬將來所生常在善處復次弗波育帝在家之人有四樂法一者不負他財無慚愧色二者極大巨富自惜不用父母妻子親戚眷屬皆不給與又不供養沙門婆羅門三者極大巨富身著麤服口恣上味供養父母親戚眷屬皆悉給與奉事沙門及婆羅門四者身口意業並不爲惡聰明智慧樂欲多聞汝等當知在家之人雖復有此四種之樂而不負他債及以慳貪此法名爲最下之樂好行布施名爲中樂身口意業不造於惡聰明智慧樂於多聞此法名爲上勝之樂爾時如來而說偈言

不負債及慳　斯名爲下樂　有財行布施
此名爲中樂　身口意業淨　智慧樂多聞
此則爲上樂　慧者之所行　汝等從今日
乃至盡形壽　長幼互相教　行此中上法

大般涅槃經卷上

音釋

脆此芮切物易斷也　鵄赤脂切怪鳥也　梟堅堯切不孝鳥也　鵰丁聊切大鷲也　鷲疾僦切大鵰也　咷徒刀切號咷哭聲也

大般涅槃經卷中

東晉沙門釋法顯譯

爾時弗波育帝等而白佛言世尊我等從今以中上法互相開導於是弗波育帝等五百人即於佛前受三歸依并及五戒弗波育帝等重白佛言唯願世尊及比丘僧明受我供于時如來默然許之弗波育帝等知佛許已即從座起與其來衆禮佛而退還到其舍通夕辦好香美飲食既至明日食時將到遣信白言唯願世尊自知其時於是如來與比丘僧前後圍繞往詣其舍次第而坐弗波育帝見佛及僧悉安坐已便起行水手自斟酌諸美飲食餘婆羅門長者居士有五百人各齎美饌亦在其舍共供養佛時諸比丘當於食上有不善攝身威儀者諸婆羅門長者居士既見之已心不歡喜爾時世尊知衆人心而普告言汝等當知如來正法深曠如海不可測量又復大海有諸衆生身體極大長萬六千踰闍那或復身長八千踰闍那或復身長四千踰闍那或復身長千踰闍那或復身長一寸半寸乃至極微如來法海亦復如是其中或有得阿羅漢具足三明及以六通有大威德福天人者其中亦有得阿那含者斯陀含者須陀洹者亦復有得四果向者乃至亦有凡夫之人未得往利者是故汝勿於法海中而生礙心於是世尊而說偈言

一切衆川流　皆悉歸大海　若飯佛及僧
福歸已亦然

爾時如來說此偈已又爲衆人說種種法于時弗波育帝等五百人於諸法中遠塵離垢

得法眼淨爾時世尊與比丘僧從座而起更復前行趣波波城弗波育帝等五百人悲號啼泣奉送如來徘徊顧慕絕望乃反爾時世尊既至彼城彼城之中有工巧子名曰純陀其人有園極爲閑靜如來即便與諸比丘前後圍繞往住彼園是時純陀聞佛及僧來其園中歡喜踊躍不能自勝與其同類俱詣佛所頭面禮足却住一面而白佛言不審世尊何緣來此有他趣耶爾時世尊即答之言我今所以來至此者不久應當入般涅槃是以故來最後相見是時純陀及其同類聞佛此語心大悲惱悶絕於地良久微聲而白佛言世尊今者捨諸衆生不慈念耶云何便欲入般涅槃唯願世尊住壽一劫若減一劫即又拍頭搥胷大叫作如是言嗚呼苦哉世間眼滅一切衆生從今以後没生死海未有出期所以者何無上導師般涅槃故爾時世尊告純陀言汝今不應生苦惱也一切諸行法皆如是悉爲無常之所遷變合會恩愛必有別離是故汝今勿生憂惱爾時純陀即白佛言我今亦知諸行無常合會恩愛皆悉別離然無上尊當般涅槃我今云何而不悲惱爾時世尊即爲純陀說種種法純陀聞已憂悲小歇便從座起整身威儀偏袒右肩頂禮佛足白言世尊唯願明日受我薄供世尊即便默然許之爾時純陀知佛許已禮足而退純陀還舍通夜辦於多美飮食至明食時遣信白佛唯願世尊自知其時於是如來與諸比丘前後圍繞往詣其舍次第就座是時純陀見佛坐已即便行水手自斟酌下諸精饌世尊

及僧食竟洗鉢還歸本座純陀亦坐爾時世尊告純陀言汝今已作希有之福最後供飯佛比丘僧如此果報無有窮盡一切衆生所種諸福無有能得等於汝者宜應自生欣慶之心我今最後受汝請訖更不復受他餘供飯爾時世尊即說偈言

汝今已建立　希有之功德　最後得供飯
佛及比丘僧　功德日增長　永無窮竭時
汝今宜自應　深生欣慶心　一切所造福
無有等汝者

爾時世尊說此偈已即語阿難我今身痛欲疾往彼鳩尸那城爾時阿難與諸比丘并及純陀聞佛此語生大苦痛號泣流漣不能自勝於是世尊即從座起與諸比丘前後圍繞趣向彼城爾時純陀亦與眷屬隨從如來世尊中路止一樹下語阿難言我於今者極患腹痛即將阿難去樹不遠而便下血既還樹下而勑阿難汝可取我僧伽梨衣四疊敷地我欲坐息不堪復前阿難受勑世尊即便坐息樹下又告阿難我今患渴汝可往至迦屈蹉河取淨水來阿難答言向有商人五百乘車從河而過其水必濁恐不堪飲如是再三勑於阿難阿難然後持鉢而去既到河上見水澄清心大怖懼身毛皆豎而自念言我於向者見諸商人五百乘車經此水過意謂猶濁不言便清致令屬逆如來之勑即持水歸而以供奉作如是言甚奇世尊向見商人五百乘車從河而度方於前後十里之中猶未應清世尊神力俄爾之頃而便澄潔世尊即便受水飲之爾時有一滿羅仙人之子名弗

迦娑是彼迦蘭仙人弟子從鳩尸那詣波波城忽於中路而見如來坐息樹下合掌問訊却坐一面而白佛言夫出家法禪定業最爲第一調伏情根使心不亂專精寂靜莫能驚恐所以者何憶念往昔隨從我師迦蘭仙人行於道路旣患疲乏近於路側止息樹下我師即便坐禪思惟當爾之時有諸商人乘五十乘車從前而過我師爾時猶故寂默身不動搖如是良久方從禪起我即便往而白師言尊向在此坐禪之時有諸商人五十乘車經前而過聲如雷震不審尊向爲見之不師答我言都無所見又復問言聞其聲不亦答不聞即復白言尊今衣上所以有此塵土汙者是彼車過故致塵耳我於是時深生奇特知坐禪法極可敬重善攝情根無能亂者爾時世尊答弗迦娑汝向所說非爲奇特所以者何若復有人非是熟眠亦復不入於滅盡定端心坐禪五百乘車從其前過此人于時不覺不聞如是乃可名爲奇特復次弗迦娑斯亦未足爲大奇特若復有人正念坐禪遇天霹靂雷電震曜時有耕者兄弟二人聞此驚怖席聲而死又有四牛亦皆頓絕而坐禪者不覺不聞斯可得名爲奇特不弗迦娑言五百乘車從前而過不覺不聞已爲奇特況復霹靂震曜動地而不聞覺極爲希有爾時世尊告弗迦娑我於往昔在阿車摩村於一樹下端坐思惟時有商人五百乘車經我前過而我禪思不覺不聞諸商人等經過良久我方出定時彼商人遙見我起皆悉競來見我身上塵坌汙衣即便拂之而問我言我等

向者五百乘車從此而過世尊見不即便答言我不見也彼復問言世尊自可閉目不視爲聞聲不我又答言亦不聞聲商人又問世尊爲眠爲是入於滅盡定耶我又答言我向不眠亦非入定但在禪思故無聞見彼諸商人聞我此言極生奇特歎未曾有而作是言坐禪之力乃能如此我即爲其說種種法時彼商衆悉於諸法遠塵離垢得法眼淨復次弗迦娑我於往日在彼村側田間獨坐寂默禪思不久忽然天大霹靂雷電風雨震動天地時有耕者兄弟二人忽聞此聲同共怖死又有四牛亦復頓絶時彼村人聞有耕者二人怖死或是父母妻子知識合村相隨涕泣來看我於爾時方從禪覺見地泥水又有衆人集聚號哭有一人來我即問言何故人衆聚此悲泣彼人答言世尊向者不覺雷電霹靂聲耶我村之中兄弟二人在此而耕同時爲於霹靂所煞及以四牛亦皆俱死云何世尊而不覺知如來向者爲是得眠爲是入於滅盡定耶即答之言我向不眠亦不入定端寂坐禪故不聞耳是時彼人聞佛此語深生奇特歎未曾有心自念言坐禪乃有如此之力我即爲其種種說法既聞法已於諸法中遠塵離垢得法眼淨時弗迦娑聞佛此言生希有心而白佛言本見我師坐禪之時五十車過而不聞知謂爲奇特今者如來說此二事百千萬倍不可爲比如來禪力不可思議即便從佛受三歸依如來爲說種種妙法其聞法已心開意悟遠塵離垢得法眼淨即語侍人汝可取我金色劫貝二張持來我欲上

佛侍人奉勑即取將來時弗迦娑手執劫貝長跪佛前而作是言我今以此奉上世尊唯願哀愍即賜納受爾時世尊荅弗迦娑我今爲汝受取一張可以一張施於阿難所以者何阿難日夜親侍我側且又今日看我疾病若有施主施於病人及看病者斯則名爲滿足大施時弗迦娑聞佛此語歡喜踊躍即以一張置佛足下又持一張至阿難所長跪白言我今以此奉施尊者唯願納受阿難荅言善哉善哉汝今能信天人師言令汝長夜永得安樂我爲汝受於是弗迦娑還至佛所如來即復爲說諸法其聞法已得阿那含果時弗迦娑復白佛言我今欲於佛法出家佛即喚言善來比丘鬚髮自落袈裟著身即成沙門得阿羅漢爾時如來從其面門放種種光青黃赤白玻瓈紅色於是阿難頂禮佛足長跪叉手而白佛言不審世尊有何因緣而現此瑞佛即荅言阿難當知我有二時放大光明一者在菩提樹欲成佛時放大光明二者欲般涅槃放大光明阿難知不我成阿耨多羅三藐三菩提盡於夜分般涅槃時亦復如是汝今當知我於今者後夜分盡在鳩尸那城力士生地熈連河側娑羅雙樹間入般涅槃說此語已諸比丘衆虛空諸天悲號啼泣不能自勝爾時世尊與比丘衆到迦屈蹉河世尊即便入河洗浴洗浴訖已共比丘僧坐於河側爾時純陀心自咎責世尊因受我之供飯而患腹痛欲般涅槃爾時世尊知純陀心告阿難言汝今當知一切衆生勿自責言如來因受我之供飯致使身患而般涅槃所

以者何如來出世有二種人獲福最上一者欲成阿耨多羅三藐三菩提時而來奉施二者如來臨欲般涅槃時最後供飯此二人福正等無異所獲果報不可稱計如此二施難可值遇如優曇鉢華時時乃有爾時世尊即告純陀汝今心意正有此念不應自生如此悔責已獲無上難得之寶宜應自生慶幸之情百千萬劫佛名難聞雖得聞名見佛又難雖得見佛供養又難雖得供養在此二施亦又甚難汝今已果不久當獲辯才智慧色力壽命爾時純陀聞佛此語心生歡喜不能自勝而白佛言快哉世尊我今已得如此大利爾時世尊而說偈言

布施者獲福　慈心者無怨　爲善者消惡
離欲者無惱　若行如此行　不久般涅槃

爾時世尊說此偈已告純陀言汝今應以最後施福廣爲人說令得聞者長夜獲安爾時世尊告阿難言我今欲進鳩尸那城力士生地熈連河側娑羅雙樹間阿難白言唯然世尊於是如來與諸比丘前後圍繞而便進路濟熈連河住鳩尸那城力士生地娑羅林外語阿難言汝可往至娑羅林中見有雙樹孤在一處灑掃其下使令清淨安處繩牀令頭北首我今身體極苦疲極爾時阿難及諸比丘聞佛此語倍增悲絕阿難流淚奉勑而去至彼樹下灑掃敷施皆悉如法還歸白言灑掃敷施皆悉已畢爾時世尊與諸比丘入娑羅林至雙樹下右脅著牀累足而卧如師子眠端心正念爾時雙樹忽然生華墮如來上世尊即便問阿難言汝見彼樹非時生華供

養我不阿難答言唯然見之爾時諸天龍神八部於虛空中雨衆妙華曼陀羅華摩訶曼陀羅華曼殊沙華摩訶曼殊沙華而散佛上又散牛頭栴檀等香作天妓樂歌唄讚歎佛告阿難汝見虛空諸天八部供養我不阿難白言唯然已見世尊又復告阿難言欲供養我報於恩者不必以此香華妓樂淨持禁戒讀誦經典思惟諸法深妙之義斯則名爲供養我也爾時有一比丘名優波摩那如來昔日未取阿難爲侍者時其恒執事看視如來時優波摩那既見如來卧雙樹下心大苦惱在佛前泣爾時世尊而告之言汝今不須當我前立優波摩那即却一面爾時阿難心生疑念我侍佛來經歷年載未曾見佛作如此語今日何故不聽前立如來今者不久便當入般涅槃而復不聽在前悲泣於是阿難即禮佛足長跪叉手白言世尊我從昔來侍佛至今數數在於世尊前立而未曾聞令我却退今者何故語優波摩那使避前耶佛言阿難諸天龍神八部之衆聞我在於娑羅雙樹右脅而卧皆悉競來瞻視於後從虛空中累至于地四面充滿各三十二踰闍那此優波摩那比丘當我前立天龍八部生不喜心作如是念如來今者在雙樹間不久便當入般涅槃我等最後瞻視之時而此比丘當佛前立以是因緣故令之去阿難知不今此八部或有悲泣不能自勝或有懊惱迷悶欲絕或有以手自拔頭髮或有牽絕嚴身具者悉皆同聲唱如是言如來今者入般涅槃何其速哉如來出世難可值遇如優曇鉢華時時乃

現而今不久入般涅槃嗚呼苦哉世間眼滅我等從今誰為歸導離欲諸天皆悉歎言嗚呼世間極為無常無有受生不歸滅者又彼諸天共相謂言世尊昔日或在毗耶離城或在王舍城或在舍衛國并及餘處安居訖已諸比丘眾從四方來問訊世尊我等因此得於路側見諸比丘禮拜供養聽受經法長獲福利世尊今者既般涅槃諸比丘僧安居竟已無復問訊遊行處所我等不復得於路側見諸比丘禮拜供養聽受經法從今永去如此福利爾時如來告阿難言若比丘比丘尼優婆塞優婆夷於我滅後能故發心往我四處所獲功德不可稱計所生之處常在人天受樂果報無有窮盡何等為四一者如來為菩薩時在迦比羅斾兜國藍毗尼園所生之處二者於摩竭提國我初坐於菩提樹下得成阿耨多羅三藐三菩提處三者波羅㮈國鹿野苑中仙人所住轉法輪處四者鳩尸那國力士生地熈連河側娑羅林中雙樹之間般涅槃處是為四處若比丘比丘尼優婆塞優婆夷并及餘人外道徒眾發心欲往到彼禮拜所獲功德悉如上說爾時阿難聞佛此語白言世尊我從今者當普宣告諸四部眾知此四處若往禮拜功德如是爾時阿難復白佛言若有善心諸優婆夷善持戒行樂聽經法欲見比丘我等從今當云何耶佛言汝等從今勿與相見阿難言若脫遇會與之相逢當復云何佛言勿與共語阿難言若不共語其脫諮請欲聞經法當復云何佛言應為說法但當善攝汝身口意爾時阿難而白佛

言我等從今如是奉行爾時阿難而白佛言世尊入於般涅槃後供養之法當云何耶佛言汝今不應逆憂此事但自思惟於我滅後護持正法以昔所聞樂爲人說所以者何諸天自當供養我身又婆羅門及以諸王長者居士此等自當供養我身阿難言雖復天人自與供養然我不知應依何法佛言阿難供養我身依轉輪聖王阿難又問供養轉輪聖王其法云何佛言阿難供養轉輪聖王之法用新淨綿及以細氎合纏其身如是乃至積滿千重內金棺中又作銀棺盛於金棺又作銅棺盛於銀棺又作鐵棺盛於銅棺然後灌以衆妙香油又復棺內以諸香華而用塗散作衆妓樂歌唄讚頌然後下蓋造大寶輿極令高廣軒蓋欄楯衆妙莊嚴以棺置上又於城中作闍維處掃灑四面極令清淨以好栴檀及諸名香聚爲大積又於積上敷舒繒氎施大寶帳以覆其上然後輿舉至闍維處燒香散華妓樂供養繞彼香積周迴七帀然後以棺置香積上而用香油以澆灑之然火之法從下而起闍維既竟收取舍利內金瓶中即於彼處而起兜婆表剎莊嚴懸繒旛蓋諸人民等恒應日日燒香散華種種供養阿難當知供養轉輪聖王之法其事如是闍維我身亦與王等然起兜婆有異於王表剎莊嚴應懸九繖若有衆生懸繒旛蓋燒香散華及然燈燭禮拜讚歎我兜婆者此人長夜獲大福利將來不久他人亦復起大兜婆供養其身阿難當知一切衆生皆無兜婆唯有四人得立兜婆一者謂如來應正徧知明行足善

逝世間解無上士調御丈夫天人師佛世尊慈愍衆生堪爲世間作上福田應起兜婆二者謂辟支佛思惟諸法自覺悟道亦能福利世間人民應起兜婆三者謂阿羅漢隨所聞法思惟漏盡亦能福利世間人民應起兜婆四者謂轉輪聖王宿殖深福有大威德王四天下七寶具足自行十善又復勸於四天下人亦行十善應起兜婆阿難當知若有衆生以諸供具而以供養此兜婆者其所得福漸次差降爾時阿難聞佛此語心生懊惱悲號啼泣隱於佛後相去不遠而以微聲作如是言我今猶是學地之人於諸法中未得深味而天人師一旦捨我入般涅槃我當何時踐解脱路即便舉手攀一樹枝搥胷拍頭悶絶懊惱爾時世尊問餘比丘阿難即時爲在何處比丘答言阿難今者在如來後於一樹下啼泣懊惱又告比丘汝可往彼語阿難言天人之師今欲見汝比丘便往説如來旨阿難既聞即便來還至於佛所頭面禮足倚立一面世尊於是問阿難言我於近日已爲汝説一切諸行皆悉無常合會恩愛必歸别離汝今何故猶生悲惱復次阿難汝從往昔侍我至今左右執事進止去來及通賓客皆得宜節又復見汝身口及意皆悉清淨無有瑕穢汝獲福利不可稱計爾時世尊告諸比丘阿難不應作此悲惱所以者何不久當得到解脱處比丘當知過去諸佛皆有侍者如今阿難未來諸佛亦復如是比丘當知今此阿難智慧深妙聰明利根我從昔來所説法藏阿難皆悉憶持不忘復次比丘阿難善知進止

時節若有人客欲來見我阿難即先思量其時世尊或應某時見諸比丘或應某時見比丘尼或應某時見優婆塞或應某時見優婆夷或應某時見婆羅門或應某時見於剎利或應某時見長者居士或應某時見諸外道如是等衆若來見我及聞說法皆悉多獲功德福利所以者何悉是阿難通進見我得其善根成熟時故復次比丘轉輪聖王有四奇特希有之法一者若婆羅門來至轉輪聖王之所既到見王顏容端正威德高顯心生歡喜次聞王語音辭清徹亦生歡喜乃至見王默然無言又懷踊躍及與王辭還歸所止迴戀顧慕步步悵怏如饑渴人不得飽滿二者諸小剎利三者毗舍四者首陀羅亦復如是此爲轉輪聖王四奇特事當知阿難亦有此四奇特之事一者若諸比丘從遠方來欲問訊我次見阿難皆生歡喜聞其說法及見默然亦復欣悅辭別而退戀德情深不能有已二者比丘尼三者優婆塞四者優婆夷亦復如是汝等當知阿難有此四奇特事爾時世尊告阿難言汝今不應自生苦惱而作是言天人之師將般涅槃我今無復解脫之期所以者何凡我所說一切法藏於我滅後思惟奉持勤行精進不久自當得於解脫爾時阿難既得如來梵音安慰憂惱小除而白佛言我今心意如小醒悟欲有所請唯願哀愍佛即答言欲請何事阿難言此鳩尸那城比餘大國極爲邊狹人民又復不能熾盛唯願世尊往餘大國王舍城毗耶離城舍衛國城婆羅捺城阿踰闍城瞻波城俱睒彌城德叉尸

羅城如是諸城所處正中人民熾盛國土豐樂皆多信心智慧聰明唯願世尊往彼諸城而般涅槃廣利其中諸衆生等爾時世尊答阿難言汝今不應作是壽我言此鳩尸那城爲邊狹也汝當諦聽今爲汝說阿難過去久遠此鳩尸那城有轉輪聖王名大善見七寶具足王有千子能伏怨敵皆以正法化諸人民爾時此城名鳩尸婆帝城東西門其間相去十二踰闍那南北二門其間相去八踰闍那其城四面周帀七重其内一重純以黄金其第二重純以白銀其第三重純以瑠璃其第四重純以玻瓈其第五重純以硨磲其第六重純以碼碯其第七重雜以衆寶其城樓櫓皆悉七層窻牖欄楯七寶雕飾懸衆寶鈴寶網羅上其間相去盡一箭道其城四門門各九重莊校嚴飾光麗悦目七重城外各有塹水其水澄潔具八功德皆以七寶而爲階陛諸雜類鳥鸞鳳孔雀鳧鴈鴛鴦翻翔飛儛鳴集其中其水復有鳩牟頭華鬱波羅華分陀利華青黄赤白雜色蓮華又其岸上有七行寶樹行各異寶微風徐起吹彼樹枝條葉相觸音如天樂城中人民皆悉盈滿安隱豐樂極爲熾盛諸五欲具如忉利天道路之中懸諸明珠人民行止初無晝夜此城恒有十種音聲一者象聲二者馬聲三者車聲四者鼓聲五者螺聲六者琴瑟等聲七者歌聲八者扣鍾磬聲大會聲九者讃歎持戒人聲十者互共說法語論之聲大善見王有諸威德端正第一衆人見者無不愛敬長壽歡樂身無小疾王性慈仁愍念一切猶如慈父憐

愛其子一切人民親敬於王亦復如父阿難大善見王別於一時欲出園林遊觀嬉戲嚴四種兵各八萬四千又復後宮夫人婇女亦嚴八萬四千乘車欲隨遊看時王又復勅於國中諸婆羅門長者居士令隨出遊嚴駕辦已時主兵臣入白王言四兵已辦願王知時時王即便升白象輿與婆羅門長者居士大臣眷屬及以四兵前後圍繞出往園中象行駿疾猶如風馳爾時諸臣及婆羅門長者居士共諫王言大王久在深宮之中外諸人民無緣見王今者既往園林遊觀諸人民衆充塞路側皆悉瞻仰欲見大王以是事故願勅御者不須迅速王聞此語即勅御者令徐徐行路邊人民恣意瞻仰如子見父爾時彼王見諸衢巷無不平坦又七寶樹羅列蔭映而無池水即勅一臣夾諸路側造七寶池其間相去皆一百弓又令栽植種種名華又復勅令一一池間給諸侍人有來浴者供以香華又與飲食恣意取足如是供給不捨晝夜又勅彼臣自今已後四遠人民有來求乞隨須給與既到園林與婆羅門長者居士幷餘大臣遊觀嬉戲乃至日暮珠光明曜如晝無異不見日影乃至是夜時王與諸婆羅門衆長者居士幷餘臣民嬉戲訖已還歸宮城別於他日時婆羅門長者居士及與大臣持衆名寶共來獻王王即語言我於近日園林遊戲勅於其臣自今已去有來求索隨意給與我之布施乃至如是卿等云何及以衆寶而來獻我時王即便心自思惟此諸人等所以持寶來獻我者皆緣國中富貴之故如此之事

由民貧來即勑藏臣出諸珍寶及寶生具置四衢道搥鐘擊鼓唱令四遠大善見王今開寶藏以用布施若有所須隨意來取王恒如是廣行布施利益衆生不捨晝夜爾時國中諸婆羅門長者居士及以大臣而白王言大王常可所居宫殿極爲褊狹我等每來問訊王時諸侍從者不相容受唯願大王開拓令廣王聞此語默然許之心自念言我今宜應開闊住處時天帝釋知王心念呼一天子名毗首建磨極爲妙巧無事不能而語之言今閻浮提轉輪聖王名大善見其今欲更開拓宫城汝便可下爲作監匠使其居處嚴麗雕飾如我無異彼天奉勑即便來下猶如壯士屈伸臂頃到閻浮提當王前立時王既見彼天子形風姿端正必知非凡而問之言汝是何神而忽來下天即答言大王當知我天帝釋之大臣也名毗首建磨極閑工巧大王心欲開廣宫殿故天帝釋遣我來下爲作監匠以助於王王聞此言心懷歡喜時彼天子即便經始開廓宫城城之四門其間相去二十四踰闍那爲王起殿高下縱廣各八踰闍那七寶嚴麗如帝釋宫其殿凡有八萬四千間隔住處皆有七寶牀帳卧具又復爲王起説法殿高下縱廣亦八踰闍那七寶莊飾無異於前其殿四面有七寶樹及以名華列植蔭映又造寶池其水清潔具八功德其殿中央施師子座七寶莊嚴極爲高廣覆以寶帳垂七寶毦又爲四遠來聽法者設四寶座黄金白銀瑠璃玻瓈其數凡有八萬四千毗首建磨既爲彼王造作宫城皆悉竟已與王辭别

忽然不現還歸天上時大善見王既見宮城皆悉修立即勑擊鼓唱令國界大善見王却後七日當爲一切説種種法若欲樂聞皆可來集説法殿上時婆羅門長者居士大臣人民聞此唱令至於其日皆悉來集時王即便上説法殿登師子座一切來衆亦皆坐於四寶之座爾時彼王先爲諸人説十善法然後又爲開餘法門乃至經於萬二千歲其國衆生若有曾聞彼王法者命終生天不墮三塗阿難彼王恒作如此利益一切衆生阿難時大善見王於靜室中心自念言我過去世有何行業修何善根生世尊貴有大威德色力壽命人無等者正當由於過去世中廣修布施忍辱慈悲故今獲得如此報耳我今宜應更修進勝而便思惟不久之間即得初禪乃至得於第四禪復更修習四無量心阿難大善見王又教夫人及以婇女令修四禪

大般涅槃經卷中

音釋

歇 許竭切休息也 蹉 倉何切 悵怏 悵丑亮切望恨也怏倚兩切情不滿足也 塹 七豔切遶城水也 褊狹 褊必免切陋也狹胡夾切隘也 毦 仍交切羽毛飾也 旆 祈鉢二音

大般涅槃經卷下

東晉沙門釋法顯譯

爾時雪山有八萬四千白象日日來到列王殿前時王心念此諸白象恒來我所經由道路踐藉衆生即便勑語主兵臣言自今已後不須此象日來我所經一千歲可令一來但令四萬二千便足不必其滿八萬四千王玉女寶名曰善賢與餘夫人及以綵女八萬四千人於靜室中坐禪思惟經四萬歲共相謂言我等在此坐禪思惟經四萬歲不見大王今者宜應禮拜問訊作此言已即便相隨到於王所其餘宮人入白王言善賢今與八萬四千女人來問訊王時王聞已即便往於說法殿上升師子座俄爾之頃善賢等至王即喚前時善賢等相隨而進到於王所頭面禮足次第而坐即作是言我等共在靜室之中坐禪思惟經四萬歲不見王久故來問訊欲有所說唯願聽許王即答言善哉隨意善賢即便而白王言此閻浮提西瞿耶尼北鬱單越東弗婆提四方人民極爲熾盛富樂安隱皆行十善並是大王德化力也此閻浮提如鳩尸婆帝城者其數凡有八萬四千此諸城等國王臣民及婆羅門皆悉來此欲見大王而王坐禪經多年歲來朝謁者皆不相見譬如孝子不見慈父又四天下不見大王遊歷甚久唯願大王善將時宜撫接民人我等女弱於國無益所以坐禪適意久遠大王處貴統攝内外一切人民莫不宗仰豈得如我女人所行白象車馬其數各有八萬四千大王宜應秉之遊觀大王昔日恒爲一切說種種

法授以十善頃來坐禪斯事頓廢于時善賢以如此事種種諫王大善見王聞此語已而答之言汝於前後每以善事而諫勸我今聞汝言殊乖昔意爾時善賢聞王此誨心生懊惱垂涕念言我向所以諫大王者正以所見謂爲得中不圖乃復更生罪咎即從座起頂禮王足而白王言今我愚癡不識正理乃以此事而用上諫唯願大王聽我懺悔爾時大善見王答善賢言一切諸行皆悉無常恩愛合會亦復別離此四天下雖爾熾盛我亦不久當捨棄之我於往昔八萬四千歲而爲嬰兒八萬四千歲而爲童子八萬四千歲爲灌頂太子八萬四千歲爲灌頂王然後得成轉輪聖王領四天下七寶具足八萬四千歲統理民務八萬四千歲爲諸人民講說諸法八萬四千歲坐禪思惟從爾已來五十八萬八千歲雖復如此壽命延長會歸於盡我今已老死時將至古昔諸王尊貴快樂如我不異亦復遷謝歸於無常鳩尸婆帝城及餘八萬四千大城會亦磨滅不應於此獨生愛著長放逸心我今所以獲此尊勝皆猶往昔積諸善業今者宜應廣植諸善造來生因是故坐禪經積年歲爾時善賢等聞王此言心大歡喜頂禮王足退還所住如是不久王得篤疾自知命盡即立太子而以爲王集餘大臣及婆羅門長者居士以四海水灌太子頂事旣畢竟王即命終上生梵天阿難大善見王王四天下而其所居唯閻浮提大城雖有八萬四千而其所處唯鳩尸婆帝雪山之中有八萬四千白象之寶而王所乘不過一象雖有

八萬四千駿馬而王所騎不過一匹雖有八萬四千七寶之車而王常駕不過一乘雖有八萬四千夫人王之所愛唯在一人雖飾寶殿八萬四千王之所處不過一室身之所須飽足而已而王役慮四方纏心物務徒勞精神於身無益阿難大善見王豈異人乎我身是也我於往昔獲此尊貴所居國城即在於此我於此城作轉輪王不可稱數成就利益無量衆生今者諸天充滿虛空皆是我昔爲王之時以諸善法教化所成其於今日復在此城見般涅槃當令其獲般涅槃果阿難以是事故汝云何言此鳩尸那城爲邊狹耶我今決定住於此城而般涅槃當於如來說此事時諸天及人億那由他於諸法中遠塵離垢得法眼淨即共同聲而白佛言世尊往昔無量無邊阿僧祇劫以諸善法利益我等今又於此以般涅槃樂安立於我即散名華弁作天樂歌唄讚歎供養如來爾時阿難而白佛言奇哉世尊此鳩尸那城過去乃有斯奇特事我今不復生小心也爾時世尊告阿難言汝今可入鳩尸那城語諸力士道我今日於後夜分入般涅槃皆悉令來與我相見若有所疑恣意請問莫令於我般涅槃時不及相見後生悔恨爾時阿難聞佛言已垂泣懊惱頂禮佛足攝身威儀與一比丘俱共入城時鳩尸那城諸力士等男女大小始共集聚論叙如來當般涅槃各各皆欲往詣佛所會見阿難即便問言我聞世尊在雙樹間將般涅槃正共言論欲至佛所於是阿難具以如來所勑之辭告諸力士力士聞已悲號懊惱

悶絶躃地互共微聲而相謂言嗚呼苦哉世間眼滅我等從今何所歸依猶如嬰兒失於慈母從今已去人天轉滅三惡道趣日就增盛白阿難言我等眷屬今欲相隨往至佛所是時阿難還白佛言以世尊語入城宣示諸力士衆莫不驚絶涕泣歔欷皆悉當來瞻奉世尊諸力士等男女大小一切相隨流淚嗚咽緣路而進是時阿難見諸力士人數甚多心自念言若此人衆一一禮佛無有竟時我今當令家家一時禮諸力士衆至佛所已阿難即便普語之言汝等來衆既爲不少若人人禮佛不卒得竟今可家家一時禮也力士奉旨即便禮佛退坐一面而白佛言唯願世尊住壽一劫若滅一劫不般涅槃利益一切諸天人民今諸衆生無有慧眼唯願世尊爲作開導爾時如來告力士言汝今不應作此請我所以者何一切諸行皆悉無常恩愛合會必歸别離設我住世若滿一劫會亦當滅我所說法但當憶持誦念勿忘此則不異我在世也諸力士等聞佛此言不果所請心懷愁悴悲泣懊惱黙然而住爾時鳩尸那城有一外道年百二十名須跋陀羅聰明多智誦四毗陀經一切書論無不通達爲一切人之所宗敬其聞如來在娑羅林雙樹之間將般涅槃心自思惟我諸書論說佛出世極爲難遇如優曇鉢華時一現耳其今在於娑羅林中我有所疑試往請問瞿曇若能決我疑者便是實得一切種智作此念已往到佛所在於林外逢見阿難即語之言我書論中說佛興世極難值遇億千萬劫時時乃出如優曇

鉢華不可數覩在世教化我初不見今聞在此娑羅林中當般涅槃我有所疑欲往請問汝可爲我白世尊言道我今者欲希相見爾時阿難聞其此語心自思惟世尊今者四大不和接對來久已自增惡若復與此外道相見必有言論容致損劇即答之言世尊今者四大不和寢卧牀中極苦身痛汝今不須見如來也莫臨世尊般涅槃時而作障礙須跋陀羅如是三請阿難亦復如是三答爾時世尊以淨天耳聞須跋陀羅請阿難聲又觀其根是可度時即以梵音告阿難言汝莫於我最後弟子獨作留礙聽須跋陀羅前來我欲見之此人質直聰慧易悟所以求進欲決疑難非爲故來論勝負也於是阿難即承佛教語須跋陀羅世尊今已勑聽汝前須跋陀羅

聞佛許前歡喜踊躍不能自勝而心念言沙門瞿曇決定是得一切種智即前佛所互相問訊坐於一面而白佛言瞿曇欲有所問願聽許佛言善哉善哉須跋陀羅恣汝所問須跋陀羅即問佛言今者世間沙門婆羅門外道六師富蘭那迦葉末伽利拘賒梨子删闍夜毗羅胝子阿耆多翅舍欽婆羅迦羅鳩馱迦旃延尼揵陀若提子等各各自說是一切智以餘學者名爲邪見言其所行是解脫道說他行者是生死因互相是非云何而得知其虚實何師應得沙門之稱何師定是解脫之因爾時如來即答之曰善哉善哉須跋陀羅乃能問我如此之義諦聽諦聽吾爲汝說須跋陀羅諸法之中若不見有八聖道法當知無有一沙門名二及三四亦復不有旣

無沙門亦無解脱解脱既無非一切種智須跋陀羅若諸法中有八聖道法當知必有四沙門名有沙門名則有解脱既有解脱是一切種智須跋陀羅唯我法中有八聖道有四沙門名是解脱道是一切種智彼諸外道富蘭那迦葉等其説法中無八聖道無沙門名非是解脱及一切種智若言有者當知必是虚誑之説須跋陀羅一切衆生聞我所説信受思惟當知其人必不空聞要得解脱須跋陀羅我在王宫未出家時一切世間皆爲六師之所迷醉初未見有沙門之實須跋陀羅我年二十有九出家學道二十有六於菩提樹下思八聖道究竟源底成阿耨多羅三藐三菩提得一切種智即往波羅㮈國鹿野苑中仙人住處爲阿若憍陳如等五人轉四諦法輪其得道跡爾時始有沙門之稱出於世間福利衆生須跋陀羅當知我法能得解脱如來實是一切種智爾時須跋陀羅既聞如來説八聖道心生歡喜舉身毛竪渴仰欲聞八聖道義而白佛言唯願世尊爲我分别八聖道義於是世尊即便爲其分别廣説須跋陀羅既聞佛説八聖道義心意開朗豁然大悟於諸法中遠塵離垢得法眼淨即白佛言我今欲於佛法出家於是世尊即便喚之善來比丘鬚髮自落袈裟著身即成沙門世尊又爲廣説四諦即獲漏盡成阿羅漢爾時世尊告阿難言汝今當知我於道場成阿耨多羅三藐三菩提最初説法度阿若憍陳如等五人今日在於娑羅林中臨般涅槃最後説法度須跋陀羅諸天及人無復更應聞我説

法而得度者若有善根應得解脫當來皆是我之弟子展轉相教阿難須跋陀羅雖是外道而其善根應成熟時唯有如來能分別知我般涅槃後若有外道欲於我法求出家者汝等不應便聽許之先令四月誦習經典觀其意性爲虛爲實若見其行質直柔輭於我法中實有深樂然後方可聽其出家阿難所以然者汝等小智不能分別衆生之根是故令汝先觀之耳爾時須跋陀羅而白佛言我於向者欲求出家世尊若令先於佛法四十年中讀誦經典然後聽我而出家者我亦能爾豈況四月爾時世尊即告之言如是如是須跋陀羅我觀汝意於我法中殷勤渴仰今作此言非爲虛設爾時須跋陀羅前白佛言我今不忍見天人尊入般涅槃我於今日欲先世尊入般涅槃佛言善哉時須跋陀羅即於佛前入火界三昧而般涅槃爾時如來告阿難言汝勿見我入般涅槃便謂正法於此永絕何以故我昔爲諸比丘制戒波羅提木叉及餘所說種種妙法此即便是汝等大師如我在世無有異也阿難我般涅槃後諸比丘等各依次第大小相敬不得呼姓皆喚名字互相伺察無令衆中有犯大戒不應闕求覓他細過車匿比丘應與重罰阿難問佛與何重罰佛言阿難與重罰者一切比丘勿與共語於是阿難如教奉行爾時世尊告諸比丘汝等今者若有疑難恣意請問莫我滅後生悔恨言如來近在娑羅林中我於爾時不往諮決致令今日情有所滯我今雖復身體有疾猶堪爲汝等解釋疑惑若欲於我般涅

槃後奉持正法利益天人今宜速來決所疑也世尊乃至如是三告諸比丘等黙然無有求決疑者爾時阿難即白佛言奇哉世尊如是三誨而此衆中無有疑者佛言如是如是阿難今此衆中五百比丘未得道者我般涅槃後未來世中當得盡漏汝亦當在此中數也爾時世尊告諸比丘汝等若見我身口意脫相犯觸汝當語我持諸比丘聞佛此語流淚懊惱而白佛言如來豈當有身口意微細過耶於是如來即便說偈

諸行無常　是生滅法　生滅滅已　寂滅爲樂

爾時如來說此偈已告諸比丘汝等當知一切諸行皆悉無常我身雖是金剛之體亦復不免無常所遷生死之中極爲可畏汝等宜應勤行精進速求離此生死火坑此則是我最後教也我般涅槃其時已至時諸比丘及餘天人聞佛此誨悲號涕泣悶絶躃地如來即便普告之言汝等不應生此悲惱諸行性相皆悉如是於是如來即入初禪出於初禪入第二禪出於二禪入第三禪出於三禪入第四禪出第四禪入於空處出於空處入於識處出於識處入無所有處出無所有處入於非想非非想處出於非想非非想處入滅盡定爾時阿難既見如來湛然不言身體肢節不復動搖即便流淚而作是言世尊今已入般涅槃爾時阿㝹樓馱語阿難言如來即時未般涅槃所以湛然身不動者正是入於滅盡定耳爾時世尊出滅盡定更還入於非想非非想處乃至次第入於初禪復出初禪入第二禪出於二禪入第三禪出於三禪入

第四禪即於此地入般涅槃爾時阿㝹樓䭾語阿難言世尊已於第四禪地入般涅槃於是阿難及四部衆聞阿㝹樓䭾作此言已悲號嗚咽悶絶躃地其中或有舉手拍頭搥胷大叫共相謂言世間眼滅一何速哉一切衆生從今已去誰為導者人天方滅惡道日增時虛空中天龍八部涕泣滂沱猶如驟雨互相謂言我等從今誰為歸依猶若嬰兒失於慈母三惡道徑日就開闊解脱之門方巨重關一切衆生沉淪苦海亦如病人遠於良醫又似盲者失所牽導我等旣去無上法王煩惱之賊日見侵逼唱此言已悶絶懊惱不能自禁時鳩尸那城諸力士衆皆悉勇健猶如香象旣見如來入般涅槃神情憔悴如病新起當於爾時大地震動天鼓自鳴四大海水波浪翻倒須彌山王自然傾搖狂風奮發林木摧折蕭索枯悴駭異於常爾時大梵天王即說偈言

過去與未來　及以今現在　無有諸衆生
不歸無常者　如來天人尊　金剛身堅固
猶不免無常　而況於餘人　一切諸衆生
愛惜保其身　熏餘以香華　不知當毀滅
如來金色身　相好以莊嚴　會亦當棄捨
應入般涅槃　永斷諸煩惱　成一切種智
猶尚不得免　況餘結累者

爾時天帝釋即說偈言

一切諸行性　實是生滅法　兩足最勝尊
亦復歸於盡　三毒熾然火　恒燒諸衆生
無有大悲雲　誰能雨令滅

爾時阿㝹樓䭾即說偈言

如來於今日　諸根不搖動　心意會諸法
而棄於此身　恬然絕思慮　亦復無諸受
如燈盡光滅　如來滅亦然

爾時阿難即說偈言

大地忽震動　狂風四徼起　海水波翻倒
須彌寶山搖　天人心悲痛　泣淚猶如雨
皆悉大恐怖　如被非人執　由佛般涅槃
故有如此事

爾時衆中有未得道比丘人天既見如來已般涅槃心生懊惱宛轉于地已得道者深歎世間無常之苦悲號啼泣不能自勝是時阿㝹樓馱語諸比丘及以天人汝等不應生大憂惱如來前日已爲汝等說諸行性相法皆如是云何猶故而悲泣耶爾時阿難即便普語四遠來衆如來今已入般涅槃爾時衆人聞阿難言悲號啼泣悶絕懊惱而以微聲語阿難言今此人衆極爲閴塞三十二踰闍那皆悉充滿唯願尊者各令我等次第得前親見如來最後瞻仰禮拜供養如來出世難可值遇如優曇鉢華時時乃現今者親在此般涅槃願必哀愍令我得見爾時阿難聞衆人言心自思惟如來出世極爲難值最後供養亦復甚難我今當令誰在於先供養佛者今者宜使諸比丘尼及優婆夷得在前來供養佛身所以然者斯等女弱普來之時不必得到如來之所以是因緣故宜在先作此念已即便普唱諸比丘尼及優婆夷皆聽前於如來身所諸比丘尼及與無量優婆夷等俱到佛所既見如來已般涅槃啼泣懊惱圍繞禮拜種種供養爾時有一貧窮優婆夷年一百

歲見諸婆羅門并及剎利長者居士力士妻女長幼大小以妙香華種種供養自傷貧乏獨絕此願心自思惟如來出世極爲難值最後供養復爲甚難而今窮罄無以自表作此念已倍增悲慟臨佛足上心大懊惱涕泣流漣汙如來足願我將來所生之處常得見佛諸比丘尼及優婆夷供養畢已即還本處爾時阿難又復普告諸餘人言諸比丘尼及優婆夷供養已畢汝等可前次第供養時諸人衆以次而來到佛身所既見如來已般涅槃號泣宛轉心大悲惱以諸供具而用供養爾時諸力士衆皆悉集聚共相謂言我等今者云何闍維如來之身世尊臨欲般涅槃時應有遺勅即便共往問阿難言我等今者欲共闍維如來之身其法云何世尊臨向般涅槃時當有遺旨唯願見告爾時阿難語力士言如來遺勅闍維之法令與轉輪聖王等無有異阿難即便具說佛向所勑之事諸力士等聞阿難言皆共嚴辦闍維之具先造寶輿雕鏤莊麗以如來身置寶輿上燒香散華作衆妓樂歌頌讚歎於音樂中而說苦空無常無我不淨之法時諸力士白阿難言如來今者既般涅槃最後供養極爲難遇我等請留如來之身七日七夜恣意供養令諸天人長夜獲安阿難即便以力士言問阿㝹樓馱阿㝹樓馱答阿難言善哉隨意阿難爾時告諸力士聽留佛身七日七夜恣意供養時諸力士聞阿難言心大悲慶即於林中種種供養滿七日已時諸力士以新淨綿及以細氎纏如來身然後內以金棺之中其金棺內散以牛

頭栴檀香屑及諸妙華即以金棺內銀棺中又以銀棺內銅棺中又以銅棺內鐵棺中又以鐵棺置寶輿上作諸妓樂歌唄讚歎諸天於空散曼陀羅華摩訶曼陀羅華曼殊沙華摩訶曼殊沙華并作天樂種種供養然後次第下諸棺蓋時力士等共相謂言七日之期今者已滿我等宜應舉如來棺周帀繞城令諸人民恣意供養然後往於城南闍維作此言已即便共舁如來之棺盡其身力而不能起各共驚怪不知何故而以問於阿㝹樓馱我等諸人欲舉佛棺周帀繞城還趣南門供養闍維盡竭身力而不能舉不知此是何等事相唯願尊者爲我說之時阿㝹樓馱語衆人言所以然者虛空諸天欲令佛棺周帀繞城從北門入住於城中聽諸天人種種供養然後應從東門而出往於寶冠支提之所而闍維也彼諸力士聞此語已共相謂言諸天意爾宜應順從即舉佛棺繞城一帀從北門入住城之中聽諸天人恣意供養作妙妓樂燒香散華歌唄讚歎諸天於空雨曼陀羅華摩訶曼陀羅華曼殊沙華摩訶曼殊沙華并作天樂種種供養供養訖已即便從城東門而出往於寶冠支提之所既到彼處比丘比丘尼優婆塞優婆夷天龍八部感結悲哽不能自勝而便聚積牛頭栴檀及諸雜香又於藉上敷舒繒氎施大寶帳以覆其上舁舉寶棺繞彼香藉周廻七帀燒香散華作衆妓樂而以寶棺置香藉上取妙香油周澆灑之時四部衆并諸天人戀慕懊惱不能自勝即便以火從下燒之火不肯然乃至再三亦復不

然時諸人衆不知所以即以此事問阿㝹樓駄三燒香積何故不然阿㝹樓駄言所以然者尊者摩訶迦葉在鞞叉那耆利國聞於如來欲般涅槃與五百比丘從彼國來欲見世尊是以如來不令火然爾時大衆聞此語已深歎奇特爾時摩訶迦葉在鞞叉那耆利國遥聞如來在鳩尸那城欲般涅槃心大悲戀與五百比丘緣路而來去城不遠身患疲極在於路邊與諸比丘坐於樹下見一外道手執曼陀羅華迦葉問言汝從何來答言我從鳩尸那城來迦葉又問汝知我師應正徧知不其即答言識汝大師在鳩尸那城娑羅林中雙樹之間已般涅槃得今七日即時正在寶冠支提將欲闍維天人充滿互競供養故我於彼得此天華爾時迦葉聞此言已悲號哽咽諸比丘衆悶絶躃地而以微聲共相謂言嗚呼苦哉世間眼滅於是迦葉而安慰之汝等不應作此苦惱諸行性相皆悉如是如來天尊猶尚不免況復餘人而得脫耶宜應精進求離世苦今可速起前於寶冠支提之所禮拜瞻仰爾時衆中有餘比丘晩暮出家愚癡無智共相謂言佛在世時禁呵我等不得縱意既般涅槃何其快哉是時迦葉與諸比丘進鳩尸那城到於寶冠支提之所見如來棺在香積上悲泣流淚圍繞七帀而登香積至寶棺所在於足處號咷嗚咽頭面作禮爾時如來於寶棺内而出雙足迦葉見此倍增悲驚時諸人天旣覩奇特希有之事莫不嗟歎深生苦戀爾時迦葉見佛足上而有黠汙即便迴顧問阿難言如來足上何緣有此

阿難答言如來初可般涅槃時四衆充滿我時思惟若令大衆同時進者女人羸弱不必得前即便先聽諸比丘尼優婆夷到如來身所禮拜供養爾時有一貧窮優婆夷年一百歲見諸婆羅門及以剎利長者居士力士妻女長幼大小以妙香華種種供養自傷貧乏無以表心作此念已倍增悲慟臨佛足上心大懊惱涕泣流漣汗如來足爾時迦葉旣聞此語心懷惆悵恠責阿難曾不呵止致此點汙即以香華供養佛棺禮拜讚歎皆悉畢已於是雙足自然還入迦葉即便還下於地以佛力故香積自然四面火起經歷七日寶棺融盡於時諸天雨火令滅諸力士衆收取舍利以千張氎纏佛身者最裏一張及外一重如本不然猶裹舍利當爾之時虛空諸天雨衆妙華并作妓樂歌唄讚歎供養舍利時諸來衆及以力士皆悉各設種種供養諸力士衆即以金甖收取舍利置寶輿上燒香散華作衆妓樂還歸入城起大高樓而以舍利置於樓上即嚴四兵防衛守護唯聽比丘及比丘尼得入禮拜種種供養其餘國王及婆羅門長者居士一切人民皆不聽前爾時韋提希子阿闍世王聞彼力士收佛舍利置高樓上而嚴四兵防衛守護心大悲惱又復忿怒諸力士輩即便遣信語力士言世尊在世亦是我師般涅槃時恨不臨見我之族姓及與世尊皆是剎利汝今云何獨收舍利置高樓上而嚴四兵防衛守護不分餘人汝便可以一分與我我欲於國起妙兜婆與諸供養若能見許永通國好不見許者興兵伐汝餘七

國王及毗耶離諸離車等遣使之法皆亦如是時婆羅門長者居士亦各遣信白力士言世尊亦是我等之師願能哀愍賜舍利分時諸國使到力士所具宣王意力士聞已深懷不平答諸使言佛來我國而般涅槃舍利自然應屬我等欲於國界興造兜婆莊國供養此不可得若兜婆成恣汝等意快共來此供養禮拜若欲興兵而見向者此國軍衆亦足相擬時彼諸使各歸本國人人向王說如此事諸王聞已益懷瞋忿各嚴四兵而往攻伐時諸力士亦嚴戰具以擬來敵鳩尸那城中有一婆羅門名徒盧那聰明多智深信三寶心自思惟彼八國王及諸離車身力壯健軍衆精鋭又且力士勇猛難當若交戰者必無兩全而即便語諸力士言汝等雖復勇鋭果敢彼八國王齊力同心人衆雲集軍陣猛盛若戰鬬者理無兩全鋒刃既交必有傷害如來在世教人行慈而於今日忽相煞戮汝等不應恪惜舍利宜分諸國及離車等各於其界造立兜婆稱於世尊往昔之訓又使汝等普獲福利諸力士衆聞此語已心意解悟即答之言汝之所說實得於理聽如汝言彼婆羅門見力士衆皆悉解甲即便出城語諸王言汝今爲法何故興兵諸王答言我爲法故遠求舍利而見拒逆不肯分與是以今者與兵共來時婆羅門復語王言我已相爲和諸力士皆悉與汝舍利之分可取寶瓶爲汝分之八王歡喜奉授金瓶彼婆羅門受諸金瓶持以還歸於高樓上而分舍利以與八王于時八王既得舍利踊躍頂戴還於本國各起

兜婆彼婆羅門從諸力士乞分舍利瓶自起兜婆諸力士等取其一分於闍維處合餘灰炭而起兜婆如是凡起十處兜婆如來從始欲般涅槃及般涅槃後至於闍維起諸兜婆其事如是其後迦葉共於阿難及諸比丘於王舍城結集三藏

大般涅槃經卷下

音釋

歔欷（歔休居切欷許旣切歔欷泣咽而抽息也）闚（缺規切小視也）驟雨（驟鉏救切疾也）四徼（徼古弔切境也）舁（羊諸切共舉也）

佛說方等泥洹經

失譯人名附東晉録

清刻龍藏佛說法變相圖

佛說方等泥洹經卷上

失譯人名附東晉錄

聞如是一時佛遊於王舍鷂山從大衆比丘比丘千二百五十時摩竭王阿闍世與越祇不相得衆臣議言越祇自恃國富民衆地沃野豐多出珍寶不首伏我當往攻伐國賢大臣名曰雨舍梵志種也王命使行稽首佛足敬問消息興居輕强氣力遊步德化日昇啓言阿闍世與越祇有憾衆臣之議欲往攻伐願聞衆祐有以教之大臣受命即嚴車五百乘騎二千步人二千行詣鷂山到小道口下車步進見佛歡喜貌色恭辭氣重揖讓卑長跪言摩竭王阿闍世稽首佛足敬問消息興居輕强氣力遊步德化日昇佛言甚善王與國人及汝皆安不雨舍白言王與越祇有憾

衆臣之議以彼自恃國富民衆地沃野豐多出珍寶不首伏我欲往伐之願聞佛教佛報大臣昔吾一時曾遊越祇止蹤神舍見其國人皆多謹勑我時爲說治國七法不危之道其能行者日當興盛未之衰也即叉手言願聞七法蓋何施行佛言諦聽對曰受教時賢者阿難住後扇佛佛言阿難汝寧不聞越祇國人數相聚會講論政事修備自守對曰聞其數相聚會講議政事修備自守佛言如是彼爲不衰汝聞越祇君臣常和所任忠良轉相承用對曰聞其君臣常和所任忠良轉相承用汝聞越祇奉法相率無取無願不敢有過對曰聞其奉法相率無取無願不敢有過汝聞越祇禮化謹敬男女有別長幼相事對曰聞其禮化謹敬男女有別長幼相事汝聞

越祇孝於父母遜悌師長受識教誨對曰聞其孝於父母遜悌師長受識教誨汝聞越祇承天則地敬畏鬼神敬順四時對曰聞其承天則地敬畏鬼神敬順四時汝聞越祇尊奉道德國有沙門應眞及四方來者供養衣食卧牀疾藥對曰聞其尊奉道德國有沙門應眞及四方來者供養衣食卧牀疾藥佛言夫有國者行此七法難可得危兩舍對曰使越祇人持一者尚不可攻何況有七國事多故當還請辭佛言可宜知是時即從坐起禮佛而去是時佛勑賢者阿難請鷂山中諸倚行比丘令會講堂即請悉會稽首畢一面坐佛告諸比丘聽我所言善念行之皆曰受教佛言比丘有七教則法不衰何等七教一當數會講誦經道無有懈怠二當和順忠正相教

轉相承用三當無取無願於他惟樂山澤四當絕婬長幼先後相事以禮五當慈孝承事師長受識教誨六當奉法敬畏經戒以修梵行七當導道供養聖衆開解童蒙來學者受給施衣食卧牀疾藥如是七法可得久住又比丘有七守則法不衰當善念行一守清淨不樂有爲二守無欲不貪利養三守忍辱無所諍訟四守空行不久入衆聚五守法意不起衆想六守一心坐禪定意七守約損衣食麤踈草蓐爲牀如是七法可得久住又比丘有七敬則法不衰當善念行一爲敬佛善心禮事無他倚行二爲敬法志在道意無他倚行三爲敬衆依受教令無他倚行四爲敬學事持戒者無他倚行五爲敬聞事講授者無他倚行六爲敬淨無欲無他倚行七爲敬定事坐禪寂無他倚行如是七法可得久住又比丘有七財則法不衰當善念行一當有信見正喜樂二當有戒慎護不犯三當有慚改過自悔四當有愧順所言行五當多聞諷誦無猒六當智慧深行微妙七當法施勿望禮賂如是七法可得久住又比丘有七覺意則法不衰當善念行一志念覺猗淨無婬捨分散意二法解覺猗淨無婬捨分散意三精進覺猗淨無婬捨分散意四愛喜覺猗淨無婬捨分散意五一向覺猗淨無婬捨分散意六惟定覺猗淨無婬捨分散意七行護覺猗淨無婬捨分散意如是七法可得久住又比丘有七知則法不衰當善念行一當知法佛十二部經諦受誦論二當知義求諸法慧博解其要三當知時可誦可步可禪可卧無失時

宜四當自知所入法行多少深淺熟與初始志當日勝五當知節勿貪美妙適身節食無以自病六當知衆入比丘衆梵志聖人君子及士民衆當分別知可敬可住可坐可黙可語七當知人觀其所好察其志能隨意勸導令知聖化如是七法可得久住又比丘有七惟則法不衰當善念行一惟經道當如人念父母父母生子思極一世惟法活人至無數世度人生死二惟人生無不有苦憂念妻之家屬所有死各離散不知所墮若身有罪親不能解知此非常當念行道三惟精進端身口意取道不難四惟謙虛無自憍大承事明哲矜誨未聞愍傷教之五惟降意不聽六情抑婬怒癡態無有邪行六惟軀中但盛臭處風寒熱血無可貪者七惟自觀形如糞土日當念死天地開闢生民以來無不死者世間如夢所見歡愛不知爲化悟乃覺空當知是幻勿以自欺如是七法可得久住又比丘復有六重法當善念行可得久住一爲修身以起慈心依聖旬通諸清淨者行此重任和一愛敬施於同學無取無諍勉共守行行二爲修口善行以起慈心三爲修意善行以起慈心四爲所見法際若得衣食應器餘物終不愛藏五爲持戒不犯不以摸質能用勸人六爲若從正見得出正要受道苦盡度知見了行此重任皆以聖旬通清淨慧用和愛敬施於同道無取無諍轉相建立共守道行又復比丘當爲愍傷一切蠕動至於蛾蝨必加慈心人之死亡當爲悲哀彼得爲人如不聞道家室啼哭亦不知死魂神所趣惟得道者能

知之耳佛爲是故敷陳經法經不可不學道不可不行天下多道王道爲大佛道如是最爲其上譬數十人俱共射准有前中者有後中者要射不止必復中准又如天下衆流不息皆歸于海比丘如此行道不止會得解脱如佛法教轉相承用諷詠佛語常用時誨四輩弟子展轉相教如是佛經可得久住彼時佛語賢者阿難俱之巴連弗邑即受教行佛攝衣鉢歷王舍城去行半道所頓止王園佛告諸比丘皆聽其爲道者當知四諦凡人不知故走長塗宛轉生死無休止時吾是以啓汝意何等四一曰知苦尤苦是謂眞諦二曰苦由集生是謂眞諦三曰苦集盡滅是謂眞諦四曰苦集盡滅受道是謂眞諦於苦不慧不知故走長塗生死不休當以知此苦諦苦者謂生苦老苦病苦死苦憂悲惱苦愛別離苦所求不得苦以要言之五盛陰苦已覺斯苦能斷愛集是謂得眼爲極是生後不復有苦由集者從愛苦集都盡愛道之諦得眼見證爲盡是生後不復有已見眞諦得道眼者無復生死長塗永絶如是比丘又當復知道得八行何等八一以專心受佛經法二棄愛欲與世無諍三終不爲殺盜婬行四不欺讒佞飾惡駡五不嫉妬貪餮不信六念非常苦空非身七觀形中臭穢不淨八不貪身知當歸土諸往古佛皆見此四諦諸當來佛亦見此四諦其有貪慕家居恩愛及樂世間榮名之壽者終不得是度世之道道從心生心淨者乃得道其次心端不犯五戒可得上天其次信道好學經法後可得作人若都欲斷絶

地獄畜生餓鬼道者當以一心奉行經戒今佛爲天下解脫生死開現正道其欲學者當諦思惟佛與賢者阿難前到巴連弗止城外神樹下諸梵志居士聞佛從諸弟子來皆出城外欲覲見供養佛有持席薦有持毾毲有持水漿及錠燈者行詣佛所稽首畢一面坐佛告諸梵志居士人在世間好貪欲恣意者有五消耗一自放恣財產日減二自放恣危身失道三自放恣衆人不敬死時有悔四自放恣醜名惡聲周聞天下五自放恣身死魂神墮三惡道人能降心不放恣者有五豐德一自檢攝財產日增二自檢攝得近道意三自檢攝衆人所敬至死無悔四自檢攝好名善譽周聞天下五自檢攝身死神生天上福地人不自恣有此五善宜思念之佛爲衆人說法正化若干要語無不歡喜皆前稽首佛足繞三帀而去於是佛起到阿衞聚坐一樹下持神心道眼見上諸天使賢神守護此地賢者阿難從宴坐起稽首畢一面住佛問阿難誰圖此巴連弗起城郭者對曰是摩竭大臣雨舍所建所其欲以遏絶越祇佛言善哉善哉雨舍之賢乃知圖此吾見忉利諸神妙天共持此地其有土地爲天神所護必安且貴又此地者近天之中主此地神名曰人意人意所護其國久而益勝必多聖賢仁智豪俊餘國弗及亦莫能壞此城久久如欲壞時當以三事一者大火二者大水三者中人與外人謀乃壞此城雨舍聞佛與衆弟子俱遊到此即乘王威嚴車五百乘出城欲覲見供養佛到即下車步入園門見佛歡喜貌色恭

辭氣重揖讓畢一面坐佛爲說法正化若干要語兩舍歡喜乃避座言欲設微食願與聖衆俱屈威神佛以默如可之即起稽首繞佛三帀而歸大臣歸乃通夜具作好食嚴室内施牀座早行白佛食具已辦惟聖知時佛即攝衣持鉢與衆弟子俱到其舍就高座於衆前坐兩舍手自斟酌腆美奉鉢致漿行澡水畢住白佛言已所施福願佛呪願此國土民一切天人使長得安佛呪願言佛助爾喜爲天人供養士民作導飯佛比丘僧稱譽正法受道慧語奉行經戒都呪願此可敬知敬可事知事博施兼愛有慈哀心使汝一切常獲福利得見正道大臣歡喜佛復言汝於今世雖有官事緣由此福後必解脫若人得飯佛及眞賢持戒者沙門呪願終不徒棄又當以知若欲仕官及居位者不可有貪心不可侈心不可憍心不可虐心不可快心去此五者後無咎悔死得上天除惡道罪佛說已從座起出東城門兩舍追侍曰當名此門爲瞿曇門佛度津渚又追名之爲瞿曇津是時人民有乘舫舟度者有乘小船或乘竹簰及木桴渡度者甚衆佛坐定意自思往昔未作佛時身所更來乘此桴船不可復數今以解脫不復乘此亦使我諸弟子得離是佛從定覺自說頌曰

佛爲海船師　法橋渡河津　大乘道之典
一切度天人　亦爲自解脫　度岸得升仙
都使諸弟子　縛解致泥洹

彼時佛語賢者阿難俱之拘利邑受教皆行到坐樹下佛告諸比丘皆聽當持淨戒當思

定意當解慧行此三者禪譽既豐又得離於婬怒癡垢是謂正度欲疾望此當力自解用盡是生入清淨行務如應作而知一心以善其性與世無諍已知世事宜自憂身靜居內思意志即明三垢已除便自得道心不復走亦無所著譬如國王爲萬姓主比丘自思惟能萬端皆心爲主佛與阿難俱到喜豫邑止河水邊揵祇樹下諸弟子旦入城食已澡洗畢還禮佛住白佛言是國多疫癘有死者朝所共聞有清信士玄黓時仙初動戒震淑良快賢伯宗兼篤德稱淨高十人皆死是輩喪身當趣何道佛告諸比丘此十人者已斷自然魂神上生十八天上到不還地不復來下受世間法又是國死非但此也佛天眼見五百清信士悉如難提等離三垢五道斷死皆上生不還之地止取泥洹又有三百清信士已斷三結無婬怒癡升頻來地後來下生當見苦際復有五百清信女皆得四喜三結盡得溝港離三惡道生天人中不過七世當得應眞於是佛謂諸比丘汝說彼死者爲撓擾佛也然吾爲佛不復受此亦當何懼微哉妙矣生死有時夫諸佛興雖曰生於世不住法情矣何則如來法情已止無所不覺已了是生現說分明所謂妙者從有是令得是無有是不得是從是起令是生是滅者乃都滅所以者何用有欲求故爲不明緣不明行緣行識緣識名色緣名色六入緣六入更樂緣更樂痛緣痛愛緣愛受緣受有緣有生緣生老死憂悲苦懣心惱致是具足苦性習有生死之本轉如車輪行無休息從癡不明故有生

死假令不明無餘無欲以滅則行滅行滅則識滅識滅則名色滅名色滅則六入滅六入滅則更樂滅更樂滅則痛滅痛滅則愛滅愛滅則受滅受滅則有滅有滅則生滅生滅則老死憂悲苦懣心惱致是具足苦性習有爲都滅矣故先爲若說癡者有生死慧者持道不復生死當思念此挫其心乃不復更生死之道又欲近道當有四喜宜善念行一曰念佛意喜不離二曰念法意喜不離三曰念衆意喜不離四曰念戒意喜不離念此四喜必令具足而自了見當望正度求解身要可以除斷地獄畜生鬼神之道以致溝港不墮惡地雖往來走天上人中不過七生自得苦際彼時佛語賢者阿難俱之維耶離國即受教行佛樂拘利歷城中去到止城外故婬女柰氏園柰女聞佛從諸弟子自越祇來即嚴車衣服從五百女弟子俱出城詣柰園欲跪拜侍覲佛遥見其五百女來勑諸比丘見是皆當低頭内觀自端汝心彼好莊衣譬如畫瓶雖表彩色中但屎尿當知好女皆盡畫瓶輩也夫爲道者不當惑彼故當健制志惟分别是柰女來亦從我教何謂健制已生惡法能即斷却治性精進自攝意端未生惡法能令不起治性精進自攝意端未生善法意能發生治性精進自攝意端已生善法志立弗忘能使增廣治性精進自攝意端是以當爲寧破筋骨自碎身體不隨心而爲惡是爲健制何謂志惟惟内身循身觀惟外身循身觀以内外觀思念分别斷不使意惟内痛循痛觀惟外痛循痛觀以内外觀思念分别斷不使

意惟内意循意觀惟外意循意觀以内外觀思念分别斷不使意惟内法循法觀惟外法循法觀以内外觀思念分别斷不使意是爲志惟何謂分别知可行不可行從其正能發行是爲分别夫能健制志惟分别乃爲有力非謂壯士多力而爲健也能去惡就善是謂最健自吾求佛與心諍以來其劫無數用不聽邪心故令得爲若世間作佛亦可休止汝意久在不淨之中可自拔擢免斯衆苦見是女來當如我教於是柰女到稽首畢一面坐佛問言今汝諸女意何如對曰受佛大恩得聞法教愚癡醒悟夙夜自勑不敢邪心佛告柰女好邪婬者有五自妨一者多聲不好二者王法所嫉三者懷畏多疑四者死入地獄五者地獄罪竟受畜生形皆欲所致能自滅

心不邪婬者有五增福一者多人稱譽二者不畏縣官三者身得安隱四者死上天生五者從立清淨泥洹道是以當自患猒女人生病月期不淨拘絆捶杖不得自在受行經戒可得如佛清淨之道佛爲柰女說法正化若干要語柰女歡喜避座長跪白言欲設微食願佛聖衆俱屈威神佛以默然可之即作禮而去去未久維耶離豪姓有諸離車聞佛從諸弟子來去城七里即乘王威嚴四色車出欲見佛諸離車中有乘青馬青車青衣青蓋青幢青旛官屬皆青有乘黄馬黄車黄衣黄幢黄旛官屬皆黄有乘赤馬赤車赤衣蓋幢旛官屬皆赤有乘白馬白車衣蓋幢旛官屬皆白佛見車騎數十萬衆塡路而來即告諸比丘汝欲見忉利天上天帝苑中侍從出入

者如此無異耶諸離車到皆下車步入柰園作禮畢一面坐佛爲大衆説法正化有一人字幷蹔避座起整衣服向佛自陳言每聞佛功德巍巍甚大天上天下無不傾動常從在所夙夜敬仰服重清化不敢有忽佛語幷蹔天下叡哲乃知敬佛夫敬佛者自得其福死皆上天不墮惡道於是幷蹔説頌讚曰

敬謁法王來　心正道力安　最勝號爲佛
名顯若雪山　譬華淨無疑　得喜如近香
方身觀無猒　光若靈耀明　惟佛智高妙
明盛無瑕塵　願奉清信戒　自歸於三尊

是時座中五百豪姓各解身上衣以授幷蹔幷蹔持衣前白佛言是諸尊者聞善言喜共以五百上衣奉獻世尊願哀受之佛受已告言溥士當知佛爲如來至眞等正覺明行成已善逝世間解無上士道法御天人師號佛衆祐出興於世有五難有自然之法何等五佛出教化天下釋梵沙門梵志龍神帝王以自然慧爲世現證開説眞道上語亦善中語亦善下語亦善至要義具清淨究暢一切敷演是一難有自然法也佛説經於天下聞者皆樂信學諷誦端身口意去邪入正是二難有自然之法也天下人民聞佛經道志意開解深入思惟皆得明慧是三難有自然之法也天下人民聞佛教誡多以愛敬出三惡道生天人中獲大利是四難有自然之法也天下人民聞佛道與深妙法言解本生死緣之事斷情絕欲皆得出要第一精進得應眞道第二精進得不還道第三精進得頻來道第四精進得溝港道是五難有自然之法也凡

人於佛而有反復之心以施少善者皆得大福不唐棄也是故并暨當自勗勉以學此德佛說已諸離車從座起整衣服叉手言本欲請佛而柰女以奪我先願須後日我等多務欲還請辭佛言可當知時時即皆稽首佛足繞三帀而去柰女通夜作濃美食嚴飾室內晨施牀座行白佛言食具足辦惟聖知時佛與衆弟子俱到其舍就高座於衆前坐柰女手自斟酌奉鉢致漿行澡水畢取小牀坐佛前欲問法佛言我代若喜好布施者後無怨畏多得稱譽善名日增衆人愛敬人能無慳仁惠爲智如是無垢安隱生天上諸天相娛樂佛爲柰女說法正化若干要語已皆歡喜佛語賢者阿難俱至竹芳邑止城北林樹下是歲竹芳邑饑饉穀糴騰貴佛告諸比丘是間饑饉乞求難得汝等宜分部行別到維耶及越祇諸聚邑可以無乏受教當行佛言比丘當知自損得善無喜得惡勿憂食取支身勿貪求美但坐嗜味愛求之故生死不絕夫知節身能自損者可得定意佛爲說法正化若干要語皆歡喜禮佛去各分部行到諸國邑佛獨與阿難俱到衞沙聚是時佛身疾舉軀皆痛佛念痛甚而諸弟子皆不在當須衆來乃取泥洹宜爲是疾自力精進以受不念衆想之定即如其像正受三昧思惟不念衆想之定以是忍意而自得闓賢者阿難從一樹下起詣佛稽首畢一面住問佛消息疾寧瘳損闓聖體疾實用憂懼世尊得無欲取泥洹願有教令於衆弟子佛報阿難佛豈與衆相違遠乎吾亦恒在比丘衆中所當施爲教

識以具前後所說皆在衆所但當精進案經行之向吾疾生舉軀痛甚即思不念衆想之定意不著疾故忍中止要者阿難我所說法中外備悉佛爲法師無所遺忘所當施行自足可知我亦已老年且八十形如故車無牢無強吾本已說生死有時無生不終極上有天名不想入其壽八十四千萬劫彼亦有死是以佛起經於天下咸亦泥洹大道以斷生死之本我今都爲有身作錠令身自歸爲法教錠令法自歸彼何謂錠何謂自歸謂是專心在四志惟一惟觀身二惟觀痛三惟觀意四惟觀法健制思念斷不使意是爲一切作法教錠當以自歸吾爲此已重說如欲解者當精進行中外戒法必使如常其有自歸覺佛經道皆佛子孫今我委棄轉輪王位爲天下作佛憂度三界汝等亦宜自憂其身已斷衆苦彼避雨時補繕衣畢佛語賢者阿難俱至維耶離受教即行既到止猿猴館行乞食畢滌鉢澡洗又與阿難俱到急疾神地佛言阿難維耶離樂越祇亦樂今此天下十六大國其諸郡邑皆樂熈連禪河多出黃金閻浮提地五色如畫人生於世以壽爲樂若比丘比丘尼知四神足是爲拔苦多修習行常念不忘在意所欲可得不死一劫不啻如是阿難佛四神足已多習行專念不忘在意所欲如來可止一劫有餘佛重說是至再三時阿難意沒在邊想爲魔所蔽懞懞不悟默而不對佛言阿難汝去到一樹下靜意自思即受教一處坐時魔波旬來白佛意無欲可般泥洹教誨已周已訖可滅度矣昔者佛遊傴留

河上解説諸老曰吾爲佛雖得自在不貪久住非謂今也所度亦畢可般泥洹佛報波旬吾所以至於是未滅度者須我衆比丘及比丘尼令皆智慧承用經戒勸諸未入使學者成亦以須我諸清信士及清信女令得智慧承用經戒未入者入受法者成如是波旬吾以待此四輩弟子皆得法意展轉相教解諸童蒙使學成就是以至今未滅度耳魔曰可足時已畢矣佛言汝默如來不久是後三月當取泥洹魔心乃悦歡喜而去佛即正坐定意自思於三昧中不住性命棄餘壽行當此之時地爲大動空中清淨佛之光明徹照無窮諸天神來塡滿虛空佛從定覺自説偈曰

無量衆德行　有爲吾今捨　近來一切安　已度應度者

賢者阿難心驚毛豎疾行詣佛稽首畢一面住白佛言甚哉世尊地動乃爾是何因緣佛語阿難凡世地動有八因緣何等八天下地在水上水止於風風止於空空中大風有時自起則大水擾大水擾則普地動是爲一也有時得道沙門及神妙天戒德隆盛欲自試力手按少地則普地動是爲二也若始菩薩從第四天下入母胎明哲慈意欲現道化開發愚蒙乃放神光震動天地令梵釋魔沙門梵志一切見明是爲三也若菩薩生出母胎時德感諸天淨無雲曀神光遠照則普地動是爲四也至於菩薩得無上道證眞佛時普地大動天神四布稱揚佛名是爲五也及巳作佛初大會時法輪三轉天人則解此彼菩薩證成大道光明遠照時普地動是爲六也

佛教將畢欲棄壽行不住性命乃大放光勸發天人則普地動是爲七也如佛衆祐臨當棄身般泥洹時明無不照天神參至則普地動是爲八也阿難言今佛巳爲捨性命耶佛言巳捨阿難曰昔聞佛説若有弟子知四神足多修習行專念不忘在意所欲可止不死一劫有餘而佛道德過殊於此亦不可久止乎佛報阿難今汝言之豈不過耶吾與汝言四神足者乃至再三而若徑默没在闇昧不發明想爲魔所蔽而復何云且佛所説言一出口寧自違乎對曰不也如是阿難夫不智者旣自發言而追違之我無是也阿難垂涕曰亦何駛哉佛取泥洹一何疾哉世間眼滅彼時佛勑賢者阿難請維耶離國倚行比丘受教即請悉會講堂稽首畢一面住佛告諸比丘世間無常無有牢固皆當離散無常在者心識所行但爲自欺恩愛合會其誰得久天地須彌尚有崩壞況于人物而欲長存生死憂苦可猒巳矣佛後三月當般泥洹勿悵勿憂且夫一切去來現佛皆從法得經法具存但當自勉勤學力行持清淨心趣得度脱心識情休則不死不復生亦不復走於五道捨一身受一身也五陰巳斷乃無飢渴寒熱憂悲苦惱之患人知正心天上諸天皆代人喜當以降心柔弱自損勿隨心行心之行無不爲得道者亦心也心作天心作人心作鬼神畜生地獄皆心所爲也從心行得起諸法心作識識作意意轉入心心者最爲長心志爲行行作爲命賢愚在行壽尤在命夫志行命三者相須所作好惡身自當之父作不善

子不代受子作不善父亦不受善自獲福惡自受殃今佛爲天上天下所尊敬者皆志所爲是故當以正心行法惟行法者能現世得休現世得安宜善取持諦受諷誦靜意思惟然則我清淨法可得久住可以慇度世間衆苦導利綏寧諸天人民比丘當知何等爲法謂是四志惟四意端四神足四禪行五根五力七覺八道諦如受行可得解脱令法不衰彼何謂四志惟惟内身循身觀惟外身循身觀以内外觀分别思念斷癡惑意惟痛之觀及意與法皆如初説何謂爲四意端已生惡法能即斷却治性精進自攝意端未生惡法制使不起治性精進自攝意端未生善法即能發生治性精進自攝意端已生善法志立不忘能使增踰精進意端何謂爲四神足思惟欲定以滅衆行具念神足其欲不邪不取無捨常守淨行惟精進定惟意志定惟戒習定皆同文如初説何謂四禪棄欲惡法但念但行志樂無爲成一禪行念行已滅内守一心志在恬靜成二禪行惟觀無婬心安體正分别見眞成三禪行已斷苦樂無憂喜想意已清淨成四禪行何謂五根一爲信根意向四喜二爲精進根治四意端三爲念根念四志惟四爲定根思四禪行五爲智根見四眞諦何謂五力一爲信力喜意不壞二爲精進力常能健制三爲念力得志惟觀四爲定力禪意不亂五爲智力以道自證何謂七覺志念覺意法解覺意精進覺意愛喜覺意一向覺意惟定覺意行護覺意何謂八道正見正思正言正行正命正治正志正定是爲度世

清淨之法彼時佛語賢者阿難俱至拘利邑即受教行佛樂維耶過國中出城門廻身右轉視門而笑賢者阿難即整衣服右膝著地長跪問曰自我得侍二十餘年未曾見佛行以無緣如廻身視門而笑是何因緣佛言如是如是阿難佛之儀法不妄廻身而虛笑也是我最後見維耶離故視笑耳於是佛自頌曰

是吾之最後　遊觀維耶離　將逝彼泥洹
不復受有身

有異比丘亦讚頌曰

佛稱此末後　身行極於斯　若遂淪清虛
於何覩聖來

佛與阿難俱到拘利止城北林樹下告諸比丘當護淨戒當思定意當解智慧夫以守戒有定慧者成大德致豐譽求離貪婬瞋恚愚癡可得應真欲以現世望正度者當加自解令盡是生入清淨道已如應行乃自知身後不復受佛復語賢者阿難俱之健持邑止城北樹下坐告諸比丘當守淨戒思惟定意求解智慧守淨戒者不隨三態惟定意者心不放散已解慧者去離愛欲行無罣礙有戒定慧德大豐譽又離三垢終得應真欲以是身望得正度當勤求解令盡是生入清淨道作如應行乃自知滅後不復受佛又與阿難俱過掩滿邑及出金邑授手邑華氏邑至善淨邑處處爲弟子說此三要曰當護戒當思定當解慧守此三者德豐譽大消婬怒癡是謂正度已有戒心則定心成定心已成則智心明如染淨氎受色明好有此三心則道易得

但當一意勤身求解令盡是生已入清淨行如應者自知極此不復受生若不能具戒定慧行欲度世難有此三者意自開解坐而思惟便見五道天上人中地獄畜生鬼神分明悉知衆生意志所念譬如溪水清其中沙礫青黄白黑所有皆見得道之人但心清故所視悉見欲得道者當淨其中心如水渾濁則無所見持心不淨不得度世師所見説弟子當行師同不入弟子心中就正其念念意端者道自得矣佛已樂善淨又語賢者阿難俱之夫延邑止城北樹下坐晡時阿難從宴坐起到佛所稽首畢叉手問曰倉卒欲知地動幾事佛語阿難有三因緣一爲地倚水上水倚於風風倚於空大風起則水擾水擾則地動二爲得道沙門及神妙天欲現感應故以地動三爲佛力自我作佛前後已動三千日月萬二千天地無不感發天人鬼神多得開解阿難歎曰妙哉佛爲無倫以自然法無不感動至德至道巍巍乃爾佛言如是如是阿難佛德不小乃從無數劫積累功德奉行諸善自致作佛有是神妙自然法化一切知一切見無不入無不化憶念我昔以慈悲心若干百千入天下諸王君子衆化住相見隨其像貌爲安慰説經道周流教化使得善意如是現化徧於八方隨其國俗服飾語言相其人行何法知何經而爲演説授以正道樂義言者爲設典教解道理者爲説上要竪立其志已而捨没諸王君子莫知我誰後皆耽味敬承法化是爲佛之清妙自然法也又我阿難得佛力徧入現化以佛儀法入沙門衆爲

之師導已後化入梵志之衆又入居士儒林異學隨其被服聲音語言授與經道一切成就爲厝模法已而捨歿子曹皆受我教而莫我知是佛之難有自然法也佛亦上入第一四天王徧上第二忉利天第三燄天第四兜術天第五不憍樂天第六化應聲天周帀魔界又上第七梵天第八梵衆天第九梵輔天第十大梵天第十一水行天第十二水微天第十三水無量天第十四水音天第十五約淨天第十六徧淨天第十七清明天第十八守妙天第十九玄妙天第二十福德天第二十一懿淳天第二十二近際天第二十三快見天第二十四無結愛天我皆周徧若干百千入是諸天隨形貌與相見樂清淨者爲說清淨達道意者勸使布化在清仁者立以大道其解法情即授以法要誘勸導利化使得道訖輒捨沒彼諸天輩莫知我誰是佛之難有自然法也上餘四天皆無形聲故佛不往第二十五空慧入天第二十六識慧入天第二十七不用慧入天第二十八不想入天如是阿難佛恩廣大無不成濟然而難值佛出世間如漚波羅華時時有耳佛所說法亦難聞聞已聞經法當受護持護持云何我滅度後若有比丘言我見佛口受是法是律是教然其言說不近不經而虧損法當持法句經所言律所見爲解說之若經不入與法意諍則當諫曰賢者且聽佛不說是吾子妄受與法意違非法非律不如佛教當知棄是若有比丘言我所止得依聖衆有法戒者面受是法是律是教然其言說不近不經虧損正法

當持法句經義律語爲解說之若經不入與法意諍則當諫謂賢者且聽比丘衆者知法曉律此非法律吾子妄受不應於經與法意違不如佛教當知棄是若有比丘言我面從耆舊長老者口受是法是律是教然其言教不近不經虧損正法當持法句經義律語爲解說之若經不入與法意違則當諫謂賢者且聽耆舊長老知法曉律此非法律吾子妄受不應於經與法意違不如佛教當知棄是若有比丘言我得近賢才高明智大福慧衆所宗事面從受是經法律教然其言說不近不經虧損正法當持法句義解說之若經不入與法意諍則當諫謂正賢者且聽賢哲高明曉法律此非法律吾子妄受不應於經與法意違不如佛教當知棄是又復阿難若有言我得從佛受是法語而其言謬不合經法若有言我從依聖衆奉法者受而其言謬不合經法若復言我口從耆舊長老受是其言錯謬不合經法若言我從賢才高明智大福慧面受是語而其言非不合經法當舉佛語以解曉之趣使其人入經承律以爲詳說佛經法教聖衆所承長老所明賢才所識賢者諦受如律教無得諍當知持是四若彼阿難有是四闇虧損正法當爲分別令棄邪媚受四正意是爲受持護法者也其不承經戒者衆比丘當黜之稊稗不去害善穀苗弟子不善壞我道法當相檢校無得以佛去故不承用教也世有沙門奉行經戒則天下得福天神皆喜若聞在所有明經比丘長老比丘新入學者當從諮受如是則清信之士清信之

女樂供衣食牀卧疾藥比丘同道不可不和其墮地獄三惡道者皆不和故耳比丘不可轉相形笑言我知經多汝知經少知多知少各自行之言說應經者用不合者棄是佛所說比丘所受必善持之若今如後凡講論經當言聞如是一時佛在某國某處與某比丘俱說是經若其經是不得苟言非佛所說相承用如是者比丘法可得久住彼時佛語賢者阿難俱之波旬國弟子皆行佛以樂夫延歷城中去到止城外禪頭園中波旬豪姓有諸華氏聞佛來到皆出作禮稽首畢一面坐佛告諸華氏智者居家恭儉節用所奉有四用得歡喜一爲敬養父母妻子二爲占視人客奴婢三爲給施親屬知友四爲奉事君天正神沙門道士是謂知生全身安家得力得色富足名聞死得上天佛爲諸華氏說法正化若干要語皆歡喜去有華氏子淳獨留起整衣服長跪白佛欲設微食願與聖衆俱屈威神佛以慈哀默而可之淳喜爲禮而歸調作腆美嚴飾室内晨施牀座畢行白佛食具已辦唯聖知時佛與衆弟子俱到其舍就高座於衆前坐淳手自斟酌奉鉢致漿有惡比丘已飯取器佛知之淳念聖恩善意供養行澡水畢取小牀坐佛前說頌問曰

請質聖慈智　已度到彼岸　法御爲析疑
將幾沙門輩

佛告淳沙門有四輩當識別之一曰行道殊勝二曰達道能言三曰依道生活四曰爲道作穢何謂殊勝佛所說法不可稱量能行無比降心態度憂畏爲法御導世間是輩沙門

爲最殊勝何謂能言佛所稱貴微妙之法體
解其情行之不疑亦能爲人演說道跡是輩
沙門爲敏能言何謂依道念在自守勤綜學
業一向不迴孜孜無倦以法自養是輩沙門
爲知生活何謂作穢恣意所樂依恃種姓專
造濁行爲衆致譏不敬佛語亦不畏罪是輩
沙門爲道作穢凡人見聞將謂在道學淨智
者如此而已當知是中有眞有僞有善有惡
不可齊同以爲一也彼不善者爲賢致謗是
故佛律黜夫惡者譬如苗中生草不去害禾
世多此輩內懷穢濁外如清淨若知福者信
心奉道終不爲彼起恨想也識善之人修已
遠惡除欲怒癡故得道疾佛說已淳歡喜

佛說方等泥洹經卷上

音釋

蠕 乳兖切蟲動也 蟣蝨 蟣舉豈切蝨所櫛切 讒佞 讒鋤咸切譖也佞乃定切諂也 餮 他結切貪食也 毾㲪 毾吐盍切㲪都騰切毾㲪毛蓐之細者 腆 他典切厚也 箄 步皆切筏也 桴 方無切桄也 黮 徒感切 勗 吁玉切勉也 瘳 丑鳩切疾瘉也 [土則] 初力切[土則]塞也 綏 宣佳切安也 黜 尺律切斥也 稊稗 稊田黎切稗旁卦切稊稗似禾穢草也

佛說方等泥洹經卷下

失譯人名附東晉錄

彼時佛語賢者阿難俱之拘夷邑已樂波旬歷城中度行半道所佛疾生身背痛止樹下坐勑賢者阿難持鉢到拘匱河取水則受教行是時五百乘車厲度上流水濁未清阿難行取水還住白佛言向羣車過水水濁未清適可澡洗有凞連河去此不遠請取可飲佛取鉢水澡面洗足於是以忍疾又得閒時諸華大臣字福罽行遥見佛諸根寂默得上調意定滅淨具顏色明好心歡喜前禮佛揖讓畢一面住佛問福罽汝於何得法喜對曰由於比丘力藍昔我行道見力藍坐樹下是時道上五百乘車過有人後到下車問比丘見前羣車答言不見又曰寧聞車聲答言不聞曰時卧耶言我不卧自思道耳其人歎言車聲轟轟覺而不聞用心何專難有乃爾五百車聲尚且不聞豈他聞哉即施之以一染布衣我時聞此甚嘉其志遂得法喜至于今日佛問福罽汝知雷電霹靂孰與五百車聲對曰正使千車疾馳同響猶不能暨佛言曩昔一時吾遊阿沉其日晡時天暴雷雨震電霹靂煞四特牛耕者兄弟二人人衆大聚聲亦讙嗷我定意覺彷徉經行一人來稽首作禮隨我而步吾問是何忽忽其人言向者霹靂煞四特牛耕者兄弟二人世尊獨不聞乎吾言不聞曰時卧耶答言不卧自三昧耳其人亦歎言希聞得定如佛者也夫以霹靂聲聒天地而得寂定不聞者哉其人心悅亦得法喜福罽讚曰

遇哉覩佛者　何人不得喜　福願與時會
令我獲法利
佛答頌曰
愛法者臥安　得喜志念清　眞人所說法
賢者常樂行　法護行法者　如雨之潤生
於是大臣勑其僕歸取新織成黃金縱𣯶手奉獻曰知佛不用願哀納之佛受其𣯶爲說法之正化若干要語福罽避坐言從今日始身自歸佛身歸道法自歸聖衆受清信戒身不煞不妄取不婬泆不欺僞不飲酒不噉肉無有犯國事多故當還請辭即稽首佛足繞三帀而去佛勑賢者阿難取福罽黃金織成𣯶來受教奉進佛取被身阿難見佛光顔從容舒懌明好殊紫金色長跪白言自我得侍二十餘年不識有如今日佛面光潤顔色發明願聞其意佛言阿難有二因緣佛色發明何等二謂初夜得佛無上正眞之道妙正覺時及至終夜棄所受餘無爲之情取滅度時吾今夜半當般泥洹故色發明阿難啼言何其駛哉佛取泥洹何其疾哉世間眼滅於是佛語賢者阿難至鼎連河佛到河邊脫衣入水秉手舉衣自澡洗身已乃度河於彼岸住整衣服告阿難朝從弟子淳飯夜當滅度汝解淳意佛從汝飯即夜滅度大下有二難得值若得遭值面供養者既解疑畏且有正報何等二一爲若施飯食令彼得以食之氣力成無上正眞爲至聖佛二爲若施飯食令彼得以食之氣力棄所受餘無爲之情而滅度者今淳飯佛當得長壽得無欲得大富得極貴得官屬終生天上獲此五福語淳勿憂宜

用歡喜汝一飯佛而獲多報當知佛者不可不敬經法不可不學聖衆不可不事阿難白佛如梴比丘性弊戾急好駡數説佛泥洹後當如之何佛語阿難我泥洹後爲梴比丘作梵檀罰令衆默屏莫復與語彼當羞慚而自改悔彼時佛勑賢者阿難施牀枕我背疾即施牀枕佛偃右脅屈膝累脚卧思至真正智之道於是佛語賢者阿難令説七覺意阿難言唯昔從佛聞一志念之覺佛用自覺成無比聖猗無爲止不婬捨分散意二法解之覺佛用自覺成無比聖猗無爲止不婬捨分散意三精進之覺佛用自覺成無比聖猗無爲止不婬捨分散意四愛喜之覺佛用自覺成無比聖猗無爲止不婬捨分散意五一向之覺佛用自覺成無比聖猗無爲止不婬捨分散意六惟定之覺佛用自覺成無比聖猗無爲止不婬捨分散意七行護之覺佛用自覺成無比聖猗無爲止不婬捨分散意佛言阿難巳能言之宜必精進對曰唯能言者當精進如是阿難仂行者得道疾佛起基坐思惟法意有比丘説頌曰

甘露化從佛出　疾如聽弟子陳
教以此勸後學　七覺意宜咨賢
由佛興使我得　清白行無玷缺
學當知正志念　愛喜法精進入
一向專護定意　如法解爲淨智
有疾者宜聞斯　覺微想除邪思
是疾者爲法王　道寶出自此原
彼猶尚請聆法　況凡夫而替聞
勝上首明弟子　來問疾務聽眞

在聖哲猶不猒　何況餘欲廢聞
若過時聞道備　起他想心永異
如彼為非愛喜　佛之教無雜思
愛喜者一向法　為無為心行寂
已正止無閒想　是名為法解覺
衆行滅智已淳　自歸此三世尊
願一切人天神　共學慈大道真
今聖師滅度後　衆賢必紹教明
尊時講誦法言　願神骨助化行

彼時佛勑賢者阿難汝於蘇連雙樹間施繩牀令北首我夜半當滅度受教即施還白已具佛到雙樹就繩牀側右脅而卧阿難在牀後垂頭啼忼慨言一何駛哉佛取泥洹一何疾哉世間眼滅我諸同志從四方來欲見佛者望絕已矣佛難復覩難復得侍來而不見皆當悲慕子何心哉佛問比丘阿難胡為對曰在後悲泣佛謂阿難汝莫啼也何則自汝侍佛已來身行常慈口行亦慈心行亦慈恕以施安念慮詳審有心於佛雖彼往昔過佛侍者為最供養不得踰汝亦彼當來及現在佛之有侍者盡心供養不得踰汝何者汝達於佛而知宜適若衆比丘每詣佛時可通見者常得時宜若比丘尼及清信士清信女輩每詣佛時可通見者常得時宜每衆異學及諸梵志居士之輩來詣請現可通見者常得時宜佛告諸比丘天下極貴轉輪聖王有四難及自然之德何等四若其屬國諸剎利王來親詣朝覲者聖王歡喜現為說法皆樂聽受遵承奉行是一德也若諸奉道梵志之輩來親詣朝覲者歡喜引現為之說法皆樂聽

受遵承奉行是二德也若諸理家居士之輩來親詣朝覲者歡喜引現爲之說法皆樂聽受遵承奉行是三德也若彼儒林異學之徒來親詣朝覲者聖王輙現爲之說法皆樂聽受遵承奉行是四德也又此比丘賢者阿難亦有四美難及之德何等四若諸比丘詣阿難所即歡喜與相見爲說經法無不開解樂受奉行諸比丘尼諸清信士諸清信女詣阿難所即歡喜與相見爲說經法無不開解樂受奉行是其第一四德復有四賢者阿難爲諸比丘比丘尼諸清信士諸清信女說經法時心端言正無有二意聞者恭肅寂然聽受以寂靜故阿難博識無所忘忽是其第二四德復有四若諸比丘諸比丘尼諸清信士諸清信女有不解經及法律義以問阿難阿難即分別說皆得解釋出後無不譽阿難者是其第三四德復有四佛所等說十二部經賢者阿難皆諷誦念識傳爲四輩弟子說如所聞無所增減亦未曾倦是爲阿難第四四德爲難可及世間無比是時有化比丘當佛前住佛言比丘避莫當吾前賢者阿難白佛言我得奉侍二十五載不自識有如此比丘無所闚啓而直前者佛言阿難是化比丘又若干劫爲大尊天致神妙有威德憂畏已除知佛期在夜半所以來者自今已後求不見佛故阿難言獨是天知佛當滅度耶佛言從拘夷城東西南北縱廣四百八十里諸天塡塞無空缺處皆憂歎騷擾不安其心念言佛滅度疾賢者阿難問佛言近此左右有閙物大國王舍大國滿羅大國維耶大國佛不於彼

般泥洹何止於此褊陋小城佛言阿難無謂此小爲褊陋也所以者何古者是國名拘那越大王之都城長四百八十里廣二百八十里嚴好如畫城垣七重下基四層起高八尋上廣三尋皆作黃金白銀水精瑠璃四寶瓦甓其壁堞堞彫文刻鏤地集甑瓬及民室屋皆四寶成挾道自生長多鄰樹樹亦四寶其金樹者銀葉華實其銀樹者金葉華實水精瑠璃樹亦如是微風動樹常出五音其聲輭悲如五絃琴樹間浴池池邊集塹步渚相承中四寶臺臺陛欄楯屋壁牀机一切四寶池中常有雜種蓮華青蓮漚鉢紫蓮拘悟黃蓮文那紅蓮芙蓉四顧成行其邊道上又有七種奇華香氣馥芬冬夏常生五色光明其國常聞十三種聲象聲馬聲牛聲車聲螺聲鍾聲鼓聲貝聲俳聲歌聲諸絃樂聲誦仁義聲嘆諸佛尊行聲時有轉輪聖王名大快見王四天下以正法治自然七寶一金輪寶二白象寶三紺馬寶四神珠寶五玉女寶六理家寶七聖導寶王有四神德爲童儒時八萬四千歲爲太子時八萬四千歲爲轉輪王八萬四千歲退服法衣八萬四千歲凡壽三十三萬六千歲是其一神德也王能飛行遊四天下七寶導從所至臣屬是其二神德也端正美色强健少疾身中和適不寒不熱是其三神德也威神殊勝心常和悅明見正道以法化民是其四神德也王每出遊布施興福恣人所欲求漿與漿求食與食衣被車馬華香錢寶不逆人意慈於民物如父愛子士民慕王如子仰父王每出遊勑御徐行使國士民

久得視見體性淳仁四方太平又是其至德也所部諸國凡八萬四千小王每朝覲時王大快見皆請上殿歡喜安慰為說正法問國所乏諸王答讓受天重賜自足為樂王又勑使各嚴所治令如我殿以正法化勿枉天民輒賜諸王衣冠履韈車轝寶物受詔辭出莫不歡喜是時大王所治法殿長四十里層階四重悉黃金白銀水精瑠璃屋壁欄楯柱梁榍櫨棼橑棟宇其上覆及下地牀坐机筵皆是四寶又法殿上有八萬四千交露轝棚悉施斗帳金交露棚前施銀隥銀棚金隥水精瑠璃棚隥亦然其交露間垂華懸果四寶雜廁所覆帳上金銀織成赤罽文繡綾綺雜色四角珊瑚交露中施四寶獨座其殿四面浴池各縱廣一由延挾池生多鄰樹八萬四千株長一由延諸交露棚大王出者即以嶲象彼時快見以其所有施福甚衆日旦常請沙門梵志上殿飯食王自思念日月流逝而吾將老當用是五所欲寶舘作等欲自抳損修清淨行即但與一侍士俱升法殿入金交露坐銀御牀思惟天下貪婬無竒生者要死形骸歸土所有萬物一切無常王起入銀交露坐金御牀念合會者皆當別離戀慕無益當棄恩愛淨修梵行已又起入水精交露坐瑠璃牀自念當與老病死競改心易行除婬怒癡思無為道已又起入瑠璃交露坐水精牀專自精思當棄世間貪欲惡法思無為道守惟清淨成一禪行如是至久周徧諸棚於是八萬四千王女共白第一王女寶言天后所知我等聞者未復親侍守情執敬願欲朝見

答言諸娣還自嚴飾當俱朝見即告聖導我等婦女久未親侍敬仰之心皆欲朝見導臣即駕八萬四千象犀甲金飾絡用寶珠白象王朱鬣尾爲第一八萬四千馬犀甲金飾絡用寶珠力馬王紺青身朱鬣尾爲第一八萬四千車犀華之甲飾用四寶聖導臣爲第一八萬四千女女載一車玉女寶爲第一諸王女導從詣法殿下侍士白言諸象馬車夫人小王皆來欲見王勑侍士施牀殿下王下法殿見八萬四千女服飾靡麗時民歎曰是難言也王者嚴女乃至於此玉女對曰我等久違不得親侍故嚴服來願得朝見於是王坐諸女皆前稽首畢一面坐玉女寶首白言今是一切諸象馬車玉女小王自天所有願小顧意留心娛志又八萬四千國天王都爲第一八萬四千棚大正棚爲第一願天留意以養性命王答曰娣吾所以夙夜約已自損正心行慈者但欲遠離此貪欲耳何則女人嫉妬之態殃及吾身是以捨欲願離斯咎玉女寶垂淚言天王何爲獨割愛欲謂我爲娣離乖恩情絶羣女望願聞天王所以戒之正心行慈爲之奈何我等亦願相率修之王曰慈心正行不墮諸漏棄損貪欲修德守靜念生日少而命逝疾人物輩非常唯道爲真吾是以於諸象馬轝棚郡國小王婦女愛欲一切遠離不復繫意欲自愛身觀天地間無生不終諸娣各宜正心行慈無以放恣墮諸漏也玉女寶乃抆淚言今天王約已自損不欲墮漏念生日少而命逝疾潛居憂身守修清淨計諸人物無生不終違遠所有不以汙意願

奉明戒不敢有忘王以慈心荅謝諸女皆遣去還升法殿入金交露坐念慈心都忘怨恨無所嫉惡進思大道無量德行普慈世間而自約省已復起入銀交露棚坐念悲心都忘怨恨無所嫉惡進思大道無量德行普悲世間而自約省已復起入水精交露坐念喜心都忘怨恨無所嫉惡進思大道無量德行普和世間而自約省已復起入瑠璃交露坐念護心都忘怨恨無所嫉惡進思大道無量德行一切欲護而自約省已惟行此四大梵行却愛欲意多修清淨王行如是便得自在死時安隱身無痛癢譬如力士美飯一食之頃䰟神逝生第七梵天時轉輪王大快見者則故世我身也如是阿難誰能知此昔我宿命作轉輪王自然七寶行正法有四德常能不貪彼時拘夷城傍行四百八十里皆在天王城中吾前是時又為剎利王已六投骨於此地中并彼為七今得作佛已斷生死從是已後不復造身我亦一切皆已周竟現於東方南方西方北方隨方教化三月輙移終晋肯此賢者阿難白佛言佛滅度後當作何葬佛言汝默梵志居士自樂為之又問梵志居士為葬法當云何佛言當如轉輪王法用新劫波育貝綿纏身體已以五百張㲲次如纏之內身金棺灌以麻油澤膏畢舉金棺置於第二大鐵槨中衆香積上而闍維之訖斂舍利於四衢道立塔起廟表剎懸繒奉施華香拜謁禮事是為轉輪王之葬法也佛勑阿難汝行入城告諸華氏佛中夜當滅度所欲施作當勉時為無從後悔欲面從佛得開解者宜

及是時即受教行入拘夷城見五百諸華氏慕會議語阿難報諸尊者佛夜半當滅度所欲施作當勉時爲無從後悔欲面從佛得開解者宜及時行衆人皆驚而悲歎言何其太駛佛泥洹何其太疾世間眼滅哀慟之聲聞于宮中王遣太子弁諸華氏各將家屬俱詣雙樹到白阿難欲前禮問阿難入啓太子阿晨與諸豪姓家屬俱來受三自歸不遠是夜佛請入即皆前稽首畢一面坐太子言佛身滅度何其太疾佛報言吾本已說世間非真無可樂者凡人貪壽思戀五欲惑而無利但增生死更苦無量今我爲佛已得自然無欲於世又宜自勉天下智者常願見佛樂聞經法已有是意當務立信立戒布施多聞廣學智慧建此五志以離垢慳然則世世當受富貴名譽遠聞生天安樂可得泥洹佛說已太子及諸華氏皆作禮去於是王與國中男女大小十四萬衆以人定時出詣雙樹到白阿難請見受誨前啓佛請入王將國中賢善者進稽首畢一面坐前無燈火佛放頂光照二千里佛言勞苦大王與羣臣來王曰佛當滅度有何勑誡佛報王自我得佛四十九歲所說經戒一切具悉王國賢才皆已採取王與羣臣慘然皆悲佛告王自古已來天神人物無生不死死而不滅唯泥洹快王胡爲啼但當念善改往修來以政治國無加卒暴厚待賢良赦宥小過務行四恩以綏衆心何等四一當布施給護不足二當仁愛視民如子三當利人化以善政四當同利與下共歡王如是者常得其福我宿命時行此四恩積無數

世故得作佛初得佛已見泥洹喜自説頌曰

今覺佛極尊　捨婬淨無漏　智爲天人導
從者得喜豫　夫福報至快　妙願志皆成
勇疾得上脫　吾將逝泥洹

王與來者皆起禮佛繞三帀而去是時城中有老異學年百二十名曰須跋聞佛夜半當取滅度自念吾有法望之疑常願瞿曇一解我意當及是時即起自力行到雙樹白阿難言吾聞瞿曇期在夜半請見決疑阿難言止止須跋無擾佛也須跋固請至再三曰吾聞佛爲如來至眞正諦覺明行成已善逝世間解無上士道法御天人師號佛衆祐甚難遭值如漚曇華百千萬世時時一有願一見㭊所疑阿難以爲勞擾如來故不欲通佛神心徹聽清淨過人從裏知之即勑阿難勿禁止聽使入是爲最後當度異學須跋者也須跋得入忻然悅豫善心生焉見佛歡喜禮問恭辭氣重揖讓畢一面住白佛言欲有所問豈有閑暇一決其疑佛言便問恣汝所欲聞可得解須跋問曰今世學者各自稱師有古龜氏有無失氏有志行氏有白鷺子氏有延壽氏有計金樊氏有多積願氏有尼揵子彼八子者有所述乎自知之也佛告須跋彼與佛異子曹自作貪生猗想以邪之道一曰邪見不知今世後世所作自得好以卜占享祀求福二曰邪思念在愛欲有諍怒心三曰邪言虛僞諂諛佞讒綺語四曰邪行煞生貪取有婬泆意五曰邪命求利衣食不以正道六曰邪治惡不能止善不能行七曰邪志志貪常樂痛身謂淨八曰邪定專意所望不見出要

如是須跋昔我出家十有二年道成得佛開說經法經五十載自從捨家有戒有定有慧有解得度知見說正道者唯佛沙門非凡異也吾本所履有八眞道第一沙門亦從是得二三至四皆從是成若不見此八眞道者彼爲不得沙門四道所謂八眞道者福爲正見見今世後世作善有福爲惡得殃知苦知集滅行得道二爲正思思樂出家去諍怒心三爲正言言諦至誠柔輭忠信四爲正行不煞不邪無有婬心五爲正命求利衣食以道不邪六爲正治抑制惡行發起善意七爲正志志惟四觀身痛意法解非常苦非身非淨八爲正定一向無爲成四禪行沙門梵志履此八正乃成四道能師子吼我賢弟子行無放逸世間意滅故得羅漢於是須跋謂阿難言快哉賢者是利弘美實未曾有蓋上弟子得值此者不亦妙乎今受聖恩乃聞是法願得捨家受成就戒阿難白佛異學須跋願受衆祐自然法律捨家就戒沙門之行佛以可其就戒之志曰是吾末後得證見淨者異學須跋也即授戒爲比丘一心受不放逸以健制以志惟以斷劫如所欲下鬚髮被袈裟以家之信離家爲道得法意具淨行自知作證成解究暢爲行如應已意通知賢者須跋已度世得應眞坐自念吾不能待佛般泥洹便先滅度而佛後爲彼時佛告諸比丘我滅度後儻有如此外學他術在異生輩欲棄束髮來踐法者沐浴清化捨家就戒當聽可彼以爲沙門何則用彼有大意故當先試之三月知能自損用心與不若言行相應者爲能捨罪

先授十戒三年無失乃與二百五十戒其十戒爲本二百四十戒爲禮節威儀能行此者諸天代喜又凡悕望受律就戒作沙門者有四因緣皆有慕樂近道之意我滅度後或離縣官求作沙門或年老耆求作沙門或貧困劣求作沙門或習正行求作沙門若夫賢才習正耆老貧困及離縣官來爲道者其於衣食趣得而已受誦法言如有梵行可得久住猶爲從是令多人安多人得度世間得依利諸天人是故曰從法者現世得安現世得解當善諦受彼爲何法令現世安得解度者謂佛所說十二部經一文二歌三記四頌五譬喻六本紀七事解八生傳九廣博十自然十一道行十二兩現是名爲法若以奉持護如法者即現世安可得解度但當諦受護持諷誦正心思惟令清淨道得以久住汝諸弟子當自勗勉無以懈慢謂佛已去莫可歸也必承法教常用半月望晦講戒六齋之日高座誦經歸心於經令如佛在又族姓子族姓女所當追念爲有四事一曰佛爲菩薩初下生時二曰佛始得道妙正覺時三曰上頭說經轉法輪時四曰棄所受餘無爲之情般泥洹時當論思此念佛生時福德如是佛得道時神力如是轉法輪時度人如是將滅度時遺法如是次中末時有思念此起意行者皆生天上若以受此而有疑望非意在佛及法聖衆苦集盡道汝諸比丘當解所問令如我在爲以是語面所問佛亦眞弟子自所問吾及從我解說之賢者阿難在後扇佛應曰唯諾皆已願樂無一比丘有疑非意於佛法衆四

諦者也佛語阿難其已頗樂如來正化於佛法衆苦集盡道無所疑者當棄貪欲慢戾之心導承佛教以精進受默惟道行是爲最後佛之遺令必恭順之汝諸比丘觀佛儀容難復得覩却後一億四千餘歲乃當復有彌勒佛耳難常遇也天下有漚曇鉢不華而實若其生華則世有佛佛爲世間日恒憂除衆冥自我爲聖師年至七十九所應作者亦已究暢汝其勉之夜已半矣於是佛作一禪定思惟通第一禪又起二禪定思惟通第二禪又起三禪定思惟通第三禪又起四禪定思惟通第四禪又起空無際定思惟通空無際又起識無量定思惟通識無量又起無所用定思惟通無所用又起不想入定思惟通不想入又起想知滅定思惟通想知滅是時阿難問阿那律佛已滅度耶答言未也佛方思念想知滅定思惟阿難言昔聞佛說從四禪思惟至於無知棄所受餘無爲之情乃般泥洹時佛捨想知滅還思不想入捨不想入思無所用捨無所用思識無量捨識無量思空無際捨空無際思第四禪捨於四禪思第三禪捨於三禪思第二禪捨於二禪思第一禪從一禪思復至三禪便從四禪反於無知棄所受餘泥洹之情便般泥洹當此之時地大震動諸天龍神坰塞空中散華如雨莫不歎慕而來供養時第二天帝釋下說頌曰

陰行無有常　但爲興衰法　生者無不死
佛滅度最樂

第七梵天下說頌曰

妙哉佛已棄　一切世間猗　廣遺清淨教

三界中無比　神眞力無畏　光明滅於玆
賢者阿那律説頌曰
佛巳無爲住　不用出入息　本由自然來
靈耀於是没　意淨無所著　爲人受斯疾
施慧教巳徧　乃退歸寂滅　惟玆遇佛者
莫不蒙恩澤　今巳淪清虛　永兮時復出
是時諸比丘皆騷擾徘徊呼言駛哉佛般泥
洹一何疾哉世間眼滅中有憂歎自悲念世
間苦不得是道中有尸覘惟心猗有從因縁
起以作復作受非常苦生輙有死死則復生
生死往來精神不滅莫致是處賢者阿那律
言止止阿難曉衆比丘上天見此以爲荒迷
安有捨家入自然律而不能用法利自解阿
難拭淚而問上有幾天荅曰從威耶越至漚
荼廟及熈連河四百八十里諸天充滿無有
空缺徘徊騷擾皆言駛哉佛般泥洹亦大疾
哉世間眼滅中有憂歎自悲念世間苦貪欲
所蔽不見斯道或相曉言佛説生死本從縁
起意作復作受非常苦生輙有死死則復生
識隨行走莫知泥洹佛巳度世宜各精進夜
至過半阿那律令阿難入告城中佛巳滅度
所欲施作宜及時爲阿難入告城中諸華氏
聞之莫不驚愕踊躃悲言何其駛乎佛般泥
洹何其疾乎世間眼滅擧城中相會聚奉持
華香詣佛舍利稽首作禮承事供養共問阿
難葬法云何荅如教説轉輪王法佛當復勝
諸豪姓言寧可假期七日欲奉妓樂華香燈
燭展我曹心阿難荅言恣聽所欲諸華氏即
共作黃金甖黃金轝牀黃金棺爲鐵槨具新
劫波育貝綿五百張氎是時四面人衆周滿

四百八十里中皆賫妓樂華香來詣雙樹共舉佛身置黃金牀上而以妓樂禮事供養於是諸華氏選衆童男使扶持轝牀欲至漚荼神地如闍維之而諸童子不能得前近佛轝牀又復更進至于再三了不得持賢者阿那律語阿難言所以不得舉佛牀者是諸天意欲使諸華氏童子倚牀左面諸天右面國人隨後共舉牀入東城門過往城中施天樂供養訖出西城門置漚荼地累積衆香乃闍維之阿難言諾敬如天願以告諸華氏皆曰敬從即使諸童左面屬若干種繒繫牀左角天於右面屬諸天繒繫牀右角而紼維之餘無數天於虛空中散天雜華而雨澤香是時婆賢大臣與拘夷大臣議欲以人樂讚紹天樂俱送舍利即如所議徐行入東城門周徧地中四衢道里巷處處住施華香妓樂出西城門到漚荼地持劫波綿纏佛身體五百張氎次纏千過麻油澤膏灌滿金棺已內佛身舉黃金棺置鐵槨中匣藏既殯積衆香畢漚蘇大臣執火而欲然佛積火至輒滅三進不然賢者阿那律語阿難言火所以不然者是諸天意見大迦葉將五百衆從波旬來已在半道欲面禮佛故使火不然耳阿難言諾敬如天願是時有異道士名阿夷維見佛滅度得天曼那羅華去至半道迦葉見之就車問子知我所事聖師佛乎即答言我舉知之般泥洹已七日天人普會供養其身吾從彼來得此天華於是迦葉悵然不樂五百比丘中有徘徊騷擾仰天呼怨佛般泥洹其何一疾世間眼滅中有憂歎悲傷念世間苦爲恩愛縛

不見斯道迦葉曉言諸賢者釋憂當知有身皆從緣起心作復作致非常苦生者輙死死則有生五道無安唯泥洹樂未得道者當求法利捨有為無所會則得矣攝衣疾行可見佛身其衆中有名桓頭者亦釋家子與佛同出止諸比丘言何為復憂我曹從今已得自在彼老常言當應行是不應行是今彼長逝不甚佳耶迦葉不悅行到雙樹至覩佛積謂阿難言及未闍維請見佛身阿難對曰佛身已纏淹用麻油藏在金棺外積衆香帀灌澤膏雖未闍維固已難見迦葉請至三阿難答如初以為佛身難復得見於是佛屍從重棺裏雙出兩足一切見者莫不歡喜迦葉稽首作禮見佛足出而有異色仰問阿難佛身金色是何故異阿難答言有羸老母稽首佛足墮淚其上故異色耳大迦葉又不悅乃喟然讚頌曰

彼為滅不生　不復受老死　亦為不復會
無有相逢憎　本已捨恩愛　不為别離憂
當為求方便　令致得是處　佛為五陰淨
已斷不復有　亦又不為為　有受是五陰
苦為已畢盡　有本亦已除　當勤求方便
令得如是安　佛已斷世間　愛欲一切解
亦為悉能忍　得離諸患難　為己自安隱
亦致天下安　當為稽首是　求得度三界
佛所說經戒　為世間最明　已廣現正道
審諦無所疑　亦徧活天下　令得度老死
諸得值佛者　誰不受弘恩　譬月照於夜
為除陰冥闇　如日照於晝　能使天下明
亦如電光現　為暫照厚雲　佛明一時出

都已明三界　一切所名河　無過崑崙河
一切名大水　亦爲無過海　一切星宿中
月爲第一明　佛爲世間導　天上天下尊
佛所以度世　福施已周帀　所說教誡行
在在悉分明　亦以法流布　弟子樂受行
令天人鬼神　龍敬承行禮
迦葉說已稽首佛足繞積三帀却住一面諸比丘比丘尼清信士清信女天龍鬼神王天樂神質諒神金翅鳥神愛欲神蛇軀神各前稽首佛足繞積三帀一面住畢於是佛積不燒自然賢者阿難時說頌曰
佛以中外淨　爲梵世之身　本乘精神下
而今厝於是　綿纏氎千過　不用衣著軀
亦不以浣濯　如上淨鮮明
至終其夜佛積燒盡自然生四樹蘇禪尼樹迦維屠樹阿世鞮樹尼拘類樹國諸豪姓共檢佛骨盛滿黃金甖置于轝牀舉入城中者大殿上共作妓樂散華燒香禮事供養時波句國諸華氏可樂國諸拘鄰有衡國諸滿離神州國諸梵志維耶國諸離捷聞佛止雙樹般泥洹各嚴四種兵象兵馬兵車兵步兵到拘夷止城外遣使者言聞佛衆祐止此滅度彼亦我師敬慕之心並來從君請佛骨分欲還本土立塔廟拘夷王言佛自來此我當供養遠苦諸君舍利分不可得赤澤國諸釋氏亦嚴四兵來到報言聞佛衆祐止此滅度是釋聖雄出自我親實我諸父敬慕之心來請骨分還立塔廟王答如初不肯與分摩竭王阿闍世又嚴四兵度河津來使梵志毛歷入問消息致慇懃言吾本夙夜信心友汝無

取無諍今佛衆祐止此滅度是三界尊實我所天敬慕之心來請骨分汝其與我則我與汝所有重寶願終共之王答曰佛自來此我當供養謝汝大王舍利分不可得也於是毛甓聚衆人作頌告言

今各選躬　遠來拜首　謙遜求分　如我不與
舉止動衆　四兵在此　義言不用　必命相抵

拘夷國人亦答頌曰

遠勞諸君　辱屈拜手　佛來遺形　不敢相許
如欲舉衆　吾斯亦有　俱命相抵　則不爲恐

梵志毛甓曉衆人言諸君皆夙夜承佛嚴教日誦法言心服仁化一切衆生尚念欲安且佛大慈故燒形遺骨欲廣祐天下何宜當爲毁本慧意舍利現在但當分耳衆咸稱善皆詣舍利稽首畢一面住乃共使毛甓分之於是毛甓持一甖受石許蜜塗其裏分爲八分已白衆言吾既敬佛亦嘉衆意願得著甖舍利歸起塔廟皆言智哉是爲知時即共聽與又有梵志名温違白衆人言竊慕善意乞地焦炭歸起塔廟皆言與之後有衛國異道士求得地灰於時八國得佛八分舍利各還起塔皆甚嚴好梵志毛甓種邑道人大温違還俾貫邑衛國道士得地灰歸皆起塔廟舍利八分有八塔第九甖塔第十炭塔第十一灰塔佛從四月八日生四月八日捨家出四月八日得佛道四月八日般泥洹皆以沸星出時此時百草華英樹木繁盛佛已般泥洹天下光明滅十方諸天神莫不自歸佛既分舍利又爲遠方諸四輩弟子未悉聞故留九十日乃起塔廟諸來國王豪姓人民家屬僕從

皆齋戒九十日在所遠方四輩弟子衆普會拘夷共問阿難於何起塔阿難答言當出去城四十里於衛致鄉四衢道中作塔廟拘夷豪姓共作甎瓿石壂縱廣三尺集用作塔高及縱廣皆丈五尺藏黄金甖舍利於其中置立長表法輪槃蓋懸繒然燈華香伎樂禮事供養舉國人民得共興福大迦葉阿那律衆比丘會共議一日三十萬衆及諸國豪姓羣臣得值佛時敬意行福終皆當生第四天上與彌勒會而得解脱拘夷國王當生第十二水音天上至彌勒作佛時當下爲佛造立精舍勝今給孤獨園阿難問大迦葉拘夷王何以不於彌勒佛求應眞道答言是王未猒生死苦故未猒苦者不得應眞阿難言我已患猒身苦不得離世間奚不得道迦葉答言汝

但持戒不行身觀坐猗生死有飯食想而生死行未休故也至九十日大迦葉阿那律衆比丘會共議佛十二部經有四阿含獨阿難侍佛久佛之所說阿難悉諷當從書受恐其未得道尚有貪心欲持舊事詰責阿難與設高座三上三下如是者可得誠實皆言大善衆會坐定直事比丘逐阿難出須臾又請阿難入禮衆僧未得道者皆爲之起直事比丘處著中央高座於是讓言此非阿難座衆比丘言用佛經故處汝高座欲有所問阿難就座衆僧問曰汝有大過寧自知不昔者佛言閻浮提樂汝奚不對直事比丘勑阿難下即下對言佛爲不得自在當須我言耶衆僧默然直事比丘又令阿難上衆復問曰佛爲汝說得四神足者可止一劫有餘汝何以默阿

難下言佛説彌勒當下作佛始入法者應從彼成就設自留者如彌勒何僧又黙然阿難心怖衆比丘言賢者當如法意具説佛經對曰唯然如是三上阿難最後上言聞如是一時座中未得道者皆垂泣言佛適説經今何以疾大迦葉即選衆中四十應眞從阿難受得四阿含一中阿含二長阿含三增一阿含四雜阿含此四文者一爲貪婬作二爲喜怒作三爲愚癡作四爲不孝不承事師作四阿含文各六十疋素衆比丘言用寫此四文當與行於天下故佛闍維處自生四樹逐相檢斂分別書佛十二部經戒律法具其在千歲中持佛經戒者後皆會生彌勒佛所當從彼解度生死漏

佛説方等泥洹經卷下

音釋

轟轟 並呼宏切車聲也
彷徉 彷蒲光切徉余章切彷徉徙倚之貌
綐 徒外切細紬也
泆 弋質切淫泆也
[illegible] 息箭切
仂 音力勤也
墼 古歷切未燒磚也
甗瓠 甗普安切瓠戶徒切甗瓠大瓢也
櫨 龍都切柱上木也
棼 符分切複屋棟也
橑 盧皓切椽也
棚 薄庚切閣也
鬣 力涉切領毛也
厝 倉故切安著也
戾 郎計切很也
甖 烏莖切長頸瓶也
鞮 都奚切
蹷 其月切

大般泥洹經

東晉沙門法顯共天竺沙門覺賢譯

清刻龍藏佛說法變相圖

大般泥洹經卷第一

東晉沙門法顯共天竺沙門覺賢譯

序品第一

如是我聞一時佛在拘夷那竭國力士生地熈連河側堅固林中雙樹間與八百億比丘前後圍遶二月十五日臨般泥洹時諸衆生各各快樂自計清淨無疑猒想忽然自覺悟令日如來應供等正覺哀愍世間覆護世間爲世間歸等觀衆生如視一子恬惔寂滅大牟尼尊告諸衆生今當滅度諸有疑難今皆來問爲最後問如是覺已各懷憂慼爾時世尊從其面門放種種光青黄赤白玻瓈紅色明曜殊特普照三千大千世界乃至十方一切佛土六趣衆生其蒙光者罪垢諸惱皆悉除滅咸皆悲歎愁憂苦惱舉聲啼哭悲號哀

慟稚留大叫淚下如雨更相謂言怪哉仁者世間虛空怪哉仁者衆生福盡怪哉仁者苦法增長如來不久當般泥洹一何駛哉世間虛空何其駛哉世間眼滅我等當共疾往詣彼拘夷那竭國力士生地禮拜供養勸請世尊不令泥洹住壽一劫若過一劫若佛泥洹誰爲我等親善慈導誰爲我等救諸厄難諸人等有所不了當詣如來諮決所疑爾時大地六種震動時有八百億比丘皆阿羅漢心得自在所作已辦離諸煩惱降伏諸根譬如大龍成就空慧逮得己利如栴檀林以爲眷屬功德具足爲佛眞子其名曰尊者迦栴延尊者薄拘羅尊者優波難陀等是諸比丘晨朝嚼楊枝澡漱清淨時有妙光來照其身如日初出照青樹葉赤脉悉現此諸比丘亦復如是舉身支節一切毛孔血流如雨心大苦痛哀愍安樂諸衆生故欲發大乘方便密教教化因緣故疾早漱訖來詣佛所稽首禮足遶百千帀恭敬問訊於一面住復有二十五億比丘尼皆是羅漢心得自在所作已辦離諸煩惱降伏諸根譬如大龍成就空慧逮得己利其名曰拘隣女須跋羅陀比丘尼優波難陀比丘尼海智比丘尼等如日初出照青樹葉赤脉悉現此諸比丘尼亦復如是舉身支節一切毛孔血流如雨心大苦痛哀愍安樂諸衆生故欲發大乘方便密教教化因緣故來詣佛所稽首禮足遶百千帀恭敬問訊於一面住爾時會中復有諸比丘尼皆是菩薩人中雄猛得十地行教化因緣故現爲女身遊四無量能自現身爲佛種種變化復有

一恒河沙菩薩摩訶薩人中雄猛一切功德皆已具足以方便身深樂大乘正向大乘飢虚大乘貪求大乘渴仰大乘堅住大乘善能隨順一切世間未度者度未脱者脱於無數劫修習淨戒度脱衆生於無數劫修習淨戒安慰衆生於無數劫修習淨戒興隆三寶於無數劫修習淨戒能轉法輪於無數劫修習淨戒成大莊嚴於無數劫修習淨戒行處堅固如是等無量功德皆悉成就等觀衆生如視一子其名曰海德菩薩無盡智菩薩等如日初出照青樹葉赤脉悉現此諸菩薩亦復如是舉身支節一切毛孔血流如雨心大苦痛慜念安樂一切衆生欲發大乘方便密教教化因緣故自來詣佛所稽首禮足遶百千帀恭敬問訊於一面住復有二恒河沙五戒優婆塞深樂一切諸對治法苦樂常無常我非我空非空依無依衆生非衆生恒非恒吉非吉有爲無爲泥洹非泥洹深樂如是對治之法欲聞妙義闡揚大法於無數劫淨修梵行而無所失欲行大乘爲人廣説修習淨戒欲學堅固大乘欲學隨順世間欲學度脱世間欲學興隆三寶欲學轉法輪欲學大莊嚴如是無量功德具足等觀衆生如視一子其名曰無垢稱王優婆塞善德優婆塞如是等二恒河沙優婆塞於晨朝時爲供養如來故人人各作五千栴檀牀帳沉水牀帳衆寶牀帳天香牀帳欝金香華牀帳等其諸牀帳悉以牛頭栴檀香熏莊嚴種種奇妙七寶校飾金繩羅網以覆其上青色青光黄色黄光赤色赤光白色白光紅色紅光玻瓈色玻瓈光

如意珠色如意珠光以如是等雜色莊嚴殊勝希有周帀幃帳皆以七寶羅網羅覆其上周迴四面懸衆寶旛種種雜香以塗其上金縷織成以爲垂帶其寶帳內種種異色莊嚴如上七寶織成以爲茵褥柔輭香熏以敷其內一一牀帳各載以寶車其車嚴好七寶莊嚴前後皆有寶幢旛蓋一一幢蓋皆以七寶羅網青黃赤白七寶莊嚴及四種華優鉢羅鉢曇摩拘物頭分陀利亦以七寶校飾如前結衆雜寶以爲華鬘鮮好白氎圖畫如來本生之像表現菩薩從初發意至于成佛中間受身種種苦行無不記列夾道兩邊作衆妓樂其諸樂器皆用七寶其音和雅皆出無常苦空之音咸言怪哉世間虛空悲歎泣淚聲震天地爲供養故各齎名華細末雜香又辦種種上味之食用山澗流水然衆香爲薪令食細輭香味具足又於堅固林中內外掃灑布七寶沙香熏寶衣以覆其上周迴敷置三十二行師子之座皆以七寶莊嚴雕文刻鏤五色晃耀衆妙雜香用熏其座七寶茵褥以敷其上衆事辦已而作是念一切衆生欲有所須我悉施與衣服飲食財物珍寶國城妻子頭目髓腦血肉肌體貧富貴賤隨其所須各令充足惟除色欲毒藥及害生等諸不淨施是諸優婆塞發菩薩心而作是念我等持是牀帳寶車衆物供具施佛及僧是爲最後供養大施各作是念佛及大衆受我供已今日如來當般泥洹作是念已其心悲亂譬如日出照青樹葉赤脉悉現諸優婆塞亦復如是舉身毛孔血流如雨身心毒痛悲泣流淚

又於堅固林側施大帳幔七寶莊嚴高廣嚴好上際虛空於其帳内立七寶舍饌具畢已來詣佛所稽首佛足幢蓋供養遍滿虛空燒香散華猶如雲雨咸皆悲歎愁憂苦惱舉聲號泣哀動天地推胷大呼淚下如雨更相謂言怪哉仁者世間虛空一何駛哉世間眼滅頭面著地同聲請佛願佛及僧哀愍我等與諸大衆俱受我請受我請已當般泥洹令我等飯佛大衆得最後施福世尊知時默然不受如是三請佛亦默然時諸優婆塞一切望絶愁憂苦惱猶如慈父止有一子卒病命絶送殯而還憂愁苦惱諸優婆塞憂愁苦惱亦復如是作禮而起於一面住復有三恒河沙優婆夷皆持五戒功德具足現爲女像化度衆生呵責己身猶如四蛇八萬戸蟲侵食其體是身臭穢貪欲所惑譬如死尸無一可樂是身不淨九孔常漏血肉筋骨共相依假以爲僞城手足支節以爲却敵爪齒耳目以爲寮孔幻僞心法以爲寮障放逸調慢以爲樓觀惡賊意王居其城内貪利蕩逸馳騁六境如此賊城諸佛所棄愚夫所樂貪欲瞋恚愚癡羅刹依止其中如伊蘭叢林無可愛樂聚沫芭蕉無有堅固電光野馬呼聲之響水月幻化如海濤波駛流立草須臾不住丘冢叢林穢惡充滿狐狼鵰鷲烏鴟餓狗諸惡蟲輩競止其中如此穢身安可堪處若以一毛滴大海水尚可知數此毒樹身四百四病無量衆穢不可稱計如世尊說譬喻天下草木斬爲寸籌大地土石抹爲微塵猶可知數此身不淨臭穢無量是身雜惡其數過是是身暴

害滅諸善法是等優婆夷能捨此身猶如棄唾習行空行無相無作深樂大乘常爲人說其名曰善勝法隨順女耆婆尸利優婆夷勝鬘優婆夷毗舍佉毋優婆夷等於晨朝時光明照已即覺斯瑞便各疾辦衆供養具倍勝於前來詣佛所頭面著地請佛及僧世尊不受愁憂苦惱在一面住復有四恒河沙諸離車童子在毗耶離城内并外來者及閻浮提邊國諸王大臣俱樂正法淳修戒行衆德成就伏諸異學亂正法者普能惠施無畏之法爲衆演說無盡法藏悉能修習諸佛所說甘露妙法摧伏衆魔外道邪論自持律行令持戒僧得力安隱自持律行樂聽大乘爲人廣說普慈愍傷一切衆生德皆如上其名曰淨離垢藏離車童子常快淨離車童子恒水離垢淨離車童子等是諸離車各辦八十四億栴檀牀帳沉水牀帳鬱金牀帳栢木牀帳兜樓香木牀帳亦各八十四億雕文刻鏤七寶莊飾五色光曜嚴飾如前各辦八萬四千寶馬八萬四千大象王八萬四千駟馬寶車悉以神珠明寶校絡莊飾端嚴姝妙行如疾風又辦八萬四千明月神珠晝夜常明幢蓋旛華大寶帳幔白氎圖像次第如前其寶華蓋廣一由旬彩畫細氎以爲圖像三十二由旬其幔高顯各百由旬其旛各長一千由旬七寶莊校嚴飾如前其飯香氣熏一由旬敷置牀座於堅固林供具悉備來詣佛所稽首請佛頭面禮訖於一面住復有閻浮提内大長者五恒河沙深樂正法淳修戒行衆德成就伏諸異學亂正法者深樂大乘其名曰月光

王瞻蔔華首長者法首長者如是等長者子及長者女五恒河沙於晨朝時承佛威神辦衆供具倍復勝前來詣佛所稽首請佛頭面禮足於一面住復有毗舍離王內外眷屬及閻浮提主大小城邑聚落野人君王除阿闍世其餘諸王月離垢藏王曰離垢王等六恒河沙各將一百八十萬億眷屬皆悉勇健力如龍象行如疾風深樂正法淳修戒行衆德成就伏諸異學亂正法者所作供具轉倍勝前來詣佛所稽首請佛頭面禮足於一面住復有閻浮提主大小諸王夫人婇女七恒河沙除阿闍世王夫人婇女皆猒患如身修行空行深樂大乘廣爲人說所修功德悉如前說諸優婆夷其名曰三界妙夫人念夫人等所作供具倍復勝前於晨朝時來詣佛所稽首請佛頭面禮足於一面住復有八恒河沙諸大衆俱普明天子等皆樂大乘廣爲人說修行淨戒渴仰大乘諸衆生類樂大乘者以大乘法斷其渴仰修行淨戒貪樂大乘堅固大乘覺悟大乘於大乘法不起嫉慢伏諸異學亂正法者護持正法修行淨戒隨順世間未度者度未脫者脫欲轉法輪欲興隆三寶永使不絕欲建大莊嚴如是等無量功德皆悉具足等慈衆生猶如一子是諸天等於晨朝時光明照已覺斯瑞相咸作是念如來不久當般泥洹來詣佛所見衆供具各相謂言汝等觀彼人間供養莊嚴殊特與天無異供養如來爲最後供種種飯食供佛及僧最後大施而今世尊悉皆不受諸仁者我等今日亦當爲佛及僧并諸眷屬爲最後施成大施

度今日如來及比丘僧并諸眷屬哀受我等最後供施當般泥洹佛世難值最後施度倍復甚難怪哉仁者世間虚空何其駛哉世間眼滅是諸天衆咸作是念我等亦當供養如來即設供具倍勝人間牀帳車乘幢旛華蓋圖像帳幔悉以天香天繒天寶莊嚴校飾供具辦已來詣佛所稽首禮足遶千百帀恭敬問訊於一面住復有九恒河沙諸龍王從四方來其名曰和修吉龍王難頭優鉢難陀龍王等衆德具足哀愍世間於晨朝時光明照已各作是念如來不久當般泥洹辦衆供具倍勝人天來詣佛所稽首請佛遶千百帀於一面住復有十恒河沙諸鬼神王毗沙門等一切鬼王所作供養悉皆如前來詣佛所稽首請佛遶百千帀於一面住復有二十恒河沙伽留羅王龍怨伽留羅王等三十恒河沙揵闥婆王那羅達犍闥婆王等四十恒河沙緊那羅王快見緊那羅王等五十恒河沙摩睺羅伽王大快見摩睺羅伽王等六十恒河沙阿脩羅王遊空阿脩羅王等七十恒河沙阿那婆王法水離垢勝王等八十恒河沙羅刹王廣怖畏羅刹王等九十恒河沙叢林主鬼王樂香叢林主王等千恒河沙持呪王大幻持呪王等一億恒河沙欲色衆善現欲色等百億恒河沙天女衆藍婆天女等千億恒河沙負多王宿君坻負多王等百千億恒河沙天子四天王等百千億恒河沙風神王一億恒河沙樂雲雨神一切世間寂靜雲雨王是諸王等於晨朝時光明照已覺斯瑞相各作是念如來不久當般泥洹兩衆供具倍勝

人天來詣佛所稽首請佛遶百千帀於一面住復有二十恒河沙香象王金色紺眼象王等是諸象王隨其力能於雪山中取衆香藥草及諸名華優鉢羅鉢曇摩拘牟頭分陀利華等大如車輪及山川水陸所生諸華以用莊嚴牀帳供具悲鳴號吼聲震天地一何駛哉世間虛空何其駛哉世間眼滅來詣佛所頭面禮足於一面住復有三恒河沙師子王大震吼師子王等皆於衆生普施無畏及諸鳥王迦蘭陀鳥迦陵頻伽鳥王等所作供養悉如象王復有諸牛羊王詣堅固林出好香乳一切坑池乳皆流溢復有諸蜜蜂王皆以香蜜盈滿其中如是等比數如恒沙悉詣佛所頭面禮足於一面住復有萬恒河沙五通神仙與四天下一切衆仙俱忍辱仙人等作種種神力所作供養悉倍勝前來詣佛所以髮布地稽首佛足於一面住爾時十六大國比丘比丘尼惟除尊者大迦葉尊者阿難二衆餘者悉集滿一由旬悉皆如前比丘比丘尼衆於晨朝時來詣佛所稽首佛足遶百千帀於一面住復有萬恒河沙諸小山神王大山神王世界中間諸鬼神王須彌山神王食諸樹葉華果種種生類皆有大神力放大光明來詣佛所稽首禮足於一面住復有百千萬恒河沙八大河大海大地諸神天子大小諸王皆有大神力放大光明蔽於日月於堅固林出甘露水滿澌連河微流清澈處處皆作七寶階道令諸會衆飲之無猒爾時力士生地北面南向有自然善法重閣講堂文飾刻畫七寶莊嚴五色光耀清泉浴池華果園

林亦自化成譬如忉利天歡喜之園甚可愛樂其諸天人阿修羅悉覩如來泥洹之相咸皆悲感愁憂歎息復有一億阿僧祇四天王諸天子皆悉來會各相謂言汝等觀此天人阿脩羅爲最後供養如來故作此勝妙殊特供具種種飲食佛與大衆受彼施已當般泥洹我等亦當設衆供具倍勝於彼皆用天華天香天食曼陀羅華摩訶曼陀羅華迦拘羅華摩訶迦拘羅華曼殊沙華摩訶曼殊沙華散多那華摩訶散多那華如是等種種天華及諸天香以成供具來詣佛所稽首請佛於一面住釋提桓因與阿僧祇三十三天衆所作供養乃至第六天王與諸眷屬所作供養轉倍勝前除四無色及色有無想天其餘諸天亦設供具轉倍勝前爾時娑婆世界主梵天王與諸梵天子無量眷屬各放身光徧四天下欲界人天身諸光明皆蔽不現普雨天衣及天名華供辦天食一一天幢天旛天蓋從堅固林上至梵天辦衆具已來詣佛所稽首請佛於一面住復有毗摩質多羅阿脩羅王與無量阿脩羅眷屬俱放身光明遍四天下釋提桓因及諸梵王身諸光明皆蔽不現亦辦飲食及衆供具其諸寶蓋悉皆彌覆小千世界設衆供已來詣佛所稽首請佛於一面住爾時天魔波旬與無量魔天女衆俱即以神力普開一切諸地獄門隨彼地獄衆生有所願樂皆給濟之又復普告地獄衆生言汝等當念於如來應供等正覺作最後隨喜此是汝等力所堪能修行福利當令汝等長獲安樂永得解脫地獄楚毒以如來威神故

令魔波旬心轉調伏與眷屬俱皆悉莊嚴兵仗刀劒弓箭金椎鉞斧罥索長鉤鬬戰衆具地獄衆生長夜癡冥遠離正法受諸苦痛城郭門戶盛火熾然與大雲雨令火悉滅爾時地獄衆生離苦獲安離苦獲安已一一諸魔與其眷屬辦衆供具倍勝前者來詣佛所稽首請佛惟願世尊哀受我供受我供已其有善男子善女人稱摩訶衍名者若眞若僞我等皆當爲是人等作無畏之護而說是呪

哋翅吒吒羅一哋翅二魯樓麗三摩訶魯樓麗四阿羅五摩羅六多羅七悉波呵八

是呪能令諸亂心者得深妙定是呪能令諸恐怖者離諸恐怖是呪能令爲法師者辯才無斷是呪悉能降伏外道諸有能護正法者爲是呪所護如佩神劒我此呪術所說誠諦其有人能持此呪者若止曠野凶害毒獸水火難等若持若說衆難悉除如龜藏六我等今日皆悉已離諸魔諂曲惟願世尊哀受我供願并印可所說神呪爾時世尊即告魔言我不受汝飲食供養爲安隱一切衆生故今當受汝神呪法施如是三請世尊亦三默然不受時魔波旬及魔天女稽首佛足於一面住復有大自在天王與無量大力諸天子俱放大光明遍照三千大千世界梵釋諸天乃至阿脩羅衆身諸光明悉蔽不現設衆供具倍勝於前華蓋光明徧照三千大千世界百億日月悉如聚墨光明不現

大身菩薩品第二

東方去此無數阿僧祇恒河沙佛土微塵佛刹有世界名意樂美音聲佛號虛空等如來

應供等正覺在世教授告第一聲聞菩薩名曰大身汝善男子當行西方有世界名曰娑婆佛號釋迦牟尼如來應供等正覺臨當滅度持此國土滿鉢香飯香徹三千大千世界并以我心現彼大衆彼如來受我飯已當般泥洹有持衆寶牀帳供具獻彼如來汝等并自請決所疑是時大身菩薩稽首佛足右遶訖合掌受教與無數阿僧祇菩薩摩訶薩俱來向此娑婆世界爾時三千大千世界地普大動時會大衆釋梵四天王魔王阿脩羅及大力諸天見此地動舉身毛竪各自見身光明不現悉如聚墨爾時大衆一切驚起文殊師利童子告諸釋梵護世魔王諸天王言汝等勿怖汝等勿怖東方去此無數阿僧祇恒河沙國土微塵佛刹有世界名曰意樂美音

聲佛號虛空如來應供等正覺告第一聲聞菩薩汝行詣娑婆世界有佛號釋迦牟尼如來應供等正覺臨當滅度供飯彼佛及比丘僧汝等并自請決所疑即時大身菩薩稽首佛已右遶訖合掌受教與無央數阿僧祇菩薩摩訶薩俱來詣此娑婆世界放身光明故令汝等光明悉蔽不現彼虛空等如來應供等正覺供養世尊故遣菩薩來汝等皆當一心隨喜時釋梵天王及諸大衆即復歎曰何其怪哉世間虛空如來不久當般泥洹一何駛哉世間眼滅皆悉舉聲哀號悲哭時彼大身菩薩摩訶薩與無量阿僧祇諸菩薩俱從意樂美音聲佛土各各徧身放大光明來詣娑婆世界其大身菩薩舉身毛孔光明化爲無量雜種蓮華一一華上各有七百八十萬

城高廣嚴好其城七重城各七寶以閻浮檀金以爲却敵其却敵上列植寶樹其寶樹生衆寶華果皆以金繩連綿樹間以七寶網重羅樹外微風吹動作五音聲其音和雅猶如天樂人民快樂安隱自在其城外有七寶池周帀圍遶八功德水湛然充滿不冷不熱微流清淨生四種七寶蓮華大如車輪青黄赤白五色光耀乘七寶船遊戲其中又其城内亦有浴池四種蓮華大如車輪五色嚴好其池四邊以黄金白銀瑠璃玻瓈面各一寶互相映發玫瑰爲底布以金沙一一浴池各有十八黄金梯陛種種雜寶校飾莊嚴梯陛中間皆以閻浮檀金爲芭蕉樹列植道側天優鉢羅鉢曇摩拘牟頭分陀利華大如車輪徧覆池上異類衆鳥遊戲其中其浴池上有種種天香華樹四方風吹遍散池上其水香淨如天栴檀其城内外有八萬四千大王一一諸王各有無量夫人婇女五欲自娱人民舍宅各四由旬垣墻七重悉皆七寶亦各自有園觀浴池五欲快樂隨意遊居無有適主其地柔輭散五色華熏以天香又復彼處無有聲聞緣覺名淳一大乘一一華上皆有大王處師子座寶机承足衆寶帳幔彌覆其上以大乘法化度衆生其諸衆生悉在華上聽受大乘書持誦念如說修行大身菩薩毛孔光明神通變化其餘菩薩亦復如是時諸衆生無有欲樂但有憂惱悲泣隨路漸漸行詣拘夷大城各相謂言汝等觀此天人供養殊特之事諸來菩薩亦辦供具衆味飯食鮮潔香美無可爲喻大身菩薩與諸眷屬從身毛孔

出寶蓮華所齋飯食供佛及僧其飯香氣普熏三千大千世界衆生聞者一切煩惱皆悉除滅次寶蓮華有寶牀帳幢旛華蓋一切供具無可爲喻從其本國來向此土乘虛空而至猶若高臺一切衆生無不悉見大身菩薩及諸眷屬設衆供養倍過諸天惟除如來光明梵釋諸天光蔽不現彼諸菩薩其身毛孔皆雨蓮華其華香熏普徧三千大千世界諸聞香者罪垢消除發菩提心大身菩薩身大無量徧滿虛空自捨如來餘無能測稽首奉獻飲食衆供於一面住南方世界諸來菩薩其身毛孔出寶蓮華如閻浮提從蓮華上起七寶城倍勝東方西方世界諸來菩薩毛孔蓮華如四天下城等衆具轉倍勝前北方世界諸來菩薩毛孔蓮華如小千世界城郭浴池亦倍勝前乃至十方世界無量阿僧祇諸來菩薩皆如大身菩薩身滿虛空毛孔蓮華猶如三千大千世界雨種種華及衆供具自捨如來其身光明悉蔽衆會稽首奉獻於一面住時堅固林側爲大吉祥地周迴敷座三十二行其處陿小而諸菩薩身大無量諸天世人皆悉雲集而不迫窄有坐如鍼鋒處者有坐如毛端處者有坐如毫芒處者有坐如微塵處者隨身大小各得安立而不苦患乃至十方微塵數世界六種大動神通變化希有之相各各隨力設供如前時閻浮提惟除尊者大迦葉眷屬尊者阿難眷屬阿闍世王眷屬其餘衆生無不來會爾時蚖蛇毒螫諸惡蟲類魔鬼羅刹雜呪蠱道皆生慈心不相侵害如視一子惟除一闡提輩爾時佛威神

故此三千大千世界地皆柔輭無有丘墟沙礫荊棘毒草衆寶莊嚴猶如西方極樂國土時會天人阿脩羅衆盡見十方微塵數世界其中所有悉在目前如觀鏡像爾時如來從其面門出種種光明曜殊特諸來會者其身光明皆蔽不現一切衆生稽首勸請所應作已還從口入時諸天人阿脩羅即大恐怖身毛皆豎各相謂言如來光明徧照十方無量世界所應作已還從口入更無餘事必是最後泥洹之相天人奉獻皆悉不受何其怪哉四功德牙一旦廢捨聖慧日光從今永滅慈悲寶船於斯沉沒嗚呼痛哉衆生望絕悲號啼哭血淚如雨譬如大雲普雨世界時諸大衆啼哭流淚亦復如是

長者純陀品第三

爾時會中有拘夷那竭國長者名曰純陀與五百長者子俱威儀庠序觀察衆會皆已來集更整衣服爲佛作禮心懷憂慼如日初出照青樹葉赤脉悉現時彼長者亦復如是舉身血出淚下如雨遶百千帀合掌白佛惟願世尊與諸大衆哀受我等最後供養當令我及一切衆生悉蒙解脫譬如田家貧子仲春之節耕田下種仰希天雨今我如是身口意患煩惱衆垢始蒙少習猒離之相惟願世尊當惠法雨與諸大衆哀受我請枯旱之田得蒙慈澤爾時世尊一切種智知一切時告純陀言如來應供等正覺與諸大衆當受汝請最後供養時諸天人阿脩羅聞如來應供等正覺受長者純陀最後供養一切大衆內懷歡喜異口同聲歎未曾有善哉善哉純陀長

者德願滿足甚奇純陀生人道中難得之利汝今已得如優曇鉢華世間希有佛出於世難值於此信心難得聞法亦難佛臨泥洹最後供養復難於彼又復純陀譬如春月十五日夜純淨圓滿無諸雲翳一切衆生莫不瞻仰汝亦如是如來應供等正覺與諸大衆受汝最後檀波羅蜜善哉純陀是故說汝如月盛滿一切衆生無不瞻仰奇哉純陀爲佛眞子雖生人道今皆謂汝爲天中天是故我等當稽首禮咸共舉聲而讚頌曰

雖生人道中　天相悉具足　我及一切衆
今當稽首請　今若哀許者　當宣微心願
若欲度生死　惟應速勸請　今日天中天
人中調御士　圓應神通眼　無量功德相
爲衆生哀請　捨涅槃方便　天中天住世
廣說甘露法　久遠生死苦　從是獲安隱

爾時純陀長者歡喜踊躍猶如有人卒喪父母憂愁悲頓臨送墓所忽然還活瞻奉悲喜倍增敬情純陀長者及諸眷屬歡喜踊躍亦復如是五體投地叉手合掌以偈頌曰

快哉我今得大利　人中妙果悉已獲
快哉我今得大利　永閉泥犂惡趣門
快哉我今得大利　生世得值無上果
猶如沙中求妙寶　忽遇金剛大歡喜
快哉我今得善離　在在處處畜生惑
快哉我今得大利　優曇鉢華堅固信
快哉我今得善離　餓鬼慳貪飢渴苦
快哉我今得大利　難得施度到彼岸
從今永閉諸惡趣　阿脩羅王究竟離
快哉我今得大利　如來出世甚難遇

優曇鉢華今得值　亦如芥子投針鋒
快哉我今得善離　四天大王計常想
快哉我今得大利　法王大寶今悉見
乃至欲天十生處　諦了分明不染著
快哉我今得大利　世雄難遇今悉現
猶如芥子投針鋒　值佛甚難復過是
盡三界原二十五　針鋒爲喻亦復然
快哉我今得大利　值遇如來願滿足
摧滅一切諸兇惡　無量癡冥無知賊
快哉我今得大利　生值離垢蓮華尊
快哉我今永得離　彌淪濤波生死海
快哉生世值如來　如海盲龜遇浮木
快哉我今永得離　生死大海盲龜惑
快哉我今得大利　世未曾有無倫匹
天人哀請悉不受　難請之寶我今得
快哉我今得大利　天人脩羅所尊奉
快哉今得現法果　大仙受我最後請
快哉我今得大利　與諸天人俱勸請
捨彼天人上妙饌　哀愍受我麤澀供
快哉我今得大利　天人獻供願不果
我供麤澀如伊蘭　如來大慈哀愍受
諸天人民阿脩羅　愁憂號泣稽首請
如來大悲普慈愍　等視衆生如一子
假令不受衆飯供　願哀天人不滅度
彼諸天人無餘求　惟願如來永住世
猶如須彌處大海　跱金剛輪安不動
山水映發端嚴好　如來如是處大會
法王威光耀四衆　猶如重雲舉世闇
日光顯出除衆冥　今諸天人亦如是
久遠憂悲癡闇冥　惟願如來久住世

聖慧日光悉除滅　願長住世大智尊
願長住世大雄士　令我等心離憂怖
猶若須彌安不動

爾時世尊告純陀曰如是如是純陀佛興於世甚難得值猶如海砂一金剛粟人身難得又復過是具足信心亦復甚難猶如盲龜值浮木孔得遇如來臨般泥洹最後所供檀波羅蜜復難於彼如優曇鉢華時一現耳汝今純陀莫生憂惱應大歡喜所以者何當作是念今日如來與諸大衆受我最後大施供養以是善利故應歡喜汝今純陀勿請如來長住此世當觀世間皆悉無常一切衆生性亦如是爾時世尊即爲純陀而說偈言

正使久在世　終歸會當滅　雖生長壽天
命亦要之盡　事成皆當敗　有者悉磨滅
壯爲老所壞　强者病所困　人生皆有死
無常安可久　無色無强力　亦無有壽命
妻子及象馬　錢財悉復然　世間諸親戚
眷屬皆别離　三界大恐怖　乃至惡道苦
斯等悉歸滅　安可不猒患　有有生老相
所謂慚恥法　計常所侵欺　而謂爲長存
清涼殊勝法　遠離於恐怖　亦得離生老
病死之大患　亂心愚癡垢　此等謂皆度
無量無有餘　妙勝之寂滅　其義實無常
亦非蔭護法　但是衆苦聚　虚僞非堅固
無堪無所忍　亦非可常保　斯等如蠢蟲
結網而自纏　輪迴三界中　無一可樂處
惟有生老苦　病死之大患　知義者能見
壽命日夜流　衰滅欺誑法　恐怖無暫歡
疾病憂悲惱　諸非義盈滿　欲火轉熾燃

衆難競來集　智者永不住　受斯大苦痛
曉了五欲患　是非功德利　離欲無所貪
明了見眞實　是爲解脫觀　捨除諸生老
呵責害結怨　究竟棄諸有
從此疾離一切數　猶如薪盡盛火滅
妙色湛然常安隱　不爲衰老所磨滅
無量病苦不逼迫　壽命長存無終極
無邊苦海悉已度　不隨時節刼數遷
快哉如來超三界　生死輪迴不復惑
汝莫觀我永滅度　猶如須彌踦大海
純陀我今當泥洹　平等正法永安樂
諸明智者聞斯義　諦了分明不憂慼
莫以生死危脆身　微淺智慧測量佛
我身眞實處安隱　惟是天尊能諦了

爾時純陀白佛言善哉善哉世尊我等凡劣得知如來泥洹不可思議世尊我今便得與彼大人諸菩薩衆及諸羅漢等無有異如文殊師利童子及諸羅漢此等衆中若有最初受戒即受戒日得在僧數我今凡劣亦復如是蒙佛威神得同斯等大賢衆數唯然世尊願使如來長存於世不願泥洹如燋敗種文殊師利語純陀言莫作是願所以者何當作是觀有爲行法性自如是如是觀者空慧具足欲求正法當作是學純陀答曰文殊師利夫如來者是人中尊爲天中天名爲應供豈是行耶若是行者爲生滅法譬如水泡速起速滅往來流轉猶如車輪若使如來是行數者終不得出人天之上非天中天亦非應供復次文殊師利汝豈不聞有天長壽而今如來不滿百歲云何生死之法稱人天上爲天

中天名曰應供文殊師利譬如有人作聚落主隨其功勳漸漸遷轉得爲高位衆人所敬財力自在受福既盡還爲貧賤人不齒録若使如來是行數者亦復如是非人中上非天中天亦非應供轉爲下劣所以者何起滅法故是故文殊師利莫作是觀如來應供等正覺是行數也復次文殊師利爲知而說爲不知而說如何妄想而謂如來是行數耶若如來是行數者不名三界自在法王所以者何譬如有王勇猛多力一人當千時人號名千力士王以能降伏千力士故如來應供等正覺亦復如是降伏煩惱魔陰魔死魔自在天魔如是諸魔力士高慢悉伏是故如來應供等正覺得爲三界自在法王若使如來是死法者無實功德如千力士王也是故文殊師利汝莫於如來起行數妄想復次文殊師利譬如巨富長者惟生一子相師占子有短壽相父母聞之心大愁怖我等薄相居門不吉生短壽子不復愛重所以者何夫天人婆羅門中有短壽者斯等同輩自不愛敬以短壽故如是文殊師利若當如來同世人壽者亦如世人不爲父母之所愛敬如來應供等正覺是行數者亦復不爲人天阿脩羅之所愛敬現見轉變故所以者何同一切法退敗知見而爲衆生說解脱教如是義者何名正覺是故文殊師利汝莫於如來起行數妄想也復次文殊師利如貧女人無有居止加復疾病遊行乞匃止他客舍寄生一子其客舍主驅遣令出抱兒隨道向豐樂國於路困乏蚊虻毒蟲唼食其身經由恒水抱兒而度水流

漂急不放其子遂至没溺母子俱死由是慈心救子功德身壞命終生淨妙天所以者何以不惜命救護子故文殊師利菩薩如是欲救護正法者不於如來而造行觀造行觀者當知是人盲無慧眼於世尊所應正觀察不可思議當知如來非有爲法以是現化安樂衆生彼貧女人救護其子不惜身命故生淨妙天護法菩薩亦復如是能知如來非有爲法是長存法是久住法因此護法得現法果速成解脱復次文殊師利譬如丈夫遠行寄止他舍疲極而卧大火卒起焚燒此家驚覺見火燒逼其身欲出火難衣服燒盡自愧裸身不出火宅遂至燒死以慚愧功德故身壞命終八十千返爲三十三天王復百千返爲梵天王來生人中常爲轉輪聖王不墮惡趣永處安樂因慚愧故如是文殊師利當知如來是方便行應也如彼丈夫慚愧而死寧同外道翫習邪見不爲持戒比丘於無爲如來作有爲想知而妄語若於如來作有爲想者當知是人阿鼻地獄常爲室宅是故莫於如來作有爲數能於如來作無爲想者從是得度智慧大海不爲死屍之所迷惑是爲甚深智度成就以此智果疾逮如來具足相好爾時文殊師利謂純陀言善哉善男子應如是知如來常住無爲非變易法汝善男子有是智者亦能如佛隱覆有爲方便示現汝今不久當成佛道如此勝妙奇特功德惟佛世尊乃能歎説復次純陀應時施及法施出於一切衆施之上應時施者若比丘比丘尼優婆塞優婆夷若遠行來若在道路隨其力能疾

應所須是檀波羅蜜種子生大果報純陀汝今隨其力能爲佛及僧施最後供宜知是時世尊滅度垂至純陀答曰文殊師利何煩催此垢穢食爲如來寧當待此食耶如來六年在道樹下難行苦行日食麻米猶自支持況今須史豈不能耶汝謂如來食此食乎如來法身非穢食身爾時世尊告文殊師利純陀所說眞實說也又語純陀汝成大智明解大乘文殊師利謂純陀言汝今便爲稱可如來佛所悅念純陀答言如來豈偏念耶一切衆生悉平等念汝莫作此顚倒想說念可念者是二悉無當作是行夫愛念者譬如乳牛雖復飢渴行求水草若足未足忽念其子便疾還歸諸佛世尊無此苦念視一切衆生皆如一子是智慧念諸佛境界又文殊師利譬如

象馬寶車遲速不同如是我等九部之乘不能等問如來智慧復次文殊師利譬如金翅鳥王陵虛而飛經由大海影現水中其身長大水性之類莫能測量其形大小如嬰兒病不堪大藥文殊師利言如純陀所說然我爲諸菩薩故於甚深功德而立此論爾時世尊從其面門復放種種色光時文殊師利童子見此光明知如來泥洹時至便告長者純陀言汝爲如來臨般泥洹施最後供其時已到宜應速設純陀當知如來不以無事而放光明其義有以宜速宜速莫令失時如過採之華長者純陀默然而住佛告純陀如來須史泥洹汝供養僧今正是時如是再三純陀悵恨舉聲歎曰何其怪哉世間虛空如來長逝悲號流淚而復啓請願哀久住世尊告曰純

陀汝莫啼哭自亂其心當正思惟修野馬觀芭蕉夢幻雹光坏器等無有堅實當知有爲爲災患宅純陀白佛如來不哀住世世間虛空我等那得而不啼哭佛言純陀今我哀汝及一切衆生而般泥洹諸佛法爾有爲之法性亦復然汝於一切諸有爲行當思我昔說無常偈苦偈空偈非我之偈我說此身爲災患偈如水上泡生滅之偈莫但憂悲如凡人法純陀白佛如是世尊誠知如來方便泥洹我故愁憂苦惱悲泣不能自持佛告純陀善哉善哉善男子應知如來方便泥洹當知佛經如涉大海長壽非長壽起法滅法幻法方便法時非時性非性如是等盡應知純陀汝欲疾度三有海者可速設供諸天人阿脩羅所齎供具今當得爲最後供養令一切衆生從我得不動快樂汝及餘人值良福田汝於如來等正覺所設檀波羅蜜不留難者亦當自成如來福田時純陀長者欲度一切衆生故低頭泣淚猶如雨下譬如日出照青樹葉赤脉悉現純陀長者亦復如是血淚俱下而白佛言唯然世尊今當從教然則如來泥洹甚深之義非我凡細所能測量亦非聲聞緣覺所知惟佛世尊智慧境界爾時純陀與諸眷屬爲度一切衆生故稽首佛足右遶畢燒香散華供養世尊并復供養文殊師利已供設飮食故還歸其家

大般泥洹經卷第一

音釋

恬憺恬徒兼切憺徒覽切恬憺安靜也椎直追切擊也駛踈士切疾
速也諮即移切訪問也嚼在爵切齧也澡漱澡子皓切洗手也漱蘇奏
切蕩口也刻鏤刻古得切鍥也鏤盧候切雕也茵褥茵於眞切褥如欲切
髓腦髓息委切腦奴皓切騁丑郢切馳騁奔走也狐狼狐戶吳切狼魯
當切鵰鷲鵰都聊切鷲也鷲疾救切大鵰也鴟赤脂切鴟鵄也坻直離
切熈許羈切鉞王伐切大斧也罥古泫切網也吔翅吒吔託
何切翅式利切吒陟駕切玫瑰玫莫杯切瑰古回切玫瑰火齊珠也机居尖
切案屬陿胡夾切隘也迫窄迫博陌切逼迫也窄側華切窄狹也鍼
鋒鍼職深切與針同鋒數容切鋌也螫施隻切蟲行毒也蠱公戶切惑
也蟲道謂左道惑人也礫郎擊切小石也麤澀麤倉胡切澀所立切跱
池爾切立也脆此芮切物易斷也匃古太切乞求也唼子合切唼喋眾
齧貌裸郎果切赤體也翫五換切狎也悵悢悵丑亮切悢力黨切悵悢
失志望恨貌坯鋪杯切未燒瓦器也涉實攝切水行曰涉

大般泥洹經卷第二

東晉沙門法顯共天竺沙門覺賢譯

哀歎品第四

是時普地六種震動其中聚落城邑山海乃至十方皆悉大動時諸衆生各大恐怖天人阿脩羅舉聲悲歎稽首禮足供養畢咸皆同時以偈頌曰

稽首人中雄　哀我今孤露　投身尊足下
眷仰妙功德　聽我說生死　種種無量苦
諸天人聞者　莫不生猒離　譬如孤煢子
困病自嬰身　雖遇良醫治　其疾猶未差
而醫忽中道　捨之適他方　我等及一切
窮苦亦如是　始蒙方便治　衆邪煩惱見
世尊大醫王　忽當捨我去　便如窮病子
失醫無所怙　嗚呼此世間　從今永虛空
亦如國荒亂　復失賢明主　哀哉諸天人
皆當羅寇患　猶如穀貴劫　民遭饑饉苦
哀哉諸天人　永失甘露味　譬如盛火起
衆生皆燒死　哀哉諸天人　惡道永熾然
哀哉諸天人　長夜受大苦　輪轉生死流
如象溺深泥　哀哉今天人　血流從身出
憂悲增苦惱　戀慕心如是　世尊滅度後
行業甚難測　日月隱重雲　慧光從此滅
哀哉天人衆　長夜處幽冥　是故懷憂苦
非物所能喻　視身無可樂　欲捨如棄唾
不欲常在世　聞佛泥洹聲　惟願大智尊
住世說甘露　雲除日光顯　重冥皆悉滅
如來慧日光　永消生死障

爾時世尊告諸比丘汝等比丘莫如凡夫諸天人輩愁憂啼哭當勤精進奉持如來所說

實法專念守行時諸天人阿修羅等聞佛爲諸比丘說已願請望斷忍割悲戀譬如孝子慈母新喪祖送丘墓長訣而還哀感懊惱强自抑止於是世尊而說偈言

汝等當開意　諸佛法應爾　各各還復座
諦聽我所說　攝心莫放逸　守持於淨戒
定諸亂意想　善自護其心

復次諸比丘若有疑惑今皆當問若空不空常無常歸無歸依無依恒無恒衆生非衆生實不實諦不諦泥洹非泥洹密不密二法不二法如是等種種法中諸有疑惑今皆應問當爲汝等隨順說之當爲汝等開不死門然後滅度是故汝今現心所疑各各當問所以者何佛興難值人身難得得信亦難離八難處及持戒具足此復益難猶恒沙中求金粟亦如優曇華復次比丘百穀藥木及諸珍寶皆從地出諸衆生等依而得生如來如是出生妙善諸甘露法衆生因此長養法身是故比丘當問所疑如來悉爲說決定義然後泥洹安樂一切諸衆生故時諸比丘聞如來決定泥洹已心懷悲怖身毛皆豎如日初出照青樹葉赤脉悉現其身如是擧體肢節血淚交流稽首佛足右遶畢白佛言善哉世尊快說非常苦空之教如一切衆生跡象跡爲上如是世尊說無常想於諸想中最爲其上精勤修習能離一切欲界貪愛色愛有愛無明憍慢從此永滅又復世尊譬如田夫於秋月時草實未熟深耕其地春植五穀草穢不生行者如是深念無常想精勤修習能離一切貪愛色愛有愛無明憍慢永不復生夫田家

子以秋月耕爲上世尊法中以無常想爲第一又如帝王知命將終恩赦天下獄囚閉繫悉蒙解脫然後命終今日世尊亦復如是臨欲滅度說甘露法惠利衆生貪愛牢獄皆悉解脫然後泥洹如人爲惡鬼所持遭遇呪師便得解脫如是衆生爲貪愛羅刹所持幸蒙如來聖慧大呪得脫衆邪恩愛羅刹如人瘧病遇良醫藥苦患悉除我等亦然無量身病邪見煩惱得世尊法藥皆蒙除愈如人醉酒不識親踈尊卑長幼尋後醒悟心懷慚愧深自尅責我等如是於無量無邊生死中醉於情欲迷于邪見始蒙醒悟猶如蘆草及伊蘭樹無有堅實此身如是我人壽命等無有堅固佛告比丘汝等如是修無我想耶諸比丘答曰唯然世尊我等常修無我想餘人亦修無常苦空非我之想世尊如人言日月星宿山地轉此非爲轉但衆生眩惑謂呼爲轉如是人言無常苦空非我當知此等衆生亦是世俗眩惑我等所修是平等修佛告比丘如汝說喻此譬喻中說味說義汝猶未解我當更說如人言日月山地轉此非爲轉但眩惑謂呼爲轉如是衆生心常愚癡顛倒計我計常計樂計淨然彼佛者是我義法身是常義泥洹是樂義假名諸法是淨義汝等比丘莫眩惑想而言我於一切法修無常苦空不淨想也比丘白佛言世尊我亦修三種修佛告比丘此三種修於我法中亦無實義修性昇降故苦樂想顛倒樂苦想顛倒無常常想顛倒常無常想顛倒非我我想顛倒我非我想顛倒不淨淨想顛倒淨不淨想顛倒如是四

顛倒想者不識平等於此所修非爲正修苦不苦修無常常修非我我修不淨淨修此四種修是世間樂常我淨離世間亦有四種樂常我淨汝等當知名味者世間法義者出世間法時諸比丘白佛言世尊我等今當云何如世尊教修三想見四顛倒者惟願如來住世一劫若過一劫如世尊教我當修行若當如來不住世者我等何能久與毒蛇同其窟宅永違如來誰當住世任持正法當隨如來入於泥洹佛告比丘莫作是語莫作是語比丘當知如來正法付授大迦葉大迦葉者今爲汝等作歸依處亦普救護一切衆生如佛無異比丘當知譬如大王典領諸國欲遊餘國要立一大臣兼知國事如王在時我亦如是於此世界尋當安立摩訶迦葉但汝等比丘先所修習無常苦空非我想者非眞實修譬如春月諸商人輩至歡會時遊戲水邊衆中一人失瑠璃寶墮深水底時諸商客各各入水爲求寶故或得瓦石沉水謂爲眞寶歡喜持出乃知非眞彼瑠璃珠故在水中光色照水明踰日月衆人見光知是名寶歡甚奇特各欲求取時有一人巧智方便取得眞寶如是比丘汝等於一切苦空無常不淨作淨想受言我修習猶如手執非寶而自欺誑汝等比丘莫如彼人空自欺誑當如商人中有黠慧者比丘當知有佛有我有常有樂有淨汝等所修一切攝受皆是顛倒如彼不識瑠璃寶珠汝等比丘修眞實法如得寶珠於不眞實法修無常想諸比丘言如世尊說一切諸法皆悉無我當如是修時我想即滅我想

滅已正向涅槃此有何義惟願世尊哀愍更說佛言善哉善哉諸比丘汝等欲除吾我惑者應如是問譬如有王闇鈍少智時有藥師亦不明了欺誑天下受王俸祿惟知乳藥復不善解而療治國人又不知風痰涎唾病之所宜然闇鈍王謂爲上醫時有明醫曉八種術從遠方來語舊醫言汝爲我師我爲弟子當從汝學舊醫言善我當教汝不死藥法汝當疾學四十八年令汝盡知無上醫術便將後醫出入王宮是闇鈍王亦相愛樂彼後醫便語王言大王應當學諸技藝王大歡喜便從受學智慧漸增乃知舊醫無智欺誑驅令出國加敬後醫彼後醫知時已至復語王言欲有所請當隨我意王答言爾醫言大王先醫乳藥毒害危險不復可服應捨此法王即從教普下國民自今已後若有服本乳藥者當重罰之爾時後醫以五種藥甜醋鹹苦辛等五味用療一切時王得病請醫治之醫觀王病應用乳藥便語王言惟有乳藥能令不死王語醫言汝今狂耶先言是毒令我驅本良醫而今復言應服乳藥後醫答言不也大王別有餘意譬如板木有蟲食跡似生名字不善書者謂是眞字其善別者知非書字本醫如是雖合乳藥不知分別時節所應當知乳藥亦能殺人亦不殺人不殺人者彼養乳牛時放在曠野無毒草處擇水而飮不加杖捶出入以時聲彼乳時泡沫不起當知此乳救一切病爲不死藥王言大善便服乳藥時國人民聞王服乳皆悉驚怖來詣王所言此藥師將非鬼耶先言殺人今令大王還服乳

藥時後醫王即爲人民廣說乳之昇降王及人民增加恭敬供養後醫奉用其法常服乳藥比丘當知如來應供等正覺明行足善逝世間解無上士調御丈夫天人師爲大醫王出興於世爲壞外道邪醫術故與衆生生漸相習近知愛樂已便教令捨外道邪受而語之言無有吾我衆生壽命以彼蟲食爲書諸異道輩受吾我故而言無我一切衆生承如來教展轉相教皆說無我此是如來知時方便濟衆生故說一切法其性無我非如世間所受吾我故說一切諸法無我時復說我如彼善醫明乳藥法當知我者是實我者常住非變易法非磨滅法我者是德我者自在如善乳藥醫如來亦然爲諸衆生說眞實法一切四衆當如是學爾時世尊復告比丘於諸法律若有疑惑更問如來諸比丘言唯然世尊我等已修諸修之上解知身相皆悉空寂佛告比丘汝等莫如一切智說而言我修一切身相皆悉空寂復次比丘汝於法律猶有疑惑應當更問諸比丘言世尊如來應供等正覺平等之義非我境界豈敢重問諸佛所說不可思議諸佛所行不可思議是故我等及諸衆會皆悉不堪重問如來世尊譬如有人年百二十身嬰長病委在牀褥有一丈夫無有智慧財富無量來詣病所就彼牀上執病人手而語之言善男子汝當取我珍寶庫藏我欲餘行遠至他國或十年或二十年我後還時悉當歸我彼時病人無有子息又無眷屬病轉增篤遂便命終所寄財物悉皆散失財主後還欲往求索不知所在如是世尊

告我等言於諸法律若有所疑今皆當問若使聲聞問如來者恐此正法不得久住又復不知何者應問能令一切衆生咸蒙其慶是故世尊我等今者不堪重問如有士夫相師占之年百二十眷屬成就財富無量復有人來語士夫言我有財寶今日寄汝汝當爲我出入息利或經十年或二十年還悉歸我彼時士夫即取財物爲其生利主後還索悉皆還之如是世尊尊者阿難諸聲聞等護持如來所說法藏欲令長存無有是處所以者何以聲聞乘故惟諸菩薩摩訶薩迦葉等應令諮受百千萬劫堪任奉持如來法藏一切衆生悉當蒙慶是故世尊當令菩薩爲一切衆生故請決所疑非是我等凡品所堪爾時世尊告諸比丘善哉善哉汝等比丘得無漏法成羅漢道故能作此眞實之說深解我意有二因緣當令菩薩任持正法能使大乘法藏久住久使一切衆生悉蒙其慶

長壽品第五

爾時世尊普告大會諸善男子善女人於三法中及諸律教有所疑者今皆應問如是再三爾時座中有那羅聚落菩薩姓迦葉氏婆羅門種承佛威神從座起整衣服偏袒右肩稽首佛足遶百千帀右膝著地以天香華供養畢白佛言世尊欲有所問惟願世尊慈愍敷演佛告迦葉菩薩摩訶薩言如來應供等正覺恣汝所問當爲汝說迦葉菩薩白佛言世尊我所問者皆承如來威神力故亦因一切衆生善根故今日如來四大賢衆以爲眷屬諸大師子以爲眷屬諸金剛士以爲眷屬

智慧大海以爲眷屬其會菩薩皆悉成就無
量功德如是等衆以爲眷屬我等凡劣欲有
所問不堂如來神力加助不能發問是故我
今敢有所問當知皆是如來神力即於佛前
說偈而問
何因得長壽　金剛不壞身　云何能持此
契經甚深義　菩薩化衆生　說法有幾種
何等人能堪　名爲眞實依　雖非阿羅漢
量與羅漢等　天魔如來說　云何能分別
云何知平等　四聖眞諦義　及四顛倒相
苦空非我行　云何見菩薩　如來難見性
云何得具足　曉了半字義　云何善化現
如鴈鶴舍利　云何得智慧　如日月宿王
云何爲菩薩　願哀決定說　如此諸法門
無量甚深義　我等所應知　故能發斯問
豈敢問如來　諸佛之境界
佛告迦葉善哉善哉善男子漸階如來一切
種智乃能問斯甚深經義一一方面阿僧祇
恒沙等世界諸佛從本以來自於世界坐道
樹下成等正覺其數無量本爲菩薩得菩提
道次第開覺皆悉因問如來深法藏故汝等
今日亦復如是能以一切種智境界而問於
我安樂一切衆生迦葉白佛言世尊我不堪
任請問世尊一切種智境界譬如蚊蚋不能
飛過虛空大海彼岸亦復不能悉飲海水我
亦如是不堪世尊虛空大海甚深智慧而得
無畏世尊又如大王髻中明珠其守藏者增
加守護如護其頂我亦如是今問如來甚深
正法如來廣說決其疑網佛告迦葉善男子
我今當說長壽之業菩薩摩訶薩行此業者

爲正覺因汝等諦聽善思念之聽彼行本廣爲人說因生等覺善男子我亦因行彼業廣爲人說故得阿耨多羅三藐三菩提譬如大王其子犯罪閉在牢獄爲其子故普赦諸囚以救其子如是菩薩修長壽業一切衆生如一子想於一切衆生大慈大悲大喜大捨受持淨戒不害衆生立一切衆生於五戒十善業跡隨其力能濟諸地獄餓鬼畜生爲斷一切惡趣業緣未脫者脫未度者度志念堅強成方便智因此業行方便得具足長壽依果報果成大妙智無畏自在菩薩如是永離死法迦葉菩薩白佛言如世尊說菩薩摩訶薩等視衆生猶如一子此有何義若言菩薩摩訶薩視一切衆生猶如一子者豈有此理所以者何於佛法中或有犯戒作五逆罪誹謗正法於是輩衆生皆當修習一子想耶世尊告曰如是迦葉我視一切衆生如羅睺羅迦葉菩薩白佛言若當爾者云何一時月十五日布薩大會衆僧清淨有一未受具戒者盜入聽律時金剛力士瞻佛神旨持金剛杵碎令如塵云何一切等視如子佛告迦葉莫作是語彼童子者是化作耳欲明正法犯罪應棄以肅將來令懷盜心者及一闡提輩惡心潛伏如王大臣執犯法者隨罪治之佛亦如是有壞法人以理徵罰令犯罪者自見罪報如來常以自身光明安慰衆生不恐不害雖有衆生不蒙光明而至死者如來於彼不捨大悲復次迦葉汝等若能善解如來微密義者今當更說譬如迦葉他方有諸比丘持戒清淨道德淳一威儀具足彼方如來已般泥

洹諸比丘衆無住持者以彼衆僧無大師故時有無道之人惱諸比丘時有國王好樂佛法害彼惡人或逐出國以逐彼無道惡人立正法故獲福無量所以者何罰其重過立大法故又如人家中生諸毒樹應速剪滅如是法中犯戒亂法如害主奴皆應逐出若不逐出當知是輩去我法遠若逐出者是我弟子迦葉菩薩白佛言以是義故不等衆生同一子也塗割等觀此言乖矣若云如來治壞法人何有此義佛告迦葉如王大臣長者居士生子端正聰明黠慧舉世無雙衆所愛重父將其子往詣師門學諸技藝白彼師言我生此子福德端正未學技藝爲我教學必令成就若不如意勤加杖策我有四子皆就君學正使三子病杖而死餘有一子故當苦治要令成就我猶不恨佛告迦葉於意云何父母及師苦教其子乃至失命父母及師犯殺罪耶迦葉答曰不也世尊愛念子故欲令成就雖加杖楚無增害意其福無量無有殺罪如是善男子如來亦然其有壞法犯戒之人等視如子慈愍教誡欲令成就壞法犯戒應當苦治無有過也是故當知菩薩摩訶薩等視衆生如一子想修習如是平等三昧心不懷害是爲菩薩長壽之業智慧自在迦葉菩薩白佛言一切衆生如一子想菩薩摩訶薩修行此想得長壽耶佛言如是迦葉迦葉菩薩白佛言惟願世尊勿說此義如戲兒法兩種語也世尊譬如戲兒於大會中歎說種種供養父母自還其家反逆不孝惱亂二親不報恩養世尊亦復如是言菩薩摩訶薩視一切

衆生如一子想緣是功德便得長壽智慧自在常住不死而今世尊同人間壽得無世尊無數劫中常於一切衆生懷刀劒想耶怪哉世尊受斯短壽害衆生果同其世人百歲壽命尚非菩薩况復如來佛告迦葉莫於如來應供等正覺前發斯麤言汝善男子當知如來長壽無量當知如來是常住法當知如來非變易法當知如來非磨滅法迦葉菩薩白佛言云何得知如來長壽佛告迦葉如閻浮提八大河水及諸泉流悉歸于海無有盡極當知大海泉流之器如來亦然諸天世人一切壽命皆歸如來壽命大海以是義故當知如來其壽無量又復迦葉譬如虚空常住不變如來常住亦復如是亦如醍醐清凉之藥能除熱惱如來應供等正覺常以清凉醍醐法藥廣為衆生除諸患難是故如來常住清凉無諸惱患迦葉菩薩白佛言世尊若當如來長壽無量又欲安樂一切衆生者今日世尊應當住世一劫若過一劫以清凉正法水普雨衆生惟願世尊哀愍住世佛告迦葉莫於如來作盡滅想若比丘比丘尼優婆塞優婆夷及諸外道尚有五德能住壽一劫若過一劫經行虚空坐卧自在左脇出火右脇出水從身出煙能令自身大而無極細入無間有此五德便得如是自在神力豈况如來成就一切無量功德而力不能住世一劫若過一劫是故當知如來常住非變易法非磨滅法當知此身非穢食身於此世界應化之身如毒藥樹今當捨之是故迦葉當知如來法身常住非變易法非磨滅法廣為人說迦葉

菩薩白佛言世尊世間者出世間者有何等異佛言如來常住世人亦言常住我迦葉種說先師梵天神本有常周旋往來若如來常住者著世間法離世間法未見其異佛告迦葉譬如長者有一乳牛付牧牛者令其養飼別放曠野無毒草處不與群牛共繫一廄愛護養飼欲得好酥以自供給如是不久其人命終彼牧牛者尋復卒死時有野人遊行澤中得此乳牛便㲉其乳以自供活欲作酪酥不知法用盛以弊器冷暖不適竟不成酪亦不得酥復壞乳味壞乳凝濁謂是酥酪作酥酪想而取食之衆生愚癡亦復如是正法淳澤深廣妙義佛既滅度如牛主死彼諸衆生在生死曠澤如彼野人以世俗智於佛正法淳澤律儀作顛倒想便言有衆生我人壽命言此是解脫此是常住是諸衆生邪惑所覆不識解脫不識常住習諸異見不得出要遠離真諦律儀行處不知如來是常住法如愚野人不得牛乳五種時味自謂食酥而實不得五種味中一種食也但著世俗梵天造化言是常是衆生是解脫因求梵天修少梵行故離邪婬故孝父母故少得生天自然樂食如彼野人食其壞乳善男子世俗梵行供養父母不知三歸當知此果豈有常耶供養父母不邪婬等正可得如佛所化無常糠糟世俗法耳惟有如來常住不滅是故善男子當作方便離諸狐疑勤思如來是常住法復次善男子是時野人畜彼乳牛會遇轉輪聖王出世轉輪聖王法應有乳牛王德力故令彼野人捨牛餘行牛自然往到轉輪聖王主藏

寶臣所主藏寶臣知此乳牛必出五時精味之乳定是聖王福感德應佛爲法王出世之時亦復如是如彼乳牛世間所受常法之音還爲如來常法之音凡俗野人摧伏破散捨牛而去常法乳牛之音便往如來弟子寶臣前住衆生福力故令常法乳牛出常香乳是故善男子當知如來常法非變易法世間凡愚所不能了皆因如來常住音聲故得知耳彼諸世間應作是念夫常法音即是如來常法音也從此音聲當知如來無數無量如是善男子善女人當持如來常住二字歷劫修習是等衆生不久當成等正覺道如我無異汝善男子慎勿放逸常住二字堅固受持今日如來當般泥洹此是一切諸佛定法迦葉菩薩白佛言世尊何等爲法法有何義願聞

定法其性云何佛告迦葉汝今欲聞法性耶迦葉白佛願聞廣說佛告迦葉法性者捨身迦葉菩薩言捨身者增疑論佛言如是而汝迦葉謂呼如來捨身更受身耶迦葉菩薩白佛言不問受身佛言迦葉莫作是說諸法斷也復次迦葉善男子如非想天彼無色陰其諸衆生云何住云何死云何現彼諸心想云何迴轉是佛境界汝應當問亦應當問我更受身若人問汝彼無想衆生形想住處受樂云何以何答乎但非聲聞緣覺菩薩境界所及惟是如來境界行處又善男子如來身者方之於彼倍復難知非諸聲聞緣覺菩薩境界所知如來爲何處住云何現如來不可思議方便身非汝境界善男子汝於我所但作是念如來常住法僧亦然此三事者非無常

法常住不變清涼真實離諸惱患若不爾者彼善男子善女人清淨三歸悉不成就應如是修不可思議常住法善男子譬如有此樹者必有此影若無彼樹必無彼影若不見樹而言見影無有是處如是既有如來必爲一切常作大樹覆護衆生爲衆生依若使如來是無常者不名應供爲諸天人作最上依迦葉菩薩白佛言云何世尊夜闇冥中樹影現耶佛言有影既有其樹云何無影但非肉眼所能見也是故當知既有如來則爲常住非變易法非磨滅法如彼樹影夜闇之中肉眼不見如來泥洹已常住不變肉眼不見亦復如是而彼妄想於如來所作無常念若善男子汝等父母及所尊重於佛法僧作非常想者悉於三歸皆不清淨汝今當以三事常住

而勸教之令於三事中得成菩薩三歸之名爾時迦葉菩薩白佛言唯然世尊我從今日始當以佛法僧三事常住啓悟父母乃至七世皆令奉持常住之法奇哉世尊三法常住我當更學廣爲人說若彼不受此真妙教當知是輩無常惑者然我當日日三時爲說令其親近佛言善哉善哉迦葉善男子護持正法應當如是亦常修習不害慈心彼不害果便得菩薩長壽無極智慧自在

金剛身品第六

爾時世尊復告迦葉善男子如來身者是常住身是不壞身是金剛身非穢食身是則法身當作是觀迦葉菩薩白佛言世尊非我凡品所能觀也所以者何若當如來般泥洹者便是破壞身塵土身穢食身若當如來永不

泥洹應當隨順修平等觀佛告迦葉善男子莫謂我身與世人同危脆破壞長夜劫數輪轉生死如來身者是不壞身非世人身亦非天身非穢食身是非身身亦不生亦不滅不集起不流轉無邊際無足迹非智非行本性清淨無所有無所受無來去不住不動不味不觸無識無思無等無上非趣趣趣永斷非斷法非事非實非覺非想非始造非終成非建立非盈滿非方處非舍宅非止息非寂靜廣淨離諸煩惱非取非染著非諍離諍常住非住故不伏不死非法非非法非田非非田不可盡非比丘非非比丘離名字離讚歎離言說離修習離思願非和合非不和合非量非非量非到非不到非通非礙非相離相相相莊嚴非持非有離有能爲福田實不可見不可示如如眞實度一切衆生而無所度脫一切衆生而無所脫淨一切衆生而無所淨覆一切衆生而無所覆教授衆生而無有二無等無等等無量等虛空等無處等無生等無所有等無等離等寂滅非斷行不亦轉轉究竟一切攝受斷甚深妙現不二教不捨自性非成非長非短非陰非界非入非有爲相非無爲處非長養不高不下非藏積非不藏積非地非非地如是無量不可思議功德爲身如來無有知者無有見者無有說者無有論者非世間所攝受非因非無因一切妄想取相言泥洹無以爲比如是無量功德成就名如來身如是迦葉如來身相者非聲聞辟支佛所能知如是成就如來身者是爲法身非穢食身云何當有若病若惱夫壞如坏器

耶隨受化者現老病死如來法身金剛難壞迦葉汝從今日當作是知如來身者非穢食身廣爲人說從妙因生則爲法身爲金剛身爲渟厚身當作是知常住法也迦葉菩薩白佛言世尊如來功德具足如是云何當有若病若死我從今日當觀如來法身常住非變易法善勝寂滅爲人廣說唯然世尊如來法身金剛不壞而未能知所因云何佛告迦葉護持正法功德爲因迦葉白佛言云何護法佛告迦葉其護法者非爲五戒亦非習持賢者律儀於惡世中不惜身命手執利器防護法師諸持戒者是爲護法迦葉菩薩白佛言比丘與彼持器仗人共俱行止將無非比丘耶佛言不也迦葉菩薩復白佛言此剃頭居士耳佛言迦葉莫作是語所以者何若有獨處閑居修行頭陀九法乞食少欲靜默禪思觀身經行亦爲人說施戒修德行業因果而不能廣宣無畏亦復不能降化詐僞惡人當知是人不能自度亦不度彼修持梵行獨善而已若復比丘行頭陀法兼得無畏廣宣九部修多羅祇夜授記伽陀因緣如是語本生方廣未曾有以化衆生自度度彼又爲人說契經要句言其經說不畜奴婢牛馬畜生及不應法物若當畜者非出家法是人犯制罷道驅出諸犯戒者聞作是說群黨瞋恚害彼法師彼雖命終猶能自度亦能度彼是故迦葉諸優婆塞若王大臣當護持法亦當降伏剃頭居士復次迦葉過去久遠阿僧祇劫時世有佛名難提跋檀如來應供等正覺出興于世亦常於此俱夷城住時此世界廣博嚴

淨譬如西方極樂國土其諸衆生皆悉安樂無飢渴想淨諸菩薩彼佛住世無量億劫而般泥洹遺法住世亦復無量億劫餘四十年佛法未滅時有比丘名佛度達多出於世間大衆眷屬前後圍遶成就無畏而爲說法以九部經教諸比丘言某契經說不得畜養奴婢畜生及不應法物諸犯戒者便起瞋恚群黨相助欲害法師時彼國王名婆伽達多聞彼惡人欲害法師爲護法故即便手執利器與共苦相鬬戰摧伏惡人王身被瘡詣彼法師法師爲王說護法功徳王聞法已尋便命終生阿閦佛國時王眷屬共護法者命終次第皆得往生阿閦佛國發心隨喜者皆成菩提彼時佛度達多法師尋復命終亦復生彼阿閦佛國爲阿閦佛第一弟子婆伽達多王爲第二弟子佛告迦葉菩薩爾時護法國王者豈異人乎我身是也時法師者迦葉佛是迦葉當知護持正法功徳無量我本以不惜身命護正法故得此金剛不壞法身迦葉菩薩白佛言如世尊說如來法身眞實常住非磨滅法我意諦信猶如畫石佛告迦葉是故善男子若比丘比丘尼優婆塞優婆夷當勤方便護持正法亦當爲人廣說護法果報又復迦葉夫爲法師持淨戒者當應自護無自防具勿輕舉動若優婆塞不受五戒而學大乘爲護法故持器仗者當依是等以爲行伴迦葉菩薩復白佛言世尊已說與持仗俱爲非律儀佛告迦葉吾般泥洹後濁世之中穀貴疾疫詐形利養衆多無數時有法師戒徳持律威儀具足爲彼驅逐若害若殺當爾之

時持戒法師遊諸城邑險難曠野我聽與彼國王大臣野人居士旃陀羅等不受具戒能護法者以爲伴侶彼諸人等雖不受戒護法功德果報無量勝受戒者其法師者奉持戒行清淨威儀深樂大乘爲人廣説能以香油旛華供具與諸國王大臣長者更相獻遺而不壞失沙門法行是名法師奉持戒者自身攝持眞實之法猶如大海威儀具足是爲持戒若復持戒不樂快樂不喜名譽猒惡利養常爲人説少欲知足如是等比已利損減眷屬不樂不名法師於自徒衆起猒倦想自壞眷屬亦名壞僧僧有三種犯戒僧童蒙僧清淨僧於三種僧中壞犯戒僧及童蒙僧不壞清淨僧犯戒僧者愚騃凡夫順犯戒者不相檢察爲貪濁故而共和合是名犯戒僧正使自身能持戒者亦復名爲犯戒數也如是等僧不應行而行若能化此諸非法者名爲法師童蒙僧者習行無事鈍根愚癡設得利養自供眷屬各各修立不共和合自恣布薩亦復不與犯戒者同若能化此愚癡非法是名法師如法律僧者如是等僧衆魔百千不能沮壞菩薩僧者常自清淨彼二種僧名爲犯戒法師也持律師者善教化知時知重知輕不斷非律亦不斷當如法律者云何名爲善教化知時其教化者或是菩薩或是童蒙若菩薩教者爲護法故亦不觀察時非時餘無餘若開若制隨其所應聚落家間自在遊止護法心故無所違犯惟除伎兒寡婦婬女及童女家學聲聞處所不應行餘一切處護法菩薩來往周旋終日無過是名法師知時教

化知重者若見如來制戒初始所因起事輕慢心犯及四重法不名出家是名知重知輕者若見比丘一一緣起所犯輕戒心亦不重或自憶念如如來戒犯事不滿是名知輕不斷有餘律者若畜奴等諸不清淨物於律有殘不應斷當常不欲與犯戒者諍是名非律不應斷當雖非戒律餘經中說與律同者是亦名律不應斷當隨其說者是名守文不解一字若能解者三世諸佛所說經中心得無畏如是佛教深廣無量能護持者逮成如來法王不可思議於是迦葉菩薩白佛言唯然世尊如來法王不可思議如來常住非變易法我當奉持廣爲人說佛言善哉善哉迦葉奉持金剛不壞法身欲學等觀如來身者當修金剛不壞法觀菩薩摩訶薩如是修者便得等觀無上法身

受持品第七

復次善男子持此甚深契經功德我今當說其有衆生聞是經者生生不墮四趣之中在所生處常近諸佛迦葉菩薩白佛言當何名斯經云何奉持佛告迦葉是經名爲大般泥洹上語亦善中語亦善下語亦善善義善味純一滿淨金剛寶藏我今當說善男子如閻浮提八大河水皆歸大海其水無盡大般泥洹亦復如是滅煩惱降衆魔背生死捨離化身故名泥洹一切諸佛同此妙法無有盡極又如醫法有微密術者名爲大醫一切方藥悉入其中如來所說微密法藏亦復如是一切九部悉入其中故名大般泥洹譬如夏月耕田下種常有希望既收其實衆望都息行

者如是於一切經修習禪定常有希望學此經巳速成解脫超三界有復次善男子如人重病醍醐爲藥次服八種甜味之藥其藥最良如是衆生於如來密教有惑亂之病漸以大乘契經而教化之然後爲說大般泥洹八味法藥八種味者常住法寂滅法不老不死清淨虛通不動快樂是八種味名大般泥洹若有菩薩住此大般泥洹者常能處處示現泥洹是故名爲大般泥洹若善男子欲於大般泥洹而般泥洹者當作是學如來常住法僧亦爾其有善男子善女人行此大般泥洹經者當於如來作常住學迦葉菩薩白佛言世尊如來法身不可思議所說妙法不可思議衆僧功德不可思議此經不可思議我從今日其諸衆生心剛強者當爲彼滅長夜生死無知餘冥

大般泥洹經卷第二

音釋

煢 渠營切獨也　怙 侯古切恃也　餓饉 饑居宜切穀不熟也饉渠吝切菜不熟也　訣 古穴切訣別也　懊惱 懊烏皓切惱奴皓切懊惱痛恨也　瘧 魚約切寒熱病也　眩 黃絹切目無常主也　黠 胡八切慧也　痰 徒含切病液也　涎唾 涎夕連切唾湯卧切　捶 之累切擊也　犛 古侯切取牛乳也　蚊蚋 蚊無分切蚋而銳切　髻 古詣切綰髮也　飼 祥吏切餧也　廐 居祐切牛馬舍也　糠糟 糠苦岡切穀皮也糟作曹切酒滓也　阿閦 梵語此云無動閦初六切　騃 五駭切癡也　沮壞 沮在呂切摧也壞古膭切毀之也

大般泥洹經卷第三

東晉沙門法顯共天竺沙門覺賢譯

四法品第八

佛告迦葉：善男子菩薩摩訶薩成就四法能爲他人說大般泥洹經。何等爲四？能自專正，能正他人，能隨問答，善解因緣，是爲四法。自專正者，聞佛切教能隨猒怖身毛皆竪。如佛所說，寧抱火燒熾然枯樹舉身燋爛，不於如來方便密教其心未悟，聞說有常便起誹謗，而言魔教世論歌頌，說無常者而謂眞實；寧以舌舐熾然枯樹，不說如來眞實無常。若聞他說輙便驚怖，於說法者而起悲念，深信如來法身長存，老病死法所不能壞，當知世尊不可思議，教法亦然。如我所說枯樹經等善自執持，是爲菩薩能自專正。能正他人者，如世尊說法，有一女人乳養嬰兒來詣佛所，稽首佛足，有所顧念，在於一面思惟而住。爾時世尊知其所念，即以其子爲喻而說法言：譬如母人善養其子，初以指爪而含凝酥，令其消已漸復更增。時彼女人心即開解，便白佛言：世尊大聖知我心念而作是說。我今晨朝多與兒酥，將無損壽？佛言：不也，此兒已大堪食無患。女人歡喜而白佛言：奇哉世尊，善說隨順消不消法，爲受化者先說無常苦空不淨，若當衆生信心未固便爲彼說常住法者，壞彼信根，常酥不消。佛言：善哉善女人，應如是學。初養子法漸與易消柔輭之食，年既長大與堅實者能消無患。我亦如是，爲諸弟子先說不淨無常苦空柔輭之食，道心既增堪受大乘，然後爲說此摩訶衍大般泥洹甜苦

辛醋鹹淡六味堅實之食以苦醋味無常鹹味非我苦味恱樂甜味吾我淡味常法辛味以煩惱薪然幻行火熟彼大乘般泥洹經甘露法食復次善女人譬如姊妹有諸緣事捨家出行詣他聚落或久不還女有二子一者淳善二者弊惡臨欲行時珍寶祕藏不語惡子而付善子女人白佛實爾世尊佛問女人何故寶藏不付惡子女人白佛彼惡子者所作非義爲放逸行食用無度是故不付其善子者能立門戶榮顯宗族是以付之佛言應爾我法亦然欲入方便般泥洹時如來寶藏祕密法要悉付弟子不授犯戒諸邪見者汝今於我爲作滅想爲作常想女人白佛我於如來作常住想佛言姊妹如汝所說應作是觀莫作滅想當知如來是常住法非變易法非磨滅法其有衆生於如來所修常住想者當知是等家家有佛是名能正他人能隨問答者猶若有人來問如來我當云何得大施之名流聞天下而不捨財佛告族姓子惟有清素不畜僮僕修持梵行而衆人樂施彼奴婢妻妾斷除肉味而樂施以肉避酒不飲而樂勸以酒常習時食而施以非時離諸香華嚴具器物悉以香華莊嚴之具而施與之如是等類隨其所施皆悉歸已爲大施主若如是者便得大施名聞天下未曾損已一毫之費如是比說能隨問答爾時迦葉菩薩白佛言如世尊說不食肉者而以肉施其食肉者得無大過豈不增長外道邪見是故應立不食肉法佛告迦葉善哉善哉善男子善察佛意護法菩薩法應如是善男子我從今日制

諸弟子不聽食肉設得餘食常當應作食子
肉想云何弟子而聽食肉諸佛所說其食肉
者斷大慈種迦葉菩薩白佛言云何世尊聽
食三種淨肉佛告迦葉此三種肉隨事漸制
故作是說迦葉復問何因不受佛言有九種
受離十種肉佛告迦葉此亦漸制當知則現
不食肉也迦葉菩薩又白佛言云何世尊稱
歎魚肉以爲美食佛告迦葉我不說魚肉以
爲美食我說甘蔗秔米石蜜及諸甘果以爲
美食如我稱歎種種衣服爲莊嚴具又歎三
種壞色之服當知魚肉隨順貪欲腥穢食耳
迦葉菩薩白佛言若世尊制不食肉者彼五
種乳麻油繒綿珂貝皮革亦不應受佛言異
想莫作外道尼揵子見迦葉菩薩白佛言世
尊今當云何佛告迦葉善男子我從今日制

諸弟子不聽食三種淨肉及離九種受十種
肉乃至自死一不得食所以者何其食肉者
若行住坐卧一切衆生見皆怖畏聞其殺氣
如人食興渠及蒜若入衆會悉皆憎惡其食
肉者亦復如是一切衆生聞其殺氣恐怖畏
死水陸空行有命之類見皆馳走是故菩薩
未曾食肉爲化衆生隨時現食其實不食復
次善男子我涅槃後久遠世時當有比丘雖
爲學道而自貢高言我是須陀洹斯陀含阿
那含阿羅漢道於惡世中流離貧乏困苦出
家種種妄解名字比丘爲利養故恭敬白衣
形狀憔悴如放牧者身著袈裟如獵師像希
望世利如猫捕鼠病瘦疥癩身體不淨而被
牟尼賢聖被服形如餓鬼貧窮寒悴非眞沙
門爲沙門像於當來世正法壞時於我所制

法律行處經典正論皆悉違反各各自造經論戒律言我戒律食肉清淨是佛所說自造頌論各相違反皆稱沙門釋迦弟子復次善男子我說教法受生穀米及食魚肉自手作食則非清淨習壓油業學諸技術工巧木匠皮革之師往來國王觀星曆造醫方學音聲論巧世文辭畜奴婢衆錢財金銀珊瑚珂貝玉石眞珠寶物養師子虎豹鼬鼠猫狸居毒藥持呪術作畫師造書牒茂羅業起蠱道歌舞幻惑擒力染齒香熏塗身著華鬘治形體及餘種種非法像類非法器服我說斯等非清淨法迦葉菩薩白佛言世尊若有國土多食肉者一切乞食皆悉離肉比丘比丘尼優婆塞優婆夷云何於中應清淨命佛告迦葉善男子若食雜肉應著水中食與肉別然後可食非越毗尼迦葉菩薩復白佛言若食與肉不可分者此當云何佛告迦葉善男子若常食肉國一切食皆有肉現我聽却肉去汁壞其本味然後可食若魚鹿肉等自分可知食者得罪我今日說有因緣者制不食肉無因緣者因說大般泥洹亦復制令不應食肉是名能隨問答善解因緣者若比丘若優婆塞問如是義云何世尊如來應供等正覺初出世時不爲弟子一一制戒不一一說如是法門不究竟說波羅提木叉者其義云何布薩毗尼有何義善男子聽我分別波羅提木叉波羅提木叉者少欲知足成就威儀不多受畜離諸染著於一切淨命墮四惡趣泥犁燒煑彼威儀少欲不多受畜一切淨命隨説言非墮者墮阿鼻泥犁中是名爲墮布薩者

長養二種義波羅提木叉者離於邪説是名布薩毗尼者微細教誡調伏威儀又不受非法物亦不施人是名毗尼其中有犯四重法者有犯十三有餘法有犯三十捨墮法有犯九十一墮法有犯四悔過法有犯衆學法有犯二不定法有犯七滅諍法有謗毀經教及一闡提輩有是等罪不向明者發露悔過一向覆藏如龜藏六犯戒之罪日夜增長云何世尊知有是罪而不結戒令彼衆生墮惡趣中猶如有人將多人衆欲至他方示其要路其中有人迷失正道隨非道行彼黠慧者追喚令還得本正路如來教法亦復如是初説直道若諸比丘多作諸過然後爲説犯罪果報爲其制戒如是世尊是眞諦路爲衆生説十善功德天中之天正法之王普哀衆生説十善功德等觀衆生如視一子若一衆生在地獄中爲度其人免地獄故在地獄中住壽一劫若過一劫云何令彼犯戒比丘長墮惡道譬如織師織成新衣後破壞已復更補治譬如轉輪聖王初以十善教化人民初時後時惡行轉增復因自在金輪神寶往制法律令其調伏世尊亦復如是初時未結波羅提木叉戒後諸比丘犯罪轉增然後以犯戒因縁爲根本已而爲制戒其諸衆生樂修法者見彼所起因縁爲證信心增長乃至等觀四諦甚深微妙之義如轉輪王金輪自在諸佛法輪亦復如是是則無量諸佛教法如是諸佛不可思議所説教法不可思議聞此法者不可思議能信此經亦不可思議是名善解因縁是爲菩薩摩訶薩成就四法能爲人説

般泥洹經說現因緣及大般泥洹因緣當知是大般泥洹經是爲善解因緣自專正者說已誠向自己專向此大般泥洹經當知是名能自專正能正他者知諸比丘意所誠向而爲說此大般泥洹經言如來長存當知是爲能正他人能隨問答者如我爲汝迦葉說菩薩摩訶薩微妙利智種種祕要方便密教非諸聲聞緣覺所測所謂大般泥洹經當知是名能隨問答隨彼衆生心想所應而爲說法非爲虛妄譬如有人說虛空多名爲空爲虛爲無所有說名無數如是等說皆非虛妄如來說法亦復如是大般泥洹經四種說者悉有所應非爲虛妄迦葉菩薩白言若當如來長存者與佛所說契經相違

譬如燒鐵丸　投之於冷水　熱勢漸消滅
莫知所歸處　如是等解脫　度諸生死淵
安快永不動　莫知其所之

佛告迦葉汝善男子莫於此偈而作妄解於如來所起永滅想非鐵丸投水熱勢漸滅諸佛如來泥洹永滅亦復如是如鐵丸投水熱勢消滅如來亦然無量煩惱結患消滅如鐵丸投水火勢雖滅鐵性猶存如是如來無量劫數煩惱盛火皆悉消滅如來金剛其性常存非變易法非磨滅法如是等解脫度諸生死淵者彼無量劫生死煩惱河如來已度入於泥洹諸趣永滅處不可知是故說言

譬如燒鐵丸　投之於冷水　熱勢漸消滅
莫知所歸處　如是等解脫　度諸生死淵
安快永不動　莫知其所之

迦葉菩薩白佛言云何世尊如鐵丸投水熱

勢消滅猶可更使入於火中如來泥洹其實常住更爲衆生入於無量生死盛火斷除一切衆生結患善哉世尊如來長存爲決定說佛告迦葉如是如是善男子譬如轉輪聖王入後宮中婇女娛樂須臾復遊園觀浴池快樂自在宮中不現莫呼永失諸佛世尊捨閻浮提示現無常亦復如是莫呼永滅如彼國王捨於深宮遊戲園林快樂自在如來亦然捨於無量煩惱深宮入總持園七覺華池遊觀快樂乘方便智自在現化無量結患久已消滅迦葉菩薩白佛言如世尊說無量無數劫生死煩惱患如來悉磨滅已度五欲海何故如來爲菩薩時在於深宮婇女自娛爲羅睺羅父是故當知不盡結患度諸欲海佛告善男子莫於如來應供等正覺而作是言所以名大般泥洹者能建大義汝今諦聽廣爲人說勿生疑怪菩薩摩訶薩住大般泥洹者能以須彌山王入一粟稽其諸衆生依須彌山住者無所嬈害來去住止不知誰爲其餘衆生有知見者知是住大般泥洹菩薩安置須彌在粟稽中然後還復住大般泥洹菩薩摩訶薩境界如是復次善男子住大般泥洹菩薩摩訶薩取此三千大千世界大地置粟稽中其中衆生無所嬈害各不自知誰持來去誰安在此其餘衆生有知見者知是住大般泥洹菩薩取此三千大千世界置粟稽中然後還復復次善男子住大般泥洹菩薩復取三千大千世界安置已身一毛孔中於彼衆生而無嬈害各不自知誰持來去誰安在此其餘衆生有知見者知是住大般泥洹菩

薩取此三千大千世界置於自身毛孔之中然後還復復次善男子住大般泥洹菩薩住此世界能舉十方諸佛國土置於鍼鋒如以鍼鋒擎持棗葉擲著他方異佛國土於諸衆生無所嬈害各不自知誰持來去誰安在此其餘衆生有知見者知是住大般泥洹菩薩神力所爲復次善男子住大般泥洹菩薩摩訶薩持十方國土置其右掌如陶家輪擲著他方微塵世界於諸衆生無所嬈害各不自知誰持來去誰安在此其餘衆生有知見者知是住大般泥洹菩薩神力所爲復次善男子住大般泥洹菩薩者取十方世界内一塵處於諸衆生無所嬈害各不自知誰持來去誰安在此其餘衆生有知見者知是住大般泥洹菩薩力之所爲如是善男子住此大般泥洹菩薩摩訶薩有大神力種種示現是故名爲大般泥洹菩薩在所作爲一切衆生不能測量汝今云何能知如來習近五欲爲羅睺羅父復次善男子我住此大般泥洹能爲大事於此三千大千世界百億日月百億閻浮提種種現化如首楞嚴三昧所說於三千大千世界閻浮提以大般泥洹示現泥洹而無畢竟般泥洹者復於閻浮提五欲之中現受胎生其諸父母謂我爲子而我過去無數劫來愛欲永盡無染汙身無穢食身清淨法身諸生巳斷以方便智隨順世間於閻浮提生現爲童子北行七步而自稱言我於天人阿脩羅爲無上尊父母歡喜舉聲歎曰我生童子墮地行七步世未曾有時諸衆生皆言奇特而我未曾爲童子也無數

劫來離嬰兒行清淨法身非爲骨肉穢食所長法身示現而爲童子隨順世間南行七步現爲一切無上福田西行七步現究竟斷生老病死於一切衆生爲最後邊東行七步現爲一切衆生前導向於四維行七步者現斷衆邪煩惱魔行自在天子皆悉降伏當成應供等正覺道上方蹋虛行七步者現如虛空無能染者又向下方行七步者現滅一切泥犂盛火與大法雲澍大法雨安樂衆生雨大法雹破諸惡戒生閻浮提現遺頂髮欲令衆生知此童子頂髮俱生諸天世人無能執刀臨其頂上爲剃髮者於無數劫已離頂髮現有頂髮隨順世間現入天祠大力天神釋梵護世稽首奉敬歸命禮足於無數劫爲天人尊現入天祠隨順世間於閻浮提或現穿耳

實無有人敢穿其耳垂髮右旋如師子髮一切人民皆見童子垂師子髮於無數劫已離垂髮現垂右旋師子之髮隨順世間於閻浮提現入書堂於三界中莫能爲師惟我應爲天人作師是故名爲一切種智於無數劫已曾學書成阿耨多羅三藐三菩提現行學書隨順世間現乘象馬寶車畜諸寶藏身處深宮婇女自娛領理國事實無染著久已捨離猶如棄唾現受五欲領理國事爲轉輪王王閻浮提於無數劫已捨王位能轉無上甘露法輪現轉輪王隨順世間於閻浮提現老病死棄捨宮中種種欲樂出家學道衆人皆見童子出家爲度人故而現出家隨順世間現爲須陀洹斯陀含阿那含阿羅漢四沙門果九次正受修四眞諦衆生悉見而我疾成無

上羅漢已無數劫究竟羅漢爲度人故示現初成往詣樹下現坐草蓐降伏衆魔成無上道於無數劫衆魔諸惱皆已降伏得甘露法現出入息大小便利清淨法身無此諸患現於人去隨順世間現受飲食爲衆生故其實無有飢渴之想爲現飲食隨順世間於無數劫常得甚深諸波羅蜜不隨時節現居舍宅其實無有睡眠渴患欠呿頻申身諸苦痛現依舍宅隨順世間示現坐卧經行瞻視顧眄屈伸俯仰眞實法身無此形類示現洗浴麻油塗身楊枝澡漱著明目藥斯非清淨法身所須手足柔輭如蓮華葉口氣香潔如優鉢羅其目清淨猶如明月示現此法隨順世間現行少欲乞食麤踈著糞掃衣於無量劫沙門苦行悉已究竟現處人間爲羅睺羅父淨飯王子其母摩耶眷屬成就能猒世樂出家學道處林樹間現斷五欲優劣差降捨王太子瞿曇大姓現行出家度衆生故非爲如來染著五欲爲羅睺羅父現有父母隨順世間其諸衆生謂爲世人其實如來非天非人復於閻浮提現般泥洹而不畢竟入於泥洹衆生皆謂如來永滅而今如來法身常住非變易法非磨滅法諸佛常住示現泥洹又爲比丘犯四重法衆人悉見其實不爲懈怠之行或復現爲一闡提行或現破僧衆人悉見作無間業其實無有壞僧之心亦無有僧而可壞者於閻浮提護持正法衆生悉見護法大士此則諸佛菩薩常住於閻浮提現爲天魔衆生悉見其實不爲衆魔之業於閻浮提現爲女像衆生見已悉皆歎曰奇哉今日女人

作佛其實如來非爲女身稱彼所欲各隨因緣現男女像隨順世間於閻浮提現生四種畜生趣中衆生皆謂眞實畜生其實不爲彼畜生行現入畜生隨順世間入梵天中現爲梵天而作師長其諸衆生事梵天者方便誘進使入正法不習彼業現梵天像隨順世間現入婬舍度諸婬種不與欲想心如蓮華塵水不汙莊嚴其身遊諸四衢方便誘化染心衆生入諸妓舍現爲女人化以正法入學書堂現爲師長化諸童蒙或入酒會博奕戲處爲教化故不同彼業往詣冢間度諸鳥獸不取見想入諸長者授以正法入大臣中教令正治入諸王子化令護法入諸王者化以先王正法治國現疾疫劫爲之設藥令諸病者獸離身苦導以正法衆生謂是眞疾疫劫現穀貴劫飢乏衆生施甘露食導以正法衆生謂是眞穀貴劫現刀兵劫衆生各各共相傷害化令和同導以正法衆生謂是眞刀兵劫現爲劫燒計常衆生示無常相衆生謂是眞實劫燒於一切衆生各同其語音聲微妙勝彼彼類樂音衆生因而得度現爲四種地水火風一一隨種染著衆生因斯得度現爲藥樹救療衆生因斯得度入諸邪道而現出家各爲彼衆而作導師於無數劫已離外道示現出家導以正法現爲工巧醫方呪術一切衆生及諸外道各懷高慢故於其中種種現化降伏衆邪憍慢貢高導以正法衆生見已謂爲世人如來常住離世間法乃至現爲下賤僕使隨類度人於閻浮提種種異業無不現化其實如來不與同事現爲其像隨順世

閻比鬱單越西拘耶尼東弗于逮二十五處乃至三千大千世界於中現化隨順世間如首楞嚴三昧廣說如來成就大方便智一切所爲無不現化是故名曰大般泥洹菩薩摩訶薩住是功德悉能隨類種種變化自在無畏不應復疑羅睺羅父當知如來於無數劫已離生死愛欲大海是故如來爲常住法非變易法非磨滅法迦葉菩薩白佛言若使如來是常住法非磨滅法非變易法者云何如來稱歎泥洹譬如燈滅其所至處莫能知者佛告迦葉我現此喻非如是說善男子譬如器盛酥油然燈酥油既盡名爲燈滅其器猶存如來亦然酥油煩惱熾然悉滅如來燈器常存不滅若當酥油與器俱盡者如來泥洹亦當俱盡燈滅器存是故如來不歿不生泥洹快樂復次善男子我說燈滅喻阿羅漢非謂泥洹阿羅漢者得增上果世間穢食貪欲悉滅究竟欲食譬如燈滅阿那含者其義亦然故我方便說微密教非說泥洹迦葉菩薩白佛言阿那含者有何等義佛告迦葉不還受身名阿那含迦葉菩薩白佛言云何世尊如來亦有隱祕之法如幻師耶佛言不也我所說法譬如秋月盛滿之時離婬怒癡無諸障蔽亦無隱祕又如長者錢財巨億惟有一子情所愛重將詣師門教學半字時節未久懼不速成父自追還晝夜慇懃教學半字云何善男子其父教子學半字時寧能悉知一切記論不若能悉知一切記論其父云何教學半字豈於愛子有所隱覆不教記論耶迦葉答曰不也世尊其子蒙童未能知論故不

教學若當祕悋名爲隱覆虛心勸勵隨力漸教不名隱覆佛告迦葉善哉善哉善男子如汝所說恚恨慳惜而祕悋者名爲隱覆我於一切衆生慈心愛念如一子想以其童蒙未堪深法故不爲說如彼教子初學半字我亦如是說九部經十種智力四眞諦法八聖道分甚深記論方等大乘悉不爲說復次善男子譬如長者教其愛子先學半字聲字既正次第教學甚深記論令子成就我亦如是先爲弟子說九部經知其堪受然後爲說大乘記論如來長存非變易法令諸衆生慧眼開廣又善男子譬如夏時興雲雷電必雨大雨百穀草木悉蒙潤澤如來今日亦復如是興大泥洹微密法雲震大法音必雨甘露法雨安樂衆生迦葉菩薩白佛言如世尊說無所藏積曉了摶食如鳥飛空足跡難尋此有何義佛告迦葉積者聚積義受取增益義藏者庫藏義藏有所受故曰藏積藏積有二種有爲藏積無爲藏積有爲藏積者謂聲聞無爲藏積者謂如來僧有二種等僧無等僧等僧者聲聞僧聲聞僧者亦無藏積而今云何受畜僮僕錢財倉庫麻油鹽等尚不藏積如來豈聽畜僮僕等作如是說言如來聽者世世當墮拔舌地獄聲聞等僧無藏積者能了摶食不壞摶食貪味之想斯等至處足跡難尋速成無上等正覺道足跡難尋故名如來若有爲僧尚不藏積況無爲僧無爲僧者諸佛如來諸佛如來豈有隱密若有隱密便是藏積其難尋者謂是不動快樂泥洹無彼虛空日月雲雨地水火風生老病死煩惱諸想皆

悉寂滅常住不變快樂不動故名泥洹因得泥洹故名如來大般泥洹其爲大者辦大事故所謂大者有爲數名若有一人壽命無量名爲大人能行大法爲人中大若復成就八大人念是名大人是故人者有無數名泥洹者離諸瘡疣故名泥洹譬如有人身被毒箭遭大苦痛得遇良醫爲治瘡患苦痛悉除其善男子得離瘡疣復遊諸國普爲衆生療治瘡患如來應供等正覺亦復如是閻浮提中一切衆生於無量劫婬怒癡等煩惱毒痛爲說大乘甘露法藥療治瘡患於此衆生離苦患已復現餘國爲諸衆生療治衆病是故名爲大般泥洹眞實之義及方便義皆悉名曰大般泥洹現入諸趣及入解脫隨彼受化於處處現此爲要義是故名曰大般泥洹迦葉菩薩白佛言云何世尊爲良醫法能治一切瘡患差已復現餘方治諸病耶佛言如是善男子能療一切悉令離病唯除重病不可治者諸佛世尊亦復如是除一闡提諸餘一切衆病悉治迦葉復問解脫者爲何等類佛告迦葉其解脫者色無色無色者聲聞緣覺解脫色者如來解脫解脫雖色不說是色何以故如非想非非想行天色無色亦不是色有問非想非非想天色無色亦不是色云何住云何樂是事應說此佛境界非諸聲聞緣覺所知迦葉菩薩白佛言唯願世尊重說如來大般泥洹解脫之義佛告迦葉其解脫者於一切縛和合悉離離和合者不生之生如因父母而生其子是名爲生其解脫者則不如是猶如醍醐本性清淨不因父母愛欲長養

度衆生故示現有生是故解脫不生之生又其生者譬如種穀而生萌芽其解脫者則不如是是故說曰解脫不生其解脫者即是如來是故如來不生之生非作所作其實作者如城郭樓觀有人造作其實解脫則不如是是故解脫無有作者其解脫者即是如來是故當知如來非作是名無爲其有爲者譬如陶家埏埴作器有作有壞其實解脫則不如是亦無有作亦無有壞是故解脫無作無壞其解脫者即是如來當知如來不生不死是故如來是無爲法故說如來入大般泥洹無衰老相形枯體瘦髮白齒落是爲老相其實解脫則不如是永離一切老毀變故名爲解脫其解脫者即是如來是故如來無衰老相是名無病其名病者有四百四病其餘橫疾數不可稱離此諸患故名解脫其解脫者即是如來法身清淨無病是故說曰如來無病以無病故無死衆生常死無解脫故有盡有死永離死名故說解脫其解脫者即是如來如來成就如是無量上妙功德言有死者無有是處金剛法身清淨不壞豈有無常變壞之相是故不死離諸垢穢譬如鮮好白氎酥油所汙其實解脫則不如是猶白蓮華清淨無垢如來解脫亦復如是永離愛欲諸塵垢穢是故如來名曰無垢離諸限礙如有王制謂之限礙其實解脫無諸限礙其解脫者即是如來是故如來無礙清涼清涼處者世俗天廟謂爲清涼是則妄說惟解脫者眞實清涼其解脫者即是如來是故如來清涼安隱其安隱者譬如道路無諸盜賊謂之安隱眞

解脱者則不如是其性無畏謂之安隱其解脱者即是如來是故如來安隱無畏離諸恐畏其恐畏者譬如國王常畏怨敵眞解脱者永無此畏譬如轉輪聖王無諸恐畏眞解脱者亦復如是其解脱者即是如來如來法王憂無上輪無諸怨敵是故如來無畏無憂其轉畏者譬如國王有謀逆者不能降伏常懷憂畏眞解脱者無此憂畏譬如國王降伏怨家無憂快樂其解脱者即是如來如來無憂離諸塵穢其塵穢者譬如春風起諸塵坌眞解脱者離諸塵坌如轉輪王髻中明珠無諸塵垢其解脱者即是如來是故如來離諸塵穢離諸虚僞其虚僞者喻如坏器眞解脱者則不如是猶如金剛無有虚僞其解脱者即是如來是故如來無諸虚僞離不自在不自

在者如貧窮人負他財物財主制持不得自在眞解脱者則不如是其解脱者即是如來是故如來自在無礙無諸侵患諸侵患者如人春時涉熱夏時飲酒冬日涉寒則傷其身自生侵患眞解脱者則不如是無諸侵患其解脱者即是如來是故如來無諸侵患離諸滓濁譬如虚空無諸滓濁眞解脱者亦復如是無諸滓濁其解脱者即是如來是故如來無諸滓濁無諸纏綿其纏綿者朋友眷屬眞解脱者無此纏綿如轉輪王獨善無侶其解脱者即是如來是故如來獨善奇特如水蓮華此非奇特火生蓮華乃爲奇特衆人愛樂眞解脱者亦復如是衆人愛樂其解脱者即是如來是故如來希有奇特無能爲者譬如嬰兒其齒未出不能令生眞解脱者亦復如

是非時得者無有是處如一闡提懈怠懶惰尸卧終日言當成佛若成佛者無有是處假使信法諸優婆塞欲求解脱度彼岸者亦無是處況彼尸卧所以者何性非他成故是故解脱無能爲者其解脱者即是如來是故如來無能爲者無量無數譬如大海尚可知量眞解脱者無數無量其解脱者即是如來是故如來無量最勝其最勝者莫能爲比譬如大海無以爲比其解脱者即是如來是故如來最勝高顯其高顯者譬如虛空無有過者其解脱者即是如來是故如來高顯衆聖中王譬如師子爲諸獸王眞解脱者諸法之王解脱光明照一切法其解脱者即是如來爲最爲上譬如諸方以欝單越爲上解脱最上亦復如是其解脱者即是如來是故如來最上無上譬如諸方北欝單越最爲無上解脱無上亦復如是其解脱者即是如來是故如來無上常法如諸天人死爲常法解脱常法則不如是其解脱者即是如來是故如來常住堅固芭蕉泡沫無有堅固眞解脱者則不如是其解脱者即是如來離諸弊漏夫朽牆者蚊蚋所止其解脱者則不如是譬如畫牆無能止者解脱如是一切惡法所不能染其解脱者即是如來離諸弊漏無有邊際如聚落國土所有邊際眞解脱者則不如是譬如虛空無邊快樂其解脱者即是如來無有邊際微妙不現如鳥飛空足跡不現解脱不現亦復如是其解脱者即是如來微妙不現甚深難測父母生養恩德甚深無能測者眞解脱者亦復如是其解脱者即是如來甚深難

見如諸衆生各各自身有如來性微密難見眞解脱者微密難見亦復如是其解脱者即是如來微密難見無能見者猶如頂相無能見者解脱如是非諸聲聞緣覺所見其解脱者即是如來如來難見無有窟宅其窟宅者所居止處屋舍名稱眞解脱者則不如是譬如虛空二十五處生死所居求不可得其解脱者即是如來無有所取其名取者猶如手執阿摩勒果眞解脱者則不如是猶如幻師所作變化無能取者其解脱者即是如來離諸雜穢其雜穢者如疥牛皮以爲衣服眞解脱者則不如是猶如時乳一色一味眞解脱者微妙一相亦復如是其解脱者即是如來其性清淨淤泥濁水謂不清淨眞解脱者則不如是如空中雨一味清淨其解脱者即是如來其性眞妙猶如滿月無諸雲曀解脱如是無垢眞妙其解脱者即是如來眞妙恬靜如救頭然則不恬靜眞解脱者永滅熾然煩惱災患其解脱者即是如來其性平等其不等者如二狂夫其性不等眞解脱者則不如是其性平等猶如母子其解脱者即是如來其性寂滅得最上處無餘求想猶如飢人得香美食飽足意滿無餘求想眞解脱者亦復如是其解脱者即是如來其性已斷譬如鉤餌鉤繩已斷眞解脱者亦復如是其解脱者即是如來度於彼岸譬如河流有彼此岸無量生死名爲此岸眞解脱者名爲彼岸其解脱者即是如來清淨淵渟其淵渟者非諸河水猶如大海眞解脱者亦復如是其解脱者即是如來其味淳美如種居舍子其味轉苦

眞解脱者則不如是其解脱者即是如來離諸放逸其放逸者耽樂五欲眞解脱者則不如是其性清淨離婬怒癡其解脱者即是如來伏諸渴愛愛有二種有念愛有法愛法愛者哀念衆生眞解脱者無有念愛離我我所其解脱者即是如來其性滅盡一切生死習氣鉤鎖悉滅是名解脱其解脱者即是如來爲世間舍度一切有爲作大覆蔭其解脱者即是如來爲世間依猶如國王遊諸國邑眞解脱者則不如是不動快樂是名解脱其解脱者即是如來其處常安譬如曠野險難恐怖眞解脱者則不如是猶師子王於諸獸類無諸恐怖其解脱者即是如來離諸逼迫猶如有人爲惡獸所迫無諸救護令度厄難眞解脱者則不如是猶如船師得牢堅船能度大海其解脱者即是如來離諸滓濁譬如從乳出酪從酪出生酥從生酥出熟酥從熟酥出醍醐惟有醍醐自性清淨離諸滓穢解脱如是其解脱者即是如來伏諸高慢譬如國王高慢自大謂無與等眞解脱者則不如是離諸高慢無我我所其解脱者即是如來除滅無明譬如乳酪展轉相生乃至醍醐其醍醐者離諸滓穢自性明淨解脱如是其解脱者即是如來離欲閑靜無有倫匹二法等者獨行獨步如空野象解脱如是其解脱者即是如來離諸欺誑解脱我所入如來藏其諸天人阿脩羅身無有堅實猶如伊蘭蘆葦芭蕉無有堅實離如來藏眞解脱者入如來藏離諸虛僞斷一切有解脱如是其解脱者即是如來入佛正法非正法者如百葉華眞解

脱者則不如是其解脱者即是如來入於一性種種性者一切衆生性種種壽者一切衆生壽眞解脱者則不如是其解脱者即是如來入於一處於諸入門無有我所解脱如是其解脱者即是如來是爲善法譬如孝子孝於父母解脱如是其解脱者即是如來出於世間於一切法出過其上一切味中眞解脱味爲最第一其解脱者即是如來湛然不動其名動者如海涌波眞解脱者則不如是如因陀羅幢四方風吹不能動摇其解脱者即是如來异於法堂世間堂者如王殿堂眞解脱堂則不如是其解脱者即是如來光明照曜如鍊眞金解脱如是其解脱者即是如來止息快樂譬如國王敵國新伏身心悦樂眞解脱者捨諸苦陰泥洹快樂其解脱者即是如來無餘畢竟離諸結縛生死牢獄譬如囚徒罪畢出獄解脱如是其解脱者即是如來離諸結毒無量煩惱毒蛇結患悉已解脱息一切有離一切苦得一切樂長息解脱其解脱者即是如來離婬怒癡一切煩惱永已除盡拔三毒根本無餘解脱其解脱者即是如來離一切有一切諸有於斯永滅入於泥洹究竟解脱其解脱者即是如來超越諸陰超越一切諸不善法長處解脱其解脱者即是如來離於自在離於我所世俗非我眞實無我佛性顯現其解脱者即是如來其性虚空其虚空者所有無所有皆不可得如尼揵等有無所有眞解脱者則不如是又其空者如酥蜜瓶無酥蜜故名爲空瓶其實不空因無物故形色猶存當知非空解脱不空亦復如

是有形有色故說不空無量煩惱二十五有生死輪轉世界行處往來永絶如無酥蜜名爲空瓶滅諸過患故名爲空如瓶色像離世間法周旋行處不動快樂常住不變然彼瓶色是無常法眞解脫者常住不變是故名曰不空之空其解脫者即是如來離處所著處所著者樂爲帝釋大力梵王覺慧成滿是諸愛著皆悉解脫其解脫者即是如來無貪滅盡一切有求貪欲永盡脫諸習著是名爲滅其滅盡者即是解脫其解脫者即是如來泥洹快樂其泥洹者譬如群鹿遇諸獵師危怖殆死逃走山野值仙人窟便得穌息安隱快樂穌息快樂是名泥洹其泥洹者非爲盡滅於一切有無量生死顛倒煩惱怨家解脫方便逃避得入正法仙人窟宅牟尼止處第三歸依穌息快樂無量衆生穌息快樂名爲泥洹非爲盡滅若諸衆生得三歸依名爲泥洹豈況如來一切種智永捨此身而非泥洹安隱快樂入泥洹者如人迷醉有人來問爲安樂不彼醉解已答言安樂如是衆生於無數劫迷醉生死二十五有得正覺時泥洹快樂安隱常住不動解脫非爲滅盡其解脫者即是如來爾時迦葉菩薩白佛言世尊不生不起即是解脫是如來耶佛告迦葉如是如是善男子不生不起即是解脫亦是如來迦葉菩薩復白佛言彼虛空性不生不起亦是如來耶佛告迦葉究竟解脫非如虛空復次善男子如迦陵毗伽及命命鳥其聲清徹寧同鵄梟迦葉白佛不也世尊其聲各異不可爲比有因緣故諸佛如來方便說喻佛告迦葉

善哉善哉善解音聲甚深之義是故解脱即是如來其如來者即是解脱其解脱者無可爲喻諸天世人阿脩羅等一切無能非喻爲喻惟有如來爲教化者能方便説非喻爲喻説解脱喻所以者何其解脱者即是如來其如來者即是解脱無二無異所謂非喻爲喻者面如滿月其大白象猶如雪山諸佛世尊亦復如是説諸非喻爲解脱喻化衆生故方便説法及説實法迦葉菩薩白佛言以何等故二種説法佛告迦葉善男子譬如有人於如來所起瞋恚心便以刀劒加害如來然其如來無有痛想云何善男子彼人當成無間罪不迦葉白佛不也世尊所以者何於長養身不傷壞者無無間罪如來無有長養之身名自在法身云何傷害以彼發心惡方便故得無間罪是名方便法性眞實佛言善哉善哉善男子我所説法亦復如是復次善男子如有惡人欲害其母其母覺已遠離本處其人不知來詣本處加其刀杖謂爲已死其實不死云何善男子此人寧得無間罪不迦葉白佛不也世尊若殺事滿足名無間罪而今其母陰界諸入無所傷損非無間罪應得相似無間罪報亦名無間當知是法方便眞實迦葉菩薩白佛言善哉善哉世尊善説方便應以不應佛告迦葉有因緣故宣説解脱有因緣故廣説諸喻如是無量功德成就名爲泥洹亦名如來是則趣彼大般泥洹今日如來當入泥洹以是義故名大般泥洹迦葉菩薩白佛言世尊是爲如來不趣滅盡當知如來其壽無量佛告迦葉善哉善哉善男子護

持正法應當如是滅諸狐疑學決定智善男子是爲菩薩摩訶薩成就四法善說方等般泥洹經

大般泥洹經卷第三

音釋

舐神紙切餂也　秔古行切稻之不黏者曰秔　典渠渠求於切典渠辛菜　蒜蘇貫切　鼬余救切野鼠也　捔訖岳切校也　䅣苦會切麤糠也　躡尼輒切蹈也　澍朱戌切霖霔也　雹蒲角切雨水也　蓐如欲切薦也　欠呿呿丘伽切欠呿謂氣壅欠呿而解也　眄莫甸切邪視也　悋良刃切慳惜也　勵力制切勉也　摶度官切聚成圜也　疣羽求切贅也　埏埴埏式連切埴常職切埏埴和黏土也　坌蒲悶切塵塕也　滓側氏切澱也　曀於計切陰翳也　餌忍止切魚鈎餌也　涬特丁切水止曰涬　鵄梟鵄赤脂切梟古堯切鵄梟鳥名

大般泥洹經卷第四

東晉沙門法顯共天竺沙門覺賢譯

四依品第九

佛復告迦葉有四種人於此大般泥洹經能趣正法護持正法能爲四依多所度脫多所饒益出於世間何等爲四一者凡夫未離煩惱出於世間多所度脫多所饒益二者得須陀洹斯陀含果三者得阿那含四者得阿羅漢是四種人爲眞實依多所度脫多所饒益彼凡夫人者自持戒德威儀具足爲護法故於如來所聽受正法誦持義味廣爲人說能自少欲復爲人說大人八念化諸犯戒悉令悔過善知衆生種種語言習行菩薩護法功德是名第一凡夫菩薩此諸凡夫未爲如來之所記莂爲菩薩位彼須陀洹斯陀含者已得正法離諸疑惑不爲人說非法經書離佛契經世間歌頌文飾記論畜養奴婢非法等物是名須陀洹菩薩雖未得第二第三菩薩住地已爲諸佛面前受記阿那含者已得正法離諸狐疑不爲人說非法典籍離佛契經世間歌頌文飾記論受畜奴婢非法等物未起諸結能即覺知過去諸結永不復縛有所說法不斷佛性德行清淨身無外病四大毒蛇依起諸病所不能中善說非我度我見者離世間我而行方便隨順世間常大乘化不說餘道身中無有八萬戶蟲無量災患心離愛欲無惡夢想離一切有生死恐怖行如是者是爲第三阿那含人不復還有名阿那含習諸德本久遠過惡所不能染名阿那含是名阿那含菩薩發心受決發心受決者其人

不久當成佛道阿羅漢者煩惱已盡離諸重擔所作已作具足十地已得記莂甚深法忍一切色像悉能化現於諸方面隨意所欲爲如來應供等正覺如是功德皆悉具足名阿羅漢是爲四種人於此大般泥洹經多所度脫多所饒益出於世間爲天人師如諸如來是四種人爲眞實依迦葉菩薩白佛言世尊是四種人爲眞實依不可信也所以者何如世尊爲長者瞿師羅說若天魔梵現身爲佛三十二相八十種好圓光一尋現眉間相來詣汝者汝當覺知令彼降伏我今聽汝伏彼弊魔所以然者非阿羅漢而自稱羅漢故若使弊魔坐卧空中左脇出火右脇出水或舉身洞燃而出煙雲種種變化又復能說九部契經猶不可信是故汝當伏彼弊魔莫生疑惑譬如有人於夜冥中賊狗入舍其人覺知賊狗入舍便即罵言賊狗出去莫令我今須臾殺汝於是賊狗便疾走出不敢復還弊魔波旬亦復如是變化來者汝當以我五繫之法而繫縛之被五繫已弊魔波旬馳走恐怖譬如賊狗如是佛爲瞿師羅長者說汝今若能降弊魔者漸近泥洹以何等故世尊今日說四種人爲眞實依是故我今不生信心佛告迦葉如是善男子我說是法皆因聲聞諸肉眼輩說應降伏非爲受行摩訶衍者諸聲聞中雖有天眼我說是等爲肉眼數正使肉眼信摩訶衍者我說是等爲佛眼數所以者何是人能持摩訶衍經爲佛乘故復次善男子猶如大將善知兵法教一怯劣學其武術教兵法時語其人言汝應如是執持刀劒鬬

戰之具當正其心如火熾然愼莫反顧及至臨陣各執器仗攘臂大呼共相攻伐猶如猛火賊兵必退如是如來教諸聲聞降伏魔法如彼大將教怯劣者復次善男子譬如有人種性勇猛承習戰法無有怯劣於諸戰士最爲先首如是善男子習學大乘聞摩訶衍甚深契經微密之教不生恐怖當知是人已曾供養無量諸佛受學大乘信根堅固億百千魔種種現化終無恐怖亦復於彼不起毫髮之想而彼魔衆見有人學摩訶衍者則生恐怖如怯劣夫譬如毒蛇見諸呪藥則生恐怖天魔波旬亦復如是億百千魔得聞如是摩訶衍經音聲香氣光明所照離諸憍慢貢高自大復次善男子猶如有人若見惡龍毒蛇師子虎豹豺狼皆悉恐怖或聞其聲亦生恐怖或復有人能調伏彼群兇惡獸如彼丈夫見彼惡獸生恐怖者當知一切聲聞緣覺亦復如是若見諸魔便生恐畏則爲諸魔之所得便如彼丈夫能伏惡獸當知是學摩訶衍者亦復如是能伏衆魔既降伏已而爲說法如彼毒獸魔波旬輩心已調伏便作是言我從今日於佛正法生信樂心不復嬈亂當知聲聞故有煩惱習氣恐怖摩訶衍者恐怖永斷摩訶衍者大精進力是故我說諸聲聞輩應當降伏莫生恐怖如是善男子此摩訶衍大般泥洹經甚爲希有奇哉希有聞是大乘經如來長存能信受者奇哉希有如優曇鉢華難得值遇此大乘經亦復如是奇哉希有我泥洹已諸衆生等聞此經者亦甚希有何其怪哉善男子當來之世當有衆生謗斯經

者迦葉菩薩白佛言世尊夂如當有諸衆生等謗斯經者爲何等人於當來世護持此法佛告迦葉我滅度後四十年中此法流布然後便没善男子譬如世間甘蔗秔米酥油乳酪以爲飲食有諸衆生服食此食而更生病反食麤澀草木果實如彼秔米酥油美食等摩訶衍經不欲聽聞反食麤澀草木果實諸聲聞乘永捨如是大般泥洹經法美食不欲聽聞復次善男子譬如有王居深山中無有秔米酥油等食其諸人民有諸美食皆送奉王自食麤澀草木果實其有諸人親近王者承王力故初未曾見斯等食比而得食之如是善男子彼四種人於佛法中爲勇猛將彼諸菩薩摩訶薩中若有一人出興于世在所至處輙於是處以大般泥洹摩訶衍經教化衆生便自書持若教人書書其經卷施諸衆生或有衆生於彼菩薩摩訶薩邊聞般泥洹大乘法食皆是菩薩光明神力故使得聞此未曾有法文字句義乃至一字如彼衆生蒙王力故得諸美食是故善男子大般泥洹摩訶衍經在所至處當知此地悉爲金剛其有衆生聞此法者書持誦說乃至一字當知舉身亦是金剛其諸衆生薄德少福而此大乘摩訶衍經於自國土正法流布而不聽受如彼衆生自國土出種種上味而不得食哀哉衆生聞眞實義而不聽受迦葉菩薩復白佛言世尊如來滅後四十年中此法與世然後便没其後夂如復當流布佛告迦葉善男子我泥洹後正法欲没餘八十年在此大乘經當復流布於閻浮提經四十年此經復没迦

葉菩薩復白佛言如世尊説此大般泥洹經法欲滅時當復興世當爾之時持戒者少多諸犯戒正法欲滅正趣損滅何等人能聽受此法云何當受云何供養云何當説云何當書爲何等人能書此經惟願世尊分别解説令一切衆生因此得度有諸菩薩樂學深法聞世尊説當隨其教佛告迦葉善哉善哉善男子若有衆生於凞連河沙等數諸如來所發菩提心是等衆生能於正法欲没之時起菩薩心雖未決定於無上道能不誹謗此方等經一恒河沙諸如來所發菩提心能於正法欲滅之時於此方等不起誹謗得信樂心而未能爲人廣説二恒河沙諸如來所發菩提心能於正法欲滅之時於方等經不起誹謗身自受學亦復未能爲人廣説三恒河沙諸如來所發菩提心能於正法欲滅之時於方等經不起誹謗能受能聽能書能説而未能解深要之義四恒河沙諸如來所發菩提心能於正法欲滅之時於方等經不起誹謗能受能聽能書能説解深要義十六分六五恒河沙諸如來所發菩提心能於正法欲滅之時於方等經不起誹謗能受能誦能聽能説能書能持解深法義八分之智六恒河沙諸如來所發菩提心能於正法欲滅之時於方等經不起誹謗能受能誦能聽能説能書能持解深法義四分之智七恒河沙等諸如來所發菩提心能於正法欲滅之時於方等經不起誹謗能受能誦能聽能説能書能持解深法義二分之智八恒河沙諸如來所發菩提心能於正法欲滅之時於方等經不起

誹謗能受能聽能書能持能讀能誦能爲人說能善隱密亦能守護亦能顯示哀愍世間普令恭敬供養經卷轉教他人令其供養智慧滿足解深要義善知如來是常住法非變易法非磨滅法安隱快樂善解衆生各各自分有如來性普爲開發是諸菩薩歷事過去無量諸佛故能護持如來正法若復今日發菩提心者彼於來世亦當堪能護持正法此等及餘諸衆生輩汝善男子當作是觀於今現在及未來世其有樂法發菩提心當知是人爲護法者又善男子有諸外道爲利養故聞佛泥洹謂呼長死而不憂慼反更歡喜有當來世假被袈裟於我法中出家學道懶墮懈怠誹謗斯等方等契經當知此等皆是今日諸異道輩如是無量功德成就信此方等大般泥洹樂深法者正使是善男子過去曾作無量諸罪種種惡業是諸罪報頭痛則除或被輕易或形狀醜陋衣服不足飲食麤踈求財不利生貧賤家及邪見家或遭王難及餘種種人間苦報現世輕受斯由護法功德力故善男子譬如霜雪日未出時凝積不滅日光既出皆悉消盡如是衆生造無量惡此大般泥洹經日光未出無量惡報凝積不滅此般泥洹日光出已無量惡報皆爲消滅復次善男子譬如有人出家學道雖不持戒得與如來大衆共俱在在處處假被袈裟受人供養名字得入如來僧數如是善男子若有菩薩摩訶薩十地成滿及諸外道能信受此摩訶衍經一言歷耳斯等皆入如來菩薩大衆之數正使利養爲名譽故讀誦此經但不

誹謗如是等輩皆悉當成如來應供等正覺道是故我說彼四種人爲眞四依彼四種中但使一人能自決定不以世俗外道記論名如來說是故名爲眞實四依當加供養受學護法云何供養若有此人於摩訶衍經能受持者應隨是人盡其形壽受學護法從其學已增加供養是故我說

若知正法者　不問其長幼　盡心加供養
如人事火法　若人知法者　不問其長幼
盡心恭敬禮　如天奉帝釋

迦葉菩薩白佛言世尊如佛所說於諸師長應加恭敬禮事供養假使長老從少者學亦應恭敬爲作禮不若復長老雖知經法不持禁戒年少弟子能持戒行當敬禮不又復白衣善知經法出家之人從其受學恭敬承事法應云何佛告迦葉其出家人於白衣所不應禮拜非福田故其出家人凡是長老一切福田應當敬禮若犯戒者是所不應所以者何長養草穢害穀苗故迦葉菩薩復白佛言如世尊說盡心恭敬禮如天奉帝釋如是二偈與義相違若當一切禮敬長老者謂持戒比丘多有犯罪云何世尊而說是偈又復如來於此契經說犯戒者應當降伏佛告迦葉我爲當來菩薩故說盡心恭敬禮如天奉帝釋此二偈說爲菩薩故非爲聲聞善男子我般泥洹後如來正法欲滅之時持戒衆減犯戒衆增其諸清淨得解脫者皆悉潛隱諸出家者受非法財畜養奴婢當爾之時四種人中若有一人出興於世信家非家出家學道亦現同彼受非法財畜養奴婢然是人者自

能分別是法非法是律非律悉知他人不持戒行亦知自巳所犯輕重能知如來所應行處解知時節方土法用誦讀如來九部經典時有誦習九部經者犯戒違律是人雖知彼犯重罪爲護法故方便默然不說其過而自謙卑從彼受學於護法心而無所壞當知是人爲護法故出現於世善男子譬如有國其王命終王子幼弱未能治國有一野人旃陀羅種以强力故爲彼國王時諸長者婆羅門等而作是念今旃陀羅王領此國我等何緣往返承順便捨遁走外奔他國彼旃陀羅王遣人追逐斷其徑路旃陀羅王擊鼓宣令告諸長者婆羅門等汝等莫去我當與汝分國半治國中人民聞王令巳有不走者王復語言諸婆羅門汝等各各轉相告語言却後七日婆羅門等及諸士人爲旃陀羅王施設大會當共相與往詣王所與彼國王及其親族旃陀羅輩飲食宿止若有一人不從教者我當苦治又復語言我家中有三十三天甘露之藥其服食者能令不死并有方論當持相與爾時有一縈髮梵志專修淨行聞王教巳來詣王所頭面禮足而白王言大王當知能行不忍天下大惡則我是也王當與我官爵俸祿我能唱令王即聽許時彼梵志即受王命唱令國內是時國中諸婆羅門皆悉瞋恚呵責罵之然其梵志猶與彼王共知國事至於後時大臣梵志便白王言我與大王共同國事至於今日猶未體信而不見教學一術法王告梵志我當徐徐教汝術法今我家有先王之餘甘露味藥當共汝食即便以此甘

露味藥并其方術與彼梵志梵志大臣得此甘露及方術已爲彼王合隨食之藥王服彼藥即便命終時梵志大臣即立先王太子還紹王位護持先王正法治化如是梵志大臣非捨婆羅門法習旃陀羅法故是梵志修行菩薩拯濟之業國土人民歎言善哉此婆羅門護持正法是時菩薩護持正法故爲婆羅門作諸方便立彼王子以爲國王宮中內外及諸大臣皆受正法旃陀羅王妻子眷屬爲與毒藥令其迷悶然後驅出菩薩摩訶薩亦復如是現犯戒相畜養奴婢受非法財詣彼犯戒惡比丘所承事受學書其經卷書經卷已轉來教授持戒者故與彼惡人同其止宿周旋飲食自手作食人不授食護正法故便作方便以諸八種非法之事而降伏之令其迷悶不復與彼同其自恣布薩和合降伏一切諸犯戒者與諸清淨和合之衆布薩自恣以摩訶衍方等術法廣爲人說安隱濟度無量衆生是爲菩薩護持正法我爲是等而說斯偈若有比丘聞我所說無護法心而欲方便効彼菩薩起諸過者佛所不聽自言菩薩而實寬縱作過惡者我說是等爲懈怠輩我此方便微密之教爲護法菩薩故說此偈

若知正法者　不問其長幼　盡心加供養
如人事火法　若人知法者　不問其長幼
盡心恭敬禮　如天奉帝釋

迦葉菩薩白佛言世尊如是菩薩慢縱懈怠於具足戒得清淨不佛告迦葉善男子彼具足戒若懺悔者當言清淨善男子譬如隄塘有破壞處其水流出所以者何勤修人減懶

惰人增故然善男子隄塘破壞更修治者其水還復彼懈怠者亦復如是於具足戒布薩自恣所破壞處戒水流出所以者何精進損減慢縱懈怠比丘增故然是比丘戒行損減應更修治從彼護法諸菩薩所改勵懺悔令得清淨迦葉菩薩白佛言猶如世尊阿摩勒果喻經所說持戒犯戒其相難知云何分別佛告迦葉善男子持戒犯戒欲知其相依大般泥洹經能善分別善男子譬如田夫種植五穀除麤草穢名為淨田故有莠稗似善穀苗至其成實草穀各異然後方知眞僞有別護法菩薩亦復如是修田之法先除八種麤惡罪行除麤過已名爲肉眼清淨衆僧良福田數乃至聖果肉眼之外名清淨僧但除八種毒蛇大過名爲衆僧良福田數雖未都淨已爲諸天人之所供養爲良福田況復終成賢聖妙果清淨福田出彼肉眼所見之表復次善男子譬如國中有二果樹一名迦留二名沾牟迦留樹者是毒果樹沾牟樹者是甜果樹華葉果實狀類相似有人不識雜取其果詣市賣之食者多死時有智人疑是毒果便往問之汝等何處取是果來答言其方便語彼人此必雜毒故多殺人速取棄之如是善男子懈怠之僧成就八惡時有持戒在其中者如彼甜果在毒樹林護法菩薩教令棄捨不令信心諸弟子等禮拜供養恭敬親近斷慧命根墮地獄中是故信心優婆塞等當善分別莫見形服便相習近當悉問之彼爲成就八種法不自恣布薩爲和合不若彼已離八種惡法如是等僧世尊亦受哀衆生故

於祇洹林與共和合如眞金聚當知是等所應供養若言不受不共和合布薩自恣當知是等非是天人所應供養是諸比丘不應與共布薩自恣若其問訊猶不能知當依如來眞實契經而分別之若使愚夫不善分別而便恭敬供施所須與相習近我說是等當墮惡道復次善男子譬如雪山有好甜藥時諸商人合持諸藥遊行而賣時有一人不識諸藥問彼商人汝有雪山甜藥草不答言我有便從其買而彼商人輒與苦藥其買藥者求甜藥故反得苦藥清淨衆者如雪山藥與彼懈怠犯戒比丘而共和合其信心者供養禮事當知是等肉眼凡夫猶如彼人不識甜藥清淨犯戒其相難故凡夫肉眼不能分別惟天眼者乃能別知是故成就八種惡法雖著法服不應受人禮拜供養若能改悔除八種過名清淨僧迦葉菩薩白佛言善哉善哉世尊快說斯法我當頂受是金剛寶

爾時迦葉菩薩復白佛言如世尊說言諸比丘有四依法何等爲四依依法不依人依決定說不依未決定依於智慧不依於識依於義不依文字我等信此爲四種依不信四人爲眞實依佛告迦葉其名法者即是如來大般泥洹一切諸佛皆同此法諸佛如來得此法已常住不變非磨滅法若於如來作無常想者我說斯等非知法人爲不可信如我所說四種人者善解如來方便密教知諸如來是常住法非變易法非磨滅法諸佛如來亦復在彼四種人數及餘衆生於如來常住方便密教善解其義我說斯等爲根本依當知

可信以是義故說四種人爲四種依依於法者是諸聲聞大德智慧於正法中心不失念其正法者如來常住於此正法精勤方便名爲依法不依人者若當此人犯戒貪濁復說如來是無常法彼非可信是故我說不依於人依決定義依決定義者是菩薩也諸聲聞等於此如來方便密教疑惑不信大乘智海令其決定離諸疑惑又決定者是大乘智永離諸礙礙智者是聲聞智其諸菩薩能以決定大乘智慧解諸如來是常住法是故菩薩所言可信未決定者是聲聞智言諸如來穢食之身泥洹滅盡譬如火滅則不可信所以如來說斯等經方便教化如惑二道諸衆生輩聲聞乘者是則有餘爲非決定是故諸聲聞名不決定數以彼智慧不了如來大聖尊

說以故說彼爲不可信是故佛說決定義者是眞四依依於智慧其智慧者即是如來法身可信方便身者則不可信云何但見如來方便身已而謂實有陰界諸入若其無者爲何處來而今現有舍利積聚以有舍利現於世故謂其法身是穢食身妄作是想以是之故識不可信識不可信故作識想者當知其人亦不可信依此義者義者正義正者滿義滿者不消滅義不消滅者如來常義如來常者是法常義其法常者衆僧常義是則佛說名爲依義若有諂曲凡夫得蒙如來慈心蔭覆出家學道而便懈怠放捨禁戒言佛聽我受畜奴婢諸非法財若飢儉時言我諸弟子莫自苦困我聽受畜奴婢錢財金銀寶物牛馬穀米賣買生利彼作如是種種文辭說經

律者皆不可信作是說者當知其人亦不可信以是義故說名依義其非義者言此三法是皆無常變易磨滅是名非義是名文字是故說言依義不依文字正使外道所說經義合摩訶衍者是皆可信非爲文字是故四依乃至肉眼四種人數爲眞實依善男子是爲四依當作是學

分別邪正品第十

佛告迦葉有四種法有魔說經有佛說經有諸衆生隨魔教者隨佛教者迦葉菩薩白佛言世尊我當云何而分別知願欲聞之佛告迦葉善男子我般泥洹七百歲後如來教法從此漸滅魔作比丘壞亂正法爲獵師相而自覆藏作比丘像比丘尼像優婆塞像優婆夷像須陀洹像斯陀含像阿那含像阿羅漢像及作佛像是魔波旬作離俗相而行俗法壞亂我教波旬說言如來從兜率天没降神來下淨飯王家摩耶夫人愛欲和合而從彼生若言不從愛欲生者無有是處同人間法而爲諸天世人阿脩羅等恭敬供養所以者何以其宿世植衆德本自身妻子種種施與故得爲佛如是相貌當知是爲魔說經律所以者何如來應供等正覺化衆生故出現於世非爲如來從其父母習愛欲生現斯相行隨順世間如是相貌當知是爲佛說經律若有衆生於魔經律從而信者當知是輩爲隨魔教若於如來所說經律從而信者當知菩薩又說如來出生於世周向十方各行七步非爲示現言示現者是不可信是等經律當知魔說若言如來初生於世周向十方各行

七步是則如來方便示現是等經律當知佛說魔說經律從而信者當知是輩爲隨魔教佛說經律從而信者當知菩薩又說如來往詣天廟恭敬禮拜非是天神禮拜菩薩所以者何天神在前如來在後故如是當知魔說經律如來方便現入天廟諸天釋梵皆悉恭敬禮侍菩薩如是相貌爲如來說魔說經律從而信者當知是輩爲隨魔教佛說經律從而信者當知菩薩又說如來爲王太子宫人婇女五欲自娯當知是爲魔說經律言彼如來現處深宫婇女娯樂如棄涕唾捨而出家捨家學道如是說者當知是爲如來經律魔說經律從而信者當知是輩爲隨魔教佛說經律從而信者當知菩薩又說如來應供等正覺在於祇樹給孤獨園受畜錢財金銀寶物奴婢象馬牛羊雞狗猫狸鼬鼠銅鐵瑠璃眞珠珂貝金銀寶玉珊瑚琥珀種種雜物種種田宅種種販賣畜養男女積聚穀米如此諸物哀愍世間故皆悉受之如是像類當知魔說如來應供等正覺哀愍一切諸衆生類住那羅林爲彌羅者羅婆羅門及波斯匿王說言大王我諸弟子受非法物無有是處若畜金銀奴婢象馬牛羊雞狗猫狸鼬鼠銅鐵瑠璃金銀眞珠珂貝玉石珊瑚琥珀種種雜物種種田宅種種販賣畜養男女積聚穀米自熟教熟學相學呪學衆鳥語推步盈虚日月薄蝕仰觀歷數學結華鬘工巧木作學書占夢六十四術服諸消食治脣齒藥華鬘塗身諂曲徐步現知足相而實無猒戲笑談話貪味飲食魚肉餚膳合諸毒藥合諸香油作

諸樂器華屣傘蓋竹作織作刻畫文繡服種種藥合和諸香學造王家談話坐起言笑讌默學作女人華嚴飾具調戲語言雜色衣服造舍樓閣入酒會處及婬女家如是種種非法之物或作或受或持施人如是大王是諸像類我所不聽所以者何此等非法猶如草穢害善穀苗我聽苦治驅擯令出如是説者當知是爲如來經律魔説經律從而信者當知是輩爲隨魔教佛説經律從而信者當知菩薩又言如來不能示現入於天廟亦復不能降伏於彼諸天人輩亦復不能九十六種道中出家不能現劫成敗不學一切諸醫方術亦不能現爲人僕使男女藥樹若王大臣若使如來爲是事者非爲如來是邪見輩如來平等塗割處中無怨無愛亦非有此如是

相貌當知是爲魔説經律現入一切諸天神廟於九十六種而現出家現劫成敗入諸呪術學書之堂現爲僕使爲男爲女或爲藥草國王大臣現入婬舍或爲長者居士梵志貧窮男女及諸不男周徧一切二十五有種種現化不爲彼彼之所惑亂猶如蓮華不著塵水當知化度諸衆生故隨順世間如是相貌當知如來所説經律魔説經律從而信者當知是輩爲隨魔教佛説經律從而信者當知菩薩言我經律世尊所説是罪是惡是輕是重是名麤罪是爲性罪是爲制罪我説戒律爲是眞實汝説爲虛寧捨我説取汝説乎汝謂此律世俗論耶我此經律如來所説九部契經已印封竟九部印中我未曾聞有方等經一句一字片言之音如來説經有十部耶

方等經者其部無量當知皆是調達所作壞一切義而作虚說言方等經出意妄造我所不信佛告迦葉如是說者亂我法教誹謗如來方等契經如是說者當知是爲魔說經律當來之世有如是輩各各自言我有經律邪說經律而共諍論有諸比丘於九部經表知我別說此摩訶衍方等大經有信向心不於戒律執著邪見不淨威儀悉能捨離於我法律清淨具足猶如滿月知一一經一一法律一一戒行其數恒沙不可稱計眞實之義種種之義皆是佛說若言我經律無有是戒當知是戒非佛所說言我限數持是戒者當知是等爲犯戒人其有經說少欲清素合於佛語當知此義皆是摩訶衍經之所宣說若言如來安隱濟度一切衆生故說如此大乘泥洹方等經者當知此等是我弟子其有異者我非彼師不於我所出家學道皆是邪見外道弟子如是相貌當知是爲佛說經律魔說經律從而信者當知是輩爲隨魔教若於如來所說經律從而信者當知菩薩如是成就無量功德得空無慧爲衆生說苦空非我今已無常入於泥洹亦不示現隨順世間如是說者當知魔教當知如來不可思議無量無數功德成就爲佛世尊是常住法非變易法非是一切如截多羅樹而世尊說四不度法如截多羅樹復說一一不度猶如斷石說過人法者無間等上是過人法未得言得故有一比丘少欲知足又多知識若王大臣及餘世人見皆恭敬而說偈頌讚彼比丘種種功德言是尊者捨此身已當成佛道比丘聞已

便作是言汝等莫於未得果人以道果讚歎是多欲名字佛所不許汝等默然莫盡形壽爲我樂法之人作多欲名字未得道果我自知之而彼國王及諸大臣語比丘言今汝尊者便爲是佛舉世悉聞皆從汝學律經記論當知彼王及諸大臣偈頌讚歎功德無量然彼比丘修持梵行無所違犯非爲不度不犯自稱得過人法復有比丘廣説如來藏經言一切衆生皆有佛性在於身中無量煩惱悉除滅已佛便明顯除一闡提時有國王及諸大臣問比丘言汝當作佛不作佛耶汝等身中皆有佛性彼比丘言不知我當得作佛已不然我身中實有佛性復語比丘汝今莫作一闡提輩而自計數我當作佛比丘言爾但我身中實有佛性然彼比丘雖作是説非爲自稱得過人法實有佛性施戒生故復有比丘作是思惟我當成佛決定無疑作是思惟雖未得道果其福無量以是義故一切比丘皆應修行是思惟法所以者何八十億種不清淨法從是得離清淨少欲悉得成就如來真性由斯顯現逮得百千諸法寶藏大悲世尊而作是説如是相貌當知如來所説經律魔説經律從而信者當知是輩爲隨魔教佛説經律從而信者當知菩薩又復説言亦無四墮十三僧殘三十捨法九十一墮法衆多學法四悔過法二不定法七滅諍法無越毗尼亦無麤罪亦無五逆無謗經法無一闡提亦無犯此諸戒果報墮泥犁中其諸比丘及與外道皆當生天然佛世尊恐怖人故説斯戒律若欲恣心極世樂者當捨法服還受五

欲猒五欲已悔過修善如來在世亦有比丘受習五欲得生天上亦得解脫古今有是非我獨造犯四墮法乃至五戒及諸一切不淨律儀受非法物皆得解脫若作是說越毗尼罪如忉利天日月歲數八萬四千歲墮泥犂中諸餘篇罪差降輕重是諸律師虛誑妄說假稱佛教是不可信如是相貌當知是爲魔說經律越毗尼罪最爲微細若有比丘犯此一一微細律儀知而藏覆如龜藏六當知是輩不可習近如我說偈

若犯微細罪　黙然妄語者　不計於後世　無惡而不爲

斯等皆是如來教誡決定之說況犯麤罪戒無麤細當堅固持爲佛性故若言九部不說衆生皆有佛性又方等經亦說非我是爲誹謗九部契經云何不起衆生見耶九部經中一切衆生皆有佛性未所曾聞我當何取或能自稱說過人法當知是等如言大海無種種寶彼雖受學九部契經方等要藏摩訶衍海種種法寶非彼境界然佛所說法非爲一切聲聞緣覺都非其境界見佛所說因緣相貌亦復能知一切衆生有如來性不壞吾我壽命之相心存中道言我身中皆有佛性我當得佛我今但當盡諸煩惱如是說者是我聲聞若異此者名爲自稱有過人法又復說言我已作佛我已見法住於佛地是爲自說得過人法其不爾者是等不久當成佛道如是決定甚深佛教而諸比丘於中自說得過人法亦爲利養故諂曲徐步現行乞食愚癡犯戒未得道果而言得果向人稱說普共聞

知恭敬承事轉增貪著伺望供養不修法念示現威儀取悅人意我說是輩爲自稱說得過人法復有比丘護持正法故現求利養貪著名聲作是思惟當令一切人所知識稱歎善哉恭敬承事我當因是降伏外道諸犯戒者光揚如來天尊之德廣宣方等般泥洹經開導衆生善解如來所說經律及律眷屬長養自身如來種子速令佛性開發顯現無量結患一時除滅告諸衆生汝等皆成如來之性滅諸煩惱心在護法而作是說我說斯等爲菩薩也以護法故無有自稱得過人法越毗尼罪如忉利天數八萬四千歲在泥犁中何況麤罪其摩訶衍有麤罪者皆當驅出有所取者便是麤罪人所受護塔物取如芥子及不問主而取經卷皆是麤罪賊心壞塔亦犯麤罪悉應驅出若王大臣有故塔寺欲作供養爲舍利故或恭敬故立一比丘爲經營主付其錢物而彼比丘輙取自用令主呵責是等比丘亦應驅出正使不男及二根者皆應驅出所以者何越五戒故乃至蟻子皆當慈心施以無畏是沙門法設有酒香亦須遠離是沙門法正使夢中猶不妄語是沙門法夢中不與女人同處是沙門法若於夢中與共同處雖不犯戒如香華等令人寬縱心起放逸皆由晝見心隨生故則有夢想彼夢覺已亦增亂念以食子想而行乞食云何而令婬心得生夢中生心應速除滅如是相貌當知是爲如來經律魔說經律從而信者當知是輩爲隨魔教佛說經律從而信者當知菩薩言如來聽受大人坐法行止威儀受不言

法投巖飲毒斷食殺生繫縛衆生自活身體作茂羅業呪術蠱道旃陀羅等不男二根支節不具皆聽出家愍衆生故乳蜜繒綿珂貝皮革諸穀米等悉不服食於諸草木作壽命想慈悲心故泥洹長滅如是相貌當知是爲魔説經律除大人坐四種威儀若言我聽飲毒入火斷食投巖殘殺衆生作茂羅業呪術蠱道乳蜜繒綿珂貝穀米作熟肉想一切草木作壽命想如是説者我所不聽作是説者當知是輩外道弟子隨我所聽而能行者是我弟子不説四大有壽命想如是説者當知是爲佛説經律如是比説衆多無量魔説經律從而信者當知是輩爲隨魔教佛説經律從而信者當知菩薩善男子如是所説是爲魔所説經佛所説經差別之相當分別知迦葉菩薩白佛言善哉世尊我等今日始解如來甚深之説佛告迦葉善哉善哉善男子當作是學是爲黠慧

大般泥洹經卷第四

音釋

記莂 莂必列切記莂謂授將來成佛之記劫國名號之別也 怯劣 怯苦頰切畏懦也劣力輟切劣弱也 攘 如陽切攘臂捋袂也 豺狼 豺士皆切狼魯當切豺狼並獸名 隄 都奚切岸也 莠稗 莠與久切稗蒲拜切莠稗似禾穢草也 販 方願切買賤賣貴也 薄蝕 薄伯各切蝕乘力切薄蝕侵虧也 屣 疎士切皮屣也 繡 息救切五采刺文也

大般泥洹經卷第五

東晉沙門法顯共天竺沙門覺賢譯

四諦品第十一

爾時佛告迦葉善男子若使是苦名苦諦者地獄畜生皆有苦諦名苦諦者謂知如來常住法身非穢食身衆生不得如來尊智不知苦故以非法爲法久遠癡愛煩惱結縛彌劫生死苦輪常轉假使如來常住二字暫經耳者欲生天上及求解脫必得聖果自然快樂智者自知皆由如來常住之音暫經耳故得此妙果久遠已來不知如來常住法故往返無量生死苦惑如是知苦名爲苦諦若異此者非知苦諦苦集諦者諸法之實不知實故增其愛集畜養奴婢諸非法物非法爲法而生妄取不知正法起不知正法滅以無智故長處生死輪轉苦惑當知是等爲壞法性終不得果生天解脫不知苦集眞實相故壞正法性妄說罪報亦復長夜生死苦惱如是知者爲知集諦若異此者不名知集苦滅諦者若修行空一切盡滅壞如來性若修行空名滅諦者彼諸外道相違義者亦修行空得滅諦耶當知一切皆有如來常住之性滅諸結縛煩惱永盡顯現如來常住之性起於一心便得妙果常樂自在名法自在王是爲修行苦滅聖諦若復修行於如來性作空無我想當知是輩如蛾投火名滅諦者是如來性是如來實滅除一切無量煩惱所以者何是如來性因故如是知者爲知如來平等滅諦若異此者非爲知滅苦滅道者如來法僧解脫之性此四種法名爲道諦於四種法不知實

故長處生死無量苦惑於生死中能勤修行了知如來法僧解脫是常住法非變易法非磨滅法不盡不壞起於一心得微妙果快樂自在於此常住不空四法中作非法想者當知是輩得邪見果報苦滅道者於此三法中作常住修者如是則名爲知苦盡道諦如是修行常住想者當知是等是我弟子知四眞諦是爲菩薩知四眞諦迦葉菩薩白佛言世尊我今始知修四眞諦

四倒品第十二

佛復告迦葉所謂顚倒苦有樂想如來無常滅盡泥洹如薪盡火滅則爲大苦而作是想如來無常是爲顚倒樂有苦想於如來長存作衆生見是爲顚倒於三有苦而作樂想是亦顚倒是爲第一顚倒無常常想顚倒常無常想顚倒無常常想者如來泥洹修極空相是爲顚倒修極空已短壽衆生便得長壽於是修果謂常存法名爲顚倒是名第二顚倒非我我想顚倒我非我想顚倒言一切世間有我是爲顚倒佛說如來性是眞實我而於此義作非我修是名第三顚倒淨不淨想顚倒不淨淨想顚倒如來常住非穢食身而肉眼者言穢食身非清淨法法僧解脫亦當滅盡是名顚倒諸不淨身無一淨想愚癡倒惑而起淨想是名第四顚倒如是善男子是名四顚倒迦葉菩薩白佛言善哉世尊我從本來常著顚倒而今始知如來正法

如來性品第十三

迦葉菩薩復白佛言世尊如來有我二十五有爲有爲無佛告迦葉眞實我者是如來性

當知一切衆生悉有但彼衆生無量煩惱覆蔽不現譬如貧家舍内有珍寶藏而不能知時有一人善知寶相語貧子言汝爲我作我當與汝錢財寶物貧子答言我不能去所以者何我先家中有珍寶藏不能捨去彼人復言汝愚癡人不知寶處且與我作給汝珍寶用之無盡便從其語然後彼人出其宅中珍寶與之貧人歡喜起奇特想知彼士夫實可依怙一切衆生亦復如是各各皆有如來之性無量煩惱覆蔽隱没不能自知如來方便誘進開化令知自身有如來性歡喜信受復次善男子譬如母人生子尚小而便得病藥師方便爲合良藥酥乳石蜜令子服之語其母言愼莫與乳令子藥消然後當與復合苦藥塗其乳上子欲飲乳聞苦藥氣即便捨去

知其藥消然後洒乳令子飲之如是善男子如來誘進化衆生故初爲衆生說一切法修無我行修無我時滅除我見滅我見已入於泥洹除世俗我故說非我方便密教然後爲說如來之性是名離世眞實之我迦葉菩薩白佛言世尊人初生時智慧尚少漸漸長大智亦隨明若有我者始終應一以彼智慧漸漸增故當知無我又復我者應無生死而有生死當知無我若使一切皆有如來性者應無有異而今現有長者梵志刹利居士旃陀羅等諸衆生類種種異業受身不同若使衆生有如來性者應當同等而今不同故知無有如來之性若復眞實有如來性不應殺盜作諸種種不善惡業若當衆生有如來性聾者應聽盲者應視瘂者應言若使各有如來

性者爲住何所彼和合身青黄赤白於種種色爲住一處爲徧身中佛告迦葉譬如國王有大力士摩尼寶珠能除毒痛繫著頭上與敵國共鬬爲彼所擊摩尼寶珠陷入身中血肉皮覆遂失寶珠求覓不得便作失想時有良醫來爲治病因語醫言我有寶珠遂便亡失處處求覓不知所在當知財寶非常之物如水上泡速生速滅虚誑如幻如是永作失寶珠想良醫答言寶珠不失莫作失想汝因鬬時珠入身中血肉皮覆是故不現彼人不信而謂醫言血肉之中何處有珠是虚言耳時彼良醫即爲出珠彼得珠已方信良醫所知奇特一切衆生亦復如是各各皆有如來之性習惡知識起婬怒癡墮三惡道乃至周遍二十五有種種受身如來之性摩尼寶珠

没在煩惱婬怒癡瘡不知所在於世俗我修無我想不解如來良醫方便密教作無我想而不能知眞實之我於是如來復爲方便令滅無量煩惱熾然開示顯現如來之性復次善男子譬如雪山有好甜藥名曰上味轉輪聖王未出世時隱没不現其諸病者皆詣藥所掘地埋筩以求藥汁或得甜味或得苦味或得辛味或得酢味或得鹹味或得淡味而諸病者得此諸味不得眞實上味之藥掘地不深而不能得薄福德故轉輪聖王福德力故出於世時便得眞實上味之藥如是善男子如來性者雜種種之味無量煩惱愚癡覆蔽是故衆生不得上味如來之性種種行業處處受身若得如來眞實性者無可殺害其諸死者名爲壽斷如來之性名爲眞壽不斷

不壞乃至成佛如來之性無害無殺惟長養身有害有殺如諸病人作衆邪業種種報應刹利梵志乃至生死二十五有不得眞實如來性故復次善男子如人穿地求金剛寶手執利鑿鑿其土石堅塊剛石悉能令碎惟有金剛莫能截斷如來之性亦復如是天魔利劒所不能傷惟長養身受其傷壞非如來性是故當知如來之性無害無殺是爲如來決定之教方等契經甘露毒藥迦葉菩薩白佛言世尊方等契經甘露毒藥義何所趣佛告迦葉善男子汝今諦聽當爲汝說爾時世尊即說偈言

或有食甘露　而得長仙壽　有人食甘露
傷壽而早夭　或因飲毒生　或緣飲毒死

其甘露者是摩訶衍無礙之智其毒藥者亦是摩訶衍無礙之智猶如醍醐酥油石蜜食之不消名爲毒藥食之消者甘露無智衆生不解方等大乘蜜教則於是人名爲毒藥聲聞緣覺住大乘法及諸菩薩人中之雄名爲甘露譬如乳牛雖色不同其乳一味如是迦葉當知菩薩成無畏者之所歸依如來法性彼性我性皆同一味於是迦葉菩薩即說偈言

我今歸三寶　甚深如來性　自身如來藏
佛法僧是三　如是歸依者　是名最上依

爾時世尊復爲迦葉而說偈言

不知三寶者　何名知歸依　依義尚不了
云何知佛性　若以歸依佛　是名最吉安
復有何因緣　而復歸依法　歸依於法者
是爲自心想　復有何因緣　而歸於衆僧

不信歸依佛 決定眞實者 三寶如來性
何由能悉知 云何未知義 而生豫計想
佛法比丘僧 三寶之梯隥 猶如不懷妊
而作生子想 如是思惟者 但增其惑亂
如人尋空響 離眞優婆塞 當勤求方便
大乘決定義 如來隨順說 令汝除疑網

迦葉菩薩復說偈言

爲優婆塞法 歸依於佛者 一切諸天神
不生歸依想 爲優婆塞法 歸依於法者
不以害生法 而爲非法祠 爲優婆塞法
而依於僧者 不於衆邪道 請求良福田
是故歸三寶 除俗三非法 此三寶法者
亦是如來說 我昔由此法 今得安隱處
汝等亦當行 終歸至我所 如是平等路
汝等隨行者 速得免衆苦 輪迴生死惑
如來之性者 亦從世尊說 我及諸衆生
同此如來性 諸佛隨順道 我等悉由之
乃至諸魔天 亦有此甘露 終歸同諸佛
離有牟尼尊

爾時世尊復爲迦葉重說偈言

汝莫如聲聞 童蒙之智慧 惟一歸依佛
當知非有三 終歸平等道 佛法僧一味
爲滅癡邪見 故立此三法 汝今欲示現
隨順世間者 應當從此教 歸依於三寶
若人歸依佛 便爲歸依我 歸依等正覺
正覺我已得 分別歸依者 則亂如來性
當於如來所 而作平等心 合掌恭敬禮
則禮一切佛 我與諸衆生 爲最眞實依
清淨妙法身 我已具足故 若禮舍利塔
應當敬禮我 我與諸衆生 爲最眞實塔

亦是眞舍利　是故應敬禮　若歸依法者
應當歸依我　清淨妙法身　我已具足故
我與諸衆生　爲最眞實法　若歸依衆僧
亦當歸依我　諸餘一切衆　皆佛僧所攝
我與諸衆生　爲最正覺僧　無目衆生類
爲之生道眼　是故聲聞衆　及諸緣覺僧
如來僧悉攝　歸依最眞實

佛告迦葉如是善男子菩薩摩訶薩當作是念正使不善無知聚積應作是知我有佛性如彼健士鬭戰之時當知我爲軍中之將爲諸一切所依怙者譬如王子爲太子時應當自知我爲一切王子之上當紹王位爲諸王子作眞實依終不生心作下劣想善男子菩薩摩訶薩亦復如是立金剛志超彼三法如彼王子成就無量於三法中離種種想如來最上猶如頂相最爲第一非佛非法非比丘僧種種差別如梯隥也爲世間依度世間故於眞實法現其種種而爲三法誘化童蒙無知衆生令入大乘深利智慧

迦葉菩薩復說偈言

知此眞實義　而問於如來　欲顯發菩薩
勇猛離垢故　善哉世尊說　菩薩之所行
大乘深利智　如鍊金剛慧　善哉世尊說
安立諸菩薩　如來善顯示　我今亦當然
一切衆生類　悉應自觀察　自身如來藏
皆是三歸依　凡一切衆生　信受此經者
若已離煩惱　及諸未離欲　皆當歸自身
如來微妙藏　惟是正歸依　無二亦無三
所以然者何　世尊廣分別　各各自身有
如來微妙藏　以知此義故　不復歸於三

我已爲一切 世間眞實依 法及比丘僧
一切攝受故 聲聞辟支佛 皆悉當敬禮
以是諸菩薩 正向大乘道 如是如來性
爲不可思議 具三十二相 八十種好故

佛告迦葉善哉善哉善男子其諸菩薩應如是學甚深利智復次善男子我當更說入如來藏即說偈言

有我長存者 終不經苦患 若使無我者
爲空修梵行 一切法無我 是名斷滅教
言我長存者 則爲計常說 一切法無常
是則爲斷說 一切法常者 是則爲常說
一切法苦者 是則斷滅說 一切法是樂
是則計常說 一切修常想 是速得斷滅
一切修無常 是速得常想 譬如折樓蟲
得一速望二 如是修常者 是速得斷滅
若修斷滅者 亦速得常想 如是所說喻
得一更求餘 餘法修苦者 則說不善分
餘法修樂者 是則說善分 餘法修無我
無量諸煩惱 餘法修常存 佛性及涅槃
餘法修無常 則身不堅固 餘法修常者
如來等三寶 及平等解脱 是諸法眞實
如來之所說 不同於彼喻 當知除二邊
處中而說法 計常及斷滅 是見二俱離
世間凡愚輩 於佛說迷惑 喻如羸病人
頓服酥迷亂 有無增其患 譬如重病人
四大互增損 而不得和合 痰癊增不息
風種起燒然 風癊已違諍 涎唾亦復增
如是不和合 舉體發狂亂 良醫善方療
隨順安四種 除滅一切病 悦樂全身强
如四大毒蛇 無量煩惱患 良醫善方療

平等性安隱　其平等性者　是名如來藏
得聞如來性　離於一切界　常性不變易
有無等不著　凡愚而妄說　不了微密教
如來爲衆生　方便說身苦　凡愚不能了
謂我身斷滅　慧者了眞諦　不總一切受
能知我身中　有安樂種子　聞我爲衆生
方便說無常　凡愚謂我身　如陶家坏器
慧者能諦了　不總一切受　能知我身有
微妙法身種　聞我爲衆生　方便說非我
凡愚謂佛法　一切無我所　智者能諦了
非盡假名說　不惑於清淨　如來眞法性
聞佛爲衆生　方便說空教　愚夫不能知
謂悉言語斷　慧者能諦了　不總一切受
知如來法身　長存不變易　聞我爲衆生
方便說解脫　愚夫謂佛身　解脫悉磨滅
慧者能諦了　不悉往來斷　如來人師子
自在獨遊步　我爲衆生說　無明緣諸行
凡愚不能知　謂是爲二法　慧者能諦了
明非明雖異　解知眞實法　則無有二相
緣諸行生識　凡愚謂爲二　慧者知行緣
雖二而不二　十善十惡二　凡愚隨二相
慧者能諦了　雖二而不二　有罪及無罪
凡愚謂爲二　慧者能諦了　自性則不二
清淨不淨相　凡愚謂爲二　慧者能諦了
自性則不二　作者及不作　說一切諸法
凡愚不能知　謂爲是二法　慧者能諦了
自性則不二　說一切諸法　爲苦及樂分
凡愚不能知　謂爲是二法　慧者能諦了
自性則不二　我爲衆生說　一切無無常
凡愚不能知　總修如來性　慧者能諦了

自性則不二　我爲衆生說　一切法無我
凡愚不能知　謂佛說無我　慧者了自性
我非我無二　無量無數佛　說是如來藏
我亦說一切　功德積聚經　我非我無二
汝等善受持

善男子當隨憶念如來所說功德積聚經及摩訶般若波羅蜜所說照明彼亦如是說我非我不二譬如乳出爲酪酪出爲生酥生酥出爲熟酥熟酥出爲醍醐醍醐爲始終是一爲從餘處來若即是一者即作本事若乳即爲酪者然今乳時而無酪相如是因緣展轉相生非已有故而言展轉若事餘處來者彼在何處住當於乳時不見酪等從餘處來而一切分皆有醍醐自性但諸過覆故異分現牛食過故乳變爲血牛食甘草乳則甜香牛食苦草乳有苦味於雪山下有甘澤草牛食是草出成醍醐不作餘色牛食種種味草其乳則有種種異色明及無明不二之法亦復如是行業過故明非明轉一切善法及不善法皆無有二是故當知如來之性如彼醍醐自性清淨煩惱過故現有異相譬如人言大海水鹹非一切海其水悉鹹有處海中八味之水是故當知非一切海其水悉鹹其中亦有八味之水喻如人說良藥出於雪山而雪山中亦有毒草一切衆生身亦如是四大和合譬如毒蛇又此身中有如來性如彼良藥其如來性始終常有非作所作但無量煩惱中間競起凡諸衆生欲求佛者當除無量煩惱結患譬如春月與大雲雷而未降雨藥木華草皆未萌芽夏時大雨一切扶踈如來之性亦

復如是無量煩惱結患所覆雖聞契經及諸三昧猶故不知如來之性以不知故而起於我及非我想大般泥洹方等契經密教法藏聞于世間衆生聞已如來之性皆悉萌芽能長養大義是故名爲大般泥洹如是善男子其有衆生學此方等般泥洹者名爲已報如來之恩迦葉菩薩白佛言善哉世尊如來之性於諸聲聞及辟支佛甚爲難見難得之寶佛告迦葉如是如是善男子我亦常説甚爲難見譬如有人膚瞖覆眼不見五色就彼良醫爲治其目醫便爲除少分膚肉而以一物示之令看彼視惑亂謂二謂三久久諦視髣髴見之如是善男子菩薩摩訶薩淨治道地成就十住於自身中觀察如來眞實之性猶爲無我輪之所惑況復聲聞及辟支佛而能知之當知善男子如來之性難見如是又如有人於虛空中仰觀飛鳥遠則不識爲是爲非極明其目髣髴識之十住菩薩亦復如是自於身上觀如來性猶生惑想久乃髣髴況復聲聞及辟支佛又復如人痰癊增故迷於諸方欲有所至心心相續專念記識猶失徑路十住菩薩亦復如是於自身上觀見如來性專心方便猶有惑亂況復聲聞及辟支佛復次如人遠行曠野熱渴所亂遠見野馬或謂爲水或謂林樹或言聚落十住菩薩亦復如是於自身上觀如來性亦生惑想復次譬如有人登高臨下遠觀佛塔或作水想或謂虛空或言屋舍或謂野馬山石草樹方便諦觀乃知是塔十住菩薩亦復如是於自身上觀如來性猶生惑想方便極視乃知眞實復

次如人船行巨海遠見城郭而生惑想或謂虛空或言物像十住菩薩亦復如是於自身上觀如來性亦生惑想復次譬如王子竟夜觀伎至日光現見人生惑親作他想十住菩薩亦復如是於自身上觀如來性亦生惑想復次譬如大臣往詣王所諮詳王事夜闇還家於電光中若見白牛而生惑想或謂屋舍或謂丘冢十住菩薩亦復如是於自身上觀如來性亦生惑想復次譬如持戒比丘自漉淨水復重諦視若見微毫或謂爲蟲或謂塵末十住菩薩亦復如是於自身上觀如來性亦生惑想復次如人觀高山頂若有行人或謂禽獸十住菩薩亦復如是於自身上觀如來性亦生惑想如人目患夜闇觀畫或謂人像或謂神像或謂佛像或謂釋梵諸菩薩像十住菩薩亦復如是於自身上觀如來性亦生惑想如是善男子如來之性甚深難見惟佛境界非諸聲聞及辟支佛所能知見如是善男子如來教法慧者所知應當信受迦葉菩薩白佛言如世尊說如來之性甚深微妙諸肉眼者云何得見佛告迦葉譬如非想非非想天惟佛境界一切聲聞及辟支佛云何能見但彼隨順如來契經信心方便然後等觀如是善男子一切聲聞及辟支佛當於方等般泥洹經而生信心知其自身有如來性是故當知如來之性惟佛境界非諸聲聞及辟支佛也迦葉菩薩白佛言世尊世間衆生皆言有我此義云何佛告迦葉譬如一時二人爲友一是王子二貧窮人結好往來其王子者有調伏兕貧人見之彼於後時共至他

國於一客舍暮共止宿而彼貧者於夢中言兕來兕來聲徹于外時有人聞將至王所以其所聞具白國王王即問言何處有兕時彼貧人便白王言我無兕也善知識有我曾見之王即復問其狀云何復白王言其角似羊作是語已王語貧人汝自還去何處有兕彼亦無有爲虛說耳而兕似羊傳於天下如是不久其王命終太子即位亦訪求兕而不能得次後其子續立爲王亦復如是求兕不得展轉相傳恒於兕上而作羊想如是菩薩摩訶薩出於世時爲衆生說眞實之我其無知者聞一切衆生皆有佛性不知其眞便妄想說我如寸燈在於心中種種衆生我人壽命如彼夢說展轉相承皆起邪見計有吾我求吾我性不得實我作無我說而諸世間一切衆生常作妄想計有吾我及無我想如是善男子我說如來之性最爲眞實若世間說我隨順法者當知是則爲離世俗當知皆是菩薩變化現同俗說

文字品第十四

佛復告迦葉一切言說呪術記論如來所說爲一切本迦葉菩薩白佛言世尊其義云何佛告迦葉初現半字爲一切本一切呪術言語所持眞實法聚童蒙衆生從此字本學通諸法是法非法知其差別是故如來化現字本不爲非法迦葉菩薩白佛言世尊云何字本佛告迦葉初十四音名爲字本是十四音常爲一切諸字之本字有何義不破壞義不漏義如來義名爲字義如來法身金剛不壞故名不壞如來無有九道諸漏故名不漏如

來常住故說爲字無作之義初短阿者吉義吉者三寶義次長阿者現聖智義其名聖者離世間數清淨少欲能度一切三有之海故名爲聖聖者正也能正法度行處律儀及世間法度是其義也復次阿者其所長養皆依於聖一切眞實正行之本孝養二親皆依是知曉了正法住摩訶衍善男子善女人持戒比丘及諸菩薩如是所行皆名依聖又復阿者世界言語法之所依如言善男子阿伽車者如言男子莫作阿那遮羅是故阿者亦是世間言語所依短伊者此也言此法者是如來法梵行離垢清淨猶如滿月顯此法故諸佛世尊而現此名又復伊者言此是義此非義此是魔說此是佛說依是分別故名爲此其長伊者名爲自在名大自在自在梵王能於如來難得之教以自在力護持正法以是之故名爲自在又復伊者於此自在大乘方等般泥洹經自在攝持令此教法自在熾然令餘衆生自在受學此方等經又復伊者自在方等能除伊者嫉妬邪見如治田苗去諸穢草如是等比是故如來說伊自在短憂者上也於此契經說最上義其諸聲聞及辟支佛所未曾聞一句一字片言歷耳譬如諸方鬱單越爲福德之上大乘方等亦復如是一言歷耳當知是等人中之上爲菩薩也是故如來說此憂字長憂者如香牛乳其乳香味是大乘經最爲上味廣說如來眞實之性非法憍慢皆悉消滅又復憂者名爲大憂於如來藏慧命根斷著無我說當知是等名爲大憂是故說憂咽者是也言是佛法如來泥洹

亦說是法啞者如來也有去來義以是故說如來如去烏者下也下賤煩惱悉除滅已名爲如來是故說烏炮者是摩訶衍於十四音炮爲究竟是故說名摩訶衍於一切論爲究竟論是故說炮安者一切也如來教法離於一切錢財寶物安者遮義一闡提義最後阿者盡也一切契經摩訶衍者最爲窮盡迦者一切衆生如一子想於諸一切皆起悲心是故說迦佉者掘也發掘如來甚深法藏智慧深入無有堅固是故說佉伽者藏也一切衆生有如來藏是故說伽重音伽者吼也常師子吼說如來常住是故說伽俄者泡也一切諸行速起速滅故說爲俄遮者行也成就衆生故名爲遮車者照曜如來常住之性是故說車闍者生也生諸解脫非如生死危脆之

生重音闍者燒也一切煩惱燒令速滅故說爲闍若者智也知法眞實是故說若吒者示也於閻浮提現不具足而彼如來法身常住是故說吒吒者示滿足也平等滿足是故說吒荼者輕仙不没是故說荼重音荼者不知慚恥重恩不報是故說荼拏者不正也如諸外道是故說拏多者遮一切有令不相續是故說多他者無知也如蠶蟲作璽是故說他陀者於摩訶衍歡喜方便是故說陀重音陀者持也護持三寶如須彌山不令沉没是故說陀那者如城門側因陀羅幢豎立三寶是故說那波者起顛倒想三寶沉没而自迷亂是故說波頗者世界成敗持戒成敗自己成敗自向成壞是故說頗婆者力也如諸如來無量神力非但十力是故說婆重音婆者能

擔正法爲菩薩道是故爲婆摩者限也入菩薩法限自强其志爲衆重擔是故說摩耶者習行菩薩四種功德是故說耶羅者滅婬怒癡入眞實法是故說羅輕音羅者不受聲聞辟支佛乘受學大乘是故說羅和者一切世間呪術制作菩薩悉說是故說和賒者三種毒刺皆悉巳拔是故說賒沙者滿義悉能聞受方等契經是故說沙娑者竪立正法是故說娑呵者驚聲也怪哉諸行悉皆究竟怪哉如來而般泥洹離諸喜樂是故說呵叉（來雅切）者魔也天魔億千無能壞其如來正僧隨順世間而現有壞又復隨順世間現爲父母諸宗親等是故說叉（來雅切）唎囄栗棃四字者長養四義佛及法僧示現有對隨順世間示現有對如調達壞僧僧實不壞如來方便示現壞僧化作是像爲結戒故若知如來方便義者不應恐怖當知是名隨順世間是故說此最後四字吸氣之聲舌根之聲隨鼻之聲超聲長聲以斯等義和合此字如此諸字和順之聲入衆言音皆因舌齒而有差別因斯字故無量諸患積聚之身陰界諸入因緣和合休息寂滅入如來性佛性顯現究竟成就是故半字名爲一切諸字之本若觀法實及如來解脫亦無文字言語之相字相味相皆悉遠離是故一切遠離名爲解脫其解脫者即是如來因是半字能起諸法而無諸法因字之相是名善解文字之義若異是者不解文字分別諸法是法非法如來之性三法解脫而不能知是經非經是律非律魔說佛說悉不能知我說是等不知字故是故善男子汝

等應當善學半字亦當入彼解文字數迦葉菩薩白佛言世尊我當善學斯等半字今我世尊便爲佛子得最上師我今便入學書之堂佛告迦葉善哉善哉善男子樂修正法應當如是

鳥喻品第十五

佛復告迦葉鴈鶴舍利鳥者所謂種種無常苦空非我等法如衆鴈鶴舍利之鳥迦葉白佛此義云何佛告迦葉有法無常有法是常有法是苦有法是樂有法是我有法非我譬如田夫種植五穀及諸果樹從其萌芽乃至華葉其人恒作非常之想至於成熟收其果實得受用時而生常想所以者何眞實現故迦葉菩薩白佛言世尊云何五穀之常與如來同不磨滅耶佛告迦葉猶以如來喻須彌山其須彌山世界敗時豈不壞耶善男子莫於譬喻而生是問一切諸法悉歸磨滅惟有泥洹是常法耳隨世言説以彼爲喻迦葉菩薩白佛言唯然世尊善哉斯説佛告迦葉如是善男子一切契經修諸三昧乃至未聞大般泥洹方等契經諸衆生等修無常想聞此經已若善男子善女人所懷煩惱疑結永離曉了常法所以者何各於自身如來之性得顯現故復次善男子譬如金師銷鎔其金至器未成作非常想寶器成已常得受用如是善男子一切契經修諸三昧乃至未聞大般泥洹方等契經其諸衆生修無常想聞此經已所懷煩惱疑結永離曉了常法所以者何各於自身如來之性得顯現故復次善男子譬如有人種甘蔗胡麻乃至未熟常作種種

諸味之想麻油石蜜成已乃知眞味如是善男子一切契經修諸三昧乃至未聞大般泥洹方等契經其諸衆生修無常想聞此經已所懷煩惱疑結永離曉了常法所以者何各於自身如來之性得顯現故譬如百川皆歸于海如是一切契經及諸三昧悉歸方等般泥洹經所以者何如來之性最究竟故是故我說有法無常有法是常如舍利鳥憂悲劒刺如來已斷而於此論多有疑者然其如來現有憂悲非如人天及餘衆生之憂悲也如非想處云何有想若無有想不應有壽有壽無想何有想陰界入之名又如林樹皆有神依若神依樹爲依根莖爲依枝條如是諸處悉皆不現爲依何住如是如來教法甚深當知如來現有憂悲於羅睺羅而起慈心乃至非想非非想處亦復如是惟佛與佛乃知此義斯等皆是諸佛之法尚無心意何有憂悲憂悲若無教法相違如一子想是則空言說一切法皆不可信但如來所說不可思議諸佛教法亦不可思議如是佛法不可思議是爲眞實譬如虛空不可於中造立宮室而諸幻士能於中造凡愚見已而作是念云何空中而得安立如心意轉如是所說尚無心意何有憂悲憂悲若無羅睺羅騟是則不實如虛空中如來憂悲則不可得如其幻化隨心意轉如來則有憂悲之想聞般泥洹而作是念何有憂悲聞其轉者常有憂悲是故如來常住若無常者則有憂悲而今如來非是無常如來憂悲及無憂悲悉不能知下者知下不知中上中者知中下不知其上惟有上者

一切悉知其諸聲聞及辟支佛各各自知而不能知如來境界如來悉知是故名爲離諸障礙譬如幻士種種現化如來亦然種種示現隨順世間能知是者名爲黠慧肉眼凡夫無想之想非其境界而於如來作憂無憂想是故我說有法是我有法非我如舍利鳥復次善男子譬如鴈鶴及舍利鳥於夏月雨時江河漫溢選擇高處而安其子然後遊行如是如來出興于世化無量衆令入正法爲受化者方便說法或說苦法或說樂法有爲諸行是名爲苦泥洹極樂離有爲行說名爲樂迦葉白佛其義云何佛告迦葉所謂如如迦葉白佛云何衆生得泥洹樂佛告迦葉如我先說一切諸行無生老死所謂若無放逸是處不死若其放逸是爲死徑不放逸者得不死處若放逸者常處生死若放逸者是有爲行彼有爲行則爲苦法非泥洹者是爲死處若作放逸是名作行當知是行則爲大苦不趣泥洹是爲死徑不放逸者是不作行雖復作行亦不生死是名金剛不壞之身其世俗者是名放逸離世俗者是不放逸離生老死泥洹快樂是故如來有說苦法有說樂法有說非我有說是我如鳥飛空不見其跡無有天眼煩惱未斷不自見身如來之性是故我爲彼說無我爲煩惱故說微密教其諸衆生無有天眼而計吾我無量煩惱造有爲行故爲彼說諸法無常是故我說有法無常

猶如明目住山頂　諦了其地愚夫等
如來道眼昇慧臺　無憂憂念群生類

如是無量煩惱悉滅名住山頂觀其無量煩

惱熾然下劣衆生誰爲登慧臺何名爲無憂若無憂者云何名爲憂念世間若泥洹滅盡何有觀愚者若使如來泥洹滅盡云何能昇智慧高臺若當泥洹云何山頂能觀其下智慧臺者謂滅盡泥洹無憂憂念者謂是如來憂念世間無量群生山頂者謂解脱住者行人地者有爲行愚者無巧便説諦了者正覺也其如來者憂苦永離是常法故以自離憂見被利刺憂惱衆生爲之生憂若使如來永離憂者不名正覺隨彼衆生應受化者如來等覺即爲彼現是故當知如來常住種種示現猶如鴈鶴舍利之鳥

月喻品第十六

佛復告迦葉善男子如月不現人謂爲没一切人民皆作没想於餘方現餘方人民皆謂月出然其彼月不没不出因須彌山故現有出没如是如來應供等正覺於大千世界或閻浮提依因父母現生爲子閻浮提人皆起生想又閻浮提現般泥洹而此衆生皆作滅想其實如來不生不滅復次善男子如月滿時閻浮提人皆作滿想然後漸損復現初生閻浮提人作月生想然其彼月不增不減因須彌山現有增損如來應供等正覺亦復如是於閻浮提現有泥洹而諸衆生皆作滅想於閻浮提現出生時猶如生月閻浮提人作嬰兒想如月三日現行遊步如月四日現行學書如月八日現行出家乃至月滿現大光明破壞無量衆魔闇冥現般泥洹三十二相八十種好莊嚴其身猶如明月列宿莊嚴如月不現閻浮提人或作生想或作滅想其實

如來不增不減常如滿月是故當知如來常住復次善男子猶如月滿一切皆見在在處處城邑聚落山澤水中一切悉現若人遊行百千由旬而月常隨隨器大小水月隨現或有衆生而作是想爲是本月隨我而來爲是異月現照愚夫如小器水照於中人如中器水照於上人如大器水及諸畜生隨其力能各爲現之如來明月亦復如是一切悉見而諸衆生各作是念謂佛世尊哀愍我故在我舍住及畜生道亦復如是聾盲瘖瘂及諸癃殘各謂如來爲己類像種種語種種書種種身皆作是念諸佛如來惟作我語我書我身我食又現異相聲聞緣覺及諸種種異道出家其諸衆生皆作異想然其如來法身眞實無有變異爲衆生故以方便身現種種相如良藥樹如來亦然爲衆生故現百千變隨順世間是故如來是常住法復次善男子如羅睺阿脩羅能捉日月其諸衆生謂彼蝕月彼捨月已謂爲吐月彼障月光世間不現便作蝕想彼捨月已世間還現謂爲吐月然其彼月若顯若昧實無增損如來應供等正覺亦復如是如彼調達傷壞佛身作無間業等乃至一闡提輩皆爲當來諸衆生故現傷佛身壞法破僧如來法身實無傷壞正使天魔億百千數亦不能得斷法壞僧是故如來法身眞實無有損壞現損壞相隨順世間譬如二人共鬬隨其傷壞量罪輕重諸佛如來亦復如是現傷壞相表無間罪爲制法律以誡將來復次善男子譬如良醫善教其子令學醫方識諸藥草根莖華葉香味色像悉令曉了

命終之後其子續立善知醫法諸佛如來亦復如是種種變化療治衆生現五逆罪謗毀經法乃至一闡提輩皆悉化現爲當來故般泥洹後令諸比丘隨順經律如如來說知罪輕重以自誡慎復次善男子如人間月六月一蝕而上諸天日見月蝕或復見月須臾而蝕所以者何天日月長人間短故諸佛如來亦復如是或謂長壽如六月蝕者乃至須臾般泥洹者爲煩惱魔陰魔死魔自在天魔億百千種現無量生隨順世間如來之壽實無有量是故如來是常住法復次善男子譬如明月一切衆生皆悉愛樂如來應供等正覺亦復如是樂法衆生悉皆愛樂復次善男子譬如日出有三時變春夏冬異冬日則短春日處中夏日極長如來應供等正覺日亦復如是現種種壽爲諸衆生聲聞緣覺現短壽相斯等見已心則悲歎一何怪哉如來短壽爲諸菩薩現其中壽若至一劫若過一劫惟佛觀佛其壽無量復次善男子如來所說方等大乘微密之教示現世間雨大法雨於當來世其有衆生以此正法摩訶衍品開示世間當知是等爲眞菩薩猶如夏雨當知是等菩薩摩訶薩爲夏雨也猶如冬日多有冷患令人損壽聲聞緣覺聞佛方便微密之教爲其示現短壽之報猶如冬日諸菩薩等成微妙慧而爲彼現如來常法喩如春日如是如來隨順世間現三時壽譬如衆星晝日不現其實不沒如是如來與諸聲聞及辟支佛俱出於世俱現泥洹非獨一切聲聞緣覺有無常也當知亦是常住之法如晝星也復次善

男子猶如天陰日月不現愚夫謂言日月沒失如來正法滅盡之時三寶現沒亦復如是非爲永滅當知如來是常存法亦不變易亦不寂滅非彼諸過所能染汙復次善男子只如斗星月盡後夜明闇中間暫現光明衆人見巳尋即還滅人謂其滅而實不滅如是善男子如來正法滅盡之時諸辟支佛出興于世開示教化無量衆生立於正法尋即滅度其實長存而不永滅但諸衆生不能悉見復次善男子譬如日出衆冥悉除如是善男子此摩訶衍般泥洹經出興于世其有聞者無間罪業無量積聚皆悉消滅如是善男子此摩訶衍大般泥洹甚深境界不可思議善說如來微妙之性若善男子善女人欲知如來是常住法正法無盡僧寶不滅當勤方便修學此經我說此人爲近佛地

大般泥洹經卷第五

音釋

洒先禮切與洗同 箭徒紅切截竹也 鑿左各切鑿也 隥都鄧切登陟之道也 妊汝鴆切孕也 翳於計切翳膜也 髣髴髣妃兩切髴分物切髣髴猶依俙也 漉盧谷切濾也 兕祥里切似牛一角獸也 ⿰口垔烏前切與咽同 炮薄交切 蠒吉典切蠶衣也 吸許及切呼吸也 癃力中切疲病也

大般泥洹經卷第六

東晉沙門法顯共天竺沙門覺賢譯

問菩薩品第十七

迦葉菩薩白佛言何等爲菩薩摩訶薩佛告迦葉已發意者及未發意是等一切悉爲菩薩善男子譬如寒月酥油皆悉凝結無有津澤如是修習一切契經諸三摩提發心望果而求菩提是輩名爲未發道意不能速成菩薩之道所以者何不勤方便如寒天日故又善男子如春時日其熱猛烈一切酥油悉皆津澤其餘氷結一切鎔消湖池海水亦復消竭如是迦葉若善男子善女人內道外道若有至心及名聞利養聽此方等大般泥洹戢心歷耳有發菩提未發心者如斯之等一切身中皆有津澤浸入身中爲菩提因是故我說是善男子善女人名爲菩薩如是方等般泥洹經功德積聚覺慧無盡是故我說名爲春日所以者何開發如來常住法故復次善男子譬如日月光明照曜諸餘光明乃至螢火悉不復現如是大乘般泥洹經光明照曜諸餘契經及諸三昧功德光明悉不復現是故善男子善女人聞是方等大般泥洹雖未發心菩提道因已入身中爲菩提因是故名爲大般泥洹迦葉菩薩白佛言世尊一切衆生要當必有菩提津澤入身中者以何等故世尊說犯四墮法作無間罪誹謗經法及一闡提於正法中作毒刺耶如佛所言若未發意有菩提心者有何差別彼四種人應無惡罪佛告迦葉除一闡提諸餘衆生其有聞此大般泥洹方等契經爲開覺因者當知是等

已曾供養無量諸佛聞此大乘契經所致其餘諸罪無能爲也所以者何此摩訶衍大方便力開發一切如來性故迦葉菩薩白佛言世尊未發心者無有樂向聞則背捨何由得爲菩提之因佛告迦葉未發意者雖不樂向而背捨去猶憶此經心不忘失則卧夢中見大鬼神現恐怖相咄善男子當念菩提若不樂向我當殺汝彼即驚怖便念菩提乃至覺已心猶續念又復彼人命終之後墮泥犂中見其罪報亦復憶念墮餓鬼中及生天上亦皆憶念於彼能發菩提之心於此大乘般泥洹經不樂之心從是永滅如是爲因如是爲緣則立菩提復次善男子如虚空中與大雲雨雨於大地枯木山石及諸高原其水不住流注下田陂池悉滿衆生受用此摩訶衍大乘法雨雨一闡提如雨木石高原之地不受菩提因緣津澤復次善男子譬如種子熬令乾燋雖復時雨百千萬劫不能令生一闡提輩亦復如是於此方等般泥洹經雖百千劫聞終不能發菩提萌芽所以者何如燋穀種善根滅故復次善男子譬如明珠著濁水中水即澄清投之淤泥不能令清此摩訶衍般泥洹經亦復如是著諸衆生五無間罪犯四墮法濁水之中猶可澄清發菩提心投一闡提淤泥之中百千萬歲不能令清起菩提因所以者何無善根故復次善男子譬如藥樹名曰藥王無所不治根莖華葉若汁若香或有人服或復塗身或但聞香意樂不樂其病悉除惟除必死之病不能令差如是善男子此摩訶衍般泥洹經一切衆生惡業重病悉

能療治若四墮法無間罪業及諸外道不樂菩提聞斯方等一經耳者爲菩提因所以者何此摩訶衍般泥洹經一切諸惡無不治故惟除一闡提所以者何無菩提因故猶如人身有傷壞處洇藥得行除衆疾病若不傷壞洇藥不行一闡提輩亦復如是不可傷壞受菩提因復次善男子譬如金剛能壞衆寶而力不能壞白羊角是摩訶衍般泥洹經成就一切諸惡之法皆能破壞立菩提因惟不能破一闡提惡立菩提因復次善男子譬如諸樹斷其枝榦尋生如故如是衆生作諸罪業聞摩訶衍般泥洹經生菩提因如多羅樹斷則不生一闡提輩亦復如是終不能生菩提柯葉復次善男子譬如空中興大雲雨而彼雨滴不住空中此摩訶衍般泥洹經普雨法雨於一闡提雨則不住　彼究竟處莫能見不修眞實亦不來　則爲世間大鄙陋謂彼諸惡不善業

其善修者謂修菩提不來者若自不修終不自得眞實者微密勝業如是勝業是誰不來謂一闡提永離善心名一闡提諸增上慢一闡提輩以何爲本誹謗經法不善之業以是爲本誹謗經法兇逆暴害當知是等智者所畏譬如險道中有賊盜愚夫直往不知恐畏爲彼憍慢惡賊所害大力法王遊行此路無有恐畏不見究竟處者永不見彼一闡提輩究竟惡業亦不見彼無量生死究竟之處我略說彼諸惡積聚若其聞者甚可怖畏假令一切衆生一時發意成無上道此諸正覺猶不見彼一闡提輩諸惡究竟成正覺時復於

何等不見究竟一切衆生皆成佛道破壞生死乃至永滅無餘泥洹無常滅盡如燈火滅是不可見謂彼諸惡業世間鄙陋者一闡提輩永離菩提因緣功德斯等名爲世間鄙陋言於此乘最後覺悟得爲佛名是亦鄙陋諸佛法爾

已作惡業者　如薩闍乳酪　愚者輕被燒
如灰覆火上

有似羅漢一闡提而行惡業似一闡提阿羅漢而行慈心有似羅漢一闡提者是諸衆生誹謗方等似一闡提阿羅漢者毀呰聲聞廣說方等語衆生言我與汝等俱是菩薩所以者何一切皆有如來性故然彼衆生謂一闡提而言如來授我等法汝亦如是我與汝等皆當俱離無量煩惱衆魔惡業如壞水瓶於此契經必成菩提勿復生疑譬如烈士齎王使命至他國中稱歎王德寧失身命要不移易我等今日亦復如是如來記說一切衆生皆有佛性我等要當不惜身命於凡愚中廣說此經是名似一闡提摩訶薩也若阿練若愚癡無智狀似羅漢而誹謗方等愚騃凡夫謂眞羅漢謂是大士是惡比丘是現空閑阿練若處而自處置似眞羅漢於阿練若行永不隨順而作異說起四因緣言方等經皆是魔說言摩訶衍是諸黠慧正法劒刺諸佛世尊皆當無常而說常住當知是爲毀滅正法破僧之相作是說者名一闡提是故說言

如薩闍投乳　即凝濁成酪　愚者輕被燒
如灰覆火上

如是善男子當知方等般泥洹經諸佛如來

決定之説摩訶衍者最爲無上如摩尼珠明淨離垢復次善男子譬如蓮華日光照已無不開敷一切衆生亦復如是此摩訶衍般泥洹經一聞經耳若未發意不樂菩提是等必爲菩提之因彼一闡提於如來性所以永絶斯由誹謗作大惡業如彼蠶蟲綿網自纏而無出處一闡提輩亦復如是於如來性不能開發起菩提因乃至一切極生死際復次善男子如優鉢羅鉢曇摩拘牟頭分陁利生於泥中而不爲彼淤泥所汙若有衆生修摩訶衍般泥洹經亦復如是不爲煩惱之所汙染所以者何如來之性不受染故復次善男子譬如國土清涼風起一切衆生身諸毛孔遇斯風者皆除熱惱如是善男子此摩訶衍般泥洹經甘露法味一切衆生無不蒙潤發菩提因除一闡提復次善男子譬如良醫解八種術一切諸病皆悉能治惟除阿薩闍病如是善男子一切契經及諸三昧能治一切婬怒癡等諸煩惱病而不能治犯四重禁無間罪業善男子復有良醫過八種術一切衆生諸有疾病命行未盡悉能療治惟命行盡不能令差此摩訶衍般泥洹經亦復如是一切衆生諸煩惱患乃至不樂菩提未發心者悉皆能治令發菩提惟除一闡提輩復次善男子譬如盲人不見五色良醫能治令目開明惟不能療彼生盲者此摩訶衍般泥洹經亦復如是一切衆生聲聞緣覺不樂菩提未發心者悉皆療治令開慧眼發菩提心惟除生盲一闡提輩復次善男子譬如良醫過八種術一切衆生有疾病者書其呪術著於身上

能令諸病悉得除愈此摩訶衍般泥洹經亦復如是一切衆生諸煩惱患不樂菩提未發意者及四重禁無間罪業皆能除滅安立菩提迦葉菩薩白佛言世尊犯四重禁及無間罪如截多羅樹及不樂菩提未發心者云何能令發菩提因佛告迦葉是諸衆生若於夢中若命終時墮泥犂中而生悔心哀哉我等毀犯正法自招此罪而生誓心於此得免生餘處者在在處處要當發心爲菩薩道是摩訶衍般泥洹經威神力故是等衆生生天人中必得發心爲菩提因是故我說犯四重禁及無間業皆得發心爲菩薩因復次善男子譬如良醫合和諸藥名阿伽陀如此良藥在所著處一切諸毒皆悉消歇惟除一種增上毒蛇不能消伏此摩訶衍般泥洹經亦復如是一切憍慢四種毒蛇犯四重禁及無間業不樂菩提未發意者皆悉安立於菩提道所以者何此摩訶衍般泥洹經最爲無上第一良藥故惟除增上毒蛇一闡提輩復次善男子譬如良醫合和諸藥以塗其鼓若有衆生鬪戰被瘡聞彼鼓聲一切悉愈惟除命盡必應死者此摩訶衍般泥洹經法鼓音聲亦復如是一切衆生聞其音者婬怒癡箭不樂菩提未發意者犯四墮法及無間罪一切除愈惟除一闡提輩復次善男子譬如夜闇閻浮提人一切家業皆悉休廢日光出已其諸人民得修家事如是衆生聞諸契經及諸三昧猶如夜闇聞此大乘般泥洹經微密之教猶如日出見諸正法如彼田夫遇夏雨時摩訶衍經無量衆生皆悉受決現如來性八千聲

聞於法華經得受記莂惟除冬氷一闡提輩復次善男子猶如有人爲非人所持若被惡毒而得良醫或遣呪術或遣呪藥彼患即消如是善男子此摩訶衍般泥洹經若比丘比丘尼乃至外道在在處處若書經卷若爲人説其有衆生若讀若聞斯等皆爲菩提之因不樂菩提未發道意及四重禁五無間罪諸邪惡毒皆悉消滅惟除一闡提復次善男子猶如大王身中有蟲密食其肉而王未覺時有良醫知其病相語彼王言身中有患應疾治之時王不信不欲令治其師畏怖不敢與藥密加呪術令蟲自落王見病已乃信師語厚相待遇諸衆生等亦復如是聞摩訶衍般泥洹經不樂菩提及未發意諸佛菩薩方便爲説雖不即受而於夢中若命終時便自覺悟發菩提因除一闡提復次善男子譬如良醫善教其子學八種術上要祕方隱而未授知八種術善通達已然後悉教上要祕方如來應供等正覺亦復如是教法王子比丘比丘尼優婆塞優婆夷先學滅除無量煩惱於身修習不堅固想衆苦積聚無常變壞空無我所又復教學九部契經令善通利然後教學此摩訶衍般泥洹經令知衆生有如來性是常住法悉發無上菩提之因除一闡提如是善男子此摩訶衍般泥洹經無量無數不可思議當知此經無上之術良醫祕要復次善男子譬如船師乘船度人到彼岸已還度餘人諸佛如來亦復如是乘摩訶衍般泥洹船隨彼衆生應受化者而濟度之般泥洹已復於餘處度諸衆生是故如來名大船師是

故如來爲常住法爲度人故現有出没復次善男子如人乘船欲度大海若得利風速到彼岸若不得風或經年歲或能溺死如是衆生得摩訶衍般泥洹風速度生死到菩提岸若不得者永溺生死輪迴苦海復次善男子如人入海遭值波浪計無濟理端坐待死忽遇風王吹到一國不覺閙至欣慶無量生奇特想如是此摩訶衍般泥洹經爲大風王衆生不知而不樂向發菩提心般泥洹風密吹令至菩提境界方知眞實生奇特想復次善男子如蚍脱皮更遊餘處而實不死如是善男子如來泥洹捨彼故身如脱皮去是故如來名爲善逝捨毒藥樹方便之身或復於餘閻浮提界方便現化是故善男子當知如來是常住法復次善男子譬如金師得好眞金隨意能造諸莊嚴具種種器服諸佛如來亦復如是隨彼受化於二十五有悉能現身而度脱之是故如來名無量身亦名常住復次善男子如菴羅樹及閻浮樹於三時變有時茂盛有時華果有時衰落非爲彼樹枯而更生如是善男子如來應供等正覺方便之身爲教化故亦三時現示有出生現般泥洹其實常存而不滅盡善男子如來密身其如此也如來密口說方便教亦復如是言其苦者當知如來方便密教善男子譬如大王令諸群臣亦有如是隱密之教如有時言持先陀婆來而先陀婆一名四實一名鹽二名瀿槃三者馬四者劒是四種物皆名先陀婆若王食時命其左右索先陀婆諸臣應知王必索鹽若王食已索先陀婆諸臣應知必索瀿槃

欲詣園林索先陀婆諸臣應知王必索馬臨陣鬪時索先陀婆諸臣應知必索利劒王有如是隱覆之言諸臣亦應知其旨趣如是善男子此摩訶衍隱密之教亦有四種如說無常其諸弟子應知如來生閻浮提當現泥洹是摩訶衍修無常想若當如來說正法滅其諸弟子應作是知如來說苦此摩訶衍修行苦想如來說身爲衆患器又言僧寶亦當歸滅其諸弟子應作是知今日如來現說無我此摩訶衍修無我想若說無想空無所有叉解脫者其諸弟子應作是知此摩訶衍說二十五有而得解脫衆苦悉滅是故說空若苦滅者則無所有極樂無想無常變易所不能壞是故名爲常住非變易法當知解脫即是如來其如來者即如來性一切衆生其身悉

有如是知者是我弟子善解如來微密之教復次善男子譬如天旱藥草香華甘果樹木皆悉萎悴不成果實諸餘一切水陸草木亦皆枯乾而無光澤又於來年復難生長如是善男子此摩訶衍般泥洹經我滅度後其諸弟子如旱天華果不能成實亦如賊城忘失眞寶守穢稽聚衆惡比丘既失寶已抄略撰集不善解義寬縱慢墮哀哉大險當來之世甚可怖畏快哉大利當來衆生此摩訶衍般泥洹經得聞其耳隨所聞經受持諷誦解其義趣廣爲人說因斯當得眞實菩提復次善男子如有國土城邑聚落有賣乳者或持水雜欺誑他人而求財物其販乳者亦復如是以水雜賣展轉相欺人買食之無有乳味如是善男子我泥洹後正法未滅八十餘年此

摩訶衍般泥洹經於閻浮提流行於世諸惡比丘寬縱懈怠衆魔伴黨壞亂正法自造經論偈頌讚歎以非爲是以是爲非抄略增損爲利養故欲多畜積非法財物壞亂正味令法薄淡加復邪說文字不正設受學者亦不尊重供養恭敬内懷邪諂爲利養故現樂法相此摩訶衍般泥洹經當於爾時爲斯等輩之所毀辱復次迦葉以斯義故善男子善女人於摩訶衍般泥洹經當勤方便立丈夫志所以者何如來性者丈夫法故女人志者於一切法多生染著力不堪任發摩訶衍深經妙味善男子譬如蚊蚋身出津澤不能令此大地潤洽其女人法猶如大地多諸渴愛譬如大海一切天雨百川衆流皆歸于海而彼大海未曾滿足女人之法亦復如是貪受五欲而無猒足是故迦葉若善男子善女人欲得方便離女人法當勤修習摩訶衍般泥洹經所以者何此摩訶衍般泥洹經說如來性丈夫法故若有衆生不知自身有如來性世間雖稱名爲男子我說此輩是女人也若有女人能知自身有如來性世間雖稱名曰女人我說此等爲男子也如是善男子此摩訶衍般泥洹經無量無邊功德積聚廣說衆生有如來性若善男子善女人欲得疾成如來性者當勤方便修習此經迦葉菩薩白佛言善哉世尊我今修習般泥洹經始知自身有如來性今乃決定是男子也佛告迦葉善哉善哉善男子當勤方便學此深法如蜂採華盡深法味譬如迦葉蚊蟲津液不能令此大地沾洽如是善男子當來之世衆惡比丘壞

亂經法無數無量如高旱地非此大乘般泥洹經所能津潤所以者何當知正法滅盡衰相現故復次善男子譬如夏末冬初秋雨連注温澤潛伏如是善男子此摩訶衍般泥洹經我般泥洹後正法衰滅于時此經流布南方爲彼衆邪異說非法雲雨之所漂没時彼南方護法菩薩當持此契經來詣罽賓潛伏地中及諸一切摩訶衍方等契經於此而没哀哉是時法滅盡相非法雲雨盈滿世間修習如來恩澤法雨護法菩薩人中之雄皆悉潛隱爾時迦葉菩薩白佛言世尊諸佛如來聲聞緣覺性無差別惟願廣說令一切衆生皆得開解佛告迦葉譬如有人多養乳牛青黄赤白各別爲群欲祠天時集一切牛盡聲其乳著一器中同一珂色如是善男子諸佛如來聲聞緣覺其性清淨皆同一色所以者何同漏盡故譬如金師取其金鑛種種異色消鎔精鍊純一金色所以者何無量無數麤鑛煩惱皆消滅故是故當信此摩訶衍品般泥洹經一切衆生皆有眞實如來之性悉同一色迦葉菩薩白佛言如世尊說一切衆生皆有佛性而無差別於此未了且置衆生如世尊說聲聞緣覺及諸菩薩不得泥洹惟有如來得此大般泥洹是故當知非諸聲聞及辟支佛同如來也若無差別云何世尊獨於無量阿僧祇劫修行方便積累功德佛告迦葉我先所說是則如來方便密教言諸聲聞不得泥洹是故當知一切皆以此摩訶衍般泥洹經而般泥洹唯佛境界是故此經名大般泥洹迦葉菩薩白佛言世尊是則爲異如

佛所說聲聞緣覺及諸菩薩皆當悉歸如來泥洹猶如百川歸於大海常住之法佛告迦葉我最常也迦葉白佛云何世尊如來之性不異異耶佛言有異迦葉白佛云何爲異佛告迦葉譬如牛乳一切聲聞如來之性亦復如是猶如成酪一切緣覺如來之性亦復如是猶如成酥菩薩摩訶薩如來之性亦復如是猶如醍醐諸佛如來其性亦然如是善男子此摩訶衍般泥洹經四種差別迦葉菩薩白佛言世尊一切衆生其性云何佛告迦葉如乳未成與水血合無量煩惱覆蔽如來眞實之性迦葉菩薩白佛言如世尊說拘夷那竭國有旃陀羅名曰歡喜當成佛道於此世界千佛之數世尊記莂一發念頃便成佛道以何等故世尊不記尊者舍利弗目犍連等速成佛道佛告迦葉或有聲聞及辟支佛諸菩薩等不發速願護持正法有速願者斯等發願有差降故因菩提力世尊記莂速成佛道復次善男子譬如商人載摩尼寶道路經由野人聚落唱賣珍寶諸野人輩聞聲來看見寶不識即便大笑謂爲瓶石如是善男子如來記莂諸聲聞等當成佛道得最勝處當來之世有諸比丘寬縱懈怠不識眞實猶如野人疾病困苦貧窮出家信心淺薄邪命諂曲若聞如來授聲聞決即便大笑當知是輩爲沙門像非眞沙門是故善男子或有發願速持正法又復不發速持願者是故如來隨其遲速而授彼記迦葉菩薩白佛言世尊菩薩摩訶薩云何當得不壞眷屬佛告迦葉勸修方便護持正法是爲菩薩摩訶薩人中之

雄不壞眷屬迦葉菩薩白佛言世尊何等衆生不知六味佛告迦葉不知三寶始終長存是等衆生不知六味如人口爽不知甜苦辛醋鹹淡六味差别一切衆生亦復如是愚癡無智不知三寶是長存法是故名爲不知味者復次善男子其諸衆生不知如來是常住法我說斯等名爲生盲肉眼衆生知如來性是常住者我說是等名爲天眼若有衆生聞摩訶衍能信樂者我說是等亦名天眼正使衆生有天眼者不知如來是常住法我說斯等名爲肉眼所以者何如來之性常住眞實而彼不能勤修習故復次善男子當知如來爲一切衆生而作父母所以者何一切衆生種種形類悉能化現同其境界而爲說法一音說法彼彼異類各自得解歎言善哉如來以我音聲說法復次善男子如人生子始十六月言語不正而彼父母欲教其語先同其音漸漸教學當知父母非實不正諸佛如來亦復如是爲教化故同彼形類音聲語言然其如來不實同彼方便示現隨順世間

隨喜品第十八

爾時世尊從其面門放種種色光普照四衆光明照已純陀長者便疾奉施如來大衆最後供養爾時純陀與諸眷屬得大歡喜舉聲歎曰哀哉希有供飯如來難復再遇即以種種衆寶之鉢盛上味飯持來向佛當於爾時有大威神天而遮其前謂純陀言勿便供食願令我等復得須臾瞻覲如來爾時世尊復放光明照彼天子時彼天神承佛聖旨聽純陀前爾時天人及諸衆生種種雜類各異音

聲內懷悲感哀聲動地與純陀俱供佛及僧奉施最後檀波羅蜜爾時世尊欲令比丘比丘尼及諸衆會知時到故復放光明悉照衆會時諸比丘知時已至各整威儀執持應器如受施法純陀長者爲佛及僧布置種種衆寶床座懸繒旛蓋香華瓔珞爾時三千大千世界莊嚴殊妙猶如西方極樂國土純陀長者住於佛前憂悲悵怏重白佛言惟願世尊猶可哀愍住壽一劫若過一劫佛告純陀汝欲令我久住世者宜知是時當疾供設最後檀波羅蜜純陀白佛唯然世尊爾時一切衆生異類天人菩薩同聲唱言奇哉純陀爲最後施奇哉純陀爲極大施然今我等所設供具於茲便成無用之物各各歎恨愁憂苦惱爾時世尊自身毛孔一一皆出無量化佛一一化佛皆有比丘眷屬應彼一切令得供養時諸衆生皆大歡喜爾時純陀所設供具承佛威神諸來大會皆得充足純陀歡喜而自念言今日如來一切大衆皆悉受我最後供養然後如來當般泥洹其餘衆生亦作是念今日如來與諸大衆受我最後飯食供養然後泥洹不受餘請是時堅固林側其地狹小以佛神力故如針鋒處皆有無量諸佛及其眷屬於中坐食爾時天人阿脩羅衆皆大悲歎而作是言今日如來受我最後飯食供養當般泥洹我等當復何所奉事哀哉我等孤無廕護爾時世尊即爲一切而說偈言

汝等莫悲歎　諸佛法應爾　雖曰爲泥洹
亦不究竟盡　如來常住法　永處最安樂
諸有狐疑者　諦聽我今說　我以離食想

身無飢渴患　我今當爲汝　說其隨喜願
令一切衆生　得安隱快樂　諸佛如來性
眞實常住法　今汝等聞已　當勤方便修
如烏及梟鳥　其性甚相違　能令同群遊
止宿相娛樂　如來視一切　猶如羅睺羅
應常捨慈悲　永入於泥洹　能令盛毒蛇
兌羅同其穴　如來捨慈悲　永入於泥洹
能爲伊蘭樹　同百葉華香　如來捨慈悲
永入於泥洹　能令迦留果　味同耽摩羅
如來捨慈悲　永入於泥洹　能令一闡提
悉成平等覺　如來捨慈悲　永入於泥洹
若一切衆生　一時成佛道　如來捨慈悲
永入於泥洹　假使蚊蚋水　侵壞此大地
百川皆流溢　大海悉盈滿　如來捨慈悲
永入於泥洹　汝等諸衆生　深樂正法故
謂如來永滅　憂悲而愁歎　從今於如來
莫念非常想　當知如來性　長存不變易
法僧亦復然　皆非磨滅法

如是善男子此三法者常住不變眞諦之言一切衆生遭諸恐怖此眞諦說能令安隱欲度一切險難曠野此眞諦說能令得度此眞諦言能令枯樹更生華葉若此四衆聞是妙願三法常住隨喜說者設未發意不樂向者斯等皆爲菩提之因三法常住是名如來最妙隨喜誠諦之說若比丘比丘尼能爲一切衆生解說三法常住當知是等堪受一切羅漢供養若異此者則不堪受乃至一切旃陀羅等樂聞如來隨喜說者亦復得離諸憂恐怖爾時天人阿脩羅等聞說如來爲常住法心得歡喜心得柔輭心得眞實心離陰蓋心

得清淨顏貌怡悅如蓮華敷散諸天華燒衆名香鼓天妓樂供養如來及比丘僧爾時世尊告迦葉言善男子汝見何等希有之事迦葉菩薩白佛言唯然世尊我見奇特未曾有事見一切諸天人民阿脩羅等設供具者各得如來與諸大衆受其飯食又見是中其地狹小容諸如來大衆牀座一針鋒處乃有無量諸佛眷屬而受供食說隨喜偈彼諸衆生各不相知而謂如來獨受我請而今世尊與諸大衆哀愍純陀受彼最後檀波羅蜜佛神力故令此大衆皆得滿足然其世尊實不摶食惟諸菩薩摩訶薩文殊師利法王子等人中之雄能知如來方便現化爲此奇特未曾有事聲聞緣覺所不能知甚奇世尊無數無量如來常住爾時世尊告純陀言汝見奇特未曾有不純陀白佛唯然已見向見如來三十二相八十種好莊嚴其身如是如來無量無數與諸菩薩眷屬圍遶今見世尊眞實之身獨處大衆猶如藥樹與諸菩薩前後圍遶佛告純陀向者諸佛皆是現化哀愍安樂一切衆生開其意故令彼功德不可得盡作此現化而諸衆生悉不能知惟諸菩薩成就無量菩薩功德人中之雄能知如來方便現化汝今純陀亦復如是成就菩薩功德十地之行純陀白佛言如是世尊我等皆當修習菩薩一切隨喜佛告純陀莫隨貪果如餘契經純陀白佛諸餘契經爲非經耶佛告純陀彼說有餘純陀白佛言其義云何佛告純陀如我所說

一切歎布施　無有呵施者　施犯戒福少

施持戒福增
我說是契經雖歎一切施而施有差降施犯
戒者無毫釐福布施持戒獲其大果不必悉
同純陀白佛云何世尊而說斯偈一切讚歎
布施功德佛告純陀除一種人歎一切施純
陀白佛除何等人歎一切施佛告純陀除一
闡提歎一切施純陀白佛何等名爲一闡提
佛告純陀若比丘比丘尼優婆塞優婆夷誹
謗經法口說惡言永不改悔於諸經法心無
歸依如是等人向一闡提道若復衆生犯四
重禁作無間罪不自改悔而無慚恥彼於正
法永無護惜不與護法之人以爲知識於諸
善事未曾讚歎若復邪見無佛法僧我說斯
等向一闡提道除斯等類歎一切施純陀白
佛何名犯戒佛告純陀犯四重禁五無間業
誹謗正法純陀白佛言如此重罪有差降耶
佛言有差降彼雖犯戒尚服法衣而生慚愧
咄哉我今犯斯重罪何其怪哉造斯大苦而
懷恐怖生護法心我當讚歎諸護法者當復
降伏諸非法者於方等經諸禪三昧方便勤
修若如是者我說斯等爲不犯戒所以者何
如日光出微塵障翳皆悉不現如是修習此
摩訶衍契經日光無數無量衆罪積聚皆悉
消滅是故此經說護法者得大果報若不爾
者是則名爲最大犯戒若施此等無毫釐福
復次善男子犯四重禁能知眞實如來之性
與護法心若施此等所以得大果報者何如
有女人國土荒亂將一嬰兒欲至他國道遇
大水汎漲流漫攜兒而度水流漂急不捨其
兒母子俱沒然彼女人曾作惡業以護子功

德命終生天如是善男子犯四重禁五無間業深自悔責興護法心本作不善諸惡之業以護法故得爲福田堪受信施護法功德亦得大果純陀白佛言世尊若一闡提還生信心悔過三尊若人施與得大果不佛告純陀莫作是語譬如有人食菴羅果并取其核壞而食之持彼空核種著地中雖復溉灌終不得生彼一闡提亦復如是壞善種子欲令改悔生其善心無有是處是故名爲一闡提也布施持戒得大果者果亦不同所以者何布施聲聞及辟支佛所得果報皆有差別惟施如來獲最上果是故說言非一切施得大果報純陀白佛言何故世尊而說此偈佛告純陀有因有緣時王舍城有不信優婆塞奉事尼犍而來問我布施之義我攝彼故爲說斯偈當知如來方便密說爲菩薩故非是一切悉能了知是故菩薩人中之雄當於如來有餘說中分別其義降伏一切諸犯戒人如除稊稗害善苗者復次善男子如我所說偈

一切江河必迴曲　一切叢林必樹木
一切女人必諂僞　一切大力必安樂

爾時文殊師利即從座起整衣服爲佛作禮而說偈言

非一切河必迴曲　非一切林必樹木
非悉女人必諂僞　非爲大力悉安樂

如是世尊略說法門非決定說所以者何此三千世界中閻浮提外餘閻浮提有正直河其直如繩從其西海直至東海如方等阿含中說是則如來有餘之說一切叢林必樹木亦有餘說所以者何林有二種亦有金銀瑠

璃寶樹之林一切女人必諂僞者亦有餘說有諸女人持戒清淨其心質直一切大力必安樂者亦有餘說如來法王最爲大力名爲安樂轉輪聖王及諸天神亦名大力而不安樂是故當知非一切大力皆爲安樂惟有常住非變易法大力泥洹安隱快樂譬如良醫與彼病者醍醐令服時彼病者語良醫言更與我藥我堪食之良師答言但食爾許消已更食若頓食不消或能殺人時彼良師實哀病者恐其死故如是如來慈哀愍傷欲滅波斯匿王大臣夫人高慢心故說此偈言

一切江河必迴曲　一切叢林必樹木
一切女人必諂僞　一切大力必安樂

當知世尊言無漏失如此大地可令返覆如來之言終無有失是故一切有餘無餘皆是如來攝衆生故佛言善哉善哉文殊師利哀愍一切諸衆生故廣說如來有餘無餘爾時文殊師利復於佛前而說偈言

於他善隨順　不觀作不作　但自觀身行諦視善不善

如是世尊說此正法亦復非爲究竟之說所以者何衆邪外道皆向泥犁然佛世尊教諸弟子皆向泥洹若生天上此則名爲毀譽之說如是種種不隨順說云何世尊偈中說言於他善隨順爾時佛告文殊師利我所以說善隨順者有因有緣時阿闍世害父王已來詣我所而問我言云何世尊爲一切智非一切智耶若一切智者提婆達多於百千生於如來所常懷惡心云何聽使而得出家我即爲彼而說此偈於他善隨順彼阿闍世王有

害父罪而不自覺如來欲使自省己過令其罪輕是故說言但自觀身行諦視善不善汝今云何見不隨順若有持戒修行慈心而觀彼過是則諸佛如來之法欲令己身及諸衆生悉皆安樂是以應觀他作不作己身亦然常作是觀是我弟子爾時世尊復語文殊師利言如我說偈

一切皆懼死　莫不畏杖痛　恕己可爲譬
勿殺勿行杖

爾時文殊師利復於佛前而說偈言

非一切懼死　一切畏杖痛　亦不悉喻己
而恕彼衆生

如是世尊略說法門亦非究竟所以者何如阿羅漢轉輪聖王玉女象馬大臣之寶若諸天人及餘衆生能加害者無有是處勇士烈女野馬獸王持戒比丘雖有對至而不恐怖一切皆懼死莫不畏杖痛是則有餘說又復不可以己喻彼所以者何若使羅漢以己喻彼則爲命想若命想者此非上士計命想者愚夫邪見向惡趣門又復羅漢已及衆生空無所有誰死誰殺起害想者無有是處而彼所說已爲喻者爲有我喻爲無我喻若是我喻則爲下劣若無我喻是阿羅漢無有譬喻然佛世尊不以無因而妄說法有王舍城大獵師主殺生供施請佛及僧惟願哀受然佛世尊未曾食肉等視一切如羅睺羅即爲獵師而說此偈

當觀長壽者　不害衆生故　一切皆懼死
莫不畏杖痛　恕己可爲喻　勿殺勿行杖

佛言善哉善哉文殊師利人中之仙安慰衆

生善說如來方便密教爾時文殊師利復說
偈言
恭敬於父母　增加其供養　緣斯孝道故
死墮無擇獄
世尊此偈說無明恩愛以爲父母衆生隨順
令其增長造諸惡業死即當墮無擇地獄爾
時世尊復告文殊師利如我所說偈
一切由他勢力苦　一切已力自安樂
一切憍慢勢暴害　一切賢善人所愛
文殊師利復說偈言
非一切因他力苦　亦非已力必安樂
非一切慢爲兇暴　非一切賢人所愛
此是世尊略現法門非究竟說所以者何如
庶民子從師而學俯仰進止悉由於師道藝
既成永得安樂如王者子已力自在教不由
人愚闇常苦所以如來說此偈者其諸衆生
爲魔所持不得自在如來爲彼而說此偈是
故當知非爲一切他力故苦亦非爲一切已
力故樂一切慢勢兇暴者此亦有餘說非一
切慢爲盡兇暴猶如有人憍慢傲俗出家學
道或計福德持戒清淨當知是等雖爲憍慢
非爲暴害一切賢善人所愛者亦有餘說如
内法中犯四重禁能自尅勵執持威儀雖修
賢行以破正業人所不愛何因世尊而說此
偈爾時佛告文殊師利諸佛如來不以無因
而妄說法時王舍城有拘憐女名須跋陀羅
惡猒世俗來詣佛所欲求出家女人之法不
得自在制由男子自歸三寶佛知其意亦知
是時而說此偈一切由他勢力苦善哉善哉
文殊師利人中之仙能問如來方便密教文

殊師利復說偈言

一切衆生類　皆依飲食存　一切諸嬰兒
悉無悋惜心　一切諸世間　摶食增其病
一切行法者　同止得安樂
如是世尊令受純陀飲食供養將無增患爾
時世尊復爲文殊師利而說偈言
非一切衆生　皆依飲食存　非一切嬰兒
悉無悋惜心　非一切世間　摶食增其患
非一切行法　同止得安樂
汝文殊師利所得病者我當得病諸阿羅漢
及辟支佛菩薩如來悉不摶食此則諸佛如
來定法若言羅漢及辟支佛菩薩如來曾摶
食者壞大士義而受衆生百千布施讚歎一
切布施功德欲濟衆生度三惡道無邊苦海
雖不摶食而常歎施欲令衆生成檀波羅密

端坐樹下六年苦行豈說不食而形瘦耶勿
謂如來衆生同數如來已度愛欲諸流不同
世人境界行處如來境界不可思議聲聞弟
子亦復如是言摶食者是有餘說一切嬰兒
離慳惜者亦有餘說乃有無量永離慳心無
動快樂一切摶食增其病者亦有餘說外來
之病劒刺瘡疣其數無量一切行法同止安
樂者亦是如來有餘之說其法多種亦有修
習世俗善法身口意業種種淨法種種信心
而共同止不相隨順是故當知諸佛如來不
以無因緣故違義而說以教化故方便說法
時有羊頭梵志與諸同止修天祠齋法來詣
佛所爲降伏彼令捨異見而說此偈爾時迦
葉菩薩白佛言云何世尊諸餘契經皆是如
來有餘說耶佛言不也善男子若有衆生功

德成就善解深法如來爲説常住安樂無餘之法諸餘衆生樂聞法者如來爲彼或有餘説或無餘説迦葉菩薩即大歡喜白佛言奇哉世尊等視衆生猶如一子佛告迦葉善哉善男子應當如是諦解深法迦葉菩薩白佛言世尊惟願如來説此方等般泥洹經所得功德佛告迦葉此摩訶衍般泥洹經聞其名者所得功德非是聲聞及辟支佛能究竟説此摩訶衍般泥洹經所生功德不可思議惟是諸佛如來境界爾時諸天世人及阿修羅即於佛前同聲説偈而歎頌曰

如來天中天　甚深難思議　如來之所説
方等泥洹經　出生諸功德　亦不可思議
正法難思議　僧寶亦復然　惟願天中天
哀愍小留住　上座尊迦葉　眷屬須臾至
尊者阿難陀　多聞大仙士　及摩竭提主
國王阿闍世　斯等於如來　最親密弟子
彼諸正士等　必懷疑惑想　如來爲泥洹
爲當長存世　此等心懷疑　於何而取定
願哀須臾住　待至爲決疑

爾時世尊爲諸大衆而説偈言

諸懷疑惑者　汝等勿憂慮　我法生長子
上座大迦葉　阿難多聞士　是等須臾至
要令彼見我　我當般泥洹　如斯智慧士
觀如來雙足　彼自知我身　常無常眞實

爾時一切大衆眷屬供養如來天繒華蓋燒衆名香作天妓樂其數無量不可爲喻供養佛已萬恒河沙諸衆生等發阿耨多羅三藐三菩提心住於菩薩最初住地純陀長者歡喜踊躍菩提甘露以灌其頂爾時世尊告文

殊師利法王子迦葉菩薩純陀菩薩汝善男子自修其心慎莫放逸我今背疾舉身皆痛欲須宴卧汝文殊師利當爲一切四衆說法如來正法今付囑汝乃至上座摩訶迦葉及阿難陀汝當廣說於是世尊化衆生故現身有疾右脇著地繫念明相

大般泥洹經卷第六

音釋

鎔餘封切銷也　浸子鴆切漬也　陂波爲切澤也　熬五勞切乾煎也　燋茲消切與焦同傷火也　淤依倨切滓濁也　洶女交切洶砂藥名　呰將几切口毀也　津液津將鄰切液羊益切　罽賓梵語也國名此云賤種罽居刈切　鑛古猛切金樸也　㝹奴侯切　汎漲汎孚梵切浮也漲知亮切溢也　攜户圭切提攜也　漑灌漑古代切沃也灌古玩切澆也　稊杜奚切似穀穢草也

四童子三昧經

隋天竺三藏法師闍那崛多譯

清刻龍藏佛說法變相圖

四童子三昧經卷上

隋天竺三藏法師闍那崛多譯

哀泣品第一

如是我聞一時婆伽婆在俱尸那國力士居地娑羅林所二雙樹間爾時如來思惟今日涅槃時到應當取滅長老阿難即於其夜欻得惡夢驚怖憂惱馳向佛所愁慘合掌瞻仰世尊目不暫捨爾時佛告長老阿難瞿曇彌子何故如是熟視於我眼不暫瞬爾時阿難即白佛言世尊我於昨夜忽然夢見身毛爲豎甚大怖懼必是如來涅槃先相世尊我既見是非吉夢已心無情賴深生憂惱恐畏世尊速入涅槃佛告阿難瞿曇彌子汝見何夢知是如來涅槃先相而生驚怖爾時如來即以此偈問阿難曰

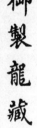

汝夢何所見　在娑羅林所　謂涅槃先相
彼相爲我說

爾時阿難即以偈頌白世尊曰

昨夜所見夢　可畏身毛竪　恐怖心大驚
世尊今當聽　忽於世界中　出生廣大樹
微妙甚可觀　常有諸華果　普覆衆生界
其陰甚清涼　若蒙在樹下　受樂除憂患
觀樹得淨眼　聞聲得淨耳　成就多功德
高至於有頂　彼樹出妙聲　具說諸法相
微妙義具足　安樂諸衆生　彼樹出光明
如恒河沙數　充滿如是刹　所照無不徧
諸有十方界　無量難思議　光明所觸者
必當得利益　彼樹出妙香　普熏十方刹
若聞此香氣　不墮諸惡道　亦不墮地獄
及不墮畜生　餓鬼阿脩羅　皆至於善趣
如是大妙樹　安樂諸衆生　摧折力士地
卧於雙樹間　爾時千數衆　無量不思議
見此大樹倒　悲號而哀泣　忽不聞彼聲
亦復不聞香　各不能自起　我亦迷悶倒
我昨夢如是　無量可畏相　如我所見事
具眼爲我說

爾時淨居諸天子及娑婆世界主大梵天王幷商主魔王子天主憍尸迦四天王等幷諸眷屬各於住處聞佛世尊涅槃之相各及八十餘那由他眷屬諸天子等前後圍遶往詣佛所頂禮佛足皆悉同聲悲號懊惱憂愁泣淚即向阿難而說偈言

嗚呼大苦哉　阿難汝具知　如來雙樹間
欲取於滅度　無燈爲作燈　無歸爲作歸
欲入於寂靜　無餘大涅槃

爾時世尊向慧命阿難及諸天衆而說偈言

汝賢莫憂苦　如所見無異　今夜取涅槃
在於雙林下　彼之大樹者　枝莖不思議
具光明香氣　摧折雙樹間　如樹佛亦然
今欲詣彼所　入無餘滅度　如水滅大火
舍利目連等　神通智慧最　二人已滅度
汝今豈不知　諸行皆如是　無常生滅法
佛知如是相　知已爲衆說　阿難汝當告
我諸聲聞等　上座尼樓馱　天眼最第一
上座迦旃延　上座俱絺羅　富樓須菩提
難低及牛齝　輸那模伽王　著糞掃衣者
難陀羅睺羅　又餘諸聲聞　學無學人等
及諸餘凡夫　一切速告知　不久我滅度
勿於涅槃後　而生彼苦惱　有學及凡夫
不見大生苦　我慰喻彼等　曉示眞法相
諸行皆如夢　無常汝莫憂

爾時世尊如是說已慧命阿難即以偈頌白世尊曰

世尊我迷方　舉身皆戰慄　聞佛欲滅度
我愁憂不少　體衰無歡喜　心益增悲悼
離欲亦如是　具眼云何去　云何告上座
天眼第一者　今日大悲尊　見已更不見
我今自憂苦　云何告彼苦　上座云何聞
苦惱大怖事　學人云何住　及餘諸凡夫
憂悲箭所射　願尊住一劫　云何於四衆
宣說世尊滅　世尊爲我說　願尊住一劫
大炬逝速疾　滅沒於世間　世間大黑闇
世間永盲冥　我不能告彼　世間大苦事
世尊更遣餘　無有憂苦者

佛告阿難曰瞿曇彌子汝莫憂苦諸行法相

悉皆無常爾時世尊即說偈言
阿難億諸天　聞佛欲涅槃　悉捨天宫殿
憂愁大苦惱　侍者汝正業　汝去告比丘
我涅槃之後　懊惱不見我
爾時慧命阿尼樓馱在須彌山頂爲三十三天正當說法是時即以清淨天眼過於人眼觀見大威德諸天子等捨於宫殿復聞諸天叫喚大聲悲號啼哭復見巳之徒衆眷屬悉皆四散時阿尼樓馱正念甚深天眼之明重復觀察諸天子等各及眷屬捨巳欲樂憂悲苦惱速疾捨離相續而去時阿尼樓馱更復觀見須彌山王及諸山峯或高百由旬或二百由旬三百由旬四百由旬摧剥崩倒或五百由旬或復無量須彌山峯崩倒墮落大海水中於彼衆生無所損惱亦無傷害尚不損惱於一衆生況多衆生亦不傷害於一衆生況當傷害於多衆生彼須彌山王所有依住天龍夜叉揵闥婆阿脩羅緊那羅摩睺羅伽聞於如來欲入涅槃悉皆憂悲生大苦惱同時趣向俱尸那城速疾急行當速行處須彌山峯而自崩倒音響震動並出聲言今大釋種釋迦牟尼釋中勝王於阿僧祇億劫苦行修諸善根今於力士所生之地娑羅林所在雙樹間欲入無餘寂滅涅槃諸天人等皆當眼滅彼皆忽遑速疾而行大須彌山及大海水皆悉擾動以是事故此大須彌山王之峯及大山谷崩倒墜落没入大海爾時阿尼樓馱正住須彌山頂即發大聲而說偈言
世間大商主　衆生大福田　與世間樂報
此仙今涅槃

往昔能作大功德　是大醫王治衆病
拔刺無礙無所著　彼仙今欲入涅槃
見諸衆生多欲患　輪轉無明生老死
處在牢獄顛倒見　起大慈悲爲說法
動諸魔衆瞋恚來　猛毅鋒刃欲加害
或執大石及山崖　示現種種恐怖事
如是等衆甚可畏　見之身毛不驚動
彼尊能破如是魔　今欲入滅雙樹間
右手舒展指於地　震吼聚落及諸山
彼仙自在大法王　今欲涅槃雙樹間
能打大地出大聲　聞不思議十方界
彼勝衆生大智者　今欲涅槃雙林間
昔魔兵衆大可畏　已得難動無畏處
彼大仙人爲衆說　轉於四諦大法輪
現諸神通無與等　一切世界置毛端

衆生不知亦不覺　彼尊今欲入涅槃
今已到於力士地　在於娑羅雙林間
入大寂靜三昧中　欲趣涅槃如火滅

爾時尊者阿尼樓馱說此偈已以佛神力閻浮提内所有比丘比丘尼優婆塞優婆夷唯除上座摩訶迦葉及諸弟子彼衆眷屬自餘二百四比丘衆諸餘所有四部衆等馳聚娑羅雙樹林間同來聚集禮世尊足各作是念我等今者即是最後覲見世尊時阿尼樓馱說是偈已應時三千大千世界所有大威德諸天人等及諸天天子天女諸龍龍子龍女及諸夜叉夜叉男女毗舍遮毗舍遮男女一切諸天人阿脩羅迦樓羅緊那羅摩睺羅伽人非人等星宿行處如是等一切大衆皆悉號咷流血灑地面淚滿目心皆迷毒叫喚舉

聲哀慟大吼駭動天地憂箭所射心無情賴惋歎慼傷嘶咿咨嗟諸根悲塞頓悶斷絕宛轉于地舉身顫慄手足垂跢受大苦惱其間或有相視而哭或以手拳自拍頭頂擘裂軀面而大號哭或有轉眼或復轉膝而大號哭或按兩髀如燒脚足而大號哭或復唱言嗚呼佛陀嗚呼佛陀而大號哭或手拭眼或手捫面而大號哭苦箭入心號哭哽絕哀痛悲惱不能自定而大號哭如是無量千億衆生淚墮如雨長噓歎息絕而復穌或合掌爪涕淚交流而復號哭或以右手支頭涕淚低頓躃地而大號哭或以左手扣頭悵怏憂火所燒而大號哭或身體萎悴宛轉煩寃而大號哭或擲兩手面失本色迷悶哽塞而大號哭爾時彼諸天龍夜叉乾闥婆阿脩羅迦樓羅緊那羅摩睺羅伽各及眷屬馳趣佛所到佛所已在於佛前皆悉撲地如斫樹倒或禮佛足或大叫喚或大號咷宛轉于地或在佛前舉雙兩臂遞相攀攣叫喚號哭並唱是言嗚呼佛陀嗚呼大尊嗚呼達摩嗚呼大慈嗚呼大宅嗚呼大歸憐愍我等救護我等三界之眼失路示路一切世間當成空曠一切衆生當盲無目大智炬明今日永滅互相執挽如喪父母親戚兄弟姊妹兒女如是種種號咷悲哽呼聲大哭或如是言嗚呼我尊嗚呼我等大善知識嗚呼巧說微妙美言嗚呼行步如師子王嗚呼行步如大牛王嗚呼行步如大象王嗚呼演暢甘露法王如是種種無量哀辭悼傷痛切而大號哭或從虛空撲身墮地悶絕宛轉悲哽號哭爾時阿難悶絕撲地

如斫樹倒良久乃穌在於佛前兩手據地瞻仰世尊目不暫捨而說偈言

倍生我苦惱　以見衆生等　被苦箭所射
悲號大哭泣　譬如絕暗路　商人被劫賊
忽見大火明　照於衆人前　更增彼大怖
無方得馳走　觸處無依怙　以見火聚故
以如來滅度　多衆皆悲苦　如是無救者
更被苦箭射　世尊不住世　餘者復涅槃
最勝人滅度　我見云何忍　放熾大光明
如薪盡火滅　墮於力士地　我云何忍見
今更不復見　在於竹林下　及在祇陀園
如常說法時　云何入毗耶　離車最勝城
向諸離車語　最勝人滅度　云何入迦毗
釋種最勝城　告彼不喜言　最勝人滅度
云何詣闍世　摩伽陀勝王　云何說此言
如來入滅度　多數千衆生　數數而哀泣
云何慰喻彼　釋師子滅度　比丘比丘尼
及諸在家衆　云何告此言　汝釋王滅度
或在經行所　及入大禪定　天龍所問時
無畏云何說　阿難佛何在　福田最勝人
諸上座問已　世尊我何報　我爲誰敷設
師子大法座　復爲誰敷設　大師子卧牀
衆中無所畏　如大師子吼　復更誰邊聞
甚深無比法　與誰洗足水　爲誰執袈裟
最勝人滅後　更爲誰執捉　誰復大衆前
讚歎我勤劬　誰復讚歎我　多聞大智海
智慧大辯才　無邊衆歡悅　我更對誰聞
微言輭美言　彼聞持佛子　如是傷歎已
在於佛足邊　悶絕而倒地

爾時世尊告阿難言瞿曇彌子莫過愁毒莫

大迷悶我於前時已曾語汝如此之義一切恩愛悉有別離一切諸行並皆無常如夢如幻如焰如泡如沫如露虛妄不實諸行亦爾汝已知之瞿曇彌子汝時可起但當速去可爲如來於雙樹間安置牀鋪頭向東首高如牛頭面正向北右手支頰雙樹之下偏約南邊如來世尊今後夜分當入涅槃滅除無餘有爲身分此之涅槃爾時阿難啼哭號咷愁毒懊惱淚下滿面奉世尊勅敷師子牀於彼娑羅雙樹林所舒安訖已而說偈言

我今最後設　大仙師子牀　於後更不敷
最勝人卧鋪　我云何忍見　空林雙樹間
最勝人滅後　寂不見世尊　諸護林神等
空守於長夜　更不見如來　云何樂住此
嗚呼無常行　如幻如夢泡　丈夫教導師
今日當滅度

爾時尊者阿尼樓馱即便說偈告阿難言

如來先已說　諸行悉無常　因緣不自在
汝強心莫憂　豈以汝憂悲　及以啼哭故
無常事已爾　智者莫迷悶

說此語已是時阿難即復以偈報大尊者尼樓馱言

無畏尼樓馱　願莫作是語　覩勝人滅度
尊豈無憂愁

是時尊者阿尼樓馱復更以偈報阿難曰

我眼豈無淚　爲之以裁忍　見萬類衆生
多爲愛所逼　又我天眼見　諸苦惱衆生
爲彼等大悲　是以應號哭　爲利於世間
不以懊惱故　是故我語仁　莫憂當念法

現生品第二

爾時世尊從座而起一切天人諸龍夜叉乾闥婆緊那羅摩睺羅伽阿脩羅迦樓羅等百千億衆圍遶世尊詣娑羅樹林至已右脇卧師子牀世尊卧彼師子牀已時虛空中即雨天華及天末香作諸天樂億百千種又齎世間種種香華種種末香種種塗香種種音聲供養世尊植諸善業各口唱言此是世尊多陀阿伽度阿羅呵三藐三佛陀最後而卧亦是我等最後覲見世尊於彼剎那羅婆牟侯多間是時東方有一世界名寶鳴去此佛剎十千俱胝彼國土中有佛名曰師子鳴聲多陀阿伽度阿羅呵三藐三佛陀其世界中有一菩薩名善思義從彼應託來到此土王舍城中摩伽陀國韋提希子阿闍世王宮内化生結跏趺坐彼既生已說此偈言

我從師子吼　如來剎土來　聞此有世尊
釋師子在世

爾時空中有一天子以偈報彼善思義菩薩言

今者彼人王　世尊釋師子　於娑羅雙樹
欲入於涅槃

說是語已時善思義菩薩摩訶薩即便以偈報彼天言

難計諸佛剎　百千俱胝數　我從彼土來
聽釋師子法　值彼欲滅度　當趣雙樹間
我不實空來　到於斯剎土　我今已來此
彼尊當涅槃　諸天等世間　悉愁況於我
一念此不住　應速見世尊　勿令我空來
而不得見佛　善思義勸諫　摩伽陀國王
發哀美善言　令彼心歡悅　大王聽我語

大人出世間　王莫放縱心　速詣於佛所
於數千億劫　或當一遇時　今既值彼師
智者莫空過　願王勿疑意　謂我小兒癡
我非癡小兒　王自小兒耳　貪於世欲樂
殺父造逆殃　此是小兒癡　當墮於惡道
王近惡知識　調達鬭亂人　隨順彼逆心
故殺無過父　王如法無比　眞是佛子儔
但以有我心　無智故興逆　如此大惡逆
恐怖事非輕　以是王必當　墮大阿鼻獄
及佛今現在　未入涅槃間　當興供養心
佛諸舍利骨　願王施歡喜　我欲詣佛邊
來生此土中　不爲受諸欲　我以聞本土
師子鳴如來　稱此大仙人　猶師子滅度
欲得奉見故　來生此土中　諸刹利宗親
一時詣向佛

爾時阿闍世王即以偈告彼童子言

力士生地去此遥　不可輕往須嚴駕
童子汝但今夜時　明整兵馬安樂行

爾時善思義童子還復以偈報阿闍世王言

大王愼莫生懶惰　我神通力不思議
我今若欲過東方　無量佛刹無限礙
吾從所來佛刹土　經歷無量無有邊
其間佛國如恒沙　力士生地竟何遠

爾時童子從阿闍世懐裹而起徒步而行發王舍城安詳而出說此偈言

欲觀清淨無過佛　大力能降最勝人
汝等隨我速往見　及彼釋仙未入滅

爾時童子從王舍城徒步出已當彼刹那羅婆時須有於七萬二千人衆集聚圍遶復有無量無邊百億那由他諸天衆隨彼童子往

詣佛所爲欲頂禮如來足故爾時世尊作大師子右脇卧已於彼刹那羅婆牟侯多間從彼南方去此佛刹五百千億佛之世界有一佛刹彼佛號曰寶積善現如來十號具足彼有菩薩名寂靜轉從彼刹沒於此世界閻浮提地舍衛城内生大居士似師子家即於初生而說偈言

於千數億劫　割捨其手足　挑眼破身分
斷截無量頭　妻妾男女等　一切諸財寶
於千億數劫　求無上菩提　爲度諸群生
布施廣修福　無量百億劫　彼眼者希有

爾時似師子居士以偈報童子曰

汝爲是天龍　爲夜叉羅刹　汝即生之頃
分明出語言　我眷屬悉怖　馳走散諸方
我聞佛名聲　是故我不走

爾時童子以偈報居士言

我非天非龍　非夜叉羅刹　汝居士不知
謂我是世人　亦天龍夜叉　緊那摩睺羅
我是天中天　居士汝當知

爾時似師子復以偈答童子言

我心復有疑　童子我復驚　聞汝如是言
同於智者說　云何天及龍　夜叉緊那羅
云何天中天　童子更重說

爾時童子以偈報居士言

去此南方界　有佛名寶積　現在如師子
我從彼處來　百過作帝釋　自在亦作來
百過作梵天　亦作轉輪王　我欲多時說
一劫或億劫　不可得說盡　知者速詣佛

唯然大居士汝常應修如此法行親近心念廣作顯示大居士何者法行如來當說彼實

積善現如來十號具足有諸菩薩摩訶薩等
成就三法於菩提心得不退轉復當速證無
上菩提何等爲三一者入無邊心二者入甚
深智三者入堅固修行三昧爾時彼童子欲
重宣此義而說偈言

若欲入於甚深智　諸天世人所愛重
唯有諸佛大名稱　善能知因及非因
彼句無非菩提者　此智無有染著處
捨諸著已離毒箭　證法智已得作佛
念心無邊無有心　入如是心得寂靜
隨順是心名爲入　此心名爲徧一切
若破若研彼不堅　無破諸法如來說
諸有猶如虛空體　如是眞如如金剛
應知如是自性空　若能修此無所著
彼即出離煩惱網　當成正覺離諸有
當知一切無有知　當證一切無所證
當覺一切無所覺　一切聞聲無所著
入甚深法無法想　解脫衆生無脫想
廣寂無有廣寂想　得證菩提無道想
彼眞健人除毒箭　了達衆生諸所趣
知一切故名爲佛　難可輒近無所著

爾時童子說此偈已於剎那羅婆牟侯多時
似師子居士即與眷屬二百人俱左右圍遶
便發阿耨多羅三藐三菩提心迴向菩提於
諸法中得無生忍十八億諸天子等亦發阿
耨多羅三藐三菩提心究竟菩提無有退轉
復有四那由他衆生於諸法中遠離塵垢得
法眼淨爾時童子復說偈言

我今不空來　往釋師子所　於生死怖中
度那由他衆　有多衆生數　已發菩提心

住無上平等　證得無生忍　我父住法忍
我母兄眷屬　十八億諸天　皆住菩提道
我得大財寶　無量不思議　於佛法轉近
去貧窮稍遠

爾時寂靜轉童子化其父母及眷屬已出舍衛大城共其父母并諸眷屬無量百千諸衆生等左右圍遶在於衆前趣向力士所生之地娑羅林所欲禮佛足覲見世尊爾時如來在於師子牀上右脇卧時於彼刹那羅婆牟侯多時西方去此過八億百千佛刹有佛名號樂音如來十號具足彼佛刹土有一菩薩摩訶薩名無攀緣從彼佛刹隱滅身已於此佛刹閻浮提地波羅奈國大城之内有大居士名善鬼宿於其家内而忽化生時無攀緣童子即於生時而說偈言

諸法無攀緣　愚癡覺所轉　彼不脫衆生
增長諸憂惱　諸法無處所　求之不可得
若盡及不盡　一切無所有　虛空無所依
非空亦無依　空法因緣無　因緣亦不無
彼諸所說法　深隱難知見　頗有能說者
人尊釋師子　大象大師子　如梵無諸欲
今日於雙林　將滅世間眼　在於大衆中
如月十五日　爲衆說妙法　彼更不可見
比丘衆圍遶　如帝釋山頂　自今更不入
一切諸妙城　天人中極尊　法鼓最勝者
發音令衆悅　我等不復聞　無我無作者
如來說是法　今欲入滅度　娑羅雙樹間

爾時無攀緣菩薩說此偈已波羅奈城一千徒衆作如是言此童子者甚奇希有智慧辯才無畏深入生已乃能憶知宿命生生之事

復能巧說種種妙偈乃有如是大力智慧無畏難伏淨妙辯才願令我等得如是智若此童子爾時無攀緣童子欲令大衆入不退地世間所無不共之法希有難得無量無邊令彼得入亦令得入無生法忍爾時大衆白童子言善哉童子我等今者隨童子去往詣彼所覲見世尊并欲供養爾時無攀緣菩薩摩訶薩共彼眷屬徒衆百千圍遶恭敬在於彼前從波羅奈大城而出徑詣佛所爲欲覲見及供養故爾時於彼剎那羅婆牟俟多時從於北方去此佛剎過六萬四百千億佛土有佛名曰住菩提分轉如來十號具足於彼佛剎有菩薩摩訶薩名曰開敷神通德從彼沒身生此剎土閻浮提中毗耶離大城大將師子於彼家內忽然化生爾時開敷神通德菩薩摩訶薩生彼家已即說偈言

頗聞佛世尊　增長釋種家　度脫諸厄難
無量百千億　頗聞佛世尊　無邊智慧海
精進及禪定　甚深達彼岸　如來拔毒箭
得忍心調柔　爲衆常說法　亦不著法相
頗聞佛世尊　不著於三界　世間行不行
智慧徧一切　欲界及色界　乃至無色界
能以智稱量　彼眼者在不

時大將家有一天女名轉菩提分化作人形現童子前以偈報童子言

世尊住一劫　或復過一劫　汝後當見佛
今且受五欲　食勝妙福祿　猶如大王家
種種妙音聲　歌舞作倡等

爾時童子具知如來已益衆生諸天人等善根成就以偈報天女言

彼愚癡衆生　樂於五欲樂　不聞正徧知
及諸佛教法　我不受五欲　五欲無堅牢
五欲如刀劒　誰能信五欲　豬狗及野干
騾馬牛驢等　此輩貪五欲　諸佛聲聞訶
盲瞎根殘缺　銼陋及攣跛　如是等貪欲
諸佛聲聞訶　蚍蜉蛺蝶蠅　俱翅羅孔雀
如是等行欲　我勝彼故訶　譬如大火坑
熾然閻浮滿　彼如盲墜墮　貪欲亦如是
諸欲無常苦　智者所訶責　若人不知過
此等爲欲轉　我不受五欲　世尊已證知
能聞此義者　當知彼如佛　我從佛邊聞
彼須彌山王　於後夜分時　彼佛當滅度
我等速往詣　盡諸結使者　欲見者可去
恐彼世尊滅　轉菩提分尊　最勝人所說
於億千數劫　難逢種善根　若於涅槃所
觀見釋種尊　聞釋師子法　當生善種子
若天人夜叉　往至如來所　若愛釋種子
速見大名稱

爾時開敷神通德童子菩薩摩訶薩說此偈已與諸衆生無量百千左右圍遶最居衆首從毗耶離出徑詣佛所欲禮佛足親覲供養

四童子三昧經卷上

音釋

欻（許勿切忽也）瞬（舒閏切目動也）齝（丑之切）慄（力質切竦縮也）摧（昨回切折也）剝（北角切落也）毅（魚既切果敢也）咷（徒刀切號咷哭聲也）吼（呼后切虓聲也）駭（下楷切驚也）惋（烏貫切懊歎也）噢咿（噢於六切咿於祇切噢咿悲泣也）顫（之扇切戰掉也）跢（多可切）攫（居縛切爪持也）

髀部禮切股也　拭賞職切揩也　捫莫奔切摸也　躃必益切躃地謂足不能行而仆于地也　萎悴萎於為切枯也悴泰醉切憔悴也　遞特計切更迭也　攣龍眷切曲也　挽無遠切猶拖也　挑他凋切抉也　截昨結切　瞎許鎋切目盲也　矬徂禾切短也　蚍蜉蚍頻脂切蜉房尤切蚍蜉大蟻也

四童子三昧經卷中

隋天竺三藏法師闍那崛多譯

四童子品第三

爾時世尊右脇卧於師子牀上時四童子從四方來各與大衆前後圍遶導在衆首悉皆平等智慧神通威德法行無所差别不乖毫毛共趣佛所往到佛前恭敬合掌彼四童子到佛邊時各隨城邑所從眷屬一切天人百千衆生雜類皆悉合掌一切静心歡喜踊躍曲躬瞻仰向四童子彼四童子當於來時四方縱廣滿一由旬諸天雨華徧滿於地鼓天音樂種種百千諸天歌詠讃歎無量爾時多陀阿伽度阿羅訶三藐三佛陀普於四方自然顯現四師子座爾時尊者阿難以偈白佛言

世尊何因緣　一切智四邊　右脇現四牀
師子廣大敷

作是語已佛告阿難阿難汝見此四童子已不從四方來面如滿月過日光明蔽四天下威德特尊齒白明耀發智慧光得大精進入甚深智成就功德識智了達有深信行謙卑慚愧行業滿足意見深遠得正念定智慧善巧有大方便第一總持爲諸衆生隨順説法增長善本於無量億百千佛所種諸善根各住四方各於佛刹聞我涅槃各從彼刹諸如來所諮發起請生此刹土欲聞見我及我名稱説法利益功德之事觀看今日如來後夜分時於力士生地娑羅雙樹間當入無餘涅槃不思議涅槃一切世間無等涅槃一切世間希有涅槃一切世間安樂涅槃一切世間

難伏涅槃一切世間斷離諸趣清淨涅槃如來當取如是微妙最上涅槃阿難此東方來童子者其色微妙具大功德端正可喜光明徧照威德熾然猶如盛火放大光明以多百千徒衆圍遶及以億數諸天之衆所以供養受天雨華來詣佛所欲供養佛阿難此童子者於彼師子音鳴聲如來國土曾作轉輪聖王領千世界而得自在諸天人等之所供養彼治化時於欲界天上及於人間恒多講法受持句義爲於無量百千衆生解説妙趣成就彼等種諸善根得諸神通達解法行衆聖咨嗟無邊無斷最上微妙得無畏力深入法相成就辯才智慧善巧得到無邊智慧彼岸滿足如是諸法行已於十八億年如法治化不用刀杖惱亂衆生不爲愛欲貪於王位於

彼十八億年成熟十八那由他衆生令住阿耨多羅三藐三菩提於菩薩法得不退地彼善男子從初發心得不退地已乃至畢竟成就阿耨多羅三藐三菩提彼王如是於後一時剃除鬚髮著袈裟衣捨家出家即出家已於八十一億年行於梵行從出家已未嘗坐卧況復睡眠於八十一億年中乃至不起一念欲想及於瞋心況有殺害惱亂等心無不善事及憎愛想亦復不念修行不修行想常住二法何等爲二一者雖得肉眼無肉眼想雖能分别知諸法聚而不取著法聚之想於彼八十一億年中更不論説諸無利益他餘事想若地想水想火想風想若虚空想及識想若婦女想及丈夫想飢渴想聚落想空閑處想城邑等想違逆之想不違逆想遠離想

禪定想自我想他我想色想無色想邊想中想生想滅想少想多想如是等諸餘亂想皆悉寂滅不生分别唯除世篋藏法本思量修習其間成熟八萬那由他衆生決定於阿耨多羅三藐三菩提彼諸衆生皆初發心於如此剎即剎那羅婆時於彼佛剎自在而去各更别往諸餘佛剎到彼諸剎世尊所奉覲承事於彼世界一一佛剎一一身到一身一事無二並者彼諸剎土一一諸佛皆同於此一剎那羅婆時右脇而卧同於此日後夜分中當入涅槃悉在娑羅雙樹之間力士生地皆如如來彼諸佛等同名釋迦牟尼十號具足彼諸佛等亦同出於五濁惡世阿難我以如是無量無邊無礙肉眼正知正見非諸聲聞辟支佛等之所能入非境界故阿難若有比丘比丘尼優婆塞優婆夷聞此法門聞已生信羨我肉眼正知見智欲得此智乃至滿足一切種智及發一念正信之心相續不捨適發心已即生無量福德之聚況得無量無邊大功德聚阿難若有善男子善女人於十八那由他諸如來所復於十八那由他億年以一切樂具供養恭敬尊重讃歎親承奉事彼諸如來於十八那由他年所得功德雖復無量猶故不及聞此法門羨願之心生功德者不可譬喻阿難此童子者於我法中一日一夜敎化利益無量衆生何況多時所作利益若舍利弗目揵連等及餘聲聞不能如是多作利益度脱如是無量衆生阿難假使汝等一切壽命多諸衆生説法敎化不念餘事晝夜不休雖作如是敎化利益但自汝等於我

法中不能荷負佛法重擔如今所見此來童子所荷負者又復告言如是阿難如是童子爲諸衆生作大利益具足憐愍念諸衆生饒益衆生而此童子有無量功德阿難汝見從南方來童子已不如秋滿月十五日夜光明熾盛右手執持衆寶莊嚴杖打此大地打大地已出如是聲譬如摩伽陀國有一寶器或用金作或用銀作作之成就善加瑩治無有塵垢無有瑕隙無有破漏善好明淨無有塵土無有脂膩種種因緣衆事所成種種功能鍊精明淨五處具滿十處遠離一千分觀瞻遠離十二處金銀煩垢種性眞正金性最勝百鍊所成新成非故具足八分一千巧匠一心觀瞻塵膩垢翳一切悉無如是妙器打之出聲若聞聲者能滅衆苦阿難如是譬喻如是器聲我少說耳而此童子衆寶間錯嚴潔之杖打此大地所出之聲亦復如是阿難此童子者名寂靜轉是大菩薩摩訶薩也從南方寶積現多陀阿伽度阿羅訶三藐三佛陀刹土而來彼佛世界名寶莊嚴阿難於汝意云何彼世界何故名寶莊嚴阿難彼佛世界無一衆生住不定者亦無邪定阿難彼諸衆生皆悉正定於阿耨多羅三藐三菩提阿難彼刹是菩薩刹彼刹衆生無男女想阿難彼諸衆生皆悉梵行無諸穢欲智行清淨乃至無有穢欲之名阿難彼莊嚴佛刹諸衆生等無有一切不善思想亦無食想唯有二食何等爲二一者以定慧爲食二者以法喜爲食阿難彼佛刹不說五陰不說三乘唯廣演說一切智陰菩薩篋藏阿難以是義故彼佛世

界名寶莊嚴阿難此土所有他方佛刹衆生生此土者復有願生彼佛土者願生之者彼衆生等皆得不退轉於阿耨多羅三藐三菩提阿難或有菩薩從餘佛刹來生彼者生已即自能知彼佛刹内一切諸事彼等菩薩示生彼已即於刹那羅婆牟侯多時各各想已自身是佛阿難彼寶積現如來爲彼無量無邊那由他諸菩薩摩訶薩等廣說一切種智及菩薩篋藏法門不曾斷絶更不說餘阿難假使我於無量千劫說彼佛刹功德之事及一一分別菩薩摩訶薩等所得勝法所謂發願莊嚴佛刹不可得盡阿難我但略說彼佛世界功德名字此寂靜轉菩薩摩訶薩從彼方來爲欲看我入般涅槃復爲憐愍無量無邊諸衆生等令發無上菩提之心復爲欲顯

彼刹功德莊嚴之事復爲顯彼寶積現佛利益名稱所謂顯諸菩薩法行大事亦說眞實名稱之事欲令此刹無量無邊諸衆生等攝受正法故來到此釋迦佛刹爲令未來諸菩薩等生歡喜心阿難此童子者於往昔時行菩薩行值然燈佛出現於世爾時曾作轉輪聖王名曰降怨阿難爾時降怨聖王爲無量億無邊衆生說於正法成熟善根時彼聖王從旦日初至於食頃化度三十六億衆生住不退地於阿耨多羅三藐三菩提入正定聚證得無生法忍而此聖王於彼然燈如來般涅槃後發大精進剃除鬚髮捨家出家既出家已滿一千年續然燈佛轉正法輪然彼聖王利益無量無邊衆生作利益已於後一時日没之頃復化三萬六億衆生令住阿耨多

羅三藐三菩提還於日没之時令七萬那由他衆生皆悉漏盡成阿羅漢況當證道見諦學人不可稱計阿難假使我欲以佛智慧説此寂靜轉菩薩童子往昔之時爲諸衆生作利益事不可得盡阿難汝爲此寂靜轉善男子就於我前敷座安置汝當得無量無邊勝妙功德若有衆生聞此寂靜轉菩薩名者彼等衆生如現在見佛等無有異阿難若有衆生聞此功德莊嚴受記法本名字者乃至一念發淨信心爲欲見彼寶積現如來多陀阿伽度阿羅訶三藐三佛陀爲欲承迎禮拜親近供養有發心者欲聞法者阿難我今皆與彼等授記往生彼刹奉覲如來聞於正法彼佛刹中所生菩薩亦欲同行彼諸法行唯除願力菩薩摩訶薩等阿難彼諸衆生善得大利若能聞此所説功德莊嚴法本名字乃至經耳何況聞已得淨信心阿難如是等法句如實不虚汝當善護善念憶持所以者何阿難閻浮提人未曾得聞如是等修多羅章句及以名字阿難若名字菩薩及謗法人如是人等莫令得聞何以故以其謗法罪大深重故阿難汝見西方如是輦轝衆寳莊嚴乘空而來汝見已不阿難白佛言如是已見佛復告阿難汝見其間一童子不二足神通變化所作騰空飛來動此大地動大動震大震大地動時所化衆生怖畏毛豎阿難報言如是婆伽婆如是修伽陀我今見已此童子者神通遊戲種種示現乘空而來佛告阿難如此輦轝衆寳間錯在童子前而來出於種種異妙之香滿此佛刹阿難白言如是婆伽婆如

是修伽陀佛復告阿難言此事還是彼善男子智力所現能使輩舉出是妙香阿難汝聽復能出於四種之聲所謂空聲無所有聲寂靜聲佛聲阿難白言如是婆伽婆佛復告阿難還是童子毛孔所出如是等聲阿難此聲出時有六十八那由他衆生大得饒益復千世界諸衆生數有多衆生於無爲法心漏永盡便得解脫阿難聞一佛名已有九億菩薩住不退轉地得入聖道於阿耨多羅三藐三菩提於此刹土人天世界有二百千那由他天人得阿毗跋致地決定住阿耨多羅三藐三菩提阿難此善男子所住西方有佛名曰喜樂音多陀阿伽度阿羅訶三藐三佛陀世界名樂毛從彼刹來欲見如來入於涅槃此善男子然其來已爲於無量無邊衆生作大利益阿難今善男子來此刹時大作佛事亦如如來轉大法輪彼亦如是轉大法輪阿難此善男子乃至阿僧祇劫已來諸毛孔中恒常出此四種之聲所謂空寂等聲於一一聲中爲無量無邊衆生作大利益阿難白佛言世尊此善男子往昔之時作何善根乃能於諸毛孔出如是諸聲佛告阿難我念往昔過去無量無數劫時有佛出世名無垢眼善逝世間解無上士調御丈夫天人師佛世尊此善男子於彼佛所出家作大沙門名曰智樂淨修梵行而彼沙門於彼如來聞於眞理難知智慧甚深句義所謂不生不滅一切諸法空無所有一切諸法本性寂靜一切諸佛皆同一體而彼沙門七日七夜相續不斷不念疲倦不念餘事不捨重擔於此四句躬自受

持善味諷習善持通利善意貫穿研精已行阿難彼時沙門者此童子是也以此四句妙義億數諸佛所共說之入諸佛法攝諸衆生復自然得覺了之事而彼沙門愍諸衆生緣諸村舍聚落城邑爲彼說法阿難爾時法師智樂沙門者以多聞知法義趣復以眞心六年爲他宣說如是法句以是因緣於阿僧祇劫從諸毛孔攝受如是出聲神通以是事故此善男子從身毛孔出如是四種法聲爲多衆生作太利益如是次第此童子者於阿僧祇劫身毛孔中成就如是四種妙聲阿難閻浮提人得大善利得第一利若聞此無攀緣菩薩名字者已獲善利況聞其法阿難若有善男子及善女人或在天中或在人間聞此無攀緣菩薩乃至名字已得淨心所得功德不可思議何況瞻對得覲見者所以者何阿難此無攀緣菩薩摩訶薩於諸菩薩地已得功德不可思議不可稱說阿難而此菩薩摩訶薩故欲來見如來入般涅槃阿難汝今可爲彼大菩薩施設牀敷於如來前用擬此善男子坐阿難汝當得大安樂利益亦當速得勝妙神通阿難汝設此敷業因緣故所獲果報或坐或卧常得安隱於一念頃當現證得阿羅漢果無爲聖法阿難汝於無漏聲聞聖果未證入者我今與汝授記當得汝復應有諸功德分迴向阿耨多羅三藐三菩提當得諸佛如來大法阿難若有比丘比丘尼優婆塞優婆夷若天若龍若夜叉若揵闥婆阿脩羅迦樓羅緊那羅摩睺羅伽人若非人及餘衆生聞此寂靜轉所說授記聞已得淨深心

及信解者若復有人欲得聞此寂靜說授記法門或如來邊聞或聲聞邊聞復能爲彼法師敷設牀座所得功德如彼法師坐此座上復當說斯寂靜說授記法門如斯無異所以者何阿難彼人敷設座已當得十種敷設功德何等爲十一者當得轉輪聖王座二者得帝釋座三者得梵天王座四者得世主座五者世世於諸佛所得法師座六者菩薩地滿既得位已在道場菩提樹下坐於蓮華師子高座七者證一切智已得無上菩提坐於佛座八者轉大法輪時得無量億數諸天所共莊嚴轉法輪座九者欲現大神通時遇出一切諸世間道爲得如來無上顯現最上神通師子高座十者欲現入於涅槃時得彼多陀阿伽度阿羅訶三藐三佛陀令諸天龍夜叉乾闥婆阿脩羅迦樓羅摩睺羅伽人非人等心生歡喜得清淨信最後寂滅一切諸行住金剛三昧得如來座阿難汝當得如是等十種師子高座果報阿難若有善男子善女人淨心聞此寂靜說授記法本句偈之義爲於法師敷設法座愛敬尊重彼法師故以是因緣爲彼成就十種師子敷座果報以是義故阿難汝應可合掌向無攀緣菩薩邊汝應當得大利安樂大福德聚因此功德汝速當得發於神通爾時尊者阿難爲無攀緣善男子敷法座已合掌向無攀緣菩薩摩訶薩生清淨心尊重心慚愧心即於爾時而說偈言

合掌向健兒　降伏龍入定　大智衆生者
無攀緣光明　得智及精進　智慧禪定聚
世間無等侣　向無畏合掌

爾時世尊以偈告阿難言
汝今敬合掌　供養無攀緣　所獲諸果報
我當爲汝說　阿難合掌敬　自我涅槃後
於村舍聚落　及我弟子間　於我入聚時
或出彼村落　及經行坐卧　一切威儀中
當作大佛事　汝於諸世間　所有衆物類
或識及無識　悉皆向汝邊　恭敬而傴身
若男若女天男天女及諸外道波利婆等若沙門婆羅門若王大臣若國師若兵將及餘官屬若長者居士自餘凡類但是有形乃至六畜象馬走獸及諸飛鳥若見汝者皆得清信一切樹木藥草苗稼所有華果悉皆向汝傴身恭敬一切臺殿屋宇重閣樓櫓却敵竅孔車乘輦轝以汝福德威光之力覆蔽於彼皆悉如是向汝傴身阿難譬如多陀阿伽度阿羅訶三藐三佛陀初證阿耨多羅三藐三菩提得無礙解脱時一切苗稼樹木藥草及諸華果乃至略說人非人等周帀充滿菩提道場皆向如來傴身恭敬阿難如是汝今以此於無攀緣善男子邊合掌傴身因緣力故汝於却後一切威儀隨所在處人非人等一切苗稼樹木藥草皆當向汝傴身恭敬阿難若有善男子善女人於如來涅槃之後或於我今現前之頃須臾聞此莊嚴說授記法本乃至一合十指掌一念因緣或以眞心思惟此義發一信心彼人尚得如是福報如我前說如是阿難當來之世少有衆生得聞此法亦復少有但聞如是法本名字若一聞再聞尚不可得何況聞已得眞信心恭敬尊重不生誹謗滅除疑惑思惟修習生實想者

我於如是善男子善女人等復以佛眼悉皆現見復以佛智悉皆現知如是人等非於一佛所修行供養非一佛所種諸善根阿難今在此衆集會我前一切大衆天人男女故來欲見如來世尊入於涅槃阿難如是等衆於當來世彌勒菩薩初欲證於阿耨多羅三藐三菩提時受智位已後乃至坐於菩提道場設大供養尊重恭敬如是次第乃至彌勒世尊入涅槃時亦復觀看還於爾時在如來邊亦復得見此四童子如是聽法如今我前得見得聞無攀緣善男子於毛孔內廣聞大法微妙之聲得聞聲已生大歡喜是故阿難汝今得聞說如是等微妙義趣汝應數數傴身合掌淨心敬信所以者何汝以如是淨心敬信善業因緣所在之處一切衆生諸天世人恭敬供養尊重讚歎躬傴汝邊乃至於汝涅槃之後諸天世人起塔供養汝之舍利爾時世尊告阿尼樓馱言阿尼樓馱汝見上界有四十億諸天人衆聞此經典皆悉合掌傴身而住阿尼樓馱白佛言如是婆伽婆佛復告阿尼樓馱彼天人等因聞此法信心合掌傴躬善根於未來世阿僧祇劫不墮惡道或在天上或在人間於恒沙世流轉生已一一得作轉輪聖王一切生處恒值諸佛於諸佛所成就善根成善根已乃至得證阿耨多羅三藐三菩提同一名號名爲一切衆類傴身多陀阿伽度阿羅訶三藐三佛陀說是語已時大衆中有諸力士及其眷屬各有五百其名曰娛樂力士頭俱耶力士大力力士天威力士勝天力士郁干蹉力士無畏力士婆藪力

士眞實力士優多羅力士婆儔力士一切忍力士如是等一一力士各及眷屬五百圍遶聚集來會在其衆首爲欲供養向如來所皆半傴身合掌悲泣哀哽大叫流淚雨面而白佛言世尊我等今者爲欲供養如來世尊及無攀縁童子菩薩并餘無量大菩薩等乃至一切大德聲聞此修多羅微妙句義清淨法門爲供養故合掌傴身世尊我等以此一念善根迴向阿耨多羅三藐三菩提爾時世尊即便微笑諸佛法爾若微笑時即從口出種種微妙雜色光明所謂青黄赤白金色玻瓈放斯光已徧至無量無邊世界光明所照乃至梵宮還來旋遶世尊三帀從佛頂入爾時慧命阿難見是事已即以偈頌而白佛言

世燈何因放　如此大光明　善哉決我疑
及餘衆生等

佛告阿難汝見已不此力士子一心集聚合掌向我及無攀縁童子菩薩并於此經至心淨信復發無上大菩提心阿難白言見已世尊佛復告阿難言此力士子從今已後阿僧祇億劫不墮惡趣然後證得阿耨多羅三藐三菩提爾時世尊欲重宣此義而說偈言

阿難汝所見　摩羅子集聚　心生大歡喜
曲躬而向我　歡喜說此言　當得無上道
大智力士子　此等供養我　及於無攀縁
於法生尊重　我諸聲聞等　如是合掌已
阿僧祇劫數　常不墮惡道　因此合掌業
及向我曲躬　假令一劫說　或無數億劫
此等當證道　成就諸佛土　行於最勝行
其數不可測　於億數等劫　思量不能知

阿難今不久　於此後夜分　吾共汝等別
是最後相見
佛復告阿難阿難汝見從北方有大金光照
曜來已不彼之威光映蔽一切其方所有樹
木苗稼藥草華果山崖堆阜臺殿樓閣輦轝
車乘人非人等於上虛空皆成一色所謂金
色阿難白佛言如是婆伽婆佛復告阿難汝
見北方復有七閻浮檀金輦轝從彼來不中
央輦轝其上童子結跏趺坐威光最勝功德
巍巍阿難白佛言如是婆伽婆我今已見佛
復告阿難北方去此剎土六十四百千俱胝
有佛剎名曰俱蘇摩跋坻(此言多華)彼剎世尊號
名菩提分轉多陀阿伽度阿羅訶三藐三佛
陀彼佛剎中有此童子菩薩摩訶薩名曰華
敷神通德從彼捨身來生此土阿難彼世界
出諸法聲名曰菩提分音彼處衆生有聞聲
者成諸善根阿難彼菩提分轉如來從證阿
耨多羅三藐三菩提已來六十四千劫現在
說法阿難彼如來無有聲聞衆惟菩薩衆阿
難譬如灌頂轉輪聖王多有諸子彼諸子等
爲作大臣爲作國師爲作諸小國王如是如
是彼佛如來諸菩薩等亦復如是亦名爲子
亦名大臣彼佛亦爾有二菩薩最爲殊勝於
諸菩薩獨爲侍者還以菩薩而爲僧寶阿難
如是次第說彼佛剎皆悉菩薩滿彼國界阿
難彼佛世界資生所須皆悉豐足無所乏少
具足無畏安隱快樂微妙可贍人民充滿菩
薩功德皆悉滿足住諸神通最爲殊勝以三
昧力周旋往返猶彼朋友智慧之聚最爲殊
勝智藏滿足常能修習菩提之心常能講論

一切智法於諸菩薩一切深法無量無邊皆悉證得阿難如是等諸菩薩摩訶薩滿彼世界彼佛刹中此華敷神通德菩薩摩訶薩善男子來生此土閻浮提毗舍離城彼善男子今現神通而來此者爲欲頂禮如來足故又欲觀見如來世尊入大涅槃阿難此光明現者是彼如來多陀阿伽度阿羅訶三藐三佛陀大威神之力阿難所謂此七閻浮檀金輦轝者是彼如來七菩提分助道法故爲作化現阿難此閻浮提有無量千俱胝諸衆生諸天人等共此童子往昔已來同種善根而此童子亦生此間閻浮提時令彼衆生即得歡喜踊躍無量復有衆生當得漏盡或有衆生當得學地或有衆生得無學地或有衆生未發菩提心者當能令發菩提之心或有衆生發於本性不退忍心阿難如此童子處中輦轝跏趺坐者所出光明此之光明是彼如來神通威力之所現耳從此光明出生彼之六輦轝也阿難汝看以彼如來威神之力此華敷神通德菩薩摩訶薩能於此處現種種神通又此光明之力於此世界能爲無量無邊諸衆生等作大利益所謂以彼正法共相攝受爾時彼童子等悉皆和合歡喜踊躍復與無量百千衆生前後圍遶於一刹那之頃兩種種華詣向佛所到已頂禮佛足爾時世尊告慧命阿難言阿難如來爲諸衆生所可作者及如來長子諸菩薩摩訶薩等所應作者我於今者皆已具足我爲衆生所作利益者今已作竟阿難此華敷神通德菩薩摩訶薩在於閻浮檀金輦轝中儼然而坐所作神通

以如是等教化那由他衆生證於阿羅漢果復教倶胝那由他數衆生已得學地復有百倶胝數衆生令於三寶得生淨信受持五戒復有七百倶胝諸天令得住於不退轉地決定當得阿耨多羅三藐三菩提復有七倶胝衆生令住無生法忍復有無量阿僧祇那由他倶胝衆生當令值遇彌勒世尊初首法會

四童子三昧經卷中

音釋

篋苦協切 羨似面切貪欲也 荷負荷合可切負房缶切荷負擔任也 瑕隙瑕胡加切瑕疵也隙綺戟切釁隙也 輦轝輦力展切轝羊諸切輦轝並車名 阿毗跋致梵語也此云不退轉跋蒲撥切 傴於武切俯也 竅苦吊切穴也 蹉七何切 藪蘇后切 儔直由切

四童子三昧經卷下

隋天竺三藏法師闍那崛多譯

囑累品第四

爾時慧命阿難白佛言世尊惟願世尊或住一劫或減一劫憐愍此等諸衆生故所以者何如來多陀阿伽度阿羅訶三藐三佛陀若住世者如是大事常現於世又令是等眞善大士數數往返閻浮提内我等衆生復應於此如許時間當見此等菩薩大士承事供養又於此時如是經典復應當得廣行流布復如許時我等得聞合佛法義如許時間令我得見如來世尊及大士等種種現化神通之力若如來今日不住於世入涅槃者我等衆生於如來世尊滅度之後遠離三事何等爲三所謂不見佛不聞正法三者不見此等大士弘廣之心亦復不得承奉供養有如是失慧命阿難說是言已悲號大哭憂歎懊惱涕淚滿目宛轉在地如斫樹倒並唱是言我等速疾共佛別離諸善知識亦復別離爾時衆中有菩薩摩訶薩名曰善思義以偈白慧命阿難言

阿難莫憂惱　諸行悉無常　世法欲常者
此處不可得　若言有諸行　此言不可得
如是諸法空　汝今何憂苦　諸智皆悉空
於佛智亦空　佛尚不可得　汝今何憂愁
汝莫生分別　智者捨分別　諸有如虛空
如陽焰似水　亦如幻師化　象馬諸乘等
園林衆聚落　樹木諸華果　世諦亦如是
如幻化無實　諸佛及聲聞　亦如是不異

爾時慧命阿難以偈報善思義菩薩言

如是如所說　諸法無有相　此最爲勝法
我今最後聞　云何向舍衛　所問我何報
阿難佛何在　世眼何時來　我昔往彼處
常見佛世尊　今往彼處空　大智我那住
爾時寂靜轉善男子復向慧命阿難以偈白
言
汝於億年哭　此事難可得　阿難汝諦觀
法界難見處　譬如芭蕉莖　葉葉皆除去
其間無有實　法體亦如是　猶如天降雨
普下諸水滴　泡起已還滅　諸有爲亦然
如水沫湍聚　有眼者觀見　此處無有實
世相亦如是　譬如鏡中像　其體無有實
三界世相爾　智者莫涕泣
爾時慧命阿難以偈報寂定菩薩摩訶薩言
我非不知此　如汝智者說　三相皆無常
經中大仙說　但此億數天　泣淚皆啼哭
向我邊叫喚　以是生我苦　世尊不久去
捨離我等眼　我等何趣向　誰能救護我
正法從誰聞　寂靜深無比　我今供養誰
嗚呼佛難見
爾時無攀緣菩薩摩訶薩以偈告慧命阿難
言
尊者阿難起　但觀法莫憂　法無有來者
亦無有去者　譬如佛有生　證菩提亦爾
譬如轉法輪　涅槃亦如是　諸佛不曾生
亦復不曾滅　如是眞法中　阿難何以哭
汝聞我毛孔　出如是諸聲　諸有空寂靜
佛等四種事
爾時慧命阿難以偈白無攀緣菩薩摩訶薩
言

大士等不久　各各别刹去　彼國見諸佛
說於甘露法　汝聞彼佛法　甚深諸妙義
見彼佛徒衆　及諸菩薩等　今我億數天
哭泣而圍遶　世尊涅槃已　智者我那住
優婆塞千數　今日承聽我　大苦惱憂悲
我云何慰諭　三十三焰摩　兜率及他化
自在及梵天　如是等天來　云何令歡喜
釋牛王滅後　云何宣彼法　我口云何辯
諸天問我時　阿難尊何在　彼問我持報
人牛王滅後　一切諸處所　甚深如來住
我於經行林　今在何處所

爾時開敷華神通德善男子以偈白慧命阿難言

我以知汝行　善於三月中　數現身向汝
阿難莫哭泣　自餘千數佛　我告爲汝故
諸佛爲汝說　化作釋種身　諸佛有慈念
以汝好事佛　當來向汝邊　阿難莫大哭
天等諸世間　今日可憂悲　如是大教師
隱寂而不現　如來昔曾說　壽命住億劫
諸行念念滅　我對教師聞

爾時慧命阿難住於佛後三大叫喚而說偈言

衆生所歸者　能與彼等眼　導師入滅後
衆生轉盲冥　勝主阿闍世　聞此不善言
導師入滅後　憂苦云何住　勝人今涅槃
於後力士子　如是等憂惱　悲號大哭泣
彼等集聚已　最後見導師　敬心而尊重
合掌以曲躬　天龍夜叉滿　縱廣五由旬
此處無空缺　人類無入處　雨微妙香華
充滿至于膝　復雨諸末香　供養最勝仙

難陀優波陀 及六十億龍 悉來涅槃處
最後見導師 摩那斯婆論 娑伽羅大龍
睺婁目眞陀 各百億圍遶 起雲雨香水
散灑此大地 降大雨而來 最後見導師
諸天雨天華 及雨淨香水 天龍等敬心
供養世尊故 阿耨達龍王 六十俱胝等
雨種種寶雨 到人牛王邊 伊羅鉢啼哭
須彌子大虵 供養世尊故 最後奉見佛
諸龍有百千 億數那由他 起雲震雷電
來到導師所 彼等注大雨 清淨諸香水
亦爲供養故 最後見世尊 夜叉千億數
或百那由他 念佛諸功德 皆來欲見佛
復有四天王 悲泣滿面淚 來至導師邊
最後覲見佛 釋提摩那民 諸天衆圍遶
六十三千數 已來到佛所 彼等雨天華
微妙曼陀羅 及雨栴檀末 供養最勝仙
毗求螺髻梵 二梵衆圍遶 悲泣到佛所
最後見如來 淨居大威力 多百億諸天
號哭到佛所 以佛今涅槃 諸天百億數
種種悲哀泣 勸請大導師 願住於一劫
魔子大智慧 多娑他婆訶 悵快到佛所
勝仙涅槃故 捧執世尊足 傴身勸請佛
願愍世間故 釋王住一劫 世尊若住者
爲大仁諸天 當不思議利 請尊住一劫

爾時無攀緣善男子以偈告彼一切諸天世人及諸梵天王商主魔王子等而說偈言

汝等悉不知 小兒如獼猴 恒常心放逸
以何號啼哭 譬如猪睡眠 忽起失本念
被刀斫剝時 驚怖馳奔走 我意如是見
汝等皆如此 昔不聞法者 以貪放逸故

今日智慧炬　將滅而不現　及佛猶現在
汝應作善業

爾時世尊告慧命阿難及富婁那須菩提并不空見王童子迦葉上座大俱絺羅及諸上座今告汝等諸比丘言將汝右手來與我彼諸比丘聞佛世尊如是言已即白佛言善哉世尊爾時諸比丘等滿一千人各以右手奉授世尊爾時世尊復以左手執彼一切諸比丘右手執已復以右手執羅睺羅及阿難手付與諸比丘手中口遺囑曰汝等比丘我阿難賢及羅睺羅上座今付囑汝等遺囑汝等於如是時出大叫聲如是叫聲悲號啼哭振動天地甚大可畏而彼大聲徧此佛剎爾時羅睺羅阿難當付囑時衆中五百比丘見是事已便捨身命所以者何彼諸比丘不忍見佛入於滅度彼作是念寧使我等先入涅槃不忍見此世間大燈世間導師大慈悲父最善知識憐愍衆生常與世樂今入滅盡我豈忍見爾時於彼剎那羅婆牟侯多時五百諸佛各住自剎皆伸右手與釋迦牟尼爾時世尊又以手執阿難羅睺羅上座手付囑與彼如來手中而說偈言

此我羅睺子　阿難我侍者　今在諸佛前
我付囑此二　於今後夜分　我當入涅槃
更不復見我　天龍及人等　亦無有歸依
救護憐愍者　惟除諸世尊　覆不思議慈
我觀諸世間　不思議無量　不見一衆生
今我爲誰住　無量千數劫　猶如恒河沙
我於如是劫　爲一衆生住　我已利衆生
有信敬心者　自餘無信心　億佛不能化

爾時五百諸佛異口同聲而說偈言

尊已衆生利　尊作佛事已　現種種神通
擊大法鼓竟　已充億衆生　如雲雨潤地
拔衆生毒箭　釋種大仙人

爾時長老阿難慧命羅睺羅兩膝著地以偈白彼諸佛言

大丈夫勸請　令尊住一劫　以佛威力故
一切見眼者　最勝二足尊　大智住世故
多有衆生信　得利不思議　增長諸天人
阿脩羅減少　聲聞及菩薩　多生不思議

爾時彼五百諸佛告慧命阿難及羅睺羅言汝等善男子莫大啼哭莫大愁憂本性如是事盡如是眞實如是諸行如是一切有爲法一切作法一切世諦法悉皆如是盡際如是已捨身命如來行乃無量以世諦法如是故不得自在又如來者是法身非有爲身無住世法汝等不應請如來住諸善男子汝等且止到我佛刹釋迦如來即時當伸右手當放光明彼之光明照我刹土照彼土已汝等還來見釋迦佛在汝等前爲汝說法令汝等聞是故汝等莫大憂愁

地獄品第五

爾時世尊入於三昧住三昧已即伸右手於右手中乃至大拇指端及於左手諸身節分乃至千輻輪處足相之中及手足柔輭網縵相中赤銅色爪甲及以十指妙色掌文寶手之間皆悉放於百千億光明一一光明化出蓮華百千億數一一華臺化出師子高座百千億數一一座上現一佛坐一一化佛教化無量百千億衆生其間或得漏盡或得離欲

地如是一切諸相好中所放光明事相皆亦如是如是等齊輪之間及陰馬藏相亦復如是面輪眉間亦復如是爾時世尊從於頂上放百千種光明一一光明端化出蓮華百千億數一一華臺化作師子高座百千億數一一座上化一佛坐爲說妙法彼諸如來不說餘法惟說菩薩密藏修多羅及諸陀羅尼金剛章句爲人顯說清淨三輪如來諸力無畏法等以彼法門一一化佛一一說法能淨無量無邊衆生令住不退轉地向於阿耨多羅三藐三菩提爾時世尊於娑羅雙樹間右脇師子卧牀中化現一佛右脇而卧化已自身即至活大地獄中到彼處已身放光明放光明已其光遍照活地獄中爾時世尊以此光明照於活大地獄已而說偈言

此衆生數死　數數還復活　又不捨彼想
故生諸苦惱　此有此聖出　世尊能作明
能說諸正法　滅除諸苦惱　無爲亦無盡
無滅亦無行　若能如是解　彼不墮諸趣

爾時如來說是偈已於彼刹那羅婆牟侯多時令彼活大地獄三十億數諸苦衆生便得捨身即捨身已生於三十三天爾時世尊復至三十三天還說此偈以佛神力聲遍一切諸大地獄彼地獄趣無量百千億諸衆生捨地獄身生兜率陀天得生天已還復憶念前所說法皆得阿那含果爾時彼諸天子得法果已證法證果入於諸法共說偈言

譬如大曠路　有智慧商主　度脫多衆生
被賊諸獸者　世尊亦如是　無上大商主
能脫億衆生　縛在生死中　我等歸依佛

光明大商主　於我起慈悲　能脫諸苦惱
我等歸依法　我等身已證　我等歸依僧
功德難思議

爾時世尊以涼冷光明普照阿鼻脂地獄處作涼冷已除滅熱惱一切苦毒成就諸法千數億分能令一切得諸喜樂愍哀潤益一切衆生安慰柔輭哀憐喜慶利益衆生合三空門無相無願及以無作告彼地獄諸衆生等而說偈言

空法及無相　無生及無滅　若解如是法
彼即脫惡道

爾時八百千億衆生得聞偈已此偈所說三世無礙是諸法分清淨微妙至衆生耳聞是聲已從於阿鼻脂大地獄捨地獄身即生他化自在天宮爾時世尊住梵天宮復說此偈言

衆生最上樂　無有諸苦處　名相所說處
及諸顛倒想　健兒應當捨　即免諸苦惱
諸想皆顛倒　及著非色想　三界何有樂
數數流轉生　死已復更生　增長相續苦
能以智知空　亦不著於空　彼人即知空
不著知空者　此知法義已　亦復無有我
既不得於我　此處何有苦　空是無爲法
相亦不可得　能見無我智　此是眞佛子

爾時彼百千億數諸衆生等所生之處即得無漏天仙妙果即便憶念宿命之時受地獄苦復念如來丈夫功德知報佛恩先取滅度又復不忍見於如來多陀阿伽度阿羅訶三藐三佛陀入於涅槃時諸天子已得果者異口同聲而說偈言

我等不忍見大慈　調御丈夫入滅度
能爲衆生作光明　我不忍見先取滅
作是語已即於此處入於涅槃爾時世尊於彼剎那牟侯多時從梵天宮便自隱身即至娑羅雙樹之間爾時世尊作如是念曰我於今日後夜分時入於涅槃即是最後見於衆生我今當可令其歡喜滅一切苦而受快樂顯現如來大神通力令彼衆生即便得入安隱之門欲顯如來無餘涅槃合諸佛意故示神通爾時世尊作是念已倚右脇卧猶如師子心無所畏觀察十方一切大衆猶大龍象如是觀已即以右足第一栂指按此大地出大音聲六種震動遍十方界示現無礙不思議光照耀十方爾時世尊從身諸相復放光明放光明已一一毛孔復出微妙恒河沙數微妙光明一一光明徧照恒河沙等諸佛剎土彼之光明不相雜入無所妨礙如是數數從毛孔中次第放諸微妙光明如是毛孔各各次第復放光明還復如是遍照如前爾時世尊更復顯現作諸神通現神通已以佛神力佛護持力令諸衆生皆得具足所見境界佛眼無異彼諸衆生住此佛剎皆悉覩見如來光明所照一切諸佛剎土爾時世尊告諸比丘汝等見彼東方世界有城周圓縱廣一千由旬如是廣大上下亦爾以諸微塵百千億數滿此圓城汝等見不諸比丘白佛言如是婆伽婆如是修伽陀我等皆見佛復告曰汝諸比丘於意云何此微塵數是爲多不諸比丘言如是如是婆伽婆佛復告言諸比丘若有人能於諸法中知如是等無爲之法不

生不滅無漏無爲如是知者彼諸衆生得脱諸苦一切惡道當於爾時有三十億諸衆生等聞此法已即得阿那含果既得果已異口同聲而説偈言

無爲法無盡　無漏亦不滅　聖法如是知
我等證寂滅　知以如是得　如實知諸根
爲憐愍衆生　示現因緣法　如來化我等
拔除毒箭病　一切智與藥　及與於涅槃
智炬今速疾　智眼不久滅　億衆苦逼切
從活地獄出　拔箭大醫師　治衆生疾者
能救無數衆　令不墮惡道

爾時世尊立住黒繩大地獄岸上放大光明徧照彼大地獄拔於彼處無量衆生置於天上如是等熱惱地獄大熱惱地獄亦皆如是叫喚大叫喚大地獄衆合大衆合地獄拔出無量無邊衆生安置善道及涅槃道爾時世尊復以金色光明照八大地獄其光明力能令衆生所觸身者皆得安樂遍體潤益身心歡喜苦惱消除眼目所觀心地歡慶快得清涼從慈悲生令身安隱光明徧照大地獄已滅諸熱惱和輭流潤彼大地獄所有衆生在大火聚熾然中者與彼樂故於諸毛孔次第而放如是光明爾時世尊以大光明普覆一切無量衆生令心柔輭堪任法器具足無量百千功德以微妙語而説偈言

我與世間樂　解脱諸憂苦　見諸苦逼切
示現涅槃道　我所説諸法　寂靜無畏樂
若能知彼法　此不墮惡道　能歸依佛者
彼人得大利　百千諸劫數　更不見諸苦

現諸佛品第六

爾時如來說此偈已即於剎那羅婆牟侯多時諸比丘衆及諸衆生多於前數復有無量無邊諸佛右脇而卧師子牀上彼諸世尊從師子牀起還復示現如是神通爾時彼四部衆白佛言世尊此諸佛等皆悉欲於剎那羅婆牟侯多時入般涅槃現神通耶如今世尊所現無異佛告諸比丘如是如是彼諸佛等今日同欲捨最後身入於涅槃彼諸佛等悉皆同名釋迦牟尼皆於力士所生之地娑羅雙樹卧師子牀今後夜分當入涅槃爾時世尊於南方及西南方西方及西北方北方及東北方東方及東南方上下二方徧告十方諸比丘言汝等比丘見於東方無量無邊諸佛世尊證得阿耨多羅三藐三菩提不諸比丘言如是如是婆伽婆我等皆見以世諦故見非第一義佛復告諸比丘譬如四天下世界微塵悉滿乃至從金剛際至梵天宮諸比丘於汝意云何頗有人知其數不能以譬喻知其數不諸比丘言不也世尊難可得知佛復告諸比丘譬如前所說微塵譬喻如是等四天下世界如是百千億世界皆悉充滿彼微塵衆諸比丘彼所有微塵如是等微塵我以肉眼見此世界諸佛世尊所住在東方如一步地但以肉眼無礙無分別見前世界如向所說如是南西北方四維上下亦復如是諸比丘譬如四大天下諸世界若百千億數滿彼微塵從金剛際至梵天宮所有微塵一一方面各有若干諸佛世尊一一方面我皆現見此諸世尊坐於道場或有已坐或始坐者彼等一切諸佛世尊皆悉同名釋迦牟尼

如是復有無量諸佛與然燈佛同一名號我復見有諸佛世尊名勝一切亦同名號如是一切諸佛同名蓮華上如是等上佛同一號者如是上名稱佛同一名者如是拘樓孫佛同一名者如是拘那含佛同一名者如是迦葉佛同名號者如是各各佛同名號者我在於此皆悉現見彼諸佛等各各名號我於世間得最勝法微妙法無極之法但有能稱名者皆得善根彼等諸佛各各名號如是無邊如是等諸佛世尊我住於此皆悉現見如是等現在世間種種名字或入無餘涅槃或現住世轉於法輪我住於此悉皆現見彼佛世尊於我肉眼無礙無妨皆現在前諸比丘如來如是復勝此知更復勝知不可思議更復不可思議無量無邊復無量無邊如是等無量知見諸比丘以是義故如來知見無邊如是無邊不可稱量如是不可稱如是不可思議但以肉眼況復盡於諸佛智法諸比丘譬如此剎所有一切衆生若在家若出家彼諸衆生假使悉成阿耨多羅三藐三菩提具足十力四無所畏彼諸世尊有一善男子能以四事供養承事足滿一劫尊重恭敬種種樂具諸莊嚴事無量無邊不可思議復有善男子善女人等能信我此顯示一切諸佛所說法門乃至一念頃能生實想不起疑心彼人即於發心之時所得功德近諸如來所有功德復勝三千大千世界所有衆生證得諸佛一切智巳經劫供養得福雖多不如於此法門生一念信福多於彼若有菩薩信此智者彼之菩薩即得近諸世尊阿耨多羅三藐三

菩提爾時世尊說此肉眼功德之時有六十二億諸衆生迴向阿耨多羅三藐三菩提者還生退心所以者何佛阿耨多羅三藐三菩提難可證故我等但於此處滅盡諸苦取漏盡果復有無量無邊衆生住於學地復有十那由他菩薩成就最初發菩提心復有三十二億諸菩薩等得無生法忍爾時魔王波旬愴怏苦惱泣淚滿面白佛言世尊我爲何事欲令多他阿伽度阿羅訶三藐三佛陀早入涅槃乃令無量無邊衆生出我境界今者世尊東方黃晦日未現頃所作佛事如住一劫若滅一劫未能過此利益度脫多數衆生所謂住於般涅槃道如來今者令我境界悉皆空虚時魔波旬說是言巳佛告波旬汝莫啼哭波旬汝猶大有不作善業及不信者是汝朋友在汝境界汝是彼伴爾時世尊即以甲爪取地上塵告魔波旬於汝意云何爲我爪上土塵多耶爲此大地土塵多乎作是語巳時魔波旬白佛言世尊指甲上土少不足言如是語巳佛告波旬譬如甲上土塵甚少我所度衆生入涅槃者復少於此爪甲上土波旬譬如大地土塵甚多無量無邊在汝境界衆生亦復如是甚多無量波旬汝莫憂愁應生歡喜何以故衆生在汝境界多大地土故波旬然諸衆生自作不善去涅槃遠非汝所爲所以者何但衆生界無有邊際波旬汝欲所作但當作之如來今日於後夜分當入涅槃爾時世尊告諸比丘汝諸比丘見此世界諸佛巳不諸比丘白佛言世尊如是婆伽婆我等巳見佛復告諸比丘此諸佛刹復多無

量汝等當知見諸佛刹莊嚴已不復見諸菩薩莊嚴淨土已不復見諸聲聞莊嚴已不諸比丘白佛言世尊如是婆伽婆如是修伽陀佛復告諸比丘如來如是知見復倍上數亦見無量更復無量皆悉了知諸比丘假使我於一劫所說如是佛刹莊嚴之事如我見於十方世界亦復如是假使於一百劫於一千劫億載數劫那由他劫更倍譬喻廣分別說猶不可盡然諸比丘導師所作者爲諸聲聞所作已訖於一切處我已說訖示現內外諸法眞心示現皆已說竟諸佛於法無有悋惜無不辦者乃至一莖草等一毛髮許汝等比丘從今已去應須如法勤而修行我已爲汝示現涅槃我已爲汝說涅槃道已成就衆生善根我所證得阿耨多羅三藐三菩提乃於往昔行大苦行及於難行汝等今者於彼大法具足受持勿令隱沒汝等應作如是修行

爾時世尊現大神通十方諸佛所有說法及說法處此刹衆生皆得聞知彼諸如來所有教勑所有衆生承奉教勑皆已證知復有恒河沙數衆生住於三種智復有十億百千諸衆生等發菩提心住於阿耨多羅三藐三菩提復有十百千億那由他諸衆生等住於辟支佛地自餘諸衆生等得漏盡證如是次第無量無邊阿僧祇不可數不可量不可思那由他諸衆生聞此法已得大饒益爾時世尊告諸比丘汝等比丘當知我今不久涅槃汝等應當護持如來教法爲自利爲他利故汝等諸比丘應當如是修學佛說經已慧命阿難及天人龍阿脩羅揵闥婆等一切世間聞

佛所說頂戴奉行

四童子三昧經卷下

音釋

湍他端切疾瀨也 螺落戈切 悵怏悵丑亮切失志望恨貌怏倚兩切情不滿足也 拇莫厚切大指也 臍徂奚切與臍同

佛垂般涅槃略說教誡經

姚秦三藏法師鳩摩羅什譯

清刻龍藏佛說法變相圖

四經同卷

佛垂般涅槃略說教誡經

佛臨涅槃記法住經

佛滅度後棺斂葬送經

般泥洹後灌臘經

佛垂般涅槃略說教誡經 亦名佛遺教經

姚秦三藏法師鳩摩羅什譯

釋迦牟尼佛初轉法輪度阿若憍陳如最後說法度須跋陀羅所應度者皆已度訖於娑羅雙樹間將入涅槃是時中夜寂然無聲爲諸弟子略說法要

汝等比丘於我滅後當尊重珍敬波羅提木叉如闇遇明貧人得寶當知此則是汝大師若我住世無異此也持淨戒者不得販賣貿易安置田宅畜養人民奴婢畜生一切種植

及諸財寶皆當遠離如避火坑不得斬伐草木墾土掘地合和湯藥占相吉凶仰觀星宿推步盈虛歷數筭計皆所不應節身時食清淨自活不得參預世事通致使命呪術仙藥結好貴人親厚媟慢皆不應作當自端心正念求度不得包藏瑕疵顯異惑衆於四供養知量知足趣得供事不應畜積此則略說持戒之相戒是正順解脫之本故名波羅提木叉依因此戒得生諸禪定及滅苦智慧是故比丘當持淨戒勿令毀缺若人能持淨戒是則能有善法若無淨戒諸善功德皆不得生是以當知戒爲第一安隱功德之所住處

汝等比丘已能住戒當制五根勿令放逸入於五欲譬如牧牛之人執杖視之不令縱逸犯人苗稼若縱五根非唯五欲將無涯畔不可制也亦如惡馬不以轡制將當牽人墜於坑埳如被劫害苦止一世五根賊禍殃及累世爲害甚重不可不慎是故智者制而不隨持之如賊不令縱逸假令縱之皆亦不久見其磨滅此五根者心爲其主是故汝等當好制心心之可畏甚於毒蛇惡獸怨賊大火越逸未足喻也喻如一人手執蜜器動轉輕躁但觀於蜜不見深坑譬如狂象無鉤猿猴得樹騰躍踔躑難可禁制當急挫之無令放逸縱此心者喪人善事制之一處無事不辦是故比丘當勤精進折伏汝心

汝等比丘受諸飲食當如服藥於好於惡勿生增減趣得支身以除飢渴如蜂採華但取其味不損色香比丘亦爾受人供養趣自除惱無得多求壞其善心譬如智者籌量牛力

所堪多少不令過分以竭其力

汝等比丘晝則勤心修習善法無令失時初夜後夜亦勿有廢中夜誦經以自消息無以睡眠因緣令一生空過無所得也當念無常之火燒諸世間早求自度勿睡眠也諸煩惱賊常伺殺人甚於怨家安可睡眠不自警寤煩惱毒蛇睡在汝心譬如黑蚖在汝室睡當以持戒之鉤早屏除之睡蛇既出乃可安眠不出而眠是無慚人也慚恥之服於諸莊嚴最爲第一慚如鐵鉤能制人非法是故比丘常當慚恥勿得暫替若離慚恥則失諸功德有愧之人則有善法若無愧者與諸禽獸無相異也

汝等比丘若有人來節節支解當自攝心無令瞋恨亦當護口勿出惡言若縱恚心則自妨道失功德利忍之爲德持戒苦行所不能及能行忍者乃可名爲有力大人若其不能歡喜忍受惡罵之毒如飲甘露者不名入道智慧人也所以者何瞋恚之害則破諸善法壞好名聞今世後世人不喜見當知瞋心甚於猛火常當防護勿令得入劫功德賊無過瞋恚白衣受欲非行道人無法自制瞋猶可恕出家行道無欲之人而懷瞋恚甚不可也譬如清冷雲中霹靂起火非所應也

汝等比丘當自摩頭以捨飾好著壞色衣執持應器以乞自活自見如是若起憍慢當疾滅之增長憍慢尚非世俗白衣所宜何況出家入道之人爲解脫故自降其身而行乞也

汝等比丘諂曲之心與道相違是故宜應質直其心當知諂曲但爲欺誑入道之人則無

是處是故汝等宜應端心以質直爲本
汝等比丘當知多欲之人多求利故苦惱亦多少欲之人無求無欲則無此患直爾少欲尚應修習何況少欲能生諸功德少欲之人則無諂曲以求人意亦復不爲諸根所牽行少欲者心則坦然無所憂畏觸事有餘常無不足有少欲者則有涅槃是名少欲
汝等比丘若欲脱諸苦惱當觀知足知足之法卽是富樂安隱之處知足之人雖卧地上猶爲安樂不知足者雖處天堂亦不稱意不知足者雖富而貧知足之人雖貧而富不知足者常爲五欲所牽爲知足者之所憐愍是名知足
汝等比丘欲求寂靜無爲安樂當離憒丙獨處閑居靜處之人帝釋諸天所共敬重是故當捨已衆他衆空閑獨處思滅苦本若樂衆者則受衆惱譬如大樹衆鳥集之則有枯折之患世間縛著没於衆苦譬如老象溺泥不能自出是名遠離
汝等比丘若勤精進則事無難者是故汝等當勤精進譬如小水常流則能穿石若行者之心數數懈廢譬如鑽火未熱而息雖欲得火火難可得是名精進
汝等比丘求善知識求善護助無如不忘念若有不忘念者諸煩惱賊則不能入是故汝等常當攝念在心若失念者則失諸功德若念力堅强雖入五欲賊中不爲所害譬如著鎧入陣則無所畏是名不忘念
汝等比丘若攝心者心則在定心在定故能知世間生滅法相是故汝等常當精勤修習

諸定若得定者心則不散譬如惜水之家善治堤塘行者亦爾爲智慧水故善修禪定令不漏失是名爲定

汝等比丘若有智慧則無貪著常自省察不令有失是則於我法中能得解脱若不爾者既非道人又非白衣無所名也實智慧者則是度老病死海堅牢船也亦是無明黑闇大明燈也一切病者之良藥也伐煩惱樹之利斧也是故汝等當以聞思修慧而自增益若人有智慧之照雖是肉眼而是明見人也是爲智慧

汝等比丘若種種戲論其心則亂雖復出家猶未得脱是故比丘當急捨離亂心戲論若汝欲得寂滅樂者唯當善滅戲論之患是名不戲論

汝等比丘於諸功德常當一心捨諸放逸如離怨賊大悲世尊所説利益皆以究竟汝等但當勤而行之若於山間若空澤中若在樹下閑處靜室念所受法勿令忘失常當自勉精進修之無爲空死後致有悔我如良醫知病説藥服與不服非醫咎也又如善導導人善道聞之不行非導過也汝等若於苦等四諦有所疑者可疾問之無得懷疑不求決也爾時世尊如是三唱人無問者所以者何衆無疑故時阿㝹樓馱觀察衆心而白佛言世尊月可令熱日可令冷佛説四諦不可令異佛説苦諦實苦不可令樂集眞是因更無異因苦若滅者即是因滅因滅故果滅滅苦之道實是眞道更無餘道世尊是諸比丘於四諦中決定無疑於此衆中若所作未辦者見

佛滅度當有悲感若有初入法者聞佛所説即皆得度譬如夜見電光即得見道若所作已辦已度苦海者但作是念世尊滅度一何疾哉阿嵬樓馱雖説是語衆中皆悉了達四聖諦義世尊欲令此諸大衆皆得堅固以大悲心復爲衆説

汝等比丘勿懷悲惱若我住世一劫會亦當滅會而不離終不可得自利利人法皆具足若我久住更無所益應可度者若天上人間皆悉已度其未度者皆亦已作得度因緣自今已後我諸弟子展轉行之則是如來法身常在而不滅也是故當知世皆無常會必有離勿懷憂惱世相如是當勤精進早求解脱以智慧明滅諸癡闇世實危脆無牢强者我今得滅如除惡病此是應捨罪惡之物假名爲身没在老病生死大海何有智者得除滅之如殺怨賊而不歡喜汝等比丘常當一心勤求出道一切世間動不動法皆是敗壞不安之相汝等且止勿得復語時將欲過我欲滅度是我最後之所教誨

佛垂般涅槃略説教誡經

佛臨涅槃記法住經

唐三藏法師玄奘奉　詔譯

清刻龍藏佛說法變相圖

佛臨涅槃記法住經

唐三藏法師玄奘奉　詔譯

如是我聞一時薄伽梵在拘尸城力士生地娑羅雙林與無量無數聲聞菩薩摩訶薩俱并諸天人阿素洛等一切大衆前後圍遶時薄伽梵臨般涅槃愍衆生故以慈軟音告阿難曰吾今不久當般涅槃一切有爲無不悉捨一切佛事皆已究竟我已宣說離窟宅法妙甘露法最自在法極安樂法是法深妙難解難知不可尋思超尋思境諸大聖者自內所證我又三轉無上法輪其輪威猛具十二相諸餘沙門或婆羅門天魔梵等皆無有能如實轉者我已爲諸天人吹大法螺擊大法鼓覺悟長夜無明睡眠我已爲諸天人建大法幢然大法炬普照一切除滅暗冥我已爲

諸有情作大法橋爲大法船濟渡一切暴流所溺我已爲諸有情注大法流降大法雨一切枯槁皆令潤洽我已開顯解脱正路引諸世間迷失道者若諸有情我應度者皆已度訖諸未度者皆亦爲作得度因緣我已降伏一切外道我已摧滅一切邪論我已傾覆諸魔宫殿我已破壞一切魔軍正師子吼作大佛事圓滿丈夫本所誓願護持法眼令無毀缺化諸聲聞授菩薩記爲未來世無上佛眼開照世間常無斷絶阿難汝等當於如是無上正法勤加護持令不滅没阿難我今更無所作唯大涅槃是所歸趣爾時阿難聞佛語已悲慕感絶良久而言未審如來爲諸有情三無數劫勤苦所得無上正法於佛滅後住世幾時饒益天人阿素洛等當漸隱没

爾時世尊重以慈音告阿難曰諸佛化迹法皆如是勿復憂悲無上正法於我滅後住世千年饒益天人阿素洛等從是已後漸當隱没阿難當知我涅槃後第一百年吾聖教中聖法堅固我諸弟子聰慧多聞無畏辯才能伏邪論具大神力於諸有情多所饒益由是義故天龍歡喜勤加守護國王大臣長者居士亦復如是善識福田於佛法僧深生淨信供養恭敬尊重讚歎一百年末有大國王名阿輸迦出現於世具大威力王贍部洲建窣堵波高廣嚴飾其數滿足八萬四千供養吾身所留舍利令無量衆見聞歡喜皆樹生天解脱之業

我涅槃後第二百年吾聖教中寂靜堅固我諸弟子聰慧多聞如天人師具大威德多所

饒益以是義故天龍歡喜常加守護國王大
臣長者居士亦復如是善識福田於佛法僧
深生淨信供養恭敬尊重讚歎
我涅槃後第三百年吾聖教中正行堅固我
諸弟子證慧解脱俱分解脱身證見至無量
百千由是多人得聖果故天龍歡喜常加守
護國王大臣長者居士亦復如是善識福田
於佛法僧深生淨信供養恭敬尊重讚歎
我涅槃後第四百年吾聖教中遠離堅固我
諸弟子樂住空閑勤修寂定以是義故天龍
歡喜常隨守護國王大臣長者居士亦復如
是善識福田於佛法僧深生淨信供養恭敬
尊重讚歎
我涅槃後第五百年吾聖教中法義堅固我
諸弟子愛樂正法精勤修學論議決擇由是
義故天龍歡喜常勤守護國王大臣長者居
士亦復如是善識福田於佛法僧深生淨信
供養恭敬尊重讚歎
我涅槃後第六百年吾聖教中法教堅固我
諸弟子多於教法精勤誦習心無猒倦能多
饒益無量有情以是義故天龍歡喜勤加守
護國王大臣長者居士亦復如是善識福田
於佛法僧深生淨信供養恭敬尊重讚歎然
於義趣多有懷疑
我涅槃後第七百年吾聖教中利養堅固天
龍藥叉阿素洛等於佛法僧供養恭敬尊重
讚歎我諸弟子多著利養恭敬名譽於增上
學戒定慧等不勤修習
我涅槃後第八百年吾聖教中乖爭堅固我
諸弟子多相嫌嫉結搆惡人塵坌訕謗輕訶

持戒鄙賤多聞不念六和專思乖爭見不善巧不敬師長不正知住欺誑諂曲言詞麤獷如旃荼羅依附國王大臣長者方便損費三寶財物結惡朋黨折挫善人

我涅槃後第九百年吾聖教中事業堅固我諸弟子多營俗業耕種商估通致使命以自存活於諸如來所制學處慢緩毀犯

我涅槃後第十百年吾聖教中戲論堅固我諸弟子多勤習學種種戲論捨出世間諸佛正教所謂契經應頌記別諷誦自說緣起譬喻本事本生方廣希法及與論義精勤習誦世間戲論所謂王論賊論戰論食論飲論衣論乘論我論婬論男論女論諸國土論諸河海論諸外道論由樂此等種種戲論令諸沙門婆羅門等輕毀退失我之聖教於我正法毗奈耶中當有如斯諸惡苾芻苾芻尼等不善修習身戒心慧更相忿爭謀毀誹謗躭著妙好種種衣鉢房舍敷具由與諸惡徒黨集會雖經多年守護淨戒於須臾頃悉皆毀犯雖經多年集諸善本由多憂恚悉皆退失以是因緣天龍等衆悲傷懊惱捨不守護國王大臣長者居士於三寶所不生淨信誹謗輕毀由是因緣令正法滅從是已後諸苾芻等造惡轉深國王大臣長者居士益不恭敬三寶餘勢猶未全滅故於彼時復有苾芻苾芻尼等少欲知足護持禁戒修行靜慮愛樂多聞受持如來三藏教法廣爲四衆分别演說利益安樂無量有情復有國王大臣長者及居士等愛惜正法於三寶所供養恭敬尊重讚歎護持建立無所顧戀當知皆是不可思

議諸菩薩等以本願力生於此時護持如來無上正法與諸有情作大饒益爾時阿難聲聞菩薩天龍藥叉人非人等一切大衆聞薄伽梵懸記當來法住時分諸苾芻等行業差別皆增悲歎信受奉行

佛臨涅槃記法住經

佛滅度後棺斂葬送經

失譯人名今附西晉録

清刻龍藏佛說法變相圖

佛滅度後棺斂葬送經

失譯人名今附西晉録

聞如是一時衆祐遊於華氏國阿難以人定時白衆祐言衆祐滅訖之後棺斂尊身其禮云何衆祐曰且自憂身無憂佛也吾滅度後當有梵志理家盡禮葬送阿難言其禮云何衆祐曰如飛行皇帝送喪之儀重曰願聞儀則衆祐曰聖帝崩時以劫波育㲲千張纏身香澤灌上令澤下徹以香積身上下四面使其齊同放火闍維檢骨香汁洗盛以金甕石爲甊瓻縱廣三尺厚一尺四邊上下各安一枚金甕置中跱剎懸繒具供所應起土爲塔華香供養佛當踰彼所以然者吾自無數劫以四等弘慈行六度無極經緯十方拯濟群生功福隆赫成斯如來無所著正眞道最正

覺道法御天人師至尊難齊各以把土供養塔者其福無量末世穢濁民有顛沛之命財有五家之分吾以是故留舍利并鉢以禳世顛沛之禍安祐衆生爲宗廟像令民覲則沙門以經道化未聞令生者永去牢獄之酷死者免三塗之罪必獲昇天若爲佛廟當令殊彼矣阿難言鉢當如之佛言吾鉢者四天大王之所獻也合四以爲一佛所食噐群生愼無以食矣滅度之後諸國諍之民心邪荒賤命貴婬背孝尊妖鉢當變化現五色光飛行昇降開化民心黎庶覲之追存佛德去愚即明順明正教皆與佛寺旌表佛德轉當東遊所歷諸國凶疫消歇君民康休穀帛豐穰欣懌無患終遠三塗皆獲生天極東國王仁而有明鉢當翔彼王崩之後其嗣婬荒廢眞從邪民心亦爾覲鉢無肅敬之禮天龍見之悲喜迎鉢還海供奉王亡尊鉢憂怨交胷布告諸國購鉢千金連年募之令出首尾民貪重賞徧索不得時有賤人其名曰師詭作比丘饕餮酒食妻居育子當醉提兒詣官門言吾知鉢處王聞大喜請沙門入曰鉢所在乎答曰先以金來王賜金千斤師曰惟沙門當盜之耳即下書拷推諸沙門其毒酷烈臣民覲之靡不怨王王曰爾爲誰沙門乎答曰吾師事佛王曰佛有何戒師曰有二百五十戒王曰守戒云何答曰第一當遵慈仁普惠恩施逮及群生視天下群生身命若己身命慈濟悲愍恕己安彼道喜開化護彼若身潤逮草木無虚机絶也王曰善哉佛之仁化懷天裏地何生不賴焉二當遵清無積穢寶尊榮國

土非有無篡草芥之屬非惠不取王曰善哉斯可謂清白者也三當遵貞心無存婬口無言調僞聲邪色一不視聽覩彼羸人以母以姊以妹以女寧就燔身無爲婬亂王曰善哉摸貞景淨佛爲化首矣四當慎言無兩舌惡罵妄言綺語前譽後謗證入無辜蠱道鬼妖猒禱祝詛寧就吞炭不出毒聲也王曰善哉佛化惴惴慄慄慎言乃如茲乎五當絕酒若酒者令君不仁臣不忠親不義子不孝婦人奢婬厥失三十有六亡國破家靡不由茲寧飲毒而死不醉而生矣王曰善哉佛之明化令吞德懷道滅于衆惡興于諸善清淨爲身憺怕爲志經化令仁而爾教吾令殺戒云守清而爾偷金戒云無婬而爾畜妻戒當盡誠而爾虛譖沙門云其盜鉢令吾罪無辜戒無嗜酒而爾醉來外諸沙門有具斯五德爲高行者不乎答曰其爲凶穢甚於吾矣王問有司諸沙門何以爲業對曰分衛無度其爲衆穢甚於彼師矣王曰佛戒有二百五十仁過二儀清等太素貞齊虛空信若四時明跨日月緣得斯類篡法服偷應器詭爲沙門亂正眞乎一戒不奉而云二百五十勑有司曰佛清淨廟賢聖所宗非鳥獸之巢窟逐出穢濁者無令上佛廟矣國之君子欲興刹廟惟無快賢處中宣佛神化者收淚而止自思大道陵遲神化日衰佛告阿難吾滅度後留鉢及舍利若有賢者肅心奉養終皆昇天阿難言千歲之末鉢現神德變化若茲豈況無上正眞道最正覺之靈化乎佛說經時天龍鬼神王臣四輩靡不哽咽稽首而去

佛滅度後棺斂葬送經

般泥洹後灌臘經

西晉三藏法師竺法護譯

清刻龍藏佛說法變相圖

般泥洹後灌臘經

西晉三藏法師竺法護譯

聞如是一時佛在舍衛國祇樹給孤獨園與摩訶比丘僧諸天人民共會座說經阿難前長跪叉手白佛言天中之天欲有所問願佛說之若佛般泥洹後四輩弟子比丘比丘尼優婆塞優婆夷四月八日七月十五日灌臘當何所用佛語阿難灌臘佛者是福願人之度者各自減錢寶割取珍愛用求度世之福當給寺然燈燒香用作經像若供養師施與貧窮可設齋會不可貰許然後不出此爲現世負佛自是心口所作當得妄語之罪所以者何爲佛設槃作禮以五種香水手自浴佛師噠嚫呪願當此之時天龍鬼神皆明證知此人出五家財物侵妻子分用求福利而反

不出當有五罪入三惡道何等爲五一者財物日減二者喜忘遺三者治生所向無利四者入太山地獄中被拷治苦痛難言五者後世來生或作奴婢牛馬騾驢駱駝或作豬羊是爲五更罹三惡一者爲入薜荔中作餓鬼二者入禽獸作畜生三者泥犁中當更十八地獄罪不可數七月十五日自向七世父母五種親屬有墮惡道勤苦劇者因佛作禮福欲令解脱憂苦名爲灌臘佛者天上天下三界之王不食世間人民也其物皆衆僧分之不應獨取是爲大罪若無僧可分施貧窮孤獨羸老是種善根諸弟子聞經歡喜爲佛作禮而去

般泥洹後灌臘經

音釋

貿莫候切易財也　墾康很切耕也　媟慢媟先結切狎也慢莫晏切不敬也　疵才支切黑類也　轡彼義切馬轡也　掐苦感切與坎同小阱也　踔躑踔敕教切超越也躑直炙切躑躅也　籌量籌直由切算也量呂張切度也　謦寱謦居影切寱也寱吾故切覺也　鑽作官切穿也　窣堵波梵語也此云高顯窣蘇沒切堵董五切　訕所晏切謗也　獷古猛切惡也　挫則卧切摧也　積資四切聚也　闍維梵語正云荼毘此云焚燒闍音蛇　飜䬉飜音潘䬉音胡飜䬉大飄也　枚莫杯切箇也　顛沛顛都年切沛普蓋切顛沛偃仆也　穰汝陽切祀以除殃也　酷苦沃切慘虐也　穰汝羊切豐也　懌羊益切悅也　購古候切購求也　訛五禾切謬也　饕餮饕土刀切貪財也餮他結切貪食也　拷苦浩切打也　纂初患切逆而奪取之也　燔附袁切爇也　摸蒙晡切規倣也　辜古胡切罪也　祝詛祝職救切詛側助切祝詛謂祝願其事使沮敗也　哽咽哽古杏切咽烏結切哽咽悲塞也　貰舒制切賖也　嚏嚫梵語也此云財施嚏唐刹切嚫初覲切　薜荔梵語具云薜荔多此云餓鬼薜蒲計切荔郎計切